Buch:

Herman Wouk, der Autor des berühmten Welterfolges »Die Caine war ihr Schicksal«, hat auch mit diesem großen epischen Werk über den Zweiten Weltkrieg internationale Anerkennung gefunden. Sein Buch, das das Herannahen und Dahinstürmen des Weltbrandes beschreibt, ist weit mehr als ein Kriegsroman. Es ist die bewegende Geschichte einer Familie und ihrer Freunde, deren Schicksal mit der alles ergreifenden Weltkrise aufs engste verwoben ist.

Die Welt lebt noch in einem trügerischen Frieden dahin, als Victor Henry im Frühsommer 1939 als Marineattaché an die amerikanische Botschaft in Berlin kommt. In Berlin, dem Zentrum künftigen Unheils, erkennt er, worauf die Ereignisse zusteuern. Damit beginnt für ihn ein Leben des Abenteuers und des Kampfes. Seine Mission führt ihn an die großen Brennpunkte des Kriegsgeschehens. Es ist ein mühevoller und verzweifelter Weg, auf dem ihn seine Frau Rhoda nicht immer begleiten kann. Seine Kinder Warren und Byron, Marineoffiziere wie er, und seine Tochter Madeline verfolgen eigene Ziele. Ihr Leben ist vielfältig verknüpft mit dem Schicksal der Freunde in Europa und Amerika.

Dieser Roman, in dem die großen Akteure der Zeit, Hitler, Stalin, Churchill und Roosevelt, in persona auftreten, läßt in einer eindringlichen Gesamtschau die Geschehnisse des Zweiten Weltkrieges aus einer ungewöhnlichen Sicht neu erstehen.

Autor:

Herman Wouk, Jahrgang 1915, lebt als freier Schriftsteller in New York. Von 1942 bis 1946 war er Marineoffizier. Die persönlichen Erfahrungen aus dieser Zeit bilden den Hintergrund für seinen Kriegsroman »Die Caine war ihr Schicksal«, der ihm Weltruhm eintrug. Neben zahlreichen satirischen Gesellschaftsromanen schrieb er einen weiteren Roman über den Zweiten Weltkrieg, »Der Feuersturm«. Auch dieses Buch wurde ein internationaler Erfolg und wird zur Zeit für das Fernsehen verfilmt.

HERMAN WOUK

DER FEUERSTURM

ROMAN

BAND 1

Wilhelm Goldmann Verlag

Vollständige Taschenbuchausgabe in zwei Bänden

Titel der Originalausgabe *The Winds of War*
Erschienen 1971 bei Little, Brown and Company,
Boston, Massachusetts

Deutsch von Ursula von Zedlitz

Made in Germany · 5/83 · 1. Auflage · 1.–20. Tsd.
Lizenzausgabe mit freundlicher Genehmigung
des Hoffmann & Campe Verlags

Umschlagentwurf: Atelier Adolf & Angelika Bachmann, München
Umschlagfoto: Süddeutscher Verlag, München
Druck: Presse-Druck Augsburg
Verlagsnummer: 6579
Herstellung: Sebastian Strohmaier
ISBN 3-442-06579-8

Vorwort

Der Feuersturm ist ein Roman, und alle Personen und Abenteuer, die die Familie Henry betreffen, sind frei erfunden. Aber die Geschichte des Krieges innerhalb dieses Romans ist nach Möglichkeit historisch genau; die Statistiken sind zuverlässig; die Worte und Taten der führenden Politiker sind entweder historisch verbürgt oder Worten und Taten aus ähnlichen Situationen entnommen. Kein Werk dieses Umfangs kann frei von Irrtümern sein, jedoch ist zu hoffen, daß der Leser die intensive Bemühung erkennen wird, ein wahrheitsgetreues und vollständiges Bild einer großen Weltschlacht zu geben.

Die Weltherrschaft verspielt, die militärgeschichtliche Abhandlung des »Armin von Roon«, ist natürlich von A bis Z frei erfunden. Indessen soll das Buch des Generals von Roon die Meinung der Gegenseite aus der Sicht eines deutschen Berufssoldaten bieten, zuverlässig innerhalb der Beschränktheit, die solcher militärgeschichtlichen Literatur der Selbstrechtfertigung eigen ist.

Die Technisierung der Rüstung, der Fluch, der heute so schwer und verhängnisvoll auf uns allen lastet, kam im Zweiten Weltkrieg zu voller Blüte. Der Versuch, uns davon zu befreien, beginnt mit dem Versuch zu verstehen, wie es dazu kam und wieso Menschen guten Willens ihr Leben dafür einsetzten – und noch immer einsetzen. Das Thema und Ziel des *Feuersturms* läßt sich mit ein paar Worten des französischen Juden Julien Benda umschreiben:

Der Friede, wenn er je existieren sollte, wird nicht auf der Angst vor dem Krieg beruhen, sondern auf der Liebe zum Frieden. Er wird nicht darin bestehen, daß man sich einer Tat enthält, sondern darin, daß sich ein neuer Geist entwickelt. In diesem Sinn vermag der unbedeutendste Schriftsteller dem Frieden zu dienen, wo die mächtigsten Gerichtshöfe versagen.

Herman Wouk

In Liebe meinen Söhnen
Nathaniel und Joseph
זכור

ERSTER TEIL

Natalie

1

Commander Victor Henry fuhr vom amerikanischen Marineministerium an der Constitution Avenue durch grauen, böigen, peitschenden Märzregen, der seiner Stimmung entsprach, mit einem Taxi nach Hause. An diesem Nachmittag hatte er in der Abgeschlossenheit seines Bürozimmers in der Operationsabteilung von oben eine unerwartete Nachricht erhalten, die seiner erprobten Einschätzung nach seine wohlgeplante Karriere wahrscheinlich vernichtet hatte. Jetzt mußte er sich mit seiner Frau über eine dringende Entscheidung beraten; jedoch war auf ihr Urteil nicht immer Verlaß.

Mit fünfundvierzig war Rhoda Henry noch immer eine ausnehmend attraktive Frau, aber sie nörgelte gern. Das trübte ihr Urteil und war ein Fehler, den er ihr nur schwer verzieh. Sie hatte ihn mit offenen Augen geheiratet. Im Lauf seiner stürmischen Werbung hatten sie klar über das Leben eines Militärs gesprochen. Rhoda Henry hatte erklärt, daß all die Schattenseiten – die Trennungen, der Verzicht auf einen festen Wohnsitz und normales Familienleben, der langwierige Aufstieg in einer Hierarchie, die Notwendigkeit, sich den Frauen anderer Männer, die eine Stufe höher standen, unterzuordnen –, daß nichts von alledem ihr etwas ausmachen würde, weil sie ihn liebe und weil die Marine eine ehrenvolle Laufbahn biete. So hatte sie 1915 gesprochen, als der Weltkrieg im Gang war und Uniformen einen Nimbus hatten. Jetzt aber war 1939, und ihre Worte hatte sie längst vergessen.

Er hatte sie gewarnt, daß der Aufstieg schwer sein würde. Victor Henry stammte nicht aus einer Familie von Marineoffizieren. Auf jeder Sprosse der schlüpfrigen Leiter hatten sich die Söhne und Enkel von Admiralen ihm in den Weg gestellt. Dennoch hielt jeder in der Marine, der Pug Henry kannte, ihn für einen Mann mit Zukunft. Bis jetzt war es mit seiner Karriere stetig bergauf gegangen.

Der Brief, den er von der High School aus an seinen Kongreßabgeordneten schrieb und der ihn auf die Marineakademie brachte, sei hier zu seiner Charakterisierung beigefügt. Seine Mentalität offenbarte sich früh.

5. Mai 1910

Dear Sir,

Sie haben mir mit drei freundlichen Briefen auf meine drei Schreiben an Sie, seit ich hier bin und Ihnen laufend von meinen Fortschritten auf der Sonoma County High School berichtet habe, geantwortet. Ich hoffe also,

daß Sie sich an meinen Namen erinnern und an meinen dringenden Wunsch, in die Marineakademie aufgenommen zu werden.
Mein letztes Jahr hier nähert sich dem Ende. Betrachten Sie es bitte nicht als Eitelkeit, wenn ich meine Leistungen aufzähle, aber Sie werden sicherlich verstehen, weshalb ich es tue. Ich bin dieses Jahr Captain der Football-Mannschaft, wo ich als Verteidiger spiele, und ich gehöre auch der Boxmannschaft an.
Außerdem bin ich Mitglied der Arista-Society. In Mathematik, Geschichte und Naturwissenschaften habe ich Aussicht auf besondere Auszeichnungen. Meine Noten in Englisch und Fremdsprachen (Deutsch) sind nicht auf der gleichen Höhe. Jedoch bin ich Schriftführer in dem kleinen russischsprechenden Klub unserer Schule. Seine neun Mitglieder stammen aus ortsansässigen Familien, deren Vorfahren vor langer Zeit durch den Zaren in Fort Ross angesiedelt wurden. Ich bin in diesen Klub eingetreten, da mein bester Freund dazu gehörte, und lernte auf diese Weise etwas Russisch. Ich erwähne es nur, um zu zeigen, daß es mir an Sprachtalent nicht mangelt.
Es ist das Ziel meines Lebens, als Offizier in der Navy *der Vereinigten Staaten zu dienen. Warum, kann ich eigentlich nicht erklären. Ich stamme nicht etwa aus einer Familie von Seefahrern. Mein Vater ist Ingenieur im Redwood-Holzhandel. Holzfällen habe ich nie gemocht, aber ich habe mich schon immer für Schiffe und große Geschütze interessiert. Ich bin oft nach San Diego gefahren, nur um mir die Kriegsschiffe dort anzusehen. Ich habe gespart und mir inzwischen etwa zwei Dutzend Bücher über Marinetechnik und Seekriegsführung gekauft und sie eingehend studiert.*
Es ist mir klar, daß Sie nur einen einzigen empfehlen können, und sicherlich gibt es in unserem Distrikt viele Anwärter. Sollte sich ein verdienstvollerer finden als ich, werde ich in die Navy *eintreten und mich von der untersten Stufe hinaufdienen. Da ich mich jedoch ernsthaft um Ihre Berücksichtigung bemüht habe, vertraue ich darauf, daß ich sie verdient habe.*

Ihr ergebener
Victor Henry

Mit ähnlicher Zielstrebigkeit hatte er fünf Jahre später seine Frau erobert, obgleich sie ein paar Zentimeter größer war als er und obgleich ihre wohlhabenden Eltern mit einer besseren Partie gerechnet hatten als mit einem stämmigen Marine-Footballspieler aus Kalifornien, einem Habenichts ohne Namen. Damals, als er um Rhoda warb, hatte er das Gehäuse seines einseitigen Ehrgeizes verlassen und viel Zärtlichkeit, Humor, Rücksicht und Schwung gezeigt. Nach ein bis zwei Monaten war es Rhoda nicht ein-

mal mehr in den Sinn gekommen, ihn abzuweisen. Äußerlichkeiten wie der Größenunterschied hatten keine Rolle mehr gespielt.
Aber auf die Dauer dürfte es für eine schöne Frau wohl nicht gut sein, auf ihren Mann hinunterzusehen. Großgewachsene Männer machen ihr den Hof, da diese ein solches Paar etwas komisch finden. Und Rhoda hatte bei aller Ehrbarkeit eine Schwäche für so etwas – bis an die Grenzen des Erlaubten – und provozierte es noch mit ihrer Koketterie. Henrys Ruf als harter, nüchterner Mensch hinderte die anderen Männer daran, sich jemals zu viel herauszunehmen. Er hatte Rhoda sehr fest in der Hand. Dennoch blieb dieses physische Manko ein dauerndes Ärgernis.
Der eigentliche Schatten über diesem Paar bestand darin, daß Commander Henry meinte, Rhoda habe ihre gemeinsame Vereinbarung aus der Brautzeit nicht eingehalten. Sie tat zwar, was die Frau eines Seeoffiziers zu tun hatte, aber sie beklagte sich oft laut und ohne Zurückhaltung. Wenn es ihr irgendwo nicht gefiel, wie etwa auf Manila, konnte sie monatelang nörgeln. Wo immer sie war, fand sie Grund, sich zu ärgern, über die Hitze oder die Kälte, den Regen oder die Trockenheit oder die Dienstboten oder Taxichauffeure, Verkäufer oder Schneiderinnen oder Friseure. Wenn man Rhoda Henrys tägliche Reden hörte, bestand ihr Leben aus einem dauernden Kampf mit einer unzulänglichen Welt und einem bösartigen Klima. Es waren natürlich nur weibliche Gespräche und durchaus nichts Ungewöhnliches. Aber viel mehr als das Bett macht das Gespräch den Verkehr zwischen einem Mann und seiner Frau aus. Henry verabscheute müßiges Jammern. Er reagierte darauf mit zunehmendem Schweigen. Das dämpfte den Lärm.
Andererseits hatte Rhoda zweierlei aufzuweisen, was seiner Meinung nach eine Ehefrau haben sollte: erstens war sie verführerisch und zweitens eine geschickte Hausfrau. In all den Jahren ihrer Ehe war es nur selten vorgekommen, daß er sie nicht begehrt hätte, und in all den Jahren, trotz aller Ortswechsel, wo immer sie hinkamen, hatte Rhoda für ein Haus oder eine Wohnung gesorgt, wo der Kaffee stets heiß, das Essen einladend war, wo die Zimmer hübsch möbliert und gepflegt, die Betten gut gemacht waren und frische Blumen herumstanden. Sie hatte sehr helle Seiten, und wenn sie guter Laune war, konnte sie sehr lieb und vernünftig sein. Nach dem bißchen, was Victor Henry von Frauen wußte, waren die meisten nichts als eitle, schnatternde Faulpelze, die weit weniger zu bieten hatten als Rhoda. Für ihn stand seit langem fest, daß er, trotz ihrer Schattenseiten, eine verhältnismäßig gute Frau an ihr hatte. Das war gar keine Frage.
Aber wenn er nach seinem arbeitsreichen Tag nach Hause fuhr, wußte er vorher nie, ob er Rhoda die Bezaubernde oder Rhoda die Nörglerin vorfinden würde. Und das konnte in einem so kritischen Moment wie diesem

sehr wichtig sein. Bei schlechter Laune war ihr Urteil bissig und häufig auch dumm.
Als er ins Haus kam, hörte er sie in der geheizten Glasveranda vor dem Wohnzimmer, wo sie gewöhnlich ihren Drink vor dem Abendessen nahmen, singen. Sie war gerade dabei, langstielige orangerote Gladiolen in einer ochsenblutroten Vase aus Manila zu arrangieren. Sie trug ein beigefarbenes, seidig schimmerndes Kleid und einen engen schwarzen Lackgürtel mit großer Silberschnalle. Das dunkle gewellte Haar war hinter die Ohren gekämmt, wie es 1939 selbst für reifere Frauen Mode war. Sie begrüßte ihn mit einem zärtlichen, heiteren Blick. Allein ihr Anblick war für ihn eine Erholung, und so war es sein Leben lang gewesen.
»Ach, da *bist* du ja. Warum *in aller Welt* hast du mir nicht Bescheid gesagt, daß *Kip Tollever* kommt? Er hat diese Blumen geschickt und *zum Glück* angerufen. Ich *schlurfte* im Haus herum wie eine *Putzfrau.*« Im täglichen Leben redete Rhoda mit der affektierten Überbetonung der mondänen Frau von Washington. Sie hatte eine reizende, etwas heisere Stimme, und diese Überbetonung verlieh ihren Worten gewissen Nachdruck und scheinbare Lebhaftigkeit. »Er sagte, er würde sich vielleicht etwas verspäten. Trinken wir schnell vorher einen, Pug? Es steht alles da. Ich komme um vor Durst.«
Henry ging an den Servierwagen und begann Martinis zu mixen. »Ich hab ihn gebeten vorbeizukommen, weil ich ihn etwas fragen wollte. Es handelt sich nicht um einen offiziellen Besuch.«
»Ach so, heißt das, ich soll verschwinden?« Sie lächelte ihn an.
»Nein, nein.«
»Schön. Ich *mag* Kip. Ich war ganz platt, seine Stimme zu hören. Ich dachte, er stecke noch in Berlin.«
»Er ist versetzt worden.«
»Das sagte er mir. Wer hat ihn denn abgelöst? Weißt du das schon?«
»Bis jetzt noch niemand. Vorläufig vertritt ihn der Zweite Luftattaché.«
Victor Henry ließ sich in einen braunen Korbsessel fallen, legte die Füße auf die Couch und versank abermals in trübes Nachdenken.
Rhoda war an das Schweigen ihres Mannes gewöhnt. Sie hatte seine schlechte Stimmung mit einem Blick erfaßt. Victor Henry hielt sich immer sehr gerade, außer wenn ihn etwas besonders bedrückte. Dann verfiel er gern in eine geduckte Haltung, als ob er noch immer Football spiele. Er hatte das Zimmer mit hängenden Schultern betreten. Und selbst jetzt noch im Lehnstuhl, als er die Füße hochgelegt hatte, war seine Haltung gebeugt. Dunkle Haarsträhnen fielen ihm in die gesenkte Stirn. Obgleich schon neunundvierzig, hatte er kaum ein graues Haar, und die dunkelgraue Hose, die braune Sportjacke und der rote Querbinder paßten eher zu einem jungen Mann. Es war eine kleine Eitelkeit von ihm, sich, wenn

er keine Uniform trug, jugendlich anzuziehen, was er sich dank seinem durchtrainierten Körper leisten konnte. An den Falten um seine grünlich-braunen Augen erkannte Rhoda, daß er müde und tief besorgt war. Möglicherweise stammten Henrys scheinbare Lachfältchen um die Augen von seinem langen Ausschauhalten auf See. Fremde hielten ihn irrtümlich für einen heiteren Menschen.
»Hast du noch einen?« fragte er schließlich.
Sie schenkte ihm den wässerig gewordenen Cocktail ein.
»Danke. Sag mal, du kennst doch die Denkschrift über Schlachtschiffe, die ich geschrieben habe?«
»O ja. Hast du Ärger deswegen? Ich weiß, daß du dir damals Sorgen gemacht hast.«
»Ich wurde ins Büro des CNO* hinuntergebeten.«
»Mein Gott, doch nicht etwa zu Preble?«
»Zu Preble persönlich. Ich hatte ihn seit der Zeit auf der *California* nicht mehr gesehen. Er ist dick geworden.«
Während Henry ihr von seinem Gespräch mit dem Chef der Seekriegsleitung berichtete, nahm Rhodas Gesicht einen harten, verdrossenen und fragenden Ausdruck an. »Ach so, ich verstehe. *Deshalb* hast du Kip hergebeten!«
»Genau. Meinst du, daß ich diesen Attaché-Posten annehmen sollte?«
»Hast du denn überhaupt eine Wahl?«
»Anscheinend doch. Wenn ich nicht will, komme ich als IO auf ein Schlachtschiff.«
»Mein Gott, Pug, das wäre doch viel besser!«
»Dir wäre es also lieber, ich ginge wieder zur See?«
»*Mir* lieber! Seit wann hat das je eine Rolle gespielt?«
»Trotzdem wüßte ich gern, was dir lieber wäre.«
Rhoda zögerte und sah ihn mit schrägem Blick an. »Nun – natürlich fände ich es herrlich, nach Deutschland zu gehen. Es wäre für mich viel amüsanter, als allein herumzusitzen, während du auf der *New Mexico* oder sonst was um Hawaii herumdampfst. Es ist für mich das reizvollste Land in Europa. Die Leute dort sind so entgegenkommend. Weißt du, Deutsch war ja vor tausend Jahren mein Hauptfach.«
»Ja, ich weiß«, sagte Victor und verzog zum erstenmal, seit er nach Hause gekommen war, den Mund zu einem, wenn auch schwachen, ironischen Lächeln. »In Deutsch warst du sehr gut.« Zu Anfang ihrer Flitterwochen hatte sich manch heißer Augenblick daraus ergeben, daß sie laut Heines Liebesgedichte durchackerten.
Rhoda antwortete mit einem koketten Blick, mit einem Blick, in dem et-

* Chief of Naval Operations (Chef der Seekriegsleitung)

was von ehelicher Intimität mitschwang. »Nun, wie du willst. Ich meine nur, wenn du ohnehin aus Washington fort mußt – nun, wahrscheinlich sind die Nazis unangenehm und lächerlich. Magde Knudsen war damals zur Olympiade dort. Sie sagt immer wieder, wie herrlich es sei und so billig bei dem Wechselkurs, den man bekommt.«
»Ja, zweifellos wäre es für uns sehr unterhaltend. Die Frage ist nur, ob es nicht eine Katastrophe wäre, Rhoda. Zwei Landposten hintereinander, zu diesem Zeitpunkt...«
»Ach, Pug, du wirst schon deine vier Streifen kriegen. Das weiß ich. Und in absehbarer Zeit auch dein Schlachtschiffkommando. Mit deinen Artilleriekenntnissen, deinem Empfehlungsbrief – und wenn der CNO nun recht hat, Pug? Vielleicht kommt es drüben tatsächlich zum Krieg. Dann wäre es ein wichtiger Posten, nicht wahr?«
»Damit will man mich nur ködern.« Victor stand auf und nahm sich ein Stück Käse. »Er sagt, der Präsident wolle jetzt in Berlin Spitzenmänner als Militärattachés haben. Okay, das will ich noch glauben. Gleichzeitig sagt er, daß es meiner Karriere nicht schaden würde. Und das kann ich nicht glauben. Das erste, wonach ein Personalausschuß in einer Personalakte suchen wird – ist blaues Meer, und zwar möglichst viel davon.«
»Bist du sicher, Pug, daß Kip nicht zum Essen bleiben will? Es ist genug da. Warren fährt nach New York.«
»Nein, Kip muß zu einem Empfang in der deutschen Botschaft. Und warum, zum Kuckuck, fährt Warren nach New York? Ganze drei Tage war er zu Hause.«
»Frag ihn selbst«, sagte Rhoda.
Das Zuschlagen der Haustür und die raschen, energischen Schritte hörten sich ganz nach Warren an. Zwei Squashschläger in der Hand schwenkend, trat er in die Veranda: »Guten Abend!«
In dem alten grauen Sweater und der Flanellhose, das braungebrannte magere Gesicht vom Squashspiel erhitzt, mit dem zerzausten Haar und der Zigarette, die ihm schief aus dem schmallippigen Mund hing, sah er fast so aus wie der Junge, der nach Absolvierung der Marineakademie aus ihrem Leben verschwunden war. Pug hatte sich noch immer nicht daran gewöhnt, wie kräftig Warren sich bei der Schiffskost entwickelt hatte. Die knabenhafte Schlaksigkeit war einem muskulösen Aussehen gewichen. Ein Sprenkel vorzeitigen Graus in seinem dunklen Haar hatte die Eltern bei seiner Rückkehr leicht erschreckt. Victor Henry beneidete Warren um die dunkle Sonnenbräune, die von Zerstörerbrücken, Tennis, grünen Oahu-Hügeln und vor allem vom Seedienst erzählte – Tausende Meilen von der Constitution Avenue entfernt. »Ich höre eben, du willst nach New York?«
»Ja, Sir. Hast du was dagegen? Mein IO ist soeben hier aufgekreuzt. Wir

wollen uns ein paar Revuen ansehen. Er ist ein richtiger Idahoer Farmer. War noch nie in New York.«
»Hm«, brummte Commander Henry ungehalten. Es konnte nicht schaden, wenn Warren sich mit seinem Vorgesetzten gut stand. Was ihn als Vater bedrückte, war der Gedanke, daß in New York womöglich eine Frau auf ihn wartete. Als einer der Besten auf der Akademie hätte Warren sich sein Zeugnis beinah durch übertriebene Nachtschwärmerei verdorben. Es endete mit einer Wirbelsäulenverletzung, die er sich, seiner Aussage nach, bei einem Ringen mit einem Kameraden zugezogen hatte, laut anderen Berichten jedoch bei einer Eskapade mit einer älteren Frau und einem nächtlichen Autounfall. Die Frau hatten die Eltern nie erwähnt; teils aus Scheu – sie waren beide prüde Kirchengänger, und ein solches Thema war ihnen peinlich –, teils aus der festen Überzeugung, daß mit Warren ohnehin nicht zu reden sei.
Es läutete an der Haustür. Ein grauhaariger Diener in weißer Jacke schritt durch das Wohnzimmer. Rhoda stand auf, griff sich ans Haar und strich mit ihren schmalen Händen das Seidenkleid über den Hüften glatt. »Erinnerst du dich noch an Kip Tollever, Warren? Das ist wahrscheinlich Kip.«
»Aber natürlich. Der lange Lieutenant-Commander, der in Manila nebenan wohnte. Wo ist er denn jetzt stationiert?«
»Er war bis jetzt Marineattaché in Berlin«, sagte Victor Henry.
Warren schnitt eine Grimasse und senkte die Stimme. »Großer Gott, wie ist er dazu gekommen? Frühstücksattaché an einer Botschaft!«
Rhoda warf ihrem Mann, der keine Miene verzog, einen Blick zu.
»Commander Tollever, Ma'am«, meldete der Diener an der Tür.
»Hallo, Rhoda!« Mit langen, ausgestreckten Armen, in makellos sitzender Abenduniform – blauer Rock mit Goldknöpfen und Orden, schwarze Krawatte und schneeweißes, steifes Hemd – marschierte Tollever herein. »Donnerwetter! Du siehst ja zehn Jahre jünger aus als damals auf den Philippinen.«
»Ach du«, sagte sie, und ihre Augen strahlten, als er sie leicht auf die Wange küßte.
»Guten Abend, Pug.« Tollever winkte ihm zu und blickte, während er sich mit der gepflegten Hand über das dichte, graumelierte Haar strich, hinüber zu dem Sohn. »Ja, sage mal, welcher Junge ist denn das?«
Warren gab ihm die Hand. »Guten Abend, Sir, raten Sie.«
»Aha. Es ist Warren. Byron grinste anders. Und hatte, soviel ich weiß, rotes Haar.«
»Richtig, Sir.«
»Rusty Traynor sagte mir, Sie fahren auf der *Monaghan*. Was macht denn Byron?«
Nach einem kurzen Schweigen zwitscherte Rhoda: »Ach, Byron ist unser

romantischer Träumer, Kip. Er studiert in Italien Kunstgeschichte. Und Madeline sollten Sie sehen. Sie ist schon völlig erwachsen.«
»Entschuldigen Sie mich bitte, Sir«, sagte Warren und verließ das Zimmer.
»Kunstgeschichte! Italien!« In Tollevers hagerem gutgeschnittenen Gesicht hob sich eine buschige Braue, und seine kobaltblauen Augen weiteten sich. »Das ist allerdings romantisch. Sag mal, Pug, seit wann trinkst du eigentlich?« fragte Tollever, als er einen Martini entgegennahm und sah, daß Henry sich einen neuen einschenkte.
»Na hör mal, Kip, ich hab doch schon auf Manila getrunken. Eine Menge.«
»So? Das weiß ich nicht mehr. Ich weiß nur noch, was für ein Antialkoholiker du auf der Akademie warst. Und geraucht hast du auch nicht.«
»Ach, diese Zeiten sind längst vorbei.«
Victor Henry hatte nach dem Tod einer kleinen Tochter mit dem Trinken und Rauchen angefangen und seitdem nicht mehr zu der Enthaltsamkeit, die sein streng methodistischer Vater ihm gepredigt hatte, zurückgefunden. Es war ein Thema, auf das er ungern einging.
»Spielst du am Sonntag auch Karten?« fragte Tollever mit einem leisen Lächeln.
»Nein, an diesem Unsinn halte ich noch fest!«
»Nenn es nicht Unsinn, Pug.«
Commander Tollever wechselte das Thema und kam auf Berlin zu sprechen. »Du wirst Deutschland herrlich finden, Pug. Du auch, Rhoda. Du wärst verrückt, dir die Chance entgehen zu lassen.«
Die Ellenbogen auf die Armlehnen gestützt, die Beine lässig übereinandergeschlagen, sprach er knapp und entschieden wie einst; er war noch immer einer der bestaussehenden Männer aus Pugs Klasse und doch einer, der besonderes Pech gehabt hatte. Zwei Jahre nach der Akademie, als Deckoffizier auf einem Zerstörer, hatte Tollever bei einer nächtlichen Flottenübung in einer Regenbö ein U-Boot gerammt, das ohne Vorwarnung etwa hundert Meter vor ihm aufgetaucht war. Es war kaum seine Schuld gewesen, niemand war verletzt worden, und das Kriegsgericht hatte ihm lediglich eine Rüge erteilt. Aber diese Rüge hing ihm an und verdarb ihm die Karriere. Während er sprach, trank er innerhalb einer Viertelstunde zwei Martinis.
Als Victor Henry ihm wegen der Nazis auf den Zahn fühlte und fragte, wie sie zu nehmen seien, richtete Kip Tollever sich stramm auf, hob gestikulierend die verschränkten Finger und antwortete mit eindringlicher Stimme. Die Nationalsozialisten seien *dran,* die anderen Parteien seien draußen, genauso wie in den Vereinigten Staaten die Demokraten dran seien und die Republikaner draußen. Nur so könne man es ansehen.

Deutschland bewundere die Vereinigten Staaten und bemühe sich um ihre Freundschaft. Pug brauche sich nicht anzustrengen, alle Informationsquellen stünden ihm offen, wenn er diese Leute einfach wie Menschen behandele. Die Pressemeldungen über die Nazis seien verzerrt. Wenn Pug erst die Journalisten kennenlerne, würde er begreifen, warum; die meisten von ihnen seien verärgerte Salonkommunisten und Säufer. »Hitler ist ein verdammt ungewöhnlicher Mensch«, fuhr Tollever mit rot angelaufenem Gesicht fort, beide Arme aufgestützt, die eine manikürte Hand unter dem Kinn, die andere lässig fallenlassend. »Ich sage nicht, daß er oder Göring oder irgendeiner dieses Klüngels nicht die eigene Großmutter ermorden würde, um seine Macht zu vergrößern oder die Interessen Deutschlands zu fördern. Aber das ist heutzutage die Politik in Europa. Wir Amerikaner sind viel zu naiv. Die Sowjetunion ist *die* große Realität, mit der Europa lebt, Pug – diese slawische Horde, die aus dem Osten herandrängt. Wir hier können uns das nicht einmal vorstellen, aber für die drüben ist es die politische Lage. Die Kommunistische Internationale spielt nicht Mah-Jongg, diese Bolschies sind darauf aus, sich durch Betrug, Gewalt oder beides die Herrschaft über Europa anzueignen. Hitler will das nicht zulassen. Das ist der Kern der Sache. Die Deutschen tun in der Politik Dinge, die wir nicht täten – wie diese Sache mit den Juden –, aber das ist nur eine vorübergehende Phase, und jedenfalls geht es dich nichts an. Das mußt du bedenken. Deine Aufgabe heißt militärische Information, und von diesen Leuten kannst du eine Masse erfahren. Sie sind stolz auf ihre Leistungen, genieren sich nicht, damit zu prahlen, und werden dir genau erzählen, was los ist.«
Rhoda stellte Fragen über die Juden, während Pug Henry weitere Martinis zubereitete. Tollever versicherte ihr, daß die Zeitungsberichte übertrieben seien. Das schlimmste sei die sogenannte Kristallnacht gewesen, als Nazirowdies Warenhausfenster zerschmissen und einige Synagogen in Brand gesteckt hätten. Selbst das hätten sich die Juden selber zuzuschreiben gehabt, indem sie ein Mitglied der Deutschen Botschaft in Paris ermordeten. Da er selber Diplomat sei, könne er das nicht gerade rühmlich finden! In dieser selben Nacht seien er und seine Frau aus dem Theater gegangen und hätten auf dem Heimweg eine Menge Glasscherben auf dem Kurfürstendamm gesehen und in der Ferne den Widerschein von ein paar Bränden. Der Bericht in *Time* habe es so dargestellt, als ob ganz Deutschland in Flammen gestanden habe und Juden scharenweise abgeschlachtet worden seien. Es habe widersprüchliche Berichte gegeben, aber soviel er wisse, sei keiner wirklich ernstlich verletzt worden. Für den Tod des Diplomaten habe man ihnen eine hohe Buße auferlegt, eine Milliarde Mark oder so. Hitler glaube eben an strenge Maßnahmen.
»Und daß der Präsident unseren Botschafter abberufen hat, war eine

überflüssige Geste, völlig überflüssig«, sagte Tollever. »Es machte die Sache für die Juden nur noch schlimmer und hat außerdem unseren Botschaftsbetrieb völlig lahmgelegt. Hier in Washington fehlt eben, was Deutschland betrifft, jeder gesunde Menschenverstand.«
Nach zwei weiteren Martinis wurde aus dem strammen Krieger ein schlaffer geschwätziger Angeber, der sich über Feste, Wochenenderlebnisse, Jagdausflüge und ähnliches verbreitete; der von der Kartoffelsuppe schwärmte, die er nach einem Gelage anläßlich einer Parteiversammlung im Morgengrauen mit Luftwaffenoffizieren gegessen hatte; der sich über prominente Künstler und Politiker ausließ, die sich mit ihm angefreundet hätten. Als Attaché, sagte er schmunzelnd, habe man viel Spaß und lebe vorzüglich, wenn man seine Stellung nur richtig ausnutze. Außerdem sei man ja dazu *verpflichtet*, das alles mitzumachen, um Informationen zu sammeln. Es sei ein Traumberuf. Schließlich habe man das gute Recht, soviel wie möglich aus der Marine herauszuholen! Er selbst habe sozusagen von einem Logenplatz aus die historische Entwicklung verfolgt und sich nebenbei glänzend amüsiert. »Ich sage dir, Pug, du wirst es herrlich finden. Es ist heute der interessanteste Posten in Europa. Die Nazis sind übrigens eine recht gemischte Gesellschaft. Einige von ihnen sind fabelhaft; manche sind, unter uns gesagt, ziemlich ungehobelt und vulgär. Das Militär verachtet sie eigentlich. Aber, du liebe Zeit, wie denken denn wir über unsere eigenen Politiker? Hitler ist im Sattel, und *das* wird von keinem bestritten. Er ist der Chef, das kannst du mir glauben. Also laß die Finger von diesem Thema, und du wirst gut dabei fahren, denn gastfreundlich sind diese Leute, das muß man ihnen lassen. In gewisser Weise sind sie uns recht ähnlich, viel ähnlicher als die Franzosen oder selbst die Engländer. Für einen amerikanischen Marineoffizier zerreißen sie sich.«
Er verzog das Gesicht zu einem seltsamen Lächeln, wehmütig und irgendwie hoffnungslos, während er von Rhoda zu Pug blickte. »Besonders für jemand wie dich. Sie werden, lange ehe du eintriffst, genau über dich Bescheid wissen. Doch falls die Frage erlaubt ist – wie, um alles in der Welt, kommt ein so passionierter Artillerist wie du zu diesem Posten?«
»Hab ich mir selber eingebrockt«, knurrte Pug. »Erinnerst du dich an die Arbeit, dich ich mal über den magnetischen Torpedosprengkopf geschrieben hab...«
»Und ob. Und auch an das Empfehlungsschreiben, das sie dir einbrachte. Weiß Gott.«
»Nun, seitdem habe ich die Entwicklung von Torpedos verfolgt. Ein Teil meiner hiesigen Aufgabe besteht darin, das Neueste über Panzerung und Schiffsgeschütze auszukundschaften. Auch die Japse bauen verdammt gute Torpedos, Kip. Ich hab eines Nachts den Rechenschieber genommen und die Zahlen verglichen. Danach zu urteilen, entsprechen unsere

Schlachtschiffe nicht mehr den Sicherheitsanforderungen. Ich schrieb einen Bericht, in dem ich empfahl, die Panzerplatten auf der *Maryland*- und der *New Mexico*-Klasse zu verstärken. Heute hat mich der CNO in sein Büro kommen lassen. Mein Bericht ist ein heißes Eisen geworden. Schiffbauamt und Waffenamt schieben sich wechselseitig die Schuld zu, Memoranden sausen hin und her, die Torpedowülste sollen verstärkt werden, und...«

»Und du hast dir ein weiteres Empfehlungsschreiben eingehandelt. Bravo!« Tollevers leuchtendblaue Augen glitzerten, und er leckte sich die Lippen.

»Ich habe mir einen Marschbefehl nach Berlin eingehandelt«, sagte Victor Henry. »Es sei denn, ich könnte mich noch herausreden. Der CNO sagt, das Weiße Haus halte es heute für einen entscheidenden Posten.«

»Das ist es auch, Pug, das ist es.«

»Das mag ja sein, aber verdammt noch mal, Kip, du bist für so etwas blendend geeignet. Ich bin Seemann. Ich gehör da nicht hin. Ich hatte bloß das Pech, die Aufmerksamkeit auf mich zu lenken, gerade als der Chef jemand suchte. Und weil ich zufällig ein bißchen Deutsch kann. Jetzt sitze ich in der Patsche.«

Tollever sah auf seine Uhr. »Aber lehne es nicht ab. Das rate ich dir als alter Freund. Hitler ist sehr, sehr wichtig, und irgendwas wird dort passieren. Jetzt muß ich aber schleunigst in die Botschaft.«

Victor Henry brachte ihn zu seinem funkelnden grauen Mercedes. Tollever schwankte, aber er sprach mit ruhiger Klarheit. »Pug, solltest du annehmen, dann ruf mich an. Ich geb dir ein ganzes Buch voll Adressen mit, von den richtigen Leuten. Und...«, ein verschmitztes Grinsen glitt über seine Züge. »Nein, die Telefonnummern der kleinen Fräuleins hätten für dich wohl wenig Sinn, nicht wahr? Ich hab dich immer enorm bewundert.« Er schlug Henry auf die Schulter. »Ach, wie ich mich auf dieses Diner freue! Seitdem ich aus Berlin fort bin, habe ich kein anständiges Glas Mosel mehr getrunken.«

Als er ins Haus zurückging, stolperte Victor Henry beinahe über eine Reisetasche und einen Hutkoffer. Vor dem Spiegel in der Diele stand seine Tochter in einem grünwollenen Jackenkleid und setzte sich gerade einen eng anliegenden Hut auf. Rhoda sah ihr dabei zu, und Warren wartete auf sie, den Trenchcoat lässig über die Schulter geworfen, in der Hand seine alte schweinslederne Tasche. »Was soll das, Madeline? Wo willst *du* denn hin?«

Sie sah mit großen dunklen Augen zu ihm auf und lächelte ihn an. »Ach, hat Mutter dir nichts gesagt? Warren nimmt mich mit nach New York.«

Rhoda sagte unter Pugs strengem Blick: »Hast du etwas dagegen, Lieb-

ling? Warren hat noch Karten für sie organisiert. Sie geht doch so gern ins Theater, und in Washington ist dazu herzlich wenig Gelegenheit.«
»Und was ist mit dem College? Oder sind etwa schon Osterferien?«
»Ich habe vorgearbeitet«, antwortete die Tochter. »Es ist doch bloß für zwei Tage, und Prüfungen habe ich keine.«
»Und wo willst du wohnen?«
»Im Hotel Barbizon, nur für Frauen«, fiel Warren ein.
»Trotzdem, mir paßt es nicht«, sagte Victor Henry.
Madeline sah ihn mit bittenden Augen an. Gerade neunzehn und schmal, mit Rhodas Teint und einer reizvollen Figur, hatte sie durch ihre tiefliegenden braunen Augen und ihre entschlossene Art eine merkwürdige Ähnlichkeit mit ihrem Vater. Sie krauste das Näschen, damit hatte sie ihn schon oft zum Lachen gebracht und weichgemacht. Diesmal aber verzog er keine Miene. Madelines Blick glitt von der Mutter zu Warren, aber die Unterstützung blieb aus. Madeline verzog den Mund zu einem leisen Lächeln, das vielleicht vielsagender war als eine laute Szene; es war ein Lächeln der Nachsicht. Sie setzte den Hut ab. »Nun, dann eben nicht. Hoffentlich kannst du die Karten noch loswerden, Warren. Wann essen wir?«
»Jederzeit«, sagte Rhoda.
Warren zog seinen Trenchcoat an und ergriff die Reisetasche. »Was ich noch sagen wollte, Dad, hab ich dir eigentlich erzählt, daß sich mein IO vor ein paar Monaten um eine Fliegerausbildung beworben hat? Ich hab damals aus Jux auch so ein Formular eingereicht. Nun, heute hat Chet sich hier umgehört. Es sieht so aus, als hätten wir beide eine Chance.«
»Fliegerausbildung?« Rhoda machte ein ganz unglückliches Gesicht. »Du willst also Pilot auf einem Flugzeugträger werden? So mir nichts, dir nichts? Ohne deinen Vater zu fragen?«
»Aber Mutter? Es geht doch nur darum, zusätzlich den Pilotenschein zu machen. Ich finde das ganz vernünftig. Was meinst du, Dad?«
»Ja, durchaus«, antwortete Commander Henry. »Die Zukunft dieser Marine könnte durchaus bei den Fliegern liegen.«
»Das weiß ich zwar nicht, aber Pensacola dürfte interessant werden, falls ich nicht schon in der ersten Woche rausfliege. Also dann bis Freitag. Tut mir leid, Madeline.«
»Dank dir und viel Spaß.«
Er küßte seine Mutter und verschwand.
In grimmigem, geistesabwesendem Schweigen aß Victor Henry die Spargelcremesuppe, das geschmorte Rindfleisch à l'Anglaise und die Erdbeertorte in sich hinein. Kip Tollevers Begeisterung für diesen minderwertigen Spionageposten hatte Henry gründlich den Appetit verdorben. Madelines Drang, sich um ihre Schularbeiten zu drücken, war ein ständiges Ärgernis. Aber am allerschlimmsten war Warrens beiläufig hinge-

worfene Mitteilung. Pug war sowohl stolz wie erschrocken. Der Dienst auf einem Flugzeugträger war der gefährlichste in der Marine, obwohl sich sogar Offiziere seines Jahrgangs in Pensacola darum bewarben, um auf einen Flugzeugträger zu kommen. Als passionierter Schlachtschiffmann fragte Henry sich während des ganzen Essens, ob nicht Warren auf eine gute Idee gestoßen sei; ob nicht eine Bewerbung zu einer solchen Ausbildung ein anständiger, wenn auch verzweifelter Weg wäre, sich um Berlin zu drücken.

Madeline ließ sich die Enttäuschung nicht anmerken und unterhielt sich mit ihrer Mutter über den Studentensender in der George-Washington-Universität, das einzige, wofür sie sich dort interessierte. Der Diener, ein alter Ire, der bei gutem Wetter auch den Garten besorgte, servierte leise in dem von Kerzen beleuchteten Eßzimmer, das mit antiken Möbeln aus Rhodas Familie eingerichtet war. Rhoda steuerte auch sonst von ihrem Geld zum Haushalt bei, damit sie unter ihren alten Freunden in Washington in diesem Stil leben konnten. Das war Victor Henry zwar nicht angenehm, aber er nahm es stillschweigend hin. Schließlich war das Gehalt eines Commanders nicht üppig und Rhoda nun einmal an ein solches Leben gewöhnt.

Madeline verabschiedete sich vorzeitig und küßte ihren Vater auf die Stirn. Bis auf die gedämpften Schritte des Dieners hielt die dumpfe Stille während des Desserts an. Rhoda schwieg und wartete die Stimmung ihres Mannes ab. Als er sich räusperte und sagte, es wäre nett, Kaffee und Cognac auf der Terrasse zu trinken, lächelte sie und sagte: »Aber gern, Pug.«

Der Diener brachte das silberne Tablett hinaus und schaltete das rotflakkernde Licht in dem künstlichen Kamin an. Sie wartete, bis ihr Mann gemütlich in seinem Lieblingsstuhl saß und seinen Kaffee trank. Dann sagte sie: »Übrigens hat Byron geschrieben.«

»Was? Hat er sich tatsächlich daran erinnert, daß wir noch leben? Wie geht es ihm denn?«

Sie hatten seit Monaten nichts von ihm gehört. Immer wieder war Henry von Angstträumen verfolgt worden, daß sein Sohn tot in einem rauchenden Auto oder in einem italienischen Straßengraben liege oder sonstwie umgekommen oder verletzt sei. Aber seit Byrons letztem Brief hatte er nicht mehr von ihm gesprochen.

»Es geht ihm gut. Er ist jetzt in Siena. Er hat seine Studien in Florenz aufgegeben. Sagt, er hätte genug von der Kunstgeschichte.«

»Das wundert mich nicht. Siena. Das liegt ebenfalls in Italien, nicht wahr?«

»Ja, in der Nähe von Florenz. In den Toskanischen Hügeln. Er schwärmt von den Toskanischen Hügeln. Er scheint sich für ein Mädchen zu interessieren.«

»Ein Mädchen? Etwa eine Italienerin?«
»Nein, nein. Eine New Yorkerin. Natalie Jastrow. Er sagt, sie habe einen berühmten Onkel.«
»Ach so. Und wer ist ihr Onkel?«
»Ein Schriftsteller. Er lebt in Siena. Dr. Aaron Jastrow. Er habe früher in Yale Geschichte gelehrt, sagt Briny.«
»Wo ist der Brief?«
»Auf dem Telefontisch.«
Es dauerte nur ein paar Minuten, bis er mit dem Brief und einem dicken Buch in einem schwarzen Schutzumschlag mit weißem Kruzifix und blauem Davidstern zurückkam. »Das hier ist der Onkel.«
»Ach ja. *Eines Juden Jesus*, das ist es. Irgendein Buchklub hat es mal geschickt. Hast du es gelesen?«
»Sogar zweimal. Es ist ausgezeichnet.« Henry überflog den Brief seines Sohnes beim gelben Schein der Lampe. »Nun, die Sache scheint schon ziemlich weit gediehen zu sein.«
»Sie scheint wirklich sehr reizvoll zu sein«, sagte Rhoda. »Aber er hat schon andere achttägige Schönheiten gehabt.«
Commander Henry warf den Brief auf den Tisch und schenkte sich noch einen Cognac ein. »Ich lese ihn später genauer durch. So 'nen langen Brief hat er noch nie geschrieben. Steht irgend etwas Wichtiges drin?«
»Er möchte in Italien bleiben.«
»So? Und wovon will er leben?«
»Er macht irgendeine Forschungsarbeit für Dr. Jastrow. Das Mädchen ist dort ebenfalls beschäftigt. Er glaubt, mit dem, was ihm das einbringt, und dazu den paar Dollars monatlich aus der Stiftung meiner Mutter könne er auskommen.«
»Tatsächlich?« Henry blinzelte sie an. »Wenn Byron Henry davon redet, für sich selbst aufkommen zu können, ist das die größte Neuigkeit über ihn, seit du ihn geboren hast.« Er trank seinen Kaffee und Cognac aus, stand auf und nahm mit einem raschen Griff den Brief an sich.
»Reg dich bloß nicht *auf*, Pug. Byron ist zwar ein wunderlicher Kauz, aber dahinter steckt doch eine Menge Verstand.«
»Ich habe noch was zu tun.«
Henry verzog sich in sein Refugium, steckte sich eine Zigarre an und las Byrons Brief zweimal sorgfältig durch. Dieses Refugium war eine ehemalige Dienstbotenkammer. Im Parterre lag ein großes schönes Arbeitszimmer mit in den Garten führenden Glastüren. Das war theoretisch seins. Es hatte so viel Reiz, daß Rhoda manchmal gern ihre Gäste dort empfing und ihren Mann beschimpfte, wenn er Akten und Bücher herumliegen ließ. Nach ein paar Monaten hatte Henry genug davon, hatte Bücherregale, eine Liege und einen zierlichen antiquarisch gekauften Schreibtisch

in die enge Dienstbotenkammer geschafft und sich dort, ganz zufrieden in den engen Wänden, häuslich eingerichtet. In der Kajüte eines Zerstörers war er mit noch weniger ausgekommen.
Als er seine Zigarre ausgeraucht hatte, setzte sich Henry an seine alte Reiseschreibmaschine. Die Hände schon auf den Tasten, hielt er inne und betrachtete drei ledergerahmte Photos auf seinem Schreibtisch: Warren in Uniform und mit Bürstenschnitt, ein ernster knabenhafter Anwärter auf den Rang eines Admirals; Madeline mit siebzehn, wie kindlich sie damals noch aussah; Byron in der Mitte, mit dem trotzigen großen Mund, den halbgeschlossenen kritischen Augen, dem dichten Haarschopf, dem etwas verschwommenen Gesicht, in dem sich Weichheit und Eigensinn eigentümlich mischten. Byron war aus der Art geschlagen, hatte nichts von ihnen beiden, hatte sein eigenes Gesicht.

Lieber Briny,
Deine Mutter und ich haben deinen langen Brief erhalten. Ich beabsichtige, ihn ernst zu nehmen. Deine Mutter möchte ihn lieber als Blabla abtun, aber ich wüßte nicht, daß Du je einen solchen Brief geschrieben oder ein Mädchen in derartigen Tönen geschildert hättest. Ich freue mich, daß es Dir gutgeht und Du Dein Auskommen hast. Das ist eine gute Neuigkeit, zumal ich Deine kunstgeschichtlichen Ambitionen nie ernst nehmen konnte.
Nun zu Natalie Jastrow. In unserem elenden Zeitalter, besonders wenn man bedenkt, was in Deutschland vorgeht, muß ich zu Beginn erklären, daß ich nichts gegen die Juden habe. Ich habe bisher sehr selten mit ihnen zu tun gehabt, da nur wenige von ihnen in die Navy *eintreten. In meiner Klasse auf der Marineakademie waren vier, was damals, 1911, sehr ungewöhnlich war. Einer davon ist dabeigeblieben, Hank Goldfarb, und er ist ein verdammt tüchtiger Offizier.*
Hier in Washington ist man allerdings gegen die Juden ziemlich voreingenommen. Sie fallen eben auf im Geschäftsleben, weil sie sich ein bißchen zu gut darauf verstehen. Ein Freund Deiner Mutter erzählte mir neulich einen Witz. Ich fand ihn nicht komisch, wahrscheinlich wegen meines eigenen Urgroßvaters aus Glasgow. Die drei kürzesten Werke in der Kongreßbibliothek sind Eine Geschichte der schottischen Wohltätigkeit, Jungfräulichkeit in Frankreich *und* Ein Abriß über jüdische Geschäftsmoral. *Hahaha. Vielleicht ist dies ein weit entfernter Schrei aus Hitlers Propaganda, aber derjenige, der mir den Witz erzählt hat, ist ein gebildeter Rechtsanwalt und ein guter Christ.*
Du tätest also gut daran, Dir genau zu überlegen, was für eine Bindung die Ehe bedeutet. Ich weiß, ich laufe vor dem Startschuß los, aber noch ist es Zeit, Dich zu bedenken, bevor Du Dich zu tief eingelassen hast. Ver-

giß eines nicht, nie und nimmer: Das Mädchen, das Du heiratest, und die Frau, mit der Du leben mußt, sind zwei verschiedene Menschen. *Frauen haben es an sich, in der Gegenwart zu leben. Vor der Ehe ist sie darauf aus, Dich zu erobern. Hinterher bist Du nur ein Element unter vielen in ihrem Leben. Ein nebensächliches Element sozusagen, weil sie Dich* hat, *während alles andere im Fluß ist – Kinder, Haushalt, neue Kleider, gesellschaftliche Verpflichtungen. Und wenn diese anderen Lebenselemente ihr nicht zusagen, wird sie Dich unglücklich machen.*
In einer Ehe mit einem Mädchen wie Natalie Jastrow wären alle diese anderen Elemente nur dazu angetan, sie dauernd zu stören, angefangen von den Mischlingskindern bis zu den Nadelstichen gesellschaftlicher Herabsetzungen. Wie leicht kann das zu einer chinesischen Wassertropfentortur ausarten. Und ihr beide würdet dabei nur immer bitterer und unglücklicher und wäret inzwischen vielleicht noch durch Kinder aneinander gebunden. Das könnte die Hölle auf Erden werden.
Ich will damit nur sagen, wie ich es sehe. Vielleicht bin ich altmodisch oder dumm und versteh nichts davon. Es macht mir nichts aus, daß dieses Mädchen Jüdin ist, obwohl sich die schwerwiegende Frage ergibt, in welchem Glauben die Kinder aufwachsen sollen. Du bist, möcht ich meinen, immerhin ein guter Christ, hältst mehr von Deinem Glauben als Warren im Augenblick. Du schreibst, wie klug und geistreich sie ist, was mich sehr beeindruckt; sie ist nicht umsonst die Nichte von Aaron Jastrow. Eines Juden Jesus *ist ein großartiges Werk. Wenn ich nur wüßte, daß sie Dich glücklich machen, Deinem Leben eine Richtung geben könnte, ich würde sie willkommen heißen und mir ein persönliches Vergnügen daraus machen, jedem, der sie auch nur schief anguckt, die Nase einzuschlagen. Aber dies, scheint mir, könnte eine zweite Karriere für mich werden.*
Nun, ich bin durchaus bereit, Dich Deinen eigenen Weg gehen zu lassen. Das weißt Du ja. Es fällt mir schwer, Dir einen solchen Brief zu schreiben. Ich komme mir ziemlich blöde vor, Selbstverständlichkeiten zu betonen, Wahrheiten auszusprechen, die mir peinlich sind, und vor allem, mich in Deine Privatangelegenheiten einzumischen. Aber was tut's. Du hast uns diesen Brief geschrieben. Daraus schließe ich, daß Du eine Antwort erwartest. Dies ist die einzige, die ich Dir geben kann. Wenn Du mich deswegen als bigotten Heuchler abschreiben willst, so soll es mir recht sein.
Ich werde diesen Brief Deiner Mutter zeigen, die zweifellos nicht damit einverstanden sein wird, werde ihn also ohne ihr Plazet abschicken. Vielleicht schreibt sie noch etwas hinzu.
Warren ist wieder zu Hause. Er hat sich zur Fliegerausbildung gemeldet und wird vielleicht angenommen.

Herzlichst Dad

Rhoda schlief gern lange, aber am folgenden Morgen weckte ihr Mann sie schon um acht Uhr und gab ihr seinen Brief an Byron und eine Tasse heißen Kaffee. Sie setzte sich mit mürrischen, abrupten Bewegungen auf, las, während sie an ihrem Kaffee nippte, den Brief durch und reichte ihn wortlos zurück.

»Möchtest du noch etwas hinzufügen?«

»Nein!« Nichts regte sich in ihrem Gesicht. Nur bei der Stelle über Frauen und Ehe hatte sie leicht die Augenbrauen hochgezogen.

»Findest du ihn nicht richtig?«

»Briefe wie diese ändern nichts«, antwortete Rhoda mit tief überzeugter weiblicher Verachtung.

»Soll ich ihn nicht abschicken?«

»Mir ist es gleich.«

Er steckte den Brief in seine Brusttasche. »Ich bin um zehn mit Admiral Preble verabredet. Hast du es dir inzwischen anders überlegt?«

»Pug, willst du bitte genau das tun, was du für richtig hältst«, sagte Rhoda in einem gequälten, gelangweilten Ton und ließ sich, während er hinausging, in die Kissen zurückfallen.

Der Chef der Seekriegsleitung zeigte sich keineswegs überrascht, als Pug ihm sagte, daß er den Posten annehme. Im Morgengrauen war Henry mit dem übermächtigen Gefühl aufgewacht, daß er sich vor diesem Posten nicht drücken könne, und hatte somit aufgehört, darüber nachzudenken. Preble wies ihn an, sich schleunigst bereitzumachen. Seine Abkommandierung nach Berlin sei bereits fix und fertig.

2

Byron Henrys Begegnung mit Natalie Jastrow vor zwei Monaten war geradezu typisch für ihn. Er war einfach hineingestolpert.
Ganz anders als sein Vater, hatte Byron sich seit jeher treiben lassen. Schon als Junge hatte er sich vor den *Sea Scouts**, der Severn Academy und allem, was auf eine maritime Laufbahn hindeutete, gedrückt. Doch hatte er keinerlei Pläne für irgendeine andere Laufbahn. Seine Schulzeugnisse waren meistens schlecht, und er entwickelte schon früh eine bemerkenswerte Fähigkeit, einfach nichts zu tun. Doch bei gelegentlichen Anfällen von Entschlossenheit hatte er sich als fähig erwiesen, ein paar Einser zu erringen oder ein Radio so zusammenzusetzen, daß es funktionierte, oder einen schrottreifen Wagen wieder hinzukriegen oder eine kaputte Ölheizung zu reparieren. In diesem Geschick für technische Dinge schlug er seinem Vater und Großvater nach. Aber auf die Dauer waren ihm solche Basteleien zu langweilig. Außerdem war er in Mathematik so schlecht, daß es zum Ingenieur nicht gereicht hätte.
Er hätte vielleicht Sportler werden können. Er war elastisch und viel kräftiger, als er aussah, aber ihm widerstrebte das Reglement und das Teamwork im Schulsport. Außerdem hatte er eine Schwäche für Zigaretten und Bier, obwohl das viele Bier, das er konsumierte, seiner Taille nicht einen Millimeter hinzufügte. Im Columbia College (wo er nur deshalb aufgenommen wurde, weil er mit seinem Charme einen Aufnahmeleiter für sich einnahm, eine Intelligenzprüfung gut bestand und weil er kein New Yorker war) wäre er wegen schlechter Zeugnisse um ein Haar geflogen. Er verbummelte lieber seine Zeit im *Fraternity House*, dem Klubhaus der Studentenverbindung, spielte lieber Karten und Billard oder las immer wieder dieselben alten Romane, oder redete über Mädchen und alberte mit ihnen. An Sport gefiel ihm höchstens das Fechten, das seiner unabhängigen Natur und seinem drahtigen Körper entsprach. Hätte er mehr trainiert, wäre er vielleicht Studentenmeister im Degenfechten geworden. Aber es war so langweilig zu trainieren und störte ihn in seiner Faulheit. In seinem ersten Jahr auf dem College hatte er einen Kursus für Kunstgeschichte belegt, den die Sportler wählten, weil dort angeblich niemand durchfiel. Doch Byron Henry brachte es fertig, schon in der Zwischenprüfung zu versagen. Er hatte nie gearbeitet und die Hälfte der Vorlesungen geschwänzt. Immerhin war er über seine schlechte Zensur so be-

* Marine-Pfadfinder

stürzt, daß er zu dem Professor ging und ihm das sagte. Der Professor, ein kleiner, sanfter, kahlköpfiger Liebhaber der italienischen Renaissance, mit grüner Brille und Ohren voller Haare, faßte eine Zuneigung zu ihm. Aus ein paar Bemerkungen, die Byron über Leonardo da Vinci und Botticelli machte, hörte er heraus, daß Byron in den wenigen Vorlesungen, die er besucht hatte, etwas gelernt hatte – im Gegensatz zu den übrigen der dumpfen, schläfrigen Klasse. Sie wurden Freunde. Für Byron Henry war es die erste intellektuelle Freundschaft seines Lebens. Er begeisterte sich für die Renaissance, plapperte die Gedanken seines Professors sklavisch nach und ging mit einem blendenden Zeugnis vom College ab, kuriert vom Biersaufen und ganz versessen darauf, Kunstgeschichte zu unterrichten. Noch ein Jahr an der Universität von Florenz, Abschluß mit dem *Master of Arts* – das war der Plan gewesen.

Aber ein paar Monate in Florenz hatten Byron abgekühlt. An einem regnerischen Novemberabend, allein in einer schäbigen, möblierten Bude mit dem Blick auf den schlammigen Arno, hatte er den Knoblauchgeruch, den Gestank aus dem Siel und dieses Leben unter lauter Fremden satt und schrieb an seinen Freund, daß italienische Malerei kitschig sei, süßlich und langweilig mit ihren ewigen Madonnen, Christuskindern, Heiligen, ihren Heiligenscheinen, Kreuzigungen, Auferstehungen, ihren fahlen toten Erlösern, schwebenden bärtigen Jehovas und so weiter; daß ihm die Modernen wie Miró und Klee viel besser gefielen und daß alle Malerei nichts weiter als Innenarchitektur sei, die ihn eigentlich gar nicht interessiere. In dieser bedrängten Stimmung kritzelte er mehrere Seiten voll und schickte sie ab, gab sein Studium und jede Hoffnung auf einen akademischen Grad auf und zigeunerte eine Zeitlang in Europa herum.

Als er nach Florenz zurückkehrte, fand er einen aufmunternden Brief des Professors vor:

... Was aus Ihnen werden wird, weiß ich nicht. Die Kunst war offensichtlich nicht das richtige. Ich glaube jedoch, daß es gut für Sie war, sich für irgend etwas zu begeistern. Und wenn Sie es fertigbrächten, Ihre Lethargie abzuschütteln, und Sie etwas fänden, was Sie wirklich packt, könnten Sie es weit bringen. Ich bin ein alter Verkehrspolizist und habe von meiner Ecke aus viele Chevrolets und Fords vorbeifahren sehen. Es fällt mir nicht schwer, den vereinzelten Cadillac zu erkennen. Allerdings scheint mir, daß dieser hier sich arg festgefahren hat.

Ich habe Ihretwegen an Dr. Aaron Jastrow geschrieben, der in der Nähe von Siena wohnt. Sie haben sicherlich schon von ihm gehört. Er ist der Verfasser von Eines Juden Jesus, *hat einen Haufen Geld damit verdient und stieg aus der akademischen Tretmühle aus. Wir waren in Yale befreundet, und er hatte ein großes Talent dafür, das Beste aus jungen*

Menschen herauszuholen. Fahren Sie zu ihm, sprechen Sie mit ihm und grüßen Sie ihn von mir.

So kam es dazu, daß Byron eines Tages Aaron Jastrow aufsuchte. Er nahm einen Bus nach Siena, eine dreistündige Fahrt auf einer holperigen, Angst einjagenden Bergstraße. Er war schon zweimal in diesem phantastischen Städtchen gewesen, lauter rote Türme, Zinnen und enge, schiefe Gassen, die sich auf einer Anhöhe inmitten von grünbraunen toskanischen Weinbergen um eine grelle, zebragestreifte Kathedrale gruppierten. Sein Hauptruhm bestand, abgesehen von der quasi byzantinischen sakralen Kunst, die Byron dort studiert hatte, in einem eigentümlichen jährlichen Pferderennen, dem sogenannten *Palio*, das er nur vom Hörensagen kannte.

Das Mädchen am Steuer des alten blauen Kabrioletts machte auf den ersten Blick keinen besonderen Eindruck auf ihn: ein ovales Gesicht, dunkelhäutig, schwarzhaarig, so daß er sie zunächst für eine Italienerin hielt. Sie trug eine riesige Sonnenbrille, einen rosa Pullover über einer offenen weißen Hemdbluse. Neben ihr saß ein blonder Mann, der ein Gähnen hinter einer schmalen weißen Hand verbarg.
»Hallo! Byron Henry?«
»Ja.«
»Steigen Sie hinten ein. Ich bin Natalie Jastrow. Das hier ist Leslie Slote. Er arbeitet in unserer Botschaft in Paris und ist gerade zu Besuch bei meinem Onkel.«
Byron machte ebenfalls wenig Eindruck auf das Mädchen. Was Natalie durch die Sonnenbrille erblickte, war ein schlanker, schlaksiger junger Mann, sichtlich Amerikaner, mit rötlichem Schimmer in dem dichten braunen Haar, der mit lässig gekreuzten Beinen an der besonnten Mauer des Hotels Continental lehnte und eine Zigarette rauchte. Die hellgraue Jacke, dunklen Hosen und braune Krawatte wirkten eine Spur dandyhaft. Die Stirn unter der Haartolle war breit, die schräg nach unten laufenden Kinnbacken verengten sich nach vorn, das Gesicht war blaß. Er wirkte ganz wie das, was er war – ein verbummelter Student, der recht gut aussah. Solche wie ihn hatte Natalie früher zu Dutzenden abgewimmelt.
Während sie sich durch die engen steilen Gassen alter, windschiefer rostroter Häuser aus der Stadt herausschlängelten, erkundigte Byron sich gelangweilt nach Slotes Dienst an der Botschaft. Der Diplomat erzählte ihm, daß er in der politischen Abteilung arbeite und Russisch und Polnisch lerne, in der Hoffnung, nach Moskau oder Warschau versetzt zu werden. Im Sitzen wirkte Slote sehr groß; später sah Byron, daß er selbst größer war als Slote. Der Beamte hatte einen langen Oberkörper, aber verhält-

nismäßig kurze Beine. Über der hohen Stirn, dem schmalen rosigen Gesicht wölbte sich volles blondes Haar; die hellblauen Augen hinter der randlosen Brille waren wachsam und durchdringend und die dünnen Lippen wie von unerschütterlicher Entschlossenheit zusammengepreßt. Während der ganzen Fahrt hatte er eine große schwarze Pfeife in der Hand oder im Mund, ohne sie jedoch zu rauchen. Das muß eigentlich ein angenehmer Beruf sein, sagte sich Byron, brachte Reisen, Abenteuer und Begegnungen mit wichtigen Persönlichkeiten mit sich. Doch als Slote erwähnte, daß er Stipendiat der Cecil-Rhodes-Stiftung war, verfolgte Byron das Thema lieber nicht weiter.

Jastrow wohnte in einer gelb verputzten Villa an einem steilen Hügel, mit einer schönen Aussicht auf die Kathedrale und die roten Türme und Ziegeldächer von Siena. Die Fahrt dauerte etwa zwanzig Minuten. Byron beeilte sich, dem Mädchen und Slote durch den terrassenförmig angelegten blühenden Garten, voll von verwitterten Gipsstatuen, zu folgen.
»Nun, da seid ihr ja!« Die Stimme war hoch, herrisch und ungeduldig, mit einer leicht ausländischen Aussprache des ›r‹.
Zwei Dinge fielen Byron ins Auge, als sie das langgestreckte Wohnzimmer mit der Balkendecke betraten: das Gemälde eines rotgewandeten heiligen Franz von Assisi mit ausgestreckten Armen, auf Goldgrund gemalt, das fast die ganze Wand einnahm, und drüben am Ende des saalartigen Raums, auf einem rotseidenen Diwan, ein bärtiger kleiner Mann in hellgrauem Anzug, der aufstand und ihnen hüstelnd entgegenkam.
»Das ist Byron Henry, Aaron«, sagte das Mädchen.
Jastrow faßte Byrons Hand mit zwei dürren kleinen Klauen und sah mit vorstehenden, flackernden Augen zu ihm auf. Sein großer Kopf saß auf schmächtigen Schultern; er hatte eine welke sommersprossige Haut, helles, glattes Haar und eine fleischige Nase, die von einem Schnupfen gerötet war. Der adrett geschnittene Bart war völlig grau. »Columbia '38, nicht wahr?«
»Ja, Sir.«
»Hm, hm. Na, kommen Sie.« Er ging ihm voraus quer durch das Zimmer und knöpfte sich dabei die flatternden Enden seines Zweireihers zu. »Kommen Sie her, Byron.« Er zog den Stöpsel aus einer bauchigen Kristallflasche mit bernsteinfarbenem Wein und schenkte behutsam vier Gläser ein. »Leslie und Natalie, na los. Sonst trinken wir tagsüber keinen Wein, Byron, aber heute machen wir eine Ausnahme.« Er hob sein Glas. »Auf Mr. Byron Henry, den großen Verächter der italienischen Renaissance.«
Byron lachte. »Das hat Ihnen wohl Dr. Paoli geschrieben? Darauf trinke ich.«

Jastrow nahm nur einen Schluck, stellte sein Glas wieder hin und sah auf die Uhr. Byron schloß daraus, daß der Professor zum Mittagessen drängte, und kippte den Sherry wie einen puren Whisky hinunter. Worauf Jastrow mit einem entzückten Lächeln ausrief: »Ah! Eins, zwei, drei. Bravo. Komm jetzt, Natalie, kommen Sie, John, nehmt eure Gläser mit.«
Es war ein karges Mahl: lediglich Gemüse mit weißem Reis, danach Obst und Käse. Das Geschirr allerdings bestand aus edlem goldbraunem Porzellan. Eine kleine grauhaarige Italienerin servierte. Die hohen Fenster zum Garten standen offen und gaben den Blick auf Siena und eine Flut blassen Sonnenlichts frei. Ab und zu strich ein kühles Lüftchen herein, während sie aßen.
Als sie sich gesetzt hatten, fragte das Mädchen: »Was haben Sie gegen die italienische Renaissance, Byron?«
»Das ist eine lange Geschichte.«
»Heraus damit«, sagte Jastrow im Ton eines Lehrers und legte einen Daumen auf den lächelnden Mund.
Byron zögerte. Jastrow und der Rhodes-Stipendiat machten ihn befangen, und das Mädchen irritierte ihn noch mehr. Sie hatte ihre Sonnenbrille abgenommen und sah ihn mit ihren großen schrägen braunen Augen, die vor Intelligenz funkelten, an. In dem knochigen Gesicht war ihr Mund weich und groß, mit einem etwas zu grellen Orange bemalt. Natalie betrachtete ihn mit einem ironischen Blick, als ob sie schon zu dem Schluß gekommen sei, daß er ein Dummkopf war; und Byron war nicht dumm genug, das zu übersehen.
»Vielleicht habe ich zuviel davon gesehen«, sagte er. »Anfangs war ich fasziniert. Jetzt aber hab ich diese Kunst langsam über, ödet sie mich an. Vieles daran ist großartig, aber es gibt unter all diesen Meisterwerken eben zu viel überschätzten Schund. Was ich vor allem nicht ausstehen kann, ist diese Mischung von Heidentum und Christentum. Ich glaube einfach nicht, daß David aussah wie Apollo oder Moses wie Jupiter oder Maria wie die Buhle dieser Renaissancekünstler, mit einem ausgeliehenen Baby auf dem Schoß. Vielleicht konnten sie die Juden der Bibel nicht anders darstellen als hiesige Italiener oder Pseudo-Griechen, aber ...« Byron stockte einen Moment, als er die amüsierten Blicke seiner Zuhörer wahrnahm, »ich will damit nicht etwa sagen, daß meine Kritik unbedingt stichhaltig ist. Sie zeigt vermutlich nur, daß ich mich einem falschen Gebiet zugewandt habe. Aber was hat das alles mit dem Christentum zu tun? Das ist es, was mir nicht in den Kopf will. Angenommen, Christus kehrte auf die Erde zurück und besuchte die Uffizien oder die Peterskirche! Der Christus Ihres Buches, Doktor Jastrow, der arme idealistische jüdische Prediger aus dem Hinterland! Das ist der Christus, mit dem ich aufgewachsen bin. Mein Vater ist ein frommer Mann; zu Hause mußten wir

jeden Morgen ein Kapitel aus der Bibel vorlesen. Ja, Christus käme gar nicht auf den Gedanken, daß das Zeug mit ihm und seiner Lehre etwas zu tun hätte.« Natalie Jastrow betrachtete ihn mit einem fast mütterlichen Lächeln. »Okay. Sie haben mich gefragt, was ich gegen die italienische Renaissance habe, und ich habe darauf geantwortet«, entgegnete er brüsk.
»Nun, das ist ein Standpunkt«, sagte sie.
Slotes Augen hinter den Brillengläsern zwinkerten, während er sich seine Pfeife ansteckte und zwischen zwei Zügen sagte: »Machen Sie sich nichts daraus, Byron, Sie sind nicht der einzige, der diesen Standpunkt hat. Eine gute Bezeichnung dafür heißt Protestantismus.«
»Byrons Haupteinwand ist richtig«, gab Dr. Jastrow freundlich zu und ließ die kleinen Finger gegeneinander tanzen. »Die italienische Renaissance war eine Hochblüte von Kunst und Ideen, Byron, die entstand, als Heidentum und hebräischer Geist – in seiner christlichen Ausdrucksform – einander vorübergehend befruchteten, anstatt sich zu bekämpfen. Zugegeben, was dabei herauskam, war eine Kreuzung, aber die Kinder aus solchen Mischehen sind manchmal vitaler als ihre Eltern – denken Sie nur an das Maultier.«
»Ja, Sir«, sagte Byron, »nur daß Maultiere nicht zeugungsfähig sind.« Ein verblüfftes Schmunzeln erhellte flüchtig Natalie Jastrows Gesicht, und ihre großen dunklen Augen blitzten von Leslie Slote hinüber zu Byron.
»Gut gesagt. Genauso ist es.« Jastrow nickte geradezu erfreut. »Die Renaissance war in der Tat nicht imstande, sich fortzupflanzen, und sie starb aus, als der heidnische und hebräische Geist ihre getrennten, unsterblichen Wege gingen. Aber die Gebeine jenes Maultiers, Byron, gehören bis heute zu dem Kostbarsten, was die Menschheit an kultureller Leistung hervorgebracht hat, was immer Sie auch, aus Ihrer momentanen Übersättigung heraus, dagegen einwenden.«
Byron zuckte die Schultern. »Ist Ihr Vater vielleicht Geistlicher?« fragte Leslie Slote.
»Sein Vater ist Marineoffizier«, antwortete Jastrow für ihn.
»Tatsächlich? Und wo?«
»Im Augenblick macht er Kriegsplanung«, erwiderte Byron.
»Du meine Güte! *Kriegs*planung!« mokierte sich Dr. Jastrow in gespielter Verwunderung. »Das wußte ich ja gar nicht? Ist das so drohend, wie es klingt?«
»Nun, Sir, jedes Land stellt im Frieden seine theoretischen Kriegspläne auf.«
»Und Ihr Vater, glaubt er an einen drohenden Krieg?«
»In seinem letzten Brief an mich vom November schreibt er nichts von einem Krieg.«

Die drei wechselten einen vielsagenden Blick. »Würde er das tun in einem Privatbrief?« fragte Slote.
»Nun, er hätte mich nach Hause beordern können. Das hat er nicht getan.«
»Interessant«, sagte Dr. Jastrow, zu Slote gewandt, mit einem selbstgefälligen Schmunzeln und rieb sich die winzigen Hände.
»Und doch, wenn Sie mich fragen, es kommt zum Krieg!« Dies rief ein Schweigen von ein, zwei Sekunden hervor und noch mehr Blickwechsel. Jastrow meinte: »Was? Wirklich? Wieso?«
»Nun, ich komme gerade aus Deutschland. Man sieht nichts als Uniformen, Paraden, Truppenübungen und Militärkapellen. Wo man auch hinfährt, trifft man auf Lastwagen voller Truppen, auf Güterzüge voller Artillerie und Panzer, Züge manchmal kilometerlang.«
»Aber, Byron«, fiel Jastrow ein, »mit genau solchen Mitteln hat Hitler Österreich und die Tschechoslowakei erobert, und er hat keinen Schuß abgefeuert.«
»Leslie meint«, sagte Natalie zu Byron, »mein Onkel solle nach Hause fahren. Seit drei Tagen diskutieren wir darüber.«
»Ich verstehe.«
Mit greisenhafter Bedächtigkeit schälte Jastrow eine Birne; mit einem Obstmesser, dessen Griff aus Elfenbein war. »Ja, Byron, ich bin bockig wie ein Maultier.« Er hatte das Wort rein zufällig gebraucht, denn er grinste und fügte hinzu: »Wahrscheinlich, weil ich selbst eine Kreuzung aus beiden Kulturen bin. Ich hab hier ein behagliches Haus, es ist das einzige Heim, das ich jetzt habe, und meine Arbeit geht gut voran. Ein Umzug würde mich ein halbes Jahr kosten. Wenn ich das Haus verkaufen wollte, fände ich keinen Italiener, der mir auch nur fünf Cent für den Dollar gäbe. Sie haben seit Jahrhunderten mit Ausländern zu tun gehabt, die plötzlich abreisen mußten. Sie würden mich nach Strich und Faden ausnehmen. Das war mir klar, als ich diese Villa kaufte. Ich gedenke meine Tage hier zu beschließen.«
»Aber hoffentlich nicht diesen Herbst in den Händen der Nazis«, sagte Slote.
»Ach, hör auf, Slote«, fiel Natalie ein und fuhr mit der Hand senkrecht durch die Luft. »Seit wann habt ihr Diplomaten eine solch besondere Gabe, die Zukunft vorauszusagen? Seit München? Seit Österreich? Seit dem Rheinland? Wart ihr nicht jedesmal selber überrascht?« Byron hörte diesem Wortwechsel mit Interesse zu. Sie schienen vergessen zu haben, daß er auch noch da war.
»Hitler hat eben unberechenbare Schritte getan mit katastrophalen Folgen«, erwiderte Slote. »Jeder auf der Straße kann eine Pistole ziehen und vier Leute erschießen, bevor die Polizei kommt und ihn festnimmt. Genau

das war bisher, auf eine kurze Formel gebracht, Hitlers sogenannte brillante Außenpolitik – der Überraschungseffekt eines amoklaufenden Verbrechers. Mit diesem Spiel ist es aus. Die anderen sind jetzt aufgewacht. Bei Polen werden sie ihm Einhalt gebieten.«

Jastrow aß ein Stück Birne und begann in einem rhythmischen, honigsüßen Ton zu sprechen, in einer Mischung von Selbstgespräch und Vorlesung. »Wenn Hitler der Kaiser wäre, Leslie, oder ein Mann wie Karl der Zwölfte, hätte ich, ehrlich gesagt, Angst. Aber er ist weitaus befähigter, als du denkst. Zum Glück ist die ehemalige herrschende Klasse vernichtet. Sie war es, die mit ihrer verrotteten Unfähigkeit den Weltkrieg entfesselte, diese eitlen, posierenden, geschniegelten Monarchen und Politiker von 1914, diese ordengeschmückten Weiberhelden und Sodomiten Proustscher Prägung. Sie ahnten nicht mal, daß die alten Sitten, das alte Aktenverfahren, das alte Protokoll ausgespielt hatten und daß technische Kriegführung das alte System so leicht zerschlagen würde, wie man ein Kartenhaus umwirft. Also kamen sie auf den Schrotthaufen, und eine neue Führerschaft stieg aus der Gosse auf, wo Realismus herrscht und oft die Wende einsetzt. Wissen Sie, auch die ersten Christen kamen aus den Schlupfwinkeln der Kloaken und Katakomben von Rom«, wandte sich Jastrow an Byron Henry, sichtlich erfreut über ein neues Publikum. »Ja, Sir, das ist mir bekannt.«

»Natürlich ist es das. Nun, Hitler ist ein Strolch, Mussolini ist ein Strolch, und Stalin ist ein Galgenvogel. Das sind neue robuste, tüchtige und geschickte Kerle, direkt aus der Gosse hochgestiegen. Lenin, auch so ein Galgenvogel, war der große Erfinder, er hat alles zusammengebraut, nicht wahr, Leslie – die jesuitische Geheimpartei, die primitiven Schlagworte für die Massen und die Verachtung ihrer Intelligenz und ihrer Erinnerungsfähigkeit, die fanatische Sprache, die strengen Dogmen, die islamische Inbrunst in der Politik, der primitive Pomp, der totale Zynismus in der Taktik, das alles ist Leninismus. Hitler ist Leninist, Mussolini ist Leninist. Das Gerede von Pro- und Antikommunismus ist etwas für Narren und Kinder.«

»Aber ich *bitte* dich, Aaron…«

»Einen Augenblick, bitte! In der Außenpolitik war Lenin überaus schlau und vorsichtig, und nur darum geht's mir. Ruhm, Ehre, der ganze Flitter von Illusionen des alten Regimes, die zu Kriegen führten, waren für Lenin nur fauler Zauber. Für Hitler ebenfalls. Er hat nie etwas unternommen, wenn der Erfolg nicht von vornherein feststand. Der Bandit, der mit der Pistole Amok läuft, das ist genau das Bild, das er von sich schaffen möchte. Es wundert mich, daß du das nicht einsiehst. Er ist wirklich ein sehr, sehr besonnener Mann. Wenn er sich Polen ohne Krieg einverleiben kann, dann wird er es tun. Sonst wird er sich nicht rühren. Jedenfalls jetzt nicht,

Vielleicht in zehn Jahren, wenn er Deutschland genügend aufgebaut hat. Und ich werde sehr zufrieden sein, wenn ich noch zehn Jahre lebe.«
Slote zupfte mit nervösen mageren Fingern an seinem Schnurrbart. »Ich verstehe Sie einfach nicht, Aaron. Das kann doch nicht Ihr Ernst sein! Hitler ein Leninist! Das ist ein Paradox, das nur im Kaffeehaus entstehen kann, und das wissen Sie selbst. Die russische Revolution bedeutet eine radikale Wende in der Geschichte. Die Abschaffung des Privateigentums hat eine neue Welt geschaffen. Ob sie Ihnen gefällt oder nicht, sie ist neu. Hitlers Sozialismus war nur vorgetäuscht, um eine Horde von Gangstern an die Macht zu bringen. Er hat die deutsche Wirtschaft genauso eingefroren, wie sie es vorher war, die Gewerkschaften zerschlagen, die Arbeitszeit verlängert, die Löhne gekürzt und die ganze reiche Clique an der Spitze belassen, die Krupps und Thyssens, die ihm das Geld gaben, um die Nazibewegung zu finanzieren. Die großen Nazis leben wie die Fürsten, wie die Sultane. Die Konzentrationslager sind für diejenigen da, die noch immer den sozialistischen Teil des Nationalsozialismus fordern. Wissen Sie das denn nicht? Die Säuberungsaktion von 1934 war nichts als eine Kraftprobe zwischen den sozialistischen Elementen in der Partei und den Generalen zusammen mit den reichen Konservativen. Hitler hat seine alten Parteifreunde wie die Rebhühner abgeschossen. Daß Sie sich für Ihre und Natalies Sicherheit auf die Klugheit dieses Menschen verlassen, finde ich einfach grotesk.«
»So?« Jastrow sah auf die Uhr und seufzte. »Das tut mir leid. Mir imponiert Hitlers Fähigkeit, je nach Notwendigkeit mit sozialistischem Geschwafel zu operieren und es dann wieder fallenzulassen. Er benutzt Doktrinen genau, wie er Geld benutzt, nämlich um etwas durchzusetzen. Sie sind austauschbar. Er benutzt den Rassenwahn, weil er romantischer deutscher Dünkel in Reinextrakt ist, genau wie Lenin den utopischen Marxismus benutzte, weil dieser das messianische Sendungsbewußtsein der Russen ansprach. Hitler will ein vereintes Europa schmieden. Wenn ein blödsinniges Tamtam von rassistischem Humbug, sozialistischen Versprechungen, Blechkapellen, Paraden, Uniformen und rührseligen Liedern nötig ist, um die Deutschen zu einem ›stumpfen Instrument‹, sprich Werkzeug, zusammenzuschweißen, dann bietet er es ihnen eben. Die Deutschen sind stur, gescheit, brutal und fügsam, sie führen beflissen jeden Befehl aus, der ihnen mit genügender Lautstärke zugebrüllt wird. Hitler versteht sie, und er könnte unter Umständen Erfolg haben. Ein vereintes Europa muß kommen. Dieser mittelalterliche Mischmasch einzelner Nationen hat sich überlebt. Im Industriezeitalter ist das Gleichgewicht der Mächte ein gefährlicher Unsinn. Das muß alles über Bord geworfen werden. Jemand muß unverfroren genug sein, dies zu tun, da die einzelnen Völker mit ihrem alten Haß es nie selbst fertigbringen werden.

Es ist nichts anderes als Napoleons ursprüngliche Idee, nur war er seiner Zeit um ein Jahrhundert voraus. Das alte Gefüge war damals noch zu mächtig, also fingen sie ihn und sperrten ihn in einen Käfig zum Sterben. Aber es gibt niemand, der Hitler in einen Käfig sperren wird.«
»Aber Dr. Jastrow«, platzte Byron heraus, »als ich in Deutschland war, sah ich die Aufschriften auf Parkbänken und in Straßenbahnwagen über die Juden. Ich sah ausgebrannte Synagogen.«
»Und?«
Alle sahen ihn an. Er fuhr fort: »Ich wundere mich, daß ausgerechnet Sie so gelassen über Hitler sprechen – Sie als Jude!«
Ein verhaltenes bitteres Lächeln zeigte sich bei Dr. Jastrow und entblößte kleine gelbliche Zähne und eine Goldkrone. Er strich sich über den Bart und erwiderte bedächtig in seinem dozierenden Ton: »Nun! Ihre Verwunderung nimmt mich nicht wunder. Junge Menschen – besonders junge Amerikaner – ahnen nicht, daß in Europa die Toleranz gegenüber Juden erst fünfzig bis hundert Jahre zurückreicht, selbst dann war es nie sehr weit her damit. Polen zum Beispiel, wo ich geboren bin, blieb unberührt davon. Und selbst im Westen – was ist mit dem Fall Dreyfus? Nein, nein. In dieser Beziehung repräsentiert Hitler für Europa nur die Rückkehr zum Normalen – nach dem kurzen Aufwallen von Liberalismus. Die Feindschaft ist lediglich von der Kirche auf die antisemitischen Parteien übergegangen, weil die Französische Revolution Europa von einem kirchlichen Kontinent in einen politischen verwandelt hat. Sollte Hitler sich durchsetzen, werden die Juden wieder in denselben Status, Menschen zweiter Klasse, zurückfallen, den sie unter den Königen und Päpsten schon immer hatten. Nun, wir haben das siebzehn Jahrhunderte überlebt. Wir besitzen eine Menge Weisheit und Lehren, um damit fertig zu werden.«
Slote schüttelte den Kopf. »Ich weiß, Sie gefallen sich darin, solche Reden zu führen, aber ich gäbe was darum, wenn Sie das auf dem nächsten Schiff in die Heimat täten.«
»Aber ich spreche in vollem Ernst, Leslie«, sagte Jastrow mit einem leicht verschmitzten Lächeln. »Damals, als Mussolini die antijüdischen Gesetze erließ, schlugen Sie auch solch wilden Alarm; und – sie erwiesen sich als Farce.«
»Aber sie existieren, sollten die Deutschen jemals darauf dringen, sie anzuwenden.«
»Die Italiener hassen und fürchten die Deutschen ohne Ausnahme. Selbst wenn es durch irgendeinen unglücklichen Zufall zum Kriege käme, würden sie nicht kämpfen. Siena dürfte ein genauso sicherer Ort sein wie jeder andere.«
»Ich bezweifle, daß Natalies Eltern Ihre Auffassung teilen.«

»Sie kann morgen nach Hause fahren. Aber vielleicht gefällt ihr Siena ein wenig besser als Miami Beach.«
»Ich weiß noch nicht, ob ich fahre«, sagte das Mädchen. »Aber nicht etwa, weil ich Angst vor dem Krieg oder vor Hitler habe. Mich belasten andere Dinge.«
»Das kann ich mir denken«, sagte Jastrow.
Slote wurde plötzlich puterrot. Seine Pfeife lag qualmend auf einem Aschenbecher, und er spielte mit einem gelben Bleistift, den er aus der Tasche gezogen hatte und in der Faust herumdrehte. Der Bleistift bewegte sich nicht mehr.
Jastrow stand auf. »Kommen Sie, Byron.« Sie ließen das Mädchen und den rotgesichtigen Mann, die einander wütend anstarrten, am Tisch zurück.

Die Regale in der kleinen holzgetäfelten Bibliothek waren vollgestopft mit Büchern, und Bücher stapelten sich auf dem Schreibtisch und Fußboden. Über dem weißen Marmorkaminsims hing eine steife Madonna mit Kind; ein kleines Bild sienesischer Schule in Blau und Rosa auf Goldgrund in einem breiten verschnörkelten vergoldeten Rahmen. »Berenson sagt, es sei ein Duccio«, bemerkte Jastrow, flüchtig auf das Bild deutend, »und das genügt mir. Nachgewiesen ist es nicht. Also, jetzt zu Ihnen. Setzen Sie sich dorthin. Ins Licht. Damit ich Sie sehen kann. Legen Sie die Zeitschriften einfach auf den Fußboden. Gut. Ist der Sessel bequem? Na fein.«
Er seufzte und legte den Daumen an die Unterlippe. »Warum sind Sie eigentlich nicht zur Marineakademie gegangen, Byron? Sind Sie nicht stolz auf Ihren Vater?«
Byron richtete sich in seinem Sessel auf. »Ich glaube, daß mein Vater eines Tages Chef der Seekriegsleitung sein wird.«
»Und ist er es denn nicht wert, daß man ihm nacheifert?«
»Das tut schon mein Bruder Warren. Mich interessiert das eben nicht.«
»Dr. Milano schrieb mir, Sie hätten einen Reservelehrgang bei der Marine mitgemacht, sich bewährt und einen Rang erworben.«
»Ja, um meinem Vater eine Freude zu machen«, sagte Byron achselzuckend.
»Sie wollen es sich also nicht noch einmal überlegen? Noch ist es nicht zu spät dazu!«
Byron schüttelte lächelnd den Kopf. Jastrow zündete sich eine Zigarette an und sah Byron prüfend an. »Leben Sie wirklich gern in Italien, Sir?« wechselte der junge Mann das Thema.
»Nun, mir wurde ein warmes Klima verordnet. Zuerst habe ich es mit Florida, Arizona, Südkalifornien und der französischen Riviera versucht.« Der Professor sprach die Namen dieser Orte mit einer Ironie aus,

die sie allesamt als lächerlich oder unangenehm abtat. »Italien ist schön, still und billig.«
»Es stört Sie nicht, in einem faschistischen Land zu leben?«
Jastrow lächelte nachsichtig. »In allen politischen Systemen gibt es Gutes und Schlechtes.«
»Wie sind Sie eigentlich dazu gekommen, *Eines Juden Jesus* zu schreiben, Sir? Haben Sie es hier geschrieben?«
»O nein, aber es hat mich hierher geführt.« Jastrow sprach mit einer gewissen Selbstgefälligkeit. »Sehen Sie, bei einer Vorlesung über alte Geschichte benutzte ich die Bibel, und da ich als Junge in Polen Talmudschüler gewesen war, betonte ich unwillkürlich die rabbinischen Quellen, auf die Jesus und Paulus sich stützen. Dieser neue Gesichtspunkt schien die Anfangssemester in Yale zu faszinieren. Ich schrieb ein Buch zusammen mit dem Arbeitstitel *Talmudische Züge im frühen Christentum.* Ganz zum Schluß erst kam ich auf den Titel *Eines Juden Jesus.* Der *Book-of-the-Month-Club* hat es ausgezeichnet.« Jastrow wies mit einer weichen Bewegung beider Hände auf das ganze Zimmer und sagte lächelnd: »Und hier bin ich nun. Das Honorar des Buchklubs hat mir dieses Haus eingebracht. Also, Byron, was sind Ihre Pläne? Gehen Sie in die Vereinigten Staaten zurück?«
»Ich weiß es nicht. Ich hänge völlig in der Luft.«
»Wollen Sie nicht einen Job?«
Byron war verblüfft. »Nun, ich denke, ja, vielleicht doch, Sir.«
Jastrow ging gemächlich an seinen Schreibtisch und stöberte in dem Bücherstapel; er nahm die Brille dabei ab und hielt sich die Titel dicht vor die Augen. »Ich hatte einen ausgezeichneten Assistenten, einen jungen Mann von der Yale-Universität, aber er mußte nach Hause kommen – seine Eltern hatten Angst vor einem Krieg –, ach, da habe ich es ja. Könnte ich Sie für zwanzig Dollar die Woche für den Kaiser Konstantin interessieren? Das hier ist, für den Anfang, eine gute Allgemeinbiographie.«
»Sir, ich habe die meisten Vorlesungen für Geschichte geschwänzt.«
»Ich verstehe. Sie wollen die Stelle also nicht.«
Der junge Mann streckte die Hand aus nach dem dicken Band und drehte ihn unschlüssig hin und her. »Doch, ich will's versuchen. Vielen Dank.«
»Ach, Sie wollen wirklich? Obwohl Sie sagen, daß Sie nicht dazu befähigt sind? Warum?«
»Nun – wegen des Geldes, und um bei Ihnen zu sein.« Das war die reine Wahrheit, wenngleich er einen dritten guten Grund verschwieg: Natalie Jastrow.
Jastrow machte ein strenges Gesicht und lachte dann schallend. »Na gut, versuchen wir's.«

Der Brief, den Byrons Eltern einige Zeit später erhielten und der Victor Henry wegen des Mädchens zu der ausführlichen Antwort bewog – war unbeabsichtigt irreführend. Wohl war eine Liebesgeschichte im Gang, aber Natalies Liebhaber war Leslie Slote. Seine Briefe an sie kamen zwei- bis dreimal die Woche: lange, dicke, weiße Kuverts der amerikanischen Botschaft, adressiert in einer ausladenden, steifen Handschrift, mit brauner Tinte und mit Briefmarken, die über den offiziellen Regierungsstempel geklebt waren. Byron haßte ihren Anblick.

Er verbrachte viele Stunden des Tages mit ihr in dem riesigen Zimmer im zweiten Stock, wo sich Jastrows Hauptbibliothek befand. Dort stand ihr Schreibtisch. Sie beantwortete Briefe, tippte Manuskripte und führte mit Hilfe einer Italienerin den Haushalt. Byron arbeitete an dem langen Bibliothekstisch, las über Konstantin, verglich Fakten und zeichnete Landkarten der kaiserlichen Feldzüge. Wann immer er aufblickte, sah er das ebene Gesicht über den Schreibtisch gebeugt, die ausgeprägten Backenknochen von der Sonne oder von der Lampe an trüben Tagen beschienen. Und dazu die langen hübschen Beine in den schimmernden Seidenstrümpfen, die er immer vor sich hatte. Natalie kleidete sich in braune Wolle, behandelte ihn betont sachlich; schminkte sich, seit Slote abgereist war, so gut wie gar nicht mehr, kämmte sich das Haar aus der Stirn zu einem strengen Nackenknoten und sprach mit Byron mit kurzangebundener Kühle. Das tat jedoch seiner wachsenden Verliebtheit keinen Abbruch.

Sie war die erste Amerikanerin, mit der er seit Monaten gesprochen hatte; und sie saßen täglich viele Stunden zusammen, nur sie beide in einem mit Büchern tapezierten Raum. Das allein genügte, sie anziehend zu finden. Aber sie imponierte ihm auch. Natalie Jastrow unterhielt sich mit ihrem berühmten Onkel auf gleicher Ebene. Vor ihrem profunden Wissen, ihren geistreichen Ansichten kam Byron sich ganz klein vor; dabei hatte sie nichts Blaustrümpfiges an sich. Seiner bisherigen Erfahrung nach waren Mädchen eher geistig leichtgewichtige Geschöpfe, die auf ein Lächeln oder ein bißchen Schmeichelei hereinfielen. Sowohl auf der Universität als auch in Florenz waren sie ihm nachgelaufen. Byron war so etwas wie ein Adonis, träge und nicht besonders an ihnen interessiert; und im Gegensatz zu Warren hatte er von seinem Vater gewisse prüde Ansichten übernommen. Er sah in Natalie ein dunkles Juwel an Intellekt und Liebreiz, das hier in den italienischen Hügeln von keinem bemerkt vor sich hin funkelte. Daß er ihr gleichgültig war, fand er ganz in Ordnung. Es kam ihm nicht einmal in den Sinn, etwas dagegen zu unternehmen.

Er tat Dinge, die er bisher noch nie getan hatte. Er stahl ihr eines ihrer kleinen blaßblauen Taschentücher und saß nachts, daran schnuppernd, in seinem Hotelzimmer in Siena. Einmal aß er ein Stück Kuchen, das sie auf ihrem Schreibtisch liegengelassen hatte, weil es den Abdruck ihrer Zähne trug. Als sie nach dem Kuchen fragte, log er ihr gelassen etwas vor. Es hatte ihn sozusagen schwer erwischt. Natalie schien davon nichts zu bemerken. Byron umgab sich mit einer harten Schale der Rätselhaftigkeit, die er sich schon als Knabe zugelegt hatte, um seine Faulheit und seine Mißerfolge in der Schule vor seinem gestrengen Vater abzuschirmen.

Natürlich plauderten sie oft miteinander, und manchmal fuhren sie zu einem Picknick in die Hügel hinaus, wo sie bei einer Flasche Wein etwas aus sich herausging und ihn eher wie einen jüngeren Bruder behandelte. Bald wußte er über die Hauptfakten ihrer Liebesgeschichte Bescheid. Sie war zum Abschluß ihres Studiums in Soziologie an die Sorbonne gegangen. Jastrow hatte Slote, einem seiner früheren Hörer, von ihr geschrieben. Daraus hatte sich eine stürmische Liebesgeschichte entwickelt, und Natalie hatte Paris im Zorn verlassen und eine Weile bei ihren Eltern in Florida gelebt. Dann war sie nach Europa zurückgekehrt, um für ihren Onkel zu arbeiten; wahrscheinlich, um näher bei Slote zu sein, dachte Byron. Der ehemalige Rhodes-Stipendiat sollte im Juli seinen neuen Posten in Warschau antreten, und Natalie beabsichtigte, ihn dort, während Jastrow zu seinem Sommerurlaub auf die griechischen Inseln fuhr, zu besuchen.

Auf einem dieser Picknicks, während er ihr den Rest des Weins einschenkte, fragte Byron geradeheraus: »Natalie, gefällt Ihnen eigentlich Ihre Arbeit?«

Sie saß auf einer Wolldecke, hatte die Arme um die unter einem dicken karierten Rock verborgenen Beine geschlungen und schaute über den Hang winterbrauner Weingärten. Mit einem koketten Blick und schräg geneigtem Kopf sagte sie: »Ach, es ist eine Arbeit wie jede andere. Wieso?«

»Nun, ich finde, Sie vertun Ihre Zeit hier.«

»Ich will Ihnen mal etwas sagen, Byron. Wenn man verliebt ist, tut man sonderbare Dinge.« Seine Antwort darauf war ein stumpfer, trüber Gesichtsausdruck. Sie fuhr fort: »Das ist das eine. Außerdem finde ich, ehrlich gesagt, Aaron eigentlich wunderbar. Sie nicht auch? Furchtbar launisch und egozentrisch und so weiter, aber sein Konstantin-Buch ist wirklich gut. Mein Vater ist ein lieber, kluger gutmütiger Mensch, aber er ist Vorsteher seines Tempels und Strickwarenfabrikant. Aaron ist ein berühmter Schriftsteller und mein Onkel. Wahrscheinlich sonne ich mich in seinem Glanz. Was sollte daran schlimm sein? Es macht mir wirklich Spaß, die Seiten seines neuen Werks zu tippen und einfach zu beobachten, wie sein Kopf arbeitet. Es ist ein ausgezeichneter Kopf, und sein Stil ist brillant.« Wieder traf ihn ein fragender Blick. »Aber warum *Sie* das mitmachen, ist mir weit weniger klar.«

»Ich?« sagte Byron. »Ich brauche Geld.«

Anfang März bekam Jastrow von einer amerikanischen Zeitschrift einen Brief mit der Bitte, einen Artikel über die bevorstehenden Palio-Rennen zu schreiben. Das bedeutete, daß er seine Griechenlandreise aufschieben mußte, denn das erste Rennen fand im Juli statt, das zweite im August; aber das Honorar, meinte er, sei in geradezu absurdem Maß zu dick, als daß man es ablehnen könnte.

Wenn Natalie dieses Rennen ansehen und ihm die historischen Unterlagen besorgen wollte, gäbe er ihr die Hälfte davon ab. Natalie biß sofort darauf an und merkte nicht einmal, daß ihr Onkel, wie es Byron vorkam, ihr nur einen Köder hinhielt, um sie von ihrer Reise nach Warschau abzubringen oder sie wenigstens aufzuschieben. Jastrow hatte schon früher rundheraus erklärt, daß es undamenhaft sei von Natalie und eine falsche Taktik, Slote nachzulaufen. Byron hatte sich längst zusammengereimt, daß Slote gar nicht daran dachte, Natalie zu heiraten, und er erkannte auch warum. Eine Jüdin zu heiraten, kam heutzutage für einen Diplomaten einer Katastrophe gleich, obwohl Byron dachte, daß er an Slotes Stelle um ihretwillen mit Freuden die Diplomatenlaufbahn aufgäbe.

Natalie schrieb noch am gleichen Tag an Slote, daß sie erst nach dem August-Palio kommen könne. Während er zusah, wie sie den Brief herunterhämmerte, mußte Byron an sich halten, seine Freude zu zeigen. Vielleicht fährt sie später, dachte er, vielleicht aber auch nicht. Vielleicht würde inzwischen der Krieg ausbrechen und sie daran hindern. Byron hoffte, daß Hitler, falls er in Polen einfallen wollte, es möglichst bald täte. Als sie fertig war, setzte er sich an dieselbe Schreibmaschine und tippte den ominösen Brief an seine Eltern herunter. Eigentlich wollte er höchstens eine Seite schreiben, doch dann wurden es sieben. Es war seit Monaten sein erster Brief an sie. Er hatte keine Ahnung, daß er sich darin als einen verliebten Jungen darstellte. Er glaubte, daß er bloß seinen Job schilderte, seinen Arbeitgeber und das nette Mädchen, mit dem er zusammen arbeitete. Und so kam es, daß Pug Henry sich unnötig aufregte und die feierliche Antwort verfaßte, ein Brief, der Byron verblüffte und amüsierte; denn er dachte genausowenig daran, Natalie Jastrow zu heiraten wie Mohammedaner zu werden. Er war einfach bis über beide Ohren in ein junges Mädchen verliebt, so greifbar nahe und so fern wie ein Stern. Für den Augenblick war er es zufrieden, dort zu sein, wo sie war. Er schrieb ein zweites Mal an seinen Vater, um das richtigzustellen, aber sein Brief traf erst in Washington ein, als die Henrys schon unterwegs nach Deutschland waren.

3

In all den Jahren ihrer Ehe mit einem Marinesoldaten hatte Rhoda nicht gelernt, sich mit den Plagen eines Umzugs abzufinden. Sie machte es zwar sehr gut, stellte lange Listen zusammen, vergaß nicht die kleinste Kleinigkeit, wachte manchmal mitten in der Nacht auf, um sich Notizen zu machen, aber sie wurde dabei zu einem Hausdrachen. Ihre gereizte Stimmung schallte vom frühen Morgen bis zum späten Abend durch das Haus. Victor verbrachte die Tage im Büro der Marineabwehr, wo er seine Deutschkenntnisse auffrischte, und aß meistens im *Army and Navy Club.* Und doch, trotz der kurzen Zeit schaffte Rhoda alles: lagerte die Möbel aus, löste den Haushalt auf, übergab das Haus einem Makler zur Vermietung, bezahlte die Rechnungen, packte ihre Kleider und Victors umfangreiche Garderobe von Zivilanzügen und Uniformen ein und brachte Madeline bei ihrer Schwester unter.

Die goldenen Lettern BREMEN zogen sich über das schwarze, gebogene Heck des Dampfers, hoch über dem Kopfsteinpflaster des Kais. Über den Lettern wehte in der kühlen fischgetränkten Brise vom Hudson her eine riesige rote Flagge, die in der Mitte ein schwarzes Hakenkreuz in weißem Kreis zeigte.

»Du meine Güte, es ist alles wahr«, sagte Madeline zu Warren, als sie aus dem Taxi stiegen.

»Was ist wahr?«

»Ach, diese ganze Hitler-Sache. Die Nazis, die Sieg-Heils, die Bücherverbrennungen – wenn man davon in den Zeitungen liest, kommt es einem zu verrückt vor, um wahr zu sein. Aber da hängt die Hakenkreuzflagge.«

Victor Henry sah mit verkniffenem Gesicht zu der Naziflagge hoch. Rhoda gab inzwischen den Gepäckträgern munter Anweisungen wegen des Gepäcks. »Ich mußte eine Sondererlaubnis einholen, um auf diesem Kahn fahren zu dürfen. Hoffen wir, daß die Übung deutsch zu sprechen das Ganze lohnt. Kommen Sie an Bord und sehen Sie sich das Schiff an.«

Sie saßen in einem düster getäfelten Privatsalon erster Klasse und machten zwischen aufgetürmten Koffern und Handgepäck freudlose Konversation, bis Rhoda nervös aufsprang und Warren zu einem Rundgang auf dem Schiff entführte. Madeline benutzte die Gelegenheit, ihren Vater mit der Mitteilung zu überrumpeln, daß sie das College aufgeben wolle. Die Aussicht, zwei Jahre lang mit ihrer langweiligen Tante, ihrem noch langweiligeren Onkel und den Zwillingskusinen leben zu sollen, sei ihr unerträglich.

»Aber was willst du anfangen? Zwei Jahre College und dauernd alle Vorlesungen schwänzen«, sagte Victor Henry. »Du kannst doch nicht einfach auf dem Sofa herumliegen und die *Vogue* lesen, bis du heiratest.«
»Ich such mir einen Job, Dad. Ich kann arbeiten. Das Studium langweilt mich. Ich hasse die Lernerei, habe sie immer gehaßt. Ich bin nicht wie du oder wie Warren. Ich bin wohl eher wie Byron. Ich kann nichts dafür.«
»Ich habe nie gern gelernt«, gab Commander Henry zurück. »Niemand tut das gern. Man tut, was sein muß, und bringt es hinter sich.«
Das Mädchen, das auf der Kante eines tiefen Lehnstuhls saß, sagte mit seinem gewinnendsten Lächeln: »Bitte! Laß mich wenigstens ein Jahr aussetzen. Ich werde dir beweisen, daß ich es schaffe. In New York gibt es beim Funk alle möglichen Jobs für junge Mädchen. Wenn ich es nicht schaffe, dann, das verspreche ich dir, trolle ich mich zurück aufs College und…«
»Was, gerade neunzehn und allein in New York? Bist du verrückt?«
»Laß mich es versuchen, nur diesen Sommer.«
»Nein. Du fährst, so wie es abgemacht ist, mit Tante Augusta nach Newport. Du warst doch immer gern in Newport.«
»Für eine Woche, ja. Aber einen ganzen Sommer, da komm ich um vor Langeweile!«
»Du fährst hin und damit basta. Im Herbst erwarte ich von dir regelmäßige Berichte, wie du im College besser vorankommst.«
Madeline ließ sich in den Sessel zurückfallen und biß geräuschvoll in einen Apfel aus einem vollen Obstkorb, den Kip Tollever, um gute Reise zu wünschen, geschickt hatte. Stumm vor sich hin starrend und ab und zu einen aufsässigen Blick auf ihren Vater werfend, kaute sie an ihrem Apfel, bis ihre Mutter und ihr Bruder zurückkamen. Pug gab sich alle Mühe, die wütenden Blicke zu ignorieren, und las in einem Buch über deutsche Stahlindustrie. Zwar bedauerte er es, sich *so* von seiner Tochter zu trennen, aber ihr Vorschlag kam ihm einfach absurd vor.
Pünktlich um 12 Uhr mittags legte die *Bremen* ab. Als Warren und Madeline die Mole verließen, spielte die Bordkapelle einen munteren Wiener Walzer. Sie fuhren mit einem Taxi in die Stadt zurück und sprachen wenig miteinander. Henry hatte der Familie Verschlossenheit vorexerziert; nachdem die Kinder die ersten Jahre schnatternd und tobend hinter sich gebracht hatten, führten sie, während sie heranwuchsen, ihr eigenes Leben, über das man nicht viel Worte verlor. Warren setzte Madeline beim *Radio City* ab, ohne zu fragen, was sie dort vorhabe. Sie hatten ausgemacht, abends zusammen zu essen, ins Theater zu gehen und dann mit dem Nachtzug nach Washington zu fahren.
Madeline schlenderte unschlüssig kreuz und quer durch die riesige Vorhalle des RCA und starrte auf die Sert-Fresken und Deckengemälde.

Schließlich fand sie sich vor der Reihe von Fahrstühlen für die Mitwirkenden und Angestellten der *New York Broadcasting Company* wieder. Sie bemerkte, daß viele dieser Leute dem Pagen in Uniform keinen Ausweis zeigten, sondern lächelten oder winkten, oder einfach schnell die Seilsperre passierten. So segelte auch sie vorbei und bemühte sich, wie fünfundzwanzig und festangestellt auszusehen. Der Page musterte sie und streckte eine abweisende Hand aus. Sie tauchte in einem prallvollen Fahrstuhl unter.

Eine Stunde wanderte sie durch die Hallen der Radio-Gesellschaft und freute sich an den dicken braunen Teppichen, den riesigen schwarzen Säulen, den vorbeifahrenden Wagen, mit Scheinwerfern oder sonstigen Aufnahmegeräten ausgerüstet, den aufblitzenden roten Lichtern vor den Studios, den hübschen Mädchen und gutaussehenden jungen Männern, die hin und her eilten. Sie gelangte zu dem Personalbüro, blieb davor stehen und spähte wie ein Kind vor einer Bonbonauslage durch die offene Schiebetür in den Raum. Dann machte sie kehrt und verbrachte den Tag mit Einkäufen in Warenhäusern.

Warren hingegen ließ sich von dem Taxi ein paar Häuserblocks weiter in die Stadt fahren. Er traf sich bei *Rumpelmayer* mit einer gutaussehenden Frau um die Dreißig, mit großen traurigen Augen, einer Wolke aschblonden Haars, die sich klug und seelenvoll über Bücher, Bilder und Musik verbreitete, lauter Themen, die ihn nicht besonders interessierten. Seine Hauptfächer waren Geschichte und Naturwissenschaft gewesen. Nach einem frühen Lunch verbrachte er den Rest des Tages mit ihr in einem Hotelzimmer. Das interessierte ihn.

Als er abends mit seiner Schwester aß, nahm Madeline sich eine Zigarette aus seiner Schachtel auf dem Tisch, die sie ungeschickt ansteckte und rauchte. Ihr trotziger, selbstzufriedener und zugleich etwas rührender Ausdruck brachte Warren zum Lachen. »Wenn die Katze nicht zu Hause ist, was?«

»Och, ich rauche schon seit Jahren«, sagte Madeline.

Das dreimalige Dröhnen der Schiffssirenen, die Balken der Mole, die langsam vor dem Bullauge nach links glitten, die Kapelle, die tief unten »The Star-Spangled Banner« schmetterte, wirkten auf Rhoda wie elektrisierend. Sie wandte sich zu ihrem Mann mit einem Lächeln, wie er es seit Wochen nicht mehr auf ihrem Gesicht gesehen hatte, warf die Arme um ihn und gab ihm, die vertrauten weichen Lippen öffnend, einen leidenschaftlichen Kuß.

»Ach, Pug! Haben wir es wirklich geschafft? Wir fahren nach Deutschland – unsere zweite Hochzeitsreise und all das. Mmmm!?«

Für den monogamen Pug war dieser verhaltene Sexausbruch seiner bisher

so sehr beschäftigten und mürrischen Frau wie ein Geburtstagsgeschenk. Es war ein gutes Vorzeichen für die Überfahrt und womöglich für den gesamten Aufenthalt in Berlin.
Er zog sie an sich.
»Na, na!« Mit gurrendem Lachen und strahlenden Augen löste sich Rhoda aus seinen Armen. »Nicht so stürmisch, junger Mann! Ich möchte was trinken, das ist es, was ich jetzt möchte, und mir ist es egal, ob die Sonne noch hoch am Himmel steht. Und ich weiß genau, was ich möchte. Einen Champagnercocktail oder zwei oder auch *drei.*«
»Natürlich. Gleich hier. Ich bestelle eine ganze Flasche.«
»Nichts da, Pug. Wir haben eine schöne lange Überfahrt vor uns. Wir bleiben nicht in der Kabine und gehen runter in die Bar.«
Während das Schiff langsam den Hafen verließ und die Schlepper es mit lautem Hupen südwärts lotsten, begann das Deck unter den Füßen zu vibrieren. Eine Menge müde aussehender fröhlicher Reisender füllte bereits lärmend die Bar.
»Ich dachte, es liegt ein Krieg in der Luft«, meinte Rhoda. »Hier jedenfalls scheint sich niemand Gedanken darüber zu machen.«
Sie fanden noch zwei Hocker an der Bar. Rhoda hielt ihren Champagnercocktail in die Höhe und sagte: »Nun, worauf trinken wir?«
»Auf die Kinder«, sagte Pug.
»Ach ja. Auf unsere verlassene Brut. Also gut, auf die Kinder.« Während sie ihren Champagnercocktail austrank, redete Rhoda aufgeregt über die prächtige Innenausstattung der *Bremen.* Es komme ihr geradezu abenteuerlich vor, sagte sie, in heutiger Zeit mit einem deutschen Schiff zu fahren. »Ob wohl hier an der Bar schon irgendwelche Nazis sitzen?« schwatzte sie.
Der dicke rotwangige Mann neben Rhoda sah sie von der Seite an. Er trug einen grünen Jagdhut und trank aus einem Bierseidel.
»Gehen wir aufs Deck«, sagte Victor. »Schauen wir uns die Freiheitsstatue an.«
»O nein. Ich möchte noch einen trinken. Die Freiheitsstatue *kenne* ich.«
Victor machte eine leicht herrische Bewegung mit dem Daumen, und Rhoda stieg von ihrem Barhocker herunter. Wenn irgend etwas seinen Dienst berührte, konnte Victor seine Frau wie einen Matrosen behandeln. Er hielt ihr die Tür auf, und in einem schneidenden Wind gingen sie zum Heck, wo Möwen kreischend herunterstießen und Mitreisende sich an der Reling scharten, um zu beobachten, wie die Gebäude von Manhattan in einem braunen Dunst vorüberglitten.
An ein menschenleeres Stück Reling gelehnt, sagte Victor in ruhigem Ton: »Schau, du kannst davon ausgehen, daß jedes Wort, was wir auf dem Schiff sprechen – es sei denn, wir befinden uns, wie jetzt, im Freien –,

in irgendeiner Weise abgehört wird. An der Bar, beim Essen, sogar in unserem Salon. Hast du das bedacht?«
»Ja, das vielleicht schon, aber – auch in unserer Luxuskabine? Wirklich?«
Pug nickte.
Rhoda machte ein nachdenkliches Gesicht und lachte dann schallend. »Du meinst – du meinst doch nicht Tag und *Nacht*? Pug? Ununterbrochen?«
»Das ist ihre Aufgabe. Wenn sie es nicht täten, wären sie schlampig. Die Deutschen sind nicht schlampig.«
Ihre Lippen kräuselten sich in weiblicher, amüsierter Ironie. »Also dann, Mister, halten Sie Abstand auf diesem Schiff, mehr kann ich dazu nicht sagen.«
»In Berlin wird es nicht anders sein.«
»Haben wir denn dort nicht unser eigenes *Haus*?«
Er zuckte die Achseln. »Kip sagt, man gewöhnt sich daran und denkt nicht mehr darüber nach. Ich meine, daß man nicht mehr unter sich ist. Man ist einfach ein Fisch im Aquarium, und damit hat es sich. Man muß jedoch ständig auf der Hut sein, was man sagt oder tut.«
»Nein, so was!« Ihr Gesicht drückte teils Unbehagen, teils eine gewisse Genüßlichkeit aus. »Ich weiß gar nicht, wieso ich daran nicht gedacht habe. Nun! Es heißt ja, daß die Liebe stets eine Möglichkeit findet, aber – ach, zum Teufel! Es könnte wirklich nichts unwichtiger sein, nicht wahr? Kann ich jetzt noch was zu trinken haben?«

Eine gravierte Karte, die kurz vor dem Essen unter ihre Kabinentür geschoben wurde, lud sie an den Kapitänstisch ein. Sie überlegten, ob Victor seine Uniform anziehen sollte, kamen aber davon ab. Sie hatten richtig getippt. Ein deutscher U-Boot-Offizier, der am Tisch saß und so klein und schweigsam wie Victor Henry war, trug einen braunen Zivilanzug. Der Kapitän, ein steifer, beleibter Mann in blauer Uniform mit goldenen Knöpfen, spaßte schwerfällig mit den Damen in langsamem Englisch oder klarem Deutsch, und dabei blitzten lustige blaue Augen in dem verwitterten vollen Gesicht. Hin und wieder schnippte er mit dem Finger, und ein Steward eilte in voller Montur herbei. Der Kapitän schnarrte dann ein paar Worte, und der Steward raste mit fliegenden Frackschößen und erschrecktem Ausdruck davon, um die Kellner mit Gebärden anzutreiben. Das Essen war reichhaltig und erlesen, die Vase mit weißen und purpurnen Orchideen eine Pracht. Die Fülle der Weine machte Victor besorgt. Wenn Rhoda animiert war, trank sie leicht zuviel. Aber sie aß kräftig, trank nicht mehr als sonst und entzückte den Kapitän, indem sie in fließendem Deutsch mit ihm spaßte.
Die Frau des U-Boot-Offiziers saß links von Henry. Eine Blondine in tiefdekolletiertem grünen Chiffonkleid, das freigebig große milchweiße Brü-

ste sehen ließ. Victor regte sie zu einem herzlichen Lachen an, als er sie fragte, ob sie jemals beim Film gewesen sei. Rechts von ihm saß eine kleine Engländerin in grauem Tweedkostüm, die Tochter von Alistair Tudsbury. Tudsbury war der einzig wirklich Prominente am Tisch, ein britischer Rundfunksprecher und Korrespondent, etwa 1 Meter 84 groß, mit dickem Bauch, riesigem braunen Schnurrbart, vorstehenden Augen, rotgeäderter Nase, dicken Brillengläsern, struppigen Augenbrauen, dröhnender Stimme und enormem Appetit. Er war lachend an den Tisch gekommen, lachte über alles, was man ihm sagte, und lachte über fast alles, was er selber sagte. Er war ungemein häßlich, und seine Kleidung war kaum dazu angetan, diese Häßlichkeit zu mildern: ein rostbrauner, wolliger Anzug, ein Sporthemd und eine breite grüne Schmetterlingskrawatte. Er rauchte Zigaretten, die sich in seinen dicken Wurstfingern winzig ausnahmen; man hätte eine Pfeife oder eine lange schwarze Zigarre erwartet, aber immer schwelte die Zigarette in seiner Hand, es sei denn, diese war mit Messer und Gabel beschäftigt.

Trotz allem forcierten Geplauder war es kein angenehmes Mahl. Niemand sprach von Politik, Krieg oder den Nazis. Sogar Bücher und Theaterstücke waren riskante Themen. Während längerer Gesprächspausen vernahm man das Ächzen und Stöhnen des langsam dahinrollenden Schiffs. Victor Henry und der U-Boot-Offizier wechselten mehrere vielsagende Blicke, aber sprachen kein Wort. Pug versuchte ein paarmal, rechts von ihm Tudsburys Tochter zu unterhalten, rief aber bei ihr nur ein schüchternes Lächeln hervor. Beim Nachtisch unternahm er, indem er sich von der Blondine abwendete, die ihm dauernd sagte, wie gut sein holpriges Deutsch sei, einen letzten Versuch: »Sie haben wohl jetzt Schulferien?«

»Nun, sozusagen für immer. Ich bin achtundzwanzig.«

»Tatsächlich! Ach. Tut mir leid. Ich dachte, Sie wären etwa in derselben Klasse wie meine Tochter. Sie ist neunzehn.« Das Tudsbury-Mädchen schwieg, also sprach er weiter: »Ich hoffe, Sie nehmen meine Dummheit als Kompliment. Frauen möchten doch gewöhnlich lieber, daß man sie für jünger hält als sie sind, nicht wahr?«

»Oh, darüber haben sich schon andere getäuscht, Commander. Es kommt daher, daß ich mit meinem Vater reise. Er hat schlechte Augen. Ich helfe ihm bei seiner Arbeit.«

»Das ist sicherlich sehr interessant.«

»Es kommt auf das Thema an. Heutzutage dreht es sich immer um dasselbe: wird der kleine Landstreicher losschlagen oder nicht?«

Sie trank einen Schluck Wein. Commander Henry horchte auf. Der »kleine Landstreicher« war natürlich Charlie Chaplin und im übertragenen Sinn Hitler. Damit sagte sie, daß Tudsbury sich ausschließlich mit der Frage beschäftigte, ob Hitler einen Krieg entfesseln würde oder nicht. Indem sie weder die Stimme senkte noch eine Miene verzog und eine Formulierung benutzte, deren Sinn ein deutsches Ohr kaum erfassen würde, hatte sie es fertiggebracht, nicht nur das verbotene Thema zu berühren, sondern auch eine ungeheure Verachtung gegenüber dem deutschen Führer zum Ausdruck zu bringen – und das am Kapitänstisch der *Bremen*.

Ein halbes Dutzend Frühaufsteher drehten bereits eifrig mit tugendhafter Miene ihre Runden, als Victor Henry nach der ersten beglückenden Nacht einer zweiten Hochzeitsreise auf dem kühlen besonnten Deck erschien. Nach seiner Berechnung ergaben fünf Runden etwa anderthalb Kilometer, und er beabsichtigte, fünfzehn oder zwanzig Runden hinter sich zu bringen. Als er auf dem Vorschiff nach backbord marschierte, sah er ganz hinten auf dem langen Deck das Tudsbury-Mädchen armeschwenkend und hüftenrollend auf ihn zukommen. Sie trug das gleiche graue Kostüm wie am Vortag. »Guten Morgen.« Sie gingen nickend und lächelnd aneinander vorbei und wiederholten die Zeremonie auf der anderen Seite des Schiffes. Bei der dritten Begegnung kehrte er um und sagte: »Lassen Sie mich mitkommen?«

»O danke, gern. Ich komme mir so dumm vor, fünfzehn Meter von Ihnen entfernt zu einem Lächeln anzusetzen.«

»Geht Ihr Vater denn nicht gern vor dem Frühstück spazieren?«

»Er haßt jede Form von Sport. Er hat eine Bärennatur, und ihm macht eigentlich nichts viel aus. Im Augenblick hat der arme Talky ohnehin einen leichten Gichtanfall. Es ist sein Fluch!«

»Talky?«

Daniela Tudsbury lachte. »Einer seiner Vornamen ist Talcott. Schon in seiner Schulzeit war er für seine Freunde ›Talky‹. Was meinen Sie wohl, warum?« Sie ging recht schnell. In Schuhen mit niedrigen Absätzen war sie sehr klein. Sie sah zu ihm auf. »Wo ist denn Ihre Frau, Commander? Geht sie ebenfalls nicht gern spazieren?«

»Sie ist eine Langschläferin. Allerdings würde sie nicht einmal bis zum Drugstore an der Ecke laufen, wenn sie fahren oder ein Taxi nehmen könnte. Nun, was glaubt Ihr Vater wirklich? Schlägt der kleine Landstreicher los?«

Sie lachte, und ein lebhafter Blick leuchtete in ihren Augen auf. Offensichtlich freute sie sich darüber, daß er sich erinnerte.

»Er hat so offen Farbe bekannt, daß die Zeit es erweisen wird.«

»Was glauben Sie?«

»Ich? Ich schreibe lediglich, was *er* denkt. Auf einer Spezialreiseschreibmaschine mit vergrößerter Type.« Sie deutete auf mehrere tief durchatmende deutsche Matronen in gut sitzendem Zeug, die gerade vorbeigingen. »Ich weiß nur, daß es mir sehr merkwürdig vorkommt, auf einem ihrer Schiffe zu fahren.«

»Hat Ihr Vater nicht gerade ein Buch veröffentlicht? Ich meine Kritiken darüber gelesen zu haben.«

»Ja. Eigentlich nur eine Zusammenstellung seiner Rundfunkreden.«

»Ich würde es gern lesen. Schriftsteller schüchtern mich ein. Mir fällt es außerordentlich schwer, mich schriftlich auszudrücken.«

»In der Schiffsbibliothek habe ich ein Exemplar davon gesehen. Er hat mich hingeschickt, damit ich nachgucke«, sagte sie mit einem Grinsen, das ihn an Madeline erinnerte, wenn sie ihn bei einer Wichtigtuerei oder einem Schwindel ertappte. Er wünschte, Warren könnte dieses Mädchen oder eins wie sie kennenlernen. Gestern abend hatte er ihr wenig Beachtung geschenkt, mit der vollbusigen, halbnackten, geschwätzigen Blondine neben sich. Aber jetzt, besonders mit den frischen Farben der morgendlichen Seeluft, fand er, daß sie wie eine englische Lady von Gainsborough oder Romney aussah: ein herzförmiges Gesicht, schmale Lippen, ausdrucksvolle, grüngraue, weit auseinanderstehende Augen, eine feine gerade Nase und dichtes braunes Haar. Die Haut ihrer Wangen und Hände war perlenglatt. Genau das richtige Mädchen für Warren – hübsch und gescheit.

»Sie machen noch eine Runde? Ich höre hier auf«, sagte sie und blieb bei einer Doppeltür stehen. »Wenn Sie wirklich sein Buch lesen wollen, Commander Henry, dann tragen Sie es unter dem Arm. Er wird sich in Sie verlieben. Es wird die Krönung seiner Reise sein.«

»Was kann ihm daran liegen? Er ist doch berühmt.«

»Und wie ihm daran liegt! Gott, wie ihm daran liegt!« Mit einem kleinen unbeholfenen Winken verschwand sie in der Kabine.

Nachdem er allein gefrühstückt hatte, ging Victor in die Bibliothek. Außer einem sehr jungen Steward war niemand anwesend. In den Regalen standen viele deutsche Werke über den Weltkrieg. Pug fiel eins mit dem Titel *U-Boote: 1914–18* ins Auge; er ließ sich damit in einen Ledersessel nieder, um den Teil über amerikanische Zerstörertaktiken zu studieren. Alsbald vernahm er das Kratzen einer Feder. An einem kleinen Schreibtisch, fast in Reichweite von ihm, saß der deutsche U-Boot-Mann, den stacheligen Kopf über das Papier gebeugt, und schrieb. Pug hatte ihn nicht hereinkommen gesehen.

Grobke lächelte und deutete mit dem Federhalter auf das U-Boot-Buch. »Schwelgen in alten Zeiten?«

»Nun, ich war bei den Zerstörern.«

»Und ich war unten. Vielleicht ist dies nicht das erste Mal, daß sich unsere Wege kreuzen.« Grobke sprach Englisch mit einem leisen, nicht unangenehmen teutonischen Akzent.

»Wohl möglich.«
Als Pug den U-Boot-Band später ins Regal zurückstellte und sich das Tudsbury-Buch nahm, sah Grobke ihn an.
»Vielleicht könnten wir vor dem Essen zusammen einen trinken und unsere Erlebnisse von 1918 auf dem Atlantik vergleichen?«
»Sehr gern.«
Pug hatte die Absicht, den Tudsbury auf Deck in einem Liegestuhl zu lesen und dann zum Arbeiten nach unten zu gehen. Er hatte dicke Bücher über deutsche Industrie, Politik und Geschichte mitgenommen und wollte sie auf dem Weg zu seinem neuen Posten durchackern. Die Geheimdiensthandbücher und Lehrbücher waren zwar gut, aber Pug ging den Dingen auf den Grund. Es machte ihm Spaß, die besonderen Details in den besonders abschreckend aussehenden, dicken Wälzern auszugraben. Erstaunliche Dinge waren aufgezeichnet, aber es mangelte doch immer an geduldigen, aufmerksamen Augen.
Die Bugwelle schäumte, ein Dreieck weißen Gischtes auf dem funkelnden blauen Meer, und die *Bremen* schaukelte wie ein Schlachtschiff. Nordwestwind, schätzte Pug nach einem Blick auf den dünnen Rauch aus den Schornsteinen und auf die See; Windgeschwindigkeit fünfzehn Knoten, Schiffsgeschwindigkeit achtzehn, Seegang Stärke vier backbord, und weit hinter den Mittagswolken Regen und Sturm im Anzug. Sehnsucht überkam ihn. Es war vier Jahre her, daß er zur See gefahren war, elf Jahre, seitdem er ein Kommando gehabt hatte! Er stand, an den Davit eines Rettungsbootes gelehnt, vorne an der Reling und sog die Seeluft ein. Vier Leute, unverkennbar Juden, spazierten heiter schwatzend vorbei – zwei angejahrte Ehepaare in elegant-sportlicher Kleidung. Sie verschwanden hinter dem Deckhaus. Er starrte ihnen noch immer nach, als er Tudsburys Donnerstimme vernahm: »Morgen, Commander. Ich höre, Sie haben in aller Herrgottsfrühe meine Pam ausgeführt.«
»Morgen. Haben Sie die Leute gesehen, die eben vorbeigegangen sind?«
»Ja. Juden sind unbegreiflich. Sagen Sie mal, ist das etwa *mein* Buch? Wie rührend von Ihnen. Wie weit sind Sie denn schon damit?«
»Ich habe es mir soeben aus der Bibliothek geholt.«
Tudsburys Schnurrbart senkte sich kummervoll. »Was? Sie haben es nicht gekauft? Zum Teufel mit allen Leihbibliotheken. Jetzt werden Sie's lesen, und ich verdiene keinen Pfennig daran!« Er lachte wiehernd und stützte eines seiner grünbestrumpften Beine auf die Reling. Er trug einen voluminösen Pfeffer-und-Salz-Golfanzug und eine grüne Tellermütze.
»Es ist ein schlechtes Buch, im Grunde ein Schwindel, aber glücklicherweise verkauft es sich in Ihrem Land sehr gut. Für einen, der nicht zufällig in den letzten zwei Jahren mein Radiogeschwätz gehört hat, enthält es ein paar ganz interessante Stellen. Fußnoten zur Weltgeschichte. Meine Sa-

che über Hitlers Einmarsch in Wien ist übrigens gar nicht so schlecht. Ja, wir leben in einer interessanten Zeit, Commander.«
Er sprach über den deutschen Einmarsch in Österreich, und es klang sehr ähnlich wie in seinen Radiosendungen: entschieden, gut unterrichtet, voller Verachtung für demokratische Politiker und bei aller Munterkeit recht pessimistisch. Tudsburys besondere Note war die Ansicht, daß die Welt höchstwahrscheinlich in Flammen aufgehen, aber vielleicht ein lohnendes Schauspiel bieten werde. »Können Sie sich den merkwürdigen und schrecklichen Triumph vorstellen, den wir ihm durchgehen lassen, mein Lieber? Ich habe es alles mitangesehen. Das war ja wie aus Plutarch! Eine Null von einem Mann, ohne Bildung, ohne Herkunft, mit zwanzig ein verbummelter Student, ein Bummler und Versager – fünf Jahre lang ein schäbiger Pennbruder in einem Wiener Männerasyl –, wußten Sie das, Henry? Wußten Sie, daß dieser Führer fünf Jahre lang ein asozialer Herumtreiber war, der in einem schmierigen Loch mit anderen Verkommenen hauste, in Suppenküchen aß – und nicht etwa, weil es eine Wirtschaftskrise gegeben hätte, denn damals war Wien blühend und reich –, sondern weil er ein umnachteter, fauler, untüchtiger Tunichtgut war. Die Anstreichergeschichte ist ein Märchen. Er verkaufte ein paar handgemalte Postkarten, ja, aber bis zu seinem sechsundzwanzigsten Lebensjahr trieb er sich auf den Wiener Trottoirs herum und war dann vier Jahre Soldat in der deutschen Armee, ein Gefreiter, ein Meldegänger, ein äußerst niedriger Beruf selbst für einen Menschen von geringer Intelligenz, und mit dreißig lag er mit einer Gasvergiftung ohne Anstellung und mittellos in einem Lazarett. Das ist der soziologische Hintergrund des Führers. Und dann …«
Die Schiffssirene dröhnte und übertönte Tudsburys Stimme, die anfing, in den pathetischen Stil seiner Radiosendungen überzugehen. Er zuckte zusammen, lachte und fuhr fort: »Und was geschah dann? Dieses selbe häßliche, kränkliche, ungeschliffene, vorurteilsvolle, umnachtete, halbverrückte Subjekt sprang aus seinem Lazarettbett und schnellte innerhalb von zehn Jahren an die Spitze einer deutschen Nation, die nach einem Revanchekampf dürstete. Der Mann war Ausländer, Henry! Er war Österreicher. Man mußte für ihn erst ein Einbürgerungsverfahren manipulieren, um ihn als Gegenkandidat von Hindenburg aufstellen zu können! Und ich selbst habe diesen Mann im Triumph durch die Straßen von Wien fahren sehen, wo er Postkarten verkauft und gehungert hatte, als Alleinerbe der Habsburger und Hohenzollern.« Victor Henry lächelte, und Tudsburys erregter, glotzäugiger Ausdruck wich einem lauten Wiehern. »Hahaha, haha, ha! Es *ist* ja wohl ziemlich komisch, wenn man darüber nachdenkt. Aber diese groteske Ausgeburt der Phantasie ist nun einmal die zentrale Wahrheit unseres Zeitalters.«

Henry lächelte, weil vieles von dieser Tirade fast wörtlich in Tudsburys Buch stand. »Nun, es ist die alte Geschichte des Zuschlagens zur rechten Zeit«, sagte er. »Eure Politiker hätten zur gegebenen Zeit dieses seltsame kleine Ungeheuer mit Leichtigkeit abschießen können. Aber sie haben es nicht getan. Jetzt haben sie Schwierigkeiten. Wohin fahren Sie übrigens? Ebenfalls nach Berlin?«
Tudsbury nickte. »Die Prostata unseres Berliner Korrespondenten hat sich eine unbequeme Zeit ausgesucht, um aufzumucken. Ha, ha! Dr. Goebbels hat mir erlaubt, für ihn einzuspringen. Ich bin platt! Seit München bin ich im Dritten Reich persona non grata. Zweifellos wird man mich mit meinem dicken Hintern in ein paar Wochen vor die Tür setzen. Aus irgendeinem Grund sind in diesem Monat die Deutschen freundlich zu den Engländern. Wahrscheinlich damit wir stillhalten, wenn sie Polen überrollen. Und das werden wir. Ganz gewiß. Die Tories sind alles höfliche Leute, ohne Rückgrat, aristokratische Angsthasen hat Lloyd George sie genannt. Mit Ausnahme von Churchill, der ganz aus dem Spiel ist.«

Der amerikanische Commander und der deutsche U-Boot-Mann trafen sich jeden Abend vor dem Essen an der Bar. Victor Henry überlegte, daß es seine Aufgabe sei, Grobke auszuhorchen, wie es auch die Aufgabe des Deutschen sein konnte, ihn selbst auszuholen. Grobke war ein erstklassiger Offizier, ein Fachingenieur und ein echter Seefahrer. Er sprach freimütig über den Mechanismus der heutigen U-Boote und gab sogar gewisse Schwierigkeiten mit Torpedos zu, ein Thema, von dem Henry viel verstand, obwohl er es mit Vorsicht erörterte. Mit seiner gereizten Verachtung für Politiker schien er sich kaum von einem amerikanischen Marineoffizier zu unterscheiden. Ein ironischer Zug trat auf sein Gesicht, wenn er von den Nazis sprach, und er sagte Dinge, die seine Frau, wenn sie dabei war, veranlaßten, ihm warnende Blicke zuzuwerfen.
Alistair Tudsbury sagte eines Abends, als er und Victor auf einem Sofa des Hauptsalons saßen und den Tanzenden zuschauten: »Sie haben sich mit dem Deutschen verbrüdert.«
»Auf beruflicher Ebene. Ich bezweifle, daß Grobke ein Nazi ist.«
»Ach, diese U-Boot-Leute sind in Ordnung, soweit Deutsche das überhaupt sind.«
»Sie mögen die Deutschen nicht?«
»Nun, *darüber* wollen wir reden, wenn Sie einen Monat in Deutschland gewesen sind. Sofern man mich bis dahin nicht hinausgeworfen hat.«
»Natürlich mache ich Ihnen daraus keinen Vorwurf. Sie haben euch schwer zugesetzt.«
»Nicht schlimmer als umgekehrt. Denn die Sieger waren schließlich wir.« Nach einer Pause sagte er: »Die Augen wurden mir bei Amiens verdor-

ben, als wir mit den Panzern durchbrachen. Ich befehligte ein Panzerbataillon und bekam eine Gasvergiftung. Alles in allem hat der Anblick der fliehenden Deutschen sich gelohnt. Wir haben lange genug darauf gewartet.«

Im Augenblick tanzte der Kapitän der *Bremen* mit Rhoda. Er hatte lange bewegliche Beine, für einen beleibten Mann etwas Ungewöhnliches. Rhoda strahlte vor Vergnügen. Victor freute sich darüber. Bisher hatte sie Abend für Abend mit einem sehr langen jungen Offizier getanzt, einem blonden schneidigen, hackenzusammenschlagenden Typ mit blitzenden blauen Augen, der sie ein bißchen zu fest an sich drückte. Victor hatte darüber eine Bemerkung gemacht, worauf Rhoda zurückknurrte, er stecke ja die ganze Reise über in seinen Büchern, so daß er nichts mehr sagte. Im allgemeinen benahm sie sich so nett, daß er nur den Wunsch hatte, es möge so bleiben.

Der Kapitän brachte sie an den Tisch zurück. Pamela kam ebenfalls wieder, nach einem vergeblichen Versuch, den temperamentvollen Sprüngen eines amerikanischen Studenten zu folgen.

»Ich werde mir einen Krückstock und eine weiße Perücke anschaffen«, sagte sie. »Sie sehen immer so enttäuscht aus, wenn ich ablehne, aber ich kann wirklich kaum tanzen, und dieses Lindy-Hop-Gehopse...«

Die Kapelle setzte von neuem ein, und Rhodas langer junger Offizier steuerte in makelloser weiß-goldener Uniform auf sie zu. Victor machte ein gereiztes Gesicht. Der Kapitän bemerkte es, und als der Offizier näher kam, murmelte er unter der lauten Musik ein paar Worte. Der junge Mann blieb stehen und ging ein paar Meter rückwärts, bevor er sich umdrehte und aus dem Salon eilte.

Victor sah ihn nie wieder.

Rhoda, die lächelte und sich gerade erheben wollte, war über den eigentümlichen Abgang des jungen Deutschen verdutzt.

»Wollen wir tanzen, Rhoda?« Victor stand auf.

»Was?« sagte sie verärgert. »Nein, danke.«

Victor streckte die Hand nach dem Tudsbury-Mädchen aus.

»Sie, Pamela?«

Sie zögerte. »Sie tanzen doch nicht etwa Lindy Hop?« Victor lachte schallend. »Nun, bei Amerikanern weiß man das nie.«

Sie tanzte schwerfällig und ungeübt. Victor gefiel ihre sanfte Art, ihr hilfloses Lächeln, wenn sie ihm auf den Fuß trat. »Das kann Ihnen bestimmt keinen Spaß machen«, sagte sie.

»O doch. Glauben Sie, daß Sie in die Vereinigten Staaten zurückkehren werden?«

»Wenn Vater aus Deutschland hinausgeworfen wird, was unvermeidlich zu sein scheint, werden wir es vermutlich tun. Warum?«

»Ich habe einen Sohn, etwa in Ihrem Alter, sehr tüchtig und im Gegensatz zu mir groß und gut aussehend.«
Pamela schnitt eine Grimasse. »Einer von der Marine. Niemals. Eine Braut in jedem Hafen.«

Am letzten Abend lagen auf dem Kapitänstisch an dem Platz jeder Dame weiße Orchideen; und unter diesen weißgoldene Puderdosen. Der Champagner machte die Runde, und das Thema internationale Politik tauchte schließlich auf. Alle waren der Meinung, daß es im heutigen Zeitalter sinnlos und töricht sei, Differenzen durch Krieg beilegen zu wollen, besonders unter fortschrittlichen Nationen wie England, Frankreich und Deutschland. »Wir sind alle vom gleichen Stamm, alles Nordeuropäer«, sagte Tudsbury. »Es ist traurig, wenn Brüder sich bekämpfen.«
Der Kapitän nickte erfreut. »Genau was ich immer sage. Wenn wir bloß zusammenhalten könnten, gäbe es nie wieder Krieg. Eine solche Macht würden die Bolschewiken niemals angreifen. Und wer sonst will den Krieg?« In dem ganzen Salon trugen die Leute Faschingshüte und warfen mit Papierschlangen, und Victor bemerkte, daß die vier Juden, deren Tisch nicht weit entfernt stand, sich ebenso amüsierten wie alle anderen, während lächelnde Kellner sie höflich bedienten.
Der Kapitän folgte Henrys Blick, und ein nachsichtiges, freundliches, überlegenes Grinsen entspannte sein strenges, dickes Gesicht. »Da sehen Sie es, Commander. Sie sind genauso willkommen an Bord der *Bremen* wie jeder andere und werden ebensogut bedient. Die Übertreibungen auf diesem Gebiet sind phantastisch.« Er wandte sich zu Tudsbury. »Unter uns gesagt, seid ihr Journalisten nicht ein klein bißchen daran schuld, die Sache zu verschlimmern?«
»Nun, Kapitän«, sagte Tudsbury, »der Journalismus sucht immer nach einem Thema. Was Menschen, die außerhalb Deutschlands leben, an Ihrer Regierung am meisten auffällt, ist ihre Politik gegenüber den Juden. Und so taucht es immer wieder auf.«
»Tudsbury hat nicht ganz unrecht, Herr Kapitän«, fiel Grobke ein und leerte sein Glas. »Wenn von Deutschland die Rede ist, denken draußen die Leute immer nur an Juden. Man hätte nie in dieser Weise gegen sie vorgehen dürfen, das habe ich schon hundertmal gesagt. Und vieles andere dazu.« Er wandte sich an Henry. »Immerhin, Victor, sie sind so unwichtig, gemessen an dem, was der Führer erreicht hat. Deutschland ist zu neuem Leben erwacht. Das ist die reine Wahrheit. Die Menschen haben Arbeit, haben Essen und Wohnungen und neuen Lebensmut. Allein das, was Hitler für unsere Jugend getan hat, ist ganz unglaublich.« (Die Augen des Kapitäns leuchteten auf, er nickte emphatisch und rief: »Ja, ja!«) »Unter der Weimarer Regierung vollführten sie Straßenkämpfe,

wurden Kommunisten, ergaben sich sexuellen Abartigkeiten und nahmen Rauschgifte, es war einfach fürchterlich. Heute arbeiten sie, werden ausgebildet oder *dienen*, und zwar alle. Sie sind glücklich. Meine Mannschaften sind glücklich. Sie können sich nicht vorstellen, wie es unter der Weimarer Republik um die Moral der Marine bestellt war – wissen Sie was?« Er schlug mit der Faust auf den Tisch. »Besuchen Sie unsere Flottille am Unterseeboot-Stützpunkt in Swinemünde. Tun Sie das! Sie sind ein Mensch, der sich einen Stützpunkt oder eine Schiffsbesatzung anguckt und sieht, was vor sich geht. Es wird Ihnen die Augen öffnen. Wollen Sie?«

Henry zögerte einen Augenblick mit seiner Antwort, während alle am Tisch ihn erwartungsvoll ansahen. Eine solche Einladung verpflichtete, falls sie angenommen wurde, zu einem gleichen Angebot für den deutschen Marineattaché in Washington. Wollte die *Navy* mit den Nazis Einblicke in U-Boot-Basen austauschen? Die Entscheidung lag nicht in Victors Macht. Er mußte die Einladung nach Washington berichten und sich nach der ihm zudiktierten Antwort richten.

Er sagte: »Das würde ich gern tun. Vielleicht läßt es sich einrichten.«

»Sagen Sie ja. Lassen Sie die Formalitäten.« Grobke wedelte mit beiden Armen durch die Luft. »Es ist eine Einladung von mir an Sie, von einem Seemann zum anderen. Die U-Boot-Waffe bekommt nur ein sehr schmales Budget, und wir sind recht unabhängige Kerle. Sie können uns ohne Formalitäten besuchen. Dafür werde ich sorgen.«

»Diese Einladung würde sich wohl nicht auch auf mich erstrecken?« fragte Tudsbury.

Grobke antwortete nicht gleich, dann lachte er. »Warum nicht? Kommen Sie mit, Tudsbury. Je mehr die Briten über unsere Kapazität erfahren, desto geringer wird die Möglichkeit, daß sie einen übereilten Fehler begehen.«

»Nun, das mag einen wichtigen kleinen Schritt für den Frieden bedeuten«, sagte der Kapitän, »und an meinem Tisch unternommen! Ich fühle mich geehrt, und wir werden darauf sofort noch mehr Champagner trinken.«

Und so tranken alle Gäste am Kapitänstisch der *Bremen*, ein paar Minuten vor Mitternacht, auf den Frieden, während der große Dampfer seine Geschwindigkeit verlangsamte und auf die Küstenlichter Nazi-Deutschlands zusteuerte.

In hellem Sonnenschein bewegte sich die *Bremen* wie ein Zug auf die flache grüne Küste zu. Pug stand an der Reling des Sonnendecks und freute sich wie immer über den Anblick von Land nach einer Seereise. Rhoda war unten, in ihrer üblichen Verknurrtheit. Wenn sie gemeinsam reisten, übernahm Rhoda mit Märtyrermiene das Packen. Victor war für sich selbst ein geübter Packer, aber Rhoda behauptete, sie könne nie etwas finden, was er verstaute.

»O ja, das Land ist wunderhübsch anzusehen«, sagte Tudsbury, der herangeschlendert war und eine Betrachtung über die Landschaft begann. »Zwischen Bremerhaven und Berlin werden Sie manche hübsche norddeutsche Stadt zu sehen bekommen. Die vielen Fachwerkbauten, die so sehr an den englischen Tudorstil erinnern. Tatsächlich haben Deutschland und England große Ähnlichkeiten und Bindungen. Sie wissen natürlich, daß der Kaiser ein Enkel der Königin Victoria war, daß unsere Königsfamilie lange Zeit nur Deutsch sprach? Und dennoch sind uns die Deutschen im ganzen fremder als die Eskimos.« Er lachte dröhnend und fuhr, mit einer ausladenden Bewegung seiner dicken Hand auf die Küste deutend, fort: »Ja, Henry, hier sitzen die Deutschen im Herzen Europas, diese eigentümlichen Vettern ersten Grades von uns, sieden und brodeln vor sich hin, und hin und wieder kochen sie nach allen Richtungen mit gräßlichem Geheul über. Da strömen sie aus den entzückenden Ortschaften dieser Märchenlandschaften, aus diesen kleinen hübschen Städten heraus – warten Sie nur, bis Sie Köln, Nürnberg, München, sogar Berlin und Hamburg zu Gesicht bekommen –, da kommen sie herausgeblubbert, diese höflichen, blauäugigen Musikliebhaber, und dürsten nach Blut. Das ist auf die Dauer ziemlich entnervend. Und jetzt bringt dieser Hitler sie abermals zum Kochen. Ihr Amerikaner werdet uns mehr Beistand leisten müssen als beim letzten Mal. Wir sind allmählich recht mitgenommen von ihnen, wir und die Franzosen.«

Es war Henry nicht entgangen, daß Tudsbury in seinen Gesprächen so oder so fast immer auf das Thema eines Kriegs zwischen den Vereinigten Staaten und Deutschland zurückkam.

»Das ist wahrscheinlich nicht drin, Tudsbury. Wir haben die Japaner am Hals. Sie sind dabei, China zu zerstückeln, und sie haben eine erstklassige Kriegsflotte, die mit jedem Monat wächst. Wenn sie den Stillen Ozean zu einem japanischen Teich machen und sich auf dem asiatischen Festland immer mehr ausbreiten, wird in vielleicht fünfzig Jahren ihnen die Welt gehören.«

Tudsbury steckte die Zunge zum Mundwinkel heraus und sagte lächelnd: »Die gelbe Gefahr.«

»Es ist eine Frage von Fakten und Zahlen«, sagte Henry. »Wieviel Menschen gibt es in ganz Europa? Ein paar hundert Millionen? Japan ist jetzt auf dem besten Weg, eine Milliarde Menschen zu beherrschen. Sie sind ebenso fleißig wie die Deutschen, wenn nicht mehr. Sie kamen innerhalb mehrerer Generationen aus Papierhäusern und Seidenkimonos, um die Russen zu schlagen. Sie sind erstaunlich. Gemessen an dem, was uns in

Asien bevorsteht, kommt uns diese Hitler-Affäre nur wie derselbe Katz-und-Hund-Streit im Hinterhof vor, den wir schon öfters erlebt haben.«
Tudsbury spähte zu ihm herüber und nickte zögernd. »Vielleicht unterschätzt ihr die Deutschen.«
»Vielleicht überschätzten Sie sie. Warum, zum Kuckuck, seid ihr nicht 1936 mit den Franzosen einmarschiert, als sie das Rheinland besetzten? Sie waren vertragsbrüchig. Ihr hättet einziehen und Hitler mit kaum mehr Aufwand aufhängen können, als wenn ihr ein Mädchenpensionat überfallen wolltet!«
»Ach, hinterher weiß man immer alles besser«, sagte Tudsbury. »Ich bin weit davon entfernt, unsere Politiker zu verteidigen. Es war ein radikaler Zusammenbruch, ein totales Versagen von Vernunft und Nerven. 1936 sprach und schrieb ich genau wie jetzt Sie. In München stand ich dicht vor dem Selbstmord! Ich habe die gesamte Sachlage dargelegt. Die Tschechoslowakei! Eine riesige Kette von starken Befestigungen, deren Wirkung tief in das Innere Deutschlands hineinreichte, fünfzig erstklassige Divisionen, die nur auf eine bewaffnete Auseinandersetzung warteten. Die zweitgrößte Waffenfabrik der Welt! Rußland und sogar Frankreich endlich bereit, loszuschlagen. Das alles vor knapp sechs Monaten! Und ein Engländer, ein Engländer kriecht quer durch Europa zu Hitler und schenkt ihm die Tschechoslowakei!« Tudsbury lachte mechanisch und paffte an einer Zigarette, die die Ozeanbrise zernagt hatte. »Ich weiß nicht. Vielleicht ist die Demokratie nichts für das Industriezeitalter. Wenn sie überleben soll, wird Amerika für sie einstehen müssen.«
»Wieso? Wieso sagen Sie das immer wieder? Auf dem Papier seid ihr und die Franzosen den Deutschen noch immer haushoch überlegen. Begreifen Sie das nicht? Arbeitskräfte, Waffen, industrielle Kapazität, wie immer man das zusammenrechnet. Sie haben einen kleinen Vorsprung in der Luft, aber ebenso haben sie die Sowjets im Rücken. Es wäre zwar nicht mehr der Spaziergang wie noch etwa vor einem und zwei Jahren, aber Ihr könntet noch immer mit einem Sieg rechnen.«
»Aber leider haben sie die Führung.«
Eine kräftige Hand schlug Henry auf die Schulter, und eine ironisch gefärbte Stimme sagte: »Heil Hitler!« Grobke stand neben ihm in einer abgetragenen, zerknitterten Marineuniform; dazu hatte er eine strenge Miene aufgesetzt und eine stramme Haltung eingenommen. »Nun, meine Herren, da wären wir! Victor, falls ich Sie im Ankunftstrubel nicht mehr sehen sollte, wo kann ich Sie erreichen? Über die Botschaft?«
»Natürlich. Büro des Marineattachés.«
»Aha!« sagte Tudsbury. »Unser kleiner Ausflug nach Swinemünde! Wie schön, daß Sie ihn nicht vergessen haben.«
»Ich werde mich bemühen, Sie mit einladen zu lassen«, sagte Grobke

kühl. Er gab beiden die Hand, verbeugte sich hackenschlagend und verschwand.
»Kommen Sie mit und sagen Sie Pamela adieu«, sagte Tudsbury. »Sie ist unten und packt.«
»Ja, das will ich.« Victor ging mit dem Korrespondenten, der an einem Stock humpelte, das Deck entlang. »Ich möchte sie gern mit meinem Sohn verheiraten.«
»Ach wirklich?« Tudsbury sah ihn durch seine dicken Brillengläser mit einem eigentümlichen Blick an. »Ich warne Sie, sie ist eine schwierige Person.«
»Wieso? Ich habe nie ein so sanftes und freundliches Mädchen getroffen.«
»Stille Wasser«, sagte Tudsbury. »Ich warne Sie.«

4

Die Henrys waren kaum in Berlin angekommen, als sie eingeladen wurden, mit Hitler zusammenzutreffen. Es sei ein seltener Glücksfall, sagten ihnen die Leute von der Botschaft. Reichskanzleiempfänge, die groß genug waren, um auch Militärattachés einzuschließen, seien nicht allzu häufig. Der Führer war Berlin ferngeblieben, um das Kriegsgerede zu dämpfen, aber ein Besuch des bulgarischen Premierministers hatte ihn in die Hauptstadt zurückgeführt.

Während Commander Henry in den seltenen freien Augenblicken, die ihm die Aktenberge auf seinem Schreibtisch ließen, das Empfangsprotokoll der Nazis studierte, erging sich Rhoda zwei Tage lang in Tobsuchtsanfällen wegen ihrer Kleidung und wegen ihres Haars, das angeblich von dem idiotischen Friseur des Hotel Adlon auf immer ruiniert worden war (Pug fand, daß es mehr oder weniger wie sonst aussah). Sie habe nichts mit, was für einen formellen Nachmittagsempfang im Frühjahr geeignet sei. *Warum* habe denn kein Mensch sie *gewarnt*? Drei Stunden vor dem Ereignis sauste Rhoda noch immer in einem Wagen der Botschaft von einem Berliner Modesalon zum anderen. In einem rosa Seidenkostüm mit blitzenden Goldknöpfen und einer Bluse aus Goldtüll stürzte sie ins Hotelzimmer.

»Wie findest du mein Kleid?« kläffte sie. »Sally Forrest sagt, Hitler mag gern Rosa.«

»Wunderbar!« Ihr Mann fand das Kostüm scheußlich und für Rhoda entschieden zu gewaltig, aber jetzt war nicht der Augenblick, die Wahrheit zu sagen. »Donnerwetter, wo hast du es bloß aufgetrieben?«

Vor dem Hotel flatterten die ganze windige Straße entlang lange vertikale rote Banner aus fast durchsichtiger Baumwolle, das schwarze Hakenkreuz im weißen Kreis in der Mitte, und waren durchsetzt mit grellbunten bulgarischen Fahnen. Die Straße zur Reichskanzlei war von weiteren Fahnen gesäumt, *ein* Strom wallenden Rots und dazwischen Dutzende von Nazi-Standarten im Stil römischer Legionsembleme – lange Stangen, deren Spitzen aus stilisierten vergoldeten Adlern auf bekränzten Hakenkreuzen bestanden – und darunter, an Stelle des römischen SPQR, die Lettern NSDAP.

»Was, um Himmels willen, bedeutet NSDAP?« fragte Rhoda, als sie durch das Fenster des Botschaftswagens auf die Unmenge vergoldeter Stangen hinausspähte.

»Nationalsozialistische Deutsche Arbeiterpartei«, sagte Pug.

»Ist das der Name der Nazis? Wie komisch. Klingt ähnlich wie *Commie*, wenn man es ausbuchstabiert.«
»Natürlich«, sagte Henry. »Hitler ist mit einem fulminanten sozialistischen Programm an die Macht gekommen.«
»Ach, wirklich? Das habe ich nie gewußt. Ich dachte immer, er wäre gegen all dieses Zeug. Nun, es ist wirklich sehr verwirrend, ich meine die europäische Politik, aber ich finde alles wahnsinnig aufregend. Damit verglichen wirkt Washington zahm und langweilig, findest du nicht?«
Als Victor Henry zum erstenmal Hitlers neue Reichskanzlei betrat, wurde er eigentümlich an den Saal der *Radio City Music Hall* in New York erinnert. Der üppige Teppichläufer, die Schlange wartender Menschen, die hohe Decke, der viele schimmernde Marmor, die unerhörte Länge und Höhe des riesigen Raums, die bunt uniformierten Männer, die den Gästen den Weg wiesen, alles das lief auf etwa die gleiche theatralische, vulgäre, krampfhafte Bemühung, großartig zu wirken, hinaus; indessen war dies der Sitz einer bedeutenden Regierung und kein Kino. Es schien merkwürdig. Jemand in blauer Uniform ließ sich Henrys Namen geben, und die Schlange schob das Paar langsam zum Führer weit hinten in der Halle. Die ss-Wachen in ihren schwarz-silbernen Uniformen und schwarzen Stiefeln glichen einander an Größe, Schulterbreite, welligem Blondhaar, weißen Zähnen, sonnengebräunter Haut und blauen Augen wie Chorknaben. Einige geleiteten die Gäste mit vorsichtigem Lächeln, andere standen ausdruckslos und steif an den Wänden.
Hitler war nicht größer als Henry selbst; ein unauffälliger kleiner Mann mit Gefängnishaarschnitt, der sich beim Händeschütteln mit schräger Kopfhaltung und in die Stirn fallendem Haar nach vorn neigte und sich verbeugte. Das war Henrys erster blitzartiger Eindruck, als er den Führer neben dem stämmigen, ordengeschmückten Bulgaren erblickte, aber der Eindruck wechselte im nächsten Augenblick. Hitler hatte ein erstaunliches Lächeln. Sein Mund mit den herabgezogenen Winkeln war hart und gespannt, sein Blick streng und selbstbewußt; aber wenn er lächelte, verschwand der fanatische Ausdruck; sein ganzes Gesicht strahlte und verriet eine starke Andeutung von Humor sowie eine merkwürdige, fast knabenhafte Schüchternheit. Manchmal hielt er die Hand eines Gastes fest und unterhielt sich mit ihm. Wenn ihn etwas amüsierte, erhellte das Lächeln sein Gesicht, und er tat etwas Sonderbares mit seinem rechten Knie: er hob es an und drehte es ruckartig ein bißchen einwärts.
Seine Begrüßung der zwei amerikanischen Ehepaare, die Henry vorausgingen, war beiläufig. Er lächelte nicht, und sein ruheloser Blick wanderte, als er ihnen die Hand gab, hin und her.
Ein Protokollbeamter in der himmelblauen, goldbetreßten Uniform des Auswärtigen Amts sagte an:

Der Marineattaché der Botschaft der Vereinigten Staaten Commander Victor Henry!

Die Hand des Führers war rauh, trocken und schien etwas geschwollen zu sein. Sein Griff war fest, als er Henry prüfend ansah. Aus der Nähe gesehen waren seine tiefliegenden Augen hellblau, leicht verquollen und glasig. Hitler wirkte erschöpft; sein bleiches Gesicht zeigte auf Stirn, Nase und Backenknochen Streifen von Sonnenbräune, als habe er sich überreden lassen, seinen Schreibtisch in Berchtesgaden zu verlassen und ein paar Stunden im Freien zu verbringen. In dieses berühmte Gesicht mit der Haarsträhne, der vorspringenden Nase, dem abwesenden Blick des Eiferers und dem kleinen Schnurrbart zu schauen, war für Henry das Seltsamste, was er je erlebt hatte.

Hitler sagte:

»Willkommen in Deutschland, Commander Henry«, und ließ dessen Hand fallen.

Erstaunt, daß Hitler von seiner kürzlichen Ankunft Kenntnis hatte, stammelte Pug: »Danke, Herr Reichskanzler.«

Frau Henry!

Rhoda reichte mit leuchtenden Augen Adolf Hitler die Hand. Er sagte auf deutsch: »Ich hoffe, Sie fühlen sich wohl in Berlin, Frau Henry.« Seine Stimme war leise und warm; für Henry eine weitere Überraschung, der nur sein heiseres Gebrüll vom Radio oder der Wochenschau kannte.

»Nun, Herr Reichskanzler, ehrlich gesagt habe ich gerade angefangen, mich nach einem Haus umzusehen«, sagte Rhoda atemlos, zu überwältigt, um eine konventionelle Antwort zu geben und weiterzugehen.

»Sie werden keine Schwierigkeiten haben.« Hitler bekam einen weichen warmen Blick, als er ihr klares Deutsch hörte. Offensichtlich fand er Rhoda hübsch. Leise lächelnd hielt er ihre Hand fest.

»Aber es gibt so viele entzückende Gegenden in Berlin, daß ich ganz verwirrt bin. Das ist das eigentliche Problem.«

Das freute oder amüsierte Hitler. Er lachte, stieß sein Knie einwärts und sagte, sich nach einem Adjutanten hinter ihm umdrehend, ein paar Worte. Der Adjutant verneigte sich. Hitler streckte dem nächsten Gast die Hand entgegen. Die Henrys gingen weiter zu dem Bulgaren.

Der Empfang dauerte nicht lange. Colonel Forrest, der amerikanische Militärattaché, ein dicker tabakkauender Heeresflieger aus Iowa, der seit zwei Jahren in Deutschland war, stellte die Henrys einer Reihe ausländischer Attachés vor sowie Goebbels und Ribbentrop, die genauso aussahen wie auf ihren Bildern in der Wochenschau, nur viel unbedeutender. Diese beiden ließen Pug mit ihrem raschen, flüchtigen Händedruck die Geringfügigkeit seiner Stellung spüren; das hatte Hitler nicht getan. Victor bemühte sich, Hitler zu beobachten. Der Führer trug schwarze Hosen, ein

graues zweireihiges Jackett mit einem Adler-Emblem auf einem der Ärmel und ein kleines Eisernes Kreuz auf der linken Brust. An der amerikanischen Mode gemessen, war sein Anzug viel zu weit geschnitten. Damit erweckte der Führer von Deutschland den merkwürdigen Eindruck, alt gekaufte, schlechtsitzende Kleider zu tragen. Hitler sah abwechselnd unruhig, müde und gelangweilt aus oder strahlte plötzlich voller Charme. Er stand selten still. Er trat von einem Bein aufs andere, drehte den Kopf hin und her, faltete die Hände vor dem Leib, gestikulierte mit ihnen, sprach wie abwesend mit den meisten und eindringlich mit wenigen Leuten und schnippte immer wieder das Knie einwärts. Einmal sah Victor, wie er Petits Fours von einem Teller aß und sie, während er mit einem ordengeschmückten Gast sprach, mit schnappenden gierigen Fingern zum Munde führte. Kurz darauf verschwand er, und die Gäste begannen zu gehen.
Draußen nieselte es; die zahllosen roten Fahnen hingen schlaff herunter, und von den Helmen der strammstehenden Wachen floß das Wasser ihnen ungehindert über das Gesicht. Die Frauen scharten sich in der Halle, während Victor, Colonel Forrest und die ausländischen Geschäftsträger auf die Straße traten, um die Botschaftswagen heranzuwinken. Der amerikanische Geschäftsträger, ein hochgewachsener Mann mit Schnurrbart, blassem, klugem Gesicht voller Falten und müdem Ausdruck, leitete die Botschaft. Nach der Kristallnacht hatte Präsident Roosevelt den Botschafter abberufen und ihn noch nicht wieder zurückbeordert. Jedem in der Botschaft mißfiel dieses Verfahren. Es schnitt die Amerikaner von vielen offiziellen Kanälen ab und hinderte sie an ihrer Amtsführung; sogar an dem Amt, sich für die Juden zu verwenden. Das Personal glaubte, Roosevelt habe das als eine politische Geste für die New Yorker Juden getan, die in Deutschland aber wirkungslos und lächerlich erschien.
Der Geschäftsträger fragte Henry: »Nun, wie fanden Sie den Führer?«
»Ich war beeindruckt. Er wußte, daß ich gerade angekommen war.«
»Tatsächlich? Nun, da haben Sie einmal die deutsche Gründlichkeit erlebt. Jemand hat es festgestellt und ihn informiert.«
»Aber er hat es behalten. In dieser langen Schlange.«
Der Geschäftsträger lächelte. »Das Gedächtnis des Politikers.«
Colonel Forrest rieb sich die breite, flache Nase, die er sich vor Jahren bei einem Flugzeugunfall gebrochen hatte, und sagte zu dem Geschäftsträger: »Der Führer hat sich ganz ausgiebig mit Mrs. Henry unterhalten. Worum ging es, Pug?«
»Nichts Besonderes. Nur ein paar Worte wegen der Haussuche.«
»Sie haben eine sehr schöne Frau«, sagte der Geschäftsträger. »Hitler schätzt schöne Frauen. Und sie trägt ein sehr apartes Kleid. Man sagt, Hitler liebe Rosa.«

Zwei Tage später war Henry mit der umfangreichen Morgenpost beschäftigt, in einem Büro, das seinem alten Arbeitsraum in der Operationsabteilung nicht unähnlich war – klein, voll von stählernen Aktenschränken und vollgestopft mit technischen Büchern und Berichten. Es hatte ein Fenster, und die Aussicht auf Hitlers Reichskanzlei gab ihm jeden Morgen, wenn er dort ankam, einen kleinen Stich. Sein Sekretär läutete aus einem winzigen Vorzimmer zu ihm durch. Es roch nach Hektographiertinte, Zigarettenrauch und zu lange gekochtem Kaffee, wie alle Sekretärsvorzimmer auf der ganzen Welt.

»Mrs. Henry, Sir.«

Rhoda war sonst nicht so früh auf. Sie sagte ungehalten, daß ein Mann namens Knoedler, ein Makler für möblierte Wohnungen, seine Karte heraufgeschickt habe mit einem Begleitbrief, der besagte, man habe ihm mitgeteilt, daß sie ein möbliertes Haus suchten. Er wartete unten in der Halle auf eine Antwort.

»Nun, was kann es schaden?« sagte Henry. »Sieh dir seine Häuser mal an.«

»Es kommt mir so komisch vor. Glaubst du, daß womöglich *Hitler* ihn geschickt hat?«

Pug lachte. »Vielleicht sein Adjutant.«

Rhoda rief um halb vier Uhr nachmittags an. Victor war gerade vom Mittagessen zurückgekommen. »Ja?« gähnte er. »Was gibt es?« Die langen schweren, an Wein üppigen Diplomatenmahlzeiten überstiegen immer noch seine Kräfte.

»Da ist ein wundervolles Haus im Grunewaldviertel, direkt an einem See. Es hat sogar einen Tennisplatz! Die Miete ist lächerlich billig, es kostet nicht einmal hundert Dollar im Monat. Könntest du gleich kommen und es dir ansehen?«

Victor machte sich auf den Weg. Es war ein schwerer grauer Steinbau mit rotem Ziegeldach und stand zwischen alten Bäumen auf ebenem Rasen, der zum Seeufer abfiel. Neben dem Tennisplatz hinter dem Haus lag ein streng angelegter Garten mit blühenden Blumenbeeten um einen marmornen Brunnen, in dem sich dicke Goldfische tummelten. Im Haus befanden sich Orientteppiche, große goldgerahmte antike Gemälde, ein Eßtisch aus Nußbaum mit sechzehn blauseiden gepolsterten Stühlen und ein langgestrecktes Wohnzimmer mit eleganten französischen Möbeln, fünf Schlafzimmer im oberen Stockwerk und drei marmorne Badezimmer.

Der Makler, ein rundlicher, sachlicher Mann von etwa dreißig, mit glattem, braunem Haar und randloser Brille, hätte ebensogut ein amerikanischer Grundstücksmakler sein können. Ja, er sagte sogar, daß sein Bruder Grundstücksmakler in Chicago sei und er einmal bei ihm dort gearbeitet habe. Victor fragte, warum die Miete so niedrig sei. Der Makler erklärte

ihm heiter in gutem Englisch, daß der Besitzer, Herr Rosenthal, ein jüdischer Fabrikant sei und das Haus leer stehe auf Grund neuer Bestimmungen für Juden. Deshalb brauche jener dringend einen Mieter.»Was sind das für neue Bestimmungen?« fragte Henry.
»Das weiß ich nicht so genau. Irgend etwas, das sich auf ihren Besitz bezieht.« Er sagte das so beiläufig, als rede er über eine neue Straßeneinteilung in Chicago. »Weiß Herr Rosenthal, daß Sie uns das Haus anbieten, und kennt er den Mietpreis?«
»Natürlich.«
»Wann kann ich ihn sprechen?«
»Wann immer Sie wollen.«
Am nächsten Tag benutzte Victor seine Tischzeit für eine Verabredung mit dem Besitzer. Der Makler stellte sie im Eingang einander vor und wartete dann im Wagen. Herr Rosenthal bat Henry herein. Er war ein grauhaariger, beleibter Mann von würdiger Haltung in einem dunklen Anzug von bestem englischen Schnitt. »Es ist ein wunderschönes Haus«, sagte Henry auf deutsch.
Rosenthal sah sich mit wehmütiger Zärtlichkeit um, wies auf einen Sessel und setzte sich: »Ich danke Ihnen. Wir lieben es sehr und haben viel Zeit und Geld darauf verwandt.«
»Meiner Frau und mir ist unwohl bei dem Gedanken, es zu mieten.«
Der Jude machte ein erstauntes Gesicht. »Warum? Sie wären sehr wünschenswerte Mieter. Falls die Miete zu hoch ist...«
»Um Gottes willen, nein! Sie ist unglaublich niedrig, aber werden Sie das Geld auch bekommen?«
»Selbstverständlich. Wer denn sonst? Es ist ja mein Haus.« Rosenthal sprach mit Stolz und Entschiedenheit. »Nach Abzug der Maklergebühr und gewisser Steuern werde ich jeden Pfennig bekommmen.«
Pug deutete mit dem Daumen zur Tür. »Der Makler sagte mir, daß irgendwelche neuen Bestimmungen Sie dazu zwingen, Ihr Haus zu vermieten.«
»Sie, als Mieter, würde das in keiner Weise berühren, bestimmt. Haben Sie an einen Zweijahresvertrag gedacht? Mir persönlich wäre das am liebsten.«
»Aber was ist das für eine Bestimmung?«
Obwohl sie allein in dem unbewohnten Haus waren, sah sich Rosenthal rechts und links über die Schulter um und senkte die Stimme. »Nun – es ist eine Notstandsverordnung, und ich bin überzeugt, daß sie mit der Zeit wieder aufgehoben werden wird. Das haben mir sogar Leute in hohen Stellungen versichert. Inzwischen aber könnte dieser Besitz in die Treuhänderschaft gewisser Behörden übergehen und jederzeit ohne meine Zustimmung verkauft werden. Wenn jedoch hier ein Mieter mit diplo-

matischer Immunität wohnt, können sie das nicht machen.« Rosenthal lächelte. »Daher die bescheidene Miete, Herr Kommandant. Sie sehen, ich verberge nichts.«

»Darf ich Sie etwas fragen? Warum verkaufen Sie nicht alles und verlassen Deutschland?«

Der Jude blinzelte. Sein Ausdruck blieb gelassen und würdevoll. »Wir haben hier seit über hundert Jahren ein Geschäft. Eine Zuckerraffinerie. Meine Kinder sind in England im Internat, aber meine Frau und ich fühlen uns sehr wohl in Berlin. Wir sind beide gebürtige Berliner.« Er seufzte, sah sich in der gemütlichen, rosenholzgetäfelten Bibliothek um, in der sie saßen, und fuhr fort: »Es ist nicht mehr so schlimm wie 1938. Da war es am schlimmsten. Wenn es keinen Krieg gibt, wird es sehr bald besser werden. Das wurde mir ernstlich von einigen hohen Beamten versichert. Alte Freunde von mir.« Rosenthal zögerte und fügte hinzu: »Der Führer hat Erstaunliches für das Land geleistet. Es wäre töricht, das zu bestreiten. Ich habe schon andere schlimme Zeiten erlebt. 1914 bekam ich in Belgien einen Lungenschuß. Der Mensch macht im Lauf seines Lebens eine Menge mit.« Er breitete die Hände in einer anmutigen, resignierten Geste aus.

»Mrs. Henry war von dem Haus entzückt«, sagte Henry. »Aber ich möchte aus dem Unglück eines Menschen keinen Vorteil ziehen.«

»Das Gegenteil wäre der Fall. Das wissen Sie jetzt. Also zwei Jahre?«

»Wie wäre es mit einem Jahr und einer Option, den Vertrag zu verlängern?«

Rosenthal stand sofort auf und streckte seine Hand aus. Henry erhob sich ebenfalls und schüttelte sie. »Wir hätten vielleicht darauf trinken sollen«, sagte Rosenthal, »aber bevor wir auszogen, haben wir den Schnapsschrank ausgeräumt. In einem leeren Haus hält Schnaps sich nicht lange.«

In der ersten Nacht kam es ihnen merkwürdig vor, in dem breiten weichen Bett der Rosenthals zu schlafen, dessen Kopf- und Fußende mit kostbarem französischen Gobelin bezogen war. Aber nach ein paar Tagen waren die Henrys in der Villa ganz zu Hause und vollauf mit einem neuen Leben beschäftigt. Durch ein vom Makler empfohlenes Vermittlungsbüro bekamen sie ein Hausmädchen, eine Köchin und einen Diener-Chauffeur, alles ausgezeichnete Dienstboten und – wie Henry annahm – alles bestellte Spitzel. Er prüfte die elektrische Anlage des Hauses auf Abhörgeräte. Die deutschen Installationen und Stromkreise waren ihm fremd, und er entdeckte nichts. Dennoch gewöhnten er und Rhoda sich an, auf den Rasen hinauszugehen, wenn sie etwas Heikles zu besprechen hatten.

Zwei Wochen vergingen in einem förmlichen Wirbel. Bei einer Gala-Oper für den bulgarischen Außenminister sahen sie Hitler noch einmal

– diesmal aus der Ferne, oben in einer mit kirschrotem Damast ausgeschlagenen Loge. Sein weißer Kragen und die Frackschöße waren wieder zu weit und betonten das Charlie-Chaplinhafte eines aufgeputzten Vagabunden, trotz seinem strengen, steifen Grüßen und den Beifallsrufen schöner Frauen und imposanter Männer, die alle den Hals verrenkten, um ihn ehrfürchtig anzustarren.

Auf zwei Empfängen, die zu Ehren der Henrys gegeben wurden, der eine im Haus des amerikanischen Geschäftsträgers, der andere bei Colonel Forrest, lernten sie viele Diplomaten und prominente Deutsche kennen: Industrielle, Künstler, Politiker und Militärs. Rhoda war auf Anhieb ein Erfolg. Trotz ihrer Panik vor dem Empfang in der Reichskanzlei hatte sie eine umfassende und kostbare Garderobe mitgebracht. Sie strahlte in ihren neuen Kleidern. Ihr Deutsch wurde immer besser. Berlin und seine Bevölkerung gefielen ihr. Die Deutschen spürten das und mochten sie gern, obwohl einige Leute von der Botschaft, die das Regime verabscheuten, Rhodas Herzlichkeit gegenüber den Nazis unverständlich fanden. Victor hatte auf solchen Parties etwas von einem Bär an sich und machte den Mund nur auf, wenn man ihn ansprach. Aber Rhodas Erfolg glich das aus.

Rhoda war den Nazi-Ausschreitungen gegenüber nicht blind. Nach ihrem ersten Spaziergang im Tiergarten hatte sie ihn nie wieder betreten wollen. Zwar sei er viel sauberer, hübscher und reizender als irgendein amerikanischer öffentlicher Park, gestand sie, aber die Aufschriften auf den Bänken *Für Juden verboten* seien empörend. Wenn sie ähnliche Aufschriften in Restaurantfenstern sah, wich sie zurück und verlangte, anderswohin zu gehen. Als Victor ihr von seinem Gespräch mit Rosenthal erzählte, hatte sie einen schweren Anfall von Depression; sie wollte auf das Haus verzichten und sprach sogar davon, aus Deutschland abzureisen. »Aber ich bitte dich! Dieses bezaubernde Haus für einen Pappenstiel zu vermieten, nur damit es ihm nicht über den Kopf weg verkauft wird – vermutlich an einen dicken Nazi, der darauf lauert, es billig zu bekommen. Wie *grauenhaft*.« Aber sie war einverstanden, daß sie es besser nahmen. Irgendwo mußten sie ja schließlich wohnen, und das Haus war traumhaft.

Aber mit jedem Tag reagierte sie schwächer, da sie sah, wie wenig Notiz man in Berlin von diesen Dingen nahm und wie selbstverständlich sie hingenommen wurden. Als Sally Forrest, die die Nazis haßte, sie zum Mittagessen in ein Lokal führte, wo ein Plakat am Fenster ankündigte, daß Juden nicht bedient würden, schien es ihr albern, zu protestieren. Bald aß sie unbekümmert in solchen Lokalen. Mit der Zeit wurde der Tiergarten für sie zu einem Lieblingsort für einen Sonntagsspaziergang. Dennoch sagte sie immer wieder, daß der Antisemitismus ein Schandfleck auf dem sonst aufregenden schönen Land sei. Das erklärte sie sogar promi-

nenten Nazis. Einige erstarrten, andere grinsten tolerant. Ein paar deuteten an, daß das Problem sich mit der Zeit lösen werde.
»Ich bin Amerikanerin bis auf die Knochen, kann auf sechs Generationen zurückblicken«, sagte sie dann, »aber ich werde niemals in dieser Judenfrage mit Ihnen übereinstimmen. Es ist einfach *entsetzlich.*«
Die meisten Deutschen schienen sich mit der unabhängigen, offenherzigen Art amerikanischer Frauen und wie ihre Ehemänner diese duldeten abzufinden und sie als nationale Eigentümlichkeit zu betrachten.
Victor Henry hielt sich in der Judenfrage zurück. Nazi-Deutschland war ein großer, nicht besonders verdaulicher Brocken neuen Lebens. Die meisten Ausländer waren entweder sehr pro- oder sehr anti-Nazi. Die Korrespondenten haßten sie, wie Kip Tollever bemerkt hatte, durch die Bank. Innerhalb der Botschaft gingen die Ansichten auseinander. Für einige war Hitler die größte Bedrohung Amerikas seit 1776. Er werde nicht eher einhalten, bis er die Weltherrschaft habe, und sobald er stark genug sei, werde er die Vereinigten Staaten angreifen. Andere sahen in ihm einen Wohltäter, das einzige Bollwerk in Europa gegen den Kommunismus. Die Demokratien hätten sich gegenüber der Ausbreitung des Bolschewismus als unfähig erwiesen, aber Hitler bekämpfe totalitären Eifer mit noch glühenderem und mächtigerem Eifer.
Solche Beurteilungen fußten, wie auch immer, auf sehr unzulänglichen Kenntnissen. Wenn Victor bei seinen neuen Bekannten auf Tatsachen drängte, bekam er nur leidenschaftliche Meinungen und Gesten zur Antwort. Es gab eine Unmenge von Statistiken, Stöße von Analysen und Berichten, aber zuviel davon belief sich auf bloßes Raten, Propaganda und fragwürdige, bezahlte Spionage. Spätnachts versuchte er, über deutsche Geschichte nachzulesen, und fand es ein zähes Gewirr, das über tausend Jahre zurückreichte, in welchem er kein fortlaufendes Muster und nichts zu finden vermochte, das irgendwie zu den Problemen von 1939 hingeführt hätte. Überhaupt nur herauszufinden, woher die Nazis kamen und worin das Geheimnis von Hitlers Macht über die Deutschen bestand, war eine Aufgabe, der weder er noch irgend jemand, mit dem er sprach, gewachsen war; selbst auf die Frage nach dem seltsamen Antisemitismus bekam man ein Dutzend verschiedene Erklärungen, je nach den zwölf verschiedenen Diplomaten, die man befragte. Commander Henry kam zu der Einsicht, daß er Schiffbruch erleiden würde, wenn er diese Dinge zu hastig zu ergründen versuchte. Wehrkraft war etwas, wovon er einiges verstand; sie war ein schmaler, aber entscheidender Aspekt von Hitlers Drittem Reich. War Deutschland tatsächlich so stark, wie die ewigen Marschkolonnen in den Straßen und die Unmenge von Uniformen in den Cafés vermuten ließen? Oder war alles nur ein Schauspiel, ebenso durchsichtig wie das rote Fahnentuch der wehenden Hakenkreuz-Standarten?

Entschlossen, nichts für gegeben anzunehmen und die Tatsachen selber herauszufinden, kniete sich Victor Henry in die Aufgabe, dieses eine Rätsel zu ergründen.
Inzwischen fand Rhoda am Diplomatenleben viel Gefallen. Je besser sie mit ihrem Personal und den Berliner Sitten vertraut wurde, um so umfangreicher wurden ihre Diners. Sie lud die Grobkes zu einem solchen ein, bei dem auch der amerikanische Geschäftsträger, eine französische Filmschauspielerin, der Dirigent der Berliner Philharmoniker anwesend waren sowie ein finsterer, beleibter deutscher General namens Armin von Roon mit einer eigentümlichen Hakennase und ungemein steifer Haltung. Rhoda kannte keinen dieser Leute gut. General von Roon, beispielsweise, hatte sie bei den Forrests getroffen; und weil jemand ihr gesagt hatte, daß er bei der Wehrmacht hoch im Kurs stand und als außerordentlich gescheit galt, hatte sie ihn hofiert. Es war ihr gegeben, Menschen auf Anhieb zu bezaubern. Sie war stets elegant, sie konnte, ohne zu übertreiben, amüsant oder verführerisch wirken, und sie gab ihnen das Gefühl, daß es erfreulich wäre, sie näher kennenzulernen. Ihre Einladungen wurden gern angenommen.
Die Gesellschaft war über dem Niveau Grobkes und seiner Frau. Sie waren geblendet und geschmeichelt, und die Anwesenheit des Generals von Roon ließ sie vor Ehrfurcht fast erstarren. In einem geeigneten Augenblick flüsterte Grobke Victor Henry zu, daß Roon der eigentliche Kopf des Oberkommandos sei. Also versuchte Pug mit Roon über den Krieg zu reden und entdeckte, daß jener ausgezeichnet englisch sprach. Aber er äußerte nur frostige Gemeinplätze, was ihn zwar in der Achtung des Attachés steigen ließ, aber seinem Bericht in keiner Weise diente.
Noch während des Abends nahm Grobke, voll Wein und Cognac, Victor Henry beiseite und sagte ihm, daß der Kommandant des Swinemünder Marinestützpunkts Schwierigkeiten mache, er, Grobke, jedoch den Besuch durchsetzen werde, »auch für Ihren englischen Freund, zum Kuckuck. Ich habe gesagt, daß ich's tue, und ich werde es auch tun. Mit diesen an Land stationierten Burschen hat man immer nur Ärger.«

Von Madeline bekamen die Henrys einen einzigen lustlosen Brief, nachdem sie in Newport angekommen war, wo sie den Sommer verbringen sollte. Warren schrieb wie üblich überhaupt nicht. Der Brief, den Byron an seinen Vater geschrieben hatte, erreichte diesen endlich Anfang Juli:

Dear Dad,
ich habe Deinen Brief bekommen, und er warf mich fast um. Anscheinend habe ich Dir einen falschen Eindruck von dieser Natalie Jastrow gegeben. Es macht Spaß, mit ihr zu arbeiten, aber sie ist älter als ich und

wurde im ersten Semester in Radcliffes eine von den Phi-Betas. Ihr Freund ist Rhodes-Stipendiat. Da kann ich nicht mit. Ich danke Dir jedoch für Deinen guten Rat. Ich bin wirklich sehr gern mit ihr zusammen, und die Gespräche mit ihr fördern meine Bildung. Das sollte Dich freuen. Dr. Jastrow läßt mich Quellenstudien über die Feldzüge Kaiser Konstantins treiben. Ursprünglich nahm ich die Arbeit wegen der Bezahlung an, aber inzwischen gefällt sie mir. Diese ganze Zeit zu kennen, in der das Gleichgewicht der Welt vom Heidentum zum Christentum überschwenkt, ist wirklich sehr lohnend, Dad. Sie hat gewisse Parallelen zu unserer eigenen Gegenwart. Ich glaube, Dr. Jastrows Buch wird Dir gefallen. Er ist zwar ausschließlich Gelehrter und wäre nicht imstande, ein Torpedoboot von einem mittelgroßen Tanker zu unterscheiden, dennoch gelingt es ihm, einen Feldzug des Altertums zu erfassen und so zu beschreiben, daß er jedem verständlich wird, und eine anschauliche Darstellung jener Zeiten zu geben.*
Siena ist mit Touristen für das Palio überlaufen, ein verrücktes Pferderennen, das jedes Jahr stattfindet. Die Klepper laufen um den berühmten Platz im Stadtzentrum, und es heißt, daß dann gewöhnlich die Hölle los ist. Warren wird bestimmt ein großer Flieger werden. Nun, das wäre es wohl. Herzliche Grüße an alle.

Byron

* Gruppe von Studenten mit besonderer Auszeichnung

5

Seit dem vierzehnten Jahrhundert hatte sich, wie Byron erfuhr, außer den Palios in Siena wenig ereignet. Ursprünglich ein reicher Stadtstaat des Mittelalters und militärischer Rivale von Florenz, war Siena 1348 durch die Schwarze Pest isoliert worden und wie durch einen Zauberbann in seiner heutigen Form erstarrt. Ein paar Kunstliebhaber kamen gelegentlich her, um die Gemälde und Architektur des vierzehnten Jahrhunderts zu bewundern, deren Zustand von dornröschenhafter Frische war. Die übrige Welt pilgerte zweimal im Jahr nach Siena, um sich die verrückten Pferderennen anzusehen, und ließ ansonsten die alte Stadt, eine zu Leben erwachte Szene aus einem verblichenen Gobelin, im toskanischen Sonnenschein modern.

In den neun Jahren, die er vor den Toren Sienas lebte, hatte Aaron Jastrow nie ein Palio besucht. Als Byron ihn nach dem Grund fragte, dozierte Jastrow über die grausamen öffentlichen Spiele der Römerzeit, die Vorläufer all dieser burlesken Rennen des Mittelalters. In dem von Bergen eingeschlossenen Siena habe das Palio durch Zufall überlebt wie ein Dinosaurus der Vorzeit. »Manche mittelalterlichen Städte veranstalteten Esel- oder Büffelrennen. Im päpstlichen Rom ließen sie Juden laufen. Nicht, daß ich direkt Angst hätte, einspringen zu müssen, wenn ein Pferd sich ein Bein bräche. Es hat mich einfach nicht interessiert.« Zudem hatte ihm sein Freund, der Erzbischof, vor vielen Jahren erzählt, daß ältere Menschen sich von den Palios fernhielten wegen der Gefahr, gestoßen oder zertrampelt zu werden. Aber jetzt mußte der Artikel geschrieben werden. Jastrow erwarb Karten für beide Rennen und schickte Byron und Natalie in die Stadt, um sich an Ort und Stelle zu informieren, während er über das Thema Bücher las.

Zunächst erfuhren sie, daß das Rennen ein Wettbewerb zwischen den Bezirken oder Gemeinden von Siena war. Jeder Bezirk, *contrada* genannt, bestand aus ein paar alten Häuserblocks. Ganz Siena umfaßte nur zweieinhalb Quadratmeilen und etwa dreißigtausend Einwohner. Aber diese kleinen Gemeinden – es gab siebzehn davon, und zehn kämpften jedes Jahr gegeneinander – nahmen sich, ihre Grenzen, ihre Zugehörigkeit, ihre Farben und Embleme unerhört wichtig. Sie trugen eigentümliche Namen wie *Oca, Bruco, Torre, Tartuca, Niccio (Gans, Raupe, Turm, Schildkröte, Seemuschel).* Jede Gemeinde hatte ihre Fahne, ihre Hymnen, ihre eigene Kirche und sogar eine Art Rathaus.

Byron und Natalie brachten Tage damit zu, durch die gewundenen hüge-

ligen Gassen zu wandern. Wenn gelegentlich ein alter Bus vorbeischnaubte, mußten sie sich flach an die hohen rotbraunen Mauern drükken, um ihr Leben zu retten. Trottoirs gab es nicht, und die verschlafenen, verlassenen Straßen waren kaum breiter als ein Bus. Einen Stadtplan in der Hand, besuchte das Paar eine winzige Gemeinde nach der anderen, um die Vorgeschichte des Palio zu ergründen. Sie erfuhren von Bündnissen und Fehden, die Jahrhunderte zurücklagen. Der Panther war mit der Giraffe befreundet, die Schildkröte haßte die Schnecke und so weiter in einer Verwirrung der Gefühle, die sehr real und aktuell war.
Bald erkannten sie, daß das berühmte Rennen eine faule Farce war und daß jedermann dies wußte. Die *contrade* besaßen keine Pferde. Ein paar Tage vor jedem Rennen wurden Pferde aus der Umgebung in die Stadt gebracht, und die konkurrierenden Gemeinden losten um sie. Die gleichen sturen robusten Klepper kehrten Jahr für Jahr wieder und rutschten, je nachdem wie das Los ausfiel, von einem Bezirk in den anderen.
Wieso wurde daraus ein Rennen? Bestechung der Reiter, Doping der Tiere, Absprachen, die besten Pferde zu blockieren oder Reiter zu verletzen: nur solche Mittel machten das Palio zu einer wenn auch schmutzigen Art von Wettkampf. Daher siegten die größten und reichsten Bezirke am häufigsten. Doch war der Ausgang nicht vorauszusehen, da unter Umständen ein kleiner und armer Bezirk eine verzweifelte Anstrengung unternahm. Er verschwendete vielleicht seine Gelder für Bestechungen, verpflichtete sich zu künftigen Bündnissen, verschwor sich zu künftigem Verrat, nur um ein Banner für seinen Gemeindesaal zu erringen. Denn das nämlich war das Palio: ein Banner mit dem aufgemalten Bild der Heiligen Jungfrau. Wie alle mittelalterlichen Rennen wurde dieses an Feiertagen gelaufen; es war eine *manifestazione* zu Ehren der Jungfrau Maria: daher schmückte ihr Bildnis den Siegespreis: in den *contrada*-Sälen hingen Dutzende von verblaßten Palios.
Nach einer Weile begann sich sogar Jastrow dafür zu interessieren – auf ironische Art. Die Seele des Ganzen, sagte er, war offenbar der Betrug; die alte europäische Gaunerei, Bestechung und Gegenbestechung, Verrat und doppelter Verrat, plötzliche Umkehrung bisheriger Bündnisse, geheime, zeitweilige Beilegung alter Feindschaften, untergründige Quertreibereien, die alle im Pferderennen mündeten, wenn die ganze düstere Korruption im roten Schein der Abendsonne mit explosiver Kraft ans Licht kam.
»Der Artikel wird sich ganz von selbst schreiben«, sagte er eines Tages vergnügt beim Mittagessen. »Diese Sieneser haben unwillkürlich eine groteske kleine Parodie europäischen Nationalismus entwickelt. Der Erzbischof sagte mir, daß eine Frau aus der Panthergemeinde, die einen Raupen- oder Turm-Mann heiratet, tatsächlich zum Kinderkriegen in eine

Panther-Straße zurückkehrt, um sicherzugehen, daß ihre Kinder Panther werden. Patriotismus! Und natürlich ist dieser jeden Sommer wiederkehrende Ausbruch von Wahnsinn der Schlüssel dazu. Der ganze überholte Mummenschanz – Schnecken, Giraffen und so weiter – wäre vor Jahrhunderten ausgestorben, wenn es nicht die herrlichen schillernden Ausbrüche von Erregung, Verrat und Gewalttätigkeit bei den Rennen gegeben hätte. Darauf konnten sie unmöglich verzichten. Der Palio ist der Krieg.«

»Sie sollten einmal in die Stadt fahren, Sir«, sagte Byron. »Dort wird schon die Rennbahn gebaut. Hunderte von Lastwagenladungen dieser goldroten Erde, rund um die Piazza del Campo.«

»Ja«, sagte Natalie, »und wie sie die Straßen schmücken. Es ist ganz fabelhaft. Und wohin man auch blickt, es sind die Fahnenschwenker am Werk...«

»Ich verschwende zwei ganze Arbeitstage auf das eigentliche Rennen. Das dürfte genügen«, sagte Jastrow streng.

»Wissen Sie, was ich finde?« sagte Byron. »Die ganze Geschichte ist idiotisch.«

Natalie sah ihn mit verdutztem, erregtem Blick an und betupfte sich die feuchte Stirn mit einem Taschentuch. Es war der Tag des ersten Palios. Sie standen auf dem Balkon des erzbischöflichen Palastes und beobachteten die Parade. Die breite Fassade der Kathedrale gab an einem Ende des Balkons, wo Jastrow in einem großen gelben Panamahut und weißem Anzug stand und sich mit dem Erzbischof unterhielt, etwas Schatten. Byron und Natalie waren mit bevorzugten Zuschauern auf das andere Ende gedrängt worden, wo die Sonne brannte. Selbst in ihrem ärmellosen hellrosa Leinenkleid schwitzte das Mädchen, und Byron fühlte sich in seiner Leinenjacke und seidenen Krawatte denkbar ungemütlich.

Unten verließ die Kolonne in grün-gelbem, mittelalterlichem Kostüm – Puffärmel und Tunikas, bunte Strumpfhosen und Federhüte – den vollbesetzten Platz vor der Kathedrale und schwenkte unter dem Applaus der Menge große Fahnen. Von der anderen Seite erschien die rot-schwarze Kompanie der *Eulen* und vollführte mit ihren Fahnen die gleichen Kunststücke; das Ineinanderwirbeln der Tücher, das Hochwerfen der Fahnenstangen, die sich in der Luft kreuzten, während die Fahnenschwenker jeweilig über die Stangen des anderen sprangen und ihre Fahnen ununterbrochen in Bewegung hielten.

»Idiotisch?« sagte Natalie. »Und ich wollte mich gerade dazu entschließen, es phantastisch zu finden.«

»Was? Sie machen die ganze Zeit immer wieder dasselbe. Wir sind schon seit Stunden hier. Wir haben noch den *Igel*, den *Adler*, die *Giraffe* und den *Wald* vor uns, die sich wieder mit ihren Fahnen produzieren werden. Ich warte hier.«

»Ach, Byron, es ist doch das fließende Schauspiel von Farben, die *Gesichter* der jungen Leute, sehen Sie das nicht? Ich kann mir nicht helfen, diese Leute sehen in ihren mittelalterlichen Kostümen natürlicher aus als in ihrer Alltagskleidung. Finden Sie nicht? Sehen Sie sich doch die langen geraden Nasen, die großen tiefliegenden traurigen Augen an! Vielleicht sind sie wirklich ein Überbleibsel von den Etruskern, wie sie behaupten.«

»Sechs Monate Arbeit«, sagte Byron. »Besondere Gebäude und Kirchen für *Einhörner, Igel* und *Giraffen,* Tausende von Kostümen, eine ganze Woche von Zeremonien, allgemeines Hinundhermarschieren, Trompeten, Trommeln, Übungsläufe – und das alles für ein nach Betrug stinkendes Rennen wackeliger Gäule. Und dazu noch zu Ehren der Jungfrau Maria.«

»Ach, wunderschön«, rief Natalie, als zwei *Eulen*-Fahnen emporflogen und sich in hohen Bögen überschnitten, die Schwenker sie auffingen und zum allgemeinen Applaus rot-schwarze Arabesken durch die Luft wirbelten.

Byron fuhr fort, wobei er sich das Gesicht abtrocknete: »Ich war heute in der *Gans*-Kirche. Man hat tatsächlich ein Pferd hereingeführt, bis an den Altar hinauf, um es segnen zu lassen. Ich habe den Büchern nicht geglaubt, aber ich habe es mit eigenen Augen gesehen. Der Priester legte ihm ein Kruzifix auf die Nase. Das Pferd war vernünftiger als die Menschen. Es hat sich nicht vorbeibenommen, aber ich glaube, damit ist das Palio für mich wohl erledigt.«

Natalie betrachtete ihn amüsiert. »Armer Briny. Italienisches Christentum bedrängt wahrhaftig Ihre Seele, nicht wahr? Leslie hatte recht, Sie sind einfach ein Protestant.«

»Gehört ein Pferd in eine Kirche?« sagte Byron.

Die Sonne stand schon sehr niedrig, als die Parade vorbei war. Auf dem kurzen Weg von der Kathedrale bis zur Piazza del Campo wurde Jastrow nervös. Eine dichte Menschenmenge drängte sich durch die schmale Straße, alle in guter Laune, doch eilten sie schreiend und gestikulierend zwischen den hohen rotbraunen Mauern der alten Palazzi weiter. Mehr als einmal stolperte und schwankte der kleine Professor. Er hängte sich an Byrons Arme. »Erlauben Sie? Ich habe mich immer ein wenig vor Menschenmengen gefürchtet. Die Leute meinen es nicht böse, aber irgendwie scheinen sie mich gar nicht wahrzunehmen.« Sie mußten im Gedränge vor einem niedrigen Torbogen anhalten und schoben sich langsam hindurch.

»Du lieber Himmel!« sagte Jastrow, als sie auf die rotgoldene Erde der Rennbahn hinausgelangten. »Der Platz ist ja völlig verwandelt.«

»Ich hab Ihnen ja gesagt, daß sie wochenlang daran gearbeitet haben«, entgegnete Byron.
Die große Piazza von Siena gehörte zu den Sehenswürdigkeiten Italiens. Die vergessenen Stadtplaner des Mittelalters hatten einen denkwürdig schönen Platz geschaffen, der im Halbkreis von rötlichen Palazzi und der langen, fast geraden Fassade des Rathauses aus dem vierzehnten Jahrhundert begrenzt war, all dies überwölbt vom Blau des toskanischen Himmels, in den der rote Glockenturm des Rathauses mehr als hundertzwanzig Meter hoch hineinragte. Das ganze Jahr über war diese riesige muschelförmige Fläche fast menschenleer bis auf Verkaufsstände und gelegentliche Fußgänger. Und die alten Gebäude, die sie umstanden, schienen verödet zu sein oder im Schlaf zu liegen.
Heute, im Goldglanz der Spätnachmittagssonne, wogte und wühlte ein tosendes Meer von Menschen in einem Ring hölzerner Barrieren. Zwischen diesen Barrieren und den Palazzimauern zog sich eine mit Erde aufgeschüttete Bahn. Und an den Mauern stiegen Holzgerüste mit Reihen von Bänken steil nach oben. Aus allen Fenstern der Gebäude, die die Piazza säumten, lugten Kopf an Kopf Gesichter heraus; Fahnen und kostbare Behänge schmückten die Palazzi; sämtliche Dächer waren schwarz von Menschen; die große Mittelfläche schien überfüllt, aber dennoch strömten aus einem halben Dutzend schmaler Straßen immer mehr Menschen über die Bahn und quetschten sich hinein. Die Parade bewegte sich jetzt um die Bahn, und sämtliche *contrade* vollführten gleichzeitig ihre Fahnenwirbel, Arabesken und Luftsprünge unter dem anhaltenden Beifall der Menge und den mißtönenden schmetternden Klängen zahlreicher Blechkapellen.
Byron, der noch immer Jastrows dünnen Arm hielt, führte sie an ihre Plätze. »Nun, der Erzbischof hat nicht zuviel versprochen«, sagte der Professor, als sie sich auf einer schmalen splitterigen Planke niederließen, die direkt unter dem Podium der Jury stand. »Man könnte keine bessere Aussicht haben!« Er lachte grundlos, sichtlich erleichtert darüber, daß er aus dem Gedränge heraus war.
»Siehst du die Matratzen?« fragte Natalie munter. »Da unten liegen sie, an den Ecken.«
»Ach ja. Mein Gott. Wie merkwürdig ist das alles.«
Der Lärm der Menge steigerte sich zu einem allgemeinen Jubel. Ein hölzerner Karren, von vier weißen toskanischen Ochsen mit riesigen gebogenen Hörnern gezogen, erschien auf der Bahn, von reich kostümierten Mitwirkenden begleitet. In dem Karren wehte auf einer langen Stange die Siegesfahne, ein etwa vier Meter langes bemaltes Tuch. »Das ist ja eine Himmelfahrt«, sagte Jastrow, durch ein kleines Fernglas spähend. »Naiv, aber gar nicht schlecht.«

Der Karren rollte langsam um die Piazza, hinter ihm drängten behelmte Polizisten die Menge von der Bahn weg, während Straßenfeger Papier und Unrat entfernten. Inzwischen war der gepflasterte Platz eine einzige dichte Masse von weißen Hemden, bunten Kleidern und dunkelhaarigen Köpfen, welche die Halbmondform der Bahn und ihre Gefahren herausstrich. Die roten Palazzi erstreckten sich schräg nach unten auf das Rathaus zu, wo eine gerade Straße die breite Kurve abschnitt. Dicke Matratzen polsterten die äußeren Barrieren an diesen scharfen Ecken. Selbst bei den Proberennen hatten Byron und Natalie erlebt, daß Pferde gegen die Matratzen stürmten und ihre Reiter bewußtlos auf der Strecke blieben. Das Licht der untergehenden Sonne auf der Fassade des Rathauses glühte nach und nach blutrot. Der übrige Teil der Piazza lag im Schatten, und im Turm läutete eine schwere Glocke. Aus dem Rathaus erklang ein langer Fanfarenstoß. In der Menge trat Stille ein. Trompeter stimmten den alten Palio-Marsch an, der die ganze Woche lang in den Straßen Sienas gehallt hatte. Aus dem Rathaushof trabten die schabrackengeschmückten Rennpferde mit ihren grell kostümierten Reitern.

Natalies Finger schoben sich in Byrons Hand und hielten sie fest, und sekundenlang legte sie ihre kühle, magere und dennoch weiche Wange an die seine. »Idiotisch, Briny?« murmelte sie.

Er war über die Berührung zu entzückt, um zu antworten.

Die Startlinie lag direkt vor ihnen, und hinter ihnen, über dem Podium der Jury, hing das Palio an seiner Stange und flatterte in einer kühlen Brise, die über das große Amphitheater zu wehen begann. Eine altmodische Vorrichtung aus Seil und Holz kontrollierte den Start. Die tänzelnden überreizten Tiere vor dem Seil aufzureihen, erwies sich als beinahe unmöglich. Die gequälten Geschöpfe sprangen hin und her, drehten sich herum, bäumten sich auf, stolperten und brachen zweimal in einen Fehlstart aus. Schließlich brausten die zehn Pferde in einem Haufen davon, während die Reiter wild auf die Tiere und aufeinander losschlugen. Ein Geheul übertönte das anhaltende Brüllen, als zwei Pferde an der ersten Matratzenserie stürzten. Danach verlor Byron die Übersicht über das Rennen. Während er beobachtete, wie ein bewußtloser Jockey von der Bahn geschleift wurde, kündete ein abermaliges Aufheulen der Menge von neuen Unfällen, die er nicht sah. Das Rudel raste in einem Gewirr wirbelnder Hufe und aufspritzender Erde davon, das sich über fünf bis sechs Längen erstreckte. Ein reiterloses, schäumendes Pferd mit hängendem Zügel galoppierte mit und schob sich nach vorn.

»Kann denn ein reiterloses Pferd gewinnen?« schrie Jastrow zu Byron. Ein Mann vor und unter ihm sah mit fettem, warzenbedecktem roten Gesicht, gespitztem Schnurrbart und vorstehenden gelben Augen zu ihm auf. »Si, si. Reiterlos ist *scosso*, Herr, *scosso. Viva Bruco! Scosso!*«

Als das Rudel zum zweitenmal an der Jury vorbeikam, lag das reiterlose Pferd klar in Führung, und Byron konnte an ihm Farben und Wappen der *Raupen* erkennen.
»Scosso!« Das rote Warzengesicht drehte sich um und brüllte, Knoblauchgeruch und Weindunst verströmend, fröhlich zu Dr. Jastrow hinauf und winkte ihm mit zwei Fäusten zu. »Sehen Sie, Mistär? Huh! *Bruco*. Rau-pee, Mistär!«
»Ja, gewiß, sehr richtig«, sagte Jastrow und rückte etwas näher zu Byron heran.
Das Gebrüll auf der Piazza schwoll zu einem wilden Geheul an, als die Pferde zum dritten und letzten Male die Runde liefen und die noch vorhandenen Reiter wie wahnsinnig auf ihre Gäule eindroschen, um das reiterlose Pferd zu überholen. Sie liefen durch das Ziel in einem Schauer von aufspritzender Erde, einem Durcheinander nickender, flatternder Köpfe und peitschender Reiterarme. Das *Raupen*-Pferd, mit rollenden, rotunterlaufenden Augen, war noch immer knapp an der Spitze.
»*Bruco!*« kreischte das Warzengesicht und sprang mehrere Fuß hoch in die Luft. »*Scosso. Scosso*. Ha, ha!« Er wandte sich mit irrem Lachen zu Jastrow und tat, als steche er sich eine riesige Injektionsnadel in den Arm, womit er andeuten wollte, daß das Pferd gedopt sei. »Bravissimo! Huuuh!« Er lief klappernd den schmalen Gang zur Rennbahn hinunter, rannte darüber hinweg und verschwand in dem Menschenschwarm, der über die Barrieren und aus den Sitzreihen herausquoll. Im gleichen Augenblick wimmelte die Bahn von schreienden, fuchtelnden, auf und ab springenden Menschen, die sich begeistert umarmten, die Fäuste schwangen, sich an den Kopf faßten, sich an die Brust schlugen. Hier und da sah man in der Menge die nickenden, federgeschmückten Köpfe der Pferde. Direkt vor ihnen auf der Bahn schlugen ein Dutzend weißbehemdeter junger Männer auf einen helmlosen Jockey ein, der vor ihnen auf der Erde kniete und um Gnade flehend die Arme emporstreckte. Das Blut floß ihm über das Gesicht.
»Mein Gott, was ist denn da los?« stammelte Jastrow.
»Da scheint einer die Schiebung nicht mitgemacht zu haben«, sagte Byron, »oder er hat nach zwei Seiten geschoben.«
»Vermutlich«, sagte Jastrow und legte eine zitternde Hand an den Bart, »ist das der Teil, wovor der Erzbischof uns gewarnt hat. Vielleicht sollten wir doch lieber gehen.«
»*Jetzt nicht*«, sagte Byron scharf und hielt ihm seinen Arm vor die Brust. »Bleiben Sie sitzen, Herr Doktor, und rühren Sie sich nicht von der Stelle. Sie auch nicht, Natalie.«
Eine Truppe junger Männer, mit gelb-grünen *Raupen*-Schals um den Hals, stürmte durch die Menge, direkt auf das Podium der Jury zu. Sie

stiegen lärmend die Bänke hinauf, angeführt von einem blassen Halbstarken, von dessen Stirn Blut strömte. Byron streckte vor dem Mädchen und Jastrow schützend die Arme aus, als jener mit dem blutigen Gesicht die Stange packte. Der ganze Trupp brüllte und jubelte und donnerte mit dem Banner wieder die Bänke hinunter.

»*Jetzt!*« Byron faßte die beiden anderen bei der Hand. »Kommt.«

Die aufgeregten Sieneser sowie die Touristen gaben vorsichtshalber den triumphierenden *Raupen* den Weg frei. Byron folgte, den einen Arm um das Mädchen, den anderen um Jastrow geschlungen, direkt hinterher und erreichte ohne Schwierigkeit durch einen Torbogen die untere Hauptstraße der Stadt. Aber hier strömte die Volksmenge, sie einkeilend, hinter dem Palio und seiner triumphierenden Eskorte nach und stürmte auf die Kathedrale zu.

»Mein Gott«, sagte Natalie, »jetzt kommen wir nicht mehr 'raus. Halten Sie Aaron fest.«

»Du liebe Zeit«, keuchte Aaron, »mit so etwas habe ich allerdings nicht gerechnet«, und schob mit der freien Hand Hut und Brille zurecht. Die andere wurde von Byron mit eisernem Griff festgehalten. »Meine Füße berühren kaum den Boden, Byron.«

»Das macht nichts. Stemmen Sie sich nicht dagegen, Sir, gehen Sie einfach mit. Sobald wir an eine Seitenstraße kommen, wird das Gedränge nachlassen. Haben Sie keine Angst.«

In diesem Augenblick wurde die Menge von einer panikartigen Bewegung erfaßt, die Jastrow aus Byrons Griff riß. Hinter ihnen ertönten Hufgetrappel, wildes Schnauben und Wiehern und angsterfüllte Schreie. Um Byron und Natalie schmolz die Menge dahin, auf der Flucht vor einem ausschlagenden Pferd. Es war der Sieger, das *Raupen*-Pferd. Ein muskulöser junger Mann in grün-gelbem Kostüm mit verrutschter Perücke versuchte verzweifelt, es zu bändigen. Aber als das Tier sich abermals aufbäumte, traf ein Vorderhuf ihn mitten ins Gesicht. Er fiel blutüberströmt zu Boden, und das Tier war frei. Es tanzte, bäumte sich auf, wieherte und stürmte weiter. Die Menge wich von ihm zurück. Als Byron Natalie aus dem zurückdrängenden Volkshaufen in einen Hauseingang zog, tauchte Aaron Jastrow wankend und ohne Brille in der leeren Straße auf und stolperte dem Pferd direkt in den Weg.

Ohne ein Wort zu Natalie lief Byron auf die Straße und riß Jastrow den großen gelben Hut vom Kopf. Er schwenkte ihn vor der Nase des Pferdes hin und her und versuchte, auf die Hufe achtzugeben. Das Tier wieherte wild, scheute gegen eine Palazzomauer, stolperte, verlor den Halt, erholte sich wieder und bäumte sich auf, mit den Vorderhufen nach Byron ausschlagend, der wieder den Hut schwenkte und vorsichtig außer Reichweite blieb. Das Pferd tanzte auf den Hinterbeinen und rollte, Schaum

vor dem Maul, die irren, blutunterlaufenen Augen. Ein halbes Dutzend Männer in *Raupen*-Kostümen kam jetzt die Straße heraufgelaufen, und vier von ihnen packten die Zügel, zogen das Pferd nach unten und begannen es zu beruhigen. Die übrigen hoben ihren verletzten Kameraden auf. Leute aus der Menge stürzten hervor und halfen Jastrow auf die Beine. Natalie eilte zu ihm, Männer scharten sich um Byron und schlugen ihm auf die Schulter, als er zu Jastrow hinüberging. »Da ist Ihr Hut, Sir.«
»Oh, danke, Byron. Meine Brille haben Sie wohl nicht gesehen? Wahrscheinlich ist die kaputtgegangen. Nun, in der Villa habe ich eine zweite.« Der Professor blinzelte kurzsichtig, benahm sich aber recht aufgeregt und vergnügt. »Mein Gott, was für ein Tumult! Was war denn los? Vermutlich wurde ich zu Boden geworfen. Ich hörte Pferdegetrappel, konnte aber überhaupt nichts sehen.«
»Es ist ihm nichts passiert«, sagte Natalie zu Byron und sah ihm tief in die Augen, wie sie es bisher noch nie getan hatte. »Ich danke Ihnen.«
»Dr. Jastrow, wenn Sie nicht zu sehr mitgenommen sind«, sagte Byron, erneut seinen Arm ergreifend, »sollten wir uns den Dankgottesdienst in der *Raupen*-Kirche ansehen.«
»Ah, ganz und gar nicht«, lachte Jastrow. Der Augenblick der Aktion schien seine Nerven beruhigt zu haben. »Mitgefangen, mitgehangen. Ich finde das alles ganz erheiternd. Gehen wir hin. Sie müssen mich diesmal nur besser festhalten. Vorhin waren Sie ein bißchen nachlässig.«

Etwa acht Tage später arbeiteten Natalie und Byron in der Bibliothek, während draußen ein Sommergewitter gegen die finsteren Fenster niederging. Byron sah, als es blitzte, von einer Landkarte auf und bemerkte, daß Natalie ihn beim Schein der Lampe mit ernstem Gesicht anstarrte.
»Sind Sie jemals in Warschau gewesen, Byron?«
»Nein. Warum?«
»Hätten Sie Lust, mit mir hinzufahren?«
Mit großer Willensanstrengung setzte er, seine Freude zurückdrängend, sein stumpfes, undurchdringliches Gesicht auf, mit dem er zwanzig Jahre lang den forschenden Fragen seines Vaters widerstanden hatte: »Und was ist der Sinn vom Ganzen?«
»Nun, es ist doch wohl wahrscheinlich sehenswert, glauben Sie nicht? Slote sagt sogar, es sei so ziemlich ein Stück Alte Welt und lustig. Die Sache ist die: Aaron macht Schwierigkeiten wegen meiner Reise. Das wissen Sie. Ich könnte ihm sagen, er solle sich zum Teufel scheren, aber ich täte es lieber nicht.«
Byron hatte die Diskussionen mitangehört. Als Jastrow während der Nachwehen des Palio erfuhr, wie nahe daran er gewesen war, verletzt oder getötet zu werden, war er sehr nervös geworden. Der amerikanische Kon-

sul in Florenz hatte ihn nach dem Palio aufgesucht, und seitdem hatte sich Jastrows gedrückte Stimmung noch verschlimmert. Er betonte immer wieder, daß die Leute vom Auswärtigen Dienst die Lage in Polen mit wachsender Sorge verfolgten und daß die Reise, die Natalie vorhatte, jetzt viel zu riskant erscheine.
»Würde es denn einen Unterschied machen, wenn ich mitkäme?« fragte Byron.
»Ich glaube schon. Wissen Sie, wie Aaron Sie hinter Ihrem Rücken nennt? *Dieser Goldknabe*. Er kann über das, was Sie bei dem Palio taten, überhaupt nicht hinwegkommen.«
»Sie haben übertrieben«, sagte Byron.
»Durchaus nicht. Sie haben eine erstaunliche Geistesgegenwart bewiesen. Ich war schwer beeindruckt und Aaron ebenfalls, als er es herausfand. Das Pferd hätte ihn womöglich getötet. Wenn ich ihm sagen kann, daß Sie mitkommen, wird er sich sicherlich nicht mehr aufregen.«
»Ihr Freund Slote könnte schief gucken, wenn ich mit Ihnen aufkreuzte.«
»Mit Leslie Slote werde ich schon fertig«, sagte Natalie mit einem kleinen grimmigen Lächeln. »Also einverstanden?«
»Ich will es mir überlegen«, sagte Byron.
»Wenn Sie Geld brauchen, kann ich Ihnen gern etwas leihen.«
»Ach, Geld habe ich schon. Eigentlich gibt es nicht viel zu überlegen, Natalie. Ich werde wohl mitkommen. Wenn Jastrow nach Griechenland reist, wird es hier recht öde sein.«
»Sie sind ein Engel.« Sie lächelte ihn entzückt an. »Wir werden uns gut amüsieren. Dafür sorge ich schon.«
»Und was passiert nach Warschau? Kommen Sie hierher zurück?«
»Ich denke schon, sofern der Konsul Aaron nicht inzwischen dazu überredet hat, nach Hause zu fahren. Er bearbeitet ihn geradezu, es zu tun. Und Sie, Briny?«
»Nun, vielleicht fahre ich auch nach Hause«, sagte Byron. »Ich bin ja durch nichts gebunden.«
An jenem Abend ließ Dr. Jastrow, nachdem er die Neuigkeit beim Essen erfahren hatte, eine Flasche Champagner kommen. »Ich kann Ihnen gar nicht sagen, welcher Stein mir vom Herzen fällt! Dieses starrköpfige Mädchen hat keine Ahnung davon, wie primitiv und rückständig Polen ist. Ich weiß es. Nach dem zu urteilen, was meine Verwandten mir schreiben, hat es sich in den fünfundvierzig Jahren, seitdem ich ausgewandert bin, um kein Jota verbessert. Und die politische Lage ist prekär. Der Böse Mann mit dem Schnurrbart redet unliebsame Töne, und wir müssen auf das Schlimmste gefaßt sein. Jedoch wird man bestimmt rechtzeitig gewarnt werden. Ich bin jetzt viel beruhigter. Sie sind ein sehr tüchtiger junger Mann.«

»Du redest, als wäre ich schwachsinnig«, sagte Natalie, während sie einen Schluck vom Champagner nahm.
»Du bist eine Frau. Das ist etwas, was du häufig vergißt. So warst du schon als Kind, als du auf Bäume geklettert bist und dich mit Jungen angelegt hast. Nun, dann bleibe ich eben allein hier. Aber das macht mir nichts aus.«
»Fahren Sie denn nicht nach Griechenland, Sir?« fragte Byron.
»Nun, ich bin nicht so sicher.« Jastrow lächelte über ihre verständnislosen Gesichter. »Da ist irgendeine Schwierigkeit mit meinem Paß. Ich habe ihn verfallen lassen, und da ich kein gebürtiger Amerikaner bin, sondern es erst durch die Naturalisierung meines Vaters wurde, hat sich herausgestellt, daß es zu seiner Erneuerung einiger Formalitäten bedarf. Besonders, da ich seit neun Jahren nicht mehr drüben war. Die Sache kann oder auch nicht bis Ende August geklärt werden. Wenn nicht, dann fahre ich einfach im nächsten Frühjahr.«
»Das müssen Sie aber unbedingt klären«, sagte Byron.
»Ja, natürlich. Früher waren diese Dinge kein Problem, sagte der Konsul. Aber seitdem die Flut der Flüchtlinge vor dem Hitler-Regime eingesetzt hat, sind die Bestimmungen strenger geworden. Nun, Briny, also Sie und Natalie fahren in wenigen Wochen nach Warschau! Sie könnten mir keine größere Freude machen, und ich bin sicher, sie kann einen Chaperon gebrauchen.«
»Ach, Unsinn, Aaron«, sagte Natalie errötend, und ihr Onkel lachte sie aus, es war seit einer Woche sein erstes herzliches Lachen.
»Ich hoffe, Sie haben Gelegenheit, meinen Vetter Berel kennenzulernen«, sagte Jastrow zu Byron. »Ich habe ihn, seitdem ich aus Polen fort bin, nie mehr gesehen, aber wir schreiben uns regelmäßig drei- bis viermal im Jahr. Geistesgegenwart ist von jeher auch seine Stärke gewesen.«

6

Pamela fuhr Commander Henry und ihren Vater nach Swinemünde. Mit dem Zug wären sie schneller hingekommen, aber Henry wollte sich die Landschaft und die Städtchen ansehen, und der Engländer war mehr als einverstanden. Man könnte fast eine Zuneigung zu den Deutschen fassen, sagte er, wenn man den Großstädten fernblieb. Victor war entsetzt darüber, wie das Mädchen fuhr. In Berlin chauffierte sie den grauen Mercedes mit schöner Anpassung an die Ampel- und Geschwindigkeitsvorschriften, aber sobald sie auf der Autobahn war, ließ sie das Tachometer auf 150 Kilometer Geschwindigkeit ansteigen. Tudsbury schwatzte ungeachtet des dröhnenden Windes und schenkte der vorbeirasenden Landschaft nur wenig Aufmerksamkeit.

Jetzt glaubte er, daß es vielleicht doch nicht zum Krieg kommen werde. Die Briten verhandelten endlich wegen eines Militärbündnisses mit den Russen. Sie bauten jetzt Flugzeuge in einem so beschleunigten Tempo, daß es nun möglich sei, die Luftparität, die sie 1936 verloren hatten, wiederzugewinnen. Ihr Bündnis mit Polen zeigte Hitler, daß Chamberlain es dieses Mal ernst meinte. Die Nazipartei in Danzig hatte sich beruhigt. Mussolini hatte Hitler geradeheraus gesagt, daß er noch nicht kampfbereit sei – (wie Tudsbury insgeheim erfahren hatte). Der Korrespondent sah eine zwei- bis dreijährige Atempause voraus, während der die aufgeschreckten Demokratien stärker rüsten würden, als es die Deutschen vermochten. Der in die Enge getriebene Diktator würde entweder gestürzt oder einen Krieg anfangen und vernichtet oder höchstwahrscheinlich ermordet werden.

»Ich verstehe nicht, warum ihn nicht schon längst einer erschossen hat. Wenn man bedenkt, wie er sich exponiert! Er ist durch Zauber gefeit«, brüllte Tudsbury, als der Wagen in der zweispurigen Straße ausscherte, um eine lange Reihe dröhnender, mit grau gestrichenen Panzern beladener Lastwagen zu überholen. Victor Henry klammerte sich an eine Armstütze, denn aus der Gegenrichtung raste ein weiterer Lastwagen heran, ballonartig anschwellend; er schoß heulend und kreischend an ihnen vorbei, eine Sekunde nachdem Pamela in ihre eigene Spur zwischen zwei Lastwagen eingeschwenkt war. Lässig strich sie sich das Haar aus der Stirn. »Aber der Zauber beruht auf Erfolg. Er wird vergehen, wenn der Mann aufhört, vorwärts zu gehen. Auf seinem Weg nach oben hat er viele Menschen ermordet. Sie alle haben Verwandte.«

Am Tor zur Einfahrt erwartete sie Fregattenkapitän Grobke mit einem kleinen Wagen, in den Tudsbury sich förmlich hineinzwängen mußte. Pamela brauste zu einem Hotel davon, und Grobke machte mit den beiden Männern – teils zu Fuß, teils mit dem Wagen – eine lange Besichtigungstour durch den Swinemünder Stützpunkt. Es war ein grauer Nachmittag mit schwarzen regenschweren Wolken. Der feuchte Ostwind, der von der Ostsee her blies, war angenehm kühl nach der Schwüle in Berlin. Der flache, sandige und öde Stützpunkt an der Küste hatte viel Ähnlichkeit mit New London, dachte Victor Henry. Ja, wenn man von Flaggen und Aufschriften absah, waren die Marineeinrichtungen von Großmächten kaum voneinander zu unterscheiden. Sie waren alle vom gleichen Schlag, nach dem Vorbild der britischen Marine, die als erste das Maschinenzeitalter in den Seekrieg eingeführt hatte.

Die niedrigen schwarzen U-Boote, die in Päckchen an den langen Molen festgemacht waren oder aufgebockt in Trockendocks lagen, der Geruch von Teer, erhitztem Metall und Seewasser, das langsame Klirren und Kreischen der aufragenden Kräne, der lodernde Schein der Schweißflammen, der Lärm der Nietarbeiten, die geraden oder gebogenen Stahlteile, die, mit roter oder gelber Grundierfarbe gestrichen, durch die Luft schwangen, die riesigen offenen Schuppen, die Berge von Rohren, Kabeln, Balken und Ölkanistern, die Schwärme von ölgeschwärzten, gutgelaunten Männern in schmutzigen Arbeitskitteln, Schutzbrillen und Schutzhelmen, die halbfertigen Bootsrümpfe, die, von Balken gestützt, auf in schmutziges Wasser führenden Schienen standen – er hätte sich ebensogut in Japan, Frankreich, Italien oder in den Vereinigten Staaten befinden können. Die einzigen Unterschiede, die zählten, die entscheidenden Nummern und die Besonderheiten in der Arbeit, waren nicht zu erkennen.

Er sah, daß die Deutschen den klassischen Doppelrumpf eines Unterseeboots beibehielten und daß sie, wie die Amerikaner, mehr schweißten. Er hätte gern mit seinem Taschenmetermaß die Stärke eines stählernen Druckkörpers nachgemessen, das Metall erschien ihm dünner als bei amerikanischen Unterseebooten. Wenn dem so war, konnten die U-Boote wahrscheinlich nicht ganz so tief tauchen, es sei denn, die Deutschen hätten eine neue, besonders starke Legierung entwickelt. Aber bei einem solchen Besuch durfte man nicht nachmessen oder fotografieren, sondern nur seine Augen benutzen.

Die Sonne, die unter grauen Wolken zum Vorschein kam, stand schon tief, und der Wagen warf einen langen Schatten, als Grobke in der Nähe der Einfahrt an einem Trockendock hielt, wo ein U-Boot auf Holzblöcken lag. Auf der einen Seite führte eine Gangway mit Relingen, auf der anderen eine gefährlich lange Planke schräg zu dem Deck des U-Boots hinunter.

»Nun, damit ist unsere Tour zu Ende. Das ist mein Flottillenboot. Da ich Sie leider nicht mit an Bord nehmen darf, Tudsbury, so gern ich es tun würde, werden wir uns hier wohl alle trennen.«
Das Lächeln des Deutschen war für Henry das Stichwort. »Ach, lassen wir doch die Förmlichkeiten. Wenn ich an Bord darf, komme ich mit, und Tudsbury bleibt eben weg.«
»Um Gottes willen, natürlich«, sagte der Engländer. »Ich habe hier ohnehin nichts zu suchen.«
Der U-Boot-Kommandant breitete die Hände aus. »Ich möchte keinen Keil in die anglo-amerikanische Freundschaft treiben.«
Während sie sprachen, heulte eine Sirene, und Arbeiter strömten von den Booten, aus den Docks und den Hallen. Die Straße zum Tor war bald schwarz von ihnen. Sie quollen aus dem U-Boot über die Gangway hinauf. »Die alte Gefahr auf einer Marinestation«, sagte Henry. »Um fünf Uhr muß man Reißaus nehmen, sonst wird man totgetrampelt.«
Grobke lachte. »Alle Zivilisten sind gleich.«
Tudsbury sagte: »In meinem nächsten Bericht werde ich sagen müssen, daß das U-Boot-Kommando auf Hochtouren läuft. Hoffentlich nimmt man es in London zur Kenntnis.«
»Berichten Sie einfach, was Sie gesehen haben.« Grobke schüttelte ihm durch das Wagenfenster die Hand. »Wir möchten Freunde sein. Wir wissen, daß ihr die größte Marine der Welt besitzt. Diese dummen kleinen Boote können aber, gemessen an ihrer Größe, allerhand Unheil anrichten, das ist alles. Einer meiner Offiziere wird Sie zu Ihrem Hotel fahren.«
Da die Gangway von Arbeitern blockiert war, grinste Grobke Victor Henry zu und deutete mit dem Daumen auf die schräge Planke auf der anderen Seite des Docks. Victor nickte. Der Deutsche forderte ihn mit einer Handbewegung auf, vorauszugehen. Die öligen Pfützen in dem Betondock lagen etwa fünfundzwanzig Meter tief unten. Pug ging um den Rand herum und bemühte sich, beim Abstieg auf der schwankenden, mit Farbe bespritzten Planke unbefangener auszusehen, als ihm zumute war. Weißuniformierte Matrosen sahen ihm aus der Tiefe unbewegten Auges zu. Als er den Fuß auf das Deck setzte, standen sie vor ihm stramm. Grobke trat lachend von der klappernden Planke. »Nicht schlecht für zwei alte Knaben!«
U-46 sah nicht viel anders aus als ein amerikanisches Unterseeboot, aber die Sauberkeit, der Hochglanz und die Ordnung waren außergewöhnlich. Ein amerikanisches Boot im Trockendock, mit zivilen Arbeitern an Bord, verschmutzte rasch. Zweifellos hatte Grobke für den amerikanischen Gast eine Säuberung angeordnet. Victor wußte das zu schätzen, da er selber ein Sauberkeits- und Ordnungsfanatiker war. Trotzdem bewunderte er die außerordentliche Adrettheit der Deutschen. Die Diesel sahen aus, als

hätten sie noch nie eine Umdrehung gemacht, ihr roter Anstrich und ihre Messingbeschläge wiesen keinen einzigen Ölfleck auf, und die Geschütze wirkten wie frisch aus der Fabrik. Die Matrosen in ihrem sauberen Arbeitszeug waren hübsche Burschen, fast eine Besatzung für eine nautische Operette. Was den U-Boot-Typ anbetraf, so war das Ergebnis, wenn man die wesentlichen Räume und Maschinen eines Kriegsschiffs nahm und sie in die Wursthülle eines einzigen langen Rohrs stopfte, in jedem Land das gleiche: sobald man die Aufschriften ins Englische übersetzte, die Kapitänskajüte von links nach rechts verlegte, die Offiziersmesse um einen halben Meter verlängerte und die Stellung einiger Ventile etwas veränderte, so befand man sich in der *Grayling*.

»Riecht sehr verlockend«, sagte er, als sie an der winzigen Kombüse vorbeikamen, wo weißgekleidete Köche das Abendessen zubereiteten und es irgendwie fertigbrachten, sauber zu schwitzen.

Grobke sah ihn über die Schulter an. »Sie hätten wohl keine Lust, an Bord zu essen? Es ist zwar schrecklich eng, aber die Kerle hier essen nicht allzu schlecht.«

Victor war mit den Tudsburys zum Essen verabredet, aber er sagte sofort: »Mit dem größten Vergnügen.«

Also aß er Schulter an Schulter mit dem Kommandanten und den Offizieren des U-Boots in der schmalen Messe. Es machte ihm Spaß. Er war hier mehr zu Hause als in seinem seidenbespannten Eßzimmer in Berlin. Die vier jungen Offiziere waren schmallippig, rotwangig, blond und schüchtern; dem Gesichtsschnitt nach Amerikanern gleichend, aber mit einem anderen Ausdruck um die Augen, der gespannter und wachsamer war. Zuerst saßen sie schweigend da, tauten jedoch bald unter den Komplimenten des Amerikaners über das Boot und Grobkes Witzen auf, der beim Essen und Trinken glänzender Stimmung wurde. Man erzählte sich Geschichten über die Dummheit und Faulheit von Marinewerftarbeitern. Eine von Victors besten Anekdoten, die die Fehlinstallation der Toiletten auf der *West Virginia* zum Thema hatte, löste brüllendes Gelächter aus. Er hatte bereits vorher die deutsche Vorliebe für Klosettwitze bemerkt. Die Offiziere erzählten Dinge aus ihrem Anfangstraining, die sie komisch fanden: zuerst über das Säubern von Latrinen, dann von elektrischen Schocks, die sie ohne Wimpernzucken aushalten mußten, während die Reaktionen darauf gefilmt wurden; schier unmenschliche Proben im Ertragen von Kälte und Hitze; Kniebeugen bis zum Umfallen; das Todestal-Querfeldeinrennen, hügelan, hügelab, mit siebzig Pfund Gepäck und in Gasmasken. Für die Ausbildung eines Offiziers sei das ein ausgezeichnetes System, sagten sie. Nur Grobke war anderer Meinung. Dieser preußische Sadismus sei veraltet, erklärte er. Im Seekrieg sei persönliche Initiative wichtiger als blinder Kadavergehorsam. »Die Amerikaner haben die richtige Einstellung«, sagte er, entweder weil er spürte, daß Victor schockiert war, oder aus persönlicher Überzeugung. Sie schmausten Kohlsuppe, frischen gekochten Lachs, Schweinebraten mit Kartoffelklößen und Johannisbeertorte. Offenbar hatte Grobke dieses Festmahl auf die Möglichkeit hin angeordnet, daß Victor zum Essen blieb.

Streifen roten Sonnenuntergangs schimmerten durch die schwarzen Regenwolken, als Henry und Grobke das Unterseeboot verließen. Auf dem Dock führten zwei Leute der Besatzung in einem Kreis anfeuernder Zuschauer einen Ringkampf mit nacktem Oberkörper auf – auf grauen Matten, mit denen die Bahn der Kräne belegt worden war. Henry hatte überall bei jungen Deutschen diese Vorliebe für Balgereien wahrgenommen; sie waren wie kräftige junge Hunde, und diese U-Boot-Leute sahen kräftiger und gesünder aus als amerikanische Matrosen.

»Jetzt werden Sie wohl zu Ihren englischen Freunden stoßen, Henry?«

»Nicht, wenn Sie einen besseren Vorschlag haben.«

Der Deutsche schlug ihm auf die Schulter. »Fein! Kommen Sie mit.«

Sie fuhren zum Tor hinaus. »Nach fünf Uhr ist es hier kolossal still«, sagte Pug. »O ja. Wie ausgestorben. Das ist immer so.«

Pug steckte sich eine Zigarette an. »Wie ich hörte, machen die Engländer jetzt zwei bis drei Schichten pro Tag auf ihren Werften.«

Grobke sah ihn eigentümlich an. »Vermutlich, um Versäumtes nachzuholen.«

Einige Kilometer von der Flottenbasis entfernt, zwischen grünen Feldern in der Nähe des Wassers, bogen sie in eine kleine Siedlung von Holzhäusern ein. »Hier wohnt meine Tochter«, sagte Grobke und läutete an einer Tür. Eine blonde junge Frau mit frischem Gesicht machte auf. Drei Kinder, die Grobke am Läuten erkannten, liefen herbei und stürzten sich auf die eingewickelten Bonbons, die er an sie verteilte. Der Ehemann war zu Manövern auf See. Auf einem Klavier in dem winzigen Salon stand sein Bild: jung, mit langem Kinn, blond und ernst. »Gut, daß Paul auf See ist«, sagte Grobke, »er findet, ich verwöhne die Kinder zu sehr«, und begann sich mit ihnen herumzubalgen, bis sie ihre Schüchternheit vor dem amerikanischen Gast verloren und lachend und kreischend umeinander liefen. Die Mutter wollte den Besuchern Kaffee und Kuchen aufdrängen, aber Grobke hielt sie davon ab.

»Der Commander hat zu tun. Ich wollte nur die Kinder sehen. Jetzt müssen wir weiter.«

Als er in den Wagen stieg und zu dem Fenster zurückblickte, aus dem drei kleine Gesichter ihm nachsahen, sagte er: »Es ist kein sehr ansehnliches Haus. Kein Vergleich mit Ihrer Villa in Grunewald! Eine bloße Streichholzschachtel. Die Gehälter der Deutschen sind anders als die der Amerikaner. Ich dachte, es würde Sie interessieren zu sehen, wie sie wohnen.

Er ist ein tüchtiger U-Boot-Offizier, und sie sind glücklich. In zwei Jahren wird er ein Kommando bekommen. Wenn es Krieg gibt, sofort. Aber es wird keinen Krieg geben. Jetzt noch nicht.«
»Hoffentlich nicht.«
»Ich *weiß* es. Es wird *keinen* Krieg wegen Polen geben... Also, was jetzt? Zurück nach Swinemünde?«
»Ich denke schon.«
Als sie in das Küstenstädtchen einfuhren, sagte Pug: »Eigentlich hätte ich Lust auf ein Bier. Wie steht es mit Ihnen? Wissen Sie, wo man hingehen könnte?«
»Und *ob*! Es gibt zwar nichts Extravagantes in diesem gottverlassenen Nest, aber ich führe Sie in das Stammlokal der Offiziere. Erwartet Tudsbury Sie denn nicht?«
»Er wird es überleben.«
»Ja, sicherlich. Engländer können das.« Grobke lachte begeistert darüber, daß er Commander Henry dem berühmten Korrespondenten entführt hatte.
Unten in dem dunklen verräucherten holzgetäfelten Keller saßen junge Leute in Rollkragenpullovern und derben Jacken an langen Tischen und grölten ein Lied, das von einem auf und ab gehenden dicken Mann in Lederschürze auf einer Zieharmonika angestimmt wurde. »Mein Gott, wieviel Bier habe ich hier schon getrunken, Henry«, sagte Grobke. Sie setzten sich an einen kleinen Seitentisch unter einer bernsteingelben Lampe. Victor zeigte Bilder von Warren, Byron und Madeline. Nach einigen Bieren erzählte er von seiner Sorge über Warrens Beziehung zu einer älteren Frau. Grobke schmunzelte. »Nun, was ich als junger Hecht alles angestellt habe! Hauptsache, daß er Flieger wird. Ist zwar nicht ganz so gut wie U-Boot-Offizier, aber das zweitbeste, haha! Er sieht sehr tüchtig aus. Er wird sich schon die Hörner ablaufen.«
Victor sang ein Lied mit, das er erkannte. Er hatte gar kein Gehör und sang grundfalsch. Das fand Grobke außerordentlich komisch. »Ich schwöre zu Gott, Victor«, sagte er und wischte sich die Augen nach dem Lachanfall: »Könnte irgend etwas verrückter sein als dieses Gerede vom Krieg? Ich sage Ihnen, wenn es hüben wie drüben nach den Kerls von der Marine ginge, könnte es nie einen geben. Wir sind alle anständige Kerle, wir verstehen einander, wir wollen vom Leben das gleiche. Es sind die Politiker. Hitler ist ein großer Mann, und Roosevelt ist ein großer Mann, aber beide sind verdammt schlecht beraten worden. Aber ein Gutes hat es. Adolf Hitler ist schlauer als alle die anderen Politiker. Es wird *nicht* zum Krieg wegen Polen kommen.« Er trank sein dickes gläsernes Bierseidel aus und knallte es auf den Tisch, um eine vorbeigehende Kellnerin herbeizulocken. »Geben Sie gut acht *auf den Osten*«, sagte er blinzelnd und die

Stimme senkend. »*Achten Sie auf den Osten!* Im Osten tut sich was.« Aus der Fülle der Bierseidel in ihrer Hand schmetterte die Kellnerin zwei schäumende Maßkrüge auf den Tisch. Grobke trank und fuhr sich mit dem Handrücken über die Lippen. »Angenommen, ich sage Ihnen, daß ich mit angehört habe, wie der Führer *persönlich* mit dem Führer der U-Boot-Waffe sprach und erklärte, daß es keinen Krieg geben werde? Möchten Sie das nach Washington weiterberichten? Tun Sie das nur, es ist nämlich die Wahrheit. Glauben Sie etwa, er wird gegen England mit vierundsiebzig einsatzfähigen U-Booten einen Krieg anfangen? Wenn wir dreihundert haben, wird die Sache anders aussehen, und England wird es sich schwer überlegen, Streit anzufangen. Und genau das werden wir in achtzehn Monaten haben.«

»*Achtgeben* auf den Osten?« fragte Victor Henry in grübelndem Ton.

»Aha, das hat Sie wohl ein bißchen neugierig gemacht? Ich habe einen Bruder im Auswärtigen Amt. *Geben Sie acht auf den Osten!* Dieses Jahr werden wir nicht kämpfen, dies Jahr noch nicht, das garantiere ich Ihnen, Henry. Also was soll es? Wir leben immer nur ein Jahr zu einer Zeit, oder? Kommen Sie, ich singe genauso falsch wie Sie, aber singen wir trotzdem!«

Victor Henry saß mit seiner alten Reiseschreibmaschine auf den Knien in der mit Rosenholz getäfelten Bibliothek. Der prächtige antike Schreibtisch war zu hoch, um bequem darauf tippen zu können; und außerdem hätte die Maschine die rote Lederplatte zerkratzt. Es war noch nicht vier Uhr früh, aber die Sterne waren verschwunden, im Garten dämmerte es bläulich, und die Vögel sangen. Weißes, gelbes und Kohlepapier lag in Fetzen um ihn herum. Das Zimmer war voller Rauchschwaden. Er hatte seit Mitternacht geschrieben. Gähnend hielt er inne. In der Küche fand er eine kalte Hühnerbrust, die er mit einem Glas Milch verzehrte, während er sich die dritte Kanne Kaffee aufsetzte. Er ging in die Bibliothek zurück, legte die oberen weißen Seiten seines Berichts zusammen und begann zu lesen:

KAMPFBEREITSCHAFT DES NAZISTISCHEN DEUTSCHLAND

Nazi-Deutschland ist ein sehr merkwürdiges Land. Die Widersprüche fallen schon bei der Ankunft ins Auge. Das alte Deutschland existiert noch immer, mit seinen mittelalterlichen Bauten, den pittoresken ländlichen Trachten, den sauberen Großstädten, der Ordnung, der Gutmütigkeit, der Adrettheit, der »Gründlichkeit«, der schönen Landschaft, den gutaussehenden Menschen, besonders die Kinder. Das alles aber wird von etwas Neuem und anderem überlagert: dem Nazi-Regime. Es überzieht das Antlitz dieses alten Landes wie ein Ausschlag. Wie tief er reicht, ist schwer zu beurteilen. Die Nazis haben sich zweifellos eine sehr patrio-

tische, farbige und kriegerische Fassade gegeben. Die Hakenkreuzfahnen, neue Gebäude, Marschkolonnen, Hitlerjugend, Fackelzüge und so weiter sind sehr beeindruckend. Aber ist ein starkes Potential für eine Kriegführung vorhanden, oder ist alles vorwiegend Propaganda und Bluff?
Dieser Bericht gibt die ersten Eindrücke eines Offiziers wieder, der seit vier Wochen in Deutschland ist und nach Fakten gegraben hat.
Seit 1933 hat Deutschland offen und sich damit brüstend aufgerüstet. Das ist allgemein bekannt. Selbst vor Beginn des Hitler-Regimes hat die Armee heimlich geübt und gerüstet unter Verletzung des Versailler Vertrags und mit bolschewistischer Hilfe. Nach der Machtübernahme der Nazis wurde, obwohl man die russischen Kontakte fallenließ, noch schneller und nun in breiter Öffentlichkeit aufgerüstet. Immerhin war aber diese Nation vor zwanzig Jahren entwaffnet worden. Noch vor sieben Jahren war sie, im Vergleich zu den Alliierten, machtlos. Es fragt sich, inwieweit Hitler diese Lücke geschlossen hat. Der Aufbau einer modernen Kampftruppe ist ein breit angelegter Industrieprozeß. Er verlangt Material, Arbeit und Zeit, egal wie säbelrasselnd die politischen Führer sich gebärden.
Aus den Fakten, die zu ermitteln dem Beobachter gelang, ergeben sich zwei vorläufige und interessante Schlußfolgerungen:
1. Nazi-Deutschland hat die Lücke noch nicht genügend geschlossen, um sich auf einen Krieg mit England und Frankreich einzulassen.
2. Das Regime macht keine Gewaltanstrengung, um diese Lücke zu schließen.

Die weiteren fünf Seiten enthielten Zahlen aus den letzten zehn Jahren – sie widersprachen vielen klugen Berichten, die er gelesen hatte – von der Produktion deutscher Fabriken, von der Ausdehnung der Industrie und von dem Ausstoß an Maschinen und Material. Dabei bezog er sich weitgehend auf seine eigene Lektüre und Nachforschungen. Er brachte Vergleiche zwischen französischem, britischem und deutschem Sozialprodukt und der Stärke ihrer Land-, See- und Luftstreitkräfte während dieses Jahrzehnts. Diese Zahlen – so, wie er sie darstellte – zeigten, daß Deutschland mit Ausnahme der Luftwaffe auf jedem Sektor der Kriegführung unterlegen geblieben war und daß es seine Industriewerke auch nicht besonders stark antrieb. Im Gegensatz zu der öffentlichen Weltmeinung würden nicht fieberhaft Waffen aufgestapelt. Dies ergebe sich aus einem Vergleich zwischen den Zahlen der Industriekapazität und denen ihrer Produktion. Nebenbei beschrieb er die Ausgestorbenheit des Marinestützpunkts in Swinemünde nach dem üblichen Arbeitsschluß. Es gebe nicht einmal eine zweite Arbeitsschicht für den Bau von U-Booten, die

für die deutsche Seekriegführung lebenswichtig waren. Er argumentierte, daß der Vorsprung der Luftwaffe durch die britischen Anstrengungen, selbst immer mehr Flugzeuge zu produzieren und welche von den Vereinigten Staaten zu kaufen, rasch verschwinden werde. Was den Landkrieg betreffe, so seien die Uniformen, von denen die Straßen der Großstädte wimmelten, sehr effektvoll; aber die Zahlen bewiesen, daß allein Frankreich eine größere, geübtere und besser ausgerüstete Feldarmee aufzustellen vermöge.
Auf einem U-Boot, schrieb er, habe er bei einem Gang durch das winzige Flaggbüro des Flottillenchefs, auf dem Deckblatt eines hektografierten Berichts, die Zahlen 51, 6, 40, 5, 13 gesehen, neben deutschen Abkürzungen, die seiner Meinung nach bedeuteten: *Einsatzfähig, 51; auf See, 6; im Hafen, 40; in Reparatur 5; im Bau, 13.* Diese Zahlen entsprächen den Schätzungen des britischen und französischen Nachrichtendienstes. Grobke habe von vierundsiebzig einsatzfähigen Booten gesprochen, eine vorauszusehende Übertreibung, wenn er einem ausländischen Nachrichtenoffizier imponieren wollte. Aber selbst in seiner Übertreibung sei Grobke nicht bis auf hundert gegangen. Die Stärke der deutschen Unterwasserstreitkräfte betrage mit fast absoluter Sicherheit fünfzig U-Boote, von denen etwa dreizehn im Bau befindlich seien. Allein 1918 hatte Deutschland über hundert U-Boote verloren.
Dann kam der kritische Absatz des Berichts, den Henry unter vielen Pausen geschrieben hatte, und den er sich jetzt mit ziemlichen Gewissensbissen durchlas.

Das Nachfolgende geht bereits in Prognose über und kann daher als frivol oder journalistisch verurteilt werden. Jedoch weist der Eindruck, den der Beobachter gewonnen hat, so stark auf eine einzige Möglichkeit hin, daß es notwendig erscheint, sein Urteil zu berichten. Allem Anschein nach verhandelt Adolf Hitler zur Zeit über ein Militärbündnis mit der Sowjetunion.

Zur Untermauerung seines Gedankens zitierte Victor Henry den Rapallo-Vertrag von 1922, als die Bolschewisten und Deutschen eine Europäische Wirtschaftskonferenz damit überraschten, daß sie sich gemeinsam verzogen und plötzlich ein gesondertes Abkommen auf breiter Basis schlossen. Er wies darauf hin, daß der gegenwärtige deutsche Botschafter in Moskau, Graf von der Schulenburg, ein Rapallo-Mann sei. Litwinow, der prowestliche jüdische Außenminister Rußlands, sei vor kurzem gestürzt worden. Hitler habe in zwei Reden seine üblichen Angriffe auf den Bolschewismus unterlassen. Die Presse habe eine Meldung über ein deutsch-russisches Handelsabkommen gebracht, aber plötzlich habe sie es

mit keinem Wort mehr erwähnt. Er zitierte auch die Bemerkung eines hohen U-Boot-Offiziers: »Geben Sie acht auf den Osten. Im Osten tut sich etwas. Ich habe einen Bruder im Außenministerium.« Und er zitierte Hitlers Versprechen vor den U-Boot-Offizieren, daß es keinen Krieg wegen Polen geben werde.
Nichts von alledem, gab er zu, sei eine echte Nachricht, auch werde es kaum die Berufsdiplomaten in der Botschaft beeindrucken. Sie sagten, daß Gerüchte von dramatischen Überraschungen immer im Umlauf seien. Sie wollten nicht von den Grundfakten abgehen. Die Nazibewegung gründe sich auf die unversöhnliche Opposition gegen den Bolschewismus und die Verbürgung, ihn zu vernichten. Das ganze Thema von *Mein Kampf* gelte der Eroberung von »Lebensraum« in den Südostprovinzen Rußlands. Eine militärische Aussöhnung der beiden Systeme sei undenkbar. Hitler würde sie niemals vorschlagen. Täte er es, würde Stalin, aus Mißtrauen, daß es ein Trick sei, sie nie akzeptieren. Die Worte, denen Henry am häufigsten begegnete, waren »Phantasterei« oder »Melodramatik«.
Dennoch blieb er bei der Ansicht, daß der Schachzug nicht nur einleuchtend, sondern unvermeidlich sei. Hitler hatte sich mit seinen Drohungen gegen Polen schon zu weit vorgewagt. Ein Diktator konnte nicht zurück. Jedoch war er in keiner Weise für einen Weltkrieg gerüstet. Wahrscheinlich um das Volk nicht zu beunruhigen, hatte er sein Land nicht einmal auf volle Rüstungsproduktion umgestellt, entgegen der gespenstischen, lärmenden Propaganda »Kanonen statt Butter«. Der kleine Mann wolle keinen Krieg, trotz des Kampfgeschreis der Politiker und der Zeitungen, und Hitler wisse das. Ein russisches Bündnis wäre ein Ausweg aus dem Dilemma. Wenn Rußland den Deutschen in Polen freie Hand gab, würde die englische Garantie keinen Sinn mehr haben. Weder die Franzosen noch die Briten könnten Polen rechtzeitig zu Hilfe kommen, um eine Blitzeroberung zu verhüten. Daher würden die Polen nicht kämpfen. Sie würden Danzig und die exterritoriale Straße durch den polnischen Korridor hergeben, und mehr verlangte Hitler nicht. Vielleicht würde er später, wie im Fall der Tschechoslowakei, einmarschieren und den Rest von Polen annektieren, aber nicht jetzt.
Victor Henry argumentierte, daß die plötzliche Umkehrung von Bündnissen ein alter europäischer Kunstgriff sei, besonders charakteristisch für die deutsche und russische Diplomatie. Er zitierte Beispiele, die ihm aus seinen eingehenden Geschichtsstudien noch frisch im Gedächtnis waren. Er erinnerte daran, daß auch Hitler zunächst durch eine jähe Umkehrung seiner politischen Linie an die Macht gekommen war, nämlich durch einen Handel mit seinem schlimmsten Feind, von Papen.
Er schlief angezogen auf der roten Ledercouch ein, nachdem er sich den

Bericht mit zwei Kopien unter das Hemd gesteckt und das Kohlepapier zerrissen und in den Papierkorb geworfen hatte. Sein Schlaf war unruhig und kurz. Als er die Augen hellwach wieder aufschlug, schimmerten schwache rote Sonnenstrahlen durch die Baumkronen. Er duschte, zog sich an, las den Report noch einmal durch und ging sieben Kilometer zu Fuß vom Grunewald bis in die Wilhelmstraße, fortwährend mit seinem Bericht beschäftigt. Verglichen mit Tollevers Berichten, die er sich angesehen hatte, war der seine eine anmaßende Erörterung strategischer Fragen, die über seine Kompetenz und Stellung hinausgingen, vielleicht eine Art von »Drew Pearson Column«, vor der ihn der Chef der Seekriegsleitung gewarnt hatte. Andererseits schien er ihm durchaus den Tatsachen entsprechend. Er hatte bereits mehrere technische Berichte vorgelegt. Er hatte vor, einen solchen über Swinemünde zu schreiben. *Kampfbereitschaft des nazistischen Deutschland* war ein Sprung ins Dunkle.

In den Seminaren der Kriegsschule spotteten die Instrukteure über eigenmächtige Spekulationen von Offizieren, die keinen Admiralsrang aufweisen konnten. Jetzt fragte er sich, ob er den einmal geschriebenen Bericht abschicken oder ad acta legen sollte. Pug Henry hatte schon viele solcher Dokumente verfaßt und sie hinterher wieder vernichtet. Er neigte ständig dazu, über die Routine hinauszugehen. Das Ergebnis konnte günstig oder vernichtend ausfallen. Sein unerbetenes Memorandum über die Schlachtschiffbepanzerung hatte ihn aus dem überfälligen Seedienst herauskatapultiert und nach Berlin verschlagen. Dieser Bericht hatte wenigstens im Bereich seiner Zuständigkeit als Artillerist gelegen. In der Diplomatie und hohen Politik war er ein naiver Anfänger. Colonel Forrest kannte Deutschland in- und auswendig und hatte Henrys Idee für unsinnig erklärt. Pug hatte es gewagt, mit dem amerikanischen Geschäftsträger zu sprechen, dessen einziger Kommentar ein feines Lächeln war.

Um zehn Uhr flog ein Kurier der Botschaft nach England, um sich auf der nach New York fahrenden *Queen Mary* einzuschiffen. Der Bericht konnte in einer Woche auf dem CNO-Schreibtisch liegen.

Henry traf, noch immer unentschlossen, in der Botschaft ein und hatte nicht viel mehr als eine halbe Stunde Zeit, um zu einer Entscheidung zu kommen. Außer Rhoda gab es niemand, den er hätte fragen können. Rhoda schlief gern lange. Wenn er sie anrief, würde er sie wahrscheinlich aufwecken, und selbst dann konnte er ihr kaum den Inhalt des Berichts über die deutsche Telefonleitung mitteilen. Aber würde Rhoda überhaupt ein Urteil anbieten, mit dem er etwas anfangen konnte? Er glaubte nicht. Die Entscheidung lag allein bei ihm – der Kurier oder Verbrennen.

Er saß an seinem Schreibtisch in dem hohen, mit Möbeln vollgestopften Büro, trank Kaffee und starrte über die Hermann-Göhring-Straße auf Hitlers neue pompöse Reichskanzlei aus rosa Marmor. Dort war gerade

Wachablösung: acht behelmte, schwarzuniformierte SS-Männer marschierten auf, acht andere marschierten zum Spiel von Trommeln und Pfeifen ab. Durch das offene Fenster hörte er die schrillen deutschen Kommandos, den hohen Ton der Querpfeifen und das scharrende Stapfen der schweren schwarzen Stiefel.

Victor Henry sagte sich schließlich, daß es seine Aufgabe sei, Nachrichten zu übermitteln, und sein Bericht, wie immer er ausgelegt werden würde, die zuständigen Stellen über das informiere, was er bisher in Nazi-Deutschland gesehen und gehört hatte. Er stöberte den Kurier auf und gab ihm den Bericht zwecks Eilzustellung an das Amt des Marine-Geheimdienstes.

Eine Woche später las Admiral Preble die *Kampfbereitschaft des nazistischen Deutschland* und schickte eine Seite mit Auszügen an den Präsidenten der USA. Die Nachricht von dem Nazi-Sowjet-Bündnis brach am zweiundzwanzigsten August über die Welt herein – als eine der verblüffendsten Überraschungen in der ganzen Geschichte. Am vierundzwanzigsten August erhielt Admiral Preble die betreffende Seite in einem Briefumschlag des Weißen Hauses zurück. Darunter hatte der Präsident mit breitem Federstrich in dicker schwarzer Tinte vermerkt:

Erbitte V. Henrys Personalakte. FDR

7

Die Zeitungsplakate auf dem Flughafen Rom schrien Byron Henry und Natalie Jastrow die Bekanntmachung des Pakts entgegen. Sie waren vor Tagesanbruch in einem alten Renault aus Siena abgefahren und, während die ganze Welt sich über die Meldung aufregte, harmlos den Appenin entlang gefahren, im goldenen italienischen Sonnenschein, durch alte Bergstädte, tiefe kühle Felsschluchten und grüne Täler, wo Bauern mit ihrem Vieh auf dem Feld arbeiteten. Mit Natalie Jastrow an der Seite auf einer dreiwöchigen Reise, die eben erst begann, war Byron Henry in Höchststimmung, bis er die Meldung erblickte.

Noch nie hatte er einen europäischen Flughafen in einem solchen Tumult erlebt. Gruppen gestikulierender Reisender belagerten die Schalter, fast jeder ging entweder eilig oder rannte gar, und schwitzende Träger, Wagenladungen von Gepäck vor sich herschiebend, knurrten Passagiere und sich gegenseitig an. Der Lautsprecher gab unaufhörlich sein von donnerndem Echo begleitetes Gefasel von sich. An dem ersten Kiosk kaufte Byron einen Haufen Zeitungen. Die italienischen Zeitungen verkündeten schreiend, daß dieser große diplomatische Coup der Achse die Kriegsgefahr beseitigt habe. Die Schlagzeilen der Pariser und Londoner Zeitungen waren groß, schwarz und zeigten Erschrecken. Die deutsche Presse giggelte ihre plumpe Freude in steiler roter Blockschrift heraus. Die erste Seite einer Schweizer Zeitung karikierte Hitler und Göring in russischer Tracht, Krakowiak zu der Musik eines Schifferklaviers tanzend, die von Stalin in SS-Uniform gespielt wurde. Die Schlagzeile einer belgischen Zeitung hieß einfach

1914?

In einem überfüllten, von Stimmengewirr dröhnendem Flughafenrestaurant, bei einem hastigen Mittagessen von Canneloni und eisgekühltem Weißwein, überraschte Natalie Byron damit, daß sie von einer Weiterfahrt sprach. Byron hätte nichts lieber gewünscht, aber sie in ein Land zu bringen, das vielleicht demnächst von den Deutschen überrollt werden würde, erschien ihm nahezu wahnsinnig.

Natalie wandte ein, daß Touristen, von denen der Flughafen wimmelte, nichts als Herdenvieh seien. Wenn ein plötzlicher politischer Umschwung sie in Panik versetzte, so hatten sie in Europa nichts zu suchen. Sie war während der Münchner Krise in Paris geblieben. Die Hälfte ihrer amerikanischen Freunde war geflohen und später wieder zurückgekommen, zumindest diejenigen, die sich nicht zu albern vorgekommen waren. Die Gefahr sei stets geringer, als die meisten glaubten. Selbst in einem Krieg sei ein amerikanischer Paß eine Sicherheitsgarantie. Sie wollte Polen kennenlernen. Sie wollte Leslie Slote sehen und hatte ihm ihr Versprechen gegeben. In drei Wochen würden sie wieder aus Polen heraus sein. In drei Wochen ging die Welt nicht unter.

Es stimmte Byron nicht heiterer festzustellen, wieviel ihr daran lag, Slote wiederzusehen. Seit dem Palio hatte er gehofft, daß sie sich für ihn, Byron, erwärme. Bei dem zweiten Palio, das sie ohne Jastrow angesehen hatten, war das Mädchen geradezu liebevoll gewesen, und irgendwann am Abend – als sie beim Essen nach dem Rennen bei der dritten Flasche Soave-Wein angekommen waren – hatte sie erklärt, es sei zu schade, daß er nicht ein paar Jahre älter und kein Jude sei. »Meiner Mutter würden Sie gefallen, Briny«, hatte sie gesagt. »Meine Sorgen wären vorbei. Sie haben gute Manieren. Sie müssen reizende Eltern haben. Leslie Slote ist nichts als ein ehrgeiziger, egozentrischer Kerl. Ich weiß nicht einmal, ob er mich liebt. Er und ich fielen einfach in ein Loch!«

Aber jetzt war sie unterwegs zu ihrem Geliebten, und eine politische Explosion, die Europa erschüttert hatte, berührte sie überhaupt nicht.

Inzwischen hatte er den Zug von Unbesonnenheit in ihr kennengelernt. Wenn sie auf alten Ruinen oder Berghängen herumkletterte, ging Natalie Jastrow recht undamenhafte Risiken ein. Sie sprang über Schluchten, sie schwankte schmale Wege am Rand eines Abhangs entlang, sie kletterte nackte Felsen hinauf, ohne Rücksicht auf Anstand oder Gefahr. Sie war ein kräftiges, schwindelfreies Mädchen und ein bißchen zu eingebildet darauf.

Er saß schlaff in seinem Sessel und betrachtete sie über das rot-weiß karierte Tischtuch, die schmutzigen Teller und die leeren Gläser hinweg. Das Flugzeug der *Alitalia* nach Zagreb, der ersten Etappe ihres Fluges, ging in etwas mehr als einer Stunde. Sie starrte zurück und verzog schmollend die Lippen. Ihr dunkelgraues Reisekostüm betonte ihren hübschen Busen. Sie trug einen schwarzen weichen Hut und eine weiße Hemdbluse. Ihre unberingten Finger klopften auf die Tischdecke.

»Hören Sie«, sagte sie, »ich verstehe sehr gut, daß es für Sie kein Vergnügen mehr ist. Also fahre ich allein weiter.«

»Rufen Sie Slote vorher an. Fragen Sie ihn, ob Sie kommen sollen.«

Natalie trommelte mit den Fingern auf den Tisch. »Unsinn. Ich bekomme heute niemals eine Verbindung mit Warschau.«

»Versuchen Sie es.«

»Schön«, sagte sie wütend. »Wo sind denn die verdammten Telefone?«

Der Schalter für Ferngespräche war belagert. Zwei Telefonistinnen schrien, stöpselten ein, stöpselten aus, notierten, winkten und wischten sich den Schweiß von der Stirn. Byron drängte sich energisch durch die Menge und zog Natalie an der Hand hinter sich her. Als sie der Telefonistin eine Warschauer Nummer angab, riß das Mädchen die großen traurigen braunen Augen auf: »Signorina, warum verlangen Sie nicht gleich ein Gespräch mit Präsident Roosevelt? Nach Warschau beträgt die Wartezeit zwölf Stunden.«

»Es ist die Nummer der amerikanischen Botschaft«, sagte Byron, sie anlächelnd, »und es ist wahnsinnig dringend.«

Er zeigte ein seltsames schmallippiges, halb melancholisches, halb heiteres Lächeln, und das Mädchen reagierte darauf, als habe er ihr einen Veilchenstrauß dargeboten. »Die amerikanische Botschaft? Ich kann es versuchen.«

Sie stöpselte ein, läutete, diskutierte weiter. »Dringend, ein Notfall«, schrie sie unaufhörlich. Das ging so zehn Minuten oder mehr, während Byron rauchte und Natalie, auf und ab gehend, fortwährend auf die Uhr sah. Dann nickte sie mit erstauntem Ausdruck heftig mit dem Kopf und wies Natalie mit einer Handbewegung in eine Zelle. Das Mädchen blieb lange darin und kam mit rotem Gesicht und schimpfend heraus. »Wir wurden vorzeitig getrennt. Ich bin beinah erstickt. Gehen wir an die Luft. »Byron führte sie hinaus in das Flughafengebäude. »Er war wütend. Er sagte mir, ich sei wahnsinnig. Die Diplomaten verbrennen ihre Akten... Die Verbindung war ausgezeichnet. Er hätte vor mir stehen können.«

»Es tut mir leid, Natalie, aber das habe ich erwartet.«

»Er sagte, ich solle umgehend Italien verlassen und sofort nach Hause fahren, mit oder ohne Aaron. Hätten Sie mir das ebenfalls gesagt?« Ihren Ärger an Byron auslassend, sagte sie: »Mir ist so *heiß*! Besorgen Sie mir eine Limonade oder irgend etwas zum Trinken.«

Sie saßen an einem kleinen Tisch vor einem Flughafen-Café. »Sehen wir uns mal die Flugkarten an.«

»Man wird uns bestimmt das Geld dafür zurückerstatten.« Er reichte ihr das Kuvert.

Sie nahm ihr Billett heraus und gab ihm das Kuvert zurück. »Sie können sich das Geld zurückerstatten lassen. Vor München haben sie ebenfalls Akten verbrannt. England und Frankreich werden jetzt genauso klein beigeben wie damals. Wer wird es denn wegen Danzig zu einem Weltkrieg kommen lassen! Wer weiß denn, wo Danzig überhaupt liegt? Wen kümmert das?«

»In der Botschaft wird es rundgehen, Natalie. Sie werden ihn kaum zu Gesicht bekommen.«

»Wenn er zu beschäftigt ist, werde ich mir die Stadt allein ansehen. Meine Familie hat jahrelang in Warschau gelebt. Ich habe dort noch immer Verwandte. Ich möchte es kennenlernen. Ich bin auf dem Weg dorthin, und

ich denke nicht daran, umzukehren.« Das Mädchen sah in ihren Taschenspiegel und drückte sich den Hut fester in die Stirn. »Es ist, glaube ich, Zeit, mich einzutragen.«
Er streckte die Hand aus. »Geben Sie mir den Flugschein. Ich lasse uns beide eintragen, während Sie Ihre Limonade austrinken.«
Sie sah erfreut aus, aber zugleich mißtrauisch. »Wollen Sie wirklich mitkommen? Sie brauchen es nicht, bestimmt nicht. Ich gebe Sie frei. Kommen Sie nicht mit. Ich will es nicht. Erzählen Sie Aaron, daß ich das gesagt habe.«
»Ach, seien Sie still, Natalie. Geben Sie mir den Flugschein.«
Sie lächelte ihn verspielt an und preßte das grüngelbe Billett an die Brust. »Sieh mal an! Briny Henry wird energisch! Es ist nur so, Darling, daß ich, falls tatsächlich etwas schiefgehen sollte, nicht das Gefühl haben möchte, Sie mit hineingezogen zu haben.«
Es war das erste Mal, daß Natalia Jastrow – wie beiläufig auch immer – ihn mit einem Kosewort bedacht hatte. Byron stand auf und zog den Flugschein aus ihrer behandschuhten Hand.

Die Reise, die laut Flugplan acht Stunden betrug, dauerte anderthalb Tage. Kein Anschluß funktionierte. Ihr Gepäck verschwand. Sie verbrachten die Nacht auf Bänken des Budapester Flugbüros. In Warschau waren sie die einzigen Ausländer, die auf dem kleinen Flughafen in der fast leeren rostigen, schäbigen LOT-Maschine eintrafen. Sie wendete sofort und flog vollbesetzt mit aus Polen Fliehenden zurück. Mißmutige Reisende drängten sich hinter den Barrieren und sahen zu, wie sie abflog. Ein grobschlächtiger junger Pole in grüner Uniform, der gebrochen französisch sprach, stellte viele unwirsche Fragen an die beiden Amerikaner und schien sie für Spione oder Verrückte zu halten. Er konfiszierte ihre Pässe, besprach sich halblaut mit anderen Beamten, gebot ihnen zu warten und verschwand. Sie waren ausgehungert, aber die Schar der Flüchtlinge in der Kantine, vorwiegend Deutsche, die auf Koffern saßen, auf dem Fußboden hockten oder jede Bank und jeden Stuhl besetzt hatten, hatte längst alle Lebensmittel verzehrt. Byron stürzte sich auf zwei Stühle, die für einen Augenblick frei geworden waren. Flaschen warmen polnischen Biers mit einem Flaschenöffner und Gläsern standen in der Mitte des Tisches, also tranken sie warmes Bier und bezahlten den Kellner, der sich auf sie stürzte. Dann fand Byron ein Telefon und überredete den Kellner dazu, die Botschaft anzurufen. Slote war entsetzt, Byrons Stimme zu hören. Innerhalb einer Stunde erschien er, nervös an seiner kalten Pfeife kauend, am Flugplatz in einem blauen Chevrolet, der erstaunt angestarrt wurde. Jetzt kamen nicht nur die Pässe zum Vorschein, mit verschiedenen Einreiseformularen, die auf schlechtem Papier mit lila

Tinte gedruckt waren, sondern sogar auch ihr Gepäck, das geheimnisvollerweise aus dem Balkan gerettet worden war. Sie beluden den Botschaftswagen und fuhren in die Stadt.

Natalie sah schmuck und keck aus, nachdem sie sich in dem Damenwaschraum des Flughafens zurechtgemacht hatte – von der Größe einer Telefonzelle, wie sie sagte, mit einem einzigen Kaltwasserhahn und keinem Deckel auf der einzigen Toilette. »Geht das so weiter, Leslie?« fragte sie. »Schließlich ist dies der Flughafen der Hauptstadt von Polen! Je weiter wir nach Osten gekommen sind, um so kleiner wurden die Flughäfen, um so unzuverlässiger die Fahrpläne, um so schlechter die Maschinen, um so unwirscher die Beamten, um so primitiver die Toiletten und um so rauher das Klopapier. Eine Reise nach Rußland würde mein Hintern kaum durchstehen.«

»Osteuropa ist eben eine andere Welt, Natalie. Und du erlebst sie zu einem schlechten Zeitpunkt. Dieser kleine Flughafen ist gewöhnlich leer und verschlafen. Aber« – er stieß mit dem Pfeifenstiel nach ihr – »wenn du ausgerechnet während einer Generalmobilmachung eine Vergnügungsreise unternehmen mußt...«

»Jetzt geht's los, Briny«, sagte sie, während ihre Augen ironisch blitzten. Slote fuhr ihr liebkosend mit der Hand, die einen dicken Universitätsring mit blauem Stein trug, über das Gesicht. Die leichte intime Geste tat Byrons Augen weh, weil sie das Ende seines uneingeschränkten (wenn auch leidenschaftslosen) Anspruchs auf die Gesellschaft des Mädchens andeutete. Er sank verdrießlich auf den Sitz hinten zurück. »Ich freue mich sehr, dich zu sehen, Liebes, obwohl du total verrückt bist«, sagte Slote. »Heute abend sieht Gott sei Dank alles viel besser aus. England hat endlich seine Garantie für Polen unterzeichnet, gerade heute. Alle Welt hatte geglaubt, daß der Pakt mit Rußland es zu einem Rückzieher veranlassen würde. Keine Rede davon. Aus Schweden ist die zuverlässige Meldung gekommen, daß Hitler seine Invasion abgeblasen hat. Die Engländer haben ihm heute die Tour versalzen.«

»Wo hast du uns denn eigentlich einquartiert? Hoffentlich irgendwo, wo es Bäder gibt.«

»Das ist kein Problem. In den letzten drei Tagen haben die Hotels sich geleert. Das Europeiski hat einige Luxusappartements in durchaus westlichem Stil und dabei zu östlichen Preisen. Richte dich nicht auf einen längeren Aufenthalt ein. Die Lage kann sich über Nacht noch immer verschlechtern.«

»Ich dachte, vielleicht eine Woche«, sagte Natalie. »Dann können Byron und ich nach Krakau fliegen oder fahren, Medzice besuchen und dann nach Rom zurückfliegen.«

»Um Gottes willen, was redest du da? Medzice! Gib's auf, Natalie!«

»Onkel Aaron sagte, ich solle die Familie in Medzice besuchen. Da stammen wir alle her. Du liebe Zeit, ist das Land aber flach. Flach wie eine Tischplatte.«
Sie fuhren durch Felder von duftendem reifen Getreide, dazwischen Wiesen, auf denen Kühe und Pferde grasten. In weiter Ferne, am Rande der Ebene, zeichnete sich die verschwommene Silhouette von Warschau ab.
»Das ist Polens Fluch. Es ist ein Fußballplatz, dreihundert Quadratmeilen groß. Prächtig für Invasionen. Sogar die niedrigen Berge an der Südgrenze haben schöne breite, bequeme Pässe. Eine halbe Million deutscher Soldaten stehen in der Tschechoslowakei am Jablunka-Paß, etwa fünfundsechzig Kilometer von Medzice entfernt. Kapiert?«
Natalie schnitt ihm eine Grimasse.
Warschau war viel ruhiger als Rom. In der hellen Dämmerung promenierten Scharen von gutgekleideten Menschen, darunter viele Uniformen, heiter auf den breiten Straßen, aßen Eis, rauchten und schwatzten. In den Grünanlagen tummelten sich fröhliche Kinder. Leuchtendrote Busse fuhren vorbei. Auf den Filmplakaten an ihren Seitenwänden ragte der Name *Shirley Temple* aus polnischen Worten heraus. Große Plakate warben für deutsche Zeitungen, Radiogeräte und Haarwasser. Die langen Reihen vierstöckiger grauer oder brauner Gebäude, die Boulevards, die in große, mit prächtigen Statuen geschmückte und von barocken Amtsgebäuden oder Palästen umgebene Plätze mündeten, die Lichtreklamen, die zu funkeln und tanzen begannen, erinnerten Byron an Paris und London. Es war merkwürdig, am Ende einer so primitiven Flugreise diese Metropole anzutreffen. Das Europeiski-Hotel besaß eine Halle, die es an Eleganz mit jeder, die er kannte, aufnehmen konnte, mit einer schweren braunweißen Marmortreppe, die bis an das Portal hinunterreichte.
Natalie fuhr mit dem Fahrstuhl hinauf. Slote hielt Byron mit einer leichten Berührung des Arms zurück und zündete sich mit hektischen Zügen die Pfeife an. Byron, der ihn seit vielen Monaten nicht gesehen hatte, kam der Diplomat für Natalie viel zu alt vor mit der Brille, den Tränensäcken und den auffälligen Linien in hageren, eingesunkenen Wangen. Ein zweireihiger dunkler Nadelstreifen-Anzug unterstrich sein fades, gesetztes Aussehen, und er schien kleiner, als Byron ihn in Erinnerung hatte.
»Ich wünschte, ich hätte Zeit, Sie zu einem Drink einzuladen. Ich möchte mit Ihnen sprechen. Diese Reise nach Krakau ist ein gefährlicher Unsinn. Ich werde euch, sobald es geht, Flugkarten für die Rückreise besorgen. Normalerweise muß man sie eine Woche vorher bestellen, aber die Botschaft hat einigen Einfluß. Selbst wenn wir Natalie mit vereinten Kräften in die Maschine zerren müssen, so muß es getan werden. Sagen Sie es ihr aber noch nicht heute abend. Dann wäre nichts mit ihr anzufangen.«
»Schön. Sie kennen sie besser als ich.«

Slote schüttelte lachend den Kopf. »Jetzt bin ich nicht mehr so sicher. Ich sollte von diesem verrückten Besuch tief gerührt sein – und bin ich natürlich auch –, aber Natalie Jastrow ist fast für jeden Menschen zu viel. Wir sehen uns beim Essen. Die Botschaft ist ein Tollhaus. Sollte ich mich nicht freimachen können, rufe ich an.«
Byron saß eine Zeitlang in seinem trübseligen, öden Zimmer, dessen hohe Fenster auf das Hotel Bristol blickten, und fragte sich, was, zum Kuckuck, er eigentlich in Polen tue. Er nahm den elfenbeinernen Hörer des altmodischen Telefons ab und wurde nach einigem Radebrechen in deutscher Sprache mit Natalies Zimmer verbunden.
»Hallo. Sitzen Sie schon in der Badewanne?«
»Na, ich bin froh, daß Sie mich nicht sehen können. Was ist denn?«
»Ich bin erledigt. Essen Sie ohne mich mit Slote. Ich gehe ins Bett.«
»Unsinn. Sie werden mit uns essen, Briny. Sie holen mich um neun Uhr ab, verstanden? Leslie hat mich in das Paderewski-Apartment oder wie es heißt einquartiert. Es ist fantastisch. Ich habe einen zwei Meter hohen Spiegel, den zwei braune Holzengel tragen.«

»Hier entlang«, sagte Slote. »Drüben steht unser Tisch.«
Ein Orchester, in roten, mit Goldlitzen besetzten Fräcken, hämmerte alte Jazzmelodien in dem Hauptspeisesal des Bristol herunter, das nach Größe, Seidenvorhängen, Tischwäsche, vergoldeten Kristallkronleuchtern, Aufmerksamkeit der Kellner, Eleganz der zahlreichen Gäste sowie dem albernen Getue auf der Tanzfläche ein beliebiges erstklassiges Hotel in Europa hätte sein können. Von Kriegsangst war jedenfalls nichts zu spüren.
»Tut mir leid, daß ich mich verspätet habe. Es sind die Juden«, entschuldigte er sich, als sie sich zu Tisch setzten. »Sie stürmen die Botschaft. Wir sind allesamt Visa-Beamte geworden, bis hinauf zu Biddle. Ich kann es ihnen, weiß Gott, nicht verdenken. Wenn sie einen Verwandten, einen Freund, einen Brief, nur irgend etwas nachweisen können, geben wir ihnen ein Visum. Ein New Yorker Telefonbuch ist heute in Warschau hundert Zloty wert, das sind etwa 20 Dollar.«
»Das hat mich gewundert«, sagte Natalie. »Ich dachte, Warschau sei voll von Juden. Ich habe bisher fast gar keine gesehen.«
»Sie sind aber da. Ein Drittel der Stadtbevölkerung ist jüdisch.« In diesem Augenblick brachte ein befrackter Oberkellner eine Speisekarte, und Leslie führte mit ihm eine lange Unterhaltung auf polnisch. Natalie hörte ihm mit bewunderndem, neidischem Ausdruck zu.
»War es sehr schwer zu lernen, Les?« fragte sie, als der Kellner weg war.
»Eines Tages will ich es versuchen. Meine Eltern pflegten immer Polnisch zu sprechen, wenn sie nicht wollten, daß ich sie verstand. Einerseits werde ich von dem Gefühl beherrscht, in meine Kindheit zurückversetzt worden

zu sein, und andererseits ist das Land so fremdartig! Es ist alles sehr seltsam.«
Sie aßen einen erstaunlich guten Räucherlachs, ein merkwürdiges Eiergericht und einen zähen Braten. Slote goß sich ununterbrochen braunen polnischen Wodka in die Kehle, aus fingerhutgroßen Gläsern, während die anderen guten französischen Wein tranken.
»Leslie, du wirst stockbetrunken sein«, sagte Natalie eher jovial als tadelnd.
»Da ist so wenig drin in einem Glas«, sagte Leslie und goß sich ein neues ein. »Ich habe einen sehr schweren Tag hinter mir, auch ohne dein Eintreffen, du Schaf.«
Sie lächelten einander an. Byron wünschte, er wäre zu Bett gegangen. Slote sah ihn an und zwang sich mit höflicher Diplomatie, das Gespräch wieder aufzunehmen. »Hm ja. Es ist eigentlich ein geschichtliches Rätsel, wieso dreieinhalb Millionen Juden dazu kamen, sich in Polen niederzulassen. Es ist ein so anarchisches Land. Man hätte annehmen mögen, daß sie sich ein stabileres Land ausgesucht hätten. Ich habe eine Theorie dafür. Ich frage mich, was wohl Aaron davon halten würde.«
»Was ist deine Theorie über uns polnische Juden, Leslie?« fragte Natalie grinsend.
»Daß gerade die Anarchie der Anreiz war. Man stelle sich eine Regierung von nahezu tausend Adligen vor, von denen jeder einzelne gegen jeden Regierungsvorschlag Einspruch erheben durfte! Auf diese Weise haben sie hier jahrhundertelang weitergewurschtelt. Kein Wunder, daß Polen immer wieder geteilt wurde. Solange die Juden sich mit jedem einzelnen Adligen verständigen konnten, konnten sie wenigstens leben und sich als Bauern und Handwerker betätigen. Eine monarchische Unterdrückung war nicht zu befürchten.«
»Nicht schlecht«, sagte Natalie. »Aber haben denn nicht gerade die polnischen Könige sie mit besonderen Schutzgesetzen willkommen geheißen? Als Spanien sie auswies und die heilige Kirche wieder einmal die Juden verfolgte und massakrierte? So habe ich es in Erinnerung.«
»Das weiß ich nicht so genau«, sagte Slote, »aber die Polen haben das später ebenfalls getan.«
»Deshalb bin ich in Long Island geboren«, sagte Natalie. »Mein Großvater hat die Kurve gekratzt, und das war gut so.«
»Was ist denn jetzt militärisch mit den Polen los?« fragte Byron. »Werden sie gegen Hitler kämpfen, falls es dazu kommt?«
»Kämpfen?«
Slote sog an seiner Pfeife und starrte in die Luft. Sein Ton war wieder gemessen und professionell. »Fragen Sie irgendeinen, und er wird Ihnen wahrscheinlich erzählen, daß sie die Deutschen schlagen werden.

Schließlich haben sie sie ja 1410 ebenfalls geschlagen! Sie sind ein merkwürdiges Volk, Byron. Sie können brillant über Politik und Geschichte reden, aber sie geben keinen Deut drauf, daß Deutschland heute ein Wirtschaftsriese ist, während Polen weiterhin aus Bauernhöfen, Juden, Schlössern und Mazurkas besteht. Vielleicht haben sie recht. Vielleicht wird der polnische Kampfgeist das dumme, widerwillige Herdenvieh Hitlers in die Flucht schlagen. So reden sie wenigstens. Angeblich sind zweieinhalb Millionen Polen beim Militär, mehr Soldaten, als Hitler hat. Eine höchst zweifelhafte Ziffer, aber in diesem Land sind Statistiken...«
»Sag, ist das nicht ›Stardust‹, was sie da spielen? Es klingt ein bißchen wie ›Stardust‹. Tanz mit mir«, unterbrach Natalie.
Wie Slote sie da schwerfällig über die Tanzfläche führte, wirkte er eher wie ihr Onkel als ihr Liebhaber, fuhr es Byron durch den Kopf. Aber wie Natalie sich Wange an Wange mit geschlossenen Augen an ihn schmiegte, war alles andere als nichtenhaft. Sie wechselten lachend einige Worte, dann sagte Natalie etwas, das Leslie bewog, mit ernstem Gesicht den Kopf zu schütteln. Sie stritten sich, während sie tanzten.
»Ich werde ihn ohne dich ausfindig machen«, sagte Natalie, als sie an den Tisch zurückkamen.
»Ich habe nicht gesagt, daß ich dir nicht helfen würde, ihn zu finden. Ich sagte, wenn du mit ihm über deine Fahrt nach Medzice sprechen willst...«
»Laß nur. Vergiß, daß ich es erwähnt habe.«
Natalie starrte wütend auf das Fleisch auf ihrem Teller. Slote trank noch zwei Glas Wodka. Um die Stimmung zu heben, erkundigte sich Byron nach der Arbeitsweise der Botschaft. Mit einem Ausdruck der Erleichterung schlug Slote wieder den gemessenen Ton an. Der Alkohol hatte seinen Geist nicht getrübt; er machte ihn redselig. Er beschrieb den Betrieb und sagte, daß er in der poltischen Abteilung beschäftigt sei, seit seiner Ankunft jedoch sei er wie alle anderen von der Flut der Emigranten in Anspruch genommen.
»Hat euch dieser Pakt überrascht?«
»Natürlich. Sogar die Polen waren wie vom Donner gerührt, dabei ist ihnen im Lauf ihrer Geschichte doch wahrlich nichts fremd geblieben. Aber Hitler ist unberechenbar. Das ist, wenn man so will, sein Genie. Er hat wirklich einen Instinkt für das Atemberaubende.«
Natalies Gesicht hellte sich auf. »Leslie, weshalb war Stalin dazu bereit?«
»Das fragst du noch? Aber Kindchen, Hitler hat ihm eine Torte auf einer goldenen Schüssel angeboten, und er hat sie dankend angenommen. Stalin hat einfach gegen England und Frankreich den Spieß umgedreht. Sie haben ihn in München ausgeschaltet. In Wirklichkeit schenkten sie Hitler die Tschechoslowakei und sagten: ›Da hast du, mein Junge, laß uns aus

dem Spiel und zerschlage Rußland.‹ Jetzt hat Stalin ein umgekehrtes München vollbracht. ›Nein nein, mein Junge. Nimm dir *Polen* und zerschlage den Westen.‹« Während Slote kleine hastige blaue Rauchwolken ausstieß und die Gelegenheit zu belehren sichtlich genoß, fuhr er fort: »Mein Gott, die Briten haben es ja förmlich herausgefordert! Ein Bündnis mit Rußland war ihre einzige Chance, Deutschland aufzuhalten. Sie hatten Jahre dafür zur Verfügung, und das gesamte Gewicht russischen Hasses und Angst vor den Nazis war auf ihrer Seite. Und was haben sie statt dessen getan? Getrödelt, geredet, mit Hitler angebändelt und die Tschechoslowakei verschenkt. Schließlich, zu guter Letzt, schickten sie in diesem Sommer ein paar untergeordnete Politiker auf einem langsamen Schiff zu einer Unterredung mit Stalin. Als Hitler beschloß, auf dieses Bündnis zu setzen, sandte er seinen Reichsaußenminister per Sonderflugzeug nach Moskau, mit allen Vollmachten, einen Pakt zu unterzeichnen. Und darum trennen uns nur Zentimeter von einem Weltkrieg.«

»Wird es dazu kommen?« fragte Natalie.

»Ach, ich dachte, du und Aaron gehörtet zu den Fachleuten für die Meinung, daß es nicht dazu komme.«

»Mich packt noch keine Panik. Mir scheint, daß Hitler, wie üblich, bekommen wird, was er will.«

Slotes angegriffene Züge verdüsterten sich. Er sog an seiner Pfeife und zog die bleichen Wangen ein. »Nein. Jetzt haben die Polen die schriftliche britische Garantie. Sehr edel, sehr widersinnig, sehr verspätet und wahrscheinlich zwecklos. Insofern sind wir wieder bei 1914 angelangt. Polen kann die ganze Welt mit hereinreißen, wenn es fest bleibt, wie seinerzeit Serbien es blieb. Es kommt alles auf Hitler an. Wenn er vorher weiter aufrüsten will, wird die Krise sich legen. Das scheint augenblicklich in der Luft zu liegen. Aber nach allem, was wir wissen, hat er bereits zum Angriff geblasen. Deshalb bin ich so hartnäckig wegen Medzice. Da unten riskiert ihr, in den nächsten zwei Wochen von deutschen Soldaten gefangengenommen zu werden. Das, finde ich, ist denn doch etwas riskant.«

Nach dem Essen fuhren sie mit Slote in einen anderen Teil der Stadt: durch immer neue Straßen von drei- und vierstöckigen alten Backsteinhäusern. Im Parterre waren überall Läden. Hier allerdings gab es Tausende von Juden, die auf dem Bürgersteig durch schmale kopfsteingepflasterte Gassen schlenderten, zum Fenster heraussahen und in Ladeneingängen saßen. An den Straßenecken diskutierten bärtige Männer mit lauter Stimme und schwungvollen Gesten, genauso wie auf der Lower East Side von Manhattan. Viele der Männer trugen Kaftane oder ansonsten die Stiefel, Blusen und Mützen der Landbevölkerung. Es gab Männer in knöchellangen schwarzen Mänteln und schwarzen Pelzmüt-

zen und junge Männer in Uniform. Auch wohlhabende Leute befanden sich darunter, glattrasierte Männer und gepflegte Frauen, die nicht viel anders aussahen als die Warschauer Christen in der Gegend des Europeiski. Kinder fegten bei ihren Spielen auf der Straße herum, und die Mütter sahen ihnen schwatzend zu.
»Ich dachte, Sie sagten, daß alle die Botschaft stürmen«, sagte Byron zu Slote.
»Es gibt dreihundertfünfzigtausend von ihnen, Byron. Vielleicht denkt einer von hundert voraus. Das macht dann drei- bis viertausend, die uns die Türen einrennen. Der Rest glaubt, was er glauben möchte, und hofft vage, daß nichts passieren wird. Die Regierung erzählt unaufhörlich jedem, daß es keinen Krieg geben wird.«
Natalie betrachtete mit abwesendem erfreuten Ausdruck die Pferdewagen und ein paar Handkarren sowie eine alte Straßenbahn, die ratternd vorbeifuhr. »Meine Eltern haben mir das alles beschrieben, als ich noch ein Kind war«, sagte sie. »Es scheint sich nichts geändert zu haben.« Leute blieben stehen und sahen dem vorbeifahrenden Botschaftsauto nach. Einmal hielt Slote an, um sich nach dem Weg zu erkundigen. Die Juden scharten sich um den Wagen, gaben aber nur vage, vorsichtige Antworten in polnischer Sprache. »Laß mich mal versuchen«, sagte Natalie und begann jiddisch zu sprechen, was erstauntes Gelächter und eine lebhafte, herzliche Unterhaltung auslöste. Ein rundlicher Junge mit zerrissener Mütze erbot sich, vor dem Wagen herzulaufen und ihnen den Weg zu zeigen. Sie fuhren hinter ihm her. »Bravo«, sagte Slote.
»Ich kann, wenn es sein muß, jiddisch radebrechen«, sagte Natalie. »Aaron ist ein Meister darin, obwohl ihm kein jiddisches Wort von den Lippen kommt.«
Natalie und Slote verließen den Wagen vor einem Wohnhaus aus grauen Ziegeln mit hohen schmalen Fenstern, einer schmiedeeisernen Tür und Blumenkästen voll blühender Geranien. Es überblickte einen kleinen Park, wo sich in lärmenden Gruppen die Warschauer Juden auf Bänken und um einen rauschenden Springbrunnen zusammenfanden. Kinder liefen neugierig aus dem Park herbei, um Byron in dem amerikanischen Wagen zu bestaunen. Während sie ihn so munter anstarrten und ohne Scheu über ihn und den Wagen diskutierten, kam sich Byron wie ein Affe in einem Glaskäfig vor. Die Gesichter der kleinen Juden waren voller Leben und Schalkheit, aber sie waren nicht frech, und manche lächelten ihn sogar schüchtern an. Er wünschte, er hätte Geschenke für sie. Er zog seinen Füllfederhalter aus der Tasche und bot ihn durch das heruntergelassene Fenster einem schwarzhaarigen Mädchen in einem lila Kleid mit weißem Spitzenkragen und Manschetten an. Das Mädchen rührte sich nicht von der Stelle, seine dunklen Augen blinzelten ihn mißtrauisch an.

Die anderen Kinder spornten es mit Geschrei und Gekicher an. Schließlich nahm es die Füllfeder, dann lief es leichtfüßig davon.
»Was sagen Sie dazu: er ist gar nicht da«, sagte Natalie, als sie ein paar Minuten später mit Slote zum Wagen zurückkam. »Er ist mit der ganzen Familie zur Hochzeit seines Sohnes nach Medzice gefahren. So ein Pech. Aaron sagte mir, er handele mit Champignons, aber kann man denn soviel damit verdienen? Es geht ihm offenbar recht gut.«
»Sogar sehr.« Slote war dabei, den Wagen anzulassen. »Dies hier muß das beste Wohnhaus der Gegend sein.«
Das kleine Mädchen in Lila erschien wieder, in Begleitung ihrer Eltern, der Vater in einem langen schwarzen Gehrock und einem breitrandigen grauen Hut, die Mutter mit Kopftuch in einem braunen Kostüm deutscher Machart, auf dem Arm ein Baby in einer rosa Wolldecke.
»Er dankt Ihnen«, sagte Slote zu Byron, als der Vater durch das Wagenfenster erst auf polnisch sprach, »aber er sagt, es sei viel zu teuer, und Sie möchten es doch bitte zurücknehmen.«
»Sagen Sie ihm, der Amerikaner hätte sich in seine Tochter verliebt. Sie sei das schönste Mädchen der Welt, und sie müsse ihn behalten.«
Vater und Mutter lachten, als Slote übersetzte. Das kleine Mädchen drückte sich an den Rock der Mutter und sah Byron intensiv an. Die Mutter nahm eine goldene Brosche mit violetten Steinen von ihrem Kostüm ab und drängte sie Natalie auf, die versuchte, sie auf jiddisch abzulehnen. Abermals löste dies Staunen und einen heiteren Wortstrom aus, und das Ende war, daß sie die Brosche und das kleine Mädchen den Füllfederhalter behielten, und so fuhren sie unter gegenseitigen Abschiedsrufen davon.
»Nun, ich hatte keine Plündertour vor«, sagte Natalie. »Nehmen Sie sie, Byron, Sie ist wunderschön. Schenken Sie sie Ihrer Freundin, Schwester oder Mutter.«
»Behalten Sie sie, sie gehört Ihnen«, sagte er grob. »Sonst könnte es mir einfallen, in Warschau zu bleiben und zu warten, bis das Mädchen erwachsen ist.«
»Nicht bei solchen Eltern«, sagte Slote. »Sie ist für einen Rabbiner bestimmt. Noch dazu für einen sehr orthodoxen.«
»Sie sollten sich sowieso nicht mit jüdischen Mädchen einlassen, sie taugen nichts«, sagte Natalie.
»Amen«, sagte Slote.
Natalie war dabei, sich die Brosche an ihre Jacke zu stecken. »Berel werde ich dann wohl in Medzice sehen. Zu dumm, Aaron sagte, er sei sehr klug und könne mir in Warschau Dinge zeigen, die kein andrer mir vorführen könnte. Sie haben früher gemeinsam den Talmud studiert, obgleich Berel viel jünger war.«
Bei der Erwähnung von Medzice schüttelte Slote verzweifelt den Kopf.

8

Natalie rief Byron eines Morgens früh um sieben in seinem Zimmer an, nachdem sie mit Slote bis nach drei Uhr morgens auf einer Tour durch die Nachtlokale aufgeblieben waren – trübselige Nachahmungen New Yorker Spelunken. In einer hektisch lustigen Stimmung hatte Natalie sie von einem Lokal ins andere gehetzt, ohne Rücksicht auf Slote, der sichtlich dem Zusammenbruch nahe war.
»Morgen, Briny, sind Sie tot?« Dem zwitschernden Ton nach mußte sie zehn Stunden geschlafen haben. »Es ist zwar eine ziemlich gemeine Tour, aber ich habe zwei Plätze für das Flugzeug nach Krakau, und es fliegt um zehn Uhr ab. Ich habe die Karten gestern besorgt. Wenn Sie lieber schlafen und hierbleiben wollen, macht es nichts. In ein paar Tagen bin ich wieder zurück.«
Noch halb im Schlaf sagte Byron:
»Was? Slote hat für uns Flugkarten für morgen nach Rom besorgt, und sie waren verdammt schwer zu kriegen.«
»Ich weiß. Ich werde ihm eine Nachricht hinterlassen. Vielleicht rufe ich ihn vom Flughafen an. Falls Sie mitkommen, brauchen wir gar nicht mehr nach Warschau zurück. Wir fliegen Samstag oder Sonntag von Krakau aus direkt nach Rom, wenn ich meine Familie besucht habe.«
»Haben Sie Karten für diese Strecke?«
»Nein. Aber Krakau ist ein Knotenpunkt. Es gibt ein halbes Dutzend Möglichkeiten, von dort wegzukommen. Wir besorgen da die Karten – für Flugzeug, Eisenbahn oder Bus –, sobald wir dort ankommen. Nun, Byron? Sind Sie wieder eingeschlafen?«
»Ich denke nach.« Byron wog den Vorteil, Warschau und Slote den Rükken zu kehren, gegen diesen irrsinnigen Reiseplan ab. Die Kriegsgefahr schien abzuklingen. Die Polen in den Nachtlokalen hatten sich fröhlich und sorglos benommen, obwohl Slote darauf hingewiesen hatte, daß keine Ausländer, besonders keine Deutschen da waren. Die Straßen waren völlig ruhig und keine sichtbaren Anzeichen für Kriegsvorbereitungen zu erkennen. Byron hatte sich angewöhnt, die politische Lage nach der Stimmung von Radio Warschau zu beurteilen. Er kannte inzwischen ein paar Schlüsselworte von Phrasen über die Krise, und vieles ließ sich manchmal dem zittrigen oder erleichterten Ton der Nachrichtensprecher entnehmen. In den Vereinigten Staaten neigten Radiosprecher in Krisenzeiten dazu, sich düsterer, unheilschwangerer Stimmen zu bedienen, um die Hörer in Spannung zu versetzen. Die polnischen Ansager, näher am

Schauplatz des Geschehens, waren weniger darauf aus zu dramatisieren. In den letzten paar Tagen hatten sie nicht ganz so besorgt geklungen.
»Haben Sie irgendwelche Nachrichten gehört?« fragte er.
»Ja, soeben, auf dem Kurzwellensender des BBC. Die selben Berichte wie gestern abend. Henderson spricht mit Hitler.«
»Hören Sie, Natalie, dieser Ausflug wäre verdammt riskant.«
»Warum? Ich werde wahrscheinlich nie wieder die Gelegenheit haben, den Geburtsort meiner Eltern kennenzulernen. Jetzt bin ich hier. Leslie hat gestern abend selber gesagt, daß anscheinend das Schlimmste vorbei und man zu Verhandlungen bereit sei. Sie brauchen jedenfalls nicht mitzukommen, das meine ich ganz im Ernst. Es wäre für Sie sowieso sehr langweilig, durch das polnische Land zu zockeln.«
»Nun, ich werde mit Ihnen frühstücken.«
Byron packte in aller Eile. Je länger er mit Natalie Jastrow zusammen war, desto mehr Rätsel gab sie ihm auf. Ihr Verhältnis zu Slote war ihm jetzt ebenfalls unklar. Wenn sie zusammen ins Bett gingen – er mußte annehmen, daß dies mit zu ihrem Entschluß, nach Warschau zu fahren, beigetragen, wenn nicht ihn überhaupt bestimmt hatte –, so konnte das nur unter seltsamen Umständen in aller Schnelle geschehen, oder aber sie bemühten sich, ihn irrezuführen.
Nacht für Nacht hatte Slote sich in der Hotelhalle verabschiedet. Wenn sie zusammen waren, behandelte sie Slote mit der Herzlichkeit einer liebenden Braut, aber wenn Byron die beiden allein lassen wollte – zum Essen, für einen Konzert- oder Theaterbesuch, sogar für einen Rundgang durch die Botschaft – verlangte Natalie, daß er mitkam. Natürlich war ihm der Gedanke gekommen, daß sie ihn dazu benutzte – vielleicht ihn sogar deshalb gebeten hatte, sie nach Warschau zu begleiten –, um Slote zu provozieren. Wenn ja, so mißlang ihre Taktik. Der Diplomat war sehr herzlich zu ihm und schien es für selbstverständlich zu halten, daß er mit ihnen herumzog. Aber es war schwierig, Slote überhaupt zu durchschauen, außer, daß er müde und überarbeitet war und ihn Natalies Anwesenheit in Polen sehr besorgt machte.
Byron wurde allmählich klar, daß hinter ihrem hartnäckigen Bestehen auf der Reise mehr steckte als das Verlangen nach ihrem Geliebten. Die jüdischen Straßen von Warschau faszinierten sie. Wo immer ein Abend begann, endete er unweigerlich in jenen schmalen Nebengassen. Sie hatte ihn sogar – Slote hatte abgelehnt – in eine Vorstellung von O'Neills *O Wildnis* in einem kleinen jiddischen Theater in einer abgelegenen Gasse geschleppt, wo die Bühne keine drei Meter breit und der Vorhang zerrissen war; für ihn ein seltsames und langweiliges Erlebnis. Aber die Mischung von amerikanischen und stilisiert jüdischen Figuren und ihre gefühlvolle Darstellung in dem ärmlichen Saal hatte Natalie amüsiert und

bewegt. »Das war wohl ich«, sagte sie, als sie aus dem Theater auf die kleine, von alten verfallenden Fachwerkhäusern gesäumte Gasse in die warme Nacht hinaustraten. »Diese präzise, seltsame Mischung. Ich habe das nie ganz begriffen und versuche noch immer, mich zurechtzufinden. Es ist verwirrend, aber aufregend. Als sähe ich mich zum erstenmal in einem Heimatfilm.« Offenbar zog sie die gleiche Faszination nach Medzice.

Sie wartete unten im Restaurant auf ihn. Irgendwo hatte sie sich ein polnisches Kleid – bunt geblümt, mit weitem Halsausschnitt – gekauft, und sie hatte sich ihr volles Haar in einem veralteten amerikanischen Stil nach vorn gekämmt, so daß ihre Stirn halb bedeckt war, genau wie es die Warschauerinnen trugen.

»Ob ich jetzt weniger auffalle? Ich habe so genug davon, ewig angestarrt zu werden, als wenn ich Hörner hätte.«

»Solange Sie Ihren Paß zur Hand haben, ist alles in Ordnung. Aber werden Sie nicht allzu polnisch.«

»Natürlich nicht, und außerdem habe ich immer noch dies.« Zu ihren Füßen lag ein blauer geschnürter Wildlederbeutel. »Da drinnen sind mein Kostüm, mein Hut, mein Hüftgürtel und meine Strümpfe. Ich kann jederzeit in eine Damentoilette gehen und als komplette *Amerikanka* wieder herauskommen, voll Entrüstung und Dollars schwenkend. Kommen Sie mit? Nein.«

»Doch. Meine Tasche steht in der Halle.«

»Tatsächlich? Sie sind genauso verrückt wie ich, Briny.« Sie sah ihn von unten herauf an, mit einem langsamen Blinzeln ihrer dunklen Augen, und Byron dachte an das kleine Ghetto-Mädchen in dem lila Kleid. »Briny, gefällt Ihnen jetzt Slote nicht etwas besser?«

»Ich habe nichts gegen ihn. Im Augenblick tut er mir leid, er ist ja entsetzlich überarbeitet.« Die Kellnerin stellte zwei Teller vor sie hin. »Ah, Sie haben für mich mitbestellt. Sehr schön. Es ist nichts so gut wie dieser polnische Schinken.«

»Ich bekomme hier plötzlich ein schlechtes Gewissen, wenn ich Schinken esse«, sagte sie. »Ist das nicht komisch?« Natalie schnitt und aß das dicke rosa Fleisch ohne ersichtliche Reue.

»Ich habe keine Ahnung von ihrer Religion«, sagte Byron.

»Ich auch nicht, und sie ist kaum meine Religion. Ich habe sie vor meinem elften Jahr aufgegeben – den Tempel, den hebräischen Unterricht und so weiter. Meinen Vater bekümmerte das, er ist Zionist, Angestellter im Tempel und so weiter. Aber unser Rabbi war ein so langweiliger Dummkopf, Briny! Und mein Vater war einfach nicht imstande, meine Fragen zu beantworten. Er ist kein Intellektueller wie Aaron, sondern Geschäftsmann. Als ich elf war, hatte ich mehr Bücher gelesen als er.«

»Aber er hat Ihnen einfach erlaubt, Ihre Religion aufzugeben?« sagte Byron. »Einfach so? Mein Vater hätte das nie erlaubt, ganz gewiß nicht.«
»Leute vom Militär sind vielleicht anders«, sagte Natalie mit einem skeptischen Lächeln. »Die wenigsten Väter können mit ihren Töchtern viel anfangen. Ich war sowieso ein einziges Kind und im ganzen sehr brav. Ich wollte nur nicht an einem Humbug festhalten, der mir überhaupt nichts sagte. Nun gut!« Sie legte Messer und Gabel nieder. »Kaffee, und dann nach Medzice? Ist das richtig?«
»Es ist's.«
Ein wackliges Taxi, dessen gesprungene gelbe Fenster mit Leukoplast beklebt waren, brachte sie zum Flughafen. Die einsame Maschine, die auf dem sonnigen Feld wartete, sah so rostig und geflickt aus, daß Byron sie für ein Wrack hielt; doch als sie näher kamen, sah er Leute über das Gras gehen und einsteigen.
»Ich weiß nicht recht«, sagte Byron, während er den Taxichauffeur bezahlte. »Glauben Sie, daß das Ding imstande ist abzuheben? Vielleicht sollten wir diesen Burschen lieber warten lassen.«
Natalie lachte und entfernte sich, um Slote anzurufen. Aber er war weder in seiner Wohnung noch in der Botschaft. Die Halle war noch immer voll von Deutschen, obgleich so wenige noch in Warschau zu sein schienen. Nur Polen und ein paar Juden stiegen in die Maschine nach Krakau und nahmen Platz auf den unbequemen Eisensitzen.
Die Maschine hob tatsächlich ab, mit Holpern und Zittern, das die Metallplatten des Bodens leicht auseinanderschob und einen Blick auf die grünen Felder unter ihnen freigab, sowie einen warmen Luftstrom hereinließ, der Natalies Rock blähte. Sie stopfte ihn sich unter die Schenkel und schlief ein. Nach etwa einer Stunde stieß die Maschine hinunter und landete ruckartig auf freiem Feld zwischen hohem Gras und Wiesenblumen in der Nähe einer Scheune. Byron glaubte, es sei eine Notlandung, aber mehrere Reisende ergriffen ihr Gepäck und stiegen aus. Während des anschließenden etwa einstündigen Flugs nach Krakau wechselte die Landschaft unter ihnen von grünem Flachland zu niedrigen Bergen über, die zum Teil bewaldet, zum Teil angebaut und mit gelben, schwarzen und purpurnen Feldern gesprenkelt waren.
Das Krakauer Flugbüro bestand aus einer Holzhütte innerhalb eines Drahtzauns. Byron war froh, die Maschine zu verlassen, die nach erhitztem Eisen und Treibstoff roch, und auf ein sonniges luftiges Feld hinauszugehen, das wie ein Blumengarten duftete. Zu beiden Seiten der geteerten Landebahn mähten im Sonnenschein Frauen in Kopftüchern Heu. Taxis waren keine zu sehen, nur ein einziger, schlammbespritzter Bus. Einige Reisende, die von Verwandten abgeholt wurden, kletterten in schwerfällige Pferdewagen, die knirschend davonfuhren.

»Fällt Ihnen was ein, wie wir nach Krakau kommen?« fragte Byron.
»Bestimmt fährt der Bus da drüben hin«, sagte Natalie.
Ein braunbärtiger Jude in langem dunklen Mantel und breitkrempigem, flachem dunklen Hut, der aufrecht allein am Tor stand, näherte sich ihnen und legte die Hand an den Hut. »Sie entschuldigen? Amerikaner? Jastrow?«
Natalie sah ihn zweifelnd an. »Ja, gewiß. Sind Sie etwa Berel?«
»Ja, ja. Jochanan Berel Jastrow.« Ein breites Lächeln trat auf sein Gesicht. »Sie entschuldigen, schlecht Englisch. Sprechen Sie Deitsch? Français?«
»*Français, un peu*«, und sie fuhr auf französisch fort. »Wie hast du nur gewußt, daß wir mit dieser Maschine kommen? Nun, Byron, dies ist Onkel Aarons Vetter – und der Vetter meines Vaters. Byron Henry ist ein guter Freund von mir, Berel.«
Die beiden Männer schüttelten einander die Hand, und der Jude strich sich über den langen braunen graumelierten Bart und sah Byron prüfend an. Berel Jastrow hatte eine breite Nase, buschige Brauen und verblüffend blaue tiefliegende, leicht tatarisch geschlitzte Augen. Sein Blick war durchdringend. Byron sah es ihm an, wie er in Sekundenschnelle ihn als einen Christen, wenn auch wahrscheinlich als einen freundlich gesinnten Christen klassifizierte. »*Enchanté*«, sagte er.
Er führte sie zu einem rostfleckigen gelben Auto auf der anderen Seite des Schuppens. Der Fahrer war ein Mann in leichtem Pullover und Käppchen und mit kleinem hellroten Bart. Nach ein paar Worten in jiddischer Sprache fuhren sie los. Natalie erläuterte Byron, daß sie direkt nach Medzice fuhren. Die Jastrow-Familie könnte es kaum erwarten, sie kennenzulernen, und Krakau liege zwanzig Kilometer in entgegengesetzter Richtung. Sie betrachteten es als ein wunderbares Omen, daß die amerikanische Kusine am Tag vor der Hochzeit zu ihnen vom Himmel fiel. Natalie hatte an *Jochanan Jastrow, Medzice*, telegrafiert und ihm mitgeteilt, daß sie wahrscheinlich am Sonntag eintreffen werde. Aber sie hatte das Flugzeug nicht erwähnt, da sie kaum erwartet hatte, daß das Telegramm ihn überhaupt erreichen würde.
»*Mais pourquoi pas? La Pologne n'est pas l'Afrique*«, warf Berel ein, der Judiths Englisch gut zu folgen vermochte. »*C'est un pays tout à fait moderne et civilisé.*«
Byron fand es entschieden eigentümlich, ein so gutes und wohlartikuliertes Französisch von dieser Gestalt aus einem Ghetto-Gemälde oder Theaterstück sprechen zu hören. Jastrow sagte, er werde für ihre Rückkehr nach Rom am übernächsten Tag sorgen; er habe in Krakau gute Beziehungen, und die Beschaffung von Flug- oder Eisenbahnbilletts mache nicht die geringsten Schwierigkeiten.
Um den schlimmsten Schlaglöchern auszuweichen, fuhr der Wagen in

Schlangenlinien die schlechte, geteerte Straße entlang. Sie kamen durch winzige Dörfer von strohgedeckten Blockhäusern, die zwischen den Balken blau bemalt waren. Der Fahrer mußte sich durch Schweine, Hühner und Vieh, die die Straße bevölkerten, hindurchwinden. Viele der Häuser waren grau verwittert, schief oder eingesunken; manche hatten nicht einmal ein Fenster, aber fast alle neue oder frisch gefirnißte Türen. Bei jedem Dorf stand auf erhöhtem Boden eine hölzerne Kirche. In den sonnenüberfluteten Feldern arbeiteten Frauen und Männer mit Handgeräten oder mit Pflugscharen, die von Pferden gezogen wurden. Das Auto kam an schweren Wagen aus von Hand zerhacktem Holz vorbei. Sie wurden von kräftigen, schicksalergebenen Pferden gezogen und von kräftigen, schicksalergebenen Männern und Frauen gefahren, deren Geschlecht, außer durch Kopftuch oder Bart, nicht erkennbar war. Kein Traktor oder Auto oder irgendeine andere Maschine tauchte auf ihrem Weg auf, bis sie nach Auschwitz kamen, einer mittelgroßen Eisenbahnstadt aus Backsteinhäusern und breiten Straßen, die durch einen schlammigen Fluß geteilt wurde. Hier hielt der Wagen auf dem Hauptplatz vor der Post an, und Natalie stieg mit Berel aus, um Slote anzurufen.
Byron schlenderte in der heißen Sonne um den Platz und zog verstohlene Blicke der Stadtbewohner auf sich. Er kaufte sich ein Eis, und die Verkäuferin nahm wortlos sein Geld entgegen. Auschwitz war mit Warschau nicht zu vergleichen; es war eine flache Stadt aus niedrigen, unscheinbaren Gebäuden und einer Atmosphäre hinterwäldlerischer Fremdenfeindlichkeit. Byron war froh, ihm den Rücken zu kehren. Während sie auf einem Landweg am Fluß entlang durch ebene grüne Felder fuhren, erzählte Natalie ihm, daß Slote, wütend und entsetzt, wenig Schmeichelhaftes über Byrons Intelligenz gesagt habe, obwohl sie versucht habe, alle Schuld auf sich zu nehmen. »Ich glaube, seine Nerven sind überreizt«, sagte sie. »Ob er vielleicht Angst vor den Deutschen hat?«
»Hören Sie mal, es war ein starkes Stück, so ohne jeden Abschied abzureisen.«
»So ohne jeden Abschied war es gar nicht«, sagte sie mit einem eigentümlichen Blick auf Byron. »Wir waren bis zum Morgengrauen zusammen und haben geredet. Er müßte mich inzwischen satt haben.«
»Was? Sie sind doch um drei Uhr schlafen gegangen?«
»Ja, schon. Aber dann rief er mich von der Halle aus an und sagte, er sei noch nicht müde, und ich ging hinunter, und wir sind dann wieder ausgegangen.«
»Ach so. Sie müssen total erschöpft sein.«
»Merkwürdigerweise fühle ich mich prächtig. Erst der Schlaf im Flugzeug, und jetzt diese herrliche Landluft! Polen *riecht* köstlich. Das habe ich noch nirgends gelesen.«

»Polen erstklassiges Land«, sagte Berel auf englisch und streichelte seinen Bart.
»Starkes Volk. Hitler viel blufft. Kein Krieg.«
Byrons Besuch in Medzice blieb ihm so unvergeßlich wie etwa eine Reise zum Mond. Obwohl die übliche Kirche auf der üblichen Anhöhe stand, waren die Dorfbewohner fast alle Juden. Medzice war ein Haufen Häuser auf krummen, engen, erdigen oder gepflasterten Straßen, einige bestanden aus Holz, einige aus Zement und einige aus Stein, die sich zu einer flachen grünen Wiese und der Flußbiegung hinunter erstreckten.
Etwa anderthalb Kilometer außerhalb der Stadt stand ein großes verfallenes Haus ohne Dach im Stil eines französischen Schlosses am Flußufer. Die adligen Besitzer waren ausgestorben, das Haus ein Opfer des Weltkrieges geworden, das Dorf jedoch hatte überlebt.
Die Jastrows und ihre Verwandten schienen halb Medzice zu bevölkern. Sie stürzten sich scharenweise auf Natalie und Byron und zogen mit ihnen strahlend von Haus zu Haus. Das dunkle Innere dieser Häuser war überall ziemlich gleich: winzige Zimmer, riesige Öfen, schwere polierte Möbel aus dem 19. Jahrhundert, Spitzengardinen, und jedes Haus wimmelte von Kindern – vom Kleindkind bis zum Halbwüchsigen. Auf einem Tisch nach dem andern wurden Wein, Kuchen, Tee, Bonbons, Wodka und Fisch aufgetragen. Ohne unhöflich zu sein, gab es keine Möglichkeit, abzulehnen. Nach einer Weile fühlte Byron sich physisch bedrängt, weil nie eine Toilettenpause gemacht wurde. In all den Stunden, während dies so weiterging, verstand er kein einziges Wort. Ihm kam es vor, als ob sämtliche Juden unaufhörlich und gleichzeitig redeten. Natalie schwatzte munter mit den bärtigen Männern in dunklen Blusen, Kniehosen und schweren Stiefeln, den ungeschminkten, abgearbeiteten Frauen in schlichten Kleidern, die ihnen bis zu den Knöcheln reichten. Sie alle schienen von ihr wie gebannt. Vor jedem Haus versammelten sich Menschen, die durch die Fenster an der Unterhaltung teilnahmen. Der Besuch von zwei Amerikanern war für Medzice offensichtlich eines der größten Ereignisse seit dem Weltkrieg.
Welch eine Welt! Keine Bürgersteige, keine Läden, keine Kinos, keine Garagen, keine Autos, keine Fahrräder, keine Straßenbeleuchtung, keine Hydranten, keine Plakate; kein Laut, kein sichtbares Zeichen, um die Stadt mit dem zwanzigsten Jahrhundert in Beziehung zu setzen, außer einer Kette von Telegrafenmasten, die sich am Fluß entlang hinzog. Dennoch trennte Natalie nur eine Generation von diesem Ort. Dr. Aaron Jastrow, Autor von *Eines Juden Jesus*, ordentlicher Professor der Geschichte in Yale, intimer Freund des Erzbischofs von Siena, hatte bis zu seinem fünfzehnten Lebensjahr hier gelebt und wie einer dieser blassen, mageren, eifrigen Knaben in großen schwarzen Käppchen und Seiten-

löckchen ausgesehen! Byron hatte keine Ahnung, was diese Leute von ihm dachten, aber sie waren ebenso herzlich zu ihm wie zu Natalie und ersetzten durch Lächeln und Gesten die Flut der Reden, mit denen sie Natalie überschwemmten. (Am anderen Tag erzählte ihm Natalie, sie habe ihn als ihren Beschützer ausgegeben, einen amerikanischen Marineoffizier, den Onkel Aaron ihr mitgegeben habe. Sie hätten das ohne weiteres akzeptiert, da alles, was Amerikaner taten, zugleich unwahrscheinlich, schockierend und wunderbar war.)

Die Schlafgelegenheiten jener Nacht waren ebenso neuartig wie alles übrige. Byron wurde im Haus des Rabbiners einquartiert. Das war die Folge einer erhitzten Diskussion, an der die halbe Einwohnerschaft sich beteiligte, einschließlich – zu einem bestimmten Punkt – des Dorfpriesters, eines braunbärtigen Mannes, der, abgesehen von seinem unbedeckten Kopf und schwarzem Gewand, eine starke Ähnlichkeit mit Berel hatte und dessen plötzliches Erscheinen auf der Bildfläche jeden ernüchterte. Bald wurde auf polnisch und schließlich auf deutsch parliert, was Byron verstand. Der Priester wollte dem Christen seine Gastfreundschaft anbieten. Berel gelang es, wobei Byron ihm rechtzeitig auf deutsch zu Hilfe kam, das Angebot abzulehnen. Als der Priester gegangen war, wurden sowohl Berel wie Byron zum Mittelpunkt jubelnden Triumphes, und der Amerikaner wurde von einer Eskorte singender, in die Hände klatschender *Jeshiva*-Knaben zum Haus des Rabbiners gebracht; an der Spitze ging der Bräutigam, ein blasser, etwa achtzehnjähriger Jüngling mit dürftigem Kinnbart.

Der Rabbiner und seine Frau wollten Byron ihr eigenes Bett aufdrängen. Da es dies aber ganz offensichtlich war, das einzige große Bett im Haus, ein schwarzes Himmelbett voll riesiger Kissen, wollte Byron es nicht haben. Das löste ein weiteres großes Palaver auf jiddisch aus. Das Haus besaß ein zweites Schlafzimmer mit zwei Betten und einer Matratze, die auf einem Brett über zwei Stühle gespannt war. In diesem Zimmer befanden sich bereits fünf kichernde Mädchen, die im Verlauf der Diskussion zu erröten begannen und in lautes Gelächter ausbrachen. Anscheinend beabsichtigte man, Byron in eins dieser Betten zu legen. Man konnte offenbar zu keiner geziemenden Lösung kommen. Es endete damit, daß er auf dem Fußboden des Hauptwohnraums schlief, einer Kombination von Salon und Eßzimmer, mit großen ledergebundenen Büchern an den Wänden. Der Rabbiner gab ihm als Matratze eine mit Federn gefüllte Unterlage, und da sechs Knaben des Krakauer *Jeshiva* den Fußboden auf ähnliche Weise mit ihm teilten, fühlte er sich nicht schlecht behandelt. Ja, auf dem Fußboden des Rabbinerhauses im Medzice schlief er besser, als er im Warschauer Europeiski-Hotel geschlafen hatte. Die Federmatratze war geradezu einlullend.

Einen großen Teil des nächsten Tages verbrachte er damit, zusammen mit Natalie durch die Stadt, durch Felder und am Fluß entlang und an einem alten Friedhof vorbei zu den Ruinen des Herrenhauses zu wandern. Die Hochzeitsvorbereitungen waren in vollem Gange, so daß die Familie die amerikanischen Gäste sich selbst überließ. Die aufgeweichten Straßen von Medzice – es hatte in der Nacht stark geregnet, und das Prasseln auf das Dach des Rabbinerhauses hatte Byrons Gefühl der Geborgenheit noch verstärkt – waren mit dem herbstlichen Duft von Heu und reifendem Obst getränkt, der durch die Gerüche frei herumlaufender Enten, Hühner, Ziegen und Kälber noch durchdringender wurde. Einen Teil des Geflügels erwartete ein jähes Ende, da es, noch fröhlich in der Sonne herumstolzierend, im nächsten Augenblick von lachenden Kindern überwältigt und quiekend und flügelschlagend zur Schlachtbank geführt wurde. In den Feldern, jenseits der weiter draußen liegenden Häuser und Scheunen –, meistens Blockhütten mit nur einem Raum und schweren gelben Strohdächern – grasten Kühe und Pferde im hohen wogenden Gras voller Wiesenblumen. Wasserkäfer flitzten über die Oberfläche des langsam dahinfließenden braunen Flusses. Fische schnellten in die Höhe, aber niemand angelte.

Natalie erzählte ihm, daß sie die halbe Nacht aufgeblieben war und mit der Familie geredet hatte. Das meiste, was sie hörte, war neu für sie. Ihr Vater hatte mehr von Warschau als von seinem Geburtsort erzählt, und als Kind hatte sie das bißchen, was sie hörte, gelangweilt, da sie nur eine waschechte Amerikanerin sein wollte. Onkel Aaron und ihr Vater waren im Dorf legendäre Gestalten, die es in Amerika zu etwas gebracht hatten. Aaron Jastrow galt, je nachdem, als großer Chirurg, Astronom oder Krebsspezialist; das Wort »Professor« war im Polnischen und Jiddischen doppeldeutig. Niemand außer Berel wußte, daß er ein berühmtes Buch über Jesus geschrieben hatte, und Natalie entnahm, daß Aarons Vetter bemüht war, diese Leistung zu verschweigen. Berel (eine familiäre Bezeichnung für Jochanan, seinem richtigen Namen) war die Erfolgsperson des Ortes. Schon als Student in Krakau hatte er angefangen, mit Pilzen zu handeln, hatte sich dann auf weitere Exportgüter verlegt und genug verdient, um mit seiner Familie nach Warschau zu ziehen; aber seinen Sohn hatte er in die *Jeshiva* von Krakau zurückgeschickt und ihm unter den Kusinen zweiten Grades in Medzice eine Braut ausgesucht. Die zahlreichen Jastrows lebten wie die meisten Dorfbewohner von der Landwirtschaft und vom Verkauf von Molkereiprodukten auf den Märkten von Auschwitz und Krakau.

Beim Herumklettern in dem verfallenen Herrenhaus verschwand Natalie in ihrem Forschungsdrang aus dem Blickfeld, brach durch einen morschen Fußboden und stürzte etwa drei bis vier Meter tief. Byron hörte das splitternde Geräusch, ihren Aufschrei und den Aufprall. Er eilte, um sie zu suchen. Wie eine zerbrochene Puppe lag sie mit hochgerutschtem Rock um die weißen Schenkel da, an denen die Strumpfhalter aufblitzten. Sie war auf Dreck und dichtem Gras gelandet; woraus immer der Fußboden hier einmal bestanden haben mochte, ob aus Parkett oder Marmor, es war nicht mehr erkenntlich. Byron zog ihr den Rock herunter und richtete sie in eine sitzende Stellung auf. Sie war bei Bewußtsein, aber benommen und grünlich blaß. In ein, zwei Minuten kehrte die Farbe in ihr Gesicht zurück, und ihre Augen belebten sich amüsiert. Sie schüttelte den Kopf. »Mein Gott, Byron, ich habe wirklich Sterne gesehen. Ich glaubte schon, ich hätte mir das Genick gebrochen.« Sie legte den Kopf an seine Schultern. »Was für ein Schreck. Ich habe mir nichts getan, helfen Sie mir auf.« Sie hinkte. Das linke Knie tat ihr weh, sagte sie. Mit betretenem Grinsen nahm sie seinen Arm und stützte sich auf ihn. Byron hatte versucht, sie davon abzuhalten, die morsche Treppe hinaufzusteigen; Grinsen war ihre einzige Geste der Entschuldigung, aber es genügte. Er sorgte sich wegen der Verletzung und war noch immer böse über ihre beiläufige Enthüllung, daß sie gestern bis zum frühen Morgen mit Slote zusammen gewesen war. Daß dieses Mädchen sich nun an ihn lehnte, in einem sonnigen, apfelduftenden Obstgarten am Fluß, erschien Byron jedoch als das höchste Vergnügen, das er auf der Welt begehrte. Sie einfach nur so zu halten, bereitete ihm ein größeres Entzücken als alles, was irgendein anderes Mädchen ihm je gegeben hatte. Was immer es war, das ein Mädchen begehrenswert machte, ob ein rätselhafter Glanz in den Augen, sanfte Rundung einer Wange, die Form eines Mundes, der jähe Liebreiz eines Lächelns, die Wölbung der Brüste und Hüften unter einem Kleid, die Weichheit der Haut – für Byron war Natalie Jastrow aus all diesen Glanzlichtern zusammengesetzt, so daß sie geradezu leuchtete. Daß sie von den seltsamen Juden aus Medzice abstammte, daß sie offensichtlich die Geliebte eines reizlosen Mannes, zehn Jahre älter als er selbst, war, daß sie bloß ein handfestes und menschliches Mädchen war – sogar ganz schön schwer, als sie sich hinkend auf ihn stützte – mit einem Anflug von Dickköpfigkeit einer wenig anziehenden, fast grobschlächtigen Burschikosität, alle diese Nachteile machten sie gerade zu Natalie Jastrow, statt des vollkommenen Mädchens, von dem er seit seinem zwölften Lebensjahr geträumt hatte. Das vollkommene Mädchen war in Wirklichkeit blond gewesen und betont sinnlich, so wie die Mädchen, von denen die meisten Knaben träumen. Jetzt war es verschwunden, und dieses kratzbürstige dunkelhaarige Judenmädchen hatte es verdrängt. Und hier standen sie allein an einem Flußufer in Südpolen im goldnen Sonnenschein, eine Meile weit von jedem Haus entfernt, mitten zwischen Apfelbäumen, schwer von reifen Früchten.

»Wir werden lange brauchen, bis wir zurück sind«, sagte sie.
»Ich kann versuchen, Sie zu tragen.«
»Was, ein Pferd wie mich? Sie würden sich einen Bruch zuziehen. Es geht ganz gut, wenn ich mein Gewicht davon fernhalte. Es ist bloß lästig.«
»Für mich nicht«, sagte Byron.
Sie kamen an einen alten verlassenen Kahn, halb voll Wasser. »Nehmen wir doch den«, sagte er und hob ihn an, damit das Wasser herausfloß. Natalie sah ihm bewundernd zu, wie er ganz allein den schweren Kahn hochhievte.
»Keine Ruder«, sagte sie.
»Wir lassen uns von der Strömung treiben.«
Er steuerte den Kahn mit einer langen rohen Planke, die darin lag, wobei er sie sowohl als Steuer wie als Stange benutzte. Der Fluß war sehr träge, fast ölig, glatt und braun. Natalie saß vor dem Bug des Kahns Byron gegenüber, die Schuhe im schwappenden Wasser. Als sie am Friedhof vorbeiglitten, sagte sie:
»Da liegen vermutlich alle meine Vorfahren. Diejenigen, die nicht in Palästina begraben sind.«
»Oder Ägypten oder Mesopotamien«, sagte Byron.
Natalie schauderte. »Ich weiß nicht. Es ist ein gottverlassener Ort, Briny.«
»Medzice?«
»Polen. Ich bin froh, daß Großmama und Großpapa rechtzeitig ausgewandert sind.«
Er legte den Kahn in der Nähe des Dorfs an. Sie stieg aus und ging langsam, aber ohne zu hinken. Hier gebe es keinen Arzt, sagte sie, und sie wolle keine Aufregung wegen der »verletzten amerikanischen Kusine« verursachen. Sie würde sich morgen in Krakau das Knie wickeln lassen. Keiner der Dorfbewohner merkte ihr etwas an.
Byron versuchte etwas über den Stand der Kriegsgefahr in Erfahrung zu bringen. Es gab in ganz Medzice nur ein intaktes und mehrere kaputte Radiogeräte. Das heile gehörte dem Priester. Der Rabbiner berichtete Byron in einem Jiddisch, das er in kaum verständliches Deutsch preßte, die letzten Nachrichten aus Warschau hätten ermutigend geklungen. Der Permierminister von England habe sich fürs Wochenende auf seinen Landsitz begeben, und die Krise scheine vorüberzugehen.
»Henderson, Henderson«, sagte der Rabbi. »Henderson hat mit Hitler geredet.« Er blinzelte listig mit den Augen und rieb sich die Hände, um pantomimisch einen Kuhhandel anzudeuten.
Bei der Hochzeit wünschte Byron sich immer wieder, er wäre Schriftsteller und Jude, um darüber berichten und alles verstehen zu können. Die Mischung von Feierlichkeit und Ausgelassenheit war ihm unfaßlich. Von

seiner Erziehung her war für ihn das Wesen einer Hochzeit ein würdevolles Zeremoniell bis auf den Augenblick zum Schluß, wenn man dem abfahrenden Brautpaar Schuhe und Reis nachwirft. Aber die Medzicer Juden – obwohl sie alle ihr Bestes trugen, die Frauen Samtkleider und die Männer schwarze Atlasröcke oder einen formellen Stadtanzug – schienen nicht einmal zu wissen, was würdevoll war. Sie gluckten zusammen, schwatzten, fingen plötzlich an zu singen, scharten sich um die verschleierte, schweigend dasitzende Braut und diskutierten heftig über sie; sie tanzten, sie marschierten in den Häusern und auf den Straßen einher und führten merkwürdige kleine Riten auf, der eine oder der andere stieg auf einen Stuhl, um eine Rede zu halten oder zu singen, und die Gäste lachten und schrien wie wild. Der bleiche Bräutigam, in weißer Robe und schwarzem Hut, sah aus, als sei er einer Ohnmacht nahe. Byron, der als amerikanischer Ehrengast neben dem Bräutigam an dem langen Männertisch saß, erfuhr durch Zufall, als er ihm einen Teller mit Kuchen anbot, daß der schwächliche Jüngling seit vierundzwanzig Stunden gefastet hatte und noch immer fastete, während alle um ihn herum unausgesetzt mit größtem Appetit aßen und tranken.
Byron, der mit den übrigen aß und trank und anfing, sich wohl zu fühlen, wußte stundenlang nicht genau, ob die Hochzeitszeremonie bereits stattgefunden hatte oder noch nicht. Aber gegen Mitternacht brach ein plötzlicher Ernst über die Gäste herein. In einem Hof wurde bei hellem Mondschein und unter glitzernden Sternen in Form mehrer strenger und eindrucksvoller Handlungen – einschließlich feierlicher Beschwörungen über silbernen Weinbechern und brennenden langen Kerzen – Braut und Bräutigam zum Wechseln der Ringe und einem Kuß zusammengeführt, ähnlich wie bei einer christlichen Eheschließung. Diese Zeremonie wurde unter einem hochgehaltenen Baldachin aus purpurfarbenem Samt abgehalten. Dann zerstampfte der Bräutigam ein Weinglas unter dem Absatz, und ein Jubel brach aus, der alles Vorangegangene in den Schatten stellte. Byron wurde fast zum Held des Abends, indem er ein schwarzes Käppchen aufsetzte und mit den *Jeshiva*-Knaben tanzte, weil mit Mädchen nicht getanzt wurde. Sämtliche Gäste versammelten sich, um zu klatschen und Beifall zu rufen, Natalie mit vor Vergnügen glühendem Gesicht in der vordersten Reihe. Ihr Knie war entweder geheilt oder vergessen – sie gesellte sich jedenfalls zu den tanzenden Mädchen; und so tanzte sie, und Byron tanzte, in- und außerhalb des Hauses, bis in die frühen Morgenstunden. Byron erinnerte sich kaum noch, daß er das Haus der Braut verlassen hatte und auf der Federmatratze auf dem Fußboden des Rabbinerhauses eingeschlafen war.
Aber da lag er, als eine Hand ihn schüttelte. Er schlug die Augen auf. Berel Jastrow stand über ihn gebeugt, und Byron mußte sich erst sekundenlang

besinnen, wo er sich befand und wer dieser Mann mit den klugen, besorgten blauen Augen und dem langen graumelierten braunen Bart überhaupt war. Überall um ihn herum setzten sich die *Jeshiva*-Jungen auf und rieben sich die Augen oder kleideten sich an. Die Mädchen flatterten in ihren Nachthemden hin und her. Es war heiß, und von einem klaren blauen Himmel schien die Sonne in das Zimmer.

»Ja? Was ist?« fragte Byron.

»*Der Deutsch*«, sagte der Jude. »*Les Allemands.*«

»Was?«

»De Tschormanns.«

Byron setzte sich auf, seine Stimme schwankte. »Die Deutschen? Was ist mit ihnen?«

»Sey comink.«

Die Weltherrschaft verspielt

von General Armin von Roon

(bearbeitet nach seinen »Land-, See- und Luftoperationen im Zweiten Weltkrieg«)
Übertragen ins Englische von
Victor Henry

9 Vorwort des Übersetzers

von Victor Henry

Ich hätte nie gedacht, daß ich einmal ein deutsches militärgeschichtliches Werk übersetzen würde. Jahrelang plante ich wie viele andere Admiralstabsoffiziere, meine eigenen Erlebnisse im Zweiten Weltkrieg zu schreiben; und am Ende beschloß ich wie die meisten meiner Kollegen, es bleibenzulassen. Von dem verstorbenen Flottenadmiral Ernest King wurde gesagt, wenn es nach ihm gegangen wäre, hätte er über den Krieg im Pazifik nur ein einziges Wort gesagt: »Wir haben gesiegt.« Meine Kriegserinnerungen lassen sich mehr oder weniger in dem einen Wort zusammenfassen: »Ich habe gedient.«

Als man mich von der Marine in den Ruhestand versetzte, wurde ich technischer Berater einer Firma für Marineprodukte. Auf meiner letzten Reise nach Deutschland 1965 fielen mir, wo auch immer ich ging und stand, in den Schaufenstern der Buchhandlungen Stöße eines schmalen Buches auf mit dem Titel *Die Weltherrschaft verspielt* von Armin von Roon. Ich erinnerte mich genau an General von Roon aus meiner Berliner Zeit als Marineattaché an der Amerikanischen Botschaft. Ich hatte ihn kennengelernt und mich mit ihm unterhalten, er war auch einmal auf einem der häufigen Diners meiner Frau. Damals war er noch beim Oberkommando der Wehrmacht. Er hatte ein abweisendes, distanziertes Wesen, eine gedrungene Figur und eine große, fast semitische Nase, die ihm einigen Kummer bereitet haben muß. Aber natürlich war er, wie sein Name besagt, rein preußischer Herkunft. Er war sichtlich hochgescheit, und ich hatte mir immer gewünscht, ihn näher zu kennen, aber es fand sich keine Gelegenheit dazu. Ich ahnte nicht, wie gut ich ihn eines Tages durch sein Buch kennenlernen würde.

Aus Neugier kaufte ich mir ein Exemplar davon und fand es so fesselnd, daß ich den Verlag in München aufsuchte, um mich zu erkundigen, bei wem es in Amerika erschienen wäre. Ich erfuhr, daß das Buch noch nicht ins Englische übersetzt worden sei. Nach meiner Rückkehr in die Staaten bewog ich die Verleger dieses Buches, die englischen Rechte zu erwerben. Ich hatte vor, mich vom Geschäftsleben zurückzuziehen, und dachte, das Übersetzen des Buches werde mir den schmerzlichen Übergang in den endgültigen Ruhestand erleichtern.

Die Weltherrschaft verspielt ist ein Auszug aus einer umfangreichen, zweibändigen militärischen Analyse des Krieges, die General von Roon im Gefängnis schrieb. Er nannte es *Land-, See- und Luftoperationen im Zweiten Weltkrieg,* und er hatte genügend Zeit, es zu schreiben, denn in

Nürnberg war er wegen Mitbeteiligung an Kriegsverbrechen an der Ostfront zu zwanzig Jahren Haft verurteilt worden. Dieses erschöpfende technische Werk ist in einer englischen Übersetzung nicht erhältlich, und ich bezweifle, daß es das jemals sein wird.
Indessen stellte Roon seinem Bericht über jeden wichtigen Feldzug einen Abriß über die strategischen und politischen Umstände voran. Diese knappen Skizzen, die nach seinem Tod vom Verleger ausgezogen und in einen schmalen Band zusammengefaßt wurden, bilden den Inhalt von *Die Weltherrschaft verspielt*. (Ich bezweifle, daß der General mit diesem melodramatischen Titel einverstanden gewesen wäre.) *Die Weltherrschaft verspielt* ist daher keine zusammenhängende Militärgeschichte, sondern eher eine Art Verlagsreißer. Es faßt Roons kühne Behauptungen über Weltpolitik zusammen und läßt die sorgfältige militärische Analyse, auf die sie sich stützen, aus. Jedoch glaube ich, daß das Ergebnis lesbar, interessant und von Wert ist.
Das Erstaunliche an dem Buch ist seine relative Ehrlichkeit. Fast die ganze deutsche militärgeschichtliche Literatur beschönigt die Judenmorde, die Verantwortung für den Krieg und Hitlers Macht über die Armee und das Volk. Über all diese peinlichen Fragen schreibt Roon mit gelassener Offenheit. Er wünschte sein Werk erst dann zur Veröffentlichung freizugeben, wenn er tot und begraben sei (was auch geschah); mithin wollte er im Gegensatz zu den meisten deutschen Militärschriftstellern damit nicht etwa sein Leben retten oder die Sieger beschwichtigen. Das Ergebnis offenbart, wie die Deutschen in Wirklichkeit über Hitlers Krieg dachten und womöglich noch heute denken.
Hier strebt also ein Deutscher eine sachliche Darstellung an, soweit ihm das möglich ist. Roon war ein fähiger Schriftsteller, stark beeinflußt von den besten französischen und britischen Militärschriftstellern, insbesondere de Gaulle und Churchill. Sein Deutsch ist lesbarer als das der meisten seiner Landsleute, die über militärische Dinge schreiben. Ich hoffe, meine Übersetzung bringt das wenigstens teilweise zum Ausdruck. Zwar hat sich mein eigener Stil, der sich im Lauf eines Lebens durch das Schreiben von US-Marineberichten geformt hat, gelegentlich eingeschlichen, jedoch meine ich, daß sich dadurch keine wesentlichen Verzerrungen ergeben haben.
Dieser Autor beschreibt meiner Ansicht nach die Deutschen so, wie sie unter Hitler waren: eine erstaunlich leistungsfähige und kampftüchtige Nation, keineswegs eine Horde hirnloser Sadisten oder lächerlicher Stümper, als welche die Nachwelt sie gern karikiert. Sechs Jahre lang kämpfte dieses Volk fast gegen die ganze Welt und beging zugleich unerhörte Verbrechen. Es ging ihm dabei um nichts Geringeres als, wie Shakespeare es ausdrückte, »den großen Erdball selbst«, was es sich da-

bei dachte, scheint mir wichtig zu sein. Aus diesem Grund habe ich Roon übersetzt.
Seine Version der Ereignisse kann trotz seiner Sach- und Fachkenntnisse kaum für bare Münze genommen werden. Er war durch und durch Deutscher. Obwohl ich einige Jahre bei diesem Volk gelebt habe, habe ich nie behauptet, dieses seltsame, begabte Volk, das zu so viel Gutem und so viel Bösem fähig ist, zu begreifen, aber seine Sturheit ist sprichwörtlich. Im großen und ganzen habe ich General von Roon den Krieg auf seine eigene Weise beschreiben lassen. Jedoch war es mir nicht möglich, gewisse Passagen kritiklos zu übersetzen; daher meine gelegentlichen Randbemerkungen.
Roon beginnt beispielsweise auf der ersten Seite genau wie Adolf Hitler seine sämtlichen Reden begann: mit der Anprangerung des Versailler Vertrags nach dem Ersten Weltkrieg als einer Ungerechtigkeit, die einem ehrenhaften und vertrauensvollen Deutschland von den grausamen Alliierten aufgezwungen wurde. Aber die historische Parallele dazu erwähnt er nicht. Das tun nur die wenigsten deutschen Schriftsteller. 1917 stürzte Lenin die Kerenskij-Regierung und bewarb sich um einen Separatfrieden an der Ostfront. Der Vertrag von Brest-Litowsk, von den Deutschen ein Jahr vor dem Versailler Vertrag diktiert, beraubte Rußland eines Gebiets, das weit größer als Frankreich und England zusammen war, fast sechzig Millionen Einwohner, und fast seiner gesamten Schwerindustrie. Er war unglaublich viel härter als der Versailler Vertrag.
Während meiner Berliner Dienstzeit pflegte ich, wenn von Versailles die Rede war, diese kleine Tatsache zu erwähnen. Meine deutschen Freunde konnten den Vergleich überhaupt nicht verstehen. Sie fanden ihn völlig unsinnig. Der Vertrag von Versailles war *ihnen* passiert; Brest-Litowsk nur den anderen. Diese Reaktion war absolut ehrlich. Ich kann mir diese Nationaleigentümlichkeit der Deutschen, diesen absoluten moralischen Egoismus nicht erkären; aber bei der Lektüre der überzeugendsten Passagen von *Die Weltherrschaft verspielt* sollte man sie immer bedenken.

Victor Henry

Oakton, Virginia,
den 27. Mai 1966

Fall Weiß

Die Verantwortung für Hitler

Mit diesem Buch bezwecke ich nur eines: die Ehre des deutschen Soldaten zu verteidigen.
Den Aufstieg Adolf Hitlers, unseres Führers im Zweiten Weltkrieg, hier nachzuzeichnen, ist unnötig. Es gibt kein Phänomen der Geschichte des zwanzigsten Jahrhunderts, das besser bekannt wäre. Als die siegreichen Alliierten 1919 den irrsinnigen Vertrag von Versailles schufen, schufen sie gleichzeitig Hitler. 1918 legte Deutschland im Vertrauen auf die Vierzehn Punkte des amerikanischen Präsidenten Wilson ehrenvoll die Waffen nieder. Die Alliierten behandelten die Vierzehn Punkte als einen Fetzen Papier und verfaßten einen Vertrag, der Deutschland aufteilen und in wirtschaftlicher und politischer Hinsicht aus Europa ein Irrenhaus machen sollte.
Indem sie so den naiven amerikanischen Präsidenten überspielten und die Landkarte zerstückelten, wähnten die britischen und französischen Politiker wahrscheinlich, daß sie die deutsche Nation für alle Zeiten lähmen würden. Diese zynische Politik wirkte sich als Bumerang aus. Winston Churchill selber hat den Versailler Vertrag eine »traurige und komplizierte Idiotie« genannt. Der Druck von Versailles erzeugte in dem vitalen deutschen Volke eine wachsende Empörung, die sich vulkanartig entlud und Hitler an die Macht brachte. Die Nationalsozialistische Partei, ein seltsames Bündnis zwischen Radikalen und Konservativen, Reichen und Habenichtsen, wurde nur durch das Ideal eines sich erhebenden Deutschland geeint und stützte sich leider auf das alte mitteleuropäische Schlagwort von Unzufriedenheit und Antisemitismus. Ein Gesindel von ordinären Agitatoren, philosophischen Idealisten, Fanatikern, Opportunisten, Raufbolden und Abenteurern, wovon einige ungemein tüchtig und energisch waren, schwang sich mit Hitler an die Macht. Wir vom Generalstab verfolgten diese turbulenten politischen Ereignisse größtenteils mit Abscheu und böser Vorahnung. Unsere Loyalität gehörte zwar dem Staat, wie immer er auch regiert wurde, aber wir befürchteten eine Welle schwächenden sozialen Umschwungs.
Gerechtigkeitshalber muß man zugeben, daß Hitler uns in Erstaunen setzte. Rasch, ohne Blutvergießen, beseitigte dieser brillante Politiker eine Ungerechtigkeit des Versailler Vertrags nach der anderen. Seine Methoden waren direkt und rücksichtslos. Die Weimarer Republik hatte

andere Methoden versucht und von Frankreich und England nur Verachtung geerntet. Hitlers Methoden hatten Erfolg. Innenpolitisch griff er, wenn nötig, ebenso streng und hart durch. Auch hier hatten seine Methoden Erfolg, und wenn heute die Historiker von einem Terrorregime sprechen, so darf man nicht vergessen, daß damals der Terror durchaus populär war. Hitler bescherte uns Wohlstand und hat uns wiederbewaffnet. Er war ein Mann mit einer Sendung. Sein glühender Glaube an sich und seine Sendung riß die deutschen Massen mit. Obwohl er sich sehr viel Macht aneignete, hätte die Masse sie ihm wahrscheinlich ohnehin freiwillig zugestanden.

Fall Rot

Natürlich löste die rasche Wiedergeburt Deutschlands Zorn und Enttäuschung bei den Alliierten aus. Frankreich, kriegsmüde, luxusliebend und sozialistisch verseucht, hatte wenig Lust, etwas gegen uns zu unternehmen. England jedoch war noch immer weltbeherrschend, mit seiner Marine, seinem internationalen Währungssystem, seinen Bündnissen und seinem sich auf fünf Erdteile erstreckenden Empire. Deutschlands Aufstieg zur Vormacht Europas und seine Erschütterung des Kräfteverhältnisses war abermals eine Herausforderung zum Kampf um die Weltherrschaft. Das war die gleiche Gegenüberstellung wie im Ersten Weltkrieg. Diese Auseinandersetzung war unvermeidlich, denn zu Anfang des zwanzigsten Jahrhunderts hatte Deutschland sowohl mit seiner Bevölkerungszahl wie auch als Industriemacht England überflügelt. In diesem Sinn bezeichnet Churchill mit Recht den Zweiten Weltkrieg als die Fortsetzung des Ersten und beide zusammen als einen »neuen Dreißigjährigen Krieg«.
Wir vom Generalstab wußten, daß zu irgendeinem Zeitpunkt von Hitlers aufsehenerregender Gleichschaltung Europas England Einspruch erheben werde. Es fragte sich lediglich, wann und unter welchen Umständen. Bereits 1937 hatten wir einen Plan für einen Zweifrontenkrieg gegen England und Polen ausgearbeitet – den *Fall Rot*. Wir schoben den Termin fortwährend hinaus, als Hitler einen unblutigen Sieg nach dem anderen errang und unsere strategische Lage und Waffenstärke sich sprungartig verbesserten, während England und Frankreich sich darauf beschränkten, schwache Protestlaute zu äußern. Allmählich hofften wir, daß der erleuchtete Führer seine Neuordnung Europas tatsächlich ohne Blutvergießen auf Grund der Versäumnisse der Anstifter von Versailles durchsetzen könnte. Wäre das geschehen, hätte er seinen großen Kreuzzug für Lebensraum im Osten – sein Lebensziel – gegen die Sowjetunion

als Einfrontenkrieg ins Werk setzen können. Dann hätte die Geschichte einen anderen Verlauf genommen.
Aber am 31. März 1939, einem Tag, den die Welt nicht vergessen sollte, hat sich das alles geändert. Der britische Premierminister Chamberlain gab Polen plötzlich die bedingungslose Garantie für einen militärischen Beistand. Sein Vorwand dafür war Wut über Hitler, weil dieser sein Versprechen gebrochen hatte, das Stückchen Tschechoslowakei, das nach der Münchener Teilung übriggeblieben war – ein Handel, den Chamberlain selbst bewerkstelligt hatte –, nicht zu besetzen. Hitlers Versprechen waren natürlich, wie die aller Politiker nur bedingter und taktischer Natur. Es war idiotisch von Chamberlain, etwas anderes anzunehmen, sofern er das überhaupt tat.
Was immer die Motive für die Garantie Polens gewesen sein mögen, so war sie eine selbstmörderische Dummheit, die die Katastrophe auslöste. Sie steifte der korrupten polnischen Militäroligarchie den Nacken, um den berechtigten deutschen Forderungen betreffs Danzig und dem Korridor nicht nachzugeben. Sie gab diesen rückständigen Militaristen den Hebel in die Hand, um einen zweiten Weltkrieg zu entfesseln. Davon abgesehen war sie bedeutungslos, denn als es dazu kam, war England außerstande, Polen militärischen Beistand zu leisten. Unter russischer Beteiligung hätte die Garantie vielleicht einen Sinn gehabt; ja womöglich hätte sie Hitler Einhalt geboten, denn mehr als alles fürchteten er wie auch der Generalstab einen Zweifrontenkrieg. Aber die britischen Gentleman-Politiker verachteten die Bolschewisten, und Polen weigerte sich ohnehin strikt, eventuell russische Schutztruppen hereinzulassen. Also reichten Torheit und Schwäche sich die Hand, um die Katastrophe auszulösen.
Denn Chamberlains trotziger Entschluß, dem ohnmächtigen Widerstand eines in die Enge getriebenen Kaninchens vergleichbar, spornte Hitler nur zu größerer Kühnheit an. Wie ein Blitz traf der Befehl an den Generalstab ein, einen Aufmarschplan für einen Angriff auf Polen für den Herbst vorzubereiten. Den *Fall Rot* als Grundlage benutzend, arbeiteten wir Tag und Nacht an dem Plan. Am 5. April wurde er dem Führer unter einem neuen Decknamen vorgelegt – der *Fall Weiß*.

Ironie der Geschichte

Fall Weiß, der Plan zur Zerschmetterung Polens, baute sich auf ein paar wesentlichen und klassischen Bodengegebenheiten auf.
Polen ist eine Ebene; ein vergrößertes Belgien mit wenig natürlichen Hindernissen und keinen natürlichen Grenzen. Das Karpatengebirge im Sü-

den wird vom Jablunka-Paß durchbrochen und bietet von der Tschechoslowakei aus einen bequemen Zugang nach Krakau und der Weichsel. Die Flüsse Weichsel, Narew und San bieten gewisse Schwierigkeiten, aber im Sommer und Frühherbst ist ihr Pegelstand niedrig und an vielen Stellen mit Kraftfahrzeugen und Pferden durchquerbar.
Polen selbst ist eine politische Mißgeburt, die sich in seiner geographischen Formlosigkeit widerspiegelt. Es besitzt keine dauernde Form, keine Kontinuität in Regierungssystem oder nationalen Zielen. Es ist mehrmals von der Landkarte Europas verschwunden und zu Provinzen stärkerer und fähigerer Mächte aufgeteilt worden. Heute ist es wiederum kaum mehr als eine russische Provinz. In Jalta verschoben die Führer der Alliierten das gesamte primitive Parallelogramm, »Polen« genannt, um etwa zweihundert Kilometer nach Westen, bis an die Oder-Neiße-Linie. Das geschah selbstverständlich auf Kosten Deutschlands und gab Polen Städte, Gebiete und Einwohner, die seit Menschengedenken deutsch gewesen waren und Millionen von Menschen umsiedelten. Das ist eben der Krieg: dem Sieger die Beute, dem Besiegten der Schaden. Der Zweite Weltkrieg entbrannte über die Frage der territorialen Integrität Polens. Aber Polen hat nie seine Grenzen von 1939 wiedererlangt und wird sie auch nie wiedererlangen. Es hat jenen Gebietsteil verloren, der durch den Handel zwischen Hitler und Stalin der Sowjetunion einverleibt wurde. Wegen eben dieser Grenzen zog England in den Krieg und zog Frankreich und schließlich auch die Vereinigten Staaten mit hinein. In Jalta bestätigten Churchill und Roosevelt für alle Zeiten Hitlers Geschenk polnischen Territoriums an Stalin. Das ist die Ironie der Geschichte.
Die strategische Lage Polens 1939 war schlecht. Das gesamte Land ragte geographisch in deutsches und deutsch besetztes Territorium hinein, im Norden von Ostpreußen, im Süden von der Tschechoslowakei flankiert, und im Westen völlig flach und ungeschützt einem deutschen Vorstoß preisgegeben. In seinem Rücken, im Osten, lauerte die Sowjetunion, die seit kurzem durch den Nichtangriffspakt Ribbentrops mit Deutschland im Bunde war.

Der verhängnisvolle Pakt

Ungenügende Aufmerksamkeit wird der schlichten Tatsache geschenkt, daß mit diesem Vertrag, der seinerzeit als meisterlicher Schachzug galt, Deutschland den Zweiten Weltkrieg verlor, noch ehe ein Schuß gefallen war. Nicht nur war dieses Bündnis mit dem Bolschewismus (wie vorläufig und taktisch auch immer) eine Absage an die Ideale des Diktators, die dem nationalen Geist der Deutschen zuwiderlief. Das wäre noch hinge-

nommen worden, wenn der taktische Erfolg sich bestätigt hätte. In der Politik wie im Krieg zählt nur der Erfolg. Aber das Gegenteil war der Fall. Dieser Pakt händigte Stalin die baltischen Provinzen sowie halb Polen aus und gestattete den slawischen Horden, zweihundert Kilometer näher an Deutschland vorzumarschieren. Zwei Jahre später haben wir dafür bezahlt. Im Dezember 1941 wurde der gigantische Vorstoß der deutschen Zentralstreitkräfte gegen Moskau – der größte bewaffnete Vormarsch der Geschichte – sechzig Kilometer vor dem Ziel zum Stehen gebracht, während Spähtrupps bereits bis in Sichtweite der sowjetischen Hauptstadt vordrangen. Wären die deutschen Streitkräfte zweihundert Kilometer näher an Moskau herangegangen, hätten sie die russische Metropole umzingelt, Stalin abgesetzt und den Feldzug, noch ehe der erste Schnee auf die Smolensker Straße gefallen war, gewonnen. Dann hätte England sicherlich Frieden gemacht, und wir hätten den Krieg gewonnen.
Dieser Vertrag, der sogar von unseren Feinden als diplomatische Meisterleistung gewertet wurde, enthielt zwischen den Zeilen die zwei Worte: *finis Germaniae.* Selten hat es in der Geschichte einen solchen Theatercoup gegeben. Selten hat sich ein solcher so katastrophal ausgewirkt. Jedoch waren wir vom Generalstab, die es seinerzeit wagten, Zweifel anzumelden oder mit Blicken unsere gemeinsame Bestürzung anzudeuten, in verschwindender Minderheit.
Kein Mitglied der Streitkräfte, einschließlich des Chefs des Oberkommandos der Wehrmacht, Keitel, und des Stabschefs, Jodl, wußte etwas von dem Geheimprotokoll, das halb Polen an die Bolschewiken auslieferte. Erst als Stalin in der dritten Woche des Feldzugs wütend Ribbentrop anrief und sich bitterlich über den Vormarsch der Vierzehnten Armee in das südöstliche Ölgebiet beschwerte, erhielt die Wehrmacht ihre besonderen Richtlinien und wich vor den Russen zurück, die, ohne einen Tropfen eigenen oder polnischen Bluts zu vergießen, anstandslos einrückten.
Ich war es, der um Mitternacht des 16. September im Oberkommando der Wehrmacht den unfaßlichen Telefonanruf unseres Militärattachés in Moskau entgegennahm, der mir mitteilte, daß die Russen, gemäß eines Geheimabkommens, das Hitler im August getroffen hatte, in Polen einmarschierten. Ich benachrichtigte umgehend General Jodl, daß die Russen auf dem Vormarsch begriffen seien. Seine Antwort, mit zitternder Stimme abgegeben, die für Alfred Jodl höchst uncharakteristisch war, lautete: »Gegen wen?«
So völlig im dunklen hatte man die Armee gelassen.
Während der letzten Augusttage, in denen unsere *Fall-Weiß*-Vorbereitungen auf vollen Touren liefen, versuchte Hitler, aus Ribbentrops großer politischer Ahnungslosigkeit mit einer Farce von Friedensverhandlungen

Kapital zu schlagen. Noch im Frühjahr hatte er in einer gelassenen Stimmung mit seiner üblichen Voraussicht erklärt, daß die Westmächte nicht noch einmal einen unblutigen Sieg zulassen würden, daß es diesmal zum Kampf kommen werde. Wir hatten den *Fall Weiß* mit gemischten Gefühlen ausgearbeitet, die von Unbehagen bis zu bösen Vorahnungen reichten, denn das Land war noch keineswegs für eine größere kriegerische Auseinandersetzung bereit. Wir hatten, um nur ein wichtiges Moment zu zitieren, so wenig Panzer, daß wir für *Fall Weiß* eine große Anzahl tschechischer Panzer von beschränktem Wert einsetzen mußten; und die Marine hatte nur etwa fünfzig einsatzfähige U-Boote. Das schlimmste aber war, daß der Führer selbst dann nicht daran dachte, eine volle Kriegsproduktion anzuordnen, denn er wußte, daß sein Plan unpopulär sein würde. Alles in allem bewegten wir uns auf sehr dünnem Eis.
Der Generalstab setzte keine Hoffnungen auf Friedensgespräche. Hitler jedoch ließ sich im Verlauf der vorgeplanten Komödie, die er mit Henderson aufführte, anscheinend durch sein eigenes Theaterspiel und die ständigen Versicherungen Ribbentrops fortreißen; er begann zu glauben, daß England sich vielleicht noch einmal bluffen lassen und uns ein zweites München bescheren werde. Im Führerhauptquartier konnte in den ersten Septembertagen jeder erkennen, daß Hitler, als die Kriegserklärung der Westmächte bekannt wurde, überrascht und bestürzt war. Aber jetzt war nichts anderes zu machen, als den *Fall Weiß* zu Ende zu führen.

Strategie

Der Plan verlangte gleichzeitig Flankenangriffe vom Norden und Süden mit dem Ziel, den Korridor abzuschneiden und nach Warschau vorzugehen. Die Polen beschlossen, entlang ihrer unhaltbaren Grenze Stellung zu beziehen und somit schnelle Durchbrüche, Einkesselungen und dann die endgültige Vernichtung herauszufordern. Sie hätten ihre Hauptverteidigung an der Weichsel-Narew-Bug-Linie planen sollen. Das hätte den Feind aufgehalten und die Briten und Franzosen dazu ermutigt, unsere schwachen Verteidigungskräfte im Westen anzugreifen. Das hätte sich katastrophal für uns auswirken können. Es war ein großes Risiko, dem das deutsche Volk durch die waghalsige autoritäre Regierung ausgesetzt wurde. Jedoch waren uns damals die Götter freundlich gesinnt, die Polen erwiesen sich in ihrer strategischen Planung ebenso unfähig wie tapfer im Feld, und die Franzosen saßen in ihren Lagern und Festungen und gaben kaum einen Schuß ab.
Heute schreiben deutsche Kommentatoren von dem »Wunder« der fran-

zösischen hinhaltenden Verteidigung im September 1939, die den polnischen Blitzkrieg ermöglichte. Man sieht nicht recht ein, worin das »Wunder« bestand. Das französische militärische Denken war auf Defensive und Stellungskrieg ausgerichtet, weil sich dieses Denken 1918 bewährt hatte. Sie waren besessen von dem theoretischen Zehn-zu-Eins-Vorteil der Defensive im Panzerkrieg. Es besteht kein Zweifel, Frankreich hätte im September Millionen gut ausgebildeter Soldaten mit mehr Panzerdivisionen, als Deutschland in Polen besaß, aus den Maginot-Festungen oder über die nördliche Ebene durch Belgien und Holland schicken können, mitten in unsere papierdünne westliche Verteidigungslinie hinein, und so wären sie unaufhaltsam nach Berlin gerollt. Aber der Wille dazu war nicht vorhanden. Adolf Hitlers politisches und militärisches Hasardspiel erwies sich in diesem lebenswichtigen Punkt als geradezu brillant. Von allen seinen Gegnern verstand und stufte er die Franzosen am richtigsten ein.

Sieg

Die Phase des Durchbruchs durch die polnischen Linien dauerte ungefähr vier Tage. Ein totaler taktischer Überraschungseffekt wurde deshalb erreicht, weil die verlogenen polnischen Politiker ihrem Volk, obwohl sie die Gefahr genau kannten, fortgesetzt falsche Versprechungen machten. Die polnische Luftwaffe von fast eintausend Flugzeugen wurde am Boden zerstört. Danach konnte die deutsche Luftwaffe unangefochten im gesamten Luftraum operieren. Polnischer Widerstand am Boden war mäßig bis heftig, und unsere Kommandeure im Feld konnten nicht umhin, die kühnen Kavallerieattacken gegen Panzerverbände zu bewundern. Vielleicht beruht die Legende sogar auf Wahrheit, daß den polnischen Kavalleristen von ihrer Regierung erzählt worden sei, unsere Panzer wären nur Attrappen! Wenn das tatsächlich der Fall war, wurden sie bald schwer enttäuscht. Der Gegensatz zwischen den Möglichkeiten von motorisierter Kriegführung und klassischer militärischer Taktik ist nie so schlagend veranschaulicht worden wie durch dieses wirkungslose Vorstürmen polnischer Kavalleristen gegen stählerne Panzer.

Nichtsdestoweniger operierte auch die Wehrmacht mit einer sehr geringen Anzahl vollmotorisierter Panzerdivisionen. Unsere wichtigen Geländevorstöße wurden durch massiven Infanterieeinsatz erzielt, die den Zusammenbruch der Nachrichtenübermittlung, die Panik und die durch die schmalen Panzerkeile bewirkte Auflösung der Kampflinien ausnutzten. Und obwohl die Luftwaffe eine starke Unterstützung bot, waren es die von Pferden gezogene, vor Warschau angesammelte Artillerie und nicht die Luftangriffe, die schließlich die Widerstandskraft der Hauptstadt er-

schöpfte und die nachfolgende Kapitulation herbeiführte. Daß wir so dringend auf Pferde angewiesen waren, verriet, wie schlecht wir für einen Weltkrieg gerüstet waren.
Am 21. September war die Stadt von Wehrmachtstreitkräften umzingelt, und von außen drang die Nachricht herein, daß Hunderttausende von polnischen Soldaten gefangengenommen, ein Kessel nach dem anderen liquidiert worden, die Front total zusammengebrochen und die Nationalregierung kleinmütig nach Rumänien geflohen sei. Doch erst am 27. September gab die Stadt unter einem Tag und Nacht anhaltenden Bomben- und Granathagel, als es keine Lebensmittel, kein Wasser und kein Licht mehr gab, viele Häuser in Trümmer lagen und Seuchengefahr sich ausbreitete, ihre vergeblichen Hoffnungen auf, daß ihr in letzter Minute die Westmächte noch zu Hilfe kommen würden, und kapitulierte.

Anmerkungen

Von Anfang bis Ende spielten der Führer und seine Propagandisten den polnischen Feldzug zu einer lokalen Polizeiaktion herunter, einer »Sonderaufgabe« der Wehrmacht. Hitler persönlich strich viele Einzelheiten des *Fall Weiß,* die sich mit Rationierung, Truppenmobilisierung und Transportfragen befaßten, aus dem alleinigen Grund, den Schock für das deutsche Volk zu mildern. Diese politische Einmischung bedeutete beträchtlichen Sand im Getriebe, und kostbare Monate vergingen, bis der Schaden beseitigt war. Ich darf hier vielleicht sagen, daß dank der unaufhörlichen Einmischung von Partei und Führer der Krieg, fachmännisch gesehen, niemals voll oder zweckentsprechend organisiert worden ist. Die schäbige Farce, die in der Nacht des 31. August beim Sender Gleiwitz in der Nähe der polnischen Grenze aufgeführt wurde – die Behauptung, daß polnische Soldaten sie überschritten hätten, um den Sender anzugreifen, und zurückgeworfen worden seien, das Verkleiden zum Tode verurteilter politischer Häftlinge in polnische Uniformen, und das Verstreuen ihrer von Kugeln durchbohrten Leichen in der Nähe des Senders als Entschuldigung, mit der Invasion zu beginnen – nichts von diesem üblen Mummenschanz war der Wehrmacht bekannt. Wir befanden uns zweiundsiebzig Stunden zuvor unwiderruflich auf dem Marsch nach Polen. Ich selbst erfuhr davon erst bei den Nürnberger Gerichten, ich war damals zu sehr mit dringenden Angelegenheiten beschäftigt*, wahrscheinlich war Himmler dafür verantwortlich.
Polen war 1939 ein rückständiger und schlecht informierter Diktaturstaat

* Die Wahrhaftigkeit dieser Behauptung ist zweifelhaft. V. H.

von reaktionären Politikern mit phantastischen nationalistischen Träumen, einer Regierung, die Minderheiten (insbesondere die Ukrainer und Juden) außerordentlich brutal behandelte und ihrem eigenen Volk gegenüber ungerecht und verlogen war; eine Regierung, die sich während der Münchener Krise wie eine Hyäne auf die Tschechoslowakei stürzte und diesem Land in seiner schwersten Stunde eine Provinz entriß; einer Regierung, die zwanzig Jahre lang ziemlich ungeschickt mit Deutschland und Rußland ein doppeltes Spiel getrieben hatte und sich bis zuletzt als militärische Großmacht gebärdete, obwohl das Land schwach wie ein Lamm war. Und um diese reaktionäre, bluffende, bigotte Diktatur zu unterstützen, unternahmen die Demokratien den Zweiten Weltkrieg. Diese Regierung brach schnell zusammen und verschwand für immer. Aber der Krieg ging weiter, und sein Ausgangspunkt war bald so gut wie vergessen. Eines Tages jedoch werden nüchterne Historiker diesen absurden Widersprüchen, die zu der Auslösung des größten Weltkriegs der Geschichte führten, den nötigen Nachdruck verleihen müssen.
Das absurdeste an diesem grotesken Beginn eines furchtbaren Weltkampfs war, daß die von England verratene Tschechoslowakei, ohne zu kämpfen, während des ganzen Kriegs keine hunderttausend Menschen verlor. Polen aber, das von England unterstützt wurde, kämpfte und hatte fast sechs Millionen Tote zu beklagen (wenn auch etwa die Hälfte davon Juden waren). Beide Länder endeten als kommunistische Marionetten unter dem Stiefel der Sowjetunion. Welche Regierung war da die klügere, und welches Volk hat mehr Glück gehabt? Wenn Großmächte sich überwerfen, tun kleine Mächte am besten, sich vor dem Sturm zu beugen, je nach der Richtung, aus der er am stärksten bläst. Das hatten die Polen vergessen.

Anmerkung des Übersetzers. Der Leser wird sich daran gewöhnen müssen, daß die Deutschen stets andere Länder dafür verantwortlich machen, wenn sie bei ihnen einfallen. Diese Tendenz tritt in General von Roons Buch immer wieder zu Tage wie im größten Teil der deutschen kriegsgeschichtlichen Literatur. Offiziere, die unter dem Generalstabssystem groß geworden sind, haben anscheinend die Fähigkeit verloren, in anderen Richtungen zu denken. Roons Darstellung der polnischen Regierung und seine Analyse der britischen Garantie sind fundiert, und das sind die aufschlußreichen Stellen in seiner einführenden Skizze zu Fall Weiß. – V. H.

10

DEUTSCHE ARMEE GREIFT POLEN AN
STÄDTE BOMBARDIERT, HAFEN GESPERRT
DANZIG WIRD IN DAS REICH EINGEGLIEDERT

Die *New York Times*, die mit ihren acht Spalten langen, einmal in dreißig Jahren vorkommenden kursiven Schlagzeilen ihre Stimme erhob, um der Situation gerecht zu werden, lag zuoberst auf dem Haufen von Zeitungen, der sich auf dem Schreibtisch unter Hugh Clevelands bestrumpften Füßen stapelte. Die Schlagzeilen der anderen Zeitungen waren weit größer und schwärzer als das vornehme Blöken der *New York Times*. In Hemdsärmeln in einen Drehstuhl zurückgelehnt, einen Telefonhörer zwischen Kopf und linke Schulter geklemmt, machte Cleveland eilige Rotstift-Notizen auf einem Stapel gelben Schreibmaschinenpapiers und trank während des Sprechens Kaffee. In seiner achtjährigen Tätigkeit beim Rundfunk hatte er sich einiges Geschick für derlei Jonglieren angeeignet. Obwohl er das Bild emsiger Zufriedenheit bot, klang seine Stimme erregt. Seine Morgensendung *Prominente in New York* brachte Interviews mit durchreisenden Berühmtheiten. Die Kriegsgefahr, die plötzlich in das *Columbia Broadcasting System* hereinstürmte, hatte Cleveland seine Sekretärin entrissen und sie zum Notdienst in die Nachrichtenzentrale versetzt, und er protestierte dagegen bei dem Personalbüro, zumindest versuchte er es. Er konnte den Direktor noch immer nicht erreichen.

Ein junges Mädchen, ziemlich klein und mit flachem schwarzen Strohhut, war im Rahmen der offenen Tür erschienen. Hinter ihr in den großen Büros der CBS-Nachrichtenzentrale nahm der Wirrwarr nach der Kriegsnachricht immer noch zu. Sekretärinnen hämmerten auf Schreibmaschinen, Botenjungen liefen mit Kaffee und belegten Broten hin und her, Männer in Hemdsärmeln scharten sich gruppenweise um die Fernschreiber, und jeder schien entweder zu schreien oder zu rauchen, oder beides.

»Mr. Cleveland?« Die Stimme des Mädchens war weich, aber zittrig. Seine verschreckten runden Augen ließen es wie sechzehn aussehen.

Cleveland legte die Hand auf das Mundstück des Telefons. »Ja?«

»Das Personalbüro hat mich zu Ihnen heraufgeschickt!«

»Sie? Mein Gott, wie alt sind Sie denn?«

»Zwanzig.«

Cleveland schien skeptisch, aber er legte den Hörer auf. »Wie heißen Sie?«

»Madeline Henry.«

Cleveland seufzte. »Na schön, Madeline. Wenn Sie zum Betrieb gehören, werden Sie sich auskennen. Also, jetzt seien Sie keine Salzsäule und fangen Sie gleich an, ja? Zuerst holen Sie mir noch eine Tasse Kaffee und ein mit Huhn belegtes Sandwich. Dann muß das Skript für morgen –« er schlug mit den gelben Seiten auf den Tisch – »neu getippt werden.«

Madeline war nicht fähig, weiter zu bluffen. Sie war in New York, um sich Kleider zu kaufen. Der Ausbruch des Krieges hatte sie bewogen, in das CBS hineinzugehen und sich zu erkundigen, ob Aushilfskräfte benötigt würden. Im Personalbüro hatte ihr eine abgehetzte Frau in gelben Papiermanschetten nach einigen Fragen über ihre Schulbildung einen Zettel in die Hand gedrückt und sie zu Cleveland hinaufgeschickt. »Sprechen Sie mit ihm. Wenn er Sie mag, können wir Sie vielleicht anstellen. Er schreit nach einer Sekretärin, aber wir haben niemand, den wir entbehren können.«

Sie tat einen Schritt in das Zimmer, blieb mit gespreizten Beinen stehen, nahm den Hut ab, an den sie sich klammerte, und gestand, daß sie noch keine Anstellung gehabt habe; daß sie vorübergehend in New York sei, in Washington lebe, in die Schule zurück müssen, den Gedanken verabscheue, zu große Angst vor ihrem Vater habe, etwas andres zu tun, und einem plötzlichen Impuls folgend in das CBS gekommen sei. Er hörte ihr lächelnd zu und betrachtete sie prüfend hinter halbgeschlossenen Augen. Sie trug ein ärmelloses rotes Baumwollkleid und hatte vom Segeln am Wochenende eine ausgezeichnete Farbe.

»Nun, Madeline, was bedeutet das alles? Wollen Sie die Stellung oder nicht?«

»Ich dachte – ob ich in einer Woche wiederkommen dürfte?«

Sein freundlicher Ausdruck verschwand. Er griff zum Telefon. »Geben Sie mir noch einmal das Personalbüro. Ja, kommen Sie mal wieder vorbei, Madeline.«

Sie sagte: »Ich hole Ihnen sofort Ihren Kaffee und das Sandwich. Das kann ich machen. Ich schreibe Ihnen heute auch Ihr Manuskript ab. Könnte ich nicht drei Wochen lang für Sie arbeiten? Ich brauche erst am 22. wieder in der Schule zu sein. Mein Vater wird mich umbringen, wenn er es erfährt, aber das ist mir egal.«

»Wo ist Ihr Vater? In Washington?«

»Er ist in Berlin. Er ist dort Marineattaché.«

»Was?« Hugh Cleveland legte den Hörer auf und nahm die Füße vom Schreibtisch. »Ihr Vater ist unser Marineattaché in Nazi-Deutschland?«

»Jawohl.«

»Nein, so etwas! Sie sind also die Tochter eines Marineoffiziers.« Er warf eine Fünfdollarnote auf den Schreibtisch. »Also gut. Holen Sie mir bitte das Sandwich, Madeline. Weißes Fleisch, Salat, Mayonnaise, schwarzen Kaffee. Dann reden wir weiter. Besorgen Sie sich selbst auch ein Sandwich.«

»Ja, Mr. Cleveland.«

Mit dem Geldschein in der Hand stürmte Madeline in die Halle und stand wie benommen da. Da sie ein paarmal die Sendung *Prominente in New York* gehört hatte, hatte sie Clevelands eigentümlich warme, volle Stimme sofort erkannt; ein echter Rundfunkreporter mit eigenem Programm, und plötzlich arbeitete sie bei ihm! Das hatte sie dem Krieg zu verdanken! Ein Mädchen, das mit einer Essenstüte vorbeihuschte, erklärte ihr, wo sie Sandwiches bekam. Aber zwanzig schwatzende Mädchen scharten sich um die Selbstbedienungstheke der Kantine neben der Halle. Sie ging auf die Madison Avenue hinaus und blieb blinzelnd im warmen Sonnenschein stehen. New York sah nicht anders aus als sonst. Menschenmengen marschierten über die Trottoirs; in einem Gestank von Auspuffgasen strömten Autos und Busse nach beiden Seiten; die Leute trugen Pakete in die Warenhäuser hinein und heraus und guckten in die Schaufenster. Das einzige Ungewöhnliche war, daß die Zeitungsverkäufer mit frischen Stapeln der Nachmittagsausgaben den Krieg ausriefen. Madeline lief über die Straße in den großen Drugstore, wo die Theke von Sekretärinnen und Einkauflustigen belagert war, die über einem Teller Chili oder Suppe schwatzten und lachten. Die üblichen Leute schlenderten durch die Gänge und kauften Zahnpasta, Gesichtswasser, Aspirin, Süßigkeiten und billige Uhren. Eine dicke alte blonde Frau in Schürze und Häubchen machte mit flinker Hand die Sandwiches zurecht.

»Nun, Kindchen, wer wird den Krieg gewinnen?« sagte sie leutselig, als sie Pfeffer auf das Huhn streute.

»Hoffen wir bloß, daß Hitler ihn nicht gewinnt«, sagte Madeline.

»Ja, das ist wohl einer, was? *Sieg Heil!* Haha. *Ich* glaube, der Mann ist verrückt. Das habe ich schon immer gesagt, und jetzt haben wir den Beweis dafür.« Sie gab Madeline die Sandwiches: »Nun, Kindchen, solange wir uns da heraushalten, kann es uns ja egal sein, wer gewinnt.«

Madeline kaufte eine Abendzeitung, die riesige Schlagzeilen, aber keine neuen Nachrichten bot. Allein das Lesen einer so dramatischen ersten Seite war ein bisher unbekanntes Vergnügen. Obgleich der Krieg sich so weit weg zutrug, hatte Madeline den Eindruck, als strömte das Blut rascher durch ihre Adern. Ein Duft von Freiheit, von neuer Aktivität stieg aus den Schlagzeilen auf. Der Präsident hatte sofort sehr entschieden verkündet, daß Amerika sich heraushalten werde. Dennoch würde sich vieles entscheidend ändern. Das war unvermeidlich! Alle ihre Gedanken kreisten um den Brief, den sie an ihren Vater schreiben würde, wenn sie nur diesen Job bekommen könnte.

Cleveland, die Füße wieder auf dem Schreibtisch und ein kokettes Grinsen auf dem Gesicht, telefonierte. Er nickte Madeleine zu, während er fortfuhr, mit seiner warmen, gutturalen Stimme irgendein Mädchen zu überreden, ihn im Toots-Shor-Restaurant zu treffen, schlang er das Sandwich herunter.

»Warum essen Sie nicht auch das andere?« sagte Madeline. – »Ich habe keinen Hunger.«

»Ist das wahr? Ich möchte Sie nicht berauben.« Er legte auf und packte ihr Sandwich aus. »Im allgemeinen esse ich tagsüber nicht viel, aber bei all dieser Kriegsaufregung...«, er nahm einen großen Bissen und redete weiter. »Danke. Weiß Gott, ich habe einen solchen Hunger, wie ich ihn sonst bei Beerdigungen bekomme. Ist Ihnen jemals aufgefallen, Madeline, wie hungrig man auf Beerdigungen wird? Es ist vermutlich die schiere Lust, noch am Leben zu sein, während der andere arme Kerl in ein schmutziges Loch eingebuddelt worden ist. Jetzt hören Sie mal her, Sie möchten also drei Wochen lang für mich arbeiten, nicht wahr? Das ist mir sehr recht. Ich habe dadurch Gelegenheit, mich im Personalbüro umzusehen.« Er hielt ihr einen braunen Briefumschlag unter die Nase. »Hier. Gary Cooper ist im St. Regis abgestiegen, er hat Zimmer 641. Das hier ist eine Manuskriptprobe der Sendung *Prominente in New York*. Bringen Sie ihm das. Vielleicht kriegen wir ihn für Donnerstag.«

»Gary Cooper? Etwa der *Filmstar?«* Wenn sie überrascht war, trillerte Madeline beim Sprechen wie ihre Mutter.

»Wer sonst? Er wird Ihnen vielleicht Fragen über mich und die Sendung stellen. Also passen Sie gut auf und merken Sie sich folgendes: wir machen das ohne Publikum in einem kleinen Studio, ganz gelöst, in einem Raum mit Lehnsesseln, Büchern und einem Teppich, wirklich hübsch, wie eine Bibliothek in einer Privatwohnung. Es ist derselbe Raum, den Mrs. Roosevelt für ihre Sendungen benutzt. Wir können den Text in extra großer Schrift setzen, wenn er das braucht. Er kann fünf oder fünfzehn Minuten haben. Die ganze Sendung dauert anderthalb Stunden. Ich habe diese Sendung schon 1934 in Los Angeles begonnen und sie dort drei Jahre lang gemacht. Damals nannte ich sie *Beim Kaffee*. Vielleicht hat er sie gehört. Es kann natürlich sein, daß er viel zu beschäftigt ist, um auf all das einzugehen. Jedenfalls tun Sie so, als machten Sie schon eine ganze Weile bei der Sendung mit.« Zu verwirrt und aufgeregt, um zu sprechen, streckte Madeline die Hand nach dem Briefumschlag aus. Cleveland gab ihn ihr – und sagte: »Alles klar? Anker lichten! Um alles in der Welt, bitten Sie ihn ja nicht um ein Autogramm. Rufen Sie mich an, wenn etwas nicht klappen sollte. Kommen Sie auf jeden Fall wieder her.«

»Sie müssen wohl sehr dämliche Mädchen beschäftigt haben«, fuhr es Madeline heraus,und sie eilte davon.

Ein Stubenmädchen öffnete die Tür zu dem Apartment, wo Gary Cooper in einem grauen Anzug an einem Rolltisch zu Mittag aß. Der Star, unendlich groß und schmal, lächelte auf Madeline herab. Er setzte eine schwarzgeränderte Brille auf, überflog, während er seinen Kaffee trank, das Manuskript und stellte ein paar kurze Fragen. Er gab sich ganz geschäftig, alles andere als wie ein scheuer Cowboy; er hatte die Art eines Admirals. Als sie die Sendung *Beim Kaffee* erwähnte, erhellte sich sein Gesicht. »Ja, an die erinnere ich mich.« Fast auf der Stelle, schien es ihr, stand sie wieder auf der sonnigen Straße, übererregt und völlig aufgewühlt. *England mobilisiert, Hitler bricht in Polen ein,* schrien die Zeitungsverkäufer an der Ecke mit heiserer Stimme.
»Das haben Sie fein gemacht«, sagte Cleveland, als sie in sein Büro trat. Er hämmerte im Eiltempo auf der Schreibmaschine. »Cooper hat soeben angerufen. Die Idee gefällt ihm. Er macht mit.« Er zog das gelbe Blatt aus der Maschine und klammerte es mit anderen zusammen. »Er erwähnte, was für ein nettes Mädchen Sie seien. Was haben Sie zu ihm gesagt?«
»Fast gar nichts.«
»Nun, jedenfalls haben Sie es gut gemacht. Ich gehe jetzt und mache ein Interview mit ihm. Da ist das Manuskript für morgen. Machen Sie eine saubere Kopie von den rotangestrichenen Seiten und lassen Sie sie dann sofort hektografieren. Zimmer 399a.« Cleveland schlüpfte in seine Schuhe, richtete sich die Krawatte und zog sein rostbraunes Sportjackett über. Er kratzte sich in seinem dichten blonden Haar, und die buschigen, drollig geschweiften Augenbrauen hochziehend, grinste er sie an. Für ihn täte ich alles, dachte sie. Sie fand ihn eher charmant als wirklich gutaussehend. Er hatte etwas ansteckend Joviales an sich, aus seinen lebhaften blauen Augen blitzte der Schalk. Als er aufstand, stellte sie mit einer gewissen Enttäuschung fest, daß er, obwohl er höchstens um die Dreißig sein konnte, einen Bauch hatte. Aber das machte nichts.
An der Tür blieb er stehen. »Würden Sie eventuell auch nachts arbeiten? Sie kriegen die Überstunden bezahlt. Wenn Sie heute abend um halb neun wieder hier sind, finden Sie auf meinem Schreibtisch die Rohfassung für die Cooper-Sendung am Donnerstag.«
»Mr. Cleveland, ich bin noch nicht angestellt.«
»Doch sind Sie es. Ich habe soeben mit Mrs. Hennessy gesprochen. Wenn Sie das Manuskript zum Hektographieren gebracht haben, gehen Sie zu ihr hinunter und füllen Sie Ihre Formulare aus.«
Madeline schuftete fünf Stunden, bis der Text abgeschrieben war. Sie gab ihn, so unsauber ihre Arbeit auch war, ab, in der Hoffnung, daß ihre Karriere beim Funk nun nicht jäh zu Ende war. Im Personalbüro erfuhr sie, daß sie fünfunddreißig Dollar bekomme. Es kam ihr wie ein Vermögen vor. Sie ging mit schmerzendem Rücken wieder in den Drugstore, nahm

hastig eine Schokolade und ein Sandwich mit gebratenem Speck und Tomaten zu sich und ging zum CBS zurück. Über den hohen schwarzen Gebäuden der Madison Avenue mit den hellerleuchteten Fenstern schwebte ein dunstiger Vollmond an einem abendroten Himmel. Dieser Tag, an dem Hitler seinen Krieg begann, erwies sich für Madeline Henry als der schönste Tag ihres Lebens.

Auf Clevelands Schreibtisch lag schon das Interview mit Gary Cooper, ein Haufen nachlässig getippter Seiten mit flüchtig überkritzelten Korrekturen und Rotstiftstreichungen. Auf dem angehefteten Zettel stand: *Machen Sie möglichst heute nacht noch eine Abschrift. Erwarte Sie morgen gegen zehn.* Madeline stöhnte; sie war entsetzlich müde.

Sie meldete ein Gespräch für Warren in seinem Junggesellen-Offiziersquartier in der Flugschule von Pensacola an. Er war nicht da, aber ein Telefonist mit dem Akzent eines Südstaatlers, der sich wie eine Vaudeville-Imitation anhörte, erbot sich, Warren zu suchen. In dem verrauchten Nachrichtenraum liefen dauernd Mädchen mit langen Telexstreifen oder Pappbechern voll Kaffee hin und her, Männer redeten laut und schnell, und die Schreibmaschinen klapperten pausenlos. Durch die offene Tür drangen widersprüchliche Gerüchte: Polen breche bereits zusammen, Hitler sei auf dem Weg nach Warschau, Mussolini fliege nach Berlin, die Franzosen drängten England zu einem zweiten Münchner Abkommen, Hitler erbiete sich, Chamberlain aufzusuchen.

Um zehn Uhr abends läutete das Telefon, es war Warren, im Hintergrund klang Musik und Gelächter. Er sei im Strand-Klub, sagte er, bei einer Mondscheintanzerei auf einer mit Palmen gesäumten Terrasse. Er habe soeben ein phantastisches Mädchen kennengelernt, die Tochter eines Kongreßabgeordneten. Madeline erzählte ihm von ihrem CBS-Job, und er schien amüsiert und beeindruckt.

»Du, ich kenne die Sendung *Prominente in New York*«, sagte er. »Dieser Hugh Cleveland hat eine interessante Stimme. Wie ist er denn?«

»Oh, sehr nett. Was meinst du, geht das gut? Wird Dad wütend sein?«

»Aber Matty, in drei Wochen bist du wieder im Internat, noch ehe er es erfährt. Wo willst du denn wohnen... Ach ja, das ist ein Hotel nur für Frauen. *Das* kenne ich. Ha! Die kleine Madeline in der Großstadt!«

»Du hast also nichts dagegen?«

»Ich? Ich finde es toll. Bleib mir aber brav und so. Was sagt man im CBS, Madeline? Ist der Krieg ausgebrochen? Hier geht das Gerücht um, daß England kalte Füße gekriegt habe.«

»Nichts wie Gerüchte auch hier, pro Stunde ein Dutzend. Ist deine Flamme wirklich die Tochter eines Kongreßabgeordneten?«

»Aber sicher, und sie ist Klasse.«

»Tolles Leben, was du da führst! Was macht die Fliegerei?«

»Bei meinem zweiten Soloflug habe ich eine Bauchlandung gebaut, aber schreib das Dad nicht. Jetzt geht es schon besser. Es ist herrlich.«

»Gut, daß Sie noch da sind«, sagte Cleveland, der ein paar Minuten nach diesem Gespräch das Büro betrat. In seiner Begleitung war eine langbeinige Schönheit in schwarzem Strohhut, der noch viel breitrandiger war als Madelines, und einem grauseidenen Kleid. Ihr Gardenienparfüm war viel zu stark für das winzige Büro. Cleveland überflog Madelines getippte Seiten. »Wir brauchen wohl noch ein bißchen Übung, was?«

»Ich komme schon rein, wenn ich weitermache.« Ihre Stimme zitterte. Sie räusperte sich.

»Hoffen wir's. Übrigens, wissen Sie zufällig etwas von einem Admiral Preble? Ist er ein hohes Tier?«

»Preble? Meinen Sie *Stewart* Preble?«

»Stewart Preble, genau. Wer ist denn das?«

»Nun, er ist der Chef der Seekriegsleitung.«

»Das ist wohl ein hoher Posten, was?«

Madeline war an die Unwissenheit von Zivilisten, was die Streitkräfte anlangte, gewöhnt, aber das ging ihr denn doch zu weit: »Mr. Cleveland, es ist der höchste Posten in der amerikanischen Marine.«

»Ausgezeichnet. Dann ist er für uns genau der richtige. Ich hörte gerade, er sei im Warwick-Hotel. Wir haben ständig ein Auge auf die großen Hotels. Schreiben wir ihm einen Brief.« Er beugte sich über den Rand des Schreibtisches und begann zu diktieren. Die gähnende Schönheit schlug hinreißende Beine übereinander, steckte sich eine Zigarette an und blätterte im *Hollywood Reporter*. Madeline bemühte sich verzweifelt, mitzukommen, mußte ihn aber bitten, langsamer zu diktieren.

»Können Sie nicht stenografieren?«

»Ich kann es sehr schnell lernen.«

Cleveland sah auf seine Uhr und auf die Schönheit, die unter gesenkten Lidern Madeline verächtlich musterte. Madeline kam sich wie ein Würmchen vor. Cleveland wühlte in seinem Haar und schüttelte den Kopf. »Hören Sie, Sie kennen sich ja aus mit Marineleuten. Schreiben Sie ihm einfach einen Brief. Laden Sie ihn ein, in unserer Donnerstagmorgen-Sendung mitzumachen. Erwähnen Sie, wenn Sie wollen, Gary Cooper. Unterschreiben Sie mit meinem Namen und bringen Sie den Brief ins Hotel. Können Sie das machen?«

»Natürlich.«

»Fein. Wendy und ich wollen noch die Zehn-Uhr-Abendvorstellung mitkriegen. Sie hat eine Rolle in dem Film. Sagen Sie, kennt dieser Preble vielleicht Ihren Vater? Was sagst du dazu, Wendy! Der Vater dieser Kleinen ist unser Militärattaché in Berlin.«

Wendy gähnte.

Madeline sagte kühl: »Admiral Preble kennt meinen Vater.«
»Nun, wie wär's, wenn Sie das erwähnen.« Er bedachte sie mit seinem einschmeichelnden, lausbübischen Lächeln. »Ich würde ihn wirklich gern dabei haben, Madeline. Admirale und Generale sind im allgemeinen beschissene Studiogäste. Sind zu vorsichtig und zu steif, um irgend etwas Interessantes zu sagen. Aber jetzt ist Krieg, also sind sie im Augenblick sehr gefragt. Auf Wiedersehen bis morgen. Ich fange um neun an, müssen Sie wissen, also kommen Sie nicht später als acht.«

Wie er Madeline erzählt hatte, vertanzte Warren die erste Kriegsnacht im Mondschein mit der hübschen Tochter eines Kongreßabgeordneten. Der Mond schwebt im Raum, in einer etwaigen Entfernung von dem dreißigfachen Durchmesser unserer Erde und scheint, soweit es die Wolkendecke erlaubt, auf Gerechte und Ungerechte. Er hatte sein trübes, aber nützliches Licht den Kolonnen junger Deutscher in Feldgrau gespendet, die über die polnische Grenze marschierten. Jetzt hatte Europa sich in den Bereich der Sonne gedreht, die den Deutschen besseres Licht zum Weitermachen gab, und derselbe Mond tauchte jetzt den Golf von Mexiko und die Terrasse des *Pensacola-Harbour-View-Club* in sein Licht. Das Oberkommando des Heeres hatte bei seiner Planung den Mond mit einkalkuliert, aber durch einen glücklichen Zufall fiel sein silberner Schimmer auf Warren Henry und Janice Lacouture.
Alle sagten, es sei das beste Fest seit Jahren. Die großen Schlagzeilen, die aufgeregten Radiosendungen hatten eine angenehme Bewegung in das eintönige stille Pensacola gebracht. Die Flugschüler kamen sich wichtiger vor, und für die Mädchen bekamen sie eine größere Ausstrahlungskraft; Krieg lag in der Luft, und wie weit weg der Kampf sich auch abspielte – diese Jungen waren Krieger. Dennoch wich das Gerede über den deutschen Angriff bald näherliegenden Themen; das Reitturnier, der neue Marinestützpunkt-Kommandant, Flugunfälle und die jüngsten Liebesgeschichten. Der Führer blieb für diese glücklichen Menschen mit seinen aufgeregten Gesten und dem komischen Schnurrbart der seltsame heisere Deutsche der Wochenschauen, der es zwar fertiggebracht hatte, einen europäischen Krieg zu entfesseln, aber die Vereinigten Staaten gerade jetzt kaum bedrohen konnte.
Lieutenant Henry sah das anders. Die Invasion interessierte ihn wirklich, und so hatte er auch Janice Lacoutures Interesse geweckt. Auf der Kriegsakademie hatte er sich bei dem Thema »Erster Weltkrieg« besonders hervorgetan. Kurz nachdem sie einander begegnet waren, saßen sie im Mondschein auf der Terrasse in einer abgelegenen Ecke, und statt mit ihr zu flirten oder über Fliegerei zu reden, erzählte ihr der angehende Pilot vom Schlieffenplan zur Eroberung von Paris, von Moltkes verhängnis-

voller Einmischung, von der Leistung der deutschen Eisenbahn, die den Sieg bei Tannenberg ermöglicht hatte, und von den strategischen Parallelen zwischen 1914 und 1939.

Er hatte mit dem üblichen Fliegergeschwätz begonnen, das Janice nach Jahren von Pensacola-Festen ziemlich satt hatte, aber sobald sie auf den Krieg zu sprechen kamen und sie ihre eigenen Kenntnisse in Geschichte und Politik anbringen konnte, wurde es ernst. Sie hatten ein aufregendes Gespräch; eines, in dem zuweilen Liebende einander entdecken, ohne ein romantisches Wort zu äußern.

Trotz der großen Lacouture-Nase, ein Zeichen französischer Abstammung, und ihren ziemlich unregelmäßigen Vorderzähnen gehörte Janice zu den Schönen Pensacolas. Ihr Mund, ihre Haut und ihre nußbraunen Augen waren bezaubernd, ihre Figur so aufregend, daß alle Männer ihr nachstarrten. Sie war groß, blond und mit einer weichen, einschmeichelnden Stimme außerordentlich lebhaft. Ihre Familie besaß das größte Haus auf dem Klubgelände. Bei den Lacoutures gab es einen soliden Reichtum, den sich zwei Generationen durch Holzhandel erarbeitet hatten. Dies hatte die Wälder am Golf Hunderte Meilen weit vernichtet und den Norden Floridas in eine von Insekten wimmelnde Sandwüste verwandelt. Ihr Vater war in dem verschlafenen und selbstzufriedenen Pensacola eine Art Wunder, der erste Lacouture, der sich jemals mit Politik befaßt hatte.

Janice war in Washington zu einem weitblickenden und nüchternen Mädchen aufgewachsen, sie hatte an der George-Washington-Universität Volkswirtschaft und amerikanische Geschichte studiert und wollte nun mit Jura beginnen. Ihr Ziel war, einen Mann aus dem öffentlichen Leben zu heiraten, einen Kongreßabgeordneten, einen Senator oder einen Gouverneur; mit etwas Glück warum nicht einen künftigen Präsidenten? Das war ein harter Schlag für die jungen Männer, denen es ihre Schönheit und Eleganz angetan hatten. Janice hatte es auf Großwild abgesehen und sich den Ruf, eiskalt zu sein, erworben. Das amüsierte sie. Sie hätte nie im Leben erwartet, in ihren Sommerferien, die sie notgedrungen in Pensacola verbrachte, jemand Lohnenden kennenzulernen; und ausgerechnet einen Marineflieger. Allerdings unterschied Warren irgend etwas von den anderen. Er war merkwürdig anziehend mit seinen durchdringenden Augen, der eckigen, schlaksigen Gestalt und dem charmanten Lächeln, das eine gewisse Gerissenheit und Unmoral verriet. Er benahm sich, als ob er für einen Jungen aus Annapolis über Frauen viel zu gut Bescheid wisse. Das störte sie nicht; es erhöhte seinen Reiz.

Nach einer Weile hörten sie auf zu reden und tanzten engumschlungen im Mondschein. Die Pensacolaer Zuschauer begannen sich über die Herkunft des jungen Lieutenant mit der Narbe zu erkundigen. Warrens

Bauchlandung hatte ihm eine Stirnwunde eingetragen, die mit neun Stichen genäht werden mußte. Die Marineflieger erzählten sich neidvoll, wer das Lacouture-Mädchen war.
Als Warren in das Quartier der unverheirateten Offiziere zurückkehrte, fand er zwei telefonische Nachrichten von Mrs. Tarrasch vor. Das war die Dame aus Baltimore, die geschiedene Frau von Dreißig, um derentwillen er den Rausschmiß von der Kriegsakademie riskiert hatte, die Frau, mit der er am Abreisetag seiner Eltern den Nachmittag im Bett verbracht hatte. Während seines dritten Jahrs auf der Akademie hatte er sie als Empfangsdame einer Teestube kennengelernt. Sie hatte auf eine kühne Bemerkung von ihm reagiert und eingewilligt, sich nach Lokalschluß mit ihm zu treffen. Sie war eine geschickte kleine Person, die ihm eine Geschichte über ihr Pech mit zwei gräßlichen Ehen auftischte; sie las viel, war sehr kunstliebend und von einer unersättlichen Leidenschaft. Warren war ihr allmählich sehr zugetan und hatte sogar vorübergehend daran gedacht, sie zu heiraten, nachdem sie einmal seine Eifersucht erregt hatte, weil sie mit einem älteren Mann zum Wochenende verreist war. Byron hatte ihm das ausgeredet und ihm damit den größten Dienst erwiesen, dessen ein Bruder fähig ist. Helene Tarrasch war keine schlechte Person, sondern lediglich einsam. Wenn junge Offiziersanwärter gesetzlich am Heiraten gehindert werden sollen, dann werden die Temperamentvolleren von ihnen immer eine Mrs. Tarrasch finden. Warrens größter Fehler war gewesen, sie zu bitten, sie möge nach Pensacola ziehen, aber er war drei Jahre auf See gewesen. Jetzt saß sie im San-Carlos-Hotel als Empfangsdame des Hauptspeisesaals.
Aber wie ungeheuer überholt sie auf einmal war! Nicht nur wegen Janice Lacouture; Hitlers Einfall in Polen hatte die Zukunft vorgezeichnet. Warren glaubte, daß sich die Vereinigten Staaten innerhalb eines Jahres im Krieg befinden würden. Eine glanzvolle Aussicht. Vielleicht würde er fallen. Aber in diesem Krieg würde er fliegen und, falls Gott es zuließ, ihn mit Auszeichnung bestehen. Warren glaubte an Gott, hielt ihn aber für weit großzügiger, als die Prediger ihn darstellten. Wer etwas so Wunderbares wie die Sinnlichkeit erschaffen konnte, dürfte in dieser Beziehung kaum besonders tugendboldig sein; Warren zitierte gern, daß Gott dem Mann die Hoden sicher nicht zur Schönheit, sondern zum Gebrauch gegeben hatte. Als er so in einer kahl möblierten, altmodisch hohen Stube saß und sich bemühte, das Schnarchen seines Stubenkameraden zu überhören, starrte Lieutenant Henry zum Fenster hinaus auf den stillen, mondbeglänzten Rasen vor dem BOQ* und verstieg sich zu goldenen Nachkriegsträumen.

* Quartier unverheirateter Offiziere

Politik interessierte ihn sehr. Sein Wissensdurst in Geschichte hatte ihn gelehrt, daß im Kriege die Politiker die Führer und die Militärs nur ausführende Organe waren. Warren hatte sehr genau die Politiker beobachtet, die die Marineakademie und die Flotte besuchten. Einige von ihnen waren imponierend wie sein Vater, aber die meisten waren routinierte Händeschüttler mit besorgtem Augenausdruck, verlogenem Lächeln und schlaffen Bäuchen. Sein Vater strebte, wie er wußte, nach dem Admiralsrang. Warren wollte das auch, aber warum nicht noch mehr erträumen? Janice Lacouture hatte Verstand. Sie hatte alles. Ein einziger Tag hatte Warrens Leben verwandelt. Morgens hatte der Krieg ihm eine Zukunft eröffnet; abends war die vollkommene Partnerin dieser Zukunft aus dem Nichts aufgetaucht.
Er tat etwas Seltsames. Er ging ans Fenster und flüsterte, zu dem Mond hinaufsehend, ein Gebet. Soweit hatten die Kirchgänge, die er in seiner Kindheit regelmäßig mit seinem Vater unternommen hatte, noch Macht über ihn: »Laß sie mich haben, bitte, laß mich diesen Kursus mit Erfolg absolvieren und ein guter Marineflieger werden. Ich bitte dich nicht, mich am Leben zu lassen, denn ich weiß, das hängt von mir und dem Schicksal ab, aber wenn ich am Leben bleibe und den Krieg überstehe, dann...« – er lächelte zu dem sternenbesäten Himmel hinauf –, »dann werden wir sehen – ja?« Warren versuchte den Herrgott zu bezaubern.
Er ging ins Bett, ohne Mrs. Tarrasch anzurufen. Für ihn war sie jederzeit zu sprechen. Aber jetzt kam sie ihm wie jemand aus der Schulzeit vor.

Kurz vor sechs Uhr weckte Victor Henry ein Anruf aus der Botschaft. Der Geschäftsträger berief ihn zu einer dringenden Personalkonferenz; Hitler sei in Polen einmarschiert.
Rhoda drehte sich murrend um und warf einen nackten weißen Arm über die Augen. Durch eine Spalte zwischen den Vorhängen warf die Sonne einen Strahl quer übers Bett, und Staubkörnchen tanzten in dem schwachen Licht, als Pug die Bettdecke zurückschlug. Hitler hatte schönes Wetter für seinen Angriff, dachte Pug verschlafen; das Glück der Schweinehunde. Die Nachricht von der Invasion war keine große Überraschung. Seit dem Nazi-Sowjet-Pakt hatte sich die polnische Krise zunehmend verschärft. Bei dem großen Souper der argentinischen Botschaft gestern nacht hatte jeder die Abwesenheit von deutschen Militärs und Leuten vom Auswärtigen Amt bemerkt und über Krieg gesprochen. Ein amerikanischer Korrespondent hatte Pug rundheraus gesagt, daß die Invasion für drei Uhr morgens angesetzt sei; *der* Mann hatte Bescheid gewußt! Die Welt hatte eine rote Linie in der Zeit überschritten, und Victor Henry sprang aus dem Bett, um sich in einer neuen Ära an die Arbeit zu machen. Es war nicht sein Krieg, der Krieg, für den er zeitlebens trainiert hatte,

noch nicht. Aber er war ziemlich sicher, daß es dazu kommen würde. Wenn er auch nicht überrascht war, fühlte er sich doch erregt und bewegt. In der Bibliothek stellte er das Radio an, das lange zu brauchen schien, um warm zu werden, und öffnete die französischen Fenster. In dem sonnigen Garten sangen die Vögel, ein sanfter Wind, der durch einen rotblühenden Strauch vor dem Fenster zog, wehte einen schweren süßen Duft herein. Das Radio summte und knarrte, und ein Ansager ließ sich vernehmen, der nicht viel anders klang als in der vergangenen Woche, als ununterbrochen von den »unglaublichen Greueln« der Polen gegenüber den Deutschen die Rede gewesen war: Vergewaltigung, Mord, Bauchaufschlitzen Schwangerer, Abhacken von Kinderhänden und -füßen. Ja, nach dieser langen Traktierung mit Greuelpropaganda schien die Nachricht, daß der Krieg ausgebrochen war, geradezu zahm. Die Stimme, die den Beschluß des Führers verkündete, war genauso kreischend, wie sie es bei der Brandmarkung der polnischen Greuel gewesen war.
Der Bericht über den polnischen Überfall bei Gleiwitz zur Eroberung einer deutschen Radiostation – der empörende Vorfall, der laut Sendung die Wehrmacht in Zweimillionenstärke »zur Selbstverteidigung« nach Polen einmarschieren ließ – wurde mit der gleichen sachlichen Kürze mitgeteilt wie der Bericht über den deutschen Sturm auf polnisches Gebiet und den überraschenden Zusammenbruch der polnischen Grenzdivisionen. Eine Invasion solchen Ausmaßes war offensichtlich seit mehr als einem Monat vorbereitet worden und seit Tagen unwiderruflich auf Polen zugewogt; der polnische »Überfall« war ein Märchen für kindliche Gemüter. Henry gewöhnte sich allmählich an diese nebelhafte Vermischung von Wahrheit und Lüge des Berliner Senders, aber die Verachtung der Nazis für die Intelligenz der Deutschen setzte ihn noch immer in Erstaunen. Die deutsche Propaganda hatte entschieden ein Ziel erreicht – den Schock des neuen Krieges zu dämpfen.
Rhoda kam gähnend herein, wobei sie ihr Negligé zuband und den Kopf gespannt zum Radio hindrehte. »Also doch! Er hat es wirklich getan. Ist das zu glauben!«
»Tut mir leid, daß es dich geweckt hat. Ich hatte es leise gestellt.«
»Ach, das Telefon hat mich geweckt. War es die Botschaft?« Pug nickte.
»Das hab ich mir gedacht. Nun, für so was sollte ich ja wohl auf sein. Wir werden doch nicht darin verwickelt, oder?«
»Das glaube ich kaum. Ich bin nicht einmal sicher, ob England und Frankreich mitmachen werden.«
»Und die Kinder, Pug?«
»Nun, Warren und Madeline sind kein Problem. Es heißt, daß Italien nicht eingreifen wird, also ist Byron ebenfalls in Sicherheit.«
Rhoda seufzte und gähnte. »Hitler ist ein sehr merkwürdiger Mensch. Je-

denfalls finde ich das. Wie kann man sich so benehmen! Mir gefiel es, wie er einem die Hand gab, gewissermaßen offen und männlich, wie ein Amerikaner, und sein reizendes, schüchternes Lächeln. Aber er hatte merkwürdige Augen, weißt du. Abwesend, irgendwie verschleiert. Ach, was wird denn nun aus unserem Essen für diesen Wirtschaftsbonzen aus Colorado? Wie heißt er noch? Wird das abgeblasen?«

»Dr. Kirby. Vielleicht kommt er jetzt gar nicht, Rhoda.«

»Bitte, stell das fest. Du weißt, ich habe Leute eingeladen, Aushilfspersonal und Essen bestellt.«

»Ich werde mein möglichstes tun.«

Rhoda sagte langsam: »Der Zweite Weltkrieg... *Time* hat ja seit Monaten von dem ›Zweiten Weltkrieg‹ geschrieben. Er schien irgendwie immer so unwirklich. Jetzt ist er da, aber er hat noch immer einen merkwürdigen Klang.«

»Du wirst dich bald daran gewöhnen.«

»Oh, zweifellos. Jetzt geht's los. Ich soll heute mit Sally Forrest zu Mittag essen. Ich will lieber feststellen, ob das noch gilt. Was für ein Durcheinander! Und meine Verabredung beim Friseur – ach nein, die ist ja für morgen. Oder? So früh am Morgen kann ich noch nicht denken.«

Wegen der frühen Stunde der Konferenz verzichtete Pug auf seinen geliebten acht Kilometer langen Morgenspaziergang zur Botschaft und fuhr mit dem Wagen. Berlin war womöglich noch stiller als gewöhnlich. Die von Bäumen gesäumten Alleen im Stadtzentrum zeigten ein sonntägliches Aussehen, einen verminderten Autoverkehr und nur wenige Menschen auf den Trottoirs. Sämtliche Läden waren geöffnet. Kleine Lastwagen mit schußbereiten Maschinengewehren und behelmten Soldaten standen an gewissen Kreuzungen, und an den Mauern von Amtsgebäuden stapelten Arbeiter Sandsäcke auf. Aber es war alles etwas planlos. Die Kaffeehäuser waren voll von Frühstücksgästen, und im Tiergarten waren die frühen Spaziergänger, Kindermädchen, Kinder und ältere Menschen bei dem schönen Wetter wie üblich unterwegs ebenso wie die Luftballon- und Eisverkäufer. Aus allen Richtungen plärrten Lautsprecher die Nachricht von dem Kriegsausbruch, und eine ungewöhnlich große Anzahl von Flugzeugen summte über den Himmel. Mit zynischem, traurigem Grinsen sahen die Berliner fortwährend abwechselnd den Himmel und einander an. Er erinnerte sich an Bilder der freudig beifallrufenden Menge Unter den Linden beim Ausbruch des Ersten Weltkriegs. In den jetzigen gingen die Deutschen offenbar mit einer ganz anderen Stimmung hinein. Die Botschaft wimmelte von erschreckten Touristen und Möchtegern-Flüchtlingen, hauptsächlich alten Juden. In dem großen stillen Büro des Geschäftsträgers verlief die Konferenz gedrückt und kurz. Aus Washing-

ton waren noch keine Sonderanweisungen eingetroffen. Hektographierte Bogen mit Bestimmungen für den Kriegsfall gingen von Hand zu Hand. Der Geschäftsträger wies jeden auf die Notwendigkeit hin, einen Ton strikter Neutralität zu wahren. Sollten England und Frankreich in den Krieg eintreten, werde sich die Botschaft wahrscheinlich um deren Angehörige, die in Deutschland festsaßen, zu kümmern haben; in diesem kritischen Augenblick könnten eine Menge Menschenleben von einem angemessenen Verhalten der Amerikaner gegenüber den rohen Deutschen abhängen. Nach der Konferenz machte sich Victor an den Korb mit der eingegangenen Post und wies seinen Sekretär an, Dr. Palmer Kirby, den Elektroingenieur aus Colorado, ausfindig zu machen, der von der Schiffsabteilung als »sehr wichtig« angekündigt worden war.
Alistair Tudsbury rief an. »Hallo! Möchten Sie hören, wie der ›Böse Mann‹ dem Reichstag alles erklärt? Ich kann Sie in die Presseloge hineinschleusen. Es ist mein letzter Bericht aus Berlin. Ich habe meinen Marschbefehl bekommen und hätte seit Tagen abreisen sollen, war aber krankheitshalber verhindert. Ich schulde Ihnen etwas dafür, daß ich einen Blick auf Swinemünde tun durfte.«
»Sie schulden mir gar nichts, aber ich komme natürlich mit.«
»Gut. Er spricht um drei Uhr. Pam wird Sie um zwei Uhr abholen. Wir packen wie verrückt. Hoffentlich interniert man uns nicht. Meine Gicht verdanke ich dem deutschen Essen.«
Der Sekretär trat ein und legte ein Telegramm auf den Schreibtisch.
»Tudsbury, wollen Sie und Pamela nicht mit mir zu Mittag essen?«
»Nein, nein. Keine Zeit. Vielen Dank. Nach diesem kleinen Zwischenfall vielleicht. Etwa 1949.«
Victor lachte. »Zehn Jahre? Sie sind ein Pessimist.«
Er machte das Telegramm auf und bekam einen schweren Schreck.
Ist Ihnen Aufenthaltsort Ihres Sohns Byron und meiner Nichte Natalie bekannt? Bitte telegrafieren oder anrufen. Es war mit *Aaron Jastrow* unterschrieben, mit einer Sienaer Adresse und Telefonnummer.
Victor läutete dem Sekretär und gab ihm das Telegramm. »Versuchen Sie, diesen Mann in Siena telefonisch zu erreichen. Dazu telegrafieren Sie ihm: *Keine Ahnung. Bitte letzten bekannten Aufenthaltsort drahten.*«
»In Ordnung, Sir.«
Er beschloß, Rhoda nichts davon zu sagen. Er versuchte, seine Arbeit wieder aufzunehmen, stellte jedoch fest, daß er nicht imstande war, den Inhalt simpelster Briefe zu begreifen. Er gab es auf und beobachtete durchs Fenster die Berliner, die in dem hellen Sonnenschein ihrer Wege gingen. Offene Lastwagen voll feldgrauer Soldaten schnaubten in langen Reihen durch die Straße. Die Soldaten sahen gelangweilt aus. Ein kleines silbernes Flugzeug schwebte am klaren blauen Himmel und zog eine Reklame

für ODOL-Zahnpasta hinter sich her. Er verdrängte seine Besorgnis, so gut er konnte, und machte sich wieder an die eingegangene Post.
Als er zum Mittagessen gehen wollte, läutete das Telefon. Er vernahm ein vielsprachiges Kauderwelsch und darauf eine kultivierte amerikanische Stimme mit einem leichten Akzent. »Commander Henry? Aaron Jastrow. Ich danke Ihnen sehr, daß Sie angerufen haben.«
»Dr. Jastrow, ich fand, ich sollte es Ihnen lieber sofort sagen, daß ich leider nicht weiß, wo Byron und Ihre Nichte sich befinden. Ich hatte keine Ahnung, daß sie nicht bei Ihnen in Siena sind.«
»Nun, ich zögerte, Ihnen zu telegrafieren, aber ich dachte, Sie hätten vielleicht die Möglichkeit, sie ausfindig zu machen. Sie sind vor zwei Wochen nach Warschau gefahren.«
»Nach Warschau!«
»Ja, um einen Freund an unserer dortigen Botschaft zu besuchen.«
»Ich werde mich sofort darum kümmern. Unsere Botschaft, sagten Sie?«
»Jawohl, der Zweite Sekretär, Leslie Slote, ist ein ehemaliger Schüler von mir, ein brillanter Kopf. Ich denke mir, daß er und Natalie einmal heiraten werden.« Victor kritzelte den Namen hin. Jastrow hustete. »Es war wohl ziemlich gewagt, hinzufahren, aber immerhin reisten sie noch vor dem Bündnis ab. Sie ist fünfundzwanzig und äußerst eigenwillig. Byron erbot sich, sie zu begleiten. Eben deswegen mache ich mir keine Sorgen. Er ist ein sehr tüchtiger junger Mann.«
Wenn Henry auch von der Nachricht benommen war, freute er sich doch über dieses Lob seines Sohnes. Im Lauf der Jahre war das nicht oft vorgekommen. »Danke. Ich telegrafiere Ihnen, wenn ich etwas herausgefunden habe. Und sollten Sie etwas erfahren, so verständigen Sie mich.«
Jastrow hustete erneut. »Verzeihung, ich habe einen Bronchialkatarrh. Ich erinnere mich so gut an den letzten Krieg, Commander. Er ist im Grunde gar nicht so lange her. All dies gibt mir ein seltsames, entsetzlich trauriges Vorgefühl. Ein beinah verzweifeltes. Ich hoffe, wir begegnen uns eines Tages. Ich würde mich freuen, Byrons Vater kennenzulernen. Er verehrt Sie.«

Der lange Tisch im Restaurant Horcher war ein Horchposten, eine Informationsbörse und ein Verhandlungsraum für kleine diplomatische Geschäfte. Heute waren in dem überfüllten Restaurant das muntere Klirren des Tafelsilbers, der Duft gebratener Fleischgerichte, das laute, animierte Stimmengewirr nicht viel anders als sonst, aber an diesem besonderen Tisch waren einige Änderungen eingetreten. Mehrere Attachés hatten ihre Uniform angezogen. Der Pole, ein dicker, heiterer rotwangiger Mann mit vollem Schnurrbart, der gewöhnlich alle unter den Tisch trank, war verschwunden. Der Engländer fehlte. Der französische goldbetreßte Attaché saß brütend an seinem üblichen Platz. Der spaßige Däne, Senior der Gruppe, weißhaarig und dick, trug zwar noch immer seinen weißen Leinenanzug, aber er war steif und zurückhaltend. Die Unterhaltung war gezwungen. Radio Warschau behauptete, die Deutschen seien zurückgeschlagen worden, aber niemand konnte das bestätigen. Im Gegenteil, die Blitzmeldungen aus ihren eigenen Metropolen wiederholten die Ruhmreden der Deutschen: Sieg auf der ganzen Linie, Hunderte von polnischen Flugzeugen am Boden zerstört, ganze Armeen umzingelt. Pug aß wenig und ging früh.

Pamela Tudsbury lehnte sich an das Eisengitter vor der Botschaft, unweit der Schlange von traurig blickenden Juden, die sich um das Gebäude erstreckte. Sie trug das gleiche Kostüm wie bei ihrem Morgenspaziergang auf der *Bremen*. »Nun«, sagte er, als sie nebeneinanderschritten, »der kleine Landstreicher hat also ernst gemacht.«

Sie sah ihn ebenso erstaunt wie geschmeichelt an. »Und ob! Dort steht unser Wagen. Gleich nach der Rede fahren wir ab. Wir fliegen um sechs nach Kopenhagen und haben Glück gehabt, noch Plätze zu bekommen. Sie sind rar wie Diamanten.«

Sie fuhr in nervösem Zickzack durch Nebenstraßen, um einem langen Panzerkonvoi auf der Hauptstraße auszuweichen.

»Nun, ich bedauere, daß Sie und Ihr Vater wegfahren«, sagte Pug. »Ich werde Ihren Feuerwehrstil am Steuer sehr vermissen. Wohin geht es denn?«

»Vermutlich zurück in die USA. Mein Vater ist dort sehr beliebt, und es wird für ihn der Beobachtungsposten Nummer eins sein, nachdem Berlin ausgefallen ist.«

»Sagen Sie mal, Pamela, haben Sie denn in London nicht einen oder mehrere Verehrer, die es ungern sehen, daß Sie so viel in der Welt herumfahren?« Das Mädchen – als solches betrachtete er sie, was ein Zeichen seines eigenen Alters war – errötete leicht, und ihre Augen strahlten. Die Chauffierbewegungen ihrer kleinen weißen Hände waren rasch, energisch und beherrscht. Ein leichter, angenehm würziger Duft ging von ihr aus, wie von Nelken.

»Ach, im Augenblick nicht, Commander. Und Vater braucht mich wirklich, seitdem seine Augen so schlecht geworden sind. Ich reise gern, also freue ich mich – Donnerwetter. Schauen Sie einmal nach links. Möglichst unauffällig.«

Neben ihnen saß, von der Verkehrsampel aufgehalten, Hermann Göring in einem offenen roten Zweisitzer, gebieterisch und sagenhaft dick. Er trug einen braunen, zweireihigen Zivilanzug mit den breiten Aufschlägen, die alle seine Anzüge hatten. Die breite Krempe seines Panamahuts war seitlich und rückwärts hinuntergeschlagen, in einem unmodernen,

irgendwie gangsterhaften, amerikanischen Stil. Mit seinen gedunsenen beringten Fingern klopfte er ungeduldig auf das Steuerrad, und er kaute an seiner sehr langen Oberlippe.
Die Ampel schaltete auf Grün. Als der rote Wagen vorwärts schoß, grüßte der Verkehrspolizist, und Göring lachte und winkte ihm zu.
»Wie leicht es gewesen wäre, ihn zu erschießen«, sagte Pamela.
»Ich begreife die Nazis nicht«, sagte Pug. »Sie haben so gut wie keine Sicherheitsvorkehrungen. Nicht einmal Hitler. Schließlich haben sie doch eine Menge Menschen ermordet.«
»Die Deutschen vergöttern sie. Vater bekam Ärger wegen einer seiner Radiosendungen über einen Nürnberger Parteitag. Er sagte, jeder sei imstande, Hitler zu töten, und die unbekümmerte Art, mit der er sich bewege, zeige, wie einmütig die Deutschen für ihn seien. Irgendwie hat ihn das verstimmt.«
»Pamela, ich habe einen Sohn, den Sie hoffentlich einmal kennenlernen werden, wenn Sie drüben sind.«
Er erzählte ihr von Warren.
Das Mädchen hörte ihm mit einem schiefen Lächeln zu. »Sie haben mir schon einmal von ihm gesprochen. Er klingt mir zu groß für mich. Wie ist er denn eigentlich? Ist er Ihnen ähnlich?«
»Nicht im geringsten. Er ist ansehnlich, blitzgescheit und für die Damen sehr attraktiv.«
»So. Haben Sie nicht noch einen Sohn?«
»Doch. Ich habe noch einen anderen Sohn.« Er zögerte und erzählte dann Pamela, was er seiner Frau noch nicht berichtet hatte – das Byron irgendwo in Polen sei, im Vormarschgebiet der deutschen Invasion, und ein jüdisches Mädchen begleite, das in einen anderen Mann verliebt sei. Victor sagte, daß Byron eine katzenhafte Geschicklichkeit besitze, sich aus schwierigen Lagen zu befreien, daß es ihn, Victor, aber wohl noch manche grauen Haare kosten werde, bevor diese Episode ausgestanden sei.
»Klingt für mich so, als wäre er derjenige, den ich kennenlernen möchte.«
»Er ist zu jung für Sie.«
»Nun, vielleicht auch nicht, Ich treffe es nie ganz richtig. Da ist Vater.«
Tudsbury stand winkend an der Ecke. Sein Händedruck war überaus heftig. Er trug einen Tweedanzug, der viel zu dick für das Wetter war, und einen grünen Velourshut.
»Hallo, lieber Freund! Kommen Sie mit. Pam, sei bitte um vier wieder hier an der Ecke und warte auf uns, ja? Diesmal wird es keine von seinen dreistündigen Donnerreden werden. Der Böse Mann hat in letzter Zeit zu wenig Schlaf gehabt.«
Ein junger Deutscher in Zivil empfing sie, klappte vor Victor die Hacken zusammen und führte sie an ss-Männern vorbei durch Gänge und Trep-

pen hinauf zu der vollbesetzten kleinen Pressetribüne der Kroll-Oper, welche die Nazis für Reichstagsversammlungen benutzten. Der stilisierte goldene Adler, der auf einem umkränzten Hakenkreuz hinter dem Podium stand und von dem goldene Strahlen ausgingen, die die ganze Wand bedeckten, hatte auf Photographien imposant gewirkt, in Natur aber war er einfach nur grell und ordinär – ein Hintergrund, der gut in ein Opernhaus paßte. Dieser Hauch von theaterhafter Unbeständigkeit, von hastig inszenierten Vorführungen war das Kennzeichen der Nazis. Der neue Reichstag, der sich noch im Bau befand, war Hitlers Geschmack entsprechend von öder Wuchtigkeit, und die dorischen Säulen waren zwar zweifellos aus massivem Stein, aber das Gebäude erinnerte Victor an ein Filmbühnenbild aus Pappe.
Wie die meisten Amerikaner war er noch nicht imstande, die Nazis und selbst die Deutschen wirklich ernst zu nehmen. Er glaubte, daß sie mit phantastischem Fleiß daran arbeiteten, sich selbst an der Nase herumzuführen. Deutschland war ein noch ungefestigtes alt-neues Land, das an manchen Stellen schwerfälligen barocken Charme, an anderen pittsburghartige Flecken von Schwerindustrie aufwies und darüber eine Tünche von verkrampftem politischen Gepränge, das Schrecken verbreiten sollte, jedoch lediglich komisch wirkte. So kam es ihm vor. Als einzelne gesehen, ähnelten die Deutschen sehr den Amerikanern; er fand es merkwürdig, daß beide Völker den Adler zum Hoheitszeichen hatten. Die Deutschen waren dieselbe Art tüchtige Draufgänger: direkt, von derbem Humor und im allgemeinen zuverlässig und tüchtig. Commander Henry fühlte sich in diesen Punkten mit ihnen viel mehr zu Hause als mit den langsameren Briten oder den Umwege liebenden, geschwätzigen Franzosen. Aber in der Masse schienen sie sich in häßliche, leichtgläubige Fremde mit einem Zug zur Grausamkeit zu verwandeln; und sprach man mit einem Deutschen über Politik, so neigte er ebenfalls dazu, ein solcher Fremder zu werden, ein höhnender, aggressiver Mr. Hyde. Man wurde nicht klug aus ihnen. Aber Pug wußte wohl, daß in einem demoralisierten Europa die deutschen Horden gutgedrillter und gut ausgerüsteter Marschkolonnen viel Unheil anrichten konnten. Zudem hatten sie in kürzester Zeit eine starke Luftwaffe auf die Beine gestellt. Er konnte sich gut vorstellen, daß sie nunmehr die Polen überrollten.
Die Abgeordneten strömten zu ihren Plätzen. Die meisten von ihnen trugen Uniformen, die in ihrer Vielfalt an Farbe und Litzen verwirrend waren, nur Stiefel und Gürtel ähnelten sich. Die Militärs waren leicht an ihrer soldatischen Haltung zu erkennen. Die Parteifunktionäre sahen wie alle anderen Politiker aus – jovial, entspannt, meist grau meliert oder kahl, in Phantasieuniformen gesteckt, und offensichtlich hatten sie eine teutonische Freude an dem militärischen Gepränge, wie unbequem die

Stiefel und Gürtel für ihre Plattfüße und Dickbäuche auch sein mochten. Aber heute wirkten diese Berufsnazis trotz ihrer kriegerischen Maskerade weniger munter und selbstbewußt. Die Stimmung im Haus war gedämpft.

Göring trat auf. Victor Henry hatte bereits von den raschen Kostümwechseln des Dicken gehört; jetzt erlebte er einen. In ordenbesäter blauer Uniform mit breiten rosa Aufschlägen ging Göring über die Bühne, stellte sich mit gespreizten Beinen, die Hände in die Hüften gestemmt, in Positur und sprach ernst mit einer Gruppe von Generalen und Parteibonzen. Nach einer Weile nahm er auf seinem Präsidentensitz Platz. Hitler kam einfach herein, in der Hand eine rote Mappe, die seine Rede enthielt. Die Theatralik, die seinen Auftritt bei Parteiversammlungen zu kennzeichnen pflegte, entfiel. Alle Abgeordneten erhoben sich und applaudierten, und die Wachen standen stramm. Er setzte sich in die vorderste Podiumsreihe zu den Generalen und Mitgliedern des Kabinetts und schlug während Görings kurzer Einführungsrede die Beine über- und auseinander.

Henry fand, daß der Führer schlecht sprach. Er war grau vor Erschöpfung. Die Rede ging wieder auf die Schändlichkeit des Versailler Vertrags, die Mißhandlung der Deutschen durch die anderen Großmächte, seine eigenen, unermüdlichen Friedensbemühungen und die blutdürstige Kriegslust der Polen ein. Sie war fast ausschließlich in der ersten Person abgefaßt und von seltsamem Pessimismus. Er sprach von der Möglichkeit, im Kampf zu fallen, und von seinen eventuellen Nachfolgern, Göring und Heß. Er brüllte, daß 1918 sich nicht wiederholen, daß diesmal Deutschland siegen oder kämpfend untergehen werde. Er war außerordentlich heiser. Er brauchte eine Weile, um sich zu seinen pathetischen Gesten aufzuschwingen: zum Schluß aber brachte er sie alle. Tudsbury flüsterte Henry einmal zu: »Verdammt gute Handtechnik heute.« Pug jedoch fand sie lediglich grotesk.

Dennoch beeindruckte ihn Hitler diesmal. Mochte sein Auftritt auch noch so schlecht sein, so strahlte der Mann doch eine unerhörte Willenskraft aus. Die Deutschen saßen alle mit den aufgerissenen Augen und gespannten Gesichtern von Kindern da, die einem Zauberkünstler zusehen. Das stolze zynische Gesicht Görings, der über und hinter Hitler saß, hatte denselben verzückten, ergriffenen Ausdruck.

Aber der Führer selbst war von dem Ernst des Gesagten etwas erschreckt, dachte Victor. Die Rede klang wie das hastige Produkt einiger schlafloser Stunden, unendlich persönlich und wahrscheinlich um so wahrer, weil sie unter einem solchen Druck entstanden war. Diese greinende, stotternde »Ich-Ich-Ich«-Apologie war sicherlich eins der merkwürdigsten Staatsdokumente der Kriegsgeschichte.

Für Pugs amerikanische Sehweise blieb das Gesicht des Führers nach wie vor komisch: die lange, gerade, vorspringende Nase, die aus einem weißen eckigen Gesicht unter einer in die Stirn fallenden, schwarzen Haartolle über dem Clownsschnurrbart herausragte. Heute trug er einen feldgrauen Rock, »seinen alten Soldatenrock«, wie er in seiner Rede sagte, der ausgesprochen schlecht saß. Aber die verquollenen, glühenden Augen, der gespannte Mund mit herabgezogenen Mundwinkeln, die gebieterischen Armbewegungen waren ungeheuer. Dieser sonderbare Emporkömmling aus der Wiener Gosse hat es tatsächlich geschafft, dachte Henry. Er hatte den Thron der Hohenzollern und den Kaiserthron des Heiligen Römischen Reichs erstiegen, wie Tudsbury es ausgedrückt hatte, mit der Absicht, das Ergebnis des letzten Kriegs umzukehren, und gab jetzt dazu den Befehl. Der kleine Landstreicher schlug los. Victor dachte fortgesetzt an Byron, irgendwo in Polen, eine winzige Unwichtigkeit in diesem Welttheater.

Als sie in dem sanften Sonnenschein auf die Straße traten, fragte Tudsbury: »Nun, was sagen Sie dazu?«

»Ich glaube nicht, daß er das Format dazu hat.«

Tudsbury blieb stehen und sah ihn prüfend an. »Ich sage Ihnen, er hat das Format. Das ist der große Irrtum, dem wir alle hier viel zu lange erlegen sind.«

»Er muß gegen die Welt antreten«, sagte Victor, »womit will er das machen?«

»Mit achtzig Millionen gut bewaffneter und kampflüsterner Deutschen.«

»Das ist ja nur Gerede. Ihr und die Franzosen seid ihm an Streitkräften und Waffen haushoch überlegen.«

»Die Franzosen!« sagte Tudsbury. Dann fügte er in freundlicherem Tone hinzu: »Da kommt Pam. Wir fahren Sie in die Botschaft zurück.«

»Ich gehe zu Fuß.«

Der Wagen hielt unter einer wehenden roten Hakenkreuzfahne. Tudsbury drückte Henry die Hand und blinzelte ihm durch die Brillengläser, die dick wie Flaschenböden waren, zu. »Wir werden uns schon schlagen, Henry, aber vielleicht brauchen wir Hilfe. Es wird schwierig sein, diesen Kerl aufzuhalten. Und daß das geschehen muß, wissen Sie.«

»Sagen Sie das den Leuten in Washington.«

»Glauben Sie etwa, daß ich das nicht tun werde? Aber sagen Sie es ihnen ebenfalls.«

Henry rief zum Wagenfenster hinein: »Adieu, Pam. Ich wünsche Ihnen eine gute Reise.«

Sie streckte eine kalte weiße Hand hinaus und lächelte wehmütig. »Hoffentlich sehen Sie Ihren Sohn bald wieder. Ich hab das Gefühl, Sie werden es.« Der Mercedes fuhr ab. Als Victor sich eine Zigarette anzündete, roch er auf seiner Hand leisen Nelkenduft.

In Henrys Vorzimmer saß mit einem weichen Hut auf den Knien ein großer hagerer Mann in einem Pfeffer-und-Salz-melierten Anzug. Wie groß er war, merkte Henry erst, als er aufstand; er war etwa eins neunzig, hielt sich etwas vornübergebeugt und sah ein bißchen verlegen ob seiner Länge aus, wie das viele übergroße Männer an sich haben. »Commander Henry? Ich bin Palmer Kirby«, sagte er. »Wenn Sie beschäftigt sind, werfen Sie mich einfach hinaus.«
»Durchaus nicht. Herzlich willkommen. Wie sind Sie denn hergelangt?«
»Nun, es war nicht ganz einfach. Ich mußte einen Umweg über Belgien und Norwegen machen. Manche Maschinen fliegen, andere wieder nicht.« Kirbys Benehmen war ungewandt, seiner rustikalen Aussprache nach stammte er aus Westamerika. Sein blasses Gesicht war voll kleiner Narben, als hätte er einmal eine schwere Akne gehabt. Seine Nase war lang und sein Mund groß und beweglich; insgesamt ein häßlicher Mensch mit klugen, von Fältchen umgebenen Augen und einem traurigen Ausdruck.
Der Sekretär sagte: »Commander, auf Ihrem Schreibtisch liegen einige dringende Nachrichten.«
»Danke. Treten Sie ein, Dr. Kirby.« Mit Erleichterung schätzte Pug ihn als einen ernsthaften Burschen ein, der eine Sache zu Ende bringen wollte, nicht als einen von der mühsamen Sorte, die Frauen, Amüsements und eine Einführung zu hohen Nazis verlangte. Ein Diner und ein paar Kontakte zu der Industrie würden für Palmer Kirby genügen.

Warschau, den 9. 9. 39

Byron Henry Natalie Jastrow sollen heute von Krakau nach Bukarest und Rom fliegen. Bemühe mich um Bestätigung ihres Abfluges. Slote

Diese Nachricht, in Streifen auf einen grauen Bogen seiner Abteilung geklebt, stürzte Henry in tiefe Besorgnis. In den Nachmittagsnachrichten behauptete Radio Berlin, daß die Deutschen nach einem schweren Luftangriff auf dem siegreichen Vormarsch nach Krakau seien. Die andere Nachricht, auf einem Stück offiziellen Briefpapier des Geschäftsträgers, war der ohne Unterschrift hingekritzelte Satz: *Bitte kommen Sie sofort zu mir.*
Kirby sagte, er werde gern warten. Victor Henry ging durch die Halle zu den luxuriös möblierten Botschafterräumen, wo der Geschäftsträger die Konferenz abgehalten hatte.

Der Geschäftsträger sah ihn über seine halbmondförmigen Brillengläser an und deutete auf einen Sessel. »Sie waren also im Reichstag! Einen Teil davon habe ich ebenfalls gehört. Welchen Eindruck hatten Sie davon?«

»Der Mann ist schwer angeschlagen.«

Der Geschäftsträger sah erstaunt und nachdenklich aus. »Das ist eine seltsame Reaktion. Sicher, er hat eine anstrengende Woche hinter sich. Trotzdem, unglaubliches Stehvermögen! Er hat zweifellos jedes Wort jener Ansprache selbst geschrieben. Recht eindrucksvoll, fand ich. Wie war denn dort die Stimmung?«

»Nicht begeistert.«

»Nein, diesmal haben sie ihre Zweifel, nicht wahr? Merkwürdige Atmosphäre in dieser Stadt.« Der Geschäftsträger nahm die Brille ab und lehnte sich in seinen tiefen Ledersessel zurück und verschlang die Finger hinter dem Kopf.

»Man verlangt Sie in Washington.«

»*Navy?*« stieß Pug hervor.

»Nein. *State Department*, Abteilung Deutschland. Sie sollen mit Vorrang umgehend mit der schnellsten zivilen oder militärischen Maschine nach Washington fliegen, nicht mehr als eine Woche in Washington bleiben und dann auf Ihren hiesigen Posten zurückkehren. Keine weiteren Instruktionen. Nichts Schriftliches. Das wär's.«

Fünfundzwanzig Jahre lang hatte Victor sich immer nur mit Ausweispapieren des Marineministeriums von einem Ort zum anderen bewegt, handschriftlichen Anweisungen in vielen faksimilierten Ausfertigungen, die auf den verschiedenen Stationen seiner Reise vorzulegen waren. Selbst seine Ferienreisen waren von der *Navy* angeordneter »Urlaub« gewesen. Dem *State Department* unterstand er nicht. Immerhin, der Status eines Attachés war merkwürdig schattenhaft. Er dachte sofort an die Ausführung des Auftrags.

»Wie kann ich, ohne etwas Schriftliches in Händen zu haben, bei der Luftfahrt mit Vorrang behandelt werden?«

»Das werden Sie schon sehen. Wie schnell können Sie aufbrechen?«

Der Commander starrte den Geschäftsträger an und lächelte schließlich. Der Geschäftsträger lächelte ebenfalls. Henry sagte: »Das ist ziemlich ungewöhnlich.«

»Sie haben, soviel ich weiß, einen Geheimbericht über die Kampfbereitschaft Nazi-Deutschlands geschrieben.«

»Jawohl.«

»Das mag etwas damit zu tun haben. Jedenfalls wird anscheinend verlangt, daß Sie eine Zahnbürste einpacken und sofort fahren.«

»Sie meinen heute noch? Heute abend?«

»Ja.«
Pug erhob sich. »Was sind die letzten Nachrichten über England und Frankreich, Sir?«
»Chamberlain spricht heute abend vor dem Parlament. Ich tippe darauf, daß der Krieg ausbricht, bevor Sie zurück sind.«
»Vielleicht ist er dann schon vorbei.«
»Vielleicht in Polen.« Der Geschäftsträger lächelte und schien betroffen darüber, daß Henry das gar nicht komisch fand.
Der Commander fand Dr. Kirby in die Lektüre einer deutschen Industriezeitschrift vertieft. Die Beine lang ausgestreckt, rauchte er dabei eine Pfeife, die zusammen mit der schwarzrandigen Brille sein gelehrtes Aussehen noch betonte. »Ich muß Sie leider an Colonel Forrest, unseren Militärattaché, überweisen, Dr. Kirby«, sagte er. »Es tut mir leid, daß die Marine die Honneurs nicht machen kann. Ich muß für eine Woche verreisen.«
»Macht nichts.«
»Können Sie mir vielleicht eine Idee geben, weshalb Sie hier sind?«
Dr. Kirby zog eine Schreibmaschinenseite aus seiner Brusttasche.
»Nun, das ist kein Problem«, sagte Pug, das Blatt überfliegend. »Die meisten dieser Leute kenne ich. Und Colonel Forrest vermutlich ebenfalls. Meine Frau hat Donnerstagabend ein Essen für Sie arrangiert. Übrigens« – Henry deutete auf die Schreibmaschinenseite in seiner Hand – »wird Dr. Witten ebenfalls dabeisein.«
»Würde Ihre Frau es nicht lieber absagen? Festessen sind nicht gerade meine Stärke.«
»Meine auch nicht, aber ein Deutscher ist in seinem Büro ein ganz anderer Mensch als bei Tisch nach mehreren Gläsern Wein. Nicht, daß man sie für dumm verkaufen könnte, aber eben anders. Insofern sind Essen nützlich.«
Kirby lächelte, wobei er große gelbe Zähne entblößte und einen ganz neuen, humorvollen, derben, fast durchtriebenen Ausdruck annahm. Er schwenkte die Zeitschrift. »Dummköpfe scheinen sie ja nun in keiner Weise zu sein.«
»Ja und nein. Ich komme gerade aus dem Reichstag. Dieser Hitler hat sie entschieden für dumm verkauft. Nun, jetzt will ich Sie zu Colonel Forrest führen. Möglicherweise werden er und Sally gemeinsam mit meiner Frau als Gastgeber fungieren. Wir werden sehen.«
Als er durch die stillen Berliner Straßen nach Hause fuhr, dachte Victor weniger an die Berufung nach Washington als an das unmittelbare Problem Rhoda, und wie er es ihr beibringen und ob er verraten sollte, daß Byron vermißt wurde. Die Reise in die Vereinigten Staaten konnte sich leicht als reine Zeitverschwendung herausstellen. Sich über den Anlaß

Gedanken zu machen, wäre töricht. Er kannte solche Expeditionen. Irgend jemand an oberster Stelle wollte eilig gewisse Auskünfte, die es vielleicht gar nicht gab, und begann das Telefon zu strapazieren. Einmal war er während einer Flottenübung dreitausend Meilen geflogen, nur um bei seiner Ankunft auf dem »Blauen« Flaggschiff in Mindano zu erfahren, daß seine Dienste nicht mehr benötigt wurden, da das strategische Problem bereits über die Belange der Artillerie hinausgegangen war.
Sie war nicht zu Hause. Als sie erschien, war er dabei, seinen Koffer zu schließen. »Was bedeutet denn das?« fragte sie munter. Ihr Haar war frisch gewellt und gelockt. Sie waren heute abend zu einem Souper nach der Oper eingeladen.
»Komm in den Garten.«
Als sie sich weit genug vom Haus entfernt hatten, erzählte er ihr von der merkwürdigen Beorderung nach Washington.
»Ach, du lieber Gott. Für wie lange denn?«
»Nur für eine Woche. Wenn die Luftfahrt nicht streikt, bin ich am Fünfzehnten zurück.«
»Wann fährst du? Morgen früh?«
»Nun, glücklicherweise konnte ich einen Platz in einer Maschine nach Rotterdam für heute abend um acht kriegen.«
»Heute abend!« Ärger verzerrte Rhodas Gesicht. »Das heißt, daß wir nicht einmal in die Oper gehen können? Verdammt noch mal! Und was ist mit diesem Kirby? Ist das ebenfalls abgeblasen? Wie kann ich denn ganz allein einen Menschen zu Gast haben, den ich überhaupt nicht kenne? Du liebe Zeit. Wie entsetzlich.«
Victor sagte, daß die Forrests ihr als Gastgeber zur Seite stehen würden und die Oper vielleicht ausfallen werde.
»Ausfallen? Bestimmt fällt sie nicht aus. Ich habe Frau Witten beim Friseur getroffen. Es ist ein fabelhaftes Souper geplant, aber ich kann natürlich nicht hingehen. Ich gehe nicht ohne Begleitung in die Oper. Oh, zum Teufel! Und angenommen, England und Frankreich erklären den Krieg? Was ist dann, he? Das kann ja reizend werden, ich mitten in einem Weltkrieg ganz allein in Berlin gestrandet.«
»Aber Rhoda, ich komme auf jeden Fall über Lissabon oder Stockholm zurück. Es wäre mir lieb, wenn du das Essen für Kirby gäbest. Das *Bu-Ord** möchte, daß man ihn besonders ehrt.«
Sie saßen auf einer Marmorbank neben dem kleinen Springbrunnen, wo dicke rote Goldfische sich in der Abendsonne tummelten. Rhoda betrachtete den gepflegten Rasen und sagte in ruhigerem Ton: »Na gut. Die Cocktails wollte ich hier draußen servieren lassen. Die Kapelle, die bei

* Waffenamt

Peggys Tee spielte, kommt ebenfalls. Es kann sehr nett werden. Schade, daß du nicht dabeisein kannst.«
»Tim Forrest sagte, daß niemand auf der Welt so gute Essen veranstaltet wie du.«
Rhoda lachte. »Ach, wirklich? Nun, eine Woche ist schnell herum. Berlin ist jetzt sehr interessant.« Ein paar schwarz-gelbe Vögel schossen an ihnen vorbei, ließen sich auf einem Baum in der Nähe nieder und begannen zu flöten. »Sag mal ehrlich, kannst du dir vorstellen, daß Krieg ist?«
»Er fängt gerade an.«
»Ich weiß. Jedenfalls wirst du Madeline sehen. Und, bitte, rufe Warren an, der Mistkerl schreibt nie. Ich bin froh, daß Byron in den italienischen Bergen ist. Ihm kann nichts passieren, außer er taucht plötzlich mit diesem jüdischen Mädchen auf und hat es geheiratet. Aber das wird er nicht. Byron erscheint viel verrückter, als er in Wirklichkeit ist.« Sie ergriff die Hand ihres Mannes. »Hat er wohl von seiner Mutter geerbt. Es tut mir leid, daß ich eine Szene gemacht habe. Du kennst mich ja.«
Ihre Hand fest in der seinen haltend, beschloß Victor Henry jetzt, Rhoda nicht auch noch mit der Nachricht über Byrons Verschwinden aufzuregen. Tun konnte sie doch nichts außer sich unnütze Sorgen machen; und er vermutete, daß Byron, egal in welchen Nöten er steckte, sich herauswinden würde. Das war ihm noch immer gelungen.
Pug flog fahrplanmäßig an jenem Abend nach Rotterdam. Der Tempelhofer Flughafen war wie ausgewechselt. Die Läden waren unbeleuchtet. Sämtliche Flugkartenschalter, außer dem der Lufthansa, waren geschlossen. Auf dem Flugfeld war der übliche Verkehr europäischer Maschinen verschwunden, und gedrungene Jäger der Luftwaffe waren finster und schattenhaft nebeneinander aufgereiht. Aber von der Luft aus funkelte Berlin noch immer in seiner ganzen elektrischen Beleuchtung wie zu Friedenszeiten. Er war froh, daß Rhoda sich entschlossen hatte, sich umzuziehen und in den *Rosenkavalier* zu gehen, da Frau Witten als Begleiter einen großen gutaussehenden Luftwaffenoberst für sie aufgetrieben hatte.

11

Byron war dabei, am Straßenrand einen Reifen zu wechseln, als er getroffen wurde. Er und Natalie waren aus Krakau heraus und strebten in dem alten orangegelben Taxi zusammen mit Berel Jastrow, dem jungen Paar, dem bärtigen kleinen Chauffeur und seiner unbequemen dicken Frau nach Warschau.
Am Morgen der Invasion hatte Krakau hier und da gebrannt, aber die malerische Stadt war durch den ersten deutschen Luftangriff nicht wesentlich beschädigt worden. Byron und Natalie hatten, während sie in dem freundlichen Sonnenschein herumfuhren, um aus der Stadt herauszukommen, einen schönen, wenn auch eiligen Blick auf seine prachtvollen Kirchen und Schlösser und seinen herrlichen Platz, der an den Markusplatz in Venedig erinnerte. Unter der Bevölkerung herrschte keine Panik. Die Deutschen waren noch mehr als achtzig Kilometer entfernt. Immerhin war auf den Straßen dichtes Gedränge, und der Bahnhof war förmlich belagert. Berel Jastrow gelang es dennoch, vier Fahrkarten nach Warschau zu erwischen. Byron und Natalie wollten sie nicht benutzen, wie sehr auch Berel sie dazu zu bewegen versuchte, und infolgedessen setzte er seine Frau und drei Kinder auf die Bahn. Dann führte er sie geschickt von einem Büro zum anderen, durch kleine Straßen und unbenutzte Türen und Tore, auf der Suche nach einer anderen Fluchtmöglichkeit. Er schien jedermann zu kennen und ging sehr selbstsicher vor, aber er wußte nicht, wie er Natalie und Byron herausbringen sollte. Der Flughafen war geschlossen und Berichten zufolge auch die rumänische Grenze gesperrt. Die Züge fuhren noch zu unvoraussehbaren Zeiten, ostwärts nach Rußland und nordwärts nach Warschau, wobei die Menschen aus den Fenstern hingen und sich an die Lokomotiven klammerten. Anderenfalls gab es die Landstraßen.
Der bärtige Taxichauffeur Jankel und seine Frau, beides arme Verwandte von Berel, waren bereit, wohin auch immer zu fahren. Berel war es gelungen, ihm ein offizielles Papier zu besorgen, damit der Wagen nicht eingezogen würde. Die Frau bestand darauf, zuerst zu ihrer Wohnung zu fahren, alle vorhandenen Lebensmittel, ihre Betten, ihre Kupfertöpfe zusammenzupacken und sie auf dem Wagendach festzubinden. Berel meinte, die Amerikaner sollten sich lieber so rasch wie möglich zu ihrer Botschaft in Warschau begeben, statt zu versuchen, im Vormarschgebiet der deutschen Wehrmacht die Grenze zu überqueren. So fuhr diese merkwürdige Gruppe los: zu sieben Personen in einem rostigen alten Fiat,

auf dem Dach flatternde Matratzen und rhythmisch klapperndes Kupfergeschirr.
Sie übernachteten in einer Stadt, wo Jastrow einige Juden kannte. Sie aßen gut, schliefen auf dem Fußboden und fuhren im Morgengrauen weiter. Die schmalen geteerten Straßen füllten sich mit Fußgängern und Pferdewagen, die mit Kindern, Möbeln, quiekenden Gänsen und ähnlichem beladen waren. Einige Bauern trieben mit Hausrat beladene Esel vor sich her oder ein paar muhende Kühe. Hin und wieder wurden sie von Kolonnen marschierender Soldaten von der Straße abgedrängt. Eine Kavallerietruppe trabte auf riesigen Apfelschimmeln vorbei. Die staubigen Reiter schwatzten vergnügt; es waren kräftige Burschen mit Helmen und Säbeln. Sie lachten, zeigten weißblitzende Zähne, zwirbelten ihre Schnurrbärte und sahen mit freundlicher Verachtung auf die erschöpften Flüchtlinge hinunter. Eine Kompanie Infanteristen zog singend vorbei. Das schöne Wetter, der Duft reifenden Getreides versetzten die Reisenden in gute Stimmung, obwohl die steigende Sonne zu brennen begann. Auf der langen schwarzen Straße zwischen den gelben Feldern waren keine Kampftruppen zu sehen, als ein vereinzeltes Flugzeug aus dem Himmel herunterstieß und mit hartem Geknatter die Straße aus der Luft verfolgte. Es flog so tief, daß Byron die aufgemalten Nummern, die schwarzen Kreuze, das Hakenkreuz und die ungelenken, starren Räder erkennen konnte. Die Kugeln trafen Menschen, Pferde, den Hausrat und die Kinder in den Wagen. Byron spürte ein stechendes Brennen im Ohr. Er merkte nicht, wie er zu Boden stürzte.
Er hörte ein Kind weinen, öffnete die Augen und setzte sich auf. Das Blut auf seinem Anzug – große hellrote Flecken – überraschte ihn; und er fühlte, wie es ihm warm über das Gesicht lief. Natalie kniete neben ihm und tupfte ihm sein Gesicht mit einem durchweichten, geröteten Taschentuch ab. Er entsann sich des Flugzeugs. Auf der anderen Seite der Straße umklammerte das weinende Mädchen das Bein eines Mannes und starrte auf eine am Boden liegende Frau. Zwischen Schluchzern schrie das Kind immer wieder die gleichen polnischen Worte. Der Mann, ein blonder, barfüßiger Pole in zerrissener Kleidung, streichelte seinen Kopf.
»Was ist denn? Was sagt sie denn?«
»Sind Sie in Ordnung, Byron? Wie fühlen Sie sich?«
»Ein bißchen benommen. Was sagt denn das kleine Mädchen?«
Natalie sah merkwürdig aus. Ihre Nase wirkte abgehärmt und lang, ihr Haar war zerzaust, ihr Gesicht blau und schmutzig und ihr Lippenstift rissig. An ihrer Stirn klebte etwas von Byrons Blut. »Ich weiß es nicht. Sie ist hysterisch.«
Berel stand neben Natalie und strich sich über den Bart. Er sagte auf französisch: »Sie sagt immer wieder: ›Mama sieht so häßlich aus.‹ «

Byron stand auf, sich mit der Hand auf den heißen Kotflügel des Wagens stützend. Seine Knie wollten ihm kaum gehorchen. »Ich glaube, ich bin in Ordnung. Wie sieht die Wunde denn aus?«
Natalie erwiderte: »Ich weiß nicht, Ihr Haar ist so dick. Aber sie blutet stark. Wir sollten Sie lieber in ein Krankenhaus bringen und die Wunde nähen lassen.«
Der Fahrer, der hastig die Schrauben des aufgebockten Rades anzog, lächelte Byron an. Von seiner verfärbten Nase und Stirn perlte Schweiß in seinen Bart. Seine Frau und das junge Paar standen im Schatten des Wagens und sahen mit entsetztem Ausdruck auf den Himmel, die Straße und das weinende Mädchen. Die ganze Straße entlang bäumten sich verwundete Esel und Pferde schreiend auf. Geflügel aus umgestürzten Wagen rannte gackernd, von schreienden Kindern verfolgt, hin und her, Menschen beugten sich unter lautem Geschrei in polnischer Sprache über die Verwundeten oder hoben sie in die Wagen. Die Sonne brannte weißglühend aus einem wolkenlosen Himmel herab.
Byron ging schwankend zu dem weinenden Mädchen; Natalie und Jastrow folgten ihm. Die Mutter der Kleinen lag auf dem Rücken. Eine Kugel hatte sie mitten ins Gesicht getroffen. Das große rote Loch war ein besonders fürchterlicher Anblick, weil ihre aufgerissenen Augen unversehrt geblieben waren. Berel sprach mit dem Vater, einem Mann von törichtem, sanften Ausdruck mit einem buschigen gelben Schnurrbart. Der Mann zuckte die Achseln und drückte das kleine Mädchen an sich. Jankels Frau trat hinzu und bot dem Kind einen Apfel an, dessen Schluchzen fast augenblicklich versiegte. Es nahm den Apfel und biß hinein. Der Mann setzte sich zu seiner toten Frau und begann zu murmeln, sich zu bekreuzigen, seine Schuhe hingen ihm um den Hals.
Natalie half Byron, der sehr schwindlig war, in den orangegelben Wagen. Sie fuhren weiter; Jastrow sagte, fünf Kilometer entfernt gebe es eine verhältnismäßig große Stadt, wo man die Behörden über die auf der Landstraße liegenden Verwundeten informieren könne. Die Braut, die ohne ihr Hochzeitskleid ein simples sommersprossiges Mädchen mit dikken Brillengläsern war, begann zu weinen und weinte den ganzen Weg über bis zur Stadt; ihren trübgesichtigen Gatten stieß sie von sich und barg ihr Gesicht am Busen der Chauffeursgattin.
Die Stadt war unversehrt, und das Krankenhaus, ein kleiner brauner Backsteinbau neben einer Kirche, war im Innern ruhig und kühl. Mehrere Schwestern und Nonnen setzten sich auf einem Lastwagen in Bewegung, nachdem Jastrow seine Geschichte erzählt hatte. Byron wurde in einen weiß gestrichenen Raum, voll von chirurgischen Instrumenten und surrenden Fliegen, geführt. Ein dicker alter Arzt in weißem Kittel und geflickten Drillichhosen nähte seine Kopfwunde. Das Ausrasieren um die

Wunde herum war viel unangenehmer als das eigentliche Nähen. Beim Herauskommen schlug er Natalie vor, sich ihr Knie bandagieren zu lassen, denn sie hinkte noch immer beträchtlich.
»Ach, Unsinn«, sagte Natalie. »Fahren wir. Jankel sagt, wir könnten noch immer heute abend bis Warschau kommen. Ich lasse es da machen.«
Nach dem Löffel mit dem schmerzbetäubenden Mittel, das der Arzt ihm verabreicht hatte, und unter der allgemeinen Müdigkeit und der Nachwirkung des Schocks schlief Byron. Als er aufwachte, wußte er nicht, wieviel Zeit inzwischen verstrichen war. Auf dem großen kopfsteingepflasterten Platz in der Nähe eines Bahnhofs hatten zwei Soldaten, mit Gewehren in der Hand, den Wagen angehalten. Der Bahnhof und ein Güterzug brannten. Mehrere Gebäude an dem Platz waren zertrümmert oder beschädigt, zwei standen in Flammen. Um die Läden scharten sich Menschen, holten sich Waren und trugen sie weg. Byron erkannte mit Erstaunen, daß sie plünderten. Auf der anderen Seite des Platzes pumpten Männer Wasser aus pferdebespannten Löschwagen, wie sie Byron seit seiner Kindheit nicht mehr gesehen hatte, auf den brennenden Bahnhof. Eine Menschenmenge schaute ihnen mit der Gelassenheit zu, mit der sie in Friedenszeiten jedes Ereignis verfolgt hätte.
»Was ist los?« fragte Byron.
Einer der Soldaten, ein junger großer blonder Bursche mit breitem roten Pickelgesicht, trat an das Fenster des Fahrers. Zwischen dem Soldaten, Jankel und Jastrow entspann sich ein Gespräch. Der Soldat lächelte sie fortgesetzt mit einer eigentümlich unangenehmen Sanftheit an, als wären sie Kinder, die ihm mißfielen. Sein magerer Kamerad trat hinzu und blickte zigarettenrauchend und dabei fortgesetzt hustend durch die gelbe Scheibe. Er sprach zu dem Großen und nannte ihn wiederholt »Kasimir«. Byron wußte inzwischen, daß *Zhid* ein polnischer Beiname für »Jude« war. *Zhid* kam des öfteren in ihrer Unterhaltung vor. »Kasimir« sprach abermals mit dem Fahrer und streckte einmal die Hand zum Fenster hinein, streichelte den Bart des Chauffeurs, um dann an ihm zu reißen. Jastrow murmelte Natalie auf jiddisch etwas zu, mit einem Blick auf Byron.
»Was sagt er?« fragte Byron.
»Es gebe gute und schlechte Polen, sagt er«, murmelte Natalie. »Diese seien schlecht.«
Kasimir befahl allen mit einer Bewegung seines Gewehrs, auszusteigen. Jastrow sagte zu Byron: »Sie nehmen unser Auto.«
Byron hatte widerliche Kopfschmerzen. Die Kugel hatte sein Ohr getroffen, und die offene Wunde pochte und brannte und schmerzte viel mehr als die genähte Kopfverletzung. Er verspürte vage Magenkrämpfe, da er seit zwei Tagen nur ein paar Happen gegessen und schmutziges Wasser

getrunken hatte, und er war noch immer von der Medizin benommen. Er hatte sich selten so schlecht gefühlt. »Ich werd versuchen, mit ihnen zu reden«, sagte er und stieg aus dem Wagen.
»Hören Sie«, sagte er, auf die Soldaten zugehend, »ich bin amerikanischer Marineoffizier und auf dem Weg zur Botschaft nach Warschau, wo wir erwartet werden. Diese Amerikanerin« – er deutete auf Natalie – »ist meine Verlobte, und wir haben ihre Verwandten besucht. Diese Leute hier sind ihre Verwandten.«
Beim Klang der englischen Sprache und dem Anblick von Byrons dickem blutbefleckten Verband verzogen die Soldaten die Gesichter. »Amerikanetz?« fragte der Große.
Jastrow übersetzte vom Wagenfenster aus Byrons Worte. Kasimir kratzte sich am Kinn und sah Byron von oben bis unten an. Das herablassende Lächeln kam wieder zum Vorschein. Er sprach mit Jastrow, der zitternd auf französisch übersetzte: »Er sagt, kein amerikanischer Marineoffizier würde jemals eine Jüdin heiraten. Er glaubt Ihnen nicht.«
»Sagen Sie ihm, wenn wir bis heute abend nicht in Warschau sind, wird der amerikanische Botschafter sich dafür einsetzen, daß man uns findet. Und wenn er das bezweifelt, soll er uns die Botschaft anrufen lassen.«
»Paß«, sagte Kasimir zu Byron, nachdem Jastrow seine Worte übersetzt hatte. Byron wies ihn vor. Der Soldat sah prüfend auf den grünen Einband, den englischen Text, das Photo und Byrons Gesicht. Er sprach mit seinem hustenden Kameraden und drehte sich auf dem Absatz herum, Byron bedeutend, ihm zu folgen.
»Briny, gehen Sie nicht weg«, sagte Natalie.
»Ich komme schon wieder. Beruhigen Sie die anderen.«
Der kleinere Soldat lehnte sich gegen den Kotflügel, steckte sich fürchterlich hustend eine weitere Zigarette an und grinste Natalie zu.
Byron folgte Kasimir durch eine Seitenstraße in ein zweistöckiges Gebäude, dessen Mauern mit Meldungen und Plakaten beklebt waren. Sie schritten an Zimmern voll von Karteien, Schaltern und Schreibtischen vorbei bis zu einer mattierten Glastür am Ende der Halle. Kasimir ging hinein, steckte nach etwa zehn Minuten den Kopf heraus und winkte dem Amerikaner.
Hinter dem großen Schreibtisch am Fenster saß ein dicklicher Mann in grauer Uniform und rauchte eine Zigarette aus einer Bernsteinspitze. Nach den bunten Abzeichen und Messingverzierungen zu urteilen, war es ein Offizier. Der Paß lag aufgeschlagen vor dem Mann. Er trank Tee aus einem Glas, während er auf den Paß stierte, und Tee spritzte auf Byrons Bild. In dem schmalen schmuddeligen Zimmer standen in einer Ecke Karteien und Regale aus Metall, in denen verschmutzte juristische Werke in wildem Durcheinander herumlagen.

Der Offizier fragte ihn, ob er Deutsch spreche. In dieser Sprache verständigten sie sich, obwohl sie es beide schlecht konnten. Er ließ sich Byrons Geschichte wiederholen und fragte ihn, wie ein amerikanischer Marineoffizier dazu komme, sich mit Juden einzulassen und sich in Kriegszeiten in Polen herumzutreiben. Sobald seine Zigarette bis auf einen halben Zentimeter heruntergeraucht war, steckte er sich eine neue an. Er fragte ihn streng nach der Kopfverletzung aus und lächelte säuerlich mit hochgezogenen Augenbrauen über den Bericht von dem Tieffliegerangriff auf der Landstraße. Selbst wenn das alles der Wahrheit entspreche, bemerkte er, habe Byron sehr fahrlässig gehandelt und könne riskieren, erschossen zu werden. Er schrieb während langer Pausen zwischen den Fragen Byrons Antworten auf, klammerte die bekritzelten Seiten an den Paß und warf sie in einen Drahtkorb voller Akten.
»Kommen Sie morgen nachmittag um fünf Uhr wieder.«
»Das kann ich nicht. Ich werde heute abend in Warschau erwartet.«
Der Offizier zuckte die Achseln.
Byron wünschte, das Pochen in seinen Schläfen würde aufhören. Das Denken fiel ihm schwer, besonders auf deutsch, und seine Sehkraft war ebenfalls getrübt. »Darf ich fragen, wer Sie sind und mit welchem Recht Sie meinen Paß beschlagnahmen und mit welchem Recht dieser Soldat unseren Wagen beschlagnahmen wollte?«
Das unangenehme Lächeln, das Kasimir zur Schau getragen hatte – Kasimir stand während des ganzen Verhörs ohne eine Miene zu verziehen neben dem Schreibtisch –, erschien jetzt auch auf dem Gesicht des Offiziers.
»Das geht Sie gar nichts an. Zuerst müssen wir feststellen, wer Sie sind.«
»Dann rufen Sie doch die amerikanische Botschaft an und fragen Sie nach Leslie Slote, dem Sekretär der politischen Abteilung. Das würde nicht lange dauern.«
Der Offizier trank den inzwischen kalt gewordenen Tee aus und begann, während er Kasimir auf polnisch etwas zumurmelte, Akten zu unterzeichnen. Kasimir nickte, packte Byron am Arm, stieß ihn aus dem Zimmer heraus und führte ihn zum Wagen zurück.
Von dem Bahnhof und den Güterwagen stiegen weiße Rauchwolken auf, und ein Geruch von verbranntem Holz erfüllte die Straße. Das Plündern war vorbei. Vor den zertrümmerten Läden standen Polizisten. Durch die gelblichen Wagenfenster blickten die drei Frauen mit gespannten Gesichtern auf Byron. Kasimir sprach mit seinem Kameraden, der ans Fenster klopfte und der Braut zuwinkte, woraufhin diese erschrocken zurückwich. Dann verschwanden sie.
Byron berichtete Natalie, was geschehen war, und sie gab es auf jiddisch an die anderen weiter. Jastrow sagte, sie könnten bei einem Freund von ihm in der Stadt übernachten. Als Byron sich an das Steuer setzte, schien

Jankel froh zu sein, sich nach hinten neben seine Frau verziehen zu dürfen.

Berels Anweisungen folgend, manövrierte Byron den Wagen zu einer Kreuzung, wo ein großer Pfeil nach links wies und die Aufschrift *Warschau 95 km* trug. Jastrow gebot ihm, rechts einzubiegen, wo die Straße zwischen kleinen Häusern hindurch zu einer ungestrichenen Holzkirche führte. Byron wechselte den Gang, brauste nach links und fuhr durch die Getreidefelder hinaus. »Das sieht mir dort hinten nicht sehr schön aus«, sagte er zu Natalie. »Wir fahren am besten weiter.« Natalie rief: »Aber Byron, seien Sie doch nicht verrückt! Im Krieg können Sie bei diesen Leuten nicht ohne Paß herumfahren.«

»Fragen Sie Berel, wie er darüber denkt.«

Es folgte ein Dialog auf jiddisch: »Er sagt, es sei viel zu gefährlich für Sie. Kehren Sie um.«

»Warum? Wenn wir Schwierigkeiten bekommen, sage ich, ich hätte meinen Paß in einem Luftangriff verloren. Ich hab ja dieses Loch in meinem Kopf.« Byron trat das Gaspedal durch, und der überlastete, klapperige alte Fiat tat sein äußerstes, etwa fünfzig Kilometer in der Stunde. Die Töpfe auf dem Dach machten einen großen Lärm, so daß Byron schreien mußte. »Fragen Sie ihn, ob es nicht für Sie und die anderen am sichersten ist, so schnell wie möglich von hier zu verschwinden.«

Er fühlte eine Berührung auf seiner Schulter und blickte sich um. Berels bärtiges Gesicht war erschöpft und aschgrau, und er nickte.

Sie brauchten drei Tage, um die fünfundneunzig Kilometer zu bewältigen. Während dieser Zeit kam Byron das Ganze wie ein Märchen vor, das er, falls er es überstand, seinen Enkelkindern erzählen würde. Aber hinterher geschah noch derart viel, daß seine fünftägige Fahrt von Krakau nach Warschau bald zu einer verworrenen Erinnerung verblaßte. Der Schaden an der Wasserpumpe, der sie einen halben Tag lang auf einer einsamen abgelegenen Waldstraße zurückhielt, bis Byron, der im Wundfieber daran herumbastelte, sie zu seinem Erstaunen wieder in Gang brachte; das Leck im Benzintank, das sie zu gefährlichen Tricks zwang, um neues Benzin einzukaufen; das Verschwinden der hysterischen Braut von der Wiese, wo sie einmal die Nacht verbrachten, und die langwierige Suche nach ihr (sie war zu einem anderen Gehöft gewandert und in einer Scheune eingeschlafen); die beiden blutverschmierten Knaben von etwa elf und vierzehn Jahren, die sie schlafend am Straßenrand fanden und die ihnen eine wirre Geschichte erzählten, wie sie von einem Lastwagen gestürzt seien, und die die letzten dreißig Kilometer nach Warschau auf Holzleisten über der glühenden Motorhaube des Fiats verbrachten – das alles trübte sich in seiner Erinnerung. Aber was er nie vergaß war, wie

entsetzlich übel ihm war, und die peinliche Verlegenheit, die ihm seine häufigen Exkursionen in die Büsche bereiteten; sowie Natalies unerschütterlich gute Laune, als sie immer hungriger, dreckiger und müder wurden; und vor allem unvergeßlich das Loch in seiner Brusttasche, wo einmal sein Paß gesteckt hatte, das heftiger zu pochen schien als das Loch in seinem Ohr und seinem Schädel, weil er nun wußte, daß es polnische Offiziere gab, die imstande waren, den Befehl zu geben, ihn abzuführen und zu erschießen, und Soldaten, die imstande waren, den Befehl auszuführen. Sich nach Jastrows Anweisungen richtend, fuhr er auf großen Umwegen durch steinige, schlammige Nebenstraßen, um Städte zu umgehen, obwohl es die Fahrt verlängerte und dem immer klappriger werdenden Wagen schwer zusetzte.
Sie trafen in einer Vorstadt von Warschau ein und krochen in einer Schlange von Hunderten von Pferdewagen im kalten Morgengrauen vorwärts. Quer durch die Stoppelfelder hoben Frauen, Kinder und altersgebeugte Graubärte Gräben aus und stellten Stacheldrahthindernisse gegen Panzerangriffe auf. Die Gebäude, die sich vor dem rosa nordöstlichen Horizont ballten, sahen wie das himmlische Jerusalem aus. Die unendlich dicke Frau des Fahrers, von deren körperliche Nähe Natalie in einer Weise bedrängt worden war wie nie von einem Menschen zuvor und die immer mehr wie eine überhitzte Kuh roch, umarmte Natalie, küßte sie und drückte sie an sich. Sie brauchten noch weitere drei Stunden, bis der ächzende, scheppernde Wagen vor der Botschaft ankam. Die beiden Knaben sprangen von der Motorhaube herunter und liefen in eine Seitengasse.
»Geh vor, geh sofort hinein«, sagte der Pilzhändler auf jiddisch zu Natalie. »Besuche mich später, wenn du kannst. Jetzt sind wir in Sicherheit.«
Als Byron sich verabschiedete, wollte Berel seine Hand gar nicht loslassen. Er hielt sie mit beiden Händen fest und sah den jungen Mann tiefernst an. »*Merci. Mille fois merci.* Sehr vielen Dank Ihnen. Amerika Polen retten, ja, Byron? Die Welt retten.«
Byron lachte. »Das ist ein großer Auftrag, Berel, aber ich werde ihn weiterleiten.«
»Was hat er gesagt?« fragte Berel Natalie, Byrons Hand noch immer festhaltend.
Als Natalie es ihm erklärte, lachte auch Berel und überraschte dann Byron mit einer bärenstarken Umarmung und einem kurzen, stachligen Kuß.
Ein einsamer Marinesoldat stand vor den geschlossenen Toren Wache. Graue Sandsäcke polsterten die gelb verputzten Mauern, häßliche, x-förmige Holzleisten verunstalteten die Fenster, und auf das rote Ziegeldach war eine riesige amerikanische Fahne gemalt worden. Das alles war seltsam, aber am seltsamsten war, daß es keine lange Menschenschlange mehr gab. Nur der Marinesoldat stand vor dem Gebäude. Die Botschaft

der Vereinigten Staaten war nicht mehr eine Freistatt oder eine Luke zur Flucht.

Das mißtrauische, sauber rasierte rosa Gesicht des Wachsoldaten erhellte sich, als er sie sprechen hörte. »Jawohl, Madam, Mr. Slote ist anwesend. Er leitet jetzt die Botschaft.« Er zog aus einem am Tor befestigten Metallkasten einen Telefonapparat heraus und betrachtete sie neugierig. Natalie strich sich über das zerraufte Haar, Byron rieb sich die fünf Tage alten Bartstoppeln, und beide lachten. Slote kam die breite Treppe unter dem Botschaftsemblem heruntergerannt. »Hallo! Gott, bin ich froh, daß ihr da seid!« Er warf einen Arm um Natalie und küßte sie auf die Wange, dabei Byrons schmutzigen, blutbefleckten Kopfverband anstarrend. »Um Gottes willen! Ist Ihnen etwas passiert?«

»Mir geht es glänzend. Was gibt es Neues? Werden die Franzosen und Engländer kämpfen?«

»Seid ihr so abgeschnitten gewesen von der Welt? Sie haben am Montag den Krieg erklärt, nachdem sie Hitler drei Tage lang beschworen haben, nett zu sein und seine Armeen aus Polen zurückzuziehen. Ich wüßte nicht, daß sie seitdem irgend etwas unternommen hätten außer Flugblätter abzuwerfen.«

Bei einem herrlichen Frühstück mit Eiern und Schinken, der ersten warmen Mahlzeit, die sie seit Tagen gegessen hatten, beschrieben sie ihre Reise. Byron spürte, wie seine geschundenen Eingeweide sich bei diesem konsistenten Mahl beruhigten. Er und Natalie aßen von Tabletts auf dem breiten Schreibtisch des Botschafters. Als die Luftangriffe einsetzten, hatte Washington den Botschafter und die Mehrzahl des Personals zurückbeordert; als einziger Junggeselle der Stufe 3 war Slote zum Dableiben bestimmt worden. Der Diplomat war entsetzt, als er erfuhr, wie Byron seinen Paß im Stich gelassen hatte. »Um Gottes willen, Mensch, in einem kriegführenden Land! Es ist ein Wunder, daß Sie nicht gefangengenommen, eingesperrt oder erschossen worden sind! Daß Sie deutscher Agent wären, wäre für Ihr Herumreisen dort unten ein viel plausiblerer Grund gewesen als der wahre. Ihr beiden seid wirklich unglaublich. Und habt auch unglaubliches Glück gehabt.«

»Und sind unglaublich verdreckt«, sagte Natalie. »Was machen wir jetzt?«

»Nun, jetzt steckt ihr drin, mein Schatz. Im Augenblick gibt es keine Möglichkeit, aus Polen herauszukommen. Die Deutschen überrennen und stecken das ganze Land in Brand. Wir werden euch in Warschau eine Unterkunft besorgen müssen, bis, nun, bis die Lage sich so oder so geklärt hat. Inzwischen müßt ihr euch bemühen, wie wir anderen auch, den Bomben auszuweichen.« Slote sah Byron kopfschüttelnd an. »Ihr Vater hat sich Sorgen um Sie gemacht. Ich muß ihm kabeln. Wir haben noch immer eine Verbindungsmöglichkeit über Stockholm. Er wird Aaron verständigen, daß Natalie wenigstens gefunden worden und am Leben ist.«

»Ich möchte dringend baden«, sagte Natalie.

Slote kratzte sich am Kopf, zog dann einige Schlüssel aus der Tasche und schob sie über den Schreibtisch. »Ich bin hierher umgezogen. Nimm mein Apartment. Es liegt im Parterre, wo es am sichersten ist, und hat einen schönen tiefen Keller. Als ich zuletzt drin war, lief das Wasser noch, und wir hatten noch Strom.«

»Und was ist mit ihm?«

Byron sagte: »Ich ziehe ins Methodisten-Haus.«

»Es ist zerstört«, sagte Slote. »Wir mußten vorgestern alle Leute herausbringen.«

»Stört es dich«, fragte Natalie, »wenn er bei mir wohnt?«

Beide Männer zeigten sich erstaunt und verlegen, und Byron sagte: »Das würde meine Mutter kaum erlauben.«

»Aber ich bitte dich, Byron. Mit all dem Gerenne in die Büsche und was wir sonst noch alles zusammen getan haben, wüßte ich nicht, was wir noch voreinander zu verbergen hätten.« Sie wandte sich an Slote. »Er ist so etwas wie ein treuer kleiner Bruder.«

»Glauben Sie ihr nicht«, sagte Byron. »Ich bin eine heißblütige Bestie. Gibt es einen Verein Christlicher Junger Männer?«

»Hören Sie«, sagte Slote wenig begeistert. »Ich habe nichts dagegen. Im Wohnzimmer steht ein Sofa. Es kommt auf Natalie an.«

Sie ergriff die Schlüssel. »Ich habe die Absicht, zu baden und zwischen den Luftangriffen mehrere Tage zu schlafen. Wie werden wir denn jemals aus Polen herauskommen, Leslie?«

Slote zuckte die Achseln. »Hitler hat erklärt, wenn Warschau sich nicht ergebe, werde es dem Erdboden gleichgemacht. Die Polen behaupten, sie hätten die Wehrmacht zurückgeworfen und marschierten in Deutschland ein. Das ist wahrscheinlich Unsinn. Radio Stockholm meldet, daß die Deutschen überall durchgebrochen seien und Warschau binnen einer Woche eingeschlossen haben würden. Die hier ansässigen Schweden und Schweizer versuchen, für neutrale Ausländer freies Geleit durch die deutschen Linien zu erwirken. Auf diese Weise werden wir vermutlich alle hier wegkommen. Bis dahin jedoch ist der sicherste Ort in ganz Polen hier.«

»Nun, dann war es sehr vernünftig von uns, nach Warschau zu kommen«, sagte Natalie.

»Du bist überhaupt die Seele der Vernunft, Natalie.«

Als der O-Bus in die kleineren Straßen des Wohnviertels abbog, bemerkten Byron und Natalie mehr Bombenschäden als in Krakau – ausgebrannte oder zertrümmerte Häuser, Bombentrichter im Pflaster, hier und da eine mit Seilen abgesperrte Straße voll Schutt – aber im Ganzen sah Warschau nicht viel anders als in Friedenszeiten vor knapp einer Woche aus, obwohl es jetzt einem vergangenen Zeitalter anzugehören schien. Die angedrohte Ausradierung durch die Deutschen fand jetzt noch nicht statt, sofern es jemals dazu kommen würde. Die übrigen Fahrgäste schenkten Byrons Verband oder Bartstoppeln keinerlei Aufmerksamkeit. Mehrere von ihnen waren gleichfalls verbunden, die meisten der Männer unrasiert. Der Menschengeruch war erstickend.

»Ach, endlich frische Luft!« sagte Natalie beim Aussteigen. »Vermutlich riechen wir genauso schlimm, wenn nicht schlimmer. Ich muß sofort baden, sonst werde ich verrückt. Auf der Landstraße war mir das irgendwie egal. Aber jetzt kann ich mich keine Minute länger ertragen.«

Schmale Streifen von Sonnenlicht drangen durch die Ritzen der geschlossenen Fensterläden herein und machten Slotes Wohnung zu einer Oase friedlicher Dämmerung. Bücher, die die Wände des Wohnzimmers bedeckten, gaben ihm einen staubigen Bibliotheksgeruch. Natalie knipste den Lichtschalter an, offensichtlich fühlte sie sich ganz zu Hause. »Möchten Sie sich zuerst waschen?« fragte sie. »Wenn ich erst einmal in der Wanne sitze, bleibe ich stundenlang drin. Es gibt nur kaltes Wasser. Ich werde welches aufsetzen. Aber ich weiß nicht. Vielleicht sollten Sie zuallererst ein Krankenhaus finden und sich Ihren Kopf untersuchen lassen.«

Kaum hatte sie das gesagt, kam es ihnen beiden komisch vor. Sie lachten und lachten und konnten gar nicht aufhören. »Nun, solange wir beide noch stinken«, keuchte Natalie, »kommen Sie mal her.« Sie warf die Arme um ihn und küßte ihn. »Sie verrückter Kerl, lassen Ihren Paß im Stich, um ein paar blöde Juden zu beschützen.«

»Meinem Kopf geht es gut«, sagte Byron. Die Berührung der Lippen des Mädchens auf seinem Mund war wie Vogelgesang, wie Blumen, so erschöpft und verschmutzt sie auch beide waren. »Ich wasche mich, während Sie heißes Wasser machen.«

Während er sich rasierte, kam sie dauernd ins Badezimmer, goß dampfende Kessel in die gesprungene gelbe Wanne und summte eine Polonaise von Chopin. Diese Musik hatte die Mittagsnachrichten eingeleitet, von denen Byron nur einige Ortsnamen verstanden hatte, die sich auf Städte bezogen, die von der West- und Südgrenze mehr als die Hälfte der Strecke nach Warschau hin entfernt lagen.

»Mein Gott, wie blaß Sie aussehen, Briny«, sagte sie, als sie sein glattrasiertes Gesicht inspizierte, das durch die Kaltwasserrasur hie und da einen Schnitzer abbekommen hatte, »und wie jung! Ich vergesse das dauernd. Sie sind ja kaum erwachsen.«

»Ach, übertreiben Sie doch nicht. Ich bin immerhin schon aus der Universität ausgestiegen«, sagte Byron. »Ist das etwa kein Zeichen von Reife?«
»Raus mit Ihnen. Ich geh jetzt in die Wanne.«
Etwa eine halbe Stunde später erscholl draußen ein unmißverständliches wehklagendes Geheul. Byron, der auf dem Sofa über einer alten Ausgabe von *Time* eingeschlummert war, wachte schlagartig auf und nahm sein Fernglas aus dem Koffer. Rot angelaufen und tropfnaß kam Natalie aus dem Badezimmer, eingehüllt in Slotes weißen Bademantel.
»Müssen wir in den Keller?«
»Ich sehe mal nach.«
Die Straße war ausgestorben: kein Wagen, keine Menschen.
Byron betrachtete von der Haustür aus mit bloßem Auge den Himmel und sah bald die Flugzeuge. Aus einer weißen Wolke auftauchend, bewegten sie sich langsam durch vereinzelte schwarze Rauchwolken hindurch über den Himmel. Aus weiter Ferne vernahm er dumpfes Grollen ohne Blitz. Als er, mit dem Fernglas an den Augen, auf das Trottoir hinaustrat, gellte eine Pfeife. Am Ende der Straße winkte ihm ein kleiner Mann in weißem Helm und mit weißer Armbinde wütend zu. Er trat in den Hauseingang zurück und machte mit dem Fernglas die Flugzeuge aus: Es waren schwarze Maschinen, größer als die, die ihn verwundet hatte, von anderer, schwererer Form und mit den gleichen Eisernen Kreuzen und Hakenkreuzen bemalt. Ihr Rumpf war sehr lang; in dem regenbogenfarbengeränderten Blickfeld des Fernglases sahen sie ein bißchen wie kleine fliegende Güterwagen aus.
Natalie kämmte sich bei Kerzenlicht vor dem Entreespiegel das Haar. Der Strom war abgestellt. »Nun? Ist das ein Luftangriff?«
»Ja, es ist ein Luftangriff. Aber sie kommen nicht hierher, jedenfalls nicht die Maschinen, die ich gesehen habe.«
»Ich gehe lieber doch nicht wieder in die Wanne zurück.«
Die Einschläge kamen näher. Die beiden saßen auf dem Sofa, rauchten Zigaretten und sahen einander an.
Natalie sagte mit unsicherer Stimme: »Es ist wie eine Art Sommergewitter, das auf einen zukommt. So habe ich es mir nicht vorgestellt.«
Ein fernes, pfeifendes Geräusch schwoll an, und ein plötzliches Krachen ließ das Zimmer erzittern. Irgendwo zerbarst Glas, viel Glas. Das Mädchen stieß einen kleinen Schrei aus, blieb jedoch unbeweglich und aufrecht sitzen. Zwei weitere Explosionen kamen hintereinander. Durch die Jalousien hallten von der Straße herein scharfe Geräusche: Rufen und Schreie und das Poltern einstürzender Backsteinmauern.
»Briny, sollen wir in den Keller laufen?«
»Lieber sitzen bleiben.«

»Schön.«
Damit war das Schlimmste vorbei. Die Einschläge hielten noch eine Weile an, manche fern und nur schwach vernehmbar, manche näher, aber keine mehr, die man in der Luft oder am Fußboden und an den Zähnen spürte. Sie erstarben. Draußen auf der Straße erklangen Glocken, eilige Füße trampelten über das Kopfsteinpflaster, Männer schrien. Byron öffnete ein Fenster, schlug die Läden auf und blinzelte gegen die helle brennende Sonne auf zwei zerbombte, brennende Häuser am Ende der Straße. Menschen wimmelten um verstreute Mauerblöcke und brennenden Hausrat, und Feuerwehrleute spritzten Wasserströme in die hohen dicken roten Flammen.
Natalie stand neben ihm und nagte an den Lippen. »Diese gemeinen deutschen Schweine. Ach, mein Gott, Briny, sehen Sie doch. Sehen Sie!« Die Feuerwehrmänner begannen starre Körper aus den Rauchwolken herauszutragen. Ein großer Mann in einem dicken schwarzen Gummimantel trug unter jedem Arm ein Kind. »Können wir nicht helfen? Können wir nichts tun?«
»Es gibt sicherlich Gruppen von Freiwilligen, Natalie, bei denen neutrale Ausländer mitmachen dürfen; Pflege-, Rettungs- und Aufräumungsmannschaften. Ich werde mich erkundigen.«
»Ich kann das nicht mitansehen.« Sie knallte die Fensterläden zu. Barfuß, ohne ihre Absätze einige Zentimeter kleiner, in den zu großen Bademantel gewickelt, die Augen in dem ungeschminkten, zu ihm aufblickenden Gesicht vor Tränen glänzend, wirkte Natalie Jastrow viel jünger und weit weniger einschüchternd als sonst. »Es war so nah. Sie können uns beide umbringen.«
»Wahrscheinlich sollten wir das nächste Mal sofort in den Keller laufen, wenn wir die Sirene hören. Jetzt wissen wir es.«
»Ich habe Sie mit hereingezogen. Das quält mich fortwährend. Ihre Eltern in Berlin sorgen sich bestimmt furchtbar um Sie...«
»Ich stamme aus einer Soldatenfamilie. So etwas gehört dazu. Was mich anbetrifft, so macht es mir Spaß.«
»Spaß?« Sie sah ihn empört an. »Reden Sie nicht so kindisch.«
»Natalie, ich habe noch nie eine so aufregende Zeit gehabt. Das ist alles, was ich damit meine. Ich glaube nicht, daß ich umkommen werde. Ich würde dieses Erlebnis um nichts in der Welt missen wollen.«
»Aber Byron, wahrscheinlich sind in der letzten halben Stunde da draußen Hunderte von Menschen umgekommen! Haben Sie nicht die Kinder gesehen, die aus dem Gebäude geborgen wurden?«
»Natürlich habe ich sie gesehen. Hören Sie, ich meinte doch nur...« Byron hielt inne, denn was er gemeint hatte, war eben, daß es ihm Spaß machte.

»Wie kann man etwas so Dummes und Rohes sagen. Das hätte ein Deutscher sagen können.« Sie hüllte sich enger in den Bademantel. »*Spaß!* Leslie findet, daß *ich* verrückt bin. Sie sind wirklich nicht ganz dicht.« Sie sah ihn mit einem unfreundlichen Kopfschütteln an und stelzte zurück ins Badezimmer.

12

Seine Rückkehr von Berlin nach Washington war für Victor ebenso merkwürdig wie 1931 seine Rückkehr von Manila in ein Land, das tief in der großen Wirtschaftskrise steckte. Was ihm diesmal so auffiel, war nicht eine Veränderung, sondern daß es keine gab. Nach den grellen Machtdemonstrationen und dem Kriegsfieber Nazi-Deutschlands war es ein bißchen so, als komme man aus einem Farbfilm in eine stille graue Straße. Sogar Rotterdam und Lissabon waren vom Widerhall des Krieges aufgerüttelt. Hier aber, bei 40 Grad Hitze, gingen die Menschen apathisch ihren Geschäften nach. Der Blitzeinfall in Polen, der bereits der Geschichte anzugehören begann, war von dieser Stadt so entfernt wie ein Vulkanausbruch auf dem Mars.

Er saß in dem Speisesaal des *Army and Navy Club* bei einem Frühstück von gebratenen Räucherheringen und Rühreiern. Seine Ankunft am Vortag war merkwürdig enttäuschend gewesen. Der Mann in der deutschen Abteilung des *State Department*, bei dem er sich gemeldet hatte – ein sehr unwichtiger Mann vermutlich, nach dem kleinen fensterlosen Büro mit der schäbigen Einrichtung zu schließen –, hatte ihm gesagt, daß er am folgenden Morgen angerufen werden würde; sonst nichts.

»Sieh mal an, unser Gästebetreuer bei Diplomatenempfängen.«

»Wo hast du denn deine gestreiften Hosen gelassen, Pug?«

Drei ehemalige Mitschüler der Kriegsakademie grinsten auf ihn herunter, Digger Brown, Paul Hansen und Harry Warendorf. Obwohl Pug keinen von ihnen seit Jahren gesehen hatte, setzten sie sich zu ihm und begannen Witze und Klatsch zu erzählen, als wären sie täglich zusammen. Sie betrachteten sich gegenseitig interessiert, um Haarschwund und Bauchzuwachs zu prüfen. Hansen hatte 1921 fliegen gelernt und war jetzt Flugzeugeinsatzoffizier auf der *Saratoga*. Digger Brown, Victors alter Stubenkamerad, sah selbstsicher, wenn auch käsig aus. Dazu hatte er allen Grund, denn er hatte es vor allen anderen Kameraden der Klasse zum IO eines Schlachtschiffes gebracht. Warendorf, der weitaus intelligenteste von den dreien, war ein Pechvogel wie Tollever. Bei der Ausübung der Befehle seines Kommandanten hatte er im Nebel einen Zerstörer auf die Felsen bei Seattle aufgesetzt, zusammen mit einem halben Dutzend anderer. Er war zu den Minensuchern versetzt worden, und dort steckte er heute noch.

Trotz ihrer derben Scherze über seinen »Cocktail-Posten« waren sie neugierig und respektvoll. Sie stellten erstaunlich naive Fragen über den europäischen Krieg. Alle hielten die Nazis für doppelt so stark im Feld, wie sie in Wirklichkeit waren, und die Alliierten für so gut wie machtlos. Es fiel Victor auf, wie wenig Amerikaner von Europa wußten, trotz der Flut grell aufgemachter Zeitungs- und Zeitschriftenberichte über die Nazis; und überhaupt, wie wenig die meisten etwas davon wußten, das über ihr Fachgebiet hinausging.

»Aber Pug, wenn das so ist, warum können dann die Deutschen Polen einfach schlucken?« fragte Warendorf. Sie hatten alle aufmerksam, aber keineswegs überzeugt zugehört, wie er Streitkräfte, die sich gegenüberstanden, einschätzte.

»Das weiß man nicht genau. Ich würde sagen: Überraschungseffekt, überlegenes Material auf dem Kriegsschauplatz, Konzentration der Streitkräfte, bessere Führung im Feld, bessere Ausbildung, ein durchdachter Plan und wahrscheinlich eine Menge Korruption, Konfusion und Verrat hinter den polnischen Linien. Auch scheinen die Franzosen und Engländer die beste strategische Gelegenheit, die sie je gegen Hitler hatten, tatenlos zu verpassen. Man kann kein Wettspiel gewinnen, wenn man gar nicht erst das Feld betritt.«

Ein Page rief ihn ans Telefon.

»Commander Henry? Willkommen an diesen friedlichen Gestaden. Ich bin Carton. Captain Russel Carton. Ich glaube, wir waren vorübergehend auf der Kriegsschule zusammen und kämpften auf einem schachbrettgemusterten Linoleumfußboden gegen die Japaner.«

»Stimmt, Captain, 1937. Die Japaner haben uns, soviel ich mich erinnere, in die Pfanne gehauen.« Victor bemühte sich, beim Sprechen kein Erstaunen zu verraten. Russel Carton war der Name des Marineberaters von Präsident Roosevelt.

Die Stimme lachte leise. »Hoffentlich haben Sie vergessen, daß ich der Admiral war, der die Begegnung verpatzte. Wann soll ich Sie abholen? Unsere Verabredung ist für zwölf Uhr angesetzt.«

»Wie weit müssen wir fahren?«

»Nur um die Ecke. Ins Weiße Haus. Sie werden den Präsidenten sprechen... Hallo, sind Sie noch da?«

»Jawohl, Sir. Den Präsidenten sprechen, sagten Sie. Bekomme ich dafür besondere Instruktionen?«

»Nicht daß ich wüßte. Tragen Sie Galauniform. Ich hole Sie um elf Uhr dreißig ab.«

»Jawohl, Sir.«

Er kehrte an seinen Tisch zurück und bestellte sich noch einen Kaffee. Die anderen stellten keine Fragen. Sein Gesicht verriet nichts, aber es war schwer, diese alten Freunde zu täuschen. Sie wußten, es war merkwürdig, daß er so schnell aus Berlin zurückkam. Wahrscheinlich errieten sie, daß

er einen überraschenden Ruf erhalten hatte. Das machte nichts. Hansen bemerkte: »Sag mal, Pug, ist nicht ein Junge von dir in Pensacola? Ich fliege übermorgen hin, um einige Perlen der Weisheit über Landungen auf Flugzeugträgern von mir zu geben. Komm doch mit.«
»Wenn ich kann, Paul, gern. Ich rufe dich an.«
Pug bedauerte es, als sie weggingen. Das Fachsimpeln über Kampfübungen, die sie planten, hatte ihm den Geruch von Maschinen, Seeluft und Kaffee auf der Kommandobrücke in Erinnerung gerufen. Ihr Klatsch über kürzliche Beförderungen und Ernennungen, ihre Aufregung über die wachsende Gefahr eines Weltkriegs und die zunehmenden Aussichten für Einsatz und Ruhm – das war sein Element, und dem war er zu lange ferngeblieben. Er ließ sich die Haare schneiden und putzte seine Schuhe auf Hochglanz, zog einen frischen weißen Überzug über seine Mütze, zog Uniform und Ordensbänder an und saß fünfundvierzig Minuten lang, die ihm wie eine Ewigkeit vorkamen, in der Halle und zerbrach sich den Kopf über die bevorstehende Begegnung mit Franklin Roosevelt. Er war ihm schon einmal begegnet.
Ein Matrose kam durch die Drehtür und rief ihn heraus. Er fuhr die wenigen Häuserblocks zum Weißen Haus in einem grauen Chevrolet der Marine und bemühte sich benommen, mit Captain Carton Konversation zu machen, einem muskulösen Menschen mit eisernem Händedruck, auf dessen rechter Schulter die blau-goldenen Achselstücke des Admiralstabsoffiziers, die »Faulenzer-Spangen«, blitzten. Für solche, die das wußten, wies er sich damit als ein Berater des Präsidenten aus; sonst gehörten die Achselstücke auf die linke Schulter. Pug hielt Schritt mit dem Captain, während sie durch große Gesellschaftsräume des Weißen Hauses, durch lange Gänge und über Treppen gingen. »Da sind wir«, sagte Carton und führte ihn in ein kleines Zimmer. »Warten Sie einen Augenblick.« Der Augenblick dauerte siebenundzwanzig Minuten. Pug Henry betrachtete die alten Seeschlachtstiche an der Wand und sah zum Fenster hinaus, ging auf und ab, setzte sich in einen schweren braunen Ledersessel und ging abermals auf und ab.
Er fragte sich, ob der Präsident sich noch an ihn erinnerte, und hoffte, er täte es nicht. 1918 war Franklin Roosevelt als recht forscher stellvertretender Marinesekretär auf einem Zerstörer nach Europa gefahren. Die Offiziere hatten sich, einschließlich des Fähnrichs Henry, insgeheim über den sehr gut aussehenden jungen Riesen mit dem berühmten Namen lustig gemacht, der mit nautischen Ausdrücken um sich warf, wie ein dressierter Seehund Schiffsleitern auf und ab kletterte und dazu exotische Anzüge trug, die er fortwährend wechselte. Er war zwar ein Charmeur, wie die Offiziere einstimmig fanden, aber oberflächlich, beinah unseriös und durch das bequeme Leben eines reichen Mannes verdorben. Er trug

einen Kneifer, seinen berühmten Verwandten, Präsident Teddy Roosevelt, kopierend, und ebenso kopierte er dessen lautes männliches Wesen; aber bei seinem gezierten Harvard-Akzent wirkte dieser Eifer ziemlich lächerlich.

An dem Morgen ihrer fahrplanmäßigen Ankunft in Cherbourg hatte Fähnrich Henry seine Morgenarbeit auf dem Vorderdeck ausgeführt und war schön ins Schwitzen gekommen. Weil Wasserknappheit herrschte, hatte er sich mit einem Salzwasserschlauch auf dem Deck abgeduscht. Unglücklicherweise rollte das Schiff beträchtlich. Der Schlauch war ihm aus der Hand gerutscht und spritzte gerade in dem Augenblick in die Luke der Offiziersmesse, als Roosevelt in einem blauen Blazer mit Goldknöpfen, weißen Flanellhosen und Strohhut auf Deck erschien. Der Anzug war dabei ruiniert, und Pug wurde von seinem Captain und dem tropfnassen stellvertretenden Marinesekretär heftig angeschnauzt.

Eine Tür tat sich auf. »Schön. Kommen Sie herein, Pug«, sagte Captain Carton.

Der Präsident winkte ihm hinter seinem Schreibtisch zu. »Hallo! Freue mich, Sie zu sehen!« Die warme gebieterische aristokratische Stimme, von Radiosendungen her so bekannt, berührte Pug mit ihrer Vertraulichkeit höchst unangenehm. Er nahm unklar einen riesigen, herrlichen, geschwungenen gelben Raum wahr, der mit Bildern und Büchern vollgestopft war. Ein Mann mit grauem Gesicht und einem grauen Flanellanzug saß lässig in einem Lehnsessel neben dem Präsidenten. Franklin Roosevelt streckte ihm die Hand entgegen. »Legen Sie Ihre Mütze auf den Schreibtisch, Commander, und nehmen Sie Platz. Möchten Sie vielleicht etwas essen? Ich bin gerade dabei.« Ein Tablett mit halbverzehrtem Rührei, Toast und Kaffee stand auf einem kleinen Serviertisch neben dem Drehstuhl des Präsidenten. Er war in Hemdsärmeln und trug keine Krawatte. Victor hatte ihn außer in Wochenschauen oder auf Photographien seit über zwanzig Jahren nicht mehr gesehen. Die rötliche Gesichtsfarbe war sich gleich geblieben, und er war derselbe inzwischen ergraute Riese, älter und dicker als früher; und obwohl er das unverwechselbare herrscherliche Aussehen einer hohen Amtsperson besaß, war in dem aufgeworfenen, schweren Kinn noch immer eine Spur der jugendlichen Eitelkeit geblieben, die die Fähnriche auf der *Davey* zum Kichern gebracht hatte. Seine Augen lagen tief in den Höhlen, waren aber hell und aufmerksam.

»Vielen Dank, Herr Präsident. Ich habe bereits gegessen.«

»Übrigens, das ist Harry Hopkins, der Handelsminister.«

Der Mann mit dem grauen Gesicht schenkte Henry ein kurzes gewinnendes Lächeln, von einer leichten, müden Geste begleitet, die einen Händedruck unnötig machte.

Der Präsident neigte den schweren Kopf zur Seite und sah Victor Henry

spitzbübisch an. »Nun, Victor, haben Sie inzwischen gelernt, auf See einen Wasserschlauch festzuhalten?«
»Ach, Himmel, Sir...«, Victor faßte sich mit gespielter Verzweiflung an die Wange, »ich habe zwar von Ihrem phänomenalen Gedächtnis gehört, aber *das*, hoffte ich, hätten Sie vergessen.«
»Hahaha!« Der Präsident warf den Kopf in den Nacken. »Harry, dieser junge Bursche hat mir 1918 wohl den besten Blazer und Strohhut, die ich je besessen habe, ruiniert. Sie glauben, das hätte ich vergessen? Niemals. Jetzt, da ich das Oberkommando der Vereinigten Staaten führe, frage ich Sie, Pug Henry, was haben Sie zu Ihrer Verteidigung vorzubringen?«
»Herr Präsident, die Gnade ist der Mächtigen höchste Tugend.«
»Oho! Sehr gut. *Sehr* gut? Geistesgegenwart, Pug.« Er sah auf Hopkins. »Ha, ha, ha! Auch ich liebe Shakespeare. Gut gesagt. Ihnen sei verziehen.«
Roosevelts Ausdruck wurde ernst. Er blickte auf Captain Carton, der noch immer in der Nähe des Schreibtisches strammstand. Der Adjutant entschuldigte sich lächelnd und verließ den Raum. Der Präsident aß eine Gabelspitze von Rührei und goß sich Kaffee ein. »Was geht drüben in Deutschland vor, Pug?«
Was sollte man auf eine so leichtgewichtige Frage antworten? Victor Henry paßte sich dem Ton des Präsidenten an. »Vermutlich ist da so etwas wie ein Krieg im Gang, Sir.«
»So etwas? Für meine Begriffe ist es ein ziemlich handfester Krieg. Erzählen Sie mir davon aus Ihrer Sicht.«
Victor Henry beschrieb, so gut er vermochte, die eigentümliche Stimmung in Berlin, das Herunterspielen des Kriegs von seiten der Nazis, die schweigsame Ruhe der Berliner. Er erwähnte das kleine Flugzeug, das am ersten Kriegstag eine Zahnpastareklame über der Hauptstadt hinter sich herzog – der Präsident grunzte dazu und sah Hopkins an – und die Bilder in der letzten Ausgabe der *Berliner Illustrirten*, die er noch schnell in Lissabon gekauft hatte und die fröhliche Deutsche am Strand und auf Dorfwiesen bei Volkstänzen zeigte. Der Präsident sah fortwährend Hopkins an, der nach Victor Henrys Ansicht ein Bananengesicht hatte: lang, hager und konkav. Hopkins wirkte krank, wahrscheinlich fiebrig, aber sein Blick war nachdenklich und außerordentlich lebendig.
Roosevelt sagte: »Glauben Sie, er wird Frieden anbieten, wenn er Polen erledigt hat? Besonders, wenn er so unvorbereitet ist, wie Sie sagen?«
»Was hätte er denn zu verlieren, Herr Präsident? So wie es jetzt aussieht, könnte er damit Erfolg haben.«
Der Präsident schüttelte pessimistisch den Kopf. »Sie kennen die Briten nicht, obwohl auch sie nicht besser vorbereitet sind.«
»Nein. Das gebe ich zu.«

Zum erstenmal ergriff Harry Hopkins mit leiser Stimme das Wort: »Und wie gut kennen Sie die Deutschen?«
»Nicht sehr gut. Man begreift sie nur schwer. Aber schließlich gibt es nur eins, was man über die Deutschen wissen muß.«
»So? Und was wäre das?«
»Wie man ihnen die Hosen runterzieht.«
Der Präsident warf den Kopf in den Nacken und lachte das herzliche Lachen eines Menschen, der das Leben liebt und jeden Anlaß zum Lachen begrüßt. »Sie sind also ein Kriegsantreiber, Pug? Wollen Sie damit sagen, daß wir uns einmischen sollten?«
»Ganz und gar nicht, Herr Präsident. Außer bis wir absolut müssen.«
»Ach, wir werden schon müssen«, sagte Roosevelt und beugte sich vor, um von seinem Kaffee zu schlürfen.
Das erschien Henry die unfaßlichste Indiskretion, die ihm in seinem ganzen Leben je vorgekommen war. Er konnte kaum glauben, daß der dicke Mann in Hemdsärmeln die Worte tatsächlich gesagt hatte. Die Zeitungen und Zeitschriften waren voll der tönenden Erklärungen des Präsidenten, daß Amerika sich aus dem Krieg heraushalten werde. Roosevelt ging dann ungerührt zu einem Lob über den Bericht KAMPFBEREITSCHAFT NAZIDEUTSCHLANDS über, den er, wie er sagte, mit großem Interesse gelesen habe. Seine anschließenden Fragen bewiesen, daß er wenig von der Analyse behalten hatte. Seine Kenntnis der wichtigen strategischen Fakten Nazi-Deutschlands war nicht viel größer als die Harry Warendorfs oder Digger Browns, und seine Fragen glichen den ihren, sogar bis zu dem unvermeidlichen: »Wie ist Hitler eigentlich? Haben Sie ihn gesprochen?«
Pug beschrieb Hitlers Kriegsrede im Reichstag. Franklin Roosevelt bezeigte ein lebhaftes Interesse dafür, fragte, wie Hitler seine Stimme, seine Hände einsetzte und was er tue, wenn er eine Pause machte.
»Es heißt«, sagte Roosevelt, »daß ihm seine Reden auf einer besonderen Maschine mit riesigen Buchstaben geschrieben werden, damit er keine Brille zu tragen braucht.«
»Davon weiß ich nichts, Sir.«
»Jawohl, ich habe es aus ziemlich zuverlässiger Quelle gehört. Man nennt es ›Führer-Type‹.« Roosevelt seufzte, drehte seinen Stuhl von seinem Essen weg und steckte sich eine Zigarette an. »An Ort und Stelle zu sein und die Dinge mit eigenen Augen zu sehen läßt sich leider durch nichts ersetzen. Das ist es, was bei diesem Job fehlt.«
»Nun, Herr Präsident, am Ende kommt doch alles auf nackte Tatsachen und Zahlen heraus.«
»Gewiß, aber allzuoft hängt *das* von demjenigen ab, der die Berichte schreibt. Ihr Bericht, beispielsweise, war ausgezeichnet. Wie haben Sie eigentlich vorausgesehen, daß er den Pakt mit Stalin schließen würde?

Hier war jeder wie vor den Kopf geschlagen.«
»Daß irgendwo jemand auf diesen Gedanken kommen müßte, war abzusehen, Herr Präsident. Zufällig war ich es.«
»Nein, nein. Das war ein sehr wohlfundierter Bericht. Tatsächlich haben auch wir hier davon gewußt. Von einer deutschen Botschaft – welche, steht hier nicht zur Diskussion – war etwas durchgesickert, und unserem *State Department* war der Pakt vorausgesagt worden. Leider hat hier niemand recht daran glauben wollen.« Er sah Hopkins verschmitzt an. »Das ist immer die Schwierigkeit mit dem Geheimdienst, nicht wahr, Pug? Wir bekommen alle möglichen merkwürdigen Informationen, aber dann ...«
Der Präsident schien plötzlich nichts mehr zu sagen zu haben. Er sah müde, gelangweilt und abwesend aus und paffte an einer Zigarette in einer langen Spitze. Victor Henry hätte sich gern zurückgezogen, aber er dachte, er müsse warten, bis der Präsident ihn entließ. Nach der Begegnung mit ihm fühlte er sich ein bißchen sicherer. Franklin Roosevelt hatte sich schließlich ebenso verhalten wie ein Flottenchef, der sich beim Essen entspannt, und Victor war an die herrische Art von Admiralen gewöhnt. Anscheinend hatte Victor den Ozean in Kriegszeiten nur dazu überquert, um dem Präsidenten in einer freien Stunde die Zeit zu vertreiben.
Hopkins sah auf seine Uhr. »Herr Präsident, der Staatssekretär und Senator Pitman werden jetzt auf dem Weg hierher sein.«
»Schon? Wegen des Embargos? Nun also, Pug!« Henry sprang auf und ergriff seine Mütze. »Ich danke Ihnen, daß Sie vorbeigekommen sind. Es war großartig. Falls es irgend etwas gibt, was ich Ihrer Meinung nach wissen sollte, irgend etwas, was Ihnen bedeutsam oder interessant erscheint, so schreiben Sie mir doch bitte ein paar Zeilen. Ich werde mich freuen, von Ihnen zu hören. Ganz im Ernst.«
Zu diesem grotesken Vorschlag, den Dienstweg zu übergehen, der seiner fünfundzwanzigjährigen Marineausbildung und Erfahrung widersprach, konnte Henry nur blinzeln und nicken. Der Präsident bemerkte seinen Ausdruck. »Natürlich nichts Offizielles«, sagte er rasch. »Was immer Sie tun, schicken Sie mir keine Berichte mehr! Aber jetzt, da wir unsere Bekanntschaft erneuert haben, warum sollen wir nicht in Verbindung bleiben? Mir hat das, was Sie geschrieben haben, sehr gefallen. Ich sah förmlich vor mir, wie sich der Unterseeboot-Stützpunkt um fünf Uhr nachmittags leerte. Es sagte sehr viel über Nazi-Deutschland aus. Manchmal kann so eine Kleinigkeit – oder was ein Laib Brot kostet oder was für Witze die Leute sich erzählen oder das kleine Flugzeug über Berlin – mehr bedeuten als ein x Seiten langer Bericht. Natürlich sind auch offizielle Berichte nötig. Aber von denen bekomme ich, weiß Gott, genug.«
Franklin Roosevelt sah Commander Henry mit dem durchdringenden Blick eines Chefs an, der wissen will, ob er verstanden worden ist.

»Ja, Herr Präsident«, sagte Henry.
»Ach, übrigens ist mir soeben eine Anregung vorgelegt worden, wie man die Alliierten unterstützen könnte. Natürlich sind wir in diesem Auslandskrieg völlig neutral, aber immerhin...« Der Präsident grinste verschlagen. Seine müden Augen leuchteten, als er den mit Akten bedeckten Schreibtisch absuchte und ein Papier zur Hand nahm. »Da ist es. Wir schlagen vor, die *Queen Mary* und die *Normandie* anzukaufen, und wollen sie dazu verwenden, Amerikaner aus Europa zu evakuieren. Wie Sie wissen, sitzen Tausende von ihnen dort fest. Was halten Sie davon? Es würde den Alliierten einen Haufen dringend benötigter Dollars verschaffen, und wir hätten die Schiffe. Es sind schöne Luxusdampfer. Was sagen Sie dazu?«
Victor Henry blickte von Hopkins auf den Präsidenten. Anscheinend war das eine ernst gemeinte Frage. Beide warteten auf seine Antwort. »Herr Präsident, ich würde sagen, daß diese Schiffe wichtiges Kriegsmaterial sind und die Alliierten wahnsinnig wären, sie zu verkaufen. Sie sind prachtvolle Truppentransporter. Sie sind, gemessen an ihrer Tonnage, die schnellsten Fahrzeuge zur See, die es überhaupt gibt, sie sind imstande, in Marschgeschwindigkeit jedes U-Boot zu überholen, sie sind so schnell, daß sie kaum Zickzackkurs zu fahren brauchen, und wenn man ihre Inneneinrichtung entfernt, ist ihr Transportraum geradezu unglaublich.«
Der Präsident sagte trocken zu Hopkins: »War das die Antwort, die wir von der Marine bekamen?«
»Das müßte ich nachprüfen, Herr Präsident. Ich glaube, ihre Antwort betraf lediglich die Frage, woher wir das Geld dafür nehmen wollten.«
Franklin Roosevelt neigte nachdenklich den Kopf zu Seite, lächelte Victor Henry zu und streckte ihm einen langen Arm zum Händedruck hin. »Wissen Sie, warum ich damals nicht mehr Krach wegen meines Anzugs gemacht habe? Weil Ihr Captain mir sagte, daß Sie einer der besten Fähnriche seien, den er je erlebt habe. Also bleiben Sie mit mir in Verbindung.«
»Jawohl, Sir.«
»Nun, wie ist es gegangen?« Captain Carton saß pfeiferauchend im Vorzimmer. Er erhob sich und stieß die Asche ab.
»Ganz gut, glaube ich.«
»Das muß es ja! Sie waren für zehn Minuten angesagt. Sie waren fast vierzig Minuten bei ihm.«
»Vierzig! Es ging so schnell. Was jetzt?«
»Wie meinen Sie das?«
»Ich habe keine besonderen Instruktionen. Fahre ich jetzt direkt nach Berlin zurück oder was?«
»Was hat der Präsident gesagt?«

»Es war, glaube ich, eine ziemlich endgültige Verabschiedung.«
Captain Carton lächelte und steckte seine Pfeife ein. »Nun, dann sind Sie wohl fertig. Vielleicht sollten Sie sich noch beim CNO informieren. Hier stehen Sie jedenfalls nicht mehr auf dem Programm.« Er griff in seine Brusttasche. »Da ist noch etwas. Das ist vor kurzem aus dem *State Department* bei mir eingegangen.«
Es war ein offizieller Depeschenumschlag. Henry riß ihn auf und las auf dem dünnen rosa Formular:

Weitergeleitet stop *Byron Henry gesund in Sicherheit Warschau wartet jetzt Evakuierung aller neutralen Ausländer ab während Verhandlungen mit deutscher Regierung* stop *Slote.*

Victor Henry enttäuschte Hugh Cleveland, als er das Büro des Rundfunkreporters betrat; am Empfangsschalter stand nur ein untersetzter, breitschultriger, durchschnittlich aussehender Mann von etwa fünfzig, in einem braunen Anzug und rotem Querbinder. Der freundliche, etwas wachsame Ausdruck seines verwitterten Gesichts war gar nicht intellektuell; wie Cleveland ihn nach seiner langjährigen Interviewererfahrung einschätzte, konnte er ebensogut ein Berufsfußballspieler, der zum Trainer übergewechselt war, Holzfäller oder Ingenieur sein; ein Durchschnittsamerikaner, einigermaßen intelligent und alles andere als angsteinflößend. Er wußte, daß Madeline ihren Vater fürchtete und bewunderte, und hielt täglich mehr von dem Urteil des jungen Mädchens. Er nahm einen respektvollen Ton an.
»Commander Henry? Sehr erfreut. Ich bin Hugh Cleveland.«
»Hallo. Ich hoffe, ich störe Sie nicht bei irgendeiner wichtigen Tätigkeit. Ich wollte bloß mal vorbeikommen und mich bei Ihnen umsehen.«
»Es ist mir ein Vergnügen, Sir. Madeline ist gerade dabei, das Manuskript auf die Funkzeit abzustimmen. Bitte, hier entlang.« Sie gingen über den Korkfußboden eines Korridors, dessen Wände mit grünen schalldichten Platten ausgelegt waren. »Sie war völlig überrascht. Sie glaubte, Sie seien in Deutschland.«
»Im Augenblick bin ich hier.«
Mit wehendem anthrazitgrauen Faltenrock und brauner Hemdbluse stob Madeline hinter einer Tür hervor, die mit »Eintritt verboten« bezeichnet war, und küßte ihn. »So eine Überraschung, Dad! Ist auch alles in Ordnung?«
»Alles ist bestens.« Er betrachtete sie mit zusammengekniffenen Augen. Sie sah ein ganzes Stück älter geworden und herrlich erregt aus. Er sagte: »Wenn du zu tun hast, kann ich gehen und dich später treffen.«
»Nein, keinesfalls, Commander«, warf Cleveland ein. »Kommen Sie doch

herein und schauen Sie zu. Ich interviewe gerade Edna Mary Pelham.«
»So? *The General's Lady?* Ich habe es im Flugzeug gelesen. Recht guter Schmöker.«
In dem kleinen Studio, das wie eine Bibliothek mit imitierter Holztäfelung und Büchern aus Attrappen eingerichtet war, sagte Cleveland zu der weißhaarigen Autorin mit dem scharf geschnittenen Gesicht: »Hier ist noch ein weiterer Bewunderer Ihrer Bücher, Miss Pelham. Commander Henry ist der amerikanische Marineattaché in Berlin.«
»Aber nein! Hallo, Sir.« Die Frau wedelte ihm mit ihrem Kneifer zu. »Werden wir uns aus diesem idiotischen Krieg heraushalten, Commander?«
»Ich hoffe es.«
»Ich auch. Meine Hoffnungen wären beträchtlich größer, wenn diesen Menschen im Weißen Haus der Schlag träfe.«
Pug nahm in einem Lehnsessel Platz, während sie das Manuskript durchgingen. Die Autorin äußerte sich sehr abfällig über zeitgenössische Literatur, bezeichnete einen berühmten Autor als obszön, einen anderen als rührselig und einen dritten als oberflächlich. Seine Gedanken wanderten zu seiner gestrigen Begegnung mit »diesem Menschen im Weißen Haus« zurück. Er hatte den Eindruck, als sei er auf eine Laune hin herberufen und als seien wegen einer läppischen Unterhaltung bei Rührei und Toast ein paar tausend Dollar öffentliche Gelder für eine Hin- und Rückfahrt von Deutschland nach Amerika vergeudet worden. Die Morgenzeitungen zeigten, daß der Präsident einen sehr ausgefüllten, bedeutungsvollen Tag verbracht hatte. Der Leitartikel, der über mehrere Spalten lief, hieß: *Roosevelt proklamiert beschränkten nationalen Notstand.* Drei weitere Schlagzeilen auf der ersten Seite begannen mit *FDR* oder *Präsident;* er hatte zwei wichtige Regierungsausschüsse neu zusammengestellt; er hatte die Zuckerquote angehoben; er war zur Revision der Neutralitäts-Akte mit Führern des Kongresses zusammengetroffen. Das alles hatte der rotgesichtige Mensch in Hemdsärmeln vollführt, der sich nie hinter seinem Schreibtisch wegrührte, jedoch so lebhaft in seinem Wesen war, daß man vergaß, wie hilflos er in seinem Stuhl war. Pug wollte sich einreden, daß er selbst irgend etwas gesagt, irgendeine Bemerkung gemacht habe, die dem Präsidenten eine neue Einsicht verschafft und die ganze Reise gerechtfertigt hätte. Aber er konnte es nicht. Seine Ausführungen über Deutschland ebenso wie sein Bericht waren an dem Präsidenten wirkungslos abgeglitten, der sich im wesentlichen nur an Details über Hitlers Rednertechnik und an ein paar Stimmungsbildern aus Berlin entzündet hatte. Die Frage des Präsidenten nach mit Klatsch gespickten Briefen kam ihm immer noch abwegig vor, wenn nicht überhaupt sinnlos. In den ersten paar Minuten hatte Präsident Roosevelts Herzlichkeit und gute

Laune, sein erstaunliches Gedächtnis und sein bereitwilliges Lachen ihn beeindruckt. Aber rückblickend war Commander Henry nicht sicher, ob sich der Präsident zu jemanden, der kam, um ihm die Schuhe zu putzen, sehr viel anders verhalten hätte.

»Vierzehn Minuten und zwanzig Sekunden, Mr. Cleveland.« Madelines durch den Lautsprecher verzerrte Stimme weckte ihn aus seinen Betrachtungen.

»Sehr schön. Sind Sie jetzt für die Aufnahme bereit, Miss Pelham?«

»Nein. All das über Hemingway ist viel zu freundlich. Ich hätte gern eine halbe Stunde für das Manuskript. Und ich hätte gern einen starken Tee mit Zitrone.«

»Jawohl, Madam. Haben Sie gehört, Madeline? Holen Sie ihn.«

Cleveland lud den Marineoffizier in sein Büro ein, wo Pug eine Zigarette annahm. Der junge Rundfunkreporter mißfiel ihm, weil er ein Bein über die Lehne seines Sessels hing. Pug hatte beträchtliche Strenge angewandt, um Byron von dieser Angewohnheit zu kurieren. »Sir, Sie können stolz auf Madeline sein. Sie ist ein ungewöhnliches Mädchen.«

»Wieso eigentlich?«

»Nun, aus folgenden Gründen. Was man ihr sagt, versteht sie auf Anhieb. Oder wenn nicht, stellt sie Fragen. Wenn man sie beauftragt, irgend etwas zu holen oder zu tun, dann holt oder tut sie es. Sie ergeht sich niemals in Ausreden. Ich habe sie noch keinmal jammern hören. Sie hat keine Angst vor Leuten. Sie kann sich mit jedem unterhalten, ohne vorwitzig zu werden. Sie ist zuverlässig. Sind zuverlässige Menschen in der Marine üblich? In unserem Betrieb sind sie so üblich wie riesige Pandas. Besonders Mädchen. Ich habe hier genug Versager gehabt. Wie ich höre, wünschen Sie, daß sie weiterlernt und nächste Woche hier aufhört. Ich bedaure das sehr.«

»Das Mädchen ist neunzehn Jahre alt.«

»Sie ist tüchtiger als Frauen von fünfundzwanzig oder dreißig, die hier für mich gearbeitet haben.« Cleveland lächelte. Dieser Bursche mit den lockeren Manieren, dachte Victor, hatte ein ansteckendes Grinsen und eine automatische Herzlichkeit, die in nichtssagender Weise denen des Präsidenten glichen. Einige haben es, andere nicht. Er selbst hatte nichts davon. In der Marine war diese Eigenschaft nicht sehr beliebt. Jemanden einwickeln, nannte man es. Wer das konnte, kam unter Umständen rasch vorwärts; unter Umständen verließ sich der Betreffende zu sehr darauf und rutschte aus.

»Ich wünschte, sie würde einige von diesen Eigenschaften auf dem College zeigen. Mir gefällt der Gedanke nicht, ein neunzehnjähriges Mädchen allein in New York zu wissen.«

»Nun, Sir, ich möchte mit Ihnen nicht streiten, aber auch Washington

ist schließlich kein Kloster. Es kommt auf Erziehung und Charakter an. Madeline ist ein gebildetes, vertrauenswürdiges Mädchen.«
Pug grunzte unverbindlich.
»Sir, wie wäre es, wenn Sie bei unserer Sendung mitmachen würden? Es wäre eine große Ehre für uns.«
»Als Gast? Sie scherzen wohl. Ich bin ja nicht jemand.«
»Der amerikanische Militärattaché in Nazi-Deutschland ist gewiß jemand. Sie könnten sich für ein Gerüstetsein oder für eine Marine auf zwei Ozeanen einsetzen. In unserer letzten Sendung hatten wir Admiral Preble.«
»Ja, ich weiß. So habe ich herausgefunden, was meine Tochter neuerdings treibt.«
»Wären Sie eventuell dazu bereit?«
»Unter gar keinen Umständen.« Die plötzliche Schärfe in Pugs Ton entsprang nicht nur dem Wunsch, den Vorschlag rundweg abzulehnen, sondern auch dem Verdacht, daß das Lob über Madeline dazu dienen sollte, ihn einzuwickeln.
»Man wird ja wohl fragen dürfen?« grinste Cleveland und strich sich über das dichte blonde Haar. Sein Gesicht war rosarot getönt wie nach der Rasur. Cleveland sah in Blazer und Flanellhose recht gut aus, obwohl Victor Henry seine Socken zu auffallend fand. Cleveland mißfiel ihm, jedoch konnte er sehen, daß Madeline es genießen würde, für einen solchen Broadwaytyp zu arbeiten.
Später führte Madeline ihren Vater durch die Studios. Manche Gänge glichen Korridoren im Bauch eines Schiffs, sie waren vollgestopft mit elektronischen Apparaturen und gebündelten farbigen Drähten. Sie interessierten Pug. Es hätte ihm Spaß gemacht, die Kontrolltafeln zu beobachten und zu erfahren, wie Unterhaltungssendungen von diesem Nervenzentrum über das ganze Land ausgestrahlt wurden. Die Aufnahmestudios mit ihren riesigen Pappdekors von Aspirinflaschen, Zahnpastatuben und Benzinpumpen, ihrem aufleuchtenden Rotlicht, sich in Positur stellenden Sängern, kichernden Zuschauern, grimassenschneidenden und hopsenden Komikern schienen nicht nur an sich schon billig und albern, sondern ganz besonders bei dem Gedanken an den Angriff auf Polen. Hier, im Herzen des amerikanischen Informationsapparats, schien der Hitlerkrieg kaum mehr als ein Scharmützel unter Zulukaffern zu bedeuten.
»Madeline, was findest du eigentlich an all diesem Blödsinn?«
Sie verließen gerade die Probe einer humoristischen Sendung, wo der Star im Helm eines Feuerwehrmanns den Kapellmeister, die Sängerin und das Publikum mit Selterswasserflaschen bespritzte.
»Du findest es vielleicht nicht komisch, Dad, aber Millionen Menschen sind verrückt nach ihm. Er verdient fünfzehntausend Dollar die Woche.«

»Das ist ja geradezu obszön. Es ist mehr als ein Vizeadmiral im ganzen Jahr verdient.«
»Dad, innerhalb von zwei Wochen habe ich die fabelhaftesten Leute kennengelernt. Ich bin mit Gary Cooper zusammengetroffen. Erst heute habe ich zwei Stunden mit Miss Pelham zugebracht. Weißt du, daß ich mit dem Chef der Seekriegsleitung gegessen habe? Ich?«
»Das habe ich erfahren. Wie ist denn eigentlich dieser Cleveland?«
»Er ist fabelhaft.«
»Ist er verheiratet?«
»Er hat eine Frau und drei Kinder.«
»Wann fängt dein College an?«
»Dad, muß ich wirklich wieder hin?«
»Wann war je von etwas anderem die Rede?«
»Ich werde so unglücklich sein. Ich habe ein Gefühl, als sei ich in die Marine eingetreten. Ich möchte dabeibleiben.«
Er brachte sie mit einem abweisenden Blick zum Schweigen.
Sie gingen wieder in Madelines winziges Büro neben dem Clevelands. Eine Zigarette nach der anderen rauchend, saß Victor stumm in einem Sessel und beobachtete sie bei der Arbeit. Er bemerkte ihre sauber geführte Kartei, ihre Listen zum Abhaken, ihre Gewandtheit am Telefon, die kleinen, von ihr angefertigten Listen von Studiogästen, die für September eingeladen oder vorgesehen waren, und Berühmtheiten, die demnächst nach New York kommen sollten. Er bemerkte, wie vertieft sie war. Auf ihrem Rundgang durch das CBS hatte sie sich nur oberflächlich nach der Familie erkundigt und nach Deutschland überhaupt nicht; sie hatte ihn nicht einmal gefragt, wie Hitler wirklich war.
Er räusperte sich.
»Übrigens, Madeline, ich fahr zum Brooklyner Marinestützpunkt, um an Bord der *Colorado* zu essen. Digger Brown ist dort Erster Offizier. Du weißt doch, Freddy Browns Vater. Willst du nicht mitkommen? Was ist? Warum machst du so ein Gesicht?«
Madeline seufzte. »Ach, ich komm schon mit, Dad. Schließlich sehe ich dich so selten. Ich treff dich um fünf oder so...«
»Hast du etwas anderes vor?«
»Nun, ich ahnte ja nicht, daß du vom Himmel fallen würdest. Ich wollte mit den jungen Leuten essen und hinterher ins Theater gehen.«
»Was für junge Leute?«
»Du weißt doch. Leute, die ich im CBS kennengelernt habe. Ein paar Schriftsteller, Musiker, eine Schauspielerin und einige andere Mädchen wie ich. Wir sind acht, eine Art Clique.«
»Vermutlich wird es in der Offiziersmesse am Juniorentisch auch ein paar nette Fähnriche geben.«

»Ja, genau. Fähnriche.«
»Hör mal, ich möchte dich nicht irgendwohin verschleppen.«
»Es ist nur, daß du dich ja schließlich doch nur mit Commander Brown unterhalten wirst, Dad, und ich wieder mal einen Abend mit Fähnrichen verbringen werde. Könnten wir nicht lieber morgen zusammen frühstükken? Ich komme zu dir ins Hotel.«
»Sehr gut. Diese jungen Leute, von denen du sprichst, ich meine, die jungen Männer gehören wohl auch zu diesen Show-Business-Kerlen, ziemlich windige Typen.«
»Ehrlich, da irrst du dich. Sie sind ernsthaft und intelligent.«
»Ich finde es äußerst merkwürdig, daß du gerade hier hereingeraten bist. Es ist das letzte, was deine Mutter oder ich für dich gewünscht hätten.«
Madeline sah ihn mit schrägem Blick an. »Ach! Hat Mutter dir nie gesagt, daß sie einmal Schauspielerin werden wollte? Daß sie einen ganzen Sommer lang als Tänzerin in einem Musical auftrat?«
»Gewiß hat sie das. Sie war siebzehn. Es war eine Verirrung.«
»So? Einmal, als wir oben auf dem Dachboden waren – ich glaube im Nag's Head House –, fand sie plötzlich auf dem Dachboden den Sonnenschirm, den sie bei ihrem Solotanz benutzt hatte. Ein alter, verknitterter, orangefarbener Papierschirm. Nun, mitten auf dem schmutzigen Dachboden warf Mama ihre Schuhe ab, machte den Schirm auf, hob die Röcke hoch und tanzte mir die ganze Nummer vor. Dazu sang sie ein Lied. *Ching-ching-challa-wa-China-Girl.* Ich war vielleicht zwölf, aber ich erinnere mich genau daran. Sie warf die Beine bis an die Decke. Gott, war ich schockiert!«
»O ja, *Ching-ching-challa-wa-China-Girl!*« sagte Pug. »Mir hat sie es ebenfalls vorgetanzt, vor langer, langer Zeit. Ja, noch bevor wir verheiratet waren. Also, ich fahre jetzt zu der *Colorado*. Morgen geht es wieder nach Berlin, sofern ich meine Flugkarten bekomme.«
Sie stand von ihrem Schreibtisch auf und umarmte ihn. Sie duftete süß und verlockend, und ihr Gesicht strahlte vor Jugend, Gesundheit und Glück. »Bitte, Dad. Laß mich arbeiten. Bitte.«
»Ich schreibe oder kabele dir von Berlin. Ich möchte es mit dem Ching-ching-challa-wa-China-Girl besprechen.«

Der Hafengeruch im Brooklyner Marinestützpunkt, die Zerstörer, die nebeneinander lagen und deren rote Topplichter in einer Reihe glühten, die *Colorado* mit ihrem Lichtergefunkel, die großen Geschütztürme der Hauptbatterie zur Kalibermessung seitlich geschwenkt – das alles gab Victor Henry das gleiche Gefühl von Frieden, das andere empfinden, wenn sie sich mit einer Zigarre und einem Drink in ihre Klause zurückziehen.

Wenn es überhaupt auf der Welt für ihn ein Zuhause gab, so war das ein Schlachtschiff. Egal, wann und wo es entstanden war, aus welchen Stahlplatten und Maschinen zusammengesetzt, in welcher Form und unter welchem Namen auch immer, ein Schlachtschiff war zu allen Zeiten das gleiche: das stärkste Kriegsschiff, das es gab. Das bedeutete fortwährende Veränderungen an Größe, Form, Antrieb, Bepanzerung, Bewaffnung, an internen Kommunikationsmöglichkeiten, internen Versorgungssystemen; tausend Bräuche und Regeln, die die Besatzung, vom Kapitän bis zum jüngsten Heizer hinunter, zu einer aufeinander eingeschworenen Einheit von Willen und Vernunft zusammenschweißten. In diesem Sinn hatte es zur Zeit der Phönizier und Römer Schlachtschiffe gegeben und würde es immer Schlachtschiffe geben – ein lebendiger Gipfel menschlichen Wissens und Könnens, ein schwimmendes technisches Gebilde, einem einzigen Ziel geweiht, der Seeherrschaft. Es war das einzige, worin Victor jemals ganz aufgegangen war, mehr als in seiner Familie, weit mehr als in dem aufgeblähten Gebilde, das sich Marine nennt. Er war ein Schlachtschiffmann.
1913 war er zusammen mit anderen Spitzenleuten direkt von der Akademie auf ein Schlachtschiff gekommen. Er hatte auch auf kleineren Fahrzeugen gedient. Aber er war für Schlachtschiffe bestimmt, und er kam immer wieder zu ihnen zurück.
Seine maritime Glanzleistung war, daß er als Artillerieoffizier der *West Virginia* zweimal hintereinander den »meatball pennant« beim jährlichen Flottenschießen gewonnen hatte. Sein selbsterfundenes System, mit bisher unerreichter Geschwindigkeit 40-Zentimeter-Granaten vom Magazin in die Türme zu befördern, war zur stehenden Einrichtung in der Marine geworden. Das einzige, was er im Leben anstrebte, war, Erster Offizier auf einem Schlachtschiff zu werden, dann Captain, dann Admiral einer Schlachtschiffdivision oder eines Schlachtschiffgeschwaders. Das war sein höchster Traum. Das hätte für ihn mehr bedeutet, als Präsident, König oder Papst zu sein. Und während er dem stramm voranschreitenden Fallreepsgefreiten durch den makellos weißen Gang zu der Offiziersmesse folgte, bedachte er, daß jeder Monat, den er in Berlin zubrachte, seine Hoffnungen stärker untergrub.
Digger Brown war erst seit sechs Wochen IO auf der *Colorado*. Digger, der an der Tafel präsidierte, riß für Victors Geschmack zu viel Witze, so als wollte er sich mit den Kapitänleutnants und Leutnants des Schiffes anbiedern. Warum auch nicht? Digger war ein großer, kräftig gebauter Kerl und konnte gegebenenfalls sehr schön den Wütenden markieren. Victors Stil war einseitiger. Sein eigener Sinn für Humor, soweit er einen hatte, bestand in beißender Ironie. Als Erster Offizier – wenn er es jemals dazu brachte – wollte er schweigsam und kurz angebunden sein. Die and-

ren würden ihn als muffigen Widerling bezeichnen. Um aus sich herauszugehen und sich Freunde zu machen, war immer noch Zeit, aber der Dienst mußte von dem Augenblick an geleistet werden, in dem einer sich an Bord meldete. Es war eine traurige Tatsache, daß sich jeder, er selbst nicht ausgeschlossen, sofort darauf stürzte, wenn der Chef ein Widerling war, besonders wenn er auch noch ein kenntnisreicher Widerling war. Auf der *West Virginia* war er verhaßt gewesen, bis zum erstenmal jener Siegerwimpel des Flottenschießens von der Rahnock geweht hatte. Danach war er der beliebteste Offizier auf dem Schiff gewesen.

Die augenblickliche Zielscheibe von Diggers Spötteleien war der Fernmeldeoffizier, ein hagerer, grämlich aussehender Mann aus den Südstaaten. Vor kurzem hatte die *Colorado* ein neues, sehr starkes Sprechfunkgerät erhalten, dessen Radiowellen von der Heaviside-Schicht in stumpfem Winkel reflektiert wurden. Wenn die atmosphärischen Verhältnisse es zuließen, konnte man auf direktem Weg mit einem Schiff in europäischen Gewässern sprechen. Digger hatte mit seinem Bruder geschwatzt, dem schiffstechnischen Offizier auf der *Marblehead*, die zur Zeit vor Lissabon lag. Der Fernmeldeoffizier hatte seitdem über den Funkraum der *Marblehead* mit einer alten Freundin in Barcelona geflirtet. Digger hatte das vor drei Tagen entdeckt und zog ihn damit auf.

Pug sagte: »Wie hat das eigentlich geklappt, Digger? Konntest du Tom verstehen?«

»Oh, ausgezeichnet. Es ist wirklich erstaunlich.«

»Glaubst du, ich könnte mit Rhoda in Berlin sprechen?« Pug war eingefallen, daß dies eine Möglichkeit wäre, mit ihr über Madeline zu sprechen und vielleicht eine Entscheidung zu treffen.

Der Fernmeldeoffizier, froh über eine Gelegenheit, den Frozzeleien ein Ende zu machen, sagte sofort: »Captain, ich weiß, daß wir heute mit der *Marblehead* Verbindung kriegen. Es sollte ein leichtes sein, uns in die Fernsprechverbindung von Lissabon nach Berlin einzuschalten.«

»Wieviel Uhr ist es jetzt in Berlin – etwa zwei oder drei Uhr früh?« sagte Brown.

»Zwei Uhr, Sir.«

»Willst du Rhoda aus dem Schlaf wecken, Victor?«

»Ich denke, ja.«

Der Lieutenant rollte sorgfältig seine Serviette zusammen, steckte sie in einen Ring mit seinem Monogramm obendrauf und verschwand.

Das Gespräch wandte sich Deutschland und dem Krieg zu. Diese Schlachtschiffoffiziere neigten in ihrer Unerfahrenheit wie die meisten Leute dazu, das Kriegspotential der Nazis zu bewundern und zu überschätzen. Ein junger Lieutenant sagte, er hoffe, die Marine befasse sich mehr mit Landefahrzeugen, als er bisher davon gelesen habe. Falls wir

in den Krieg eintreten, sagte er, würde das Hauptproblem der Marine fast ausschließlich im Landen bestehen, weil Deutschland bis dahin wohl die gesamte Küste Europas beherrschen werde.
Digger Brown führte seinen Gast zum Kaffee in seine Privaträume, wo er seinen Filipino-Steward herumkommandierte und sich mit ostentativ lässigem Amtsstolz auf dem hübschen blauen Ledersofa räkelte. Sie schwatzten über ihre Klassenkameraden: ein paar saftige Scheidungen, ein vorzeitiger Tod, ein brillanter Offizier, der Alkoholiker geworden war. Digger jammerte über die Bürde seines Amtes: Sein Captain, sagte er, sei durch schieres Glück, Charme und eine fabelhafte Gattin auf seinen Posten gekommen; die ganze Art seiner Kommandoführung werde ihm, Digger, einen Herzanfall zufügen. Das Schiff sei durch und durch verlottert. Er selbst habe sich unbeliebt gemacht, weil er einen strengen Drill eingeführt habe, und so weiter. Victor fand, daß Digger, für einen alten Freund, zu sehr angab. Er erwähnte, daß er aus Berlin gekommen sei, um mit dem Präsidenten zu sprechen. Diggers Miene verwandelte sich. »Das wundert mich nicht«, sagte er. »Weißt du noch den Anruf, den du im *Army and Navy Club* bekamst? Ich sagte den anderen, ich wette, der kommt aus dem Weißen Haus. Du wirst es noch weit bringen, Junge.«
Victor Henry genügte es, Digger den Wind aus den Segeln genommen zu haben, und sagte nichts mehr. Digger wartete vergeblich darauf, näheres zu erfahren, stopfte sich die Pfeife, steckte sie an und fragte schließlich: »Wie ist Roosevelt eigentlich, Victor?«
Henry sagte etwas Banales über den Charme und die Ausstrahlung des Präsidenten.
Jemand klopfte an die Tür, und der Fernmeldeoffizier trat herein. »Wir haben die *Marblehead* sofort bekommen, Sir. Nur die Verbindung mit Berlin hat so lange gedauert. Wie war doch noch die Nummer?« Pug wiederholte sie ihm. »Jawohl, Sir, das stimmt. Die Nummer antwortet nicht.«
Digger Brown und Victor Henry sahen sich an. Brown sagte: »Um zwei Uhr früh? Versuchen Sie es lieber noch einmal. Muß irgendein Irrtum vorliegen.«
»Wir haben es schon dreimal versucht, Sir.«
»Vielleicht ist sie verreist«, sagte Henry. »Lassen Sie nur. Vielen Dank.«
Der Lieutenant verschwand. Digger paffte nachdenklich an seiner Pfeife.
»Außerdem stellt sie nachts das Telefon im Schlafzimmer ab«, sagte Henry. »Das hatte ich vergessen. Wenn es in der Bibliothek läutet, hört sie es bei geschlossener Tür vielleicht nicht.«
»Ach so«, sagte Digger. Er paffte erneut, und beide schwiegen für eine Weile.
»Ja. Ich werde mich jetzt auf die Beine machen.« Victor Henry erhob sich.

Der Erste Offizier begleitete ihn zu dem Fallreep und blickte voll Stolz auf das riesige Hauptdeck, die aufragende Kanone, die makellos uniformierte Wache. »Alles in Ordnung«, sagte er. »Das ist das wenigste, was ich verlangen kann. Nun, viel Glück an der Feuerlinie. Viele Grüße an Rhoda.«

»Wenn sie noch da ist, werde ich sie ihr bestellen.«

Beide lachten.

»Hallo, Dad!« Warren stand wartend in Helm und Fliegerjacke auf dem Pensacola-Flugfeld, als Paul Hansens Maschine landete. Der Händedruck des Sohns, rasch und fest, verriet bereits Warrens Stolz auf seine Tätigkeit. Er war sehr braun gebrannt, sein Unterkiefer war kräftiger, und seine Augen strahlten vor Erregung.

»Sag mal, wie kommst du denn zu diesem Freiluftteint?« sagte Pug. »Ich dachte, sie lassen euch hier im Boden-Seminar schwitzen. Ich hatte erwartet, dich als bleichen Käfer vorzufinden.«

Warren lachte. »Ich hatte ein paarmal Gelegenheit, Tiefseefischen im Golf zu betreiben, Sir. Ich bräune schnell.«

Während er seinen Vater zum BOQ fuhr, redete Warren unaufhörlich. Die Fliegerschule sei in heller Aufregung, sagte er. Am Tag, nachdem Hitler in Polen einmarschiert sei, habe Washington angeordnet, daß die Jahreskurse auf sechs Monate herabzusetzen und die Zahl der Flugschüler zu verdreifachen seien. Die Schule »straffe den Lehrplan«. In dem alten Kursus mußte sich ein Mann zuerst auf langsamen großen Erkundungsflugzeugen bewähren, dann in Aufklärern, und wenn er bestand, kam er zum Geschwader Fünf, zur Jagdfliegerausbildung. Neuerdings sollten die Piloten von vornherein auf Patrouille-, Aufklärer- oder Kampfmaschinen gesetzt werden und dort bleiben. Am Morgen würden die Listen veröffentlicht. Er brannte darauf, es zum Geschwader Fünf zu schaffen. Warren erzählte das alles, bevor ihm einfiel, sich nach seiner Familie zu erkundigen.

»Du lieber Himmel, Briny in *Warschau?* Aber die Deutschen bombardieren ja die Stadt wie verrückt!«

»Ich weiß«, sagte Victor. »Ich habe längst aufgehört, mir wegen Byron Sorgen zu machen. Der kriecht aus den Trümmern mit der goldenen Uhr eines andren heraus.«

»Was macht er denn da?«

»Ist einem Mädchen nachgejagt.«

»Tatsächlich? Donnerwetter! Was für ein Mädchen?«

»Eine jüdische Phi-Beta-Studentin von Radcliffe.«

»Im Ernst? *Briny?*«

»Jawohl.«

Mit einem vielsagenden Blick, erstaunt, bedrückt und beeindruckt, wechselte Warren das Thema.

Das Publikum bei Paul Hansens Vortrag war erstaunlich zahlreich. Es waren sicherlich mehr als zweihundert Flugschüler im Khaki-Dress anwesend, junge Burschen mit Bürstenhaarschnitt und klugen wettergebräunten Gesichtern, die in einem kleinen Saal zusammengezwängt waren. Wie die meisten Marineoffiziere war Paul ein ungewandter Redner, aber die Schüler hörten gespannt zu, weil er ihnen erzählte, wie man tödliche Unfälle vermied. Mit Dias und graphischen Darstellungen, vielen technischen Fachausdrücken und einem gelegentlichen, schwerfälligen, blutrünstigen Witz beschrieb Paul die schlimmsten Gefahren bei Landungen auf Flugzeugträgern, die letzten Augenblicke vor dem Aufsetzen, wenn es um Leben oder Tod geht, was nach einer Bruchlandung zu tun ist, und ähnliche makabre Dinge. Die Schüler belachten die Witze über die Möglichkeit ihres eigenen Todes. Von der Masse der Körper stieg der starke Männergeruch wie aus einem Umkleideraum auf. Pugs Blick fiel auf Warren, der vor ihm in einer Reihe auf der anderen Seite des Durchgangs saß, aufrecht und aufmerksam, nur einer von vielen unter den Bürstenköpfen. Er dachte an Byron in Warschau unter den deutschen Bomben. Für einen Mann mit erwachsenen Söhnen würden die nächsten zehn Jahre sehr schwer sein, dachte er.

Nach dem Vortrag erzählte ihm Warren, daß der Kongreßabgeordnete Isaak Lacouture, der Mann, der ihn zum Tiefseefischen mitgenommen hatte, sie zum Essen im Strandclub eingeladen habe. Lacouture sei der Präsident des Klubs und, bevor er Kongreßabgeordneter wurde, Vorsitzender der *Gulf Lumber and Paper Company* gewesen, der größten Firma in Pensacola.

»Er möchte dich unbedingt kennenlernen«, sagte Warren, als sie zu seiner Unterkunft zurückgingen.

»Warum?«

»Er interessiert sich sehr für den Krieg und für Deutschland. Seine Ansichten sind ziemlich radikal.«

»Und warum hat er an dir einen Narren gefressen?«

»Nun, Sir, seine Tochter Janice und ich haben uns sozusagen gefunden.« Mit einem vielsagenden Grinsen trennte Warren sich von ihm in der Halle.

Bei dem ersten Blick auf Janice Lacouture beschloß Victor Henry, Warren nichts von Pamela Tudsbury zu sagen. Welche Chance hatte wohl die schmächtige kleine Engländerin in ihrem mausgrauen Kostüm gegen diese schlanke Blondine, deren lange Beine mit jedem Flattern ihres Rocks aufblitzten, gegen diese selbstsichere, strahlende, hochgewachsene Amerikanerin mit dem prinzessinnenhaften Aussehen und dem schönen Ge-

sicht, dem krumme Zähne nur wenig Abbruch taten? Sie war eine andere frühe Rhoda, in eine Wolke von rosa Chiffon gehüllt, eine duftende Erscheinung von sinnlichem Reiz und mädchenhafter Anmut. Der Jargon war neu, und man trug kürzere Röcke. Dieses Mädchen wirkte und benahm sich klüger als die Mädchen ihrer früheren Generation. Es begrüßte Victor zwar mit der Hochachtung, die Warrens Vater zukam, zugleich aber mit einem Hauch von Koketterie, die ihm zu verstehen geben sollte, daß er trotzdem nicht etwa ein alter Knacker, sondern selbst ein attraktiver Mann sei. Ein Mädchen, das innerhalb weniger Worte mit Augenaufschlag und Lächeln Derartiges fertigbrachte, war unschlagbar, und mit seinen Ehestiftungsplänen konnte er einpacken, dachte Pug. Ein steifer Wind blies vom Wasser her. Wellen brachen sich auf der Terrasse des Klubs und spritzten ihren Gischt an die Glaswand des Eßsaals, wodurch das kerzenbeleuchtete Lacouture-Mahl um so gemütlicher schien. Victor Henry wurde nie ganz klar, wer eigentlich die zehn Personen am Tisch waren, obwohl eine davon der mit Ordensbändern geschmückte Kommandant der Basis der Marineflieger war. Die Hauptperson – wie sich sehr bald herausstellte – war der Kongreßabgeordnete Isaac Lacouture, ein kleiner Mann mit dichtem weißem Haar, sehr rotem Gesicht und der Angewohnheit, beim Lächeln mit einem Anschein verschlagener Hintergründigkeit die Zungenspitze herauszustrecken.
»Wie lange werden Sie hierbleiben, Commander Henry?« rief Lacouture über den langen Tisch, als grünbefrackte Kellner zwei große gebackene Fische auf silbernen Schüsseln herumreichten. »Wenn der Wettergott diesen Schlamassel abbläst, hätten Sie vielleicht Lust, einen Tag zum Fischen zu fahren? Ihr Junge hat diese beiden Riesenfische mit mir gefangen.«
Pug erwiderte, daß er am nächsten Morgen nach New York zurückmüsse, um sein Flugzeug nach Lissabon zu erreichen.
Lacouture sagte: »Ich werde wohl selber für diese Sondersitzung nach Washington sausen müssen. Ach, übrigens, was halten *Sie* davon, die Neutralitäts-Akte zu revidieren? Wie schlimm ist eigentlich die Lage? Sie müßten es wissen.«
»Ich glaube, daß Polen in kürzester Zeit fallen wird, wenn Sie das als schlimm bezeichnen.«
»Ach, zum Teufel, damit rechnen ja die Alliierten! Das europäische Denken bewegt sich in verschlungenen Bahnen. Der Präsident denkt selber gewissermaßen europäisch. Seine holländisch-englische Herkunft ist der eigentliche Schlüssel zum Verständnis seiner Person.« Lacouture lächelte und schob die Zungenspitze heraus. »Ich habe viele Geschäfte mit den Holländern gemacht, sie spielen eine große Rolle im Hartholzhandel, und ich sage Ihnen, sie sind vertrackte Burschen. Je trüber sich die Aussichten

in den nächsten Wochen entwickeln, um so leichter wird es Roosevelt fallen, alles, was er will, im Kongreß durchzusetzen. Habe ich nicht recht?«

»Haben Sie Hitler gesprochen, Commander Henry? Wie ist er eigentlich?« fragte Mrs. Lacouture, eine magere, welke Frau, mit beschwichtigendem Lächeln und liebenswürdigem Ton, der verriet, daß ihr gesellschaftliches Leben hauptsächlich darin bestand, die Dynamik ihres Gatten zu mildern oder das zumindest zu versuchen.

Lacouture sagte, als ob sie ihn angesprochen hätte: »Ach, dieser Hitler ist eine Art mondsüchtiger Demagoge. Das wissen wir alle. Aber die Alliierten hatten jahrelang die Möglichkeit, ihn und seine Nazis mit Leichtigkeit zu erledigen, und haben sich nicht gerührt. Also müssen sie auch die Folgen tragen und nicht wir. Jetzt werden wir auch zu hören bekommen, daß die Deutschen Nonnen vergewaltigt und Soldatenleichen zu Seife verkocht haben. Diese Märchen verbreitete ja der britische Geheimdienst schon 1916. Dafür haben wir schriftliche Beweise. Wie ist es denn, Commander Henry? Sie haben ja eine Zeitlang in Deutschland gelebt. Sind sie wirklich wilde Hunnen, wie die New Yorker Zeitungen sie hinstellen?«

Alle blickten Pug an. »Die Deutschen sind nicht leicht zu verstehen«, sagte er langsam. »Meine Frau mag sie mehr als ich. Ich bewundere gerade nicht ihre Behandlung der Juden.«

Der Kongreßabgeordnete Lacouture reckte zwei große Pranken. »Dies ist unverzeihlich! Auf dieser Basis ist die New Yorker Presse durchaus begreiflich.«

Von der Mitte des Tisches sagte Warren energisch: »Ich sehe nicht ein, wieso die Revision des Präsidenten unsere Neutralität verletzen sollte, Sir. Bezahlung bedeutet, daß jeder kommen und von uns kaufen kann, der das Geld und die Schiffe dazu hat, die Ware abzutransportieren. Jeder, inklusive Hitler.«

Lacouture lächelte ihn an. »Die Regierung wäre stolz auf Sie, mein Junge. Das ist die richtige Auffassung. Nur wissen wir, daß die Alliierten sowohl das Geld wie die Schiffe haben, die Deutschen aber keins von beiden. Das würde unsere Fabriken zwangsläufig auf seiten der Alliierten in den Krieg hineinziehen.«

»Aber niemand hat Hitler daran gehindert, eine Handelsflotte aufzubauen«, erwiderte Warren. »Panzer, U-Boote und Stukas aufzustapeln war seine Idee. Alles Angriffswaffen. Das ist doch sein eigenes Pech.«

»Warren hat völlig recht«, sagt Janice.

Lacouture lehnt sich auf seinen Stuhl zurück und starrte auf Janice, die ihn frech anlächelte.

»Was ihr beiden Kinder nicht begreift oder nicht begreifen wollt«, sagte Lacouture, »ist, daß dieser Vorschlag nur so tut als ob. Natürlich *scheint* er fair. *Natürlich* scheint er das. Das ist ja das Schöne an der Sache. Es ist typisch Roosevelt. Aber seien wir keine Kinder. Roosevelt beruft keine Sondersitzung ein, um etwa Nazi-Deutschland zu helfen! Er glaubt, er habe die Mission, die Welt vor Hitler zu retten. Seit 1937 spricht er von nichts anderem. Er ist ganz vernarrt in das Thema. Ich aber sage euch: Adolf Hitler ist weder der große Bösewicht noch der Antichrist. Das ist dummes Geschwätz. Er ist nur ein weiterer europäischer Politiker, ein bißchen schmutziger und extremer als die anderen. Dies ist nichts als ein weiterer europäischer Krieg, der sehr viel schmutziger ausgehen wird als die bisherigen. Wenn wir die Welt retten wollen, müssen wir uns *heraushalten*. Als Hochburg der Vernunft!« Er schnarrte den Satz hervor und sah sich, fast Beifall erwartend, in der Tafelrunde um. »Das ist unsere Aufgabe. Der Atlantik und der Pazifik sind unsere Mauern. Breite, starke Mauern. Die Hochburg der Vernunft! Wenn wir mitmachen, gehen wir wie die anderen bankrott und verlieren einige Millionen unserer besten jungen Männer. Die ganze Welt wird in Barbarei oder Kommunismus versinken, was ziemlich dasselbe ist. Die einzigen Gewinner werden die Russen sein.«

Ein kleiner, kahlköpfiger Mann mit einem Hörgerät, der Pug gegenüber saß, sagte: »Verdammt richtig.«

Lacouture neigte den Kopf zu ihm vor. »Sie und ich, Ralph, sehen das ein, aber es ist erstaunlich, wie wenige intelligente Männer das bisher tun. Die Hochburg der Vernunft. Bereit, die Scherben aufzusammeln, wenn alles vorbei ist, und eine anständige Welt wiederaufzubauen. Das ist das Ziel. Ich fahre nach Washington zurück, um wie ein Stier dafür zu kämpfen, das könnt ihr mir glauben. Viele meiner demokratischen Kollegen werden mir das schwer ankreiden, aber in diesem Punkt gehe ich meinen eigenen Weg.«

Als das Essen beendet war, verließen Janice und Warren gemeinsam den Klub, ohne den Kaffee abzuwarten und ohne sich weiter zu entschuldigen. Das Mädchen lächelte verschmitzt, winkte und verschwand in einer Woge von rosa Chiffon und seidigen Beinen. Warren blieb noch stehen, um sich für den nächsten Morgen in aller Frühe mit seinem Vater zum Tennis zu verabreden. Victor Henry saß plötzlich in roten Ledersesseln in einer Ecke des Salons allein mit Lacouture bei Kaffee, Cognac und schweren Zigarren. Der Kongreßabgeordnete schwärmte weitschweifig von dem Leben in Pensacola – der Entenjagd, dem Fischen, dem immerwährend guten Wetter und dem rasch fortschreitenden Wohlstand. Der Krieg würde Pensacola eine echte Konjunktur bescheren, sagte er, wenn man die Ausweitung der Basis der Marineflieger bedachte und den Auftrieb im Holzgeschäft. »Imprägnierte Telegrafenmasten. Nehmen Sie nur dieses eine Detail. Gerade in der letzten Woche hat unsere Firma geradezu unglaubliche Aufträge aus Nordafrika, Japan und Frankreich bekommen. Die ganze Welt verlegt sich plötzlich auf Telegrafennetze. Das ist ein Hinweis.«

Er versuchte Henry zu bewegen, einen Tag zuzugeben. Aus Surinam sei am nächsten Mittag ein Schiff mit Mahagonifracht fällig. Es würde die Hölzer im Hafen ausladen, um sie dann von Sägewerkarbeitern zu Flößen zusammenbinden und sie den Fluß hinaufziehen zu lassen. »Es ist ein sehenswerter Anblick«, sagte er.

»Aber ich habe die Möglichkeit, morgen mit einem alten Freund nach New York zurückzufliegen. Ich sollte es tun.«

»Und von dort, via Lissabon, nach Berlin?«

»Das habe ich vor.«

»Da werden sich unsere Wege vorläufig wohl kaum kreuzen«, sagte Lacouture. »Ihre Frau ist eine Grover, nicht wahr? Hamilton Grover in Washington ist ein Freund von mir, wir frühstücken etwa einmal im Monat im *Metropolitan Club.*« Pug nickte. Hamilton Grover war der reichste der Vettern und überstieg weit Rhodas Gesichtskreis.

»Und Sie sind ein Henry. Etwa einer der Henrys aus Virginia, die auf den alten Patrick zurückgehen?«

Henry lachte und schüttelte den Kopf. »Das bezweifle ich. Ich stamme aus Kalifornien.«

»Ja, das hat mir Warren erzählt. Ich meine, vom Ursprung her.«

»Mein Urgroßvater ist noch vor dem Goldrausch in den Westen gekommen. Woher, wissen wir nicht genau. Mein Großvater starb jung, und wir haben die Familiengeschichte nie richtig rausgekriegt.«

»Sie sind wahrscheinlich schottisch-irischer Abstammung.«

»Nein, eigentlich nicht, eher gemischt. Meine Großmutter war halb Französin, halb Engländerin.«

»Ach was? Wir haben ebenfalls einen französischen Einschlag in unserer Familie. Gar nicht so schlecht, was? Gibt den Männern das gewisse Etwas in *l'amour.*« Lacouture lachte derb, die übliche Form der Vertraulichkeit unter amerikanischen Männern.

»Er ist sehr beachtlich, Ihr Junge.«

»Herzlichen Dank. Ihre Tochter ist jenseits aller Worte.«

Lacouture seufzte tief. »Eine Tochter ist immer ein Problem. Warren sagte mir, Sie hätten eine, also werden Sie das selber wissen. Sie legen einen immer wieder herein. Wir waren nicht so glücklich wie Sie, wir haben keine Söhne. Warren hat, soviel ich weiß, die Absicht, sein Leben lang Marineflieger zu bleiben?«

»Ja, wissen Sie, diese goldenen Abzeichen erscheinen ihm heute sehr begehrenswert, Herr Abgeordneter.«

Lacouture paffte an seiner Zigarre. »Es hat mich gefreut, wie er beim Essen protestiert hat. Natürlich ist er in Dingen der Außenpolitik naiv. Man lernt im Holzhandel viel über das Ausland.« Lacouture schwenkte das große Cognacglas. »Gewiß freut es Sie, daß Warren die Marinetradition der Familie fortführen will. Sie sähen es wohl ungern, wenn er zum Kaufmann oder so etwas überwechselte?« Der Abgeordnete lächelte, streckte die Zungenspitze heraus und zeigte dabei gute, aber ebenso krumme Zähne wie seine Tochter.

»Warren geht seinen eigenen Weg, Herr Abgeordneter.«

»Ich bin nicht so sicher. Sein Dad ist für ihn das Höchste.«

Das Gespräch wurde für Victor allmählich peinlich. Er selbst hatte ein Mädchen geheiratet, das viel reicher als er war, und später seine Zweifel über einen solchen Schritt gehabt. Außerdem mochte er Janice Lacouture nicht besonders. Sobald die Leidenschaft verglüht war, würde sie genauso zäh und robust wie ihr Vater sein, der bereits jetzt schon offen die Möglichkeit erwog, Warren zu vereinnahmen. Er sagte: »Nun, bis Kriegsende ist er jedenfalls dabei.«

»Natürlich. Aber der Krieg braucht ja nicht lange zu dauern. Wenn es nur gelingt, uns herauszuhalten, wird er etwa im Jahr zu Ende sein. Vielleicht noch früher. Sobald die Alliierten erkennen, daß sie uns nicht mit hineinsaugen können, werden sie sich, so gut sie können, einigen. Sie wären verrückt, etwas anderes zu tun. Nun also, es hat mich sehr gefreut, Commander. Was soll es schon? Es hat ohnehin keinen Sinn, sich Gedanken darüber zu machen, was heutzutage die Kinder machen werden. Wir beiden sind in einer anderen Welt aufgewachsen.«

»Das bestimmt.«

Am nächsten Morgen, Punkt sechs Uhr dreißig, erschien Warren im Zimmer seines Vaters. Ohne viel Worte zu machen, trank er den Orangensaft und den Kaffee, den der Steward hereinbrachte, und rieb sich die rotgeränderten, verquollenen Augen. Draußen blies noch immer ein starker Wind, und er und sein Vater trugen Pullover, als sie Bälle schlugen und dann mit dem echten Spiel begannen. Victor gewann drei Spiele. Die Bälle wurden vom Wind kreuz und quer abgetrieben.

»Hast du noch einen schönen Abend gehabt?« rief Victor, als Warren einen Ball über das Netz schlug und der Wind ihn auf das Dach eines nah gelegenen Cottage trug.

»Vielleicht ein bißchen zu schön, Sir«, lachte Warren, zog den Pullover aus und gewann die nächsten fünf Spiele, als er seinen schnellen Drive und seine Schmetterbälle wieder beherrschte. Der Vater war ein zäher tüchtiger Spieler mit einer eisernen Rückhand, aber er mußte aufpassen, daß ihm die Luft nicht ausging.

»Zum Donnerwetter, Warren, wenn du einen Punkt machen kannst,

mach ihn doch«, keuchte er. Der Sohn hatte einen todsicheren Schmetterball sausenlassen und den Ball dorthin geschlagen, wo Victor ihn bekommen konnte.
»Der Wind war daran schuld, Dad.«
»Ach was.«
Jetzt zog sich auch Victor seinen Pullover aus, schlug mehrere Schmetterbälle seines Sohnes zurück, bekam Aufwind und zog gleich. »Ach! Ich muß aufhören. Bodenkursus«, rief Warren und wischte sich das Gesicht an einem Handtuch ab. »Du bist aber noch gut im Training, Dad.«
»Wir hatten das Glück, in Berlin ein Haus mit Tennisplatz zu bekommen. Aber du hast schon besser gespielt.«
Warren lief ans Netz. Er war schweißüberströmt, seine Augen waren klar, und er sah munter und glücklich aus. »Du hast eben mehr Schlaf gehabt.«
»Ein flottes Mädchen, diese Janice.«
»Sie trägt wirklich ein Köpfchen auf ihren Schultern, Dad. Sie weiß verdammt gut in Geschichte Bescheid.« Der Vater warf ihm einen schrägen Blick zu. Beide fingen an zu lachen. »Trotzdem ist es wahr. Sie kann wirklich Geschichte.«
»Worüber habt ihr euch gestern abend denn unterhalten? Über den Hundertjährigen Krieg?« Warren fuhr mit dem Schläger durch die Luft. »Ihr Vater möchte aus dir einen Holzhändler machen«, sagte Victor.
»Das meint er nicht im Ernst. Im März gehe ich zur See, und damit hat sich's wahrscheinlich.«
Das Schwarze Brett vor dem Unterrichtsgebäude wurde durch Flugschüler, die lärmend und aufgeregt herumstanden, fast verdeckt. »Versetzungen«, sagte Warren und verschwand in der Menge. Einen Augenblick später sah Henry einen Arm in weißem Sweater mit sieghaft geballter Faust über die Köpfe hinausragen. »Hurra!« Warren frohlockte den ganzen Weg zum BOQ. Er war in Geschwader Fünf gekommen, und einige der eifrigsten Flugschüler hatten das nicht geschafft. Er hatte doch *etwas* richtig gemacht, trotz seiner einen Bauchlandung! Sein Vater hörte lächelnd und nickend zu, wobei er sich an seine Jugendzeit in Annapolis erinnerte, als er seinen ersten Dienst auf einem Schlachtschiff angetreten hatte.
Schließlich sagte er: »In Washington sagtest du deiner Mutter, es sei nur ein weiteres Ausbildungsfach.«
Warren zuckte lachend die Achseln: »Damals war ich noch nicht geflogen, Dad. Es geht nichts über Fliegen. Es läßt sich schwer erklären, aber es gibt wirklich nichts dergleichen. Nichts.«
»Nun, wir müssen uns beide umziehen. Am besten sagen wir uns hier adieu.« Sie standen in der lichtlosen Halle des BOQ.

Warren sah auf seine Uhr. »Donnerwetter, schon so spät? Wird wohl so sein. Schreib mir doch bitte aus Berlin wegen Briny, ja? Sobald du etwas Genaues erfährst.«
»Werde ich tun.«
»Und mach dir wegen Madeline keine Sorgen, Dad. Sie wird in New York sehr gut aufgehoben sein.«
»Noch habe ich ihr nicht erlaubt, in New York zu bleiben.«
Warren grinste verschmitzt. Er glaubte offensichtlich, daß in diesem Punkt sein Vater bereits verloren hatte.
Sie drückten sich die Hände. Dann tat Warren etwas, das beide verlegen machte. Er warf einen Arm um die Schulter des Vaters. »Mir ist komisch zumute. Der Abschied von dir fällt mir verdammt schwer – und zugleich war ich in meinem Leben noch nie so glücklich.«
»Immer mit der Ruhe«, sagte Victor. »Das Mädchen ist in Ordnung, aber laß dich nicht auf den Holzhandel ein. Die Marine braucht Offiziere.«
Paul Hansen, der sich von einem ausgedehnten Trinkgelage mit einigen alten Freunden des Pensacola-Stabs erholte, sagte kaum etwas, bis sein Flugzeug aufgestiegen war und in nordöstlicher Richtung auf Georgia zuflog. »Übrigens«, schrie er, den Motorenlärm mit seinem Mikrophon übertönend, »wie hat dein Junge in der Geschwaderprüfung bestanden?«
Victor hielt fünf Finger in die Höhe.
Hansen schlug ihm auf die Schulter. »Fabelhaft. Mein Junge ist voriges Jahr durchgefallen. Es ist eine harte Schule. Haben sie nicht noch einen zweiten Jungen? Was ist denn mit dem?«
»Marine ROTC.*«
»So? Dann kann er ja jeden Tag eingezogen werden. Glauben Sie, daß er fliegen wird?«
Victor sah zum Fenster hinaus auf die grünen Felder und einen gewundenen, trägfließenden braunen Fluß in der Tiefe.
»So sehr wird er sich niemals anstrengen.«

* Reservist im Marine-Ingenieur-Corps

13

Vom deutschen Standpunkt aus ging der Einmarsch in Polen fröhlich voran. Die Pfeile und Nadeln auf den Armeekarten zogen sich aus allen Richtungen immer enger um Warschau und Byron Henry zusammen. Durch ganz Polen zogen meilenlange Kolonnen behelmter, staubiger Deutscher, teils zu Fuß, teils beritten oder auf Lastwagen und Autos. Panzer und motorisierte Geschütze fuhren dröhnend nebenher oder ratterten unweit von ihnen auf Güterzügen. Alles ging langsam, langweilig und verhältnismäßig friedlich vonstatten. Dieser abenteuerliche Massenausflug, obwohl nicht unbedingt ein Picknick – zehntausend Deutsche wurden unterwegs getötet –, war keineswegs durch und durch unangenehm. Nach dem Tagesmarsch aß die Horde auf freiem Feld oder am Straßengraben und kampierte unter Sternen oder in strömendem, nachtschwarzem Regen, ärgerte sich über die Unbequemlichkeiten, erfreute sich aber an gesunden, einfachen Dingen: körperlicher Anstrengung, frischer Luft, Essen, Schimpfen, Witze, Kameradschaft und erquickendem Schlaf.
Die Polen schossen natürlich dauernd auf sie. Das war eingeplant. Die Deutschen erwiderten das Feuer mit ausgeklügelten Bombardements, den eingezeichneten Feldern auf den Landkarten entsprechend. Haubitzen flammten mit erfolgreichem Geheul und Rücklauf auf, alles arbeitete sich in Schweiß, Offiziere schrien Befehle und Worte des Ansporns, ein paar Kerle fielen oder wurden verwundet, aber nur wenige, Bäume brannten, Bauernhäuser stürzten ein, und nach einer Weile hörte das Schießen auf, und die Invasion nahm ihren Fortgang.
Die Front war eine bewegliche politische Wetterzone, die Deutschen zwangen den Polen ihren nationalen Willen auf. Wie bei einer Wetterfront war der Sturm dort am heftigsten, wo die Zone sich veränderte. Die schmale verheerende Sturmbö wirbelte über das grüne flache Land und ließ lauter Verwüstung hinter sich. Aber trotzdem herrschte sogar in dieser Kampfzone meistenfalls Frieden. Auf jede Stunde des Feuers kamen viele Stunden, in denen kampiert, Geräte instand gesetzt und durch grüne Felder und versengte Dörfer gestapft wurde. Aber das hörte auf, als die schwankende Linie der Front sich kreisförmig um Warschau zusammenzog. Als das Ziel sich verengte, wurde intensiver und konzentrierter geschossen.
Die Angreifer waren eine neue Generation deutscher Soldaten, die noch nie feindliche Kugeln erlebt, wenngleich einige ihrer höheren Offiziere im Ersten Weltkrieg gekämpft hatten. An jeder Stelle, wo die Invasion

einsetzte, standen immer nur ein paar hundert verschreckte junge Deutsche, die in der Erwartung, beschossen zu werden, eine Grenze überschritten. Aber sie wurden von weiteren heranrückenden Haufen bewaffneter blutjunger Burschen unterstützt, die auf deutschen Straßen planmäßig nach Polen marschierten, und das war beruhigend zu wissen. Es war aufregend, im grauen Morgenlicht die polnischen Grenzschranken niederzureißen, die paar Wachen zu überwältigen und die fremden Straßen zu betreten, die sie durch ihre Feldstecher beobachtet hatten. Aber sobald die polnischen Grenzgarnisonen das Feuer eröffneten, gerieten viele von ihnen in Panik, blieben stehen, liefen davon und waren allgemein verwirrt. Zum Glück für die Deutschen herrschte bei den Polen noch mehr Panik und Verwirrung und dazu das Unvermögen, blitzschnell zu reagieren. Der Zweite Weltkrieg begann auf planlose, dilettantische Weise. Aber die Deutschen, wie eingeschüchtert auch der einzelne gewesen sein mochte, gingen wenigstens planmäßig vor. Sie hatten mehr Geschütze an Schlüsselstellungen, mehr Munition und eine klare Vorstellung davon, wann und wo zu schießen war. Ihnen war, in der Tat, der Überraschungseffekt gelungen.

Wenn zwei Männer freundschaftlich schwatzend beieinander stehen und der eine den anderen unvermittelt auf den Bauch haut und ihn in den Unterleib tritt, ist zu erwarten, daß, selbst wenn dieser sich erholt, um sich zu verteidigen, er schwer zusammengeschlagen werden wird, weil der erste den Überraschungseffekt ausgenutzt hat. Es gibt kein Werk über die Kunst der Kriegführung, das den Vorteil des Überraschungseffekts nicht betonte. Es mag zwar nicht sehr anständig scheinen, aber das ist nicht Sache der Kriegskunst. Vielleicht hätten die Polen, angesichts der Drohungen und Vorbereitungen der Deutschen, nicht überrascht sein dürfen – aber sie waren es. Ihre politischen Führer hofften vermutlich, daß die deutschen Drohungen leeres Geschwätz wären. Ihre Generale glaubten vermutlich, daß ihre eigenen Armeen kampfbereit wären. Bei einem Kriegsausbruch sind immer viele falsche Vermutungen im Spiel.

Der deutsche Plan zur Eroberung Polens, der sogenannte *Fall Weiß*, bildete das Drehbuch für das, was folgte. Die Deutschen hatten viele solcher Pläne, wie *Fall Grün* zur Eroberung der Tschechoslowakei (den sie nie anzuwenden brauchten), und *Fall Gelb*, der Angriff auf Frankreich. Durch Farben chiffrierte Meisterpläne, um ohne jede vorangegangene Auseinandersetzung andere Länder zu vernichten, war eine moderne kriegstechnische Erfindung der Deutschen. Alle fortschrittlichen Nationen haben dieses Prinzip kopiert. So hatten beispielsweise die Vereinigten Staaten 1939 einen *Plan Orange*, um Japan anzugreifen, und sogar einen *Plan Rot* gegen England; und in den Krieg sind sie schließlich unter dem *Plan Regenbogen Fünf* eingetreten.

Die Historiker streiten sich noch immer und werden sich noch lange über die Entstehungsgeschichte des deutschen Generalstabs streiten, der diese neue Verhaltensweise im Zusammenleben der Menschen erfand. Manche von ihnen sagen, daß das deutsche Genie den Generalstab als Reaktion auf die von Napoleon zugefügten Demütigungen hervorbrachte; andere, daß ein ebenes Land mit vielen feindlichen Grenzen in einem Industriezeitalter solche Pläne entwickeln müsse, um sich behaupten zu können. Jedenfalls steht fest, daß die Deutschen die ersten waren, die die industrielle Kriegführung beherrschten und sie den anderen Nationen beibrachten: den totalen Krieg – die Ausrichtung von Eisenbahnen, Fabriken, modernen Kommunikationsmitteln und der gesamten Bevölkerung eines Landes auf ein zentral verwaltetes System, um ihre Nachbarn, falls es nötig oder angezeigt schien, zu vernichten.
Dieses deutsche System war im Ersten Weltkrieg gut erprobt worden, in dem die Deutschen kapitulierten, obwohl sie geographisch das Feld noch behaupteten. Als sie nach vierjährigem Kampf gegen stärkere Streitkräfte an vielen Fronten um Waffenstillstand nachsuchten, standen sie überall tief in fremdem Territorium; nur ihr Großangriff 1918 war fehlgeschlagen, und ihre Bestände waren dabei, zu versiegen. Trotz ihrer Kapitulation fuhren sie im Lauf aller politischen Wechselfälle fort, ihre *Fälle, ihre Lagen* auszuarbeiten. Einundzwanzig Jahre später machte *Fall Weiß* sich bezahlt, indem er in kürzester Zeit eine Nation von vierzig Millionen mit einer Armee von anderthalb Millionen oder mehr so weit einschüchterte, daß sie sich den Deutschen ergab. Das ist, laut Napoleon, die Quintessenz des Kriegs – sich den Feind durch Angst gefügig zu machen.
Die deutschen Angreifer in Polen machten Fehler, manchmal liefen sie bei einem Feuergefecht davon, verweigerten Befehle, weigerten sich, gegen starke Stellungen vorzugehen, machten falsche Angaben über Erfolge und übertriebene Berichte über das Feuer, dem sie gegenüberstanden, um ihr Zurückweichen zu entschuldigen. Sie waren normale junge Burschen. Aber unter ihnen gab es gute Führer und tapfere Kerle, und die Deutschen sind ein gehorsames, willensstarkes Volk. Auch die Polen machten alle die gleichen Fehler, und Feuer, Überraschungseffekt, Zahlen und *Fall Weiß* gaben für die Deutschen den Ausschlag. Mithin war der Einfall erfolgreich.
Bald begannen die neuen Panzerkompanien, die Panzer, die später so berühmt wurden, ausgedehnte Vorstöße in das feindliche Gebiet zu wagen, das weit vor der Front lag. Das war ein klassischer militärischer Fehler. Eine Kompanie, die sich zu weit vorgewagt hat, wird vom Feind abgeschnitten und vernichtet. Genau das taten einige Jahre später die Russen mit den Panzern, woraufhin ihr Ruhm verblaßte. Aber in ihrem Debüt gegen einen verschreckten, schlecht organisierten, geringeren und

schwächeren Feind auf flacher Ebene und bei glänzender Wetterlage brillierten sie. Sie rückten in langsamem Tempo vor, mit einer Geschwindigkeit von nur acht bis fünfzehn Stundenkilometern, eher wie bewegliche Kolonnen großer eiserner Käfer als wie die flotten roten Pfeile auf graphischen Darstellungen in populären Büchern und Zeitschriften. Aber den polnischen Soldaten und Zivilisten kamen sie unheimlich vor und waren ja auch todbringend, diese grünen Maschinen, die durch die Straßen, aus den Wäldern und über das reife Korn krochen und schwere Granaten abfeuerten. Aus dem durchsichtigen Septemberhimmel stießen fortwährend kleine, langsame, plumpe Flugzeuge, die Stukas, herab und schossen auf Soldaten, Kinder, Tiere, Frauen oder was immer sich auf den Straßen befand, um das Blutvergießen und den entsetzlichen Lärm noch zu steigern. Die Panzer und Stukas töteten viele Polen und brachten, schreckenverbreitend, ungeheure Menschenmassen dazu, einen anscheinend aussichtslosen Kampf aufzugeben.

Das war der Blitzkrieg. Bei Warschau machte er halt. Dem wurde seinerzeit nicht viel Bedeutung beigemessen. Die Deutschen mußten die Stadt einem altmodischen, napoleonischen Bombardement mit von Pferden gezogenen Geschützen aussetzen, während die Panzer zu den Reparaturstätten hinkten, da sie knapp an Benzin waren und vielfach fast zusammenbrachen. Sie hatten ihre Arbeit getan. Die polnischen Armeen waren aufgerieben und durch den Schrecken zerschlagen. Alliierte und amerikanische Zeitungen schrieben entsetzte Berichte über »die neue Art der Kriegführung«.

Aber die Panzer trafen in Warschau am neunten September ein. Am zehnten September schrieb das Oberkommando der Wehrmacht in seinem Tagesbericht, daß der Krieg zu Ende sei. Am siebzehnten war Warschau immer noch nicht gefallen. Sämtliche verfügbaren Maschinen der Luftwaffe flogen ungehindert über die Stadt, warfen Bomben ab und eilten nach Deutschland zurück, um neue zu holen. Pferde schleppten immer mehr Haubitzen aus Preußen und Pommern heran, um die Stadt zu umzingeln und sie zu beschießen. Und noch immer spielte Radio Warschau die *Polonaise*.

Leslie Slote, Chef des reduzierten Botschaftspersonals, war ein tüchtiger und besonders intelligenter Mann, aber im Augenblick war er falsch eingesetzt, denn er war körperlich feige. Er sah weder so aus, noch benahm er sich so. In Yale war er Weitspringer gewesen, und dieses Zeichen von Männlichkeit – das er, da er die Rhodes-Bedingungen kannte, sorgfältig ausgesucht hatte – zusammen mit seinen Artikeln für die Studentenzeitung, seinem *Phi-Beta-Kappa*-Abzeichen, sowie seinen Freundschaften mit gewissen nützlichen Professoren hatten ihm das Stipendium mühelos eingebracht. In Oxford war er einer der wenigen beliebten Amerikaner gewesen; im diplomatischen Dienst galt er als einer der hellsten Köpfe seiner Altersgruppe. Da er seine Schwäche kannte, hätte er sich nie mit offenen Augen in eine Lage begeben, die physischen Mut verlangte. Er hatte viel darüber nachgedacht und hatte gewisse Theorien darüber, die sich auf eine übersorgsame Mutter und einige Unfälle in der Kindheit stützten. Die Theorien änderten zwar nichts, sondern dienten dazu, seine Ängstlichkeit vielmehr als ein unvermeidliches Übel wie das von Kinderlähmung herrührende Hinken zu betrachten, als ein Manko, das seine Selbstachtung beeinträchtigen könnte. Slote hielt viel von sich, seinen Fähigkeiten und seiner Zukunft. Das Pech hatte ihn an eine Stelle verschlagen, wo all sein großes politisches Wissen, seine Fähigkeit zu analysieren, sein Humor und seine Sprachkenntnisse ihm, im Vergleich zu der schlichten Fähigkeit, tapfer zu sein, wenig nützten. Diese mangelte ihm. Den Mangel verbarg er in einem inneren Kampf, der sich äußerlich nur durch Zerstreutheit, ständige Kopfschmerzen, Gereiztheit und eine Neigung, ohne jeden Anlaß zu lachen, manifestierte. Als der Botschafter ihn gebeten hatte zu bleiben, hatte er schallend gelacht. Seit der ersten Meldung, daß die Deutschen im Anmarsch seien, und besonders seit die ersten Bomben auf Warschau gefallen waren, befand er sich in einer wilden Panik und lechzte nach einer Mitteilung, daß er und die anderen Amerikaner ausreisen dürften. Mehrere seiner Finger waren verbunden, wo er sich die Nägel bis ins Fleisch zerbissen hatte. Und dann hatte der Botschafter ihn gebeten, in diesem Inferno zu bleiben! Das schrille Lachen war aus ihm herausgequollen. Der Botschafter hatte ihn fragend angesehen und nichts weiter gesagt. Die meisten Menschen in Warschau hatten sich gut mit den Luftangriffen abgefunden und waren, nachdem die ersten Bomben sie nicht umgebracht hatten, zu fast leichtherziger Entschlossenheit und Stoizismus übergewechselt. Aber für Slote ging die Hölle weiter. Sobald die Sirenen ertönten, war er kaum mehr imstande, klar zu denken. Als erster von allen stürzte er sich in den Keller der Botschaft mit den dicken Mauern und blieb bis zur Entwarnung unten. In gewisser Weise kam ihm sein Amt zustatten. Es schien richtig für ihn, aus seiner Wohnung in die Botschaft umzuziehen, dort zu bleiben und für die strikte Befolgung der Luftalarmregeln ein Beispiel zu geben. Niemand ahnte etwas von seiner Not.

Im Morgengrauen des 17. September saß er, die Pfeife zwischen die Zähne geklemmt, an seinem großen Schreibtisch und überarbeitete sorgfältig seinen letzten Bericht an das *State Department* über die Zustände in der amerikanischen Botschaft und die Amerikaner, die in Warschau festsaßen, etwa hundert an der Zahl. Er bemühte sich, dabei die ganze Dringlichkeit und den Ernst der Lage aufrechtzuerhalten und zugleich die Spuren seiner persönlichen Hysterie auszumerzen. Es war wie ein Tanz auf dem Seil, und das um so mehr, als keinerlei Antworten auf diese Berichte nach Warschau drangen und er nicht wußte, ob die amerikanische Regierung eine Ahnung von der Not ihrer Staatsangehörigen in der polnischen Metropole hatte.

»Herein«, rief er, als an die Tür geklopft wurde.

»Draußen ist heller Tag«, sagte Byron Henry leise, als er eintrat. »Soll ich die Vorhänge aufziehen.«

»Ist draußen irgend etwas los?« Slote rieb sich die Augen.

»Nichts Besonderes.«

»Gut, dann wollen wir ein bißchen Tageslicht hereinlassen.« Er lachte. Sie zogen gemeinsam die schweren schwarzen Vorhänge auf und ließen blassen Sonnenschein in gebrochenen Mustern durch die kreuzförmig angebrachten Holzleisten vor den Fenstern herein. »Was ist mit dem Wasser, Byron?«

»Ich hab's gebracht.«

Nachdem die Vorhänge aufgezogen waren, konnte man die deutsche Artillerie hören; nur ferne, dumpfe Einschläge, aber Slote hätte die Vorhänge lieber noch etwas länger geschlossen gehabt, um diese Geräusche eines weiteren Tages in dem grauen, zerstörten, brennenden Warschau zu dämpfen. Das stille schwarzverhangene, durch eine Schreibtischlampe beleuchtete Zimmer mochte eine trügerische Beschwörung friedlicher Studententage sein, aber er fand es tröstlich. Er spähte durch die Holzleisten. »Was für ein Rauch! Sind viele Brände?«

»Gott! Und ob! Ehe es hell wurde, war der ganze Himmel rot und voller Rauch. Haben Sie es nicht gesehen? Dantes Inferno. Und diese großen orangegelben Sterngranaten, die hoch oben überall herausschossen und langsam herunterschwebten! Ein tolles Schauspiel! Drüben auf der Waleskaya versuchen sie, zwei riesige Brände mit Schaufeln und Sand zu löschen. Der Wassermangel wird sie mehr als alles andere in die Knie zwingen.«

»Sie hätten gestern abend das deutsche Angebot akzeptieren sollen. Dann wäre ihnen mehr als die Hälfte der Stadt geblieben. Ihr Widerstand ist hoffnungslos. Wie in aller Welt haben Sie es fertiggebracht, Wasser zu besorgen? Ist es Ihnen doch noch gelungen, Benzin aufzutreiben?«

Byron schüttelte den Kopf, gähnte und sank auf das braune Ledersofa. Sein Pullover und seine Hosen waren mit Ziegelstaub und Ruß bedeckt, sein Haar zerrauft und seine matt glühenden Augen violett umrändert. »Keine Chance. Den Lastwagen können wir uns von jetzt an aus dem Kopf schlagen. Ich habe Löschwagen gesehen, die mitten auf der Straße standen und nicht weiterkonnten. Es gibt kein Benzin mehr in der Stadt. Ich bin einfach so lange herumgelaufen, bis ich einen Pferdewagen auftrieb. Das hat mich fast die ganze Nacht gekostet.« Er grinste Slote mit vor Erschöpfung eingezogener Unterlippe an. »Die Regierung der Vereinigten Staaten schuldet mir hundertfünfundsiebzig Dollar. Das schwierigste war, den Kessel vom Lastwagen herunterzubringen und ihn auf den Pferdewagen zu laden. Aber der Bauer, der mir den Wagen verkaufte, half mir dabei. Das gehörte mit zu dem Handel. Ein kleiner, untersetzter Kerl mit Bart, aber was der für Kräfte hatte. Gott!«

»Natürlich bekommen Sie Ihr Geld. Sprechen Sie mit Ben.«

»Kann ich mich hier einen Augenblick hinlegen?«

»Wollen Sie kein Frühstück?«

»Ich weiß nicht, ob ich noch die Energie habe zu kauen. Aber ich brauche nur etwa eine halbe Stunde. Hier ist es schön still. Der Keller ist ja das reinste Irrenhaus.« Byron legte die Füße hoch und fiel in die Lederkissen zurück – eine lange, hagere, verschmutzte Gestalt. »An der Ecke beim Opernhaus gibt es kein Wasser mehr«, sagte er, während ihm die Augen zufielen. »Ich mußte bis hinaus zu dem Wasserwerk. Das Pferd ist langsam, und es gefällt ihm gar nicht, einen eisernen Kessel mit schwappendem Wasser zu ziehen.«

»Vielen Dank, Byron. Sie sind eine große Hilfe.«

»Sie haben gut reden«, murmelte Byron in die Kissen, »wenn Sie hier so schön in Sicherheit sind – wo ist denn Natalie? Im Krankenhaus?«

»Vermutlich.«

Byron schlief ein. Das Telefon schrillte, aber er rührte sich nicht. Das Büro des Bürgermeisters war am Apparat; Bürgermeister Straczinski sei unterwegs, um mit dem amerikanischen Geschäftsträger eine plötzliche Entwicklung von höchster Wichtigkeit zu besprechen. Aufgeregt rief Slote die Marinewache vor dem Tor an, damit diese den Bürgermeister einlasse. Das konnte nur heißen: Freies Geleit für Ausländer aus Warschau oder vielleicht sofortige Kapitulation. Erst dachte er daran, Byron zu wecken und ihn zu bitten, das Büro zu verlassen, wollte aber dann damit noch warten. Vielleicht würde der Bürgermeister nicht so schnell eintreffen. Dieser rauchgeschwärzte Knabe brauchte Schlaf.

Ganz Warschau litt unter Wassermangel, und in der Botschaft mit siebzig Personen unter einem Dach – es waren noch mehr zu erwarten – hätte das in eine Katastrophe ausarten können. Aber von dem Tag an, da die Hauptleitung zerstört war, hatte Byron angefangen, Wasser herbeizuschaffen, obwohl niemand ihn darum gebeten hatte. Während Slote – wohl zwanzigmal an dem ersten schlimmen Tag – das Büro des Bürgermeisters angerufen und sofortige Lieferung von Wasser für die ihm anvertrauten Amerikaner und Reparatur der Hauptleitung verlangt hatte, war Byron mit dem Ford-Lieferwagen der Botschaft ausgezogen und hatte aus dem Keller eines ausgebombten Hauses einen kleinen, rostigen, ka-

putten Kessel zutage gefördert. Irgendwo hatte er Lötmaterial aufgetrieben, um ihn in Ordnung zu bringen, und jetzt benutzte er ihn als Behelfsbehälter für Wasser. Gott weiß, was sonst geschehen wäre. Die Hauptleitung war noch immer zerstört, jetzt auch überall andere Hauptleitungen, und die Stadtverwaltung hatte mehr als genug zu tun, um Krankenhäuser und Löschwagen durch Tankwagen zu versorgen.
Tag für Tag holte Byron ganz selbstverständlich Wasser, trotz Beschießungen und Luftangriffen, machte Witze über seine eigene Angst und traf oft viel dreckiger als heute ein, nachdem er sich in irgendeinen Schutthaufen hingeworfen hatte, als er das pfeifende Geräusch einer heranrauschenden Haubitzen-Granate hörte. Dieses sogenannte »Pfeifen« hatte Slote noch niemals vernommen und verspürte auch keinerlei Lust danach. Trotz solcher Schrecknisse schien der Junge die Belagerung sogar noch zu genießen. Diese Haltung fand Slote noch törichter als seine eigene und durchaus nicht besonders bewundernswert. Seine Angst war immerhin rational. Natalie hatte ihm von Byrons Bemerkung erzählt, daß er Spaß dabei habe. Der Junge ist neurotisch, dachte Slote; die übertriebene Gutmütigkeit ist offensichtlich eine Maske. Seine Wasserschlepperei war jedoch unbestreitbar ein Segen.
Slote war Henry insgeheim auch dafür dankbar, daß er sich um Natalie kümmerte, wenn sie nicht im Krankenhaus war. Denn Natalie war der einzige Mensch in ganz Warschau, der ihn hätte durchschauen können. Bisher hatte sie das bestimmt noch nicht getan, einfach deshalb, weil sie soviel weg war. Ihre Anwesenheit in Warschau, eine quälende Belastung für ihn, erregte in ihm Haßgefühle gegen sie. Ihm wäre es lieber gewesen, sie verschwände vom Erdboden, statt ihn durch ihre bloße Existenz mit Schuldgefühlen und Sorge zu plagen. Er empfand eine brennende körperliche Begierde für diese dunkelhaarige, eigenwillige Jüdin, aber heiraten wollte er sie nicht. Er, der so gewitzt darin war, Liebesbeziehungen nach seinem Willen zu lenken, war noch nie einem Mädchen von so eisernem Willen begegnet. In Paris hatte sie ihre sexuellen Beziehungen zu ihm abgebrochen und sie nie wieder aufgenommen; sie hatte ihm x-mal gesagt, er soll sie in Frieden lassen und sie vergessen – das einzige, was er nicht konnte. Warum, zum Teufel, mußte sie sich ihm dann ausgerechnet in den schwersten Stunden seines Lebens an den Hals werfen, in diesem Inferno, in einer Stadt, die von Bomben und Granaten erschüttert wurde, wo er die schwerste Verantwortung seines Lebens zu tragen hatte und sich dennoch von Angst benebelt und gelähmt fühlte? Die Furcht, daß Natalie diese Angst entdecken könnte, war fast so schlimm wie seine Furcht vor den Bomben. Wenn sie mit dem Leben davonkämen, dachte er, würde er sich zusammenreißen und diese sinnlose Bindung abbrechen. Sie hatte wohl die Macht, ihn zum Lodern zu bringen, doch war sie uner-

träglich eigenwillig und exotisch, das Verkehrteste für ihn und seine Karriere. Inzwischen war er diesem schmutzigen und schlummernden Jungen dankbar, daß er sie von ihm fernhielt.

Bald darauf erschien Bürgermeister Straczinski in einer alten Limousine – ein untersetzter Mann mit Schnurrbart, der unter seinem ungebügelten, ausgebeulten schwarzen Anzug eine grüne Strickweste trug. Seine Schuhe waren von rotem Lehm verkrustet. Er wirkte voller Leben, erregt, beinah glücklich – dieser Mann an der Spitze einer sterbenden Stadt, dessen Radiosendungen alles dazu taten, Warschau zum Widerstand anzuhalten. Er dürfte kaum mehr als zwei Stunden pro Nacht schlafen. Die ganze Last der Stadt lag auf seinen Schultern. Alle, vom Diplomatischen Korps, den Feuerwehrmännern auf der Straße bis zu den Ärzten der Krankenhäuser, umgingen die schlampigen Kommunalbehörden und wandten sich, wenn sie etwas brauchten, direkt an den Bürgermeister. Trotzdem sah er frisch und kämpferisch aus, der Held der Stunde und zugleich die Zielscheibe verbitterter Witze. Die neuen schweren Bomben, die in den letzten Tagen von den deutschen Maschinen abgeworfen worden waren, hießen »Straczinski-Kohlköpfe«, die zur Panzerabwehr errichteten Stahlspitzen »Straczinski-Zahnstocher«.
»Wer ist das?« fragte der Bürgermeister, mit einem dicken Daumen auf die Couch deutend.
»Bloß ein Junge. Schläft fest. Versteht kein Polnisch. Ich kann ihn auch hinausschicken.«
»Nein, lassen Sie nur, lassen Sie nur.« Straczinski wedelte mit beiden Händen in der Luft und setzte sich in den Sessel, auf den Slote deutete. Er ließ die dicken Hände auf die Knie fallen und atmete tief aus, sah sich in dem großen, gut möblierten Zimmer um und strich mit den Fingern über den Rand des polierten Schreibtisches. »Nun. Bei Ihnen scheint noch alles in Ordnung zu sein. Können wir irgend etwas für Sie tun? Geht es Ihren Leuten gut?«
»Uns geht es gut. Wir sind voller Bewunderung für die Warschauer.«
»So? Den Deutschen steckt wohl ein Knochen im Hals, was? Wir haben sie gestern abend nach Norden zurückgeworfen. Radio Berlin sagt, der Krieg sei zu Ende. Warten wir's ab.« Der Bürgermeister war rot vor Stolz. »Unsere Streitkräfte sind heute morgen nur achtzehn Kilometer weit von einer Verbindung mit der Garnison von Modlin enfernt! Dann wird die Welt etwas erleben! Dann haben wir wieder eine Kampflinie und keine Belagerung mehr.«
»Das ist eine wunderbare Nachricht, Euer Ehren.« Slote strich mit den Fingern liebkosend um den warmen Kopf seiner Pfeife und versuchte ein Lächeln der Freude zu zeigen, die er nicht empfand.

»Ja, aber die andere Nachricht ist nicht so gut.« Der Bürgermeister hielt inne, sah Slote in die Augen und sagte dann dramatisch: »Die Russen sind im Anmarsch. Die Sowjetunion ist im Morgengrauen in unser Land eingefallen! Sie strömen millionenfach über die Grenzen! Unter dem Vorwand, ihre in Polen lebenden Staatsangehörigen vor den Deutschen schützen zu wollen. Das ist natürlich eine grobe, gemeine Lüge, aber die Russen bleiben immer dieselben. Sie haben bereits Tarnopol und Baranowitschi eingenommen, und in der nächsten Stunde wird Rowno fallen, wenn es nicht schon gefallen ist. Wir haben keine Truppen im Osten. Wir haben alles geopfert, um die Deutschen im Westen abzuwehren, und immer auf den Beistand der Alliierten gewartet. Und jetzt kommen die Russen. Zwischen der Grenze und Warschau haben wir nichts, um sie aufzuhalten.«
Slote lachte schallend.
Der Bürgermeister starrte ihn mit hervorquellenden Augen an. »Was haben Sie denn, Sir? Glauben Sie mir etwa nicht? Ich sage Ihnen, die Russen haben sich in seiner schwersten Stunde hinterrücks auf Polen gestürzt. Das ist ein historischer Verrat. Ich habe eine Botschaft an Ihren Präsidenten!« Er zog ein Papier aus der Brusttasche, entfaltete es und knallte es Slote auf den Schreibtisch. »Wenn Sie Änderungsvorschläge für die Formulierung haben, bin ich Ihnen dankbar, aber höchste Eile tut not, denn es geht um Leben und Tod.«
Slote war kaum imstande, die polnischen Worte auf dem grauen Amtspapier im Geist zu übersetzen. Das einzige, woran er zu denken vermochte, waren die russischen Panzer und Soldaten, die gegen Warschau marschierten. Er sah die herankriechenden Geschütze und die slawischen Gesichter vor sich. Vielleicht kamen sie nur, um ihren Anteil bei dem bösen Handel zu fordern, und sonst nichts. Vielleicht würden sie die Deutschen in eine Schlacht verwickeln und Warschau zu einem Armageddon* machen. Vielleicht würden sie die berühmte russische Artillerie einsetzen und den Deutschen helfen, die polnische Metropole doppelt so schnell zu zertrümmern. Diese Nachricht schien für ihn das authentische Ende der Welt, und er merkte gar nicht, daß er lachte. Er starrte mit schwimmenden Augen auf das Papier. »Ich verstehe, die Lage ist außergewöhnlich«, brachte er heraus und war selbst erstaunt über seine eigene rationale Glattzüngigkeit, »aber eine Mitteilung vom Chef einer Stadtverwaltung an den Chef einer Regierung ist unüblich. Ein Ansuchen seitens Präsident Moscicki oder Marschall Smigly-Rydz, von jemandem in der Nationalregierung, wäre vielleicht erfolgreicher.«

* Armageddon: Offenbarung XIV, Vers 16; »Tag der Entscheidung zwischen den guten und den bösen Mächten«

»Aber Sir, unsere Nationalregierung hat die Grenze nach Rumänien überschritten. Dort steht sie inzwischen vermutlich unter Hausarrest und wird vielleicht vor Ende der Woche von den Deutschen vereinnahmt werden. Es bleibt nur noch Warschau, aber wir fürchten uns nicht, und wir kämpfen weiter. Wir möchten wissen, worauf wir hoffen können.«
Slote riß sich zusammen und las die Botschaft durch: vertraute, um Hilfe flehende Rhetorik, wie in all den Botschaften der letzten Wochen, die Radio Warschau an Frankreich und England gerichtet hatte. Ja, der Bürgermeister sprach sogar genau in dem Stil seiner Sendungen. »Ich weiß nicht, wie schnell ich diese Botschaft übermitteln kann, Sir. Neuerdings mußte ich via Stockholm mit häufig mehr als zwölfstündiger Verspätung rechnen.«
»Ich garantiere Ihnen eine sofortige Übermittlung. Sie können das unchiffriert schicken. Die ganze Welt soll wissen«, schrie der Bürgermeister und schwenkte die Faust, »daß die Bevölkerung Warschaus trotz dem russischen Verrat weiterkämpft und daß wir uns um Zuspruch an den großen amerikanischen Präsidenten wenden. Wenn er spricht, werden die Alliierten aufhorchen. Sie werden marschieren, bevor es zu spät ist. Die Deutschen können noch immer von hinten vernichtet werden. Ihre gesamten Streitkräfte stehen in Polen. Die Alliierten können innerhalb von zwei Wochen nach Berlin brausen. Ein Wort von Ihrem Präsidenten, und sie werden losschlagen!«
»Wir können das sehr rasch chiffrieren, Euer Ehren. Das wäre, glaube ich, klüger. Wir können Ihre Botschaft in einer halben Stunde abschicken.«
Straczinski sagte jetzt in sachlicherem Ton: »Rufen Sie mein Büro an, und wir werden eine direkte Sprechfunk-Übermittlung mit Stockholm oder Bern in die Wege leiten.« Er erhob sich und sah sich in dem Zimmer um. »Eine friedliche Oase. Die Luftwaffe respektiert die amerikanische Fahne. Sehr vernünftig von ihr. Wie tief der Junge schläft.«
»Er ist völlig erschöpft, Herr Bürgermeister, wie steht es denn mit der Evakuierung von neutralen Ausländern? Haben Sie das gestern mit den Deutschen besprochen?«
»Dazu war nicht der Augenblick. Sie kamen mit einer Waffenstillstandsfahne, um uns zur Ergebung aufzufordern. General Dzuma wollte die Botschaft nicht akzeptieren. Die deutschen Offiziere wollten kein anderes Thema erörtern. Sie sagten, sie würden uns dem Erdboden gleichmachen.« Die Stimme des Bürgermeisters schwoll zu Radiolautstärke an. »Sie werfen den ganzen Morgen Flugblätter mit der gleichen Drohung über die gesamte Stadt ab, aber wo sind denn *die Wolken von Flugzeugen* und der *Bombenhagel*, von denen sie dauernd reden? Die Deutschen werfen bereits alles auf uns ab, was sie haben, sie können nur noch mit Worten agieren. Zwei Wochen lang haben sie alles getan, was sie konnten,

aber wir sind noch immer hier. Wenn nur Präsident Roosevelt die Stimme erhebt, kann die Zivilisation noch immer einen historischen Sieg an der Weichsel erleben.« Seine Stimme sank, er strahlte nicht mehr. »Übrigens habe ich die Frage der neutralen Ausländer angeschnitten. Der Vermittler deutete an, daß diesbezüglich bald etwas geschehen werde.« Der Bürgermeister sah Slote mit kühlem Blick und einem Lächeln an, das seinen Schnurrbart verzog: »Wir erwarten nicht von Ihnen, daß Sie hierbleiben und unser Schicksal teilen.«

»Sie müssen verstehen, wir haben neunzehn Frauen hier«, sagte Slote, der sich unter dem Gewicht dieses Lächelns verpflichtet fühlte, sich zu entschuldigen.

»Männer, Frauen, wo ist der Unterschied? Sie sind ja neutral.« Der Bürgermeister streckte ihm die Hand entgegen. »Bitte, übermitteln Sie meine Botschaft. Ich werde sie sowieso im Radio senden müssen. Aber ich möchte höflichkeitshalber Ihrem Präsidenten eine Zeitspanne für eine private Überlegung seiner Antwort lassen.«

Slote ergriff seine Hand. »Wir Amerikaner hier sind voller Ehrfurcht für den Widerstand Warschaus, das kann ich Ihnen versichern. Wir werden ihn nie vergessen, und wenn wir nach Hause kommen, werden wir überall davon erzählen.«

Der Bürgermeister schien bewegt. »So? Die Deutschen sind ja schließlich keine Übermenschen. Das hat Warschau der Welt bereits gezeigt. Einige Deutsche sind feine Menschen, aber als Volk sind sie Schweinehunde. Es liegt an ihrer nationalen Unreife und ihren Minderwertigkeitsgefühlen. Ein sehr komplexes Problem. Sie haben zwar die Maschinen, die Eisenbahnen und die Fabriken, aber wir fürchten sie nicht. Alles, was wir möchten, ist eine Chance, sie weiter zu bekämpfen.«

»Das werde ich bestimmt meiner Regierung mitteilen.«

»Wir brauchen Hilfe. Jetzt gehe ich einen Graben bauen.«

Der Bürgermeister zeigte theatralisch seine von Blasen zerschundenen Handflächen und verschwand.

Slote schrieb mehrere Minuten lang an seinem Schreibtisch und rief dann einen Chiffrier-Beamten zu sich.

»Byron, wachen Sie auf!« Er schüttelte Byrons Schulter und beschmierte sich die Hand mit Ziegelstaub. »Kommen Sie, stehen Sie auf. Die Hölle ist los.« Byron drehte sich um und öffnete verschlafen die Augen. »Die Russen kommen. Gott weiß, wann sie hier sein werden. Sie sind heute früh in Polen einmarschiert. Gehen Sie und holen Sie Natalie.«

Mit einer schwungvollen Bewegung richtete Byron sich auf, jetzt hellwach. »Die Russen? Donnerwetter. Die Sache fängt an, interessant zu werden.«

»*Interessant*, Byron? In wenigen Stunden wird Warschau, soviel wir wissen, das Niemandsland zwischen den deutschen und den russischen Armeen sein. Die Stadt kann zu Staub gemacht werden. Holen Sie Natalie und sagen Sie ihr, sie soll herkommen und hierbleiben. In Kriegszeiten in einem Krankenhaus zu arbeiten ist ohnehin eine verdammt fragwürdige Sache, und jetzt...« Slote ging zur Tür und hob zerstreut eine Faust, die die Pfeife umklammerte, an den Kopf. »Entsetzlich. Es gibt soviel zu tun.«

Byron gähnte und stand auf. »Aber wozu die Eile? Wie weit ist die russische Grenze von hier entfernt? Dreihundert Kilometer? Ihre Armee kann unmöglich vor einer Woche Warschau erreichen.«

Slote lachte. Er war nicht auf den Gedanken gekommen, daß die russischen Armeen mehrere Tage brauchten, um dreihundert Kilometer vorwärts zu marschieren, aber das stimmte natürlich und war so sonnenklar. Er nahm seinen Tabaksbeutel heraus, stopfte sich langsam die Pfeife, um sich zu beruhigen, und sagte: »Natürlich, nur ist die Sache die, daß diese Entwicklung alles ändert. Es läßt sich nicht voraussehen, was die Russen oder die Deutschen demnächst tun werden. Es kann heute noch zum Handgemenge um Warschau kommen. Die Deutschen beschließen vielleicht innerhalb einer halben Stunde, die neutralen Ausländer aus der Stadt herauszulassen.«

»Nun, ich werde versuchen, sie herzuholen, aber Sie kennen ja Natalie.«

»Bitte, sagen Sie Natalie«, ergänzte Slote, die Hand auf der Türklinke, in gepreßtem Ton und mit klopfenden Schläfen, »daß es kein Vorschlag von mir ist, sondern ein offizieller Befehl der amerikanischen Regierung. Wir können nicht mehr die Verantwortung für die Sicherheit von jemandem übernehmen, der sich außerhalb der vier Mauern dieses Gebäudes aufhält. Sollten wir plötzlich unter einer Waffenstillstandsfahne hier herausgeschleust werden – und das kann jederzeit passieren –, und sie ist nicht da, kann ich keine fünf Minuten auf sie warten. Wir werden abfahren, und sie wird als einzige Ausländerin in Warschau zurückbleiben; und wenn sie durch ein Wunder die Bomben und die Nazis überlebt, kann sie ein Buch schreiben. Sagen Sie ihr das bitte, ja?« Er knallte die Tür hinter sich zu.

Inzwischen kannte Byron den Weg zum Krankenhaus gut. Er führte durch einen Stadtteil, dem die Deutschen schwer zugesetzt hatten. Rußgeschwärzte Trümmer säumten den Weg; die Straßen waren voll von Bombenkratern, zerbrochenen Kanalisationsröhren, zerrissenen Straßenbahnkabeln, umgestürzten Telegrafenmasten, entwurzelten Bäumen und endlosen Haufen von Glasscherben, Mauersteinen, Holz und Kehricht. Kinder spielten auf den Haufen und in den zerstörten Gebäuden. Frauen wuschen Kleider im Freien oder kochten im hellen Sonnenschein auf blassen Feuern aus gesplittertem Holz. Arbeitskolonnen gruben in

den eingestürzten Häusern, räumten verbogene Leitungen von den Straßen und schaufelten mit Spaten oder Bulldozern Schutt auf. Fast jeder schien heiter und gefaßt zu sein; das war das Merkwürdige, obgleich Byron sich daran zu gewöhnen begann. Er kam an keinem Leichenzug oder sonstigen Spuren der Toten vorbei. Die Kinder, die in den zerstörten Häusern herumtollten, fanden anscheinend den Krieg etwas Lustiges, Neues, die Schule war offenbar aus. Hier und da saßen in schwarze Schals gehüllte Frauen mit gesenkten Köpfen auf Stühlen oder Steinen. Manche von ihnen entblößten die Brust, um Säuglinge trinken zu lassen. Viele Menschen wanderten mit ausdrucksvollen Gesichtern in dem Schutt herum und starrten vor sich hin oder suchten planlos nach verlorener Habe. Er brannte nirgends. Die Zerstörungen waren unberechenbar. Während ein Häuserblock unversehrt stand, war der nächste halb abrasiert, als hätte ein Flugzeug seine sämtlichen Bomben auf einmal abgeworfen. An einer schrägen zerrissenen Wand hingen Zimmer wie Bühnendekors in der Luft und stellten ihre Tapeten oder ihren Anstrich farbenprächtig und ergreifend zur Schau. Byron sah ein zerbrochenes Klavier halb zu einem Zimmer heraushängen.
Er bahnte sich einen Weg durch die Eingangshalle des Krankenhauses. Hier wandelte sich Warschaus erstaunlich heitere Stimmung in ein mitleiderregendes und abstoßendes Schauspiel. Verwundete lagen gedrängt in einem wirren Durcheinander auf dem Marmorfußboden und warteten auf Hilfe; die meisten in Lumpen, alle schmutzig, grünbleich, stöhnend, weinend oder ohnmächtig. Männer und Frauen, Polen und Juden, blutverschmiert, ohne Verbände, mit zerrissenen Kleidern, mit klaffenden Wunden an Gesicht, Armen und Beinen, da und dort mit einem roten Stumpf, der einen schrecklichen weißen Knochen sehen ließ. Die Kinder waren in einem großen Vorzimmer zusammengepfercht, wo ein trauriger Chor von Weinen und Schreien erscholl, in den sich gelegentlich widersinniges Lachen mischte. Byron eilte an der offenen Tür vorbei und die gewundene Steintreppe hinab in ein langes, niedriges Souterrain, viel wärmer als im Parterre; hier war der Geruch schlecht brennender Petroleumöfen noch penetranter als der Geruch der Arzneien.
»Ist er verrückt geworden?« rief Natalie. »Wie kann ich denn weg? Ich bin eben erst zum Dienst gekommen. Sehen Sie doch nur!« Sie wies mit dem Arm auf die Frauen in den dichtgedrängten Betten, die wimmerten und Schreie auf polnisch ausstießen, auf andere, die kummervoll auf Betten oder niedrigen Hockern saßen und Säuglingen eine dicke weiße Brust mit brauner Warze gaben, auf die drei aschfarbenen schwitzenden Ärzte, die von Bett zu Bett gingen, auf die eiligen Krankenschwestern, manche in schmutzigen, blutbespritzten Kitteln, wie sie selbst, die Haare mit Tüchern zusammengebunden, manche in dunkelgrauer Nonnentracht.

»Wir sind hier unten nur fünf, und wir haben heute morgen zweiundachtzig Frauen gezählt! Es ist jetzt die einzige Entbindungsstation in Warschau. Die Deutschen haben gestern das Katharinen-Spital ausgebombt. Es soll entsetzlich gewesen sein, Schwangere, die wie lebendige Fackeln umherliefen, Neugeborene, die verbrannten...«
»Aber Natalie, jetzt wo die Russen im Anmarsch sind...«
»Ich habe Sie verstanden! Sie sind noch Hunderte von Meilen entfernt, nicht wahr? Gehen Sie, Briny, ich habe zu arbeiten.«
Ein Arzt mit gebeugten Schultern, großer Nase, viereckigem rotem Bart und traurigen matten Augen ging vorbei. Er fragte Natalie auf deutsch, worum es sich handele, und sie sagte es ihm.
»Selbstverständlich müssen Sie gehen«, sagte er mit schwacher Stimme. »Seien Sie nicht töricht, Sie müssen mit den anderen Amerikanern abreisen. Wenn Ihre Botschaft nach Ihnen schickt, müssen Sie gehorchen.«
»Ach, die Botschaft! Kein Mensch sagt, daß wir jetzt schon abreisen. Dieser junge Mann kann mich innerhalb von fünf Minuten holen, wenn es soweit ist.«
»Nein, nein, dieses Risiko dürfen Sie nicht eingehen. Sie sind keine Polin, Sie sind nicht verpflichtet, Ihr Leben aufs Spiel zu setzen. Und vor allem sind Sie Jüdin, Sie sind Jüdin.« Der Arzt griff an ihren Kopf und zog das weiße Tuch herunter. Ihr loses Haar fiel in dichten schwarzen Locken herab. »Sie müssen nach Hause fahren.«
Tränen rannen Natalie über die Wangen. »Die Frau mit den Zwillingen hat eine Blutung. Haben Sie sie schon untersucht? Und das Baby mit dem krummen Fuß...« Mit krampfartiger Geste deutete sie auf ein Bett in der Nähe.
»Sie stehen alle auf der Liste. Gehen Sie jetzt ohne Widerrede sofort in Ihre Botschaft. Ich danke Ihnen. Sie haben uns sehr geholfen. Reisen Sie gut.« Der Arzt ging schlurfend davon.
Sie wandte sich an Byron. »Leslie Slote ist ein egoistischer Schuft. Er will einfach nicht mit mir belastet sein. Eine Sache weniger, über die man nachdenken muß.« Plötzlich hob sie ihren Rock bis zur Hüfte hoch. Die Bewegung versetzte Byron einen angenehmen kleinen Schock, obwohl der graue Schlüpfer, der ihr bis zum Knie reichte, im Grunde wesentlich reizloser war als der weiße Rock. Wahrscheinlich hatte sie die greulichen Schlüpfer von den Nonnen bekommen, dachte er. »Da«, sagte sie, zog eine dicke Brieftasche aus dem Schlüpfer und ließ den Rock wieder fallen. »Ich gehe in die verdammte Botschaft zurück. Aber auf alle Fälle möchte ich, daß Sie Berel suchen und ihm dies geben. Es ist mein gesamtes amerikanisches Geld. Würden Sie das für mich tun?«
»Natürlich.«
»Sagen Sie, Briny, macht es Ihnen immer noch Spaß?«

Er sah sich in dem lärmenden, überfüllten, übelriechenden Krankensaal um, wo die polnischen Frauen wehrlos neues Leben in einer Stadt zur Welt brachten, die von den Deutschen systematisch ausgelöscht wurde, und die unaufschiebbaren Wehen mit der besten Betreuung durchmachten, welche die sterbende Stadt zu bieten hatte. »Mehr Spaß als ein Haufen von Affen. Seien Sie vorsichtig auf dem Weg zur Botschaft, ja? An der Franzuski-Straße steht eine große Kirche in Flammen, und die Straße ist gesperrt. Gehen Sie lieber am Museum vorbei.«

»Gut. Sie werden ihn vermutlich in dem großen grauen Gebäude antreffen, wo der Jüdische Rat arbeitet. Er ist beim Verpflegungskomitee oder so etwas.«

»Ich werde ihn schon finden.«

Byron trat auf eine Hintergasse heraus, wo zwei Männer dabei waren, Tote aus dem Krankenhaus auf einen zweirädrigen Karren zu laden, sehr ähnlich dem, den er gekauft hatte, um Wasser zu transportieren. Leichen lagen auf dem Kopfsteinpflaster, und einer der Männer, der einen rotverschmierten weißen Wachstuchkittel trug, hob eine nach der anderen auf und warf sie dem zweiten zu, der sie in seinen Wagen schichtete – steife, grauenerregende Gestalten, mit offenem Mund und starren Augen – wie tote Fische auf einem Markt. Der Mann schleuderte den leichten Körper einer ausgemergelten Greisin in die Höhe, deren graues Schamhaar aus dem rosa Fetzen, mit dem sie noch immer behangen war, hervorsah.

Als er den Pilsudski-Boulevard auf das Judenviertel zu entlangeilte, hörte er den Donner schwerer Geschütze und ganz in der Nähe Explosionen, als ob ein Häuserblock gesprengt würde. Byron fluchte automatisch auf die Deutschen. Er hatte, nachdem er von der Universität in Florenz ausgerissen war, eine Woche in Deutschland verbracht. Die Deutschen waren ihm fremd erschienen, aber nicht fremder als die Italiener; andersartig, gewiß, aber durchaus menschlich, von betriebsamer Lustigkeit und außerordentlich höflichen Manieren. Doch hier waren sie nun und umzingelten die polnische Hauptstadt, schlugen mit Luftminen und fliegendem Stahl auf sie ein, zertrümmerten die Wasserleitungen, töteten die Kinder und verwandelten lebendige Menschen in steifen, blicklosen, toten, aufgeschichteten Abfall, der weggekarrt und vernichtet wurde. Es war wirklich unglaublich empörend. Die Bezeichnung »Krieg« machte es nicht begreiflicher.

Diese besondere und scheußliche Lage, in die er zufällig geraten war, war nichtsdestoweniger weit farbiger und interessanter als »Frieden«, wie ihn Byron in Erinnerung hatte. Die Botschaft der Vereinigten Staaten mit Wasser zur versorgen, war das Befriedigendste, das er je in seinem Leben geleistet hatte. Er liebte die Aufgabe. Er war bereit, dabei umzukommen. Aber die Chancen waren alle auf seiner Seite. Das war das Neue, das er

entdeckte. Die meisten Menschen in Warschau waren noch immer am Leben und unverletzt und gingen ihren Berufen nach. Die Stadt war weit davon entfernt, zerstört oder auch nur zur Hälfte zerstört zu sein. Als er auf das Nareiskaya-Viertel zuschritt, kam er an manchem Block dreistökkiger Häuser vorbei, die unversehrt, friedlich und ruhig dastanden und genauso aussahen wie vor dem Angriff der Deutschen.
Aber in dem Judenviertel selbst gab es keine solchen unversehrten Häuserblocks. Es war ein einziger rauchender Trümmerhaufen. Offenbar ließen die Deutschen ihre Bomben und Granaten gezielt auf dieses Viertel herunterhageln, eine sinnlose Maßnahme, da die Juden von Warschau nicht imstande waren, die Stadt zur Übergabe zu zwingen. Eine solche Flut von Brandbomben und Luftminen statt auf die Juden auf die lebenswichtigen Dinge der Stadt – Elektrizität, Wasser, Transportwesen, Brükken – konzentriert, hätte Warschau viel rascher erledigen können. Die Bombardierung der Nareiskaya war der vernunftwidrige, materialverschwendende Angriff eines mächtigen Heeres auf traurige, wehrlose Arme.
Die Aufschriften »Für Juden verboten«, die Byron auf Parkbänken in Deutschland gesehen hatte, waren zu grotesk erschienen, um wahr zu sein. Dieses Bombardement des Nareiskaya-Viertels machte ihm zum erstenmal die seltsame Tatsache klar, daß die Deutschen dieses Volk tatsächlich vernichten wollten. Ausgebrannt lagen die O-Busse auf der Seite. Aufgeblähte tote Pferde stanken in den Straßen, von Wolken schwarzer dicker Fliegen umgeben, die sich manchmal klebrig auf Byrons Gesicht und Händen niederließen. Es gab auch tote Hunde und Katzen und viele tote Ratten in der Gosse. Er sah nur einen einzigen menschlichen Leichnam, einen Greis, der in einem Toreingang zusammengebrochen war. Er hatte bereits früher bemerkt, wie rasch die Juden ihre Toten fortschafften und wie respektvoll sie mit ihnen umgingen, indem sie die beladenen Karren mit Tüchern bedeckten und ihnen in einer Art Trauerzug durch die Straßen folgten.
Aber trotz der Zertrümmerung der Häuser, der andauernden Brände, dem Rauch und dem Schutt war dieses Viertel immer noch voller Leben. An einer Straßenecke, vor den Ruinen einer Schule, saßen Knaben in Käppchen mit ihrem bärtigen Lehrer auf dem Trottoir und sangen über riesigen Büchern; manche der Jungen waren kaum größer als die Bücher. Die Kioske waren noch immer mit Dutzenden verschiedener Zeitungen und Zeitschriften in dicken hebräischen Lettern geschmückt. Er hörte, wie jemand in einem Haus Geige übte. Die Verkäufer von welkem Gemüse und fleckigem verkümmerten Obst, Lebensmittelkonserven und alten Kleidern standen am Rand des Trottoirs oder schoben ihre quietschenden Handkarren durch Scharen von Menschen. Arbeitskolonnen räumten den

Schutt zerbombter Häuser von den Straßen und Trottoirs. Es gab eine Menge Arbeitskräfte, Byron wunderte sich darüber, denn in den vergangenen Wochen schienen sich jüdische Männer und Knaben – vielleicht, weil sie erkennbar waren – über ganz Warschau auszubreiten, bauten Unterstände, bekämpften Brände, reparierten Wasserleitungen. Ein gebeugter alter Graubart in Käppchen und Kaftan, der in einem Graben eine Schaufel schwang, verlieh einer ganzen Arbeitsmannschaft einen jüdischen Anstrich. Sie schienen sich dennoch überall einzuschalten.

Berel Jastrow war nicht in dem Ratsgebäude. Auf seiner Wanderung durch überfüllte, dunkle, trübe Korridore, die nur durch dicke Kerzen in Glasbehältern beleuchtet wurden, stieß Byron auf einen Mann, den er einmal im Gespräch mit Berel bemerkt hatte, einen adretten, kleinen, bärtigen Juden mit einem Glasauge, das ihm einen starren Blick verlieh. In einem Mischmasch von Deutsch und Jiddisch gab der Mann zu verstehen, daß Berel im Augenblick Gemeinschaftsküchen inspiziere. Byron machte sich auf die Suche nach ihm und traf ihn in einer riesigen romanischen Synagoge aus grauem Stein, die bis auf einen zerbrochenen steinernen Davidstern in einem runden, scheibenlosen Fenster unversehrt war. Jastrow stand in einem niedrigen heißen Vorraum, wo Leute Schlange standen und schwitzende Frauen in Kopftüchern ein stark riechendes Eintopfgericht aus Wannen auf Holzkohlenöfen austeilten.

»Die Russen!« Berel strich sich über den Bart. »Steht das fest?«

»Ihr Bürgermeister brachte die Nachricht in die Botschaft.«

»Gehen wir nach draußen.«

Sie sprachen miteinander auf der Straße in gebührender Entfernung von der Essenschlange. Die in Lumpen gekleideten Leute dort starrten Byron an und bemühten sich zu hören, was er sagte, wobei sie sogar die Hand an die Ohren legten. Berel sagte: »Das muß ich dem Zentralkomitee melden. Vielleicht ist es eine gute Nachricht? Wer weiß, wie, wenn die beiden Räuber sich gegenseitig die Kehle durchschnitten? So etwas ist schon vorgekommen. Die Russen könnten Gottesboten sein.«

Er stutzte, als Byron ihm Natalies Brieftasche anbot. »Was fällt ihr ein?« sagte er. »Ich habe Geld. Ich habe auch Dollars. Sie wird sie vielleicht selber brauchen. Noch ist sie nicht aus Warschau heraus.«

Byron war verlegen. Er war nicht auf den Gedanken gekommen, daß Jastrow beleidigt sein könnte, aber jetzt schien seine Reaktion durchaus natürlich. Er sagte, daß die Amerikaner damit rechneten, Warschau demnächst unter einer weißen Fahne zu verlassen.

»So. Also werden wir Sie oder Natalie nicht mehr wiedersehen?«

»Möglicherweise nicht.«

»Aha. Nun, wenn die Deutschen euch Amerikaner alle zusammen herauslassen, sollte sie außer Gefahr sein. Sie sagte mir, daß ein amerikanischer Paß keine Religionszugehörigkeit angebe. Sagen Sie ihr, daß ich ihr danke und das Geld in den Verpflegungsfonds stecken werde. Sagen Sie ihr – *Vorsicht!*«

Eine Granate pfiff herab und explodierte in einiger Entfernung mit ohrenbetäubendem Geräusch. Berel sprach hastig. »Sie kommen also wieder hierher zurück. Sie schießen automatisch, die Deutschen. Gestern war *Yom Kippur*, und den ganzen Tag fielen Bomben auf uns, es hörte nicht auf. Übrigens, werden Sie Arele sehen?« Er lächelte trocken über Byrons verständnisloses Gesicht. »Dr. Aaron Jastrow«, sagte er, die englische Sprache imitierend.

»Wahrscheinlich.«

»Dann bestellen Sie ihm«, sagte Berel, »›*Lekh lekha!*‹ Können Sie das behalten? Es sind zwei einfache hebräische Worte. *Lekh lekha.*«

»Lekh lekha«, wiederholte Byron.

»Sehr gut. Sie sind ein ausgezeichneter Schüler des Hebräischen.«

»Was bedeutet es?«

»Du mußt fort.« Berel reichte Byron eine abgegriffene Visitenkarte. »Würden Sie mir wohl einen Gefallen tun? Dieser Mann ist ein Importeur aus New Jersey. Er hat mir im August eine Bankanweisung für eine große Champignon-Lieferung geschickt. Sie kam zu spät. Ich habe die Anweisung zerrissen, da gibt es also keine Schwierigkeiten, aber – worüber lächeln Sie?«

»Weil Sie trotz all Ihrer Sorgen auch noch daran denken.«

Jastrow zuckte die Achseln. »Das ist mein Geschäft. Die Deutschen werden entweder hereinkommen oder nicht. Schließlich sind es ja keine Löwen und Tiger. Es sind Menschen. Sie werden uns unser Geld nehmen. Es wird eine schlimme Zeit werden, aber jeder Krieg hat ein Ende. Hören Sie, wenn die Russen kommen, werden sie uns ebenfalls unser Geld wegnehmen. Also...«, er streckte Byron die Hand entgegen, »also, alles Gute und...«

Byron hörte in nächster Nähe eine Granate herannahen, das unverwechselbare, unregelmäßige Sausen und Pfeifen. Sie schlug splitternd in das Dach der Synagoge. Die betäubende Explosion kam ein bis zwei Sekunden später, und er hatte so die Möglichkeit, sich die Ohren zuzuhalten und zu Boden zu werfen. Seltsamerweise sprengte sie nicht die Vorderfront der Synagoge; das rettete den Menschen, die Schlange standen, das Leben. Dachtrümmer flogen durch die Luft und prasselten auf die Straße und die umliegenden Dächer. Dann, als er und Jastrow bereits wieder standen, sahen sie, wie die gesamte Fassade der Synagoge gleich einem fallenden Vorhang ins Gleiten geriet und mit zunehmendem Getöse einstürzte. Inzwischen hatte die Menschenschlange sich in Sicherheit gebracht. Weißer Staub stieg empor, und durch diese Wolke, die der Wind sofort auseinanderwehte, vermochte Byron zu sehen, daß die Marmorsäulen und geschnitzten Holztüren der Bundeslade hinten an der Rückwand unversehrt geblieben waren und in dem blassen rauchigen Sonnenschein im Freien nackt und fehl am Ort wirkten.

Berel schlug ihm energisch auf die Schulter. »Gehen Sie, gehen Sie! Bleiben Sie nicht hier. Gehen Sie jetzt. Ich muß hier helfen.«

Jüdische Männer und Knaben durchsuchten bereits die neuen Trümmer, in denen viele kleine Brände flackerten. Obwohl Byron wenig vom Judentum wußte, begriff er, daß sie die heiligen Schriftrollen retten wollten.

»Gut. Ich gehe jetzt zurück zu Natalie.«

»Schön. Ich danke Ihnen, ich danke Ihnen. Ich wünsche euch beiden eine gute Reise.«

Byron verschwand im Laufschritt. Als die Bundeslade nackt dem Sonnenschein ausgesetzt war, hatte ihn das tief ergriffen wie eine machtvolle Musik. Während er durch das Judenviertel zurücktrabte, sah er die zertrümmerten Reihen grauer und brauner Häuser, die kopfsteingepflasterten Straßen und ungepflasterten Gassen, die dürftigen Höfe und Hinterhäuser, wo Wäsche zum Trocknen hing, die Scharen ordentlich gestiefelter Juden mit Bärten und breiten Hüten, die dunkeläugigen fröhlichen Kinder, die unter den Bomben spielten, die standhaften müden Straßenverkäufer mit ihren Karren und Körben, die Kioske, beladen mit Zeitungen, Zeitschriften, Belletristik und kartonierten Büchern, den rauchgefilterten Sonnenschein, die umgestürzten Busse, die toten Pferde – er sah all das mit überstarker Genauigkeit, und jedes Bild prägte sich ihm so deutlich ein, als wäre er Maler.

Ohne Erstaunen oder Angst bemerkte er dichte V-Formationen deutscher Flugzeuge vom Norden herankommen. Der Anblick war alltäglich geworden. Er trabte weiter und ein wenig schneller durch die sich leerenden, von Granaten zerlöcherten Straßen auf die Botschaft zu. Die Menschen um ihn sahen zum Himmel auf und begaben sich in Deckung. Die ersten Wellen waren Stukas, die herunterstießen und dabei schwarzen Rauch ausspien, und Byron hörte das gereizte Flakfeuer der Polen aus ihren schwachen, auf Dächern aufgestellten Maschinengewehren. Ein Flugzeug stieß in die Straße hinab, durch die er lief. Er sprang in einen Hauseingang. Prasselnd schlugen Kugeln auf das Kopfsteinpflaster, von dem sie lärmend abprallten. Er beobachtete, wie die Maschine davonbrauste, und trabte weiter, die üblichen Flüche gegen die Deutschen murmelnd.

Byron entwickelte allmählich ein Gefühl der Unverletzbarkeit gegenüber den Untaten der Deutschen. Für ihn waren sie verächtliche, stümperhafte Schlächter. Er war überzeugt davon, daß die Vereinigten Staaten sich in kürzester Zeit zornig erheben, den Atlantik überqueren und ihnen das Fell runterziehen würden, falls sich die Briten und Franzosen tatsächlich

als zu degeneriert oder verschreckt erweisen sollten, es zu tun. Er glaubte, daß die Ereignisse, die sich um ihn zutrugen, in Amerika gigantische Schlagzeilen machen müßten. Er wäre starr gewesen, wenn er geahnt hätte, daß der polnische Krieg, da sein Ergebnis feststand, bereits in die hinteren Seiten der amerikanischen Zeitungen gerutscht war und daß man sich drüben nicht einmal mehr für die angebliche »Große Debatte« im Senat zu der Revision der Neutralitäts-Akte interessierte, weil das bevorstehende Flottenschießen im Vordergrund stand.
Mit langen Schritten und außer Atem stürzte er durch das Tor der Botschaft. Die Marinewache salutierte und lächelte ihn vertraulich an. Drinnen, in dem großen Eßsaal, dessen Fenster durch Lattenstützen und Verdunkelungsvorhänge abgedichtet waren, saßen etwa fünfzig in Warschau festgehaltene Amerikaner an einem langen, mit Petroleumlampen beleuchteten Brettertisch beim Mittagessen. Ein lautes Geklapper war zu hören. Slote saß mit Natalie und einem kleinen brünetten Menschen namens Mark Hartley sowie einigen anderen Leuten am polierten Eßtisch des Botschafters. Noch keuchend von seinem langen Lauf, erzählte Byron von seiner Begegnung mit Berel. Die zerstörte Synagoge erwähnte er nicht.
»Tausend Dank, Briny. Gott helfe ihnen allen. Setzen Sie sich und essen Sie etwas. Durch irgendein Wunder haben wir wunderbare panierte Kalbsschnitzel.«
Slote sagte: »Sind Sie etwa jetzt während des Luftangriffs hierher gelaufen?«
»Wo bei andren der Verstand sitzt, hat er Entenfedern«, sagte Natalie und warf Byron einen liebevollen Blick zu.
»Byron ist schon in Ordnung«, sagte Hartley. Er war vierter beim Bridge mit Natalie, Byron und Slote, wenn sie sich die langen Stunden im Luftschutzkeller vertrieben. Mark Hartley hatte früher Marvin Horowitz geheißen, und er machte gern Witze über seinen Namenswechsel. Er war New Yorker und im Importgeschäft tätig.
Byron setzte sich auf einen leeren Platz neben Natalie und nahm sich ein Schnitzel. Es hatte einen ziemlich klebrigen Wildgeschmack, aber nach einer Woche von Sprotten- und Würstchenkonserven schien es köstlich, und außerdem war er ausgehungert. Er verzehrte es und legte sich ein zweites auf den Teller. Slote lächelte ihn an und sah mit Befriedigung, wie die Amerikaner ihre Schnitzel schmausten.
»Hat hier übrigens jemand etwas dagegen, Pferdefleisch zu essen?«
»Ich allerdings«, sagte Natalie.
»So ein Pech. Du hast es soeben getan.«
Natalie sagte: »Aach!« und hielt sich, mühsam schluckend, die Serviette vor den Mund. »Mein Gott! Pferdefleisch! Ich habe Pferdefleisch geges-

sen! Ich könnte dich umbringen. Warum hast du mir das nicht vorher gesagt?«

»Weil du essen mußt. Wir alle müssen essen. Ich habe keine Ahnung, was aus uns wird, und da ich die Gelegenheit hatte, dieses Zeug zu kaufen, habe ich es gekauft. Ihr habt von einem Stück der großen Gestüte Polens gespeist. Der Bürgermeister hat gestern die Schlachtung von tausend Stück angeordnet. Wir haben Glück gehabt, daß wir einen Teil abbekommen haben.«

Mark nahm sich ein weiteres Schnitzel von der Platte. Natalie sagte: »Aber Mark! Wie können Sie nur? Pferdefleisch!« Er zuckte die Achseln. »Wir müssen ja essen. In koscheren Gaststätten habe ich schon schlechteres Fleisch gegessen.«

»Nun, ich behaupte nicht, daß ich religiös wäre, aber bei Pferden ist Schluß. Da würde ich eher Hundefleisch essen.«

Byron schob seinen Teller weg. Das Bewußtsein, Pferdefleisch in seinem Magen zu haben, der klebrige Geschmack des Pferdefleisches auf seiner Zunge, die Erinnerung an den Geruch fliegenübersäter Pferdeleichen in den jüdischen Straßen vermischten sich in seinem Kopf zu einem einzigen Begriff – Krieg.

14

Vier Tage später rannte Natalie am frühen Morgen mit wehenden Haaren und fliegenden Röcken aus der Botschaft heraus und stürzte sich auf Byron, der im Hinterhof unausgefüllte Pässe und Ordner voller Visa-Anträge verbrannte. Die Botschaft besaß Hunderte dieser braungebundenen Hefte, die langsam und unter viel Rauch verbrannten; sie hätten von den Deutschen dazu benutzt werden können, Spionage und Saboteure in die Vereinigten Staaten zu schmuggeln. Auch die Stöße von Visa-Anträgen standen obenan auf der Verbrennungsliste, weil sie Juden hätten identifizieren können. Byron hatte es aufgegeben, die Akten nach Dollarnoten zu durchsuchen, die häufig den Antragsformularen beigeklammert waren. Ihm oblag es, das Ganze so schnell wie möglich in Asche zu verwandeln, er verbrannte Geld, und es war ihm völlig egal.

»Schnell! Komm mit.« Natalies Stimme klang munter und aufgeregt.

»Wohin?«

»Komm mit!«

In einer schwarzen Limousine, die vor dem Haupteingang stand, saß Slote neben einem grauhaarigen Mann von rosa Gesichtsfarbe. »Hallo, Byron!« Auch Slote war erstaunlich munter. »Das ist der schwedische Botschafter. Byron Henrys Vater ist unser Marineattaché in Berlin, Herr Botschafter. Es wäre vielleicht angebracht, ihn mitzunehmen, meinen Sie nicht?«

Der Botschafter rieb sich die knollige Nase mit einer kleinen gepflegten Hand und sah Byron mit klugen Augen an. »O ja, allerdings. Und vielleicht sollte er sich Notizen machen.«

»Dasselbe dachte ich ebenfalls. Herein mit Ihnen, Byron.«

Eine Bluttransfusion hätte Slote nicht stärker verwandeln können. Byron hatte ihn vor einer Stunde gesprochen; den üblichen grauen verdrossenen, zusammengesackten Slote, der durch die Botschaft geisterte, Pillen schluckte, schroffe Antworten gab und sich stundenlang in sein Büro einsperrte. Seit dem Tag, an dem eine Bombe das Nebenhaus getroffen und zehn Polen getötet hatte, war Slote so gewesen. Byron dachte, daß es die Verantwortung sei, die den Geschäftsträger so schwer bedrückte. Jetzt aber hatte sein Gesicht Farbe, seine Augen glänzten, und sogar die blaue Rauchwolke seiner Pfeife wirkte verwegen.

Als Byron sich auf den Rücksitz setzte, platzte Natalie mit der Frage an den Botschafter heraus: »Darf ich mitkommen? Byron und ich reisen zusammen.«

Slote schüttelte mit einer ärgerlichen Grimasse den Kopf. Der Botschafter sah sie von oben bis unten mit maskuliner Belustigung an. Natalie trug ein grünes Seidenkleid und eine alte rosa Strickjacke – ein fürchterlicher Anzug, den sie ohne nachzudenken aus ihrem Koffer gezogen hatte. Er gab ihr einen grobsinnlichen Anstrich: »Aber, meine Liebe, hätten Sie denn keine Angst?«

»Wovor?«

»Vor dem Lärm der Geschütze. Wir wollen die Route für das freie Geleit inspizieren.« Das langsam gesprochene Englisch des Botschafters war nahezu perfekt. Seine kleine rosa Hand, die in dem Fensterrahmen lag, war ungeachtet der Belagerung auf Hochglanz manikürt. »Wir geraten vielleicht sehr nah an die Front.«

»Geschützlärm kenne ich.«

Der Botschafter lächelte Byron zu. »Nun, sollen wir Ihre Freundin mitnehmen?« Er rutschte zur Seite, um neben sich für sie Platz zu machen. Slote sagte nichts, kaute aber verärgert an seiner Pfeife.

Der Wagen bewegte sich in schwieriger Zickzackfahrt auf den Fluß zu. In den letzten vier Tagen war Warschau immer mehr zusammengestürzt. Ein starker Wind vertrieb den Rauch, und eine prachtvolle Morgensonne gab den Straßen einen Anstrich von falscher Friedlichkeit. Aber wohin man blickte, sah man zerstörte Gebäude. Tausende von Fenstern waren zerschmettert und mit gelbem Sperrholz geflickt worden. Warschau wurde allmählich zu einer Stätte von Rauch, geborstenen Mauern und gelbem Flickwerk. Die Trottoirs und Gossen waren zerstört und voller Bombentrichter, und Tankfallen und Stacheldrahtbarrikaden versperrten die wichtigsten Straßenkreuzungen. Finster dreinblickende, nervöse Soldaten hielten an diesen Kreuzungen den Wagen mit aufgerichteten Maschinengewehren und dem Finger am Abzug an. Nur wenige Zivilisten waren zu sehen. In der Ferne waren Kanonendonner und Einschläge zu hören. Jedesmal, wenn ein Soldat sein Maschinengewehr senkte und ihnen weiterzufahren winkte, lachte Slote laut.

»Was ich so unglaublich finde«, sagte er, als sie zu einer steinernen Brücke über der Weichsel kamen, die mit Pferdewagen, Lastautos und Fahrrädern verstopft war, »ist, daß dieses Ding noch immer steht. Die Deutschen beschießen doch schon seit zwei Wochen die Stadt!«

»Nun, sie sind eben nicht ganz so verheerend, wie sie uns glauben machen möchten«, sagte der schwedische Botschafter. »Und auch nicht so zielsicher.«

Der Wagen fuhr über die Brücke, über den breiten Fluß, der gelassen zwischen Warschau und seinem östlichen Vorort Praga dahinfloß, eine Ortschaft von niedrigen Häusern und grünen Wäldern. Aus dieser Entfernung wirkte hinter ihnen Warschau im Sonnenschein und unter einem sanften rauchblauen Himmel nach all den Zerstörungen erstaunlich unversehrt, eine Metropole mit breiten Alleen, barocken Kirchenkuppeln und Fabrikschornsteinen und vielen schwarzen Rauchsäulen. Es hätte fast eine Industriestadt an einem geschäftigen Tag in Friedenszeiten sein können, wenn nicht hier und da gelbe Feuer aufgelodert hätten, überall die Blitze wie Wetterleuchten zu sehen und das entfernte Dröhnen der Artillerie zu hören gewesen wären. Mehrere Busladungen singender und scherzender Soldaten fuhren an dem Wagen vorbei. Einige davon winkten Natalie und riefen etwas. Viele Soldaten auf Fahrrädern fuhren in der gleichen Richtung.

»Wo fahren die denn alle hin?« fragte Natalie.

»An die Front natürlich«, sagte der Botschafter. »Es ist immerhin Krieg. Sie lassen ihre Gewehre stehen, fahren zum Mittag- oder Abendessen oder vielleicht, um mit ihren Frauen zu schlafen, nach Hause, um danach einen Bus an die Front zu nehmen und auf die Deutschen zu schießen. In Madrid habe ich es während des Bürgerkrieges nicht viel anders erlebt.«

»Wie weit haben wir noch zu fahren?« fragte Slote. Hier, auf der anderen Seite des Flusses, war der Geschützdonner aus Praga vernehmlicher.

Der Botschafter spitzte den Mund.

»Ich weiß nicht genau. Wir müssen zu einer Schule, in deren Vorderhof eine steinerne Gans steht, etwa hundert Meter nach einem Heiligenbild am Straßenrand.«

Auf der anderen Seite des Flusses fanden sie einen Schauplatz von Trümmern. Zerstörte Häuser, verbrannte Baumstümpfe, umgestürzte Bäume säumten die schmale geteerte Straße, die von Granaten so aufgerissen war, daß der Wagen immer auf ungepflasterte Wege ausweichen mußte. Während die Limousine auf einem dieser Wege entlangholperte, ging im Wald plötzlich ein getarntes schweres polnisches Geschütz los. Der Wagen geriet ins Schleudern und streifte einen Baum, die Insassen sprangen von ihren Sitzen hoch. »Mein Gott!« sagte Slote. Der Wagen fing sich wieder und fuhr weiter durch das bewaldete flache Land von Praga. Sie kamen an einem Haus vorbei, dessen Dach in Flammen stand, und draußen sah die Familie voll Trauer zu. In ihrer Nähe ertönten laute Explosionen, zwei bis drei in der Minute. Manchmal sahen sie im Wald Mündungsfeuer aufblitzen, obwohl die Geschütze dazu unsichtbar waren. Manchmal beobachteten sie, wie sich polnische Artilleristen zwischen den Bäumen fieberhaft bewegten. Es war alles neu und aufregend, zumindest für Byron. Und sie schienen diese Schau in völliger Sicherheit zu genießen, trotz dem unangenehmen Holpern über Gras und Dreck, um den Bombentrichtern auf der Straße auszuweichen. Aber dann kam eine deutsche Granate pfeifend herangesaust und schlug in der Nähe des Wa-

gens ein, eine Flut von Erde aufspritzend, die auf das Dach der Limousine prasselte.
Slote sagte: »Um Gottes willen! Wir sind ja schon an der Front!«
»Ja, das Schulhaus muß gleich hinter der nächsten Kurve liegen«, sagte der Botschafter. Aber hinter der Kurve erblickten sie nur vier Blockhäuser in einem ungepflasterten Hof, wo mehrere Schweine hin und her trotteten, völlig verwirrt von dem Schießlärm. Dahinter verschwand die gerade geteerte Straße in Laubwald und Rauch, und es war nichts mehr zu sehen.
Slote sagte: »Bitte, lassen Sie anhalten!«
Der Botschafter sah ihn über die Schulter an, rieb sich mit rosa Fingern die Nase und sprach mit dem Fahrer. Der Wagen hielt am Straßenrand an.
»Ich habe Ihrem Vorschlag keineswegs entnommen«, sagte Slote, »daß wir uns in die Feuerzone begeben würden. Sind Sie sicher, daß wir nicht eine Abzweigung übersehen haben und uns jetzt direkt hinter den deutschen Linien befinden?«
Der Botschafter schob die Lippen vor. »Ich glaube nicht, daß wir mehr als fünf Kilometer seit der Brücke gefahren sind.«
Slote lachte schallend und wies mit der Hand auf Natalie und Byron. »Ich bin für diese jungen Leute verantwortlich. Ich darf sie nicht derartig exponieren.«
Zwei Ladungen mit Soldaten kamen in rumpelnden alten Bussen vorbei, an denen vorne immer noch die Straßennummern und verblichene Kinoanzeigen an den Seiten zu sehen waren. Die Soldaten sangen, und einige winkten vom Fenster aus der haltenden Limousine zu und schrien fröhlich etwas auf polnisch.
»Wir sind ganz klar noch nicht hinter den deutschen Linien«, sagte der Botschafter.
»Trotzdem müssen wir diese Zivilisten nach Warschau zurückbringen«, sagte Slote. »Es tut mir leid, daß wir uns mißverstanden haben.«
Natalie rief: »Aber warum? Es besteht doch nicht der geringste Grund, uns zurückzufahren. Mir macht es gar nichts.«
»Ich fürchte, dafür wäre auch keine Zeit.« Der Botschafter kratzte sich bedächtig die Augenbraue. »Die Feuerpause tritt wahrscheinlich mittags ein. Sobald wir zurück sind, muß ich anfangen, meine Gruppe zusammenzustellen.«
»Das muß ich auch. Aber schließlich ist es Aufgabe der Polen und Deutschen, zu gewährleisten, daß die neutralen Ausländer sicher durch die Fronten kommen.«
Der Botschafter sah auf seine Uhr. »Oberst Rakowski bat mich, die Strecke vorher zu inspizieren. Ich glaube wirklich, wir sollten weiterfah-

ren.« Zwei schwere Geschütze knallten im Wald – eines zur Rechten, eines zur Linken. Der Fahrer drückte auf den Anlasser.
»*Einen Augenblick!*« Der Fahrer drehte sich um und sah Slote an. »Herr Botschafter, ich muß darauf bestehen, daß Sie uns wenigstens vorher zur Brücke zurückfahren lassen. Dort können wir vielleicht per Anhalter mit einem Bus oder einem Lastwagen in die Stadt kommen.«
»Aber mein lieber Herr, auch Sie sollten die Strecke besichtigen. Unsere Gruppen könnten einander später im Wald verlieren.«
Byron verspürte ein merkwürdiges Gefühl in der Magengegend. Die makellosen Formen des Botschafters verbargen nicht, was sich zutrug, und Slote vertrat die Vereinigten Staaten. Er sagte: »Leslie, Sie haben völlig recht wegen Natalie. Warum gehen Sie nicht mit ihr in eines dieser Häuser und warten? Ich kann, wenn Sie wollen, mit dem Botschafter weiterfahren und die Strecke erkunden.«
Der Botschafter sagte sofort aufgeräumt: »Eine ausgezeichnete Idee! Wir können sicherlich in fünfzehn Minuten hin und zurück sein.«
Slote machte die Wagentür auf und stieg aus. »Gehen wir, Natalie. Wir warten in dem Haus mit den grünen Vorhängen. Ich habe am Fenster eine Frau gesehen.«
Natalie blieb sitzen, sah mit ärgerlich nach unten verzogenem Mund von Slote auf den Botschafter.
Der Botschafter sagte zu ihr in steifem europäischen Ton: »Bitte, tun Sie, was man Ihnen sagt.«
Beim Hinausspringen knallte sie die Tür und lief auf das Haus zu. Slote eilte ihr schreiend nach. Die Limousine schoß in einem Geprassel von Kieselsteinen vorwärts. Der Dunst vor ihnen ließ nach, als sie hineinfuhren. Etwa einen dreiviertel Kilometer später kamen sie zu dem Heiligenbild, eine grell bemalte Christusfigur auf vergoldetem Kreuz in einem schützenden Holzrahmen, und nicht weit davon entfernt stand die Schule. Mehrere Soldaten umstanden rauchend und schwatzend eine steinerne, von roten Blumen gesäumte Gans. Byron dachte, wenn Slote nur drei bis vier Minuten länger ausgehalten hätte, wäre alles in Ordnung gewesen. Der eine unselige Augenblick, als die Erde das Limousinendach getroffen hatte, war sein Pech gewesen.
Oberst Rakowski begrüßte den schwedischen Botschafter mit einem Willkommensruf und einer Umarmung. Er schien widersinnig guter Stimmung, dachte Byron, und tatsächlich wirkten alle Stabsoffiziere munter und unberührt von dem bösen Lagebericht, den die Generalstabskarte an der Wand schreiend verkündete: ein dicker, mit Rotstift gezeichneter Kreis, der Warschau vollständig umzingelte. An den anderen Wänden des Schulgebäudes hingen bunte Kindergartenbilder. Rakowski, ein Hüne mit blondem Schnurrbart und dicker, vom Wohlleben violett geä-

derter Nase führte die Besucher durch eine Hintertür hinaus und brachte sie auf einem blätterbedeckten Pfad zu einem betonierten Geschützstand, wo verrußte, schnurrbärtige, halbnackte Männer Granaten aufstapelten. Der Pole bedeutete den Gästen, ihm zu folgen, klomm den schrägen Betonwall empor und stieg auf die Sandsäcke. Byron ging hinter dem Botschafter. Vor ihnen lag eine bewaldete, nach Osten abfallende Ebene mit vereinzelten Häusern und Gehöften sowie drei weit auseinanderstehenden Kirchtürmen. Die Rauchwolken dort draußen stammten, wie Byron erkannte, von deutscher Artillerie.

Ein wenig außer Atem von der kurzen Kletterei, sprachen der Botschafter und der Offizier wortreich miteinander und deuteten auf die Kirchtürme. Der Botschafter machte sich Notizen und übersetzte einiges davon für Byron. Laut den Bedingungen der Feuerpause, sagte der Botschafter, sollten die neutralen Flüchtlinge ohne Begleitung von den polnischen zu den deutschen Linien hinüberwechseln, und zwar bis zu der entferntesten Kirche, wo Lastwagen der Wehrmacht sie in Empfang nehmen würden. Oberst Rakowski befürchtete, daß einige der Flüchtlinge sich auf den schlecht markierten Wegen verirren, zur falschen Kirche gehen und sich dann zwischen zwei Schußlinien befinden könnten, wenn die Feuerpause, für welche die Deutschen nur zwei Stunden gewährten, zu Ende wäre. Infolgedessen hatte er den schwedischen Botschafter hergebeten, damit er sich vorher die Route genau ansehe.

»Er sagt«, bemerkte der Botschafter zu Byron, »daß man die beste Aussicht von dem Beobachtungsturm da drüben habe. Von dort übersehe man sämtliche Straßen bis zu der Kantorowicz-Kirche.«

Byron besah sich den spindeldürren Holzturm, der dicht neben dem Spielhof der Kinder errichtet worden war. Eine schmale Leiter führte zu einer metallgesicherten Plattform, wo er den Helm eines Soldaten erkennen konnte. »Nun, dann gehe ich mal rauf, ja? Vielleicht kann ich eine Skizze machen.«

»Der Oberst sagt, der Turm habe eine ganze Menge Feuer auf sich gelenkt.«

Byron brachte ein Grinsen zustande.

Der Botschafter reichte ihm mit väterlichem Lächeln das Notizbuch und den Füllfederhalter. Byron trabte zu der Leiter und kletterte hinauf. Der gebrechliche Turm schwankte bei seinem Aufstieg hin und her. Von dort oben war das ganze Gelände zu überblicken. Er konnte sämtliche Straßen erkennen, sämtliche Abzweigungen der braunen Zickzackwege, die über das Niemandsland zu der Kirche führten. Der behelmte Soldat setzte den Feldstecher ab, um neugierig zuzusehen, wie der Amerikaner im offenen Hemd und grauen Pullover die Straßen in das Notizbuch des Botschafters einzeichnete, seine Not mit den Seiten hatte, wenn sie im Wind flatterten, alle falschen Abzweigungen ankreuzte und grob die drei Kirchen in ihrem Verhältnis zu der Route skizzierte. Der Soldat nickte, als Byron ihm die Skizze zeigte, und schlug ihm auf die Schulter. »Ho kay«, sagte er und grinste voller Stolz über seine Beherrschung der amerikanischen Sprache.

Als die Limousine vorfuhr, lehnte Natalie mit verschränkten Armen in der offenen Tür des Blockhäuschens. Sie eilte zu dem Wagen, gleich darauf folgte ihr Slote, der sich zuvor von einer alten Frau mit Kopftuch und schweren Stiefeln verabschiedete. Auf der Rückfahrt nach Warschau erzählte der Botschafter von ihrem Besuch an der Front sowie von Byrons mutigem Besteigen des Turms. Inzwischen beschäftigte sich Byron mit dem Notizbuch auf seinem Schoß.

»Ob vier Kopien genügen?« fragte er den Botschafter.

»Reichlich, würde ich denken. Vielen Dank.« Der Botschafter nahm das Notizbuch. »Vielleicht haben wir noch Zeit, sie hektographieren zu lassen. Das haben Sie gut gemacht.«

Natalie ergriff Byrons Hand und zog sie auf ihren Schoß. Sie saß zwischen ihm und Slote. Sie drückte seine Finger und sah ihn dabei ernst mit ihren dunklen halb geschlossenen Augen an. Durch ihr leichtes grünes Kleid spürte er das Fleisch ihrer Schenkel und die Abzeichnung eines Strumpfbands auf seinem Handrücken. Slote sah fortwährend auf die verschlungenen Hände der beiden, während er gelassen rauchte, zum Fenster hinausblickte und mit dem Botschafter darüber sprach, wie die Flüchtlinge zusammenzubringen und zu transportieren waren. Unter der Haut seines weißen Gesichts zuckte dauernd ein Kiefermuskel auf und ab.

In der Botschaft herrschte lärmende Betriebsamkeit. Das Büro des Bürgermeisters hatte soeben mitgeteilt, daß die Feuerpause auf ein Uhr mittags angesetzt sei. Lastwagen der polnischen Armee würden die Amerikaner zur Abmarschstelle fahren, und jeder von ihnen dürfe nicht mehr als einen Handkoffer mitnehmen. Es war soweit. Die Amerikaner, die noch außerhalb der Botschaft wohnten, etwa fünfzig an der Zahl, wurden telefonisch benachrichtigt. Ein Geruch von brennendem Papier erfüllte das Gebäude, und schwarze Ascheteilchen schwebten durch die Korridore.

Im Keller stand neben Byrons Feldbett das von Mark Hartley, und Byron fand ihn zusammengekauert neben einem fertig gepackten Handkoffer, den Kopf in die Hände gestützt, aus denen eine erloschene Zigarre hervorragte. »Sind Sie fertig, Mark?«

Hartley enthüllte ein verhärmtes Gesicht, die Augen starr und verzweifelt. »Ich heiße Horowitz, Byron, Marvin Horowitz.«

»Unsinn, woher sollen die das wissen.« Byron zog seinen alten kaputten Handkoffer unter dem Bett hervor.

Hartley schüttelte den Kopf. »Ich weiß nicht, was mit mir los ist. Ich muß verrückt sein. Ich habe mir nie vorgestellt, daß das passieren könnte. Ich weiß nicht, was ich mir gedacht habe. Vielleicht, daß Roosevelt uns mit Flugzeugen herausfliegen würde. So ähnlich. Ich habe in meinem ganzen Leben noch nicht eine solche Angst gehabt. Wir fahren zu den Deutschen. Den Deutschen.«

»Stecken Sie das in Ihren Koffer«, sagte Byron und warf ihm während des Packens ein abgegriffenes schwarzes Buch zu. »Und haben Sie keine Angst. Sie sind Amerikaner. Nichts weiter. Ein Amerikaner namens Hartley.«

»Mit einem Horowitz-Gesicht und einer Horowitz-Nase? Was ist denn das hier? Das Neue Testament? Wozu denn das?«

Byron nahm das Buch, auf dessen Einband ein goldenes Kreuz geprägt war, und riß sorgfältig das Vorblatt, das seinen Namenszug trug, heraus. »Macht einen guten Christen aus Ihnen. Da, stecken Sie es weg. Sitzen Sie nicht Trübsal blasend herum. Helfen sie Rowlandson beim Aktenverbrennen.«

»Ich wünschte, ich hätte meine eigene Bibel oder Gebetbuch«, sagte Hartley stumpf und öffnete seinen Handkoffer. »Bin seit meiner Bar Mitzwa nicht mehr in einer Synagoge gewesen. Ein alter übelriechender Hebräischlehrer ließ mich einen Haufen Unsinn auswendig lernen. Ich tat es meiner Mutter zuliebe, aber dann war Schluß. Ich bin nie wieder in eine gegangen. Jetzt wünschte ich, ich erinnerte mich an die Gebete. Irgendwelche Gebete.« Er sah sich in dem Keller um, wo alles durcheinander lief. »Weiß Gott, dieses Loch kommt mir wie die schönste Heimat vor. Ich gäbe alles darum, wenn ich bloß hierbleiben könnte. Glauben Sie, daß wir vier jemals wieder zusammen Bridge spielen werden? Vielleicht in New York?«

»Eher, als Sie denken.«

»Ihr Wort in Gottes Ohr. Das hat meine Mutter immer gesagt.«

Um halb zwölf fuhren die Lastwagen schnaubend an der Botschaft vor. Über hundert Amerikaner wimmelten innerhalb des Gitters auf dem Rasen herum, aufgeregt, munter und scherzend, sangen »California here I come« und ähnliche Lieder. Die polnischen Angehörigen des Personals, hauptsächlich Sekretärinnen, teilten traurig Kaffee und Kuchen aus.

»Diese Mädchen beschämen mich«, sagte Natalie zu Byron. Zwei der jungen Polinnen, die Tabletts trugen, waren soeben mit starrem, gezwungenem Lächeln und feucht schimmernden Augen vorbeigegangen.

»Welche Alternative gibt es?« Byron biß ausgehungert in den groben grauen Kuchen und schnitt eine Grimasse. Er schmeckte nach rohem Teig und Papierasche. »Es gibt keine.«

Byron sagte: »Mark Harley hat eine Todesangst vor den Deutschen. Wie steht es mit Ihnen?«

Natalies Augen blitzten. »Was können sie mir denn tun? Ich habe einen amerikanischen Paß. Sie wissen nicht, daß ich Jüdin bin.«
»Nun, erzählen Sie es ihnen nicht. Ich meine, spielen Sie nicht plötzlich die Herrin oder Trotzige oder so etwas, ja? Schließlich wollen wir nichts wie 'raus hier.«
»Ich bin nicht schwachsinnig, Byron.«
Ein polnischer Offizier schrie etwas, das Tor tat sich auf, und die Amerikaner begannen auf die Lastwagen zu klettern. Einige waren zu alt dazu, andere wollten Übergepäck mitnehmen, die polnischen Fahrer und Offiziere trieben zur Eile und waren kurz angebunden, und niemand führte die Aufsicht. Es wurde weiter gekreischt, geklagt und geweint und mit Fäusten gedroht, aber die meisten Leute waren trotz Hunger und Unbequemlichkeit derart froh abzufahren, daß sie auch weiter sangen und lachten. Die Lastwagen zogen, einer hinter dem anderen, dröhnend ab. Ein schwarzer Chevrolet mit amerikanischen Fahnen auf den Kotflügeln beschloß den Zug; in ihm befanden sich Slote, seine drei ranghöchsten Mitarbeiter und die Frauen zweier von ihnen. Vor dem Tor standen winkend die polnischen Sekretärinnen, während Tränen über ihre Wangen flossen. Byron und Natalie hatten einander um die Taille gefaßt und rumpelten in einem Lastwagen davon. Slote hatte ihr einen Platz in dem Chevrolet angeboten. Sie hatte wortlos den Kopf geschüttelt.
Die Bombardierung ging mit unverminderter Stärke weiter: das ferne Bumm! Bumm! Bumm! der Artillerie; die Bombenexplosionen aus drei kleinen V-Formationen deutscher Flugzeuge, die langsam über den dunstigen Mittagshimmel zogen, und das dumpfe Dröhnen der polnischen Flak. Der Konvoi kroch, hielt und kroch weiter durch die zertrümmerten Straßen, die Schluchten gelb geflickter Gebilde fuhren auf den Bürgersteig, um Löchern und Tankfallen auszuweichen, und mußten einmal vor einem Boulevard kehrtmachen, der von einem frisch eingestürzten Haus blockiert war.
An der Brücke über der Weichsel stauten sich mehrere Lastwagen-Konvois, von denen die Fahnen verschiedener Botschaften wehten. Die Brücke war mit Flüchtlingswagen verstopft. Es gab über zweitausend neutrale Ausländer in Warschau. Jeder einzelne von ihnen schien heraus zu wollen. Byron sah fortwährend auf seine Uhr. Der Verkehr setzte sich wieder in Bewegung, aber so langsam, daß er fürchtete, sie würden die Abmarschstelle nicht bis ein Uhr erreichen können. Deutsche Granaten pfiffen unaufhörlich an ihnen vorbei, ließen beim Aufschlagen das Wasser fontänengleich aufspritzen, manchmal auch über die Brücke und Lastwagen. Die Deutschen waren ganz offenbar der Meinung, daß es dazu gehöre, wenn sie fünfzehn Minuten vor der Feuerpause neun Zehntel der neutralen Ausländer ins Jenseits beförderten.

Die Lastwagen trafen in einem gewaltigen Haufen von der Schule hinter der steinernen Gans ein. Oberst Rakowski und der schwedische Botschafter standen nebeneinander auf der Straße, riefen den Aussteigenden jeden Wagens erneut Instruktionen zu und überreichten ihnen hektographierte Anweisungsformulare. Mit einem gewissen Autorenstolz stellte Byron fest, daß, wer immer seine Skizze auf die Matrize geritzt hatte, sie in allen Einzelheiten, einschließlich der rasch gekritzelten drei Kirchen, kopiert hatte.

In den Wäldern um die Schule hielt der Geschützdonner an, aber um fünf Minuten vor eins ließ das Schießen nach. Um ein Uhr schwiegen die Kanonen. Man vernahm nur noch das Sprachengewirr der Flüchtlinge zu beiden Seiten der Straße. Byron hörte außerdem auch Vogelstimmen und das Zirpen der Heuschrecken. Dieses Heuschreckenkonzert kam ihm wie der friedlichste Laut auf Erden vor. Ein Lautsprecher plärrte letzte Anweisungen in wechselnder Sprache. Gruppen neutraler Ausländer ergriffen ihre Handkoffer und begannen die bergab laufende Straße hinunter zu gehen. Zum Schluß tönte es auf englisch mit einem schwerfälligen polnischen Akzent: *Bitte, bleiben Sie zusammen. Kommen Sie nicht vom vorgezeichneten Weg ab. Das deutsche Oberkommando hat erklärt, es übernehme keine Verantwortung für Leute, die nicht bis um drei Uhr nachmittags an der Kantorowicz-Kirche sind. Daher kann das polnische Oberkommando gleichfalls keine Verantwortung übernehmen. Der Weg läßt sich auch von alten Menschen mit Leichtigkeit in einer Stunde bewältigen. Der Feind wird zweifellos um drei Uhr seine Angriffe fortsetzen. Wir werden bei dem ersten Schuß das Feuer mit größtmöglicher Heftigkeit erwidern. Deshalb bitten wir Sie, sich zu beeilen. Wir wünschen Ihnen viel Glück. Es lebe Amerika. Es lebe Polen.*

Daraufhin ergriffen die Amerikaner ihr Gepäck und schritten hinaus in das Niemandsland.

Zwei- bis dreihundert Meter weit war es nicht anders als im übrigen Praga, aber dann verengte sich die Asphaltstraße und ging in einen staubigen, zerfurchten, einspurigen Landweg über. Sie kamen an zerbombten Häusern vorbei. Auf den Höfen waren keine Tiere, außer hin und wieder einem verirrten, gackernden Huhn und ein paar scheuen, furchtsamen Katzen. Der Weg führte in einen Wald, wo die Sonne in schrägen grüngelben Streifen durch das Laub eindrang. Der Führer der Amerikaner, ein langer, grauhaariger episkopalischer Geistlicher in schwarzem Anzug und römischem Kragen, nahm bei jeder Kreuzung, von denen es mehrere gab, Byrons Skizze zur Hand. Dieser seltsame langsame Gang zwischen zwei schweigenden feindlichen Armeen nahm viel Zeit in Anspruch, nach Byrons Uhr weit über eine Stunde. In seiner späteren Erinnerung glich er einem Spaziergang mit Fremden durch einen duftenden Herbstwald.

Zahlreiche Herbstblumen sprenkelten blau, orangegelb und weiß Waldweg und Wald, und die Vögel zirpten und zwitscherten, und das herrliche Lied der Heuschrecken erfüllte die Luft. Er erinnerte sich auch, wie trokken seine Kehle von der Anspannung und wie durstig er wurde, so durstig, daß ihm die Beine zu versagen schienen. Und zwei andere Dinge blieben ihm unauslöschbar im Gedächtnis: wie die schwarzen Diplomatenwagen, die Fußgänger beiseite scheuchend, vorbeifuhren und er Slote lachend neben dem Chauffeur sitzen und ihm und Natalie zuwinken sah und wie dann, als die Kantorowicz-Kirche hinter einer Wegbiegung auftauchte, Mark Hartley ihn einholte, ihn mit den Worten »Ich heiße Mark Hartley und bin Christ!« unterhakte und Byron mit verstaubtem Gesicht und angstverzerrter Miene anlächelte.
Plötzlich standen die deutschen Geschütze und die deutschen Artilleristen vor ihnen im Wald. Die Haubitzen waren größer als die polnischen Geschütze und sahen besser und moderner aus. Die Fußgänger beobachtend, standen die Soldaten in ihrem adretten Feldgrau und ihren furchterregenden Wehrmachthelmen ruhig an ihren Waffen. Byron sah sich die Deutschen voller Neugier an. Die Helme verliehen ihnen ein finsteres kriegerisches Aussehen, aber die meisten von ihnen waren jung und hatten die gleichen deutschen Gesichter, die er in Frankfurt und München gesehen hatte. Viele trugen Brillen. Es war schwer, sich vorzustellen, daß sie die Bösewichter waren, die fliegenden Stahl und Feuer über Warschau ausgegossen, schwangere Frauen in Brand gesetzt, die Beine und Hände von Kindern zerschossen und eine schöne Metropole in Trümmer gelegt hatten. Es waren einfach junge Männer in Uniformen und strengen Helmen, die im schattigen Wald mitten zwischen den lieblichen Lauten der Vögel und Heuschrecken herumstanden.
Vom ersten Augenblick an behandelten die Deutschen die Flüchtlinge besser, als es die Polen getan hatten. Ein mit Maultieren bespannter Wasserwagen stand an der Straße in der Nähe der Kirche – ein großer olivgrün gestrichener Zylinder auf Rädern –, und Soldaten warteten mit Blechtassen, um die durstigen Menschen in eine Schlange zu ordnen. Vom Wassertank geleiteten andere Soldaten sie zu neuen sauberen grauen Lastwagen mit dicken schwarzen, gut profilierten Reifen, ganz anders als die staubigen, schrottreifen polnischen Wagen. In der Nähe eines Tisches an der Straße sprachen Wehrmachtoffiziere in langen taillierten Mänteln und hohen Schirmmützen liebenswürdig, aber betont herablassend mit den ankommenden Diplomaten. Sobald die Gruppe einer Nation zu den Lastwagen kam, reichte ihr Botschafter oder Geschäftsträger eine getippte Liste dem bebrillten Soldaten hinter dem Pult. Dieser rief die Namen auf, und einer nach dem anderen stieg auf die Wagen, die im Gegensatz zu den polnischen Wagen mit Holzsitzen versehen waren. Die Polen hatten

sich nicht um Listen gekümmert. Es gab keine Stauung, keine Unordnung. Soldaten standen mit Schemeln daneben, um alten Leuten hinaufzuhelfen und die wenigen Kinder mit Lachen und spielerischem Schwung zu ihren Müttern hinaufzuheben. An einer mit rotem Kreuz markierten Feldambulanz teilten Sanitäter Stärkungsmittel aus. Zwei Soldaten mit Film- und Standkameras machten von allen Seiten Aufnahmen von dieser guten Behandlung der neutralen Ausländer. Man war noch nicht ganz mit dem Aufladen fertig, als die Geschütze in der Nähe der Kirche alle auf einmal eine Salve abfeuerten, die die Erde erbeben ließ. Auf Byrons Uhr war es eine Minute nach drei.

»Armes Warschau«, sagte Natalie.

»Seien Sie still«, sagte Mark Hartley mit leiser, heiserer Stimme. »Sagen Sie kein Wort, bis wir nicht hier heraus sind.« Sie setzten sich mit Byron auf die letzte Bank des Lastwagens, wo sie hinaussehen konnten.

Natalie sagte: »Seht euch bitte einmal Slote an. Nimmt eine Zigarette von den Deutschen, brüllt etwas und *lacht* dabei! Es ist einfach unfaßlich. All diese deutschen Offiziere mit ihren langen Mänteln und aufgestülpten Mützen. Da sind sie so, wie man sie von den Photographien kennt.«

»Haben Sie Angst?« fragte Byron.

»Jetzt, wo wir mitten drin sind, nicht mehr. Warum, weiß ich nicht. Es ist wie in einem Traum.«

»Schöner Traum«, sagte Hartley. »Wenn es bloß ein Traum wäre. Lieber Gott. Der Offizier, der mit Slote spricht, kommt hierher.« Hartley preßte seine Hand auf Byrons Knie.

Der Offizier, ein blonder junger Mann mit gutmütigem Lächeln, kam direkt auf Byron zu und sprach mit angenehmem Akzent, langsam und genau: »Ihr Geschäftsträger sagt mir, daß Ihr Vater amerikanischer Marineattaché in Berlin ist?«

»Jawohl, Sir, das ist er.«

»Ich bin Berliner. Mein Vater ist im Auswärtigen Amt.« Der Offizier fingerte an dem Fernglas um seinen Hals. Es wirkte nicht besonders militärisch und ziemlich befangen. Byron dachte, vielleicht empfindet er so etwas wie Gewissensbisse, und dafür mochte er den Deutschen. »Ich glaube, ich hatte im August das Vergnügen, Ihre Eltern in der belgischen Botschaft kennenzulernen und mit Ihrer Mutter zu tanzen. Eine sehr schöne und reizende Dame. Was, um alles in der Welt, haben Sie in Warschau gemacht?«

»Ich habe mir die Stadt angesehen.«

»Nun, da werden Sie wohl allerlei gesehen haben.«

»Allerdings.«

Der Offizier lachte und streckte Byron die Hand entgegen. »Ernst Bayer«, sagte er und schlug die Hacken zusammen.

»Byron Henry. Sehr erfreut.«
»Ach ja, Henry. Ich erinnere mich an den Namen. Nun, sitzen Sie bequem? Darf ich Ihnen eine Fahrt in einem Stabsauto anbieten?«
»Ich sitze sehr gut. Wohin fahren wir?«
»Nach Kowno. Es ist die nächste Eisenbahnstation, die in Betrieb ist, und dort werden Sie alle in einen Sonderzug nach Königsberg umsteigen. Die Fahrt dahin dauert über drei Stunden. Es wäre für Sie vielleicht angenehmer in einem Personenwagen.«
»Ach, wissen Sie, ich reise mit diesen Leuten hier, möchte mit ihnen zusammen bleiben. Besten Dank.« Byron sprach in herzlichem Ton, obwohl ihm dieses höfliche Gerede mit einem Deutschen, nach all seinem Zorn auf sie, recht merkwürdig vorkam.
Slote sagte zu Natalie: »Wir können auch für dich in dem Chevrolet noch Platz machen. Die Holzbank da wird auf die Dauer etwas hart werden.«
Sie schüttelte den Kopf und sah finster auf den Deutschen.
»Viele Grüße an Ihre Mutter«, sagte der Offizier mit einem beiläufigen Blick auf das Mädchen und dann auf Byron. »Sie war ganz reizend zu mir.«
»Ich werde es ausrichten.«
In der Nähe donnerten mehrere Geschütze hintereinander und übertönten etwas, das der Offizier sagte. Er schnitt eine Grimasse und lächelte. »Wie steht es in Warschau? Sehr schlimm?«
»Nun, man gibt anscheinend dort noch nicht auf.«
Bayer sagte, sich halb an Natalie, halb an Byron wendend: »Eine böse Geschichte. Es war wirklich unverantwortlich von der polnischen Regierung, sich nach Rumänien abzusetzen und das Land ohne Führung zu lassen. Warschau hätte bereits vor zwei Wochen zur offenen Stadt erklärt werden müssen. Diese Zerstörung ist sinnlos. Es wird viel Geld kosten, die Stadt wieder aufzubauen. Der Bürgermeister ist sehr tapfer, und man hegt hier große Bewunderung für ihn, aber...« Er zuckte die Achseln, »was bleibt anderes übrig, als die Stadt zu erledigen. In ein, zwei Tagen wird es vorbei sein.«
»Es könnte länger dauern.« Byrons Ton war hart und abweisend.
»Glauben Sie?« Bayers freundliches Lächeln verschwand. Er verbeugte sich knapp und ging, an seinem Fernglas spielend, davon. Slote sah Byron kopfschüttelnd an und folgte dem Offizier.
»Warum, zum Teufel, mußten Sie ihn wütend machen?« flüsterte Hartley. »Aber hören Sie. Die *polnische* Regierung für die Belagerung verantwortlich zu machen!«
»Es war sein Ernst«, sagte Natalie in verwundertem Ton. »Der Mann war absolut aufrichtig.«
Zum Klang deutscher Befehle, schnaubender Motoren und lärmender

Hupen fuhr der Konvoi unter dem Winken der Soldaten aus Kantorowicz ab, einem Dorf von etwa einem halben Dutzend um die Kirche gruppierter Holzhäuser, das unversehrt, aber verödet war. Seitdem sie das Schulhaus verlassen hatten, hatten die Flüchtlinge keinen lebenden, auch keinen toten Polen gesehen. Die Lastwagen zogen über eine schmale ungeschotterte Straße, vorbei an ausgebrannten Scheunen, zerbombten Häusern, umgestürzten Windmühlen, Schulgebäuden ohne Fenster und Dächer und viel aufgerissener, granatendurchfurchter Erde und verkohlten Baumstämmen. Dennoch ähnelte die Landschaft durchaus nicht den Schlachtfeldern aus Filmen und Büchern über den Ersten Weltkrieg: graue Wüsten unfruchtbaren toten Drecks, Gewirr von Stacheldraht, dunkle, im Zickzack verlaufende Schützengräben. Diese Felder und Wälder hier waren grün. Die Ernte stand noch auf dem Halm. Nur die Einwohner fehlten in gespenstischer Weise. Es war fast, als ob H. G. Wells' Invasionsgestalten vom Mars auf ihren fahrenden Metallstativen hier durchgezogen wären, die Menschen atomisiert oder gefressen und nur unbedeutende Spuren ihres Durchzugs hinterlassen hätten. Die ersten Polen, die weit hinter den deutschen Linien auftauchten, waren ein alter Mann und seine Frau, die im späten Sonnenschein auf dem Feld arbeiteten; sie stützten sich auf ihre Geräte und beobachteten stumm die vorbeifahrenden Lastwagen. Je weiter die Lastwagen sich von Warschau entfernten, um so mehr Bauern kamen zum Vorschein; sie arbeiteten auf dem Feld oder besserten beschädigte Häuser aus und nahmen von den Lastwagen entweder keine Notiz oder starrten sie mit ausdruckslosen Gesichtern an. Fast alle waren alte Menschen oder Kinder. In diesem Hinterland erblickte Byron keinen einzigen jungen Mann, und nur zwei oder drei Gestalten in Kopftüchern und Röcken ließen auf Grund ihrer Schlankheit und feinen Bewegungen darauf schließen, daß es junge Frauen waren. Doch noch auffälliger war, daß er nicht ein einziges Pferd sah. Das Pferd und die Fahrzeuge, die es zog, waren das Wahrzeichen, der Lebensnerv des ländlichen Polens. Auf dem Weg von Krakau nach Warschau waren Tausende von Pferden gewesen, die die Straßen verstopften, auf dem Feld arbeiteten, Soldaten trugen und schwere Lasten in die Städte schleppten. Hinter den deutschen Linien schien dieses Tier ausgestorben zu sein.

Die Fahrt war zu holprig für Gespräche, und die Flüchtlinge waren noch immer erschöpft und vielleicht zu erschreckt, als sie sich immer bewußter wurden, daß sie sich in den Händen der Deutschen befanden. In der ersten Stunde wurde kaum ein Wort gesprochen. Sie kamen auf eine geteerte Straße, zwar schmal und primitiv, aber im Vergleich zu den bisherigen Wegen, die nur durch tiefe Radspuren als solche zu erkennen waren, war sie eine spiegelglatte Landstraße. Der Konvoi hielt neben einer Anhöhe

mit glatten Rasenflächen und Blumengärten und ganz oben einem Kloster, das von einer Ziegelmauer umgeben war. Den weiblichen Fahrgästen wurde bedeutet, daß sie aussteigen und »sich frisch machen« sollten. Die Damen verzogen sich freudig, und die Männer verstreuten sich zwischen den Bäumen oder urinierten am Straßenrand, und als der Konvoi sich wieder in Bewegung setzte, waren alle viel besserer Dinge.
Es wurde plötzlich geredet. Natalie brachte Klatsch von der Damentoilette mit. Allen Neutralen, sagte sie, würde die Wahl geboten, nach Stockholm zu fliegen oder mit der deutschen Eisenbahn nach Berlin und von dort aus über Belgien, Holland oder die Schweiz weiterzufahren.
»Und Sie, Briny?« fragte sie. »Sie fahren wohl nach Berlin, nicht wahr?«
»Ich denke schon. Mein Vater ist wahrscheinlich über unsere Ausreise orientiert. Sicherlich erwartet er mich.«
»Wissen Sie«, sagte das Mädchen mit einem leisen Funkeln der Augen. »Ich würde Berlin eigentlich selbst gern mal sehen.«
»Sind Sie verrückt?« sagte Hartley. »Sind Sie total verrückt? Sie machen doch wohl nur einen Witz. Fahren Sie mal schön nach Stockholm, beten Sie, daß man Sie dort *hineinläßt*. Bei dem Mädchen ist eine Schraube los«, sagte Hartley zu Byron.
Byron sagte: »Berels Botschaft an A. J. gilt auch für Sie. *Lekh lekha.*«
»*Lekh lekha.*« Sie lächelte. Byron hatte ihr davon erzählt. »Mach, daß du wegkommst, nicht wahr? Nun, vielleicht.«
»Um Gottes willen«, knurrte Hartley. »Hört auf mit dem Hebräisch.«
Die Fahrt dehnte sich auf vier bis fünf Stunden aus, die dauernd durch Felder und Wälder führte. Alle Spuren des Krieges waren aus der Landschaft verschwunden. Häuser, Kirchen, ganze Städte waren unversehrt. Die Einwohner sahen aus und benahmen sich wie zu Friedenszeiten auf dem Land. Es waren nur wenige junge Leute unter ihnen, keine Pferde und sehr wenig Vieh und Geflügel. In den Städten wehte auf dem Marktplatz eine rote Hakenkreuzfahne, entweder an einer Fahnenstange oder über dem Rathaus, und deutsche Soldaten standen Wache oder patrouillierten zu Fuß oder mit Motorrädern. Aber in dem eroberten Land herrschte Frieden. Zwar wirkte es ohne Vieh und junge Leute etwas tot, die Bauern schienen vielleicht verdrossener und griesgrämiger als sonst, aber das Leben ging weiter, genau wie bisher, nur daß die Deutschen zu bestimmen hatten.
Die Sonne ging an dem fernen flachen Horizont in einem letzten rotgelben Schimmer unter. Die Lastwagen rollten in die Nacht hinaus. Die Passagiere verstummten. Natalie Jastrow legte ihren Kopf auf Byrons Schulter und ergriff seine Hand. Beide schlummerten ein.
Deutsche Kommandorufe weckten sie. Lichter flammten auf. Sie standen auf einem Platz vor einer großen Eisenbahnstation. Menschen strömten

aus der Lastwagenkolonne. Die untere Hälfte der Tür ihres Wagens war noch geschlossen, aber zwei behelmte Deutsche kamen herbei und machten sie klirrend auf. »*Bitte, raus! Alle in den Wartesaal!*« Ihre Art war energisch, aber nicht feindlich, und sie blieben stehen, um den Frauen und Greisen von den Wagen herunterzuhelfen. Es war eine kühle, mondglänzende Nacht, und Byron war froh, über sich wieder einmal Dunkelheit und Sterne zu sehen anstatt Rauchschwaden und Feuersbrunst.

Die Flüchtlinge versammelten sich in einer wirren Menge in dem Wartesaal und blinzelten noch immer in das Licht. An einem Ende des Saals öffneten sich Doppeltüren, und Soldaten geleiteten sie unter deutschen Zurufen hindurch, auch Byron und Natalie. Byron trug Natalies Handkoffer. Hartley klammerte sich wie ein Kind an Byrons Ellenbogen. Sie traten in einen Eßsaal voll langer Holztische, die mit Essen beladen waren.

Es war das blendendste Bankett, das Byron je gesehen hatte; zumindest kam es ihm in den ersten überwältigenden Sekunden, ausgehungert, wie er nach der langen Fahrt und den drei Wochen schlechter Ernährung im belagerten Warschau war, so vor. Es gab Platten dampfender Würste mit Sauerkraut, zahlreiche ganze gekochte Schinken, es gab Berge gekochter Kartoffeln, Stöße gebratener Hühner, aufgeschnittener Laiber frischen Brotes, riesige unangeschnittene gelbe und orangefarbene Käse. Aber es schien ein böser, grausamer Nazitrick zu sein, ein Tantalusmahl, denn die Soldaten führten die Neutralen weg von den Tischen an die Wände. Da standen sie zu Hunderten, starrten auf die lockenden Speisen, und dazwischen wachten deutsche Soldaten mit gesenkten Maschinenpistolen.

Aus einem Lautsprecher ertönte eine Stimme: »*Willkommen! Das deutsche Volk ist euer Gastgeber. Wir heißen euch in Frieden und Freundschaft willkommen. Das deutsche Volk sucht mit allen Nationen nichts als Frieden. Die Beziehungen zu Polen sind normalisiert worden. Das verräterische Smidgly-Rydz-System hat, nachdem es seine gerechte Strafe empfangen hat, aufgehört zu existieren. Ein neues Polen wird aus der Asche erstehen, gesäubert und gesetzestreu, wo alle hart arbeiten und verantwortungslose Politiker keine verheerenden ausländischen Abenteuer mehr provozieren werden. Der Führer kann jetzt ernstlich eine friedliche Regelung aller anstehenden Fragen mit Großbritannien und Frankreich anstreben, und danach wird die Welt in eine neue Ordnung nie dagewesenen Wohlstands eintreten. Jetzt bitten wir Sie, sich zu setzen und zu essen. Guten Appetit!*«

Ein Dutzend lächelnder blonder Mädchen in weißen Kellnerinnenkitteln erschien mit Kannen voller Kaffee und Stapeln von Tellern; sie wirkten fast wie ein Theaterchor. Die Soldaten lächelten, gaben den Platz an den Tischen frei und winkten einladend. Einen Augenblick lang herrschte verlegene Bestürzung. Erst trat ein Flüchtling, dann ein anderer zögernd aus den Reihen, um den Platz zu überqueren. Andere folgten ihnen, ein paar nahmen auf den niedrigen Bänken Platz und griffen nach dem Essen, und dann stürzte alles lärmend hinterher.

Byron, Natalie und Hartley stürzten sich auf die Sitzplätze und verschlangen das reichste, schönste und beglückendste Mahl ihres Lebens. Das beste daran war fast der Kaffee, obgleich er Ersatz war, aber heiß, mehr wollten sie nicht; er wurde ihnen immer wieder von bereitwilligen, aufmunternden, drallen Mädchen nachgeschenkt. Durch den Lautsprecher erscholl, während sie sich vollstopften, die Musik einer Blechkapelle – Strauß-Walzer, Märsche und lustige Trinklieder. Viele der Neutralen begannen mitzusingen, und sogar die Wachsoldaten stimmten mit ein.

Du, du, liegst mir im Herzen
Du, du, liegst mir im Sinn...

Byron, animiert durch das Bier und mitgerissen von dem Hochgefühl eines vollen Bauchs, dem Schwung der Musik und dem Ausbruch erleichterter Hochstimmung um ihn, schwang seinen Krug und sang:

Du, du, machst mir viel Schmerzen,
Weißt nicht, wie gut ich dir bin
Ja, ja
Ja, ja!
Weißt nicht, wie gut ich dir bin...

Und sogar Mark Hartley sang mit, obgleich er dabei unausgesetzt die deutschen Soldaten im Auge behielt. Natalie, die stumm blieb, betrachtete beide mit ironischem mütterlichem Blick.

Als sie nach diesem unfaßlichen phantastischen Festmahl in den Wartesaal zurückkehrten, sahen sie an den braungekachelten Wänden primitive Plakate mit den Aufschriften: *Belgien, Bulgarien, Kanada, Niederlande.* Sie stellten sich unter das Plakat *Vereinigte Staaten.* Lachend und schwatzend fanden sich die Flüchtlinge in Gruppen zusammen, heiter, als kehrten sie von einem Picknick zurück. Männer in schwarzen Uniformen betraten den Wartesaal. Unter den Amerikanern erstarb jedes Gespräch, und in dem ganzen Saal erstarb der lustige Lärm.

Slote sagte sachlich: »Bitte, alle herhören. Das ist die ss. Überlassen Sie es mir, mit ihnen zu sprechen.«

Die Männer in Schwarz fächerten sich auf – jeweils einer zu einer Gruppe von Neutralen. Derjenige, der auf die Amerikaner zustrebte, wirkte nicht allzu finster. Abgesehen von der schwarzen Uniform mit den silbernen

doppelten Blitzabzeichen, sah er selber wie ein Amerikaner aus, etwa wie ein junger Versicherungsangestellter, neben dem man in Flugzeug oder Eisenbahn hätte sitzen können. Er trug eine schwarzlederne Aktentasche. Slote ging ihm entgegen. »Ich bin John Slote, Erster Sekretär der amerikanischen Botschaft und diensthabender Geschäftsträger.«
Der ss-Mann, beide Hände auf der Aktentasche, verbeugte sich und schlug die Hacken zusammen. »Sie haben einen Herrn namens Byron Henry in Ihrer Gruppe?« Sein Englisch war fließend.
»Das hier ist Byron Henry.« Byron trat einen Schritt vor.
»Ihr Vater vertritt die amerikanische Marine in Berlin?«
Byron nickte.
»Diese Nachricht ist Ihnen über das Auswärtige Amt zugegangen.« Byron steckte das gelbe Kuvert in seine Brusttasche. »Sie können das selbstverständlich auch jetzt lesen.«
»Vielen Dank. Ich lese es später.«
Der ss-Mann wandte sich an Slote. »Ich soll die amerikanischen Pässe einsammeln.« Sein Ton war energisch und kühl, seine blauen Augen schienen an dem Diplomaten fast vorbeizusehen. »Bitte, geben Sie sie mir.«
Slote war sehr blaß. »Ich möchte sie Ihnen aus begreiflichen Gründen ungern aushändigen.«
»Sie sollen im Zug kontrolliert werden. Sie werden Ihnen vor Ihrer Ankunft in Königsberg wieder ausgehändigt.«
»Nun gut.« Auf eine Handbewegung von Slote reichte ihm ein Sekretär eine dicke rote Mappe, die er dem Mann in Schwarz übergab.
»Vielen Dank. Und jetzt Ihre Liste, bitte.«
Der Sekretär streckte ihm drei zusammengeheftete Seiten entgegen. Der ss-Mann überflog sie und sah sich dann um. »Keine Neger in Ihrer Gruppe, wie ich sehe. Wie viele Juden?«
Slote überlegte einen Augenblick, bevor er antwortete: »Tut mir leid, aber in unsere Pässe tragen wir keine Religionszugehörigkeit ein.«
»Aber Sie haben doch Juden.« Der Mann sprach leichthin, als handele es sich um Ärzte oder Schreiner.
»Selbst wenn sich in meiner Gruppe Juden befänden, müßte ich die Antwort verweigern. Die Politik meines Landes verbietet eine Diskriminierung und ungleiche Behandlung religiöser Minderheiten.«
»Aber niemand behauptet, daß es eine ungleiche Behandlung geben wird. Wer sind diese Juden, bitte?« Slote sah ihn schweigend an und fuhr sich mit der Zunge über die Lippen. Der ss-Offizier sagte: »Sie haben die Politik Ihrer Regierung erwähnt. Wir werden sie respektieren. Die Politik meiner Regierung besteht lediglich darin, wenn es sich um Juden handelt, besondere Personalakten zu führen. Mehr nicht.«

Byron, der ein paar Schritte vor der Gruppe stand, hätte gern gewußt, wie Natalie und Hartley sich gaben, aber er wußte ebenfalls, daß es katastrophal gewesen wäre, sich nach ihnen umzusehen.
Slote jedoch drehte sich mit einem vorsichtigen, beschwörenden und sehr nervösen Blick zu der ganzen Gruppe um. Aber als er sprach, war sein Ton gelassen und sachlich: »Es tut mir leid. Ich habe einfach keine Ahnung, ob hier irgend jemand jüdisch ist. Persönlich interessiert es mich nicht, ich habe mich nicht danach erkundigt und habe auch keine Information darüber.«
»Meine Anweisungen lauten, die Juden auszusondern«, sagte der Offizier, »und das muß ich jetzt tun.« Er drehte sich zu den Amerikanern um und sagte: »Stellen Sie sich bitte alphabetisch in einer Doppelreihe auf.«
Niemand rührte sich. Alle blickten auf Slote. Der SS-Mann wandte sich jetzt an ihn. »Ihre Gruppe befindet sich im Gewahrsam der Wehrmacht, in einer Kampfzone unter strengem Kriegsrecht. Darauf mache ich Sie aufmerksam.«
Slote sah sich mit gehetztem Ausdruck im Wartesaal um. Vor mehreren Gruppen – den schweizerischen, den rumänischen, den ungarischen, den holländischen – standen bereits ein paar unglückliche Juden mit gebeugten Köpfen abseits neben ihren Koffern. »Hören Sie mal, für Ihre Zwecke können Sie annehmen, daß wir alle Juden sind.« Seine Stimme begann zu beben. »Was nun?«
Byron hörte hinter sich eine schrille Frauenstimme. »Einen Augenblick mal. Was fällt Ihnen denn ein, Mr. Slote? Ich bin keine Jüdin und verbitte es mir, als solche klassifiziert oder behandelt zu werden.«
Slote drehte sich wütend um: »Ich will damit nur sagen, Mrs. Young, daß wir alle gleichmäßig behandelt werden müssen, sonst nichts. Bitte, halten Sie sich an das, worum ich Sie gebeten habe...«
»Niemand wird mich zu einem Juden abstempeln«, sagte eine Männerstimme aus einer anderen Richtung. »Auch mir paßt das nicht, Leslie, tut mir leid.«
Byron erkannte beide Stimmen. Er drehte sich um, als der SS-Offizier die Frau ansprach: »Gewiß, Madam. Wer sind Sie, bitte?«
»Clara Young aus Chicago, Illinois, und ich bin keine Jüdin, dessen können Sie verdammt sicher sein.« Sie war eine vertrocknete kleine Frau von etwa sechzig Jahren und hatte als Buchhalterin in dem Büro des amerikanischen Filmverleihs in Warschau gearbeitet. Sie kicherte und blickte hierhin und dorthin.
»Würden Sie so freundlich sein, mir die Juden in Ihrer Gruppe anzugeben?«
»O nein, vielen Dank, Mister. Das ist Ihre Aufgabe, nicht die meine.«
Byron hatte das erwartet. Er sorgte sich mehr wegen des Mannes, eines

pensionierten Armeeoffiziers namens Tom Stanley, der an die polnische Regierung Maschinen der Schwerindustrie verkauft hatte. Stanley hatte immer wieder gesagt, daß Hitler ein großer Mann sei und die Juden an ihrem Unglück selber schuld seien.
Der ss-Mann fragte nach Stanleys Namen und sagte dann in vertraulichem Von-Mann-zu-Mann-Ton zu ihm: »Wer sind hier, bitte, die Juden? Ehe ich das nicht weiß, kann Ihre Gruppe nicht weg. Sie scheinen das besser zu verstehen als Ihr Geschäftsträger.«
Stanley, ein alter Truthahn von Mann mit hängenden Backen, lappigem Hals und grauer Haarmähne, lief rot an und räusperte sich mehrmals, wobei er die Hände in den Taschen seines grellgemusterten grünbraunen Sportjacketts vergraben hatte. Alle Amerikaner starrten ihn an. »Lieber Freund, ich würde Ihnen ja gern helfen, aber soviel ich weiß, haben wir keine. Nicht in dieser Gruppe.«
Der ss-Offizier zuckte die Achseln, ließ seinen Blick über die Gruppe schweifen und hielt bei Mark Hartley an. Er schnippte zwei Finger nach vorn. »Sie. Jawohl, Sie mit der blauen Fliege, kommen sie her.« Er schnippte abermals mit den Fingern.
»Bleiben Sie stehen«, sagte Slote zu Hartley, dann zum Offizier: »Ich möchte Ihren Namen und Ihren Dienstgrad wissen. Ich protestiere gegen dieses Verfahren, und ich warne Sie, daß dieser Vorfall einen schriftlichen Protest meiner Regierung zur Folge haben wird, wenn Sie es fortsetzen.«
Der Offizier wies auf die übrigen Gruppen im Wartesaal und sagte in ruhigem Ton: »Die Beamten aller anderen Regierungen sind uns behilflich. Das sehen Sie selbst. Es gibt keinen Grund für einen Protest. Es handelt sich lediglich darum, die lokalen Vorschriften zu befolgen. Wie heißen Sie, Sie da?«
»Mark Hartley.« Die Stimme klang fest, fester als die von Slote.
»Mark Hartley. Aha.« Der ss-Mann lächelte ein eigentümliches, böses Lächeln, seine Augen waren groß und ernst. »Hartley. Und unter welchem Namen wurden Sie geboren?«
»Unter diesem Namen.«
»Ach, wirklich! Was waren Ihre Eltern?«
»Alle beide Amerikaner.«
»Juden?«
Byron sagte: »Zufällig kenne ich ihn, Sir. Wir sind in Warschau immer zusammen zur Kirche gegangen. Er ist Methodist wie ich.«
Der hochgewachsene alte Geistliche, der neben Clara Young stand, schob die Finger in seinen kirchlichen Kragen: »Das kann ich bezeugen. Ich habe in Anwesenheit Mr. Hartleys Gottesdienste abgehalten. Mark ist ein frommer Christ.«
Der Offizier sagte mit einem unangenehmen verständnislosen Grinsen

zu Slote: »Der da ist Jude. Ich glaube, eine kleine Leibesvisitation würde...«
»Das würde ich als persönlichen Gewaltakt melden«, unterbrach Slote. »In Amerika ist Beschneidung bei der Geburt üblich.«
»Ich bin beschnitten«, sagte Byron.
»Ich auch«, sagte der alte Geistliche.
Im übrigen Teil des Wartesaals war die Aussonderung der Juden vorbei. Man blickte flüsternd und mit dem Finger deutend auf die Amerikaner. Die SS-Männer standen geschlossen am Eingang, mit Ausnahme eines dicken Kahlkopfs mit goldenen Blättern auf den schwarzen Aufschlägen, der jetzt auf die amerikanische Gruppe zukam, den Offizier beiseite zog und mit einem Blick auf Hartley auf ihn einredete. Der Offizier schob sich wortlos zu Hartley durch, ergriff seinen Handkoffer und löste die Riemen.
Slote sagte scharf: »Das hier ist keine Zollstelle, und es besteht kein Anlaß, persönliches Gepäck zu durchsuchen.« Aber der Offizier, der auf einem Bein kniete, hatte den Koffer bereits geöffnet und untersuchte den Inhalt. Er stieß auf das Neue Testament, drehte es mit einem halb erstaunten, halb höhnischen Ausdruck hin und her und brachte es seinem vorgesetzten Offizier. Der Kahlkopf besah es sich, reichte es zurück und warf die Hände in die Luft. »So«, sagte er auf deutsch, »unter hundert Amerikanern nicht einer. Warum auch? Sie wären dumm gewesen, diesen Sommer nach Warschau zu kommen. Los. Der Zug hat sowieso schon Verspätung.« Er entfernte sich.
Der SS-Mann warf das schwarze Buch mit dem Goldkreuz in den offenstehenden Koffer, bedeutete Hartley, seine Sachen wieder einzusammeln, und stieg darüber hinweg, als wäre es Müll. Als er die anderen Gesichter in der Gruppe in Augenschein nahm, trat er auf Natalie zu und betrachtete sie lange prüfend und amüsiert.
»Nun, was schauen Sie mich so an?« sagte sie, und Byrons Herz sank.
»Sie sind sehr hübsch.«
»Vielen Dank.«
»Ziemlich dunkel. Wo stammen Sie her?«
»Ich bin Italienerin.«
»Wie heißen Sie?«
»Mona Lisa.«
»Aha. Treten Sie vor.«
Natalie rührte sich nicht.
Der Offizier grunzte und begann die Liste durchzublättern.
Slote sagte schnell: »Sie ist meine Braut. Wir werden im nächsten Monat heiraten.«
Der kahlköpfige Offizier schrie etwas vom Eingang und winkte dem SS-

Mann, der grob die Liste an Slote aushändigte. »Nun gut. Ihr liebt eure Juden. Warum weigert ihr euch dann, die unsrigen aufzunehmen? Wir haben Massen davon.« Er wandte sich zu Byron. »Sie sind der Sohn eines Marineoffiziers und lügen um eines Juden willen. Der Mann dort ist Jude.«

»Das ist er nicht, ehrlich«, sagte Byron. »Ich finde, Mark sieht ein bißchen wie Dr. Goebbels aus. Sie wissen schon, klein, brünett und mit einer großen Nase.«

»Dr. Goebbels? So.« Der SS-Mann starrte wütend auf Hartley und Natalie, lachte bösartig und ging fort.

Ein Lautsprecher rief in deutscher Sprache: »Alle Juden zum Restaurant. Alle übrigen auf Bahnsteig sieben und einsteigen.«

Die Flüchtlinge eilten dicht gedrängt zu den dunklen Bahnsteigen. Die Juden, eine kleine, verlorene Gruppe, wankten, von Männern in Schwarz umzingelt, in den Speisesaal zurück.

Am Zug hielten Soldaten die Menge zurück, um den Diplomaten den Vortritt zu lassen.

Slote murmelte Byron zu: »Ich nehme ein ganzes Abteil. Ich werde am Fenster stehen. Bringen Sie Natalie und Mark mit und unter allen Umständen auch Reverend Glenville und seine Frau.«

Bald konnte Byron durch die Rauchschwaden den Geschäftsträger aus dem schwachbeleuchteten Zug herauswinken sehen. Byron quetschte sich mit den vier anderen durch das Gewühl und fand das Abteil.

»Ich danke Ihnen«, flüsterte Hartley, als sie alle saßen und Slote die Tür zugeschoben hatte. »Ich bin Ihnen namenlos dankbar. Ihnen allen. Gott segne Sie.«

»Leslie Slote müssen Sie danken«, sagte der Geistliche. »Sie waren prachtvoll, Leslie.«

»Prachtvoll«, sagte Natalie.

Slote sah sie mit einem kläglichen Lächeln an, als sei er nicht sicher, ob sie es ernst meinte. »Nun, meine Position war recht gut. Sie hatten mir bereits in Kantorowicz diese Auskunft entlocken wollen. Bei allen anderen ist es ihnen gelungen. Darum ging hier die Sache so rasch. Aber warum zum Teufel hast du den Witz mit der Mona Lisa gemacht?«

»Es war sehr riskant«, sagte der Geistliche.

»Idiotisch«, sagte Hartley. Sie sprachen im Flüsterton, obgleich auf dem Gang laut durcheinandergeredet wurde, der stehende Zug fauchte und dröhnte, und ein Lautsprecher brüllte Anweisungen in deutscher Sprache.

»Und was ist mit Byron und Dr. Goebbels?« fragte Natalie grinsend. »Das war doch sehr geschickt, finde ich.«

»Keiner von euch scheint zu begreifen«, sagte Hartley, »daß diese Leute Mörder sind. Mörder. Ihr benehmt euch alle beide wie Kinder.«

Reverend Glenville widersprach. »Das glaube ich einfach nicht, Mr. Hartley. Ich kenne das deutsche Volk. Ihm ist ein grausames, ungerechtes System aufgezwungen worden, und eines Tages wird es sich davon befreien. Im Grunde ist es gut.«
»Nun, Stockholm ahoi«, sagte Natalie. »Eins gebe ich zu. Die Neugier auf Berlin ist mir restlos vergangen.«
»Zuvor müssen Sie Ihren Paß wiederbekommen«, sagte Hartley. Sein sonst so lustiges Gesicht war von hundert Linien tragischer Bitterkeit durchzogen. Er sah ungewöhnlich alt aus, unmenschlich alt: der ewig wandernde Jude in einem amerikanischen Sportjackett.
Der Zug fuhr ächzend ab. Jetzt zog Byron den gelben Umschlag heraus. Die Mitteilung auf dem Wehrmachtsformular enthielt in englischer Sprache die folgenden Worte: *Froh, daß es Dir gutgeht. Komm sofort nach Berlin. Dad*

15

In Wolken weißen Dampfs fuhr die lange Reihe der Eisenbahnwagen langsam und kreischend in die Endstation Friedrichstraße ein. Rhoda packte Henrys Arm und sprang erregt auf und nieder, zur großen Belustigung des uniformierten Mannes vom Auswärtigen Amt, der sie begleitet hatte, um den Sonderzug aus Königsberg mit ihnen zu erwarten. Victor bemerkte sein Lächeln. »Wir haben unseren Jungen seit über einem Jahr nicht gesehen«, schrie er, um den Lärm des Zuges zu übertönen.
»So? Nun, dann ist dies ein großer Augenblick.«
Der Zug hielt, und die Menschen strömten heraus.
»Mein *Gott*!« rief Rhoda aus. »Ist *er* das, der dort die Stufen herunterkommt? Das *kann* er nicht sein. Er sieht ja wie ein *Skelett* aus.«
»Wo? Wo?« fragte Pug.
»Jetzt ist er verschwunden. Irgendwo dahinten. Nein, da ist er!«
Byrons kastanienbraunes Haar war sehr lang und lockig, fast verfilzt. In seinem blassen Gesicht traten die Knochen hervor, und seine Augen sahen glänzend und riesengroß aus. Er lachte und winkte, aber auf den ersten Blick erkannte der Vater den jungen Mann mit dem hageren Gesicht, dem spitzen Kinn, der abgetragenen Kleidung und dem ungepflegten Aussehen gar nicht.
»Ich bin es. *Ich* bin es«, hörte er Byron schreien. »Kennst du mich nicht mehr, Dad?«
Victor stürzte, Rhodas Hand haltend, auf ihn zu. Byron, der nach Wein roch, schloß ihn lange und heftig in die Arme und zerkratzte das Gesicht des Vaters mit zwei Tage alten Bartstoppeln. Dann umarmte und küßte er seine Mutter.
»Gott, ich schwanke ja«, sagte er, nicht in Rhodas exaltiertem Tonfall, aber mit rauher Baritonstimme. »Im Zug hat man uns wie die Marktschweine gemästet. Ich habe soeben ein Mittagessen mit dreierlei Weinen vertilgt. Mutter, du siehst prachtvoll aus. Einfach prachtvoll. Wie fünfundzwanzig.«
»Na, du siehst *entsetzlich* aus. Was zum Teufel hast du in *Polen* zu suchen gehabt?«
Der Mann vom Auswärtigen Amt zupfte Byron am Ellenbogen. »Sie finden also, daß Sie gut behandelt wurden, Mr. Henry? Dr. Neustädter, Auswärtiges Amt«, sagte er hackenschlagend und mit einem faltigen Lächeln.
»Oh, hallo. Oh, tadellos, Sir, tadellos«, sagte Byron mit wildem Geläch-

ter. »Das heißt, sobald wir aus Warschau heraus waren. Dort war es ziemlich wüst.«
»Nun ja, das ist eben der Krieg. Wir würden uns freuen, wenn Sie uns über Ihre Behandlung ein paar Zeilen schreiben würden. Hier ist meine Karte.«
Leslie Slote, aschfahl und mitgenommen, kam herbei, die Hände voller Ausweise, und stellte sich Victor Henry vor. »Ich würde Sie morgen gern in der Botschaft aufsuchen, Sir«, bemerkte er. »Wenn ich alles etwas ins reine gebracht habe.«
»Sie sind jederzeit willkommen«, sagte Victor Henry.
»Aber das möchte ich jetzt schon sagen«, rief Slote im Weggehen über die Schulter: »Byron ist eine große Hilfe gewesen.«
Neustädter betonte höflich, daß Byron jetzt mit seinem Vater nach Hause gehen und sich seine Ausweispapiere später holen könne; oder er selbst könne sich um Byrons Papiere kümmern und sie in Commander Henrys Büro abgeben. »Schließlich«, meinte Neustädter, »wenn es um das Wiedersehen zwischen Sohn und Eltern geht, wird Papierkram unmenschlich.«
Auf der Fahrt zum Grunewald saß Rhoda neben ihrem Sohn, dessen Arm sie freudig umklammert hielt und dabei über sein schlechtes Aussehen jammerte. Er war ihr heimlicher Liebling. Bei dem ersten Blick auf das Neugeborene im Krankenhaus hatte sie an den Namen Byron gedacht: es war ein schmächtiges Kind, das mit großen blauen Augen aus einem roten dreieckigen Gesicht herausblinzelte; ganz klar ein Junge, ungeachtet des Babyspecks. Sie fand, ihr Kind habe einen männlich romantischen Ausdruck. Sie hatte gehofft, daß er Schriftsteller oder Schauspieler werden würde; sie hatte sogar seine winzigen Fäuste aufgemacht, um nach den »Schriftsteller-Dreiecken« zu suchen, die man angeblich, wie sie irgendwo gelesen hatte, nach der Geburt in den Handlinien des Kindes feststellen könne. Byron war kein Schriftsteller geworden, aber sie fand, daß er dennoch eine romantische Ader habe. Heimlich sympathisierte sie mit ihm, daß er eine Marinelaufbahn ablehnte, sogar mit seinen faulen Lerngewohnheiten. Pugs Spitznamen für den Jungen hatte sie nie gemocht – Briny, das nach Meerwasser schmeckte –, und es dauerte Jahre, bis sie ihn benutzte. Byrons Überwechseln zu den bildenden Künsten in Columbia, das Pug tief bekümmerte, hatte sie schweigend begrüßt. Warren war ein Henry: ein Arbeitsmensch, der Tüchtige, der etwas leistete, der blendend lernte, dessen Ziel der Admiralsrang war und der sein ganzes Leben darauf einstellte. Sie fand, daß Byron ihr gleiche; ein Mensch mit feinen Zügen, jedoch von einem unerfüllten Traum verfolgt und leise angekränkelt. Sie bemerkte die Narbe an seiner Schläfe, berührte sie erschrocken und fragte ihn danach. Er begann über seine Odyssee von Krakau nach War-

schau zu erzählen, wobei er sich hin und wieder unterbrach, um sich in Ausrufen über Dinge, die er in den Straßen wahrnahm, zu ergehen: rote vertikale Hakenkreuzfahnen, die um ein Standbild Friedrichs des Großen aufgestellt waren, eine Rotte Hitlerjungen, die in ihren Braunhemden, schwarzen Halstüchern und schwarzen Kniehosen vorbeimarschierten; Nonnen, die die Friedrichstraße entlang radelten; eine Musikkapelle in einem Park; ein sich drehendes Karussell. »Es ist so friedlich, nicht wahr? So unberührt, so verdammt friedlich! Dad, was tut sich eigentlich mit dem Krieg? Hat Warschau sich ergeben? Sind die Alliierten endlich aufgewacht? Die Deutschen sind ja solche Lügner, daß man nie weiß.«

»Warschau leistet noch immer Widerstand, aber der Krieg ist praktisch vorbei. Im Westen redet man bereits ebenfalls viel von Frieden.«

»Tatsächlich? Schon? Seht doch bloß mal das Café dort an! Mindestens fünfhundert Berliner, die Kaffee trinken, Kuchen essen, lachen und schwatzen. Berliner müßte man sein! Wo war ich stehengeblieben? Ach so, in diesem Augenblick versagte die Wasserpumpe, und die Antriebsscheibe war kaputt. Die deutschen Flugzeuge brausten unentwegt über uns weg, die Braut bekam einen Nervenzusammenbruch. Wir waren 30 Kilometer von der nächsten Stadt entfernt. Etwa anderthalb Kilometer vor uns an der Straße lagen ein paar Gehöfte, aber sie waren zerstört, und deshalb...«

»Gehöfte?« unterbrach Pug behende. »Aber die Deutschen machen doch eine Riesenpropaganda darüber, daß die Luftwaffe lediglich militärische Ziele angreift.«

Byron lachte schallend. »Was? Dad, die militärischen Ziele der Deutschen schließen alles ein, was sich bewegt, vom Schwein aufwärts. Auch ich war ein militärisches Ziel. Über der Erde und lebendig. Ich habe auf dem Lande, weit hinter der Front, Tausende von zerbombten Häusern gesehen. Für die Luftwaffe ist es nur eine Übung, um für Frankreich und England einsatzfähig zu sein.«

»Du mußt hier aufpassen, was du sagst«, erklärte Rhoda.

»Wir sind im Wagen. Da ist man doch sicher?«

»Natürlich«, sagte Pug. »Erzähle weiter.«

Er überlegte sich, daß Byrons Geschichte einen Geheimbericht abgeben könnte. Die Deutschen beklagten sich empört über polnische Greuel und veröffentlichten grausige Photos von verstümmelten »Volksdeutschen und Wehrmachtsoffizieren«. Als Gegensatz dazu brachten sie photographische Beweise über fröhliche polnische Gefangene, die aßen, tranken und Volkstänze aufführten: Bilder von Juden, die in Suppenküchen gespeist wurden und die lächelnd den Kameras zuwinkten; und viele Photos von deutschen Geschützen und Lastwagen, die unter den Beifallsrufen fröhlicher polnischer Bauern an Gehöften vorbei und durch unversehrte

Städte fuhren. Auf das alles warf Byrons Erzählung ein sehr interessantes Licht.

Byron erzählte immer weiter. Beim Grunewald-Haus angelangt, begaben sie sich sofort in den Garten. »Hei, ein Tennisplatz! Toll!« rief er mit dem gleichen besessenen Ton aus. Mit Gläsern in der Hand setzten sie sich in Liegestühle, und mit außerordentlicher Klarheit beschrieb er die Belagerung Warschaus, hob alle Einzelheiten hervor, die sie die ganze Sache sehen, hören, ja sogar riechen ließen, die toten Pferde in den Straßen, die Tankfallen und die drohenden Wachen an den Ecken, die verstopften Toiletten in der Botschaft, als die Wasserleitung zerstört wurde, die Rettungsmannschaften, die lodernde Brände eines ganzen Häuserblocks mit Eimern Sands zu löschen versuchten, den Geschmack von Pferdefleisch, den Lärm der Artillerie, die Verwundeten, die in der Halle des Krankenhauses aufgeschichtet waren, die Fassade der Synagoge, die langsam auf die Straße herunterglitt, den Botschaftskeller mit seinen Reihen von Feldbetten, den gespenstischen Gang durch das Niemandsland auf einem stillen Landweg, der mit herbstlichen Waldblumen gesprenkelt war. Die blaugraue Berliner Abenddämmerung brach herein, und Byron redete noch immer. Er wurde heiser, trank ununterbrochen, aber er verlor weder die Zusammenhänge, noch wurde er unklar. Es war eine erstaunliche Leistung. Immer wieder sahen die Eltern einander an.

»Ich kriege Hunger, wenn ich nur davon rede«, sagte Byron. Er beschrieb gerade das Festmahl, das die Deutschen ihnen im Bahnhof von Kowno bereitet hatten. »Das gleiche erwartete uns, als wir in Königsberg eintrafen. Sie haben uns seitdem ununterbrochen gemästet. Ich weiß gar nicht, wo es alles hingeht. Ich muß mir wohl in Warschau das Mark aus den Knochen gesogen haben. Anders kann ich es mir nicht erklären. Sie wurden hohl, und jetzt füllen sie sich wieder auf. Übrigens, wann und wo und wie essen wir hier eigentlich?«

»Du siehst derart wie ein Landstreicher aus«, sagte Rhoda, »hast du gar nichts anderes anzuziehen?«

»Einen ganzen Koffer voll, Mom. Er steht in Warschau fein säuberlich mit meinem Namen beschriftet. Vermutlich ist er inzwischen verbrannt.«

Sie gingen in ein dunkles kleines Restaurant am Kurfürstendamm. Byron lachte und deutete auf ein verstaubtes, verzogenes Pappschild im Fenster mit der Aufschrift: *Juden werden hier nicht bedient.* »Gibt es denn in Berlin überhaupt noch Juden, die man bedienen könnte?«

»Nun, es sind nicht mehr viele zu sehen«, sagte Victor. »Sie dürfen nicht in die Theater und so weiter. Sie halten sich wohl ziemlich verborgen.«

»Ach, Berliner müßte man sein«, sagte Byron. »Warschau wimmelt von Juden.«

Er hörte auf zu reden, als die Suppe kam. Anscheinend hatte ihn seine

eigene Stimme wachgehalten, denn zwischen Suppe und Fleisch nickte sein Kopf und sank ihm auf die Brust. Die Eltern hatten Mühe, ihn zu wecken.
»Gehen wir nach Hause«, sagte Pug und winkte dem Kellner. »Ich habe mich schon gefragt, wie lange er aushalten würde.«
»Waas? Wossu nach Hause gehen?« lallte Byron. »Gehn wir ins Theater. In die Oper. Bißchen kultiviertes Vergnügen. Bißchen Nachtlokale. Ach, Berliner müßte man sein!«
Nachdem sie Byron zu Bett gebracht hatten und durch den Garten schlenderten, sagte Victor: »Er ist ziemlich verändert.«
»Es ist das Mädchen«, sagte Rhoda.
»Er hat nicht viel von ihr gesprochen.«
»Das ist es ja gerade. Er hat überhaupt nichts von ihr gesagt. Dennoch fuhr er ihretwegen nach Polen und wurde ihretwegen in Krakau festgehalten. Er hat, weiß Gott, seinen *Paß* verloren, um ihre Verwandten zu beschützen. Ja, und er hat sich gerade mit ihrem Onkel unterhalten, als die Synagoge um ein Haar über ihm zusammengefallen wäre. Mir scheint, er hat in Polen fast alles getan, außer Jude zu werden.« Victor sah sie mit kaltem Blick an, aber sie fuhr unbeirrt fort: »Vielleicht kannst du von diesem Slote näheres erfahren. Es ist eine merkwürdige Geschichte, und sie muß etwas ganz Besonderes sein.«

Zuoberst auf dem Briefhaufen auf Victors Schreibtisch lag am folgenden Morgen ein blaßgrünes, fast quadratisches Kuvert, das die Prägung THE WHITE HOUSE trug. Darin standen auf einem einzigen Blatt mit der gleichen Prägung in dicker schräger Bleistiftschrift die folgenden Zeilen:

Wieder einmal hat Ihre Voraussage gestimmt, alter Junge. Soeben teilte mir das Schatzamt mit, daß die Botschafter bei dem bloßen Gedanken, daß wir ihre Liniendampfer kaufen wollen, in die Luft gingen. Darf ich mir Ihre Kristallkugel ausleihen? Ha, ha! Schreiben Sie mir, wann immer Sie Gelegenheit finden, über Ihr Leben in Berlin – auf welche Weise Sie und Ihre Frau sich amüsieren, wer Ihre deutschen Freunde sind, was die Leute und die Zeitungen sagen, wie das Essen in den Restaurants ist, einfach alles und jedes, was Ihnen einfällt. Was kostet ein Laib Brot in Deutschland heute? In Washington ist es immer noch unerträglich heiß und schwül, obwohl die Blätter sich zu verfärben begonnen haben.

FDR

Victor schob alle übrige Post beiseite und starrte auf das seltsame Schreiben des seltsamen Mannes, den er einst mit Salzwasser durchweicht hatte,

der jetzt sein oberster Befehlshaber war, der Schöpfer des *New Deal* (den Pug ablehnte), der Mann, dessen Gesicht und Name in der ganzen Welt vielleicht am bekanntesten waren, mit Ausnahme von Hitler. Das lustige banale Geschreibsel paßte vielleicht nicht zu Roosevelts Persönlichkeit, jedoch sehr wohl zu dem eingebildeten jungen Menschen, der in Blazer und Strohhut auf der *Davy* herumgehopst war. Er nahm einen gelben Schreibblock zur Hand und begann sich Punkte für einen inoffiziellen Brief über sein Leben in Berlin zu notieren. Gehorsam und promptes Handeln waren Eigenschaften, die ihm in seinem Dienst in der Marine zur zweiten Natur geworden waren. Der Sprechapparat seines Sekretärs summte. Er stöpselte ein. »Ich bin für niemanden zu sprechen, Whittle.«
»Jawohl, Sir. Ein Mr. Slote möchte Sie sprechen, aber ich kann...«
»Slote? Nein, warten Sie. Ich werde Slote empfangen. Bringen Sie uns Kaffee.«
In frisch gebügelter Tweedjacke und Flanellhose sah der Geschäftsträger ausgeruht und in Form, wenn auch etwas hager aus. »Eine ganz schöne Aussicht!« sagte Slote. »Ist der rosa Steinhaufen drüben die neue Reichskanzlei?«
»Ja. Von hier aus kann man die Wachablösung sehen.«
»Ich glaube nicht, daß ich mich ausgerechnet für marschierende deutsche Soldaten interessiere. Ich weiß, wie das geht.«
Beide Männer lachten. Beim Kaffee erzählte der Commander Slote einiges von Byrons vierstündigem Wortgesprudel. Der Diplomat hörte ihm mit wachsamem Ausdruck zu und strich wiederholt über den Rand seiner brennenden Pfeife. »Hat er irgend etwas von dem leidigen Vorfall in Praga gesagt?« Henry sah ihn fragend an. »Als wir ein Mädchen im Wagen hatten und uns unter deutschem Beschuß befanden?«
»Ich glaube nicht. War das Mädchen Natalie Jastrow?«
»Mit dem Vorfall hatten der schwedische Botschafter und eine Autofahrt an die Front etwas zu tun.«
Pug überlegte einen Augenblick. Slote beobachtete ihn gespannt. »Nein. Kein Wort.«
Slote seufzte auf und war sichtlich erleichtert. »Nun, er exponierte sich dem feindlichen Feuer, während ich das Mädchen aus dem Wagen führen und in Sicherheit bringen mußte.« Slote erzählte unverblümt seine Version der Episode. Dann beschrieb er Byrons Wasserbeschaffung, sein handwerkliches Geschick für Reparaturen, seine Furchtlosigkeit bei Fliegerangriffen und Artilleriebeschuß. »Ich mache Ihnen gern einen schriftlichen Bericht in Briefform darüber«, sagte Slote.
»Das wäre sehr nett«, sagte Pug lebhaft. »Jetzt erzählen Sie mir mal etwas von diesem Jastrow-Mädchen.«
»Was möchten Sie wissen?«

Victor Henry zuckte die Achseln. »Was Sie wollen. Meine Frau und ich hegen eine gewisse Neugier bezüglich der jungen Dame, die unseren Jungen in eine solche Situation brachte. Was, zum Teufel, machte sie eigentlich in Warschau, während ganz Europa mobilisierte, und weshalb ist er mitgefahren?«
Slote lachte trocken. »Sie kam, um mich zu besuchen. Wir sind alte Freunde. Ich dachte, sie sei verrückt, herzufahren. Ich tat mein möglichstes, um sie davon abzuhalten. Das Mädchen ist eine Art Löwin, sie tut, was sie will, und man gibt einfach nach, ihr Onkel wollte nicht, daß sie allein reiste, weil ja soviel vom Krieg die Rede war. Byron erbot sich, sie zu begleiten. So habe ich es wenigstens verstanden.«
»Er fuhr also Dr. Jastrow zuliebe mit ihr nach Polen?«
»Vielleicht sollten Sie ihn lieber selbst fragen.«
»Ist sie schön?«
Slote paffte nachdenklich an seiner Pfeife und sah starr vor sich hin. »In gewisser Weise. Sie ist sehr gescheit, sehr gebildet.« Er sah unvermittelt auf seine Uhr und erhob sich brüsk. »Ich werde Ihnen den besagten Brief schreiben und Byron in meinem offiziellen Bericht erwähnen.«
»Ich werde ihn nach dem Vorfall in Praga fragen.«
»Ach, das ist nicht nötig. Es war nur ein Beispiel dafür, wie großartig er sich bewährte.«
»Sind Sie mit dem Jastrow-Mädchen verlobt?«
»Nein, durchaus nicht.«
»Nun, es ist mir peinlich, persönlich zu werden, aber Sie sind viel älter als Byron und ganz anders, und ich kann mir gar kein Mädchen vorstellen, das diese Kluft überbrückt. Wo befindet sie sich jetzt?«
»Sie ist mit den meisten unserer Leute nach Stockholm gefahren. Adieu, Commander Henry.«
Rhoda rief Victor gegen Mittag an und unterbrach ihn mitten in der Arbeit an seinem Brief an Roosevelt. »Der Junge schläft schon vierzehn Stunden«, sagte sie. »Ich machte mir Sorgen und ging in sein Schlafzimmer, aber er atmet wie ein Säugling, eine Hand unter die Wange gesteckt.«
»Schön, dann laß ihn schlafen.«
»Muß er sich nicht irgendwo melden?«
»Nein. Schlaf ist für ihn das beste.«
Gemäß der Anweisung des Präsidenten, zwanglos zu erzählen, schloß Victor seinen Brief mit einem kurzen Bericht über Byrons Abenteuer in Polen. In seinem Hirn entstanden bereits Pläne, die Erfahrungen seines Sohnes offiziell auszuwerten. Er legte den Brief für die Kuriertasche ab und ging nach Hause, mit einem Gefühl des Unbehagens, den Amtsweg übergangen und einen ganzen Arbeitstag verschwendet zu haben. Aller-

dings empfand er auch einen gewissen Stolz über seinen direkten Kontakt mit dem Präsidenten, aber diese Reaktion war nur menschlich. Sachlich beurteilt, war dieser Kontakt höchstwahrscheinlich nichts Gutes.
Byron hatte sich in den Garten zurückgezogen, aß Weintrauben aus einer Obstschale und las ein Comic-Heft, das den Supermann zum Helden hatte. Neben ihm auf dem Rasen lagen noch etwa zwei Dutzend Comic-Hefte, ein Teppich von grellen Umschlägen. »Hallo, Dad«, sagte er. »Was sagst du zu diesem Fund? Franz sammelt sie. (Franz war der Diener.) Er sagt, er habe sie seit Jahren von Touristen getauscht oder gekauft.«
Victor war starr über den Anblick. Comic-Hefte waren der Anlaß zu einem ständigen Krieg im Haus gewesen, bis Byron nach Columbia gegangen war. Victor hatte sie verboten, sie zerrissen und Byron, wenn er damit erwischt wurde, bestraft. Nichts half. Der Junge war wie ein Rauschgiftsüchtiger gewesen. Pug enthielt sich mit Mühe einer scharfen Bemerkung. Byron war immerhin vierundzwanzig. »Wie geht es dir?«
»Ich habe Hunger«, sagte Byron. »Mein Gott, das ist ein fabelhafter Supermann. Ich bekomme ordentlich Heimweh, wenn ich so etwas lese.«
Franz brachte Pug einen Whisky-Soda auf einem Tablett. Victor saß schweigend mit dem Glas in der Hand da und wartete, daß der Diener gehen würde. Es dauerte eine ganze Weile, da Franz einen Glastisch abwischte, ein paar Blumen abschnitt und an einer lockeren Tür zum Tennisplatz herumfummelte. Er hatte so eine Art, sich innerhalb von Hörweite herumzudrücken. Inzwischen las Byron den Supermann aus, legte ihn auf den Haufen und sah gedankenlos auf seinen Vater.
Pug entspannte sich, und Franz betrat erneut das Haus. »Briny, das war eine ganz schöne Geschichte, die du uns gestern erzählt hast.« Der Sohn lachte. »Das Wiedersehen mit Mutter und dir hat mich wohl so gesprächig gemacht. Auch Berlin hat mich merkwürdig beeindruckt.«
»Du hattest Zugang zu außergewöhnlichen Informationen. Ich glaube kaum, daß es noch einen anderen Amerikaner gibt, der nach Ausbruch des Krieges von Krakau nach Warschau gereist ist.«
»Ach, es hat vermutlich bereits in sämtlichen Zeitungen und Zeitschriften gestanden.«
»Da irrst du dich eben. Zwischen den Deutschen und den Polen – den paar Polen, die entkommen konnten und noch diskutieren können – wird eine Menge darüber diskutiert, wer was für Greuel in Polen begangen hat. Ein Augenzeugenbericht wie deiner wäre ein wichtiges Dokument.«
Byron zuckte die Achseln und nahm ein weiteres Comic-Heft zur Hand. »Vielleicht.«
»Ich möchte, daß du ihn schreibst. Ich möchte ihn an die Geheimdienstabteilung schicken.«
»Himmel, Dad, überschätzst du die Sache nicht?«

»Nein. Ich möchte, daß du dich noch heute abend daranmachst.«
»Ich habe keine Schreibmaschine«, sagte Byron gähnend.
»Es steht eine in der Bibliothek«, sagte Victor.
»Ach, stimmt, ich hab sie gesehen. Also gut.«
Mit solchen beiläufigen Zustimmungen hatte Byron sich früher oft um seine Hausaufgaben gedrückt. Aber sein Vater beließ es dabei. Er klammerte sich an den Glauben, daß Byron unter den deutschen Bomben gereift sei.
»Dieser Slote kam heute vorbei. Sagte, du seist in Warschau eine große Hilfe für ihn gewesen. Hättest die Botschaft mit Wasser versorgt und ähnliches.«
»Ja, richtig. Das Wasserholen blieb an mir hängen.«
»Auch habe es an der Front einen Vorfall mit dem schwedischen Botschafter gegeben. Du seist unter deutschem Beschuß auf einen Turm gestiegen, während Slote genötigt gewesen sei, diese Jastrow in einem Bauernhaus zu verstecken. Es scheint ihn schwer zu beschäftigen.«
Byron schlug ein Heft, *Horror Comics*, auf. Auf dem Titelbild war ein grinsendes Skelett zu sehen, das ein schreiendes, halbnacktes Mädchen eine Steintreppe hinauftrug. »Ach ja. Das war kurz vor unserem Gang durch das Niemandsland. Ich habe eine Skizze von der Route gemacht.«
»Warum macht Slote sich darüber Gedanken?«
»Nun, es war ungefähr das letzte, was vor unserer Abfahrt aus Warschau passierte, deshalb hat er es wohl so genau behalten.«
»Er will mir einen Lobesbrief über dich schreiben.«
»So? Das ist ja schön. Weiß er irgend etwas von Natalie?«
»Nur, daß sie nach Stockholm gefahren ist. Du wirst doch noch heute abend an deinen Bericht gehen?«
»Ja, natürlich.«
Byron verließ nach dem Essen das Haus und kehrte um zwei Uhr morgens heim. Pug war noch wach, arbeitete in der Bibliothek und sorgte sich um seinen Sohn, der ihm fröhlich erklärte, er sei mit einigen anderen Amerikanern in die Oper gegangen. Unter dem Arm trug er ein neues Exemplar von *Mein Kampf* auf englisch. Als Pug am nächsten Morgen das Haus verließ, saß Byron bereits angezogen in Flanellhose und Pullover kaffeetrinkend auf der Terrasse und las *Mein Kampf.* Um sieben Uhr abends fand der Vater Byron auf demselben Platz und demselben Stuhl vor, bei einem Whisky-Soda. Er war schon tief in den dicken Band vorgedrungen, der aufgeschlagen auf seinem Schoß lag. Er winkte dem Vater teilnahmslos zu und rieb sich die trüben Augen.
Pug fragte: »Hast du den Bericht angefangen?«
»Ich mach ihn schon, Dad. Hör mal, das ist aber ein sehr interessantes Buch. Hast du es gelesen?«

»Ja, das habe ich, aber interessant fand ich es nicht. Nach etwa fünfzig Seiten von diesem Irrsinn weiß man ungefähr, worauf der Mann hinauswill. Ich fühlte mich verpflichtet, es zu Ende zu lesen, und tat es auch, aber es war wie ein Waten durch Schlamm.«
Byron schüttelte den Kopf. »Wirklich erstaunlich.« Er schlug eine Seite um.
Abends ging er abermals aus, kam spät nach Hause und schlief angezogen ein, eine alte Angewohnheit, die Pug auf die Nerven ging. Um etwa elf Uhr wachte Byron auf, fand sich ausgezogen und unter der Bettdecke vor, seine Kleider lagen ordentlich auf einem Stuhl, und darüber stand ein Zettel: SCHREIB ENDLICH DEN VERDAMMTEN BERICHT.

An diesem Nachmittag schlenderte er auf dem Kurfürstendamm, *Mein Kampf* unter dem Arm, als Slote vorbeieilte, stehenblieb und zurückkam. »Nun, da sind Sie ja! Welch ein Glück. Ich habe versucht, Sie zu erreichen. Kommen Sie nun mit uns in die Vereinigten Staaten zurück oder nicht? Wir sollen am Donnerstag abfliegen.«
»Ich weiß noch nicht genau. Wie wär's mit Kaffee und Kuchen? Seien wir mal zwei Berliner.«
Slote schürzte die Lippen. »Ehrlich gesagt, habe ich nicht zu Mittag gegessen. Also gut. Weshalb, in aller Welt, lesen Sie ausgerechnet dieses scheußliche Machwerk?«
»Ich finde es großartig.«
»Großartig? Das ist ein ungewöhnliches Urteil.«
Sie setzten sich an einen Tisch vor einem riesigen Boulevard-Café, wo Töpfe mit blühenden Sträuchern die Reihen der Tische und Stühle auflockerten, und eine Blechkapelle spielte muntere Walzer in der Sonne. »Gott, das ist Leben«, sagte Byron, als sie bei einem sich verbeugenden, lächelnden Kellner bestellten. »Sehen Sie sich nur all diese netten, höflichen, herzlichen, scherzenden, fröhlichen Berliner an! Haben Sie je eine nettere Stadt gesehen? So sauber! All die Prachtstatuen und Barockbauten, wie die wunderbare Oper und all die knallneuen, modernen Gebäude, all die Parks und Bäume – ich habe noch nie eine solche grüne, saubere Großstadt gesehen. Fast, als wäre sie in einem Wald gebaut. Und all die Kanäle und die originellen kleinen Boote – haben Sie den Schleppdampfer gesehen, der seinen Schornstein umklappt, um unter einer Brücke hindurchzufahren? Einfach entzückend. Nur haben leider diese netten Leute soeben Polen in Trümmer gelegt, aus dem Himmel auf harmlose Menschen geschossen – Beweis dafür, meine Narbe – und eine Stadt, die ebenso hübsch war wie Berlin, auf das scheußlichste zerstört. Das ganze ist ein Rätsel, könnte man sagen.«

Slote schüttelte den Kopf und lächelte. »Der Gegensatz zwischen Kampffront und Hinterland ist immer bestürzend. Paris war sicherlich reizvoll wie immer, während Napoleon seine blutigen Kriege führte.«
»Slote, Sie können mir nicht erzählen, daß die Deutschen nicht merkwürdig sind.«
»O ja, die Deutschen sind schon merkwürdig.«
»Nun, deshalb habe ich dieses Buch gelesen, um zu versuchen, sie zu begreifen. Es ist das Buch ihres Führers. Jetzt stellt sich heraus, daß es das Buch eines kompletten Irren ist. Er behauptet, die Juden regierten heimlich die Welt. Das ist seine ganze Aussage. Sie sind die Kapitalisten, aber sie sind auch die Bolschewisten, und beide haben sich verschworen, das deutsche Volk zu vernichten, das von Rechts wegen eigentlich die Welt regieren müßte. Nun, er will also Diktator werden, die Juden ausrotten, Frankreich erledigen und sich die Hälfte des bolschewistischen Rußlands abzweigen, um mehr Lebensraum für die Deutschen zu gewinnen. Habe ich es soweit richtig verstanden?«
»Ein bißchen vereinfacht, vielleicht, aber doch – ziemlich richtig.« Slotes Stimme klang belustigt, aber unbehaglich, und er blickte nach den umliegenden Tischen.
»Schön. Aber alle diese netten Berliner *mögen* diesen Kerl. Nicht wahr? Sie haben für ihn gestimmt. Sie folgen ihm. Sie grüßen ihn, sie jubeln ihm zu. Das tun sie doch? Wie kommt das? Ist das nicht sehr merkwürdig? Wie kommt es, daß er ihr Führer ist? Haben sie dieses Buch nicht gelesen? Wie kommt es, daß sie ihn nicht in eine Gummizelle gesperrt haben? Sie haben doch Irrenhäuser. Und wen stopfen sie da eigentlich hinein, wenn nicht diesen Kerl?«
Slote sah sich, seine Pfeife stopfend, fortwährend nach den anderen Tischen um. Befriedigt, daß niemand sie belauschte, sagte er: »Entdecken Sie jetzt erst das Phänomen Adolf Hitler?«
»Ich bin vor kurzem von einem Deutschen in den Kopf geschossen worden. Das hat sozusagen meine Aufmerksamkeit darauf gelenkt.«
»Nun, aus *Mein Kampf* werden Sie nicht viel lernen. Das ist nur der Schaum auf der Oberfläche des Kessels.«
»Verstehen *Sie* Hitler und die Deutschen?«
Slote steckte seine Pfeife an und starrte, ehe er sprach, mit einem dünnen herablassenden Lächeln des Akademikers sekundenlang in die Luft. »Ich habe eine Meinung, das Resultat ausgiebiger Forschung.«
»Darf ich sie hören? Es interessiert mich sehr.«
»Es ist eine schrecklich lange Geschichte, Byron, und recht verwickelt.« Slote sah sich von neuem um. »Zu einer anderen Zeit und an einem anderen Ort würde ich sie Ihnen erzählen, aber ...«
»Würden Sie mir dann wenigstens die Bücher nennen, die ich lesen soll?«

»Ist das Ihr Ernst? Da müßten Sie aber ziemlich schwer büffeln.«
»Ich lese alles, was Sie mir sagen.«
»Nun, dann geben Sie mir mal Ihr Buch.«
Auf dem Vorderblatt von *Mein Kampf* schrieb Slote eine bis zum Ende der Seite reichende Liste von Autoren und Titeln, in adretter, schräger Schrift und mit violetter polnischer Tinte. Beim Überfliegen der Aufstellung ihm so unbekannter teutonischer Autoren sank Byron der Mut; neben jedem Namen stand ein schwieriger Buchtitel, manchmal waren es gar zwei:
Treitschke – Moeller van den Bruck – Fries – Menzel – Fichte – Schlegel – Arndt – Jahn – Rühs – Lagarde – Langbehn – Spengler ...
Darunter erblickte er wie schwarze Rosinen in viel grauem Teig ein paar Namen aus seinem Seminar für Vergleichende Kulturgeschichte in Columbia:
Luther – Kant – Hegel – Schopenhauer – Nietzsche.
Er erinnerte sich an jenes Seminar als unbequem und alptraumhaft. Er hatte mit D-Minus bestanden, nachdem er die ganze Nacht über schmuddeligen Vorlesungsnotizen aus dem Archiv der Studentenschaft gebüffelt hatte. Slote zog eine dicke Linie unter die Liste und fügte weitere Bücher mit ebenso erschreckenden Autorennamen hinzu:
Santayana – Mann – Veblen – Renan – Heine – Kolnai – Rauschning.
»Unterhalb der Linie stehen Kritiker und Analytiker«, bemerkte er, während er schrieb. »Oberhalb von ihr einige deutsche Vorläufer Hitlers. Ich glaube, um ihn zu begreifen, müssen Sie zuerst diese begreifen.«
Byron sagte trübselig: »Wirklich? Auch die Philosophen? Hegel und Schopenhauer? Warum? Und warum denn auch noch Martin Luther, um alles in der Welt?«
Während er die Liste mit einer gewissen trockenen Befriedigung betrachtete, fügte er noch einige Namen hinzu, wobei er so stark an einer Pfeife zog, daß der Pfeifenkopf zischte. »Meine Ansicht ist die, daß Hitler und die Nazis aus dem Herzen deutscher Kultur entstanden sind – ein Krebsschaden, vielleicht, aber ein einmalig deutsches Phänomen. Einige sehr kluge Leute haben mir diese Meinung schwer verübelt. Sie behaupten, unter den gegebenen Umständen hätte dasselbe überall passieren können: ein verlorener Weltkrieg, harter Friedensvertrag, ruinöse Inflation, Massenarbeitslosigkeit, Kommunismus auf dem Vormarsch, Anarchie in den Straßen: alles zu dem Aufstieg eines Demagogen und einer Schreckensherrschaft führend. Ich aber ...«
Der Kellner nahte. Slote schwieg und sagte, während sie bedient wurden, kein Wort. Während er den Kellner beobachtete, bis dieser verschwunden war, trank der Diplomat Kaffee und aß Kuchen. Dann begann er wieder, fast mit gedämpfter Stimme:

»Ich glaube es nicht. Für mich ist der Nazismus ohne die Wurzeln im Denken des neunzehnten Jahrhunderts gar nicht vorstellbar. Romantik, Idealismus, Nationalismus, dieser ganze Erguß. Es steht in jenen Büchern. Wenn Sie nicht bereit sind, jedes Wort von Hegels *Philosophie der Geschichte* zu lesen, geben Sie auf. Sie ist grundlegend.« Er schob Byron das Buch mit der aufgeschlagenen Liste wieder zu. »Nun, das wäre es für den Anfang.«
»Tacitus?« sagte Byron. »Warum denn Tacitus? Ist das nicht ein römischer Historiker?«
»Ja. Wissen Sie nichts von Arminius und der Schlacht am Teutoburger Wald?«
»Nein.«
»Im Jahre neun, Byron, hielt ein deutscher Heerführer namens Arminius die Römer am Rhein ein für allemal auf und sicherte die Freistatt der Barbaren im Herzen Europas. Es ist ein entscheidendes Ereignis der Weltgeschichte. Es führte schließlich zum Fall von Rom. Es hat bis zur heutigen Stunde die gesamte europäische Politik und alle Kriege beeinflußt. Das glaube ich, und deshalb meine ich, Sie sollten Tacitus' Bericht über den Feldzug lesen. Entweder studiert man die Sache ganz oder gar nicht.«
Byron nickte immer wieder mit zusammengekniffenen, aufmerksamen Augen. »Haben Sie alle diese Bücher gelesen? Jedes einzelne?«
Slote sah den jüngeren Mann halb belustigt an und knabberte an seiner Pfeife. »Ich hab zwar nicht alles so gut behalten, wie ich sollte, aber gelesen habe ich sie alle.«
»Mit anderen Worten, Sie sagen mir, daß ich mich lieber mit meinem Kleinkram befassen sollte, daß dies ein Thema für Rhodes-Stipendiaten ist.«
»Durchaus nicht, aber es ist ein schweres Thema. Jetzt muß ich aber dringend in die Botschaft, Byron. Fahren Sie nun mit uns oder nicht? Wir fliegen am Donnerstag nach Oslo und von dort aus nach London. Dann sehen wir zu, was sich uns bietet – Zerstörer, Frachter, Ozeandampfer, vielleicht eine Flugreise über Lissabon – je nachdem.«
Byron sagte: »Was sind Natalies Pläne? Sie war zum Schluß ziemlich unwirsch zu mir und wollte nicht viel sagen.«
Slote sah auf seine Uhr. »Zu mir war sie ebenfalls unfreundlich und vage. Ich weiß es wirklich nicht.« Er zögerte. »Ich will Ihnen noch etwas anderes sagen. Es wird Sie nicht gerade freuen. Vielleicht glauben Sie es auch gar nicht. Aber es ist so, und es wäre vielleicht besser für Sie, wenn Sie es wüßten.«
»Sagen Sie es mir.«
»Ich fragte sie nach Ihnen, ob Sie vorhätten, nach Siena zurückzugehen. Ihre Antwort lautete: ›Nun, ich hoffe nicht. Ich hoffe zu Gott, daß ich

Byron Henry nie wiedersehe, und wenn Sie Gelegenheit haben, sagen Sie ihm das bitte mit herzlichem Gruß.‹ – Sie sehen überrascht aus? Haben Sie sich denn nicht, bevor sie abfuhr, mit ihr gestritten? Ich war überzeugt davon.«

Byron bemühte sich, gefaßt auszusehen, und sagte: »Nicht direkt. Sie schien nur entsetzlich schlechter Laune.«

Slote sagte: »Sie war in einer schrecklichen Stimmung. Sagte unter anderem, sie habe große Rückenschmerzen von dem vielen Eisenbahnfahren. Wahrscheinlich hat sie sich nichts dabei gedacht. Ich weiß, daß sie Ihnen sehr dankbar war. Wie ich übrigens auch.«

Byron schüttelte den Kopf. »Ich kann nicht behaupten, daß ich sie jemals verstanden hätte.«

Slote blickte auf die Rechnung und steckte bunte Markscheine unter einen Teller. »Hören Sie, Byron, jetzt ist keine Zeit mehr dazu, über Natalie Jastrow zu diskutieren. Ich sage Ihnen eins. Von dem Tag an, als ich sie vor zwei Jahren auf einer sehr blöden Cocktailparty am Quai Voltaire kennenlernte, bin ich nicht mehr zur Ruhe gekommen.«

»Warum heiraten Sie sie nicht?« fragte Byron, als Slote im Begriff war, sich zu erheben.

Der ältere Mann sank auf seinen Stuhl zurück und sah ihn mehrere Sekunden lang an. »Na schön. Ich bin durchaus nicht sicher, daß ich es nicht tun werde, wenn sie mich haben will, Byron.«

»Ach, das wird sie bestimmt. Wissen Sie was? Ich will noch eine Zeitlang bei meiner Familie hier bleiben. Ich fahre nicht mit nach Oslo.«

Slote stand auf und streckte die Hand aus. »Ich übergebe Ihren Paß und so weiter an den Sekretär Ihres Vaters. Alles Gute.«

Byron gab ihm die Hand und sagte, auf *Mein Kampf* deutend: »Noch vielen Dank für die Lektion und die Liste.«

»Eine geringe Gegenleistung für geleistete Dienste«, sagte Slote.

»Würden Sie mich benachrichtigen, falls Sie, bevor Sie Berlin verlassen, erfahren, wohin Natalie gereist ist?«

Slote klopfte seine Pfeife an seiner Handfläche aus. »Selbstverständlich«, und verschwand eilig im Gewühl auf dem Bürgersteig. Byron bestellte noch mehr Ersatzkaffee und schlug *Mein Kampf* auf, während die Musik einen munteren österreichischen Volkstanz spielte.

16

Während Victor Henrys Abwesenheit in den Vereinigten Staaten verstrickte sich Rhoda in ein Liebeserlebnis; etwas, das sie in ihrer fast fünfundzwanzigjährigen Ehe während viel längerer Abwesenheiten ihres Mannes nie getan hatte. Der Ausbruch des Krieges hatte für sie etwas Befreiendes. Sie war fünfundvierzig. Auf einmal schienen die Regeln, nach denen sie so lange gelebt hatte, leicht überholt. Die ganze Welt machte sich von der Vergangenheit frei; warum nicht ein ganz kleines bißchen auch sie? Zwar sprach sie es nicht direkt aus. Aber sie fühlte es und handelte danach.

Als ehemalige Schönheit und immer noch hübsch, hatte sie stets Männer angezogen, und das mit Vergnügen, so daß es ihr an Gelegenheit zu Liebesaffären nicht gefehlt hatte. Jedoch war sie Victor Henry ebenso treu gewesen wie er ihr. Sie ging gern in die Kirche, Choräle und Gebete kamen ihr von Herzen, sie glaubte an Gott, sie hielt Jesus Christus für ihren Heiland – auch wenn sie nie eingehend darüber nachgedacht hatte – und war von ganzer Seele überzeugt, daß eine verheiratete Frau treu und tugendhaft zu sein habe. Wenn über weniger Tugendhafte der Stab gebrochen wurde, was Offiziersfrauen seit jeher mit Vorliebe tun, streckte sie wohlgespitzte Krallen aus.

Abgesehen von einem gelegentlichen oberflächlichen Kuß gab es nur eine einzige Episode, die Rhodas sonst makellosen Lebenswandel trübte. Nach einem Tanzabend des Offizierklubs in Manila, wo sie zu viel Champagner getrunken hatte – Victor war zu einer Flottenübung auf See –, hatte Kip Tollever sie nach Hause gefahren und es geschafft, ihr das Kleid auszuziehen. Madeline, damals ein Kind, das unter Alpträumen litt, war weinend aufgewacht und hatte damit die Situation gerettet. Bis Madeline getröstet war, war Rhoda nüchtern geworden. Erleichtert, der Gefahr entronnen zu sein, jedoch Kip nichts nachtragend, hatte sie einen züchtigen Morgenrock angezogen und Kip in aller Freundschaft verabschiedet. Das war das Ende davon gewesen. Zweifellos war Kip am folgenden Morgen ebenso dankbar wie Rhoda. Victor Henry war praktisch der letzte in der Marine, mit dem er sich hätte anlegen wollen.

Seitdem hatte Rhoda sich Tollever gegenüber immer ein bißchen kokett gegeben. Hin und wieder fragte sie sich, was wohl passiert wäre, wenn Madeline nicht aufgewacht wäre. Hätte sie es tatsächlich getan? Wie wäre ihr zumute gewesen? Aber das würde sie niemals erfahren; sie hatte nicht die Absicht, sich je wieder in eine solche Gefahr zu begeben; schuld war

der Alkohol gewesen. Immerhin war es recht reizvoll gewesen, von einem anderen entkleidet zu werden als von ihrem alten Pug. Rhoda bewahrte die Erinnerung daran, obwohl sie sie tief in ihrem Herzen verbarg.
Dr. Palmer Kirby war ein schüchterner, ernster, häßlicher Mann Mitte Fünfzig, ganz anders als der Draufgänger und Trinker Tollever. Als Rhoda seinerzeit Sally Forrest einlud, bei dem Diner für ihn mit als Gastgeberin zu fungieren, hatte sie Kirby als »einen dieser gräßlichen *Intellektuellen*« beschrieben. Nur um liebenswürdig zu sein, hatte Rhoda vergebens beim Cocktail ihr übliches kokettes Geschwätz auf Kirby losgelassen. »Nun, da der liebe Gemahl nicht da ist, Dr. Kirby, habe ich Sie rechts von mir gesetzt, und wir können das *Eisen* schmieden, solange es heiß ist.«
»Soso. Rechts von Ihnen. Vielen Dank.«
Das wäre beinah das Ende gewesen. Rhoda haßte solche schwerfälligen Männer. Aber während des Essens erwähnte er, daß er die Absicht habe, am folgenden Tag eine Fabrik in Brandenburg zu besichtigen, und Rhoda erbot sich, ihn zu fahren, weil sie sich schon lange die mittelalterliche Stadt ansehen wollte und Kirby in gewisser Weise Gast Ihres Mannes war.
Auf dem Hinweg verzehrten sie in einem Gasthaus ein langweiliges, geziemendes Mahl. Bei einer Flasche Moselwein begann er aus sich herauszugehen und von sich und seiner Arbeit zu erzählen. Bei einer sachverständigen Frage, die sie ihm stellte – im Zusammenleben mit Pug hatte Rhoda gelernt, technischen Gesprächen zu folgen –, lächelte Palmer Kirby plötzlich. Ihr war, als habe sie ihn bisher niemals lächeln gesehen. Seine Zähne waren groß, und das Lächeln entblößte sein Zahnfleisch. Es war das unzweideutige begehrliche Lächeln eines Mannes, der sich mit Frauen auskannte, keineswegs unangenehm, aber verblüffend an dem düsteren Ingenieur.
»Interessiert Sie es wirklich, Mrs. Henry?« sagte Dr. Kirby. »Ich will Ihnen gern die ganze Sache erklären, aber ich habe einen Horror davor, schöne Frauen zu langweilen.«
Das Lächeln, die Worte, der Ton verrieten, daß dem Mann nichts von ihrer Koketterie entgangen war; daß, im Gegenteil, sie ihm gefiel. Leicht verwirrt, strich sie sich mit der Hand über das Haar und steckte die Wellen hinter die kleinen weißen Ohren. »Ich sage Ihnen, es klingt einfach faszinierend. Erklären Sie es mir aber bitte mit möglichst einfachen Worten.«
»Nun gut, aber Sie haben es sich selbst zuzuschreiben.«
Er erzählte ihr ausführlich über magnetische Verstärker – Magamps genannt –, Apparate zur Kontrolle von Hochfrequenzspannungen. Indem sie eine geschickte Frage nach der anderen stellte, entlockte sie Kirby die entscheidenden Faktoren seines Lebens. An dem *California Institute for*

Technology hatte er seine Doktorarbeit über Elektromagnetismus geschrieben. Mit vierzig beschloß er, Magamps selbst herzustellen, statt sich mit der gesicherten Existenz eines Direktors bei den *General Electrics* oder dem Westinghouse-Konzern zufriedenzugeben. Die langwierigen Bemühungen um die notwendige Finanzierung hatten ihn wirtschaftlich beinah ruiniert; nun aber begannen sie sich bezahlt zu machen. Die Rüstungsindustrie brauchte große Mengen von Magamps, und er war führend in der Produktion. Er war nach Deutschland gekommen, weil die Deutschen den Vereinigten Staaten in der Qualität gewisser Bestandteile voraus waren. Er studierte ihre Techniken und kaufte ihre Nickelkerngehäuse.

Ferner erfuhr Rhoda, daß er Witwer, Großvater und soeben vierundfünfzig geworden war. Er erzählte von seiner verstorbenen Frau, und dann redeten sie ausführlich über die Fehler und Vorzüge ihrer Kinder. Wie alle Männer sprach Kirby gern von sich, sobald er seine Schüchternheit überwunden hatte. Die Geschichte von seinen zermürbenden Geldschwierigkeiten und dem schließlichen großen Erfolg bannte Rhoda dermaßen, daß sie jede Koketterie vergaß und freundlich und sachlich darauf einging. Rhoda war immer dann am anziehendsten, wenn sie sich am wenigsten darum bemühte. Ja, sie gehörte zu den Frauen, die bei der ersten Begegnung einen Mann zu blenden vermögen, indem sie gleich alles ins Schaufenster stellen; nichts davon war gezwungen oder unecht, aber im ganzen auch fast alles, was sie zu bieten hatte. Victor Henry hatte das längst herausgefunden. Er hatte keinen Grund zur Klage, obwohl er früher einmal dachte, daß viel mehr dahinterstecken müsse. Palmer Kirby war von dieser ersten Begegnung tief beeindruckt. Er bestellte eine zweite Flasche Mosel, und sie kamen mit fast einstündiger Verspätung nach Brandenburg. Während er seinen Geschäften nachging, schlenderte Rhoda mit dem Reiseführer in der Hand durch die malerische alte Stadt. Die Sehenswürdigkeiten waren wunderschön, aber ihre Gedanken wanderten aus unerfindlichen Gründen fortwährend zu ihrer kleinen Entgleisung vor vielen Jahren mit Kip Tollever zurück. Sie war ein bißchen benebelt von dem Wein, und es dauerte einige Zeit, bis ihr Kopf wieder klar wurde.

Als sie gegen Abend nach Berlin zurückfuhren, schlug Kirby vor, gemeinsam zu essen und in die Oper zu gehen. Es schien ganz natürlich, ja zu sagen. Rhoda raste nach Hause und begann ihre Kleider und Schuhe zu durchwühlen, diese und jene Frisur auszuprobieren, bedauerte, daß sie nicht zum Friseur hatte gehen können, und überlegte, welches Parfüm sie nehmen solle. Sie war noch immer dabei, als Kirby sie abzuholen kam. Sie ließ ihn eine Stunde warten. In ihrer Jugend hatte sie Männer immer warten lassen. Pug hatte sie schroff von dieser Gewohnheit kuriert, denn das Gesellschaftsleben in der Marine verlief nach der Uhr, und er duldete nicht, daß Rhoda ihn in Verlegenheit brachte. Daß sie jetzt Kirby warten ließ, während sie an sich herumputzte, war für sie wie ein Märchen aus vergangenen Zeiten, ein köstlicher, kindischer Genuß. Fast fühlte sich Rhoda wieder wie neunzehn.

Der Spiegel wußte es zwar anders, aber selbst er schien heute abend freundlich gestimmt; er zeigte strahlende Augen, ein lächelndes hübsches Gesicht, eine straffe Figur im seidenen Unterkleid, Arme von unten bis oben schlank und rund, statt über den Ellenbogen auszuladen, wie das bei so vielen Frauen der Fall war. Sie rauschte ins Wohnzimmer mit dem rosa Kostüm voller Goldknöpfe, das sie gekauft hatte, um Hitler zu gefallen. Kirby saß und las in einer von Pugs technischen Zeitschriften. Er nahm die große schwarzgeränderte Brille und erhob sich mit dem Ausruf: »Sie sehen fabelhaft aus!«

»Es ist schrecklich von mir, so zu trödeln«, sagte sie und faßte Kirby am Arm, »aber es ist Ihre eigene Schuld, weil Sie mich an einem so anstrengenden Tag noch ausführen wollen.«

Nach der Oper – es war *La Traviata*, und sie freuten sich über ihre Entdeckung, daß sie beide sie liebten – schlug er vor, sich einmal das berüchtigte Berliner Nachtleben anzusehen. Allein würde er es niemals tun, sagte er. Aber immerhin habe das Berliner Nachtleben einen weltweiten Ruf, und falls es Mrs. Henry nicht schockiere, würde ihr ein Blick darauf vielleicht Spaß machen.

Rhoda kicherte bei dem Gedanken daran. »Nun, das scheint ja ein toller Abend zu werden. Vielen Dank für einen entehrenden Vorschlag, den ich mit Freuden annehme. Hoffentlich treffen wir keine von meinen Bekannten.«

So kam es, daß auf den Anruf in Henrys Haus um zwei Uhr morgens – den Fernanruf aus New York über die *USS Marblehead* in Lissabon – niemand antwortete. Rhoda schlürfte Champagner und schaute einer drallen deutschen Blondine zu, wie sie in blauem Rauchdunst ihre nackten Brüste hin und her schleuderte, und sah alle Augenblicke auf Dr. Palmer Kirbys langes ernstes Gesicht mit der dick geränderten Brille, während er eine lange Pfeife rauchte und die angestrengt arbeitende, schwitzende Tänzerin mit leisem Widerwillen beobachtete. Rhoda war erregt und köstlich schockiert. Sie hatte nie zuvor eine Nackttänzerin gesehen, außer auf Gemälden.

Danach verbrachte sie bis zur Rückkehr ihres Gatten viel Zeit mit Kirby. Sie gingen in verschwiegene Restaurants. Nach ihrer Vorstellung hatte sie nie »irgend etwas getan«. Pugs Rückkehr machte dem Abenteuer ein Ende.

Die Idee eines Abschiedsessens für Palmer Kirby mittags am Wannsee stammte von Rhoda, aber sie bewog Sally Forrest dazu, es zu geben, mit der Begründung, sie habe diesen zivilen amerikanischen Besucher schon genügend unterhalten. Wenn Sally Forrest das als seltsam empfand, so schwieg sie. Da das Ende des Polenkriegs bevorstand – nur Warschau hielt noch stand –, fühlten sich die beiden Attachés in der Lage, sich ein paar Stunden über Mittag freizunehmen. Die Atmosphäre in Berlin war wie im Frieden. Man sprach sogar davon, daß die Lebensmittelrationierung bald aufgehoben werden würde. Byron fuhr sie alle im Wagen der Botschaft zum Strandrestaurant. Auf dem breiten, sandigen Strand der Havel lagen Badende in der Sonne oder hockten unter großen bunten Sonnenschirmen, und eine Anzahl von Turnlustigen trotzte den Herbstwinden, um in dürftiger Bekleidung Gymnastik zu treiben.

An dem Mittagessen, das die Forrests bestellt hatten, war wenig von Rationierung zu merken. Die Margarine schmeckte allerdings wie üblich nach Wagenschmiere, aber sie aßen einen vorzüglichen Steinbutt und eine gute Lammkeule. Mitten während des Essens krachte und quietschte ein Lautsprecher, und eine Stimme sprach in energischem, klarem Deutsch: *Achtung! In den nächsten fünfzehn Minuten hören Sie eine Sondermeldung, die für das Vaterland von höchster Bedeutung ist.*

Die nämlichen Worte tönten den ganzen Fluß entlang. Menschen blieben auf der Promenade stehen, um zuzuhören. Auf dem Strand hörten die kleinen Figuren der Turnenden mit ihrem Laufen oder ihren Übungen vorübergehend auf. Ein erregtes Gemurmel lief durch das elegante Kaiserpavillon-Restaurant.

»Was glaubt ihr?« sagte Sally Forrest, als das Orchester in seinem zarten Schubert-Streichkonzert fortfuhr.

»Wahrscheinlich Warschau«, meinte ihr Mann. »Es muß das Ende sein.«

»Sie glauben doch wohl nicht, daß es zu einem Waffenstillstand kommt?« sagte Kirby. »Ich habe die ganze Woche schon von Waffenstillstand reden hören.«

»Ach, wär das nicht herrlich!« rief Rhoda. »Damit wäre dieser dumme, scheußliche Krieg beendet, bevor er noch richtig in Gang kommt.«

»Er ist bereits im Gang«, sagte Byron.

»Freilich«, sagte Rhoda mit verzeihungheischendem Lächeln, »müßte die gräßliche polnische Sache anständig bereinigt werden.«

»Es wird keinen Waffenstillstand geben«, sagte Pug.

Das Stimmengewirr auf der vollbesetzten Terrasse und im Speisesaal wurde lauter. Die Deutschen strahlten, gestikulierten, stritten sich, lachten, schlugen auf den Tisch und riefen von allen Seiten nach Sekt. Als der Lautsprecher die paar Takte Liszt spielte, die allen wichtigen Nachrichten vorausgingen, begann der Lärm zu verstummen.

»*Sondermeldung!*« Bei dieser Ankündigung trat augenblicklich Totenstille in dem Restaurant ein, abgesehen von gelegentlichem Tellerklirren. Dann sprach eine tiefe Stimme die feierlich kurzen Worte: »*Aus dem Führerhauptquartier. Warschau ist gefallen.*«
Das ganze Restaurant hallte von Jubel und Beifallsrufen wider. Frauen sprangen auf und tanzten. Männer drückten einander die Hand und umarmten und küßten sich. Blechkapellenmusik – zuerst *Deutschland, Deutschland über alles* und anschließend das *Horst-Wessel-Lied* – quoll aus den Lautsprechern. Die Gäste im Kaiserpavillon erhoben sich wie ein Mann, bis auf die Gruppe der Amerikaner. Am Strand, auf der Promenade, wohin das Auge blickte, standen die Leute still, die meisten von ihnen vollführten mit ausgestrecktem Arm den Nazi-Gruß. In dem Speisesaal salutierte und sang etwa die Hälfte in einem unharmonischen Stimmengewirr die vulgäre, bierselige Nazi-Hymne. Victor Henry bekam eine Gänsehaut, als er um sich schaute, und in diesem Augenblick hatte er das Gefühl, daß die Deutschen unter Adolf Hitler noch ganz schöne Prügel beziehen würden. Dann bemerkte er etwas, das er seit zwanzig Jahren nicht mehr erlebt hatte. Sein Sohn Byron saß unbeweglich da, mit erstarrtem Gesicht, zusammengepreßten Lippen, die Hände, deren Knöchel weiß hindurchschimmerten, krampfhaft auf dem Tisch gefaltet; Byron hatte seit seinem fünften Lebensjahr fast immer Schmerzen und Strafen tränenlos ertragen, aber jetzt weinte er.
Die amerikanische Gruppe, die in einem Restaurant sitzen blieb, wo alle anderen standen, zog sich feindselige Blicke zu.
»Erwarten sie von uns etwa, daß wir aufstehen?« fragte Sally Forrest.
»*Ich* stehe nicht auf«, sagte Rhoda.
Ihr Kellner, ein feister schwarzgekleideter Mensch mit sehr langem, glattem, blondem Haar, der sie bisher vorzüglich bedient hatte, stand brüllend mit ausgestrecktem Arm da und verteilte offenbar höhnische Bemerkungen über die Amerikaner.
Byron sah nichts von alledem. Byron sah aufgeblähte Pferdeleichen in der Gosse, gelbe Sperrholz-Flicken auf Reihen zerstörter Häuser, eine steinerne Gans zwischen roten Blumen in einem Schulhof, ein kleines Mädchen in einem lila Kleid, das eine Füllfeder von ihm entgegennahm, orangefarbene sternförmige Granaten, die nachts über Kirchenkuppeln barsten.

Du, du, liegst mir im Herzen
Du, du, liegst mir im Sinn...

Byron krümmte sich, als er es hörte und daran dachte, daß ein voller Magen und eine Maß Bier ihn dazu gebracht hatten, mit deutschen Soldaten in dieses Lied einzustimmen, keine sechs Stunden, nachdem er aus dem brennenden Warschau entkommen war.

Ja, ja,
Ja, ja,
Weißt nicht, wie gut ich dir bin...

Am Tisch der Amerikaner begann der Kellner die Teller mit ruckhaftem Geklapper abzuräumen, verschüttete Wein und Saucen und rempelte die Gäste mit den Ellenbogen.

»Passen Sie bitte auf bei dem, was Sie tun«, sagte Colonel Forrest.

Der Kellner machte weiter mit seinem brüsken, ungehobelten Abräumen. Sally Forrest stieß einen kleinen Schrei aus, als er sie mit einem Teller am Kopf traf.

Pug sagte: »Hören Sie, rufen Sie bitte den Oberkellner.«

»Oberkellner? Ich bin der Oberkellner. Ich bin *Ihr* Ober.« Der Mann ging lachend davon. Auf dem Tisch standen gebrauchte Schüsseln. Auf dem Tischtuch breiteten sich nasse rote und braune Flecken aus.

Forrest sagte zu Henry: »Vielleicht wäre es ganz gescheit zu gehen.«

»Oh, auf jeden Fall«, sagte Sally Forrest. »Zahle einfach, Bill, und wir gehen.« Sie hob ihre Tasche auf.

»Wir haben noch nicht unseren Nachtisch gehabt«, sagte Pug Henry.

»Es wäre vielleicht eine gute Idee, dem Kellner in den Hintern zu treten«, sagte Dr. Kirby mit unangenehm verzerrtem Gesicht.

»Ich melde mich freiwillig«, sagte Byron und wollte sich erheben.

»Um Gottes willen, Junge!« Colonel Forrest riß ihn zurück. »Er will uns ja absichtlich provozieren, aber darauf dürfen wir uns nicht einlassen.«

Der Kellner schritt an ihnen vorbei zu einem anderen Tisch. Henry rief ihm zu: »Ich bat Sie, mir Ihren Oberkellner zu schicken.«

»Haben Sie es eilig, verehrter Herr?« höhnte der Kellner. »Dann gehen Sie lieber. Wir haben augenblicklich sehr viel zu tun.« Er drehte Henry seinen breiten Rücken zu und ging weiter.

»Halt! Drehen Sie sich um!«

Victor brüllte nicht. Er sprach in einem scharfen Befehlston, der schneidend das Geplapper im Restaurant durchfuhr. Der Kellner blieb stehen und drehte sich um. *»Rufen Sie Ihren Oberkellner. Und zwar sofort!«* Er sah dem Kellner mit ernstem, hartem Gesicht direkt in die Augen. Der Kellner wich dem Blick aus. Er verschwand in einer anderen Richtung. Die Gäste, die in der Nähe saßen, starrten flüsternd herüber.

»Ich glaube, wir sollten gehen«, sagte Sally Forrest. »Der Aufwand lohnt sich doch nicht.«

Der Kellner kam bald im Gefolge eines kahlköpfigen sehr beleibten Man-

nes im Cut herbei, der geschäftig und unfreundlich sagte: »Sie wünschen? Sie haben eine Beschwerde?«
»Wir sind eine Gruppe von Amerikanern, Militärattachés«, sagte Pug streng. »Wir sind beim Absingen Ihrer Nationalhymne nicht aufgestanden. Wir sind neutrale Ausländer. Das hat diesem Kellner nicht gepaßt.« Er deutete auf den Tisch. »Er hat beim Abräumen des Tisches vorsätzlich das Tischtuch verschmiert. Seine Rede war unverschämt. Er hat die Damen angerempelt. Er hat sich schweinisch benommen. Sagen Sie ihm, daß er sich anständig benehmen soll, und seien Sie so freundlich, uns für unseren Nachtisch ein frisches Tischtuch zu besorgen.«
Der Ausdruck des Oberkellners veränderte sich dauernd, als Victor diese Sätze hinunterschnarrte. Er zögerte unter Henrys direktem Blick, sah sich nach den anderen Gästen um und schrie plötzlich, die Arme in die Luft werfend, mit zornrotem Gesicht den Kellner fürchterlich an. Nach diesem kurzen wilden Wutanfall drehte er sich zu Victor Henry um, verbeugte sich von der Taille an und sagte frostig: »Sie werden anständig bedient werden. Ich bitte um Entschuldigung.« Dann eilte er davon.
Jetzt passierte etwas Seltsames. Der Kellner wechselte, ohne eine Miene zu verziehen, zu seiner früheren Haltung über, und ohne eine Spur von Unfreundlichkeit, Wut oder Bedauern. Die Episode war ausgelöscht; sie hatte nie stattgefunden. Er räumte geschickt und behende die Schüsseln ab und deckte ein neues Tischtuch auf. Er lächelte, er verbeugte sich, machte kleine Scherze und war in seinen Geräuschen sehr rücksichtsvoll. Sein Gesicht war knallrot, aber sonst war er in jeder Hinsicht der gleiche reizende *gemütliche* Kellner, der sie eingangs begrüßt hatte. Er nahm ihre Bestellungen für das Dessert freundlich und nickend entgegen, mit kleinen Witzen über Kalorien und einer fürsorglichen Beratung, was den Wein und die Liköre betraf. Er ging lächelnd und sich verbeugend rückwärts davon und verschwand eilig.
»Na, so etwas«, sagte Colonel Forrest.
»Wir hatten ja unseren Nachtisch noch nicht gehabt«, bemerkte Pug.
»Bravo«, sagte Kirby zu Pug Henry mit einem sonderbaren Blick auf Rhoda, »das haben Sie fabelhaft gemacht.«
»Ach, Pug versteht sich auf so was«, sagte Rhoda und lächelte strahlend.
»Prima, Dad«, sagte Byron, Victor Henry sah ihn scharf an. Es war der einzige Kommentar, der ihn freute.
Die Amerikaner aßen ihren Nachtisch hastig und voller Unbehagen: außer Victor Henry, der seine Torte sehr bedächtig verzehrte und ebenso bedächtig seinen Kaffee trank. Er wickelte eine Zigarre aus. Der Kellner sprang herbei, um sie ihm anzuzünden.
»Nun, jetzt können wir wohl gehen«, sagte er, eine Rauchwolke ausstoßend. »Die Zeit vergeht, und wir verschwenden die Zeit der US-Regierung.«

An jenem Abend, als sie nach einem späten Abendessen auf der Glasveranda Kaffee tranken, sagte Rhoda: »Wie ich sehe, hast du einen Haufen Arbeit mit nach Hause gebracht. Ich dachte eigentlich, wir könnten in den neuen Emil-Jannings-Film gehen. Aber eins der Mädchen kommt sicherlich gern mit.«

»Geh nur. Ich mache mir nichts aus Emil Jannings.«

Rhoda trank ihren Kaffee aus und ließ Vater und Sohn in ihrer trüben Stimmung zurück.

»Briny, was ist mit deinem Bericht? Wie kommst du damit voran?«

»Der Bericht? Ach ja, der Bericht.« Byron spreizte die Beine, stemmte die Ellenbogen auf die Knie und beugte sich mit gefalteten Händen vor. »Dad, ich möchte dich etwas fragen. Was würdest du davon halten, wenn ich in die britische Marine einträte? Oder in die britische Luftwaffe?«

Victor Henry blinzelte und brauchte eine Weile, um zu antworten. »Ich nehme an, du möchtest gegen die Deutschen kämpfen?«

»Ich habe Warschau genossen. Ich kam mir nützlich vor.«

»Dieser Wandel ist gerade bei dir recht merkwürdig. Ich dachte, eine militärische Laufbahn käme für dich nicht in Frage.«

»Dies ist keine Laufbahn.«

Victor saß rauchend da, besah sich seine Hände und hockte sich vornüber in seinem Sessel. Byron lehnte sich gewöhnlich zurück und streckte seine langen Beine aus, jetzt aber kopierte er seinen Vater. Die Ähnlichkeit ihrer Haltung wirkte geradezu komisch. »Briny, ich glaube zwar nicht, daß die Alliierten sich mit Hitler einigen werden, was aber, wenn sie es dennoch tun? Denn daß sich eine Friedensoffensive vorbereitet, steht außer Zweifel. Angenommen, du trittst in die britische Armee ein, verlierst womöglich deine Staatsangehörigkeit, bekommst auf jeden Fall eine Menge Schwierigkeiten, und der Krieg ist zu Ende? Dann stehst du da und hast erneute Schwierigkeiten mit den Behörden und so weiter, die von vornherein überflüssig waren. Warum willst du dir nicht Zeit lassen und abwarten, wie der Wind weht?«

»Wahrscheinlich hast du recht«, seufzte Byron und fiel wieder in seinen Sessel zurück.

Pug sagte: »Ich möchte niemanden in einem bewundernswerten Antrieb behindern. Was jetzt wirklich eine Idee wäre, um aktiven Dienst in unserer Marine zu ersuchen und...«

»Nein, danke bestens.«

»Laß mich gefälligst ausreden, verdammt noch mal. Du bist Reserveoffizier. Die Reservisten, die jetzt zur See gehen, werden, falls und wenn der Einsatz beginnt, die besten Posten bekommen. Du hättest einen neunundneunzigprozentigen Vorsprung vor allen anderen. In Kriegszeiten bist du jedem Berufsoffizier gleichgestellt.«

»Inzwischen aber stecke ich auf Jahre hinaus drin. Und wenn *dann* der Krieg aus ist?«
»Du hast ja sonst nichts zu tun.«
»Ich habe Dr. Jastrow nach Siena geschrieben. Ich warte auf Nachricht von ihm. Das kann nicht mehr lange dauern.«
Der Vater ließ das Thema fallen.
Rhoda sah sich den Emil-Jannings-Film an, aber zuvor tat sie noch etwas anderes. Sie holte Dr. Palmer Kirby in seinem Hotel ab und fuhr ihn zum Tempelhofer Flughafen. Das wäre nicht nötig gewesen; in Berlin gab es Taxis. Aber sie hatte es ihm angeboten, und Kirby hatte angenommen. Vielleicht hätte sie ihrem Mann ruhig erzählen können, daß sie dem Gast diesen letzten Höflichkeitsdienst erwies, jedoch tat sie es nicht.
Im Wagen sprachen sie kaum. Sie parkte und begab sich in den Wartesaal des Flughafens, während Kirby abgefertigt wurde. Wäre sie einem Bekannten begegnet, hätte sie eine sofortige Erklärung und für ihren Mann eine Ausrede bereit haben müssen. Aber daran dachte sie nicht; sie empfand nur eine bittersüße Erregung. Sie hatte bei ihrem Tun nicht das leiseste Schuldgefühl. Sie wollte nichts Böses. Sie mochte Palmer Kirby gern. Es war lange, lange her, daß ein Mann ihr so gefallen hatte. Er mochte sie ebenfalls. Ja, es war ein echtes unschuldiges Kriegserlebnis, so anständig, daß es fast lächerlich war; ja, eine unvorhergesehene wehmütige Verzauberung, die bald und für immer erloschen sein würde. Etwas ganz anderes als ein fehlgeschlagener, beschwipster Seitensprung mit Kip Tollever.
»Nun, jetzt ist es wohl soweit«, sagte Kirby und ließ sich auf seine schlaksige Art ihr gegenüber in einen Sessel fallen, die sie, trotz seines Graukopfs und seines gefurchten Gesichts, stets als jungenhaft empfunden hatte. Sie sahen einander schweigend an, bis die Getränke kamen.
»Auf Ihr Glück«, sagte er.
»Glücklich, ach, das bin ich gewesen. Damit ist es vorbei.« Sie nahm einen Schluck. »Von jetzt an wird es bestenfalls Zufriedenheit heißen. Haben Sie den Anschluß nach Lissabon, den Sie wollten, bekommen?«
»Ja, schon, aber die Pan-American-Flugzeuge sind ausgebucht. Vielleicht muß ich tagelang in Lissabon herumsitzen.«
»Nun, ich wünschte, das könnte ich auch. Wie ich höre, wird es allmählich zur lebhaftesten Stadt Europas.«
»Kommen Sie mit.«
»Ach, Palmer, nehmen Sie mich nicht auf den Arm. Ach du liebe Zeit, ich sollte Sie ja eigentlich Fred nennen, nicht? Und jetzt merke ich, daß Sie immer nur Palmer für mich waren. Fred – nun, es gibt so viele Freds. Sie kommen mir nicht wie Fred vor.«
»Wie merkwürdig.« Er nippte an seinem Glas.

»Was ist merkwürdig?«
»Anne nannte mich Palmer. Sie wollte mich nie anders nennen.«
Rhoda spielte mit ihrem Daiquiri-Glas. »Ich wünschte, ich hätte sie gekannt.«
»Ihr wärt gute Freunde geworden.«
»Palmer, was halten Sie von Pug?«
»Hm. Das ist eine schwierige Frage.« Der Ingenieur schürzte verlegen die Lippen. »Mein erster Eindruck war, daß er fehl am Platz und – ehrlich gesagt – ein engstirniger Seebär ist. Aber ich weiß nicht. Er hat einen scharfen Verstand. Er reagiert wahnsinnig schnell. Wie er die Sache mit dem Kellner gehandhabt hat, war sehr beeindruckend. Er ist schwer zu durchschauen.«
Rhoda lachte. »Wie recht Sie haben! Nach all diesen Jahren kenne ich ihn selber nicht allzugut. Aber meiner Meinung nach ist Pug eigentlich eine schlichte Natur und als solche fast überholt, Palmer. Er ist Patriot. Es lebt sich nicht leicht mit ihm. Er ist so verdammt eingleisig.«
»Ist er Patriot oder jemand, der in der Marine Karriere machen will? Das sind zweierlei Dinge.«
Rhoda hob den Kopf und lächelte. »Das weiß ich nicht genau.«
»Nun, inzwischen bewundere ich ihn, soviel weiß ich.« Kirby sah mit gefurchter Stirn auf seine großen Hände, die das Glas auf dem Tisch umklammert hielten. »Sehen Sie, Rhoda, ich bin eigentlich im großen und ganzen ein anständiger Mensch. Lassen Sie mich nur das eine sagen, Sie sind eine wunderbare Frau. Ich war, seitdem Anne gestorben ist, ein sehr trauriger, langweiliger Mann, aber Sie haben mich wieder zum Leben erweckt, und dafür bin ich Ihnen dankbar. Beleidigt Sie das?«
»Seien Sie nicht dumm. Ich freue mich darüber, und das wissen Sie.« Rhoda zog ein Taschentuch aus ihrer Handtasche. »Immerhin wird es meiner Zufriedenheit ein paar Tage lang zusetzen. Ach, verdammt.«
»Wieso? Ich dachte, es würde sie steigern?«
»Ach, hören Sie doch auf, Palmer. Vielen Dank für den Drink. Gehen Sie jetzt lieber zu Ihrem Flugzeug.«
»Schauen Sie, nun regen Sie sich doch nicht auf.«
Sie lächelte ihn mit schwimmenden Augen an. »Warum, alles ist in Ordnung, mein Lieber. Sie könnten mir hin und wieder mal schreiben. Nur ein paar freundliche Zeilen, damit ich weiß, daß Sie am Leben sind und es Ihnen gutgeht. Das wäre schön.«
»Natürlich tue ich das. Sobald ich angekommen bin.«
»Wirklich? Das ist schön.« Sie betupfte sich die Augen mit dem Taschentuch und stand auf. »Auf Wiedersehen.«
Er erhob sich und sagte: »Meine Maschine ist noch nicht aufgerufen worden.«

»So? Nun, meine Chauffeursdienste sind beendet, und ich verlasse Sie hier und...« Sie schritten aus der Halle hinaus und drückten sich in dem stillen Flughafenbüro die Hand. Der Krieg hatte alles stillgelegt, außer den Flughafen, die meisten Schalter lagen im Dunkeln. Rhoda drückte innig Dr. Kirbys Hand und küßte ihn, sich auf die Fußspitzen erhebend, einmal auf die Lippen. Das war in gewisser Weise das allerseltsamste, sich hinaufzurecken, um einen Mann zu küssen. Sie öffnete die Lippen. Schließlich war es ein Abschied.
»Leben Sie wohl. Eine wunderschöne Reise.« Sie eilte fort und bog um die Ecke, ohne sich noch einmal umzudrehen. Sie sah noch genug von dem Emil-Jannings-Film, um mit Pug darüber reden zu können.

Byron schrieb endlich den Bericht über seine Abenteuer in Polen. Victor Henry, seinen Ärger über die fünf nichtssagenden Seiten unterdrückend, nahm sich einen ganzen Nachmittag dazu, um seinem Sekretär alles zu diktieren, was er von Byrons Erzählung behalten hatte. Sein Sohn las am folgenden Morgen das siebzehn Seiten lange Ergebnis mit Erstaunen: »Mein Gott, Dad, was du für ein Gedächtnis hast!«
»Nimm es und ändere es, wie immer du willst. Du mußt nur darauf achten, daß die Fakten einwandfrei stimmen. Du kannst es mit deinem Report verbinden, gib es mir aber bis zum Freitag zurück.«
Victor Henry sandte den geflickten Bericht an das Büro des Marine-Geheimdienstes und ließ seine ursprüngliche Idee, eine Abschrift davon an den Präsidenten zu schicken, fallen. Die kühlen Herbsttage vergingen, und Berlin wirkte wieder fast wie in Friedenszeiten. Byron lag im Garten oder auf der Veranda des Grunewaldhauses, stundenlang, mit gefurchter Stirn, ein Buch nach dem anderen aus Leslie Slotes Liste lesend. Drei- bis viermal in der Woche spielte er mit seinem Vater Tennis; er war der weitaus bessere Spieler, aber Pug hielt eisern durch, so daß er ihn anfangs zermürbte und schlug. Durch Essen, Sport und Sonne verlor er sein verhungertes Aussehen und kam wieder zu Kräften. Bald begann er im Tennis zu gewinnen, was Pug ebenso freute wie ihn selbst.
Eines Morgens kam er ins Büro seines Vaters und sah auf dem Fußboden, sorgfältig verschnürt, mit einem von ihm ausgefertigten Anhänger versehen, den großen Koffer mit Anzügen, Schuhen und Hemden, den er in Warschau zurückgelassen hatte. Es war ein schockierender kleiner Schlüssel zu der deutschen Tüchtigkeit. Dennoch war er froh, die Sachen zu haben, denn in Deutschland waren amerikanische Moden Trumpf. Er entwickelte sich zum Dandy. Die deutschen Mädchen in der Botschaft sahen dem schlanken jungen Mann bewundernd nach, wenn er lässig, nach neuster Mode gekleidet, durch die Halle schritt, mit seinem dichten, rötlich funkelnden Haar, hageren Gesicht und großen blauen Augen, die sich

weiteten, wenn er nachdenklich lächelte. Aber er ignorierte ihre auffordernden Blicke. Byron stürzte jeden Morgen auf die Post und suchte vergeblich nach einem Brief aus Siena.

Als der Führer seine Reichstagsrede hielt, in der er Anfang Oktober England und Frankreich Frieden anbot, hatte das Propagandaministerium mehrere Sitzreihen in der Kroll-Oper für ausländische Diplomaten reserviert, und Pug nahm seinen Sohn mit. Nach dem Erlebnis der Belagerung Warschaus und der anschließenden Lektüre von *Mein Kampf* war in Byrons Vorstellung Hitler allmählich zu einem historischen Ungeheuer angewachsen – ein Caligula, ein Dschingis-Khan, ein Iwan der Schreckliche –, und Hitler, der auf dem Podium stand, erstaunte ihn: nichts als ein mittelgroßer, dicklicher Mensch in schlichter grauer Jacke und schwarzer Hose, mit einer roten Aktenmappe in der Hand. Der Mann wirkte auf Byron wie ein unbedeutender Schauspieler und kümmerlicher Darsteller der grandiosen und grausigen Figur des Geschichtemachers.

Hitler sprach diesmal in einem vernünftigen, langatmigen Ton, in der Art eines älteren Politikers. In diesem nüchternen Stil begann der deutsche Führer so groteske und lächerliche Lügen vorzubringen, daß Byron sich fortwährend nach irgendwelchen amüsierten Reaktionen umsah. Aber die Deutschen lauschten mit ernsten Gesichtern. Sogar die Diplomaten ließen sich nur hin und wieder zu einem Zucken der Mundwinkel hinreißen, das vielleicht ironisch sein mochte.

Ein mächtiges Polen, sagte der kleine Mann in der grauen Jacke, habe Deutschland angegriffen und es vernichten wollen. Die tapfere Wehrmacht habe nicht geschlafen und diese unverschämte Agression gebührend bestraft. Ein Feldzug, der sich streng auf militärische Ziele beschränkt habe, habe zu einem schnellen totalen Sieg geführt. Die polnische Zivilbevölkerung sei auf seinen persönlichen Befehl hin nicht betroffen worden und habe außer in Warschau weder Schaden noch Verluste erlitten. Auch dort habe auf seinen Befehl hin die deutsche Heeresleitung die Behörden beschworen, ihre Zivilisten zu evakuieren, und ihnen freies Geleit angeboten. Die Polen hätten in verbrecherischer Torheit darauf beharrt, wehrlose Frauen und Kinder in der Stadt festzuhalten.

Für Byron war die Dreistigkeit dieser Behauptung unglaublich. Alle neutralen Diplomaten hatten wochenlang verzweifelte Anstrengungen gemacht, die Evakuierung von Frauen und Kindern durchzusetzen. Die Deutschen hatten darauf nicht einmal geantwortet. Es war nicht so sehr, daß Hitler darüber log – Byron wußte, daß die deutsche Nation, und zwar schon seit Jahren, einem irren Lügner folgte, da ja *Mein Kampf* voll von offensichtlichen, verrückten Lügen steckte –, sondern daß diese Lüge sinnlos war, da die Neutralen doch die Tatsachen kannten und die Zeitungen außerhalb Polens sie bestimmt gedruckt hatten. Weshalb also redete

Hitler einen solchen leicht aufzudeckenden Unsinn? Die Rede mußte für die Deutschen bestimmt sein, aber dann überlegte er – als Hitler fortfuhr, den Briten und Franzosen »die Hand hinzustrecken« –, warum war dann die Rede im Ton so milde und warum waren so viele Plätze für Diplomaten reserviert?

»Wenn sechsundvierzig Millionen Engländer den Anspruch erheben, vierzig Millionen Quadratkilometer der Erde zu beherrschen«, sagte Hitler in sanftem beschwichtigenden Ton mit erhobenen Händen, die Handflächen nach außen gekehrt, »dann sollte es wohl zweiundachtzig Millionen Deutschen erlaubt sein, in Frieden achthunderttausend Quadratkilometer Erde zu bebauen, die ihnen nach der Geschichte gehören.«

Er sprach jetzt von seiner neuen Ordnung in Zentraleuropa und dem erweiterten Dritten Reich. Die Briten und Franzosen konnten Frieden haben, indem sie einfach die Dinge so hinnähmen, wie sie seien, sagte er und deutete versteckt an, daß es gut wäre, wenn sie den Deutschen auch ihre früheren Kolonien zurückgäben. Zum Schluß verfiel der Führer wieder in seinen alten Stil, brüllte und höhnte, fuchtelte mit beiden Fäusten vor dem Gesicht, stieß eine Faust mit ausgestrecktem Finger senkrecht in die Höhe, knallte die Hände auf die Hüften, als er die Schrecken eines ausgewachsenen Krieges beschrieb, den er, wie er sagte, fürchte und den keiner wirklich gewinnen könne.

In jener Nacht schrieb Pug Henry seinen Geheimbericht:

»... Hitler sieht sehr wohl aus. Er hat offensichtlich die Fähigkeit, sich rasch zu erholen. Vielleicht hat der Sieg über Polen dazu beigetragen. Er ist nicht mehr hager, seine Gesichtsfarbe ausgezeichnet, er geht nicht mehr gebeugt, seine Stimme ist klar, nicht schrill und – zumindest in dieser Rede – sehr angenehm, und sein Gang ist schnell und beschwingt. Es wäre ein großer Irrtum, bei diesem Menschen auf einen physischen Zusammenbruch zu hoffen.

Die Rede war vielfach die alte Platte mit einigen, selbst für den Führer erstaunlichen Lügen darüber, wer den polnischen Krieg angefangen habe, und über das makellose Benehmen der Deutschen gegenüber der Zivilbevölkerung. Dieser Blödsinn war sicherlich für den internen Konsum bestimmt. Seine deutschen Zuhörer schienen es ihm abzunehmen, obwohl es sehr schwierig ist, festzustellen, was Deutsche in Wirklichkeit denken.

Der Rundfunk heute abend machte ein großes Trara über das Friedensangebot der ›ausgestreckten Hand‹. Von nun an werden wir wohl immer wieder die ›ausgestreckte Hand‹ zu hören bekommen, womöglich bis zum Ende des Kriegs, auch wenn er noch zehn Jahre dauern sollte. Das Angebot mag echt gewesen sein. Wenn die Alliierten darauf eingehen, be-

kommt Deutschland die Hälfte Polens um den Preis eines raschen, billigen Feldzugs sowie seine Kolonien, die es im Ersten Weltkrieg einbüßte, zweifellos als Belohnung für das ritterliche Benehmen seiner Streitkräfte. Hitler hat sich nie gescheut, die empörendsten Angebote zu machen. Sie wurden bisher ja auch angenommen. Warum es also nicht nochmals damit versuchen?
Zumindest werden, wenn er den Waffenstillstand und die von ihm vorgeschlagene Konferenz erreicht, die britischen und französischen Völker sich darauf ausruhen und in ihren Anstrengungen nachlassen. Die Deutschen können die Atempause dazu benutzen, ihre Industrie für die Endauseinandersetzung auf Volltouren zu bringen.
In jeder Beziehung war es die geschickte Rede eines Führers, der ein kühnes Spiel wagt und eine magische Ausstrahlung zu haben scheint. Das einzige, was ich an der Rede beanstande, ist die langweilige Art des Vortrags, aber auch die mag berechnet sein. Heute war Hitler der überlegene europäische Politiker und nicht die brüllende arische Fackel. Neben seinen anderen Talenten ist er ein begabter Komödiant.«

Pug bat Byron, seine Eindrücke von der Rede niederzuschreiben. Byron händigte ihm eine halbe Schreibmaschinenseite aus:

»Mein stärkster Eindruck war, wie Hitler genau dem folgt, was er in Mein Kampf *geschrieben hat. Dort sagt er in einem Abschnitt über Kriegspropaganda, daß die Massen ›feminin‹ seien und nach Gefühl und Meinung reagieren und daß, was immer man ihnen sagt, an die dümmsten Ignoranten gerichtet sein müsse, um das breitest mögliche Publikum anzusprechen und zu überzeugen. Diese Rede war voller Lügen, die einen nicht völlig auf den Kopf gefallenen zehnjährigen deutschen Jungen ärgern müßten, und die Friedensangebote beliefen sich auf einen totalen Raub durch die Deutschen. Vielleicht beurteilt Hitler andere Länder nach seinem eigenen; anderenfalls kann ich seine Rede nicht verstehen. Erst heute habe ich begriffen, welche Verachtung Hitler für die Deutschen hegt. Er hält sie für abgrundtief dumm. Sie folgen ihm und lieben ihn. Wie sollte ausgerechnet ich sagen, daß er unrecht habe?«*

Sein Vater fand das gar nicht so schlecht und fügte es in Anführungsstrichen als den Kommentar eines jugendlichen amerikanischen Zuschauers an.
Das Getöse des deutschen Rundfunks und der Presse war in den folgenden Tagen ungeheuerlich. Italien und Japan hatten dem Führer als dem größten Friedensbereiter aller Zeiten gehuldigt. Eine mächtige Friedensbewegung durchbrauste den Westen und die Vereinigten Staaten. Aber

»Churchillhörige Kriegstreiber« bemühten sich, diese schöne Reaktion auf die »ausgestreckte Hand« des Führers zu zerstören. Wenn ihnen das gelänge, würde das größte Blutbad aller Zeiten die Folge sein, und die Geschichte würde erweisen, wer die Schuld daran trage. Aus neutralen Agentenkreisen in Berlin entnahm Pug, daß einige Franzosen sich mit Hitler einigen und den Krieg abblasen wollten. Nicht etwa, weil sie irgend etwas, das Hitler gesagt hatte, ernst genommen hätten. Es ging nur um die Frage, ob man sich den Tatsachen fügen oder den Kampf fortsetzen sollte.

Mitten in diesen verwirrenden Lärm kam eine Schockmeldung: am 14. Oktober hatte sich ein U-Boot in die britische Flotte, die bei Scapa Flow, der nördlichsten Spitze Schottlands, vor Anker lag, eingeschlichen, das Schlachtschiff *Royal Oak* versenkt und war unversehrt heimgekehrt. Die Wochenschau zeigte, wie der rundbäckige Führer dem Kapitänleutnant Prien, einem nervösen, steifen jungen Mann mit gelichtetem Haar, feierlich die Hand drückte. Das Propagandaministerium der Nazis schäumte über vor Begeisterung über den Bericht der britischen Admiralität, der traurig Priens Geschicklichkeit und Kühnheit pries. Der Verfasser war Churchill persönlich. Goebbels' Rundfunksprecher erklärten, die Versenkung der *Royal Oak* werde sich als Segen für den Frieden auswirken, da man nunmehr das Führerangebot der »ausgestreckten Hand« ernstlicher in Betracht ziehen würde.

Ein kleiner Empfang wurde arrangiert, um den neutralen Militärattachés Gelegenheit zu geben, Prien kennenzulernen. Victor Henry setzte den Namen seines Sohnes auf die Liste, mit dem Rang *Fähnrich, USNR* (Reservist der amerikanischen Marine), und Byron erhielt eine Einladung. Vor dem Empfang aßen die Henrys bei U-Boot-Kommandant Grobke in einer kleinen dunklen Wohnung im vierten Stock eines alten fahrstuhllosen Hauses mit Erkerfenstern. Schwere, plumpe Möbel stopften die Räume so voll, daß man sich kaum bewegen konnte. Das Essen bestand aus Salzheringen und Kartoffeln, aber es war gut zubereitet, und Byron schmeckte es. Er fand die Grobkes verwirrend normal, obwohl er darauf vorbereitet war, sie zu verabscheuen. Als die Rede auf Byrons Erlebnisse in Polen kam, hörte die Frau mit unglücklichem, mütterlichem Ausdruck zu.

»Man weiß überhaupt nicht mehr, was man glauben soll. Gott sei Dank, daß es wenigstens vorbei ist. Wenn es bloß Frieden gibt, einen echten Frieden. Wir wollen keinen Krieg. Der letzte Krieg hat Deutschland ruiniert. Ein zweiter wäre für unser Land das Ende.«

Rhoda sagte: »Es ist zu schrecklich. Kein Mensch auf der Welt will Krieg, und dennoch stecken wir in diesem Schlamassel.«

Grobke sagte zu Victor Henry: »Was glauben Sie? Werden die Alliierten auf das Angebot eingehen?«
»Soll ich höflich sein, oder wollen Sie eine Auskunft?«
»Seien Sie nicht höflich, Henry. Nicht zu mir.«
»Okay. Deutschland kann Frieden haben, wenn es sich von Hitler und seinem Regime lossagt. Ihr könntet sogar einen Großteil eurer eroberten Gebiete behalten. Aber diese Bande muß weg.«
Grobke und seine Frau sahen einander im Kerzenlicht an. »Dann ist es hoffnungslos«, sagte er, mit seinem leeren Weinglas spielend. »Wenn Ihr Volk an Deutschland eine Sache nicht begreifen will, dann müssen wir es eben auskämpfen. Sie wissen nicht, wie dieses Land in den zwanziger Jahren aussah. Ich weiß es. Wenn das damalige System noch ein paar Jahre weitergegangen wäre, hätten wir keine Marine, keine Wirtschaft, gar nichts. Deutschland wäre zerfallen. Dieser Mann ist aufgestanden und hat Deutschland wieder Weltgeltung verschafft. Sie haben Roosevelt, wir haben ihn. Hören Sie, Henry, ich saß in einem eleganten Nachtlokal in New York und hörte, wie die Leute Roosevelt einen verrückten sozialistischen Krüppel nannten. Millionen hassen ihn. Stimmt's? Sie wissen, ich bin kein Nazi, ich habe nie behauptet, daß der Führer hundertprozentig recht hat. Aber er ist ein Gewinner, verdammt noch mal. Er schafft etwas, genau wie Ihr Roosevelt, und ihr wollt, daß wir uns von ihm befreien? Zunächst einmal ist das unmöglich. Sie wissen, was das für ein Regime ist. Und wenn es möglich wäre, würden wir es nicht tun. Und dennoch könnte es Frieden geben. Es hängt alles von einem einzigen Menschen ab, und dieser Mensch ist nicht unser Führer.«
»Wer denn dann?«
»Ihr Präsident. Die Briten und Franzosen sind jetzt schon geschlagen. Sonst hätten sie bereits im September angegriffen. Wann werden sie je wieder so eine Chance haben? Und sie geben nur aus dem einen Grund nicht nach, weil sie glauben, daß Amerika hinter ihnen steht. Und wenn Ihr Präsident ihnen ein Wort morgen sagt – ›Ich leiste euch keinen Beistand gegen Deutschland‹ –, ist dieser Weltkrieg vorbei, noch ehe er begonnen hat, und wir hätten alle einen hundertjährigen Wohlstand vor uns. Und ich sage Ihnen noch etwas: Es ist die einzige Möglichkeit für den Präsidenten, sich zu vergewissern, daß Japan euch nicht in den Rükken fällt.«
Victor Henry fiel dabei ein, übrigens nicht zum erstenmal, daß seine Begegnung mit Grobke auf der *Bremen* wahrscheinlich nicht zufällig gewesen war. »Ich glaube, wir machen uns jetzt besser auf den Weg zu jenem Empfang«, sagte er.
Kapitänleutnant Prien sah überrascht und interessiert aus, als in der Schlange bunt uniformierter Attachés Byron an die Reihe kam, ihn zu

begrüßen. »Sie sind jung«, sagte er auf deutsch und musterte Byrons Gesicht und dessen gutgeschnittenen dunklen Anzug, während sie einander begrüßten. »Sind Sie ein U-Boot-Mann?«

»Nein. Vielleicht sollte ich es sein.«

Prien sagte mit einem reizenden Grinsen und plötzlicher echter Wärme: »Ach ja, darüber geht auch nichts! Aber man muß gute Nerven haben.«

Matrosen in blauen Uniformen stellten die Stühle in eine Reihe für einen Vortrag. Victor Henry war einfach platt über die Offenheit des U-Boot-Kommandanten. Es war keine große Enthüllung, daß Prien bei ruhigem Wasser und verdecktem Mond auf der Oberfläche eingefahren war. Das war anzunehmen. Aber Prien hätte niemals die Luftaufnahme der Luftwaffe von den Eingängen zeigen noch die Hindernisse analysieren dürfen. Das hieß den Engländern ihre Gegenmaßnahmen auf einem silbernen Tablett präsentieren. Es verriet auch technische Neuigkeiten der deutschen Aufklärerphotographie – und noch dazu recht bedrohliche. Dies war eine dringende Sache für den nächsten Kurier.

Byron lauschte ebenso aufmerksam wie sein Vater. Was ihn faszinierte, waren die lebendigen Einzelheiten. Prien sprach ein klares, langsames Deutsch. Er konnte jedes Wort verstehen. Er sah die Nordlichter in der schwarzen Nacht schimmern, die den Umriß des U-Bootes zeigten, sich in violettem und grünem Gefunkel auf dem nassen Vorderdeck spiegelten und dem Kommandanten entsetzliche Sorge bereiteten. Er war im Geiste geblendet von den Autoscheinwerfern auf dem Ufer, die plötzlich aus dem Schatten auftauchten und den Kommandanten mitten ins Gesicht trafen. Er sah die beiden grauen Schlachtschiffe weiter vorn, er hörte das schwarze kalte Wasser von Scapa Flow an den Rumpf des U-Boots klatschen, als es die Fahrt verlangsamte, um vier Torpedos abzufeuern. Fast teilte er die Enttäuschung der Deutschen, als nur eines traf.

Dann folgte der erstaunlichste und anregendste Teil der Geschichte. Anstatt zu fliehen, hatte Prien innerhalb des Ankerplatzes der *Royal Navy* einen langsamen großen Kreis gezogen, um die Rohre neu zu laden; denn der Torpedoeinschlag hatte keinen allgemeinen Unterseebootalarm ausgelöst; die Briten waren einfach nicht auf die Idee gekommen, daß sich in Scapa Flow ein U-Boot befinden könnte; auf der *Royal Oak* hatte man den Einschlag für eine interne Explosion gehalten. Und so gelang es Prien, indem er das Äußerste wagte, eine zweite Salve von vier Torpedos abzufeuern.

»Diesmal machten wir drei Treffer«, sagte Prien. »Der Rest ist Ihnen bekannt. Wir sprengten die Magazine in die Luft, und die *Royal Oak* ging fast augenblicklich unter.«

Er war nicht schadenfroh. Auch äußerte er kein Bedauern über die 900 ertrunkenen britischen Seeleute. Er hatte sein eigenes Leben aufs Spiel gesetzt. Die Chancen standen vielleicht zehn oder zwanzig zu eins, daß er und nicht sie im Lauf der Nacht sein Leben lassen würde – in den Netzen verfangen, auf die Felsen gespießt oder von einer Mine zerfetzt. So dachte Byron. Er war ausgefahren, hatte seine Pflicht getan und war zurückgekehrt. Da stand er, ein ernster, klarer, geschliffener Berufsoffizier, der noch am Leben war, um seine Geschichte zu erzählen. Das war nicht Warschau, und es war kein Beschießen von Pferden und Kindern auf Landstraßen.

Victor Henry und sein Sohn fuhren in der bläulichen Verdunkelungsbeleuchtung durch verlassene Straßen langsam nach Hause. Als der Wagen in ihre Straße einbog, sagte Byron: »Dad, hast du niemals an Unterseeboote gedacht?«

Der Vater schüttelte den Kopf. »Diese Burschen sind seltsame Leute. Und ist man einmal dabei, ist es sehr schwer, wieder herauszukommen. Dieser Prien ist unseren eigenen U-Boot-Männern sehr ähnlich. Hin und wieder vergaß ich sogar, daß er deutsch sprach.«

»Nun, das hätte wohl ich mir ausgesucht, wenn ich in die Marine eingetreten wäre«, sagte Byron.

Der Wagen hielt vor dem Haus. Pug Henry stützte einen Ellenbogen auf das Lenkrad und sah seinen Sohn mit einem bitteren Grinsen im schwachen Schimmer des Armaturenbretts an. »Man hat nicht jeden Tag die Gelegenheit, ein Schlachtschiff zu versenken.«

Byron machte ein ärgerliches Gesicht und sagte mit ungewöhnlicher Schärfe: »Glaubst du etwa, das wäre es, was mich daran reizt?«

»Hör mal«, sagte Victor, »die ärztliche Untersuchung von U-Boot-Leuten ist verdammt streng, und die Ausbildung ist sehr hart, aber wenn du dich tatsächlich dafür interessieren solltest...«

»Nein, vielen Dank, Dad.« Der junge Mann lachte und schüttelte über die Beharrlichkeit seines Vaters nachsichtig den Kopf.

Victor versuchte noch oft, auf das Unterseebootthema zurückzukommen, erweckte aber bei Byron nie wieder einen Schimmer von Interesse dafür.

Er brachte eine Woche damit zu, mit Byron Schiffswerften und Fabriken zu besuchen. Der deutsche Marineattaché in den Vereinigten Staaten hatte um eine solche Tour nachgesucht, so daß eine Erwiderung dieser Vergünstigung sich von selbst verstand. Pug Henry reiste gern mit seinem Sohn. Byron war keine Unbequemlichkeit zu viel, er wurde nie wütend, in ärgerlichen Momenten machte er Witze und bewährte sich bei unvorhergesehenen Mißgeschicken wie einem ausgebuchten Flugzeug, einem verpaßten Zug, verschwundenem Gepäck oder nicht eingehaltenen Zimmerbestellungen. Victor hielt sich für äußerst wendig, aber Byron übertraf, indem er seinen Charme spielen ließ, seinen Vater noch darin,

Schwierigkeiten zu meistern, verlorengegangene Sachen aufzuspüren, Empfangschefs und Reisebüroangestellte zu bewegen, ihr möglichstes zu tun. Bei Mittagessen mit Fabrikbesitzern, Werksleitern und Werftdirektoren konnte Byron mit freundlichem Ausdruck und ohne den Mund aufzumachen zwei Stunden lang dasitzen und, wenn das Wort an ihn gerichtet wurde, knapp und zutreffend antworten.

»Dir scheint dies Spaß zu machen«, bemerkte Victor, als sie nach einem langen ermüdenden Besuch in den Essener Kruppwerken in dunklem Regen zu ihrem Hotel zurückfuhren.

»Es ist sehr interessant. Viel interessanter als die Kathedralen und Schlösser und Volkstrachten«, sagte Byron. »Das ist das Deutschland, über das man sich Sorgen machen muß.«

Victor nickte: »Richtig. Die deutsche Schwerindustrie ist die Pistole, mit der Hitler die Welt bedroht. Man muß sie kennenlernen.«

»Ziemlich große Pistole«, sagte Byron.

»Zu groß, als daß man ruhig schlafen könnte.«

»Wie ist sie denn mit der Industrie der Alliierten und der unseren zu vergleichen, Dad?«

Zwar waren sie durch eine Glasscheibe von dem Chauffeur in dem Wagen getrennt, den Krupp ihnen zur Verfügung gestellt hatte, aber Victor kam es vor, als ob die Kopfhaltung des Mannes etwas Lauschendes habe.

»Das ist eben die Frage. Wir haben zweifellos die größte Schwerindustrie der Welt, aber zur Zeit schenkt Hitler ihr keine besondere Aufmerksamkeit, weil kein nationaler Wille besteht, sie als Pistole einzusetzen. Deutschland kann, wenn niemand Einwendungen macht, mit seiner Industrie die Welt beherrschen. Denn hier sind Mittel und Willen vorhanden. Mazedonien war nicht sehr groß, als Alexander die Welt eroberte. Brasilien ist vielleicht viermal so groß und hat das zehnfache Potential wie Deutschland, aber es kommt auf die heutige Kapazität und den Willen an. Auf dem Papier sind, wie ich immer wieder sage, die Franzosen und Engländer zusammen diesen Leuten noch immer überlegen. Aber auf dem Papier war Primo Carnera Joe Louis ebenfalls überlegen. Hitler hat den Krieg angefangen, weil er glaubt, daß er es mit ihnen aufnehmen kann. Es ist die einzige Methode, um Industriesysteme anzugleichen, allerdings ein bißchen riskant.«

»Vielleicht ist es das, worum es sich heutzutage bei Kriegen dreht«, sagte Byron. »Industriekapazität.«

»Nicht ganz, aber es ist wesentlich.«

»Nun, ich lerne ja zweifellos eine Menge.«

Victor lächelte. Byron verbrachte seine Abende im Hotel damit, stur Hegel zu lesen, wobei er gewöhnlich nach etwa einer Stunde über dem offenen Buch einschlief.

»Wie kommst du denn mit deinem Hegel weiter?«
»Ach, die Sache fängt gerade an, ein bißchen klarer zu werden. Ich kann es kaum glauben, aber er scheint mir noch verrückter als Hitler zu sein. In Columbia hatte man mir beigebracht, daß er ein großer Philosoph sei.«
»Vielleicht ist er zu tief für dich.«
»Kann sein, aber leider glaube ich, daß ich ihn verstehe.«
Der grauhaarige würdevolle Chauffeur warf Byron einen wütenden Blick zu, als er ihnen vor dem Hotel die Wagentür öffnete. Byron überlegte sich, was er gesagt hatte, und nahm sich vor, in Zukunft vorsichtiger zu sein, wenn er Hitler verrückt nannte. Er glaubte kaum, daß der Chauffeur ein beleidigter Hegelianer sei.

In der Fülle von Luftpostbriefen aus dem Ausland traf ein Brief von Aaron Jastrow ein, ein paar Tage, nachdem die Engländer und Franzosen, zur wilden Wut des deutschen Radios, »die ausgestreckte Hand« des Führers abgelehnt hatten. Die Diplomatenpost unterlag angeblich nicht der Zensur, aber das glaubte niemand. Sie kam in Abständen von zwei bis drei Wochen in plötzlichen Sackladungen an. Das rot-grüne italienische Luftpostkuvert war über und über mit violetten, schwarzen und roten Stempeln bedeckt. Dr. Jastrow schrieb noch immer mit einem abgenutzten Farbband, wahrscheinlich war es sogar das alte. Er war zu zerstreut und, wie Byron vermutete, technisch zu ungeschickt, um ein neues Band einzuziehen, und wenn er niemanden hatte, der es für ihn tat, würde er wohl so lange mit dem alten weiterschreiben, bis die Worte auf der Seite wie Geisterschrift aussahen. Byron mußte den Brief unter eine starke Lampe halten, um ihn entziffern zu können.

15. Oktober

Lieber Byron,
Natalie ist nicht hier. Ich habe bisher nur einen Brief von ihr bekommen – aus London. Sie will versuchen, nach Siena zurückzukommen, zumindest für eine Weile. Ich bin selbstsüchtig froh darüber, denn ohne sie bin ich ziemlich angebunden.
Jetzt zu Ihnen. Ich kann Sie nicht dazu ermutigen, zurückzukommen. Ich habe Natalie nicht abgeraten, weil ich sie einfach brauche. Sie fühlt sich auf ihre Weise für ihren unbeholfenen Onkel verantwortlich, was eine Frage von Blutsbanden und sehr lieb und tröstlich ist. Sie jedoch haben keine solche Verantwortung.
Wenn Sie herkämen und ich plötzlich beschlösse abzureisen (oder dazu gezwungen würde, und mit dieser Möglichkeit muß ich rechnen), so bedenken Sie einmal die sinnlosen Reisen und Ausgaben, die Ihnen daraus erwüchsen. Ich hätte Sie wirklich gern hier, aber ich muß mit meinen

Mitteln haushalten. Die Reisekosten von Berlin hierher könnte ich Ihnen nicht ersetzen. Natürlich, sollten Sie zufällig nach Italien kommen, obgleich ich nicht wüßte weshalb, würde ich mich immer freuen, Sie zu sehen und mit Ihnen reden zu können.
Inzwischen danke ich Ihnen für Ihre Anfrage – vielleicht hängt sie ein klein bißchen mit Ihrer Frage nach Natalies Aufenthaltsort zusammen, aber ich bin Ihnen in jedem Fall dankbar und muß Ihnen in Ihrem eigenen Interesse empfehlen, Siena, Konstantin und die Jastrows zu vergessen.
Ich danke Ihnen für alles, was Sie für meine Nichte getan haben. Natalies Brief – nicht dem Ihren, der nur eine viel zu bescheidene, knappe Mitteilung war – entnahm ich, daß Sie sie vor Gefahr, vielleicht vor dem Tode bewahrt haben. Wie froh bin ich, daß Sie mitgefahren sind!
Ihren Eltern meine herzlichsten Grüße. Mit Ihrem Vater habe ich kurz telefonisch gesprochen. Er klang, als sei er ein wunderbarer Mensch.
Mit den besten Grüßen

Ihr
Aaron Jastrow

Als Byron an jenem Abend nach Hause kam, genügte ein Blick auf seinen Vater, um sich davonzuschleichen. Pug saß auf der Veranda zum Garten hin, den Kopf vornübergebeugt, mit einem Glas Whisky-Soda, das er mit beiden Händen umklammerte. Byron ging in sein Zimmer und büffelte bis zum Abendessen an Hegel und seinem verwirrenden »Weltgeist«.
Rhoda ertrug Victor Henrys finsteres Schweigen, bis der Nachtisch kam.
»Schön, Pug«, sagte sie und machte sich über ihr Eis her, »was ist eigentlich los?«
Victor sah sie düster an. »Hast du den Brief nicht gelesen?«
Byron fand die Reaktion seiner Mutter recht sonderbar. Ihr Gesicht wurde starr, ihre Augen weiteten sich, ihr Rücken steifte sich.
»Brief? Was für einen Brief? Von wem?«
»Hol bitte deiner Mutter den Brief, der auf meinem Toilettentisch liegt«, sagte Victor zu Byron.
»Aber du meine Güte«, rief Rhoda, als sie Byron mit einem rosa Kuvert die Treppe herunterlaufen sah, »der ist ja bloß von Madeline.«
»Von wem, glaubtest du, daß er sei?«
»Mein Gott, wie soll ich das wissen? Nach deinem Benehmen zu urteilen von der Gestapo oder so etwas. Wirklich, Pug.« Sie überflog den Brief.
»Und? Was stört dich daran? Das ist eine ganz schöne Gehaltserhöhung, zwanzig Dollar die Woche.«
»Lies die letzte Seite.«
»Ich bin gerade dabei. Ach so! Ich verstehe, was du meinst.«
»Neunzehn Jahre alt«, sagte Victor. »Eine eigene Wohnung in New York!

Und ich war der Bangemacher, der sich anstellte, weil sie das College aufgeben wollte.«
»Pug, ich habe nach deiner Ankunft hier lediglich gesagt, daß nichts mehr zu machen sei. Sie hätte sich nicht wieder einschreiben können.«
»Sie hätte es verdammt versuchen können.«
»Jedenfalls, mit Madeline wird schon alles laufen. Sie ist ein feines Mädchen. Sie weiß genau, was sie will, wie du.«
»Es ist dieser Krieg«, sagte Victor. »Die Welt bricht täglich mehr aus den Fugen. Was kann das Mädchen leisten, das fünfundsechzig Dollar die Woche wert ist? Das bekommt ein höherer Offizier nach zehn Dienstjahren. Es ist absurd.«
Rhoda sagte: »Du hast Madeline immer wie ein kleines Kind behandelt. Ich glaube, sie hat dich erkannt, und das ist es, was dich eigentlich ärgert.«
»Ich wünschte, ich wäre drüben. Ich würde mir sehr genau alles ansehen.«
Rhoda trommelte mit beiden Händen auf dem Tisch. »Willst du, daß ich hinfahre und mich um sie kümmere?«
»Das würde ein Vermögen kosten. Es ist etwas anderes, ob man eine Dienstreise macht oder ...« Victor wandte sich an Byron. »Du fährst doch zurück, nicht wahr? Vielleicht könntest du dir in New York eine Stellung besorgen.«
»Darüber wollte ich eigentlich mit dir reden. Auch ich habe einen Brief bekommen. Von Dr. Jastrow. Ich fahre nach Siena.«
»Ist das wahr?«
»Ja.«
»Wer sagt das?«
»Ich.«
Schweigen.
Rhoda sagte: »Das ist etwas, was wir doch gemeinsam besprechen müßten, Briny.«
»Ist das Mädchen wieder dort?«
»Nein.«
»Ist sie in die Vereinigten Staaten zurückgefahren?«
»Nein. Sie versucht, von England aus hinzukommen.«
»Wie willst du fahren?«
»Mit der Bahn. Es gehen regelmäßig Züge nach Mailand und Florenz.«
»Und wie willst du das bezahlen?«
»Ich habe genug Geld, um hinzukommen. Ich habe fast alles, was ich verdiente, gespart.«
»Und was willst du tun? Mitten im Krieg in einer italienischen Bergstadt literarische Forschung betreiben?«
»Wenn ich eingezogen werde, gehe ich zurück.«
»Wie edel von dir. Wenn man bedenkt, daß anderenfalls die Marine dich

aufspüren und für ein paar Jahre einlochen würde. Na, ich bin stolz auf dich, Briny. Mach, was du willst.« Victor Henry räusperte sich, rollte seine Serviette zusammen und verließ den Tisch. Byron saß mit gebeugtem Kopf da, sein Gesicht war weiß, und seine Kiefermuskeln zuckten. Rhoda sah, daß es zwecklos wäre, weiter auf ihren Sohn einzureden. Sie ging hinauf in ihr Schlafzimmer, nahm einen Brief heraus, den sie unter die Wäsche in eine Schublade gesteckt hatte, las ihn einmal durch und zerriß ihn dann in sehr kleine Stücke.

17 Der »Sitzkrieg«

(Aus: *Die Weltherrschaft verspielt*)

Das ruhige halbe Jahr zwischen der Niederlage Warschaus und der norwegischen Episode wurde im Westen als »phony war« (»Sitzkrieg«) bekannt, ein Ausdruck, der einem amerikanischen Senator zugeschrieben wurde. Wir nannten ihn den »Sitzkrieg«, ein Wortspiel auf den »Blitzkrieg«. Auf der britischen und französischen Seite war die Bezeichnung vielleicht berechtigt, sie taten unglaublich wenig, um ihre militärische Lage zu verbessern, außer auf ihrem Hintern zu sitzen und unseren Zusammenbruch zu prophezeien.

Am Anfang dieser zwielichtigen Periode hielt der Führer vor dem Reichstag seine Friedensrede von der »ausgestreckten Hand«. Wie die meisten seiner politischen Schachzüge war sie geschickt verfaßt. Wären die Alliierten darauf hereingefallen, hätten wir vielleicht einen Überraschungserfolg mit einem Novemberangriff im Westen erzielt, den Hitler angeordnet hatte, als Warschau fiel, und den wir fieberhaft planten. Aber inzwischen waren die westlichen Staatsmänner Hitler gegenüber etwas vorsichtiger geworden, und ihre Antwort war enttäuschend. Das sollte jedoch keine Rolle spielen. Schlechtes Wetter zwang im Verein mit unlösbaren Nachschubfragen dem ungeduldigen Führer eine Verzögerung nach der anderen auf. Die Absicht, Frankreich anzugreifen, stand niemals in Frage, nur wechselten Zeitpunkt und Strategie. Im ganzen wurde der Angriffstag neunundzwanzigmal aufgeschoben. Inzwischen liefen die Vorbereitungen in immer schnellerem Tempo weiter.

Während wir am »Fall Gelb«, dem Angriff auf Frankreich, arbeiteten, wurden allmählich die langen gelehrten Artikel in französischen Zeitungen und militärischen Zeitschriften, die nachwiesen, daß wir vor einem wirtschaftlichen Zusammenbruch stünden, zu der beliebtesten humoristischen Lektüre unseres Stabes. Tatsächlich ging es mit unserer Wirtschaft zum erstenmal wirklich bergauf. Das Leben in Paris war, wie wir den Zeitungen entnahmen, beschwingter und fröhlicher als vor dem Krieg. Der britische Premierminister Chamberlain hat die indolente westliche übergroße Vertrauensseligkeit in dem Wort zusammengefaßt: »Hitler hat den Bus verpaßt.« Während dieser zwangsläufigen Verzögerung von einem halben Jahr wurde die Kriegsproduktion der deutschen Industrie scharf angekurbelt und – trotz der unaufhörlichen Verwirrung und Einmischung durch das Führer-Hauptquartier – eine neue und ausgezeichnete Strategie für den Angriff auf Frankreich geschmiedet.

Irreführung in Finnland

Die Stille des Sitzkriegs belebte sich vorübergehend, als die Sowjetunion Finnland angriff.
Stalins unveränderte Politik nach Unterzeichnung des Ribbentrop-Pakts war, soviel an sich zu reißen wie er konnte, solange wir im Krieg mit den Demokratien lagen, um seine Position für eine spätere Auseinandersetzung mit uns zu stärken. Hitler hatte ihm bereits riesige Zugeständnisse im Baltikum und Polen gemacht, um sich freie Hand gegen den Westen zu erkaufen. Aber wie alle russischen Herrscher, ob zaristisch oder bolschewistisch, hatte Stalin einen großen Appetit. Jetzt bot sich ihm die Chance, die Karelische Landenge zu annektieren und den Finnischen Golf zu beherrschen. Als es seinen Unterhändlern nicht gelang, die stolzen Finnländer durch Drohungen zu diesen Gebietsabtretungen zu bewegen, wollte Stalin sie mit Gewalt nehmen. Die Rechte Finnlands sollten ganz einfach mit Füßen getreten werden.
Aber zum Erstaunen der Welt setzte sich der russische Diktator in die Nesseln, denn der Angriff scheiterte zunächst. Die vielgepriesene Rote Armee blamierte sich und entpuppte sich in Finnland als ein schlecht ausgerüsteter, schlecht ausgebildeter und miserabel geführter Haufen, unfähig, einen winzigen, gut ausgebildeten Gegner zu vernichten. Ob das an Stalins Säuberungsaktion in seinem Offizierskorps Ende der dreißiger Jahre lag oder an der sprichwörtlichen russischen Untüchtigkeit zusammen mit der niederdrückenden Wirkung des Bolschewismus oder an den miserablen Truppen, blieb unklar. Aber von November 1939 bis März 1940 hat Finnland tapfer die slawischen Horden abgewehrt. Auch haben die Russen es niemals wirklich militärisch geschlagen. Nach der klassischen Kampfweise der Russen ging die Handvoll finnischer Verteidiger schließlich in einem Hagel von Granaten und in einem slawischen Blutbad unter. Auf diese Weise wurde ohne Rücksicht auf Verluste Stalins Ziel erreicht, die Leningrader Front zu begradigen, indem unsere finnischen Freunde an die Karelische Landenge zurückgedrängt wurden. Diese strategische Maßnahme hat, wie man zugeben muß, wahrscheinlich Leningrad im Jahre 1941 gerettet.
Nach dem Sieg über Finnland an Weihnachten – in der klassischen Schlacht von Suomussalmi, bei der fast dreißigtausend Russen fielen oder erfroren, gegenüber neunhundert finnischen Toten – war es unmöglich, die Sowjetarmee als einen fähigen modernen Gegner zu betrachten. Viel später sollte Hermann Göring den finnischen Feldzug als »die größte Tarnungsaktion der Geschichte« bezeichnen und unterstellte damit, daß in Finnland die Russen Schwäche vortäuschten, um ihr Potential zu verschleiern. Das war lediglich eine an den Haaren herbeigezogene

Ausrede für das Versagen seiner Luftwaffe im Osten. Man kann in den Annalen der Geschichte vergeblich nach einem Beispiel dafür suchen, daß eine Nation im Kriegszustand Schwäche vorgetäuscht hätte. Tatsächlich war 1939 das Rußland Stalins militärisch schwach. Was zwischen jener Zeit und unserem Zusammenbruch gegen die Russen an der Ostfront geschah, wird in einem späteren Abschnitt erläutert. Aber ihre Verführung in Rußland hat uns bei unserer Planung irregeführt.

Das Ende des Sitzkriegs: Norwegen

In den westlichen Demokratien ertönte über den Angriff auf Finnland viel Propagandageschrei und auch über den militärischen Beistand für die Finnen. Zum Schluß taten sie gar nichts. Aber die Öffnung der finnischen Front zwang Hitler immerhin, einzusehen, daß im Norden eine echte Gefahr drohe: das britische Komplott, Norwegen zu besetzen.
Von diesem Plan waren wir genau unterrichtet. Im Gegensatz zu den vielen »Komplotten« und »Verschwörungen«, deren man bei den Nürnberger Gerichten unsere deutschen Streitkräfte beschuldigte, hat dieser britische Plan tatsächlich bestanden. Winston Churchill beschreibt ihn offen in seinen Memoiren. Er gibt zu, daß die britische Invasion für einen früheren Zeitpunkt als die unsrige angesetzt war und dann zurückgestellt wurde, so daß wir in Norwegen den Briten durch schieres Glück, durch einen Vorsprung von wenigen Tagen, zuvorkamen.
Der russisch-finnische Krieg machte die Norwegenfrage akut, weil England und Frankreich einen »Beistand für Finnland« als blendenden Vorwand dazu benutzen konnten, in Norwegen zu landen und quer durch Skandinavien zu marschieren. Das wäre für uns katastrophal gewesen. Die Nordsee, auf beiden Seiten von britischen Stützpunkten eingeklammert, wäre für unsere U-Boote versperrt worden und hätte unsere Hauptstoßkraft zur See erstickt. Noch wichtiger war die Tatsache, daß die Winterroute für Schiffe, die uns norwegisches Eisenerz brachten, an der norwegischen Küste entlangführte. Ohne dieses Erz hätten wir nicht lange Krieg führen können. Als das Oberkommando Hitler von diesen Gefahren überzeugte, erließ er den Befehl zu der »Weser-Übung«, der Besetzung Norwegens, und vertagte abermals den *Fall Gelb.*
Es ist eine traurige Feststellung, daß bei den Nürnberger Gerichten Admiral Raeder wegen »eines Plans, das neutrale Norwegen zu besetzen«, verurteilt wurde, obwohl die Briten, die zu Gericht saßen, die gleiche Sache geplant hatten. Solche Paradoxe haben es mir ermöglicht, mein eigenes Erlebnis in Nürnberg ehrenhaft zu ertragen und es durchaus nicht als Schande, sondern eher als eine politische Folge der Niederlage zu be-

trachten. Was hätte die Welt dazu gesagt, wenn der Krieg anders verlaufen wäre und wir Churchill gehängt hätten? Jedoch, was dem einen recht ist, sollte dem anderen billig sein.
Unsere Besetzung Norwegens, ein Überraschungsmanöver über Wasser, praktisch unter den Geschützen einer weit überlegenen britischen Flotte, war ein großer Erfolg; jedoch nicht etwa auf Grund von Hitlers Führung, sondern trotz dieser Führung. Wir hatten schwere Verluste zur See, besonders an Zerstörern, die uns später, als die Invasion Englands geplant wurde, bitter fehlten. Aber im Vergleich zum Gewinn war der Preis gering. Wir kamen den Briten zuvor, erschlossen eine viel ausgedehntere Küstenlinie, um der Blockade zu begegnen, und sicherten uns das schwedische Eisenerz für den Rest des Kriegs.

Fehler in Norwegen

Der Norwegen-Feldzug offenbarte Hitlers Dilettantismus in bedenklicher Weise. Er trat bei jedem Feldzug immer wieder auf und wurde mit fortschreitender Zeit immer schlimmer.
Es ist das Kennzeichen eines jeden Dilettanten, sobald Schwierigkeiten auftreten, den Kopf zu verlieren. Was den Fachmann kennzeichnet, ist die Fähigkeit, solche Schwierigkeiten zu meistern, und fast die ganze soldatische Kunst besteht darin, im Nebel des Kriegs sinnvolle Entscheidungen zu treffen. Hitlers Tendenz, den Kopf zu verlieren, nahm zwei Formen an: Entweder in panischer Angst den Operationen Halt zu gebieten, wenn sie gerade im Begriff waren, sich erfolgreich zu entwickeln, oder mitten im Feldzug das Ziel zu ändern. Sowohl die eine wie die andere dieser Schwächen zeigte sich in der *Weser-Übung,* der Eroberung Norwegens im April 1940. Einzelheiten darüber gebe ich in meinem Abschnitt über Norwegen, wie er täglich mit hysterischer Starrköpfigkeit darauf bestand, daß wir Narvik, die eigentliche Schlüsselposition, aufgäben; über seinen plötzlichen verrückten Plan, den Hafen von Trondheim mit dem Luxusdampfer *Bremen* zu erobern und so weiter. Wieso war dann die Besetzung Skandinaviens ein Erfolg? Einfach deswegen, weil General Falkenhorst, sobald er in Norwegen einmarschiert war, den jenseits des Skagerraks fuchtelnden und fauchenden Führer ignorierte und mit guten Truppen und einem stichfesten Plan eine sachgemäße Leistung vollbrachte.
Diese Einmischung von oben sollte bis zuletzt die Operation stören. Adolf Hitler hatte jahrelang seine ganze politische Schlauheit darauf verwandt, diese Führerposition zu erringen. Er war vor Gewaltmethoden nicht zurückgeschreckt. Die Machtgier dieses Menschen war fraglos unersätt-

lich, und es ist gewiß bedauerlich, daß das deutsche Volk Hitlers wahre Natur erst begriff, als es zu spät war. Der Hintergrund dieser Übergriffe wird hier aufgezeichnet, da er deutlich den ganzen Verlauf des sechsjährigen Krieges beeinflußte.

Wie Hitler den Oberbefehl des Heeres usurpierte

1938 scheuten er und seine Günstlinge sich nicht, scheußliche Anschuldigungen sexueller Verirrungen gegen hochgeachtete Generale des Oberkommandos auszuhecken. Außerdem nützten sie ein paar tatsächliche Verfehlungen dieser Art aus; diesbezügliche Einzelheiten brauchen hier nicht erneut aufgerollt zu werden. Tatsache ist, daß es den Nazis auf Grund solcher Anschuldigungen mit einem heimtückischen dreisten Schlag gelang, die oberste militärische Führung zu stürzen. Hitler übernahm mit plötzlicher verblüffender Arroganz selber den Oberbefehl und forderte von der gesamten Wehrmacht, vom Landser bis zum General hinauf, den Treueid auf seine Person. Mit dieser Tat bewies er, wie gut er den deutschen Charakter kannte, dem Ehre über alles geht und für den ein solcher Eid bindend bis in den Tod ist.
Unser Generalstab, betäubt und verwirrt durch die widerlichen, echten oder angeblichen Enthüllungen über ihre angesehenen Vorgesetzten, leistete keinen einmütigen Widerstand gegen jene Usurpation. So endete die Unabhängigkeit der deutschen Armee von der deutschen Politik, die seit Generationen die Wehrmacht zu einer starken, stabilisierenden Kraft im Vaterland gemacht hatte. Das Steuer des stärksten militärischen Motors der Welt wurde von einem österreichischen Straßenagitator ergriffen. Es war das keine katastrophale Wendung. Hitler war auf militärischem Gebiet alles andere als ein Ignorant. Er hatte als Infanterist vier Jahre Krieg mitgemacht, und es gibt schlechtere Methoden, den Krieg zu erlernen. Er war ein gieriger Leser historischer und militärischer Werke. Er besaß ein ungewöhnliches Gedächtnis für technische Einzelheiten. Vor allem aber hatte er die Fähigkeit, zu der Wurzel eines wichtigen Problems vorzudringen. Er besaß eine fast weibliche Intuition für die Kernfrage einer Sache. Das ist im Krieg eine sehr gute Führungseigenschaft, immer vorausgesetzt, daß der Politiker zur Ausführung seiner Ideen auf das Militär hört. Die Kombination eines kühnen politischen Abenteurers vom Format eines Karl XII., aus der Gosse aufgestiegen, um Deutschland zu einer stoßkräftigen Einheit zusammenzuschweißen, und unserem Generalstab, der besten militärischen Führung der Welt, hätte uns sehr wohl den Enderfolg einbringen können.
Aber Hitler war unfähig, auf irgend jemand zu hören. Das war sein Verder-

ben und vernichtete Deutschland. Große Strategie und lächerlichstes Detail beschäftigten ihn in gleichem Maße. Das alles beherrschende Prinzip unserer Kriegführung bestand darin, daß Hitler die Befehle gab. In einer brutalen Rede an unseren Generalstab im November 1939, ausgelöst durch unsere Bemühungen, den Angriff im Westen zu verhindern, warnte er uns, daß er rücksichtslos jeden von uns beseitigen werde, der sich seinem Willen entgegenstelle. Wie so viele seiner Drohungen hat er auch diese wahr gemacht. Bis Kriegsende waren die meisten unseres Stabs in Ungnaden entlassen und viele erschossen worden. Wir alle wären früher oder später erschossen worden, hätte er nicht die Nerven verloren und zuvor sich selber erschossen.
So geschah es, daß die Kraft des großen deutschen Volks und die Tapferkeit des unvergleichlichen deutschen Soldaten in Hitlers Amateurhänden passive Werkzeuge wurden.

Hitler und Churchill: ein Vergleich

In einem aufschlußreichen Teil seiner Memoiren über die Generalstabschefs bekennt Winston Churchill seinen Neid auf Hitler, der seine Entscheidungen durchsetzen konnte, ohne sie der entmutigenden, eingehenden Prüfung beschränkter Berufssoldaten vorlegen zu müssen. Gerade das aber hat England gerettet und den Krieg gewinnen lassen. Churchill war genau der gleiche blendende dilettantische Einmischer in militärische Dinge wie Hitler. Beide waren aus der Tiefe politischer Ablehnung zur Macht aufgestiegen. Beide verließen sich vorwiegend auf ihre Rhetorik und ihre Feder, um die Massen zu beeinflussen. Beide drückten irgendwie den Geist ihrer Völker aus und erwarben sich damit eine Gefolgschaft, die zahllose Fehler, Niederlagen und Katastrophen überdauerte. Beide dachten in grandiosen Begriffen, wußten wenig von wirtschaftlichen und logistischen Realitäten und scherten sich noch weniger darum. Beide ließen sich durch keine Niederlage erschüttern. Vor allem waren beide Männer überwältigende Persönlichkeiten, die, wenn sie sprachen, jede rationale Opposition zum Schweigen bringen konnten. Mit diesem eigenartigen Phänomen habe ich bei Hitler reiche und bittere Erfahrungen gemacht. Der entscheidende Unterschied lag zuletzt darin, daß Churchill gezwungen war, auf die Fachleute zu hören, während das deutsche Volk sich dem verhängnisvollen *Führerprinzip* verschrieb.
Hätte Churchill die Macht besessen, die Adolf Hitler sich anzumaßen vermochte, dann wären die Armeen der Alliierten 1944 an einer Invasion des »weichen Unterleibs Europas«, wie Churchill die fürchterlichen Hindernisse der Berge und Gewässer der Balkan-Halbinsel bezeichnete, verblu-

tet. Dort hätten wir sie abgeschlachtet. Das hat der italienische Feldzug bewiesen. Nur auf den flachen Ebenen der Normandie hatte der Fließbandstil der amerikanischen Kriegsproduktion, die ungeheure Mengen minderwertigen technischen Materials einsetzte, eine Erfolgschance. Der Balkan wäre zu einem kolossalen Thermopylae geworden, bei dem die Verteidiger gesiegt hätten. Es wäre eine Churchillsche Niederlage gewesen, mit der verglichen Gallipoli ein Kinderspiel bedeutet hätte.
Mit der Autorität eines Führers ausgestattet, hätte Churchill auch die Landungsboote der Alliierten, von jeher ein kritisches Nachschubproblem, vergeudet, im unsinnigen Bemühen, die griechischen Inseln zurückzuerobern und Rhodos zu stürmen. 1944 bedrängte er Eisenhower und Roosevelt unentwegt, diesen Wahnsinn zu begehen, bis beide das Gespräch mit ihm abbrachen.
Churchill war ein von der Demokratie gebremster Hitler. Sollte jemals die deutsche Nation sich wieder erheben, so möge sie das verschiedenartige Ende dieser beiden Männer bedenken. Ich rede nicht dem Geschwafel der Parlamentarier das Wort. Ich selbst bin stets ein überzeugter, konservativer Monarchist gewesen. Aber wie auch immer die Gesellschaftsordnung heißen mag, so möge unser Volk künftig militärische Angelegenheiten seinen ausgebildeten Generalen anvertrauen und darauf bestehen, daß seine Politiker die Finger von der Kriegsmaschine lassen.

Anmerkung des Übersetzers: Dieser hinkende und verdrehte Vergleich zwischen Hitler und Churchill läßt selbstverständlich den wesentlichen Unterschied aus. Nach dem allgemeinen Urteil der Historiker, selbst dem der meisten Deutschen, war Hitler ein rücksichtsloser Abenteurer, auf Weltplünderung und Weltherrschaft aus, während Winston Churchill ein großer Verteidiger von menschlicher Freiheit, Würde und Ehre war. Zwar neigte Churchill wirklich dazu, sich in militärische Dinge einzumischen, doch alle Politiker finden es hart, dieser Versuchung zu widerstehen.
Roons Behauptung über den britischen Plan, in Norwegen zu landen, ist korrekt. Seine Schlußfolgerungen wiederum sind etwas ganz anderes und zeigen, wie zweifelhaft die Nürnberger Urteile waren. England war der einzige Beschützer und die einzige Hoffnung so kleiner neutraler Länder wie Norwegen und Dänemark. Der Zweck einer britischen Landung wäre gewesen, Norwegen zu verteidigen und nicht zu besetzen und zu beherrschen. In einem Krieg können beide Seiten sehr gut versuchen, aus strategischen Gründen sich dasselbe neutrale Ziel zu suchen; das bedeutet noch lange nicht, daß beide Seiten in gleicher Weise der Aggression schuldig sind. Das ist der Trugschluß in Roons Argumentation. Ich würde nicht den Versuch empfehlen, einen deutschen Generalstabsoffizier davon zu überzeugen. – V. H.

18

Warren Henry und seine Verlobte Janice wurden über den russischen Einmarsch in Finnland durch eine unerwartete Person aufgeklärt: Madelines neuen Freund, Posaunenbläser und Soziologiestudent namens Sewell Boseman. Anfang Dezember kam das Paar nach New York und besuchte Madeline in ihrer neuen Wohnung. Sie waren ziemlich überrascht, den Jüngling dort vorzufinden.

Die Nachricht, daß sie in eine eigene Wohnung gezogen war, hatte Pug Henry in Wut versetzt, hätte er jedoch ihre Gründe gekannt, würde er sich gefreut haben: sie war schockiert über die beiden Mädchen, mit denen sie eine Wohnung geteilt hatte. Beide hatten Verhältnisse, die eine mit einem Verfasser von Witzen, die andere mit einem Schauspieler, der als Hotelpage arbeitete. Madeline war andauernd gebeten worden, sich zu verdrücken, spät heimzukommen oder in ihrem Zimmer zu bleiben, während das eine oder andere Paar es miteinander trieb. Die Wände der billigen Wohnung waren dünn. Madeline hatte keine Möglichkeit, die Ahnungslose zu spielen.

Sie war angewidert. Beide Mädchen hatten gute Jobs, beide zogen sich geschmackvoll an, beide hatten mit Erfolg das College abgeschlossen. Doch benahmen sie sich wie Dirnen, so wie Madeline die Bezeichnung verstand. Sie war ganz eine Henry, auch mit den Anschauungen ihres Vaters. Abgesehen von ein paar Einzelheiten der methodistischen Lehre glaubte Madeline an das, was sie zu Hause und in der Kirche gelernt hatte. Anständige, unverheiratete Mädchen schliefen nicht mit Männern; für sie war das fast ein Naturgesetz. Männer hatten mehr Freiheit; so wußte sie, daß Warren vor seiner Verlobung ein ziemlicher Draufgänger war. Sie mochte Byron lieber, weil er ihr in dieser Beziehung anscheinend mehr seinem aufrechten Vater ähnelte. Für Madeline war Sex ein köstliches Spiel mit dem Feuer, dessen Glut sie aber aus sicherer Entfernung genoß, bis sie sich in die geheiligte Flamme einer Hochzeitsnacht stürzen konnte. Sie war ein braves Mädchen aus dem Mittelstand und schämte sich dessen nicht. Sie fand ihre Mitbewohnerinnen dumm und verderbt. Sobald Hugh Cleveland ihr eine Gehaltserhöhung gab, zog sie aus.

»Ich weiß nicht«, sagte sie, als sie eines Abends Anfang Dezember hinter einem Wandschirm auf einem winzigen Herd in einem Topf herumrührte, »ob dieses Essen eine gute Idee war. Wir hätten ebensogut alle in ein Restaurant gehen können.«

Sie sprach zu dem Freund namens Sewell Boseman, unter dem Spitznamen Bosey bekannt. Sie hatten sich im September auf einer Party kennengelernt. Bosey war ein langer, dünner, blasser, gutmütiger Jüngling mit dichtem braunem Haar und nachdenklichen braunen Augen, die sich hinter einer randlosen Brille stark wölbten. Er zog sich immer braun an, sogar Schuhe, Krawatte und selbst die Hemden waren braun; er las andauernd riesige braune Wälzer über Wirtschaft und Politik und hatte eine allgemein braungefärbte Weltanschauung, da er Amerika für eine nicht mehr lebensfähige Gesellschaft hielt, die sich unaufhaltsam ihrem Untergang näherte. Madeline fand ihn originell und interessant. Im Augenblick deckte er ihren kleinen Eßtisch und trug noch die rosa Schürze, die er zum Zwiebelschälen für das Gulasch angezogen hatte.

»Das können wir noch immer«, sagte er. »Du kannst das Gulasch für einen anderen Abend aufheben, und wir können mit deinem Bruder und seinem Mädchen zu Julio gehen.«

»Nein, ich habe Warren gesagt, daß ich kochen werde. Das Mädchen ist schwerreich, eine italienische Kneipe würde ihr nicht behagen. Und anschließend müssen sie sofort ins Theater.« Madeline kam heraus, das heiße Gesicht mit einem Taschentuch abtupfend, und sah den Tisch an. »Sehr schön, Bosey. Ich ziehe mich jetzt um.« Sie machte die Wandschranktür auf, deren weißer Anstrich bereits vergilbte, nahm ein Kleid und ein Unterkleid heraus und sah sich in dem kleinen Zimmer um. Mit seinem dreiflügligen Erkerfenster, das auf einen Hinterhof mit aufgehängter Wäsche hinausging, bildete es, abgesehen von einer Kochnische und einem winzigen Baderaum, die ganze Wohnung. Auf dem schäbigen Diwan lagen unter gelben Papierschnittmustern große Stücke blauen Stoffs. »Verdammt. Der Diwan sieht fürchterlich aus. Vielleicht habe ich, wenn ich mich beeile, noch Zeit, das Kleid fertig zuzuschneiden.«

»Das kann ich ja machen«, sagte Bosey.

»Unsinn, Bosey, du kannst doch kein Kleid zuschneiden! Versuch's bitte nicht.« Die Türklingel läutete schrill. »Ach, da kommt schon der Wein. Das ist gut.« Sie machte die Tür auf.

Warren und Janice traten herein und überraschten den langen Jüngling mit den vorspringenden Augen in seiner rosa Schürze, wie er gerade in der einen Hand eine Schneiderschere hielt und in der anderen ein Ärmelschnittmuster. Der Geruch des heißen Gulaschs und Madeline im Morgenmantel, mit einem Kleid und spitzenbesetzten Unterkleid über dem Arm, vervollständigte das überaus häusliche Bild.

»Ach, hallo. Ihr seid aber früh. Mein Gott, Warren, du bist aber braungebrannt!« Madeline war sich ihrer Rechtschaffenheit und Boseys Harmlosigkeit so bewußt, daß sie gar nicht auf den Gedanken kam, verlegen zu sein. »Das ist Sewell Boseman, ein Freund von mir.«

Bosey winkte ihnen schwach mit der Schere zu; er war verlegen, und in

seiner Verwirrung begann er, im Zickzack einen blauen kunstseidenen Ärmel zuzuschneiden.
Madeline sagte: »Bosey, wirst du jetzt aufhören, an dem Kleid herumzuschneiden.« Sie wandte sich an Janice. »Er bildet sich tatsächlich ein, er könnte es.«
»Das ist mehr, als ich kann«, erwiderte Janice, Boseman ungläubig anstarrend. Bosey ließ die Schere fallen und nahm kichernd seine Schürze ab. Warren bemerkte, nur um etwas zu sagen und seine Verdutztheit zu verbergen: »Dein Essen duftet prachtvoll, Madeline.«
Nachdem sie alle vorgestellt hatte, verschwand Madeline in ihrem sogenannten Boudoir, einer anderthalb Quadratmeter großen schmuddeligen Toilette. »Falls Sie sich vorher frisch machen möchten...«, sagte sie zu Janice, auf den winzigen Raum voll rostiger Rohre deutend. »Für zwei ist es ein bißchen eng.«
»O nein, nein, das brauche ich nicht«, sagte Janice. »Gehen Sie nur.«
Während Bosey Krawatte und Jacke anlegte, entwickelte sich eine stokkende Unterhaltung. Bald darauf steckte Madeline den Kopf und eine nackte rosige Schulter zur Tür herein. »Bosey, ich möchte nicht, daß das Gulasch anbrennt. Stell das Gas kleiner.«
»Mach ich.«
Als er hinter dem Wandschirm verschwand, tauschten Janice Lacouture und Warren belustigte und entsetzte Blicke. »Sind Sie bei den New Yorker Philharmonikern, Mr. Boseman?« fragte Janice mit erhobener Stimme.
»Nein, ich bin bei Ziggy Frechtels Orchester. Wir spielen die Feenamint-Stunde«, rief er. »Ich arbeite auf ein eigenes Orchester hin.« Er kam zurück und setzte oder vielmehr legte sich in einen Sessel, den Kopf an dessen Rücken gelehnt, und streckte den Rest seines Körpers schräg über den Boden. Warren, der sich selbst gern gehenließ, betrachtete diese ungewöhnlich lässige Positur des langen, schlaffen, braunen, glotzäugigen Posaunisten mit Ungläubigkeit. In gewisser Weise war sein Anzug das allerseltsamste. Warren hatte noch nie in seinem Leben eine braune Krawatte auf einem braunen Hemd gesehen. Madeline kam, sich das Kleid zurechtstreichend, aus dem Badezimmer heraus. »Ach, los, Bosey, gib uns was zu trinken«, schmetterte sie.
Bosey hievte sich auf die Füße, goß Drinks ein und redete über die Schwierigkeiten, ein Orchester zusammenzustellen. Von Hause aus schüchtern und linkisch, war er ehrlich überzeugt, daß die beste Art, es Leuten behaglich zu machen, darin bestehe, fortwährend zu reden, und das einzige Thema, das ihm gewöhnlich einfiel, war seine eigene Person. Er verriet, daß er der Sohn eines Pfarrers in Montana sei; daß der Ortsarzt ihn mit sechzehn von der Religion kuriert habe, indem er ihm die Werke

von Ingersoll und Haeckel zu lesen gegeben habe, während er ihn weniger erfolgreich wegen der Schilddrüse behandelte; und daß er aus Rebellion gegen seinen Vater zur Posaune gegriffen habe.
Bald war er beim Thema Krieg angelangt, der, wie er erklärte, nichts anderes als ein imperialistischer Kampf um Absatzmärkte sei. Das sagte er, nachdem Warren bemerkt hatte, daß er sich zum Marine-Kampfflieger ausbilden lasse. Bosey fuhr fort, den marxistischen Begriff des Kriegs zu erläutern, wobei er mit der Arbeitswerttheorie begann. Madeline richtete inzwischen das Essen an und war froh, daß er ihre Gäste unterhielt. Sie wußte, daß Bosey sehr gesprächig war, aber sie fand ihn interessant und glaubte, daß Warren und Janice das ebenfalls täten, da sie merkwürdig schweigsam waren. Vielleicht hatten sie gerade einen kleinen Krach gehabt, dachte sie.
Unter dem Kapitalismus, dozierte Bosey, würden Arbeiter nie nach Verdienst bezahlt. Der Kapitalist gebe ihnen einfach die geringstmöglichen Löhne. Da er die Produktionsmittel besitze, seien sie ihm ausgeliefert. Gewinn sei die Differenz zwischen dem, was der Arbeiter produzierte, und dem, was er erhielt. Das müsse früher oder später zu einem Krieg führen. In jedem Land häufe der Kapitalist große Überschüsse an, weil die Arbeiter nicht genug bezahlt bekämen, um das, was sie produzierten, zurückzukaufen. Die Kapitalisten müßten, um ihre Gewinne zu realisieren, diese Überschüsse in anderen Ländern absetzen. Dieser Kampf führe, wenn er sich überhitze, zu Krieg. Das sei es, was man jetzt erlebe.
»Aber Hitler hat keine Überschüsse«, bemerkte Janice Lacouture milde. Als Volkswirtschaftsstudentin kannte sie diese marxistischen Klischees, war aber bereit, den Freund oder Liebhaber von Warrens Schwester – sie war noch nicht ganz sicher, was – noch eine Weile reden zu lassen. »Deutschland ist ein Land, wo alles knapp ist.«
»Trotzdem ist der Krieg ein Kampf um ausländische Märkte«, behauptete Bosey gelassen, der sich wieder in seinem Sessel lümmelte. »Was ist zum Beispiel mit Photoapparaten? Deutschland exportiert noch immer Photoapparate.«
»Wenn ich Sie also recht verstehe«, sagte Warren, »sind die Deutschen in Polen eingefallen, um Leicas zu verkaufen?«
»Witze über wirtschaftliche Gesetze zu machen ist leicht, aber irrelevant«, lächelte Bosey.
»Ich mache keine Witze«, sagte Warren. »Offensichtlich war Hitlers Grund, Polen anzugreifen, wie bei den meisten Kriegen, Eroberungs- und Beutelust.«
»Hitler ist nur eine Galionsfigur«, sagte Bosey gemütlich. »Haben Sie mal was von Fritz Thyssen gehört? Er und die Krupps und ein paar andere deutsche Kapitalisten haben ihn an die Macht gebracht. Mit ein paar Tele-

fongesprächen könnten sie morgen jemand anders an die Macht bringen. Natürlich besteht für sie kein Grund, das zu tun, denn er ist ein nützlicher und gehorsamer Lakai in ihrem Kampf um Auslandsmärkte.«
»Was Sie sagen, entspricht eindeutig der kommunistischen Parteilinie«, bemerkte Janice.
»Oh, Bosey ist ein Kommunist«, sagte Madeline, als sie mit einer hölzernen Salatschüssel hinter dem Wandschirm hervortauchte. »Es ist angerichtet. Willst du, bitte, den Salat anmachen, Bosey?«
»Mach ich.«
Bosey setzte die Schüssel auf einen klapprigen kleinen Beitisch und ging mit Öl, Essig und sonstigen Gewürzen ganz fachmännisch um.
»Ich weiß nicht, ob ich bisher jemals einem Kommunisten begegnet bin«, sagte Warren und beäugte die lange braungekleidete Gestalt.
»Mein Gott, tatsächlich nicht?« sagte Madeline. »Aber in den Rundfunkanstalten wimmelt es von ihnen.«
»Das ist leicht übertrieben«, sagte Bosey und rieb Knoblauch in die Salatschüssel, was die stickige, warme Wohnung mit dem durchdringenden Aroma erfüllte.
»Aber Bosey! Wer ist denn in unserer Clique kein Kommunist?«
»Nun, zum Beispiel Peter. Myra, glaube ich, auch nicht. Jedenfalls ist das bloß unsere Clique.« Zu Warren sagte er erläuternd: »Das stammt noch vom Spanienkrieg her. Wir haben viele Sendungen zugunsten der Republikaner gebracht.« Bosey brachte die Salatschüssel auf den Tisch, um den die anderen bereits saßen. »Natürlich sind jetzt nur ein paar von uns übriggeblieben. Nachdem Stalin den Pakt mit Hitler schloß, sind viele abgefallen. Sie hatten keine echte Überzeugung.«
»Hat der Pakt Sie nicht gestört?« fragte Warren.
»Mich gestört? Warum denn? Es war ein sehr vernünftiger Schachzug. Die kapitalistischen Mächte wollen dem Sozialismus in der Sowjetunion den Garaus machen. Wenn sie sich im Kampf gegeneinander verbluten, wird der endgültige Angriff gegen den Sozialismus bedeutend schwächer sein. Stalins Friedenspolitik ist sehr klug.«
Warren sagte: »Angenommen, Hitler macht in einem Einfrontenkrieg Frankreich und England fertig und zertrümmert anschließend Rußland? Das könnte gut möglich sein. Stalin hätte sich sehr wohl mit den Alliierten verbünden können, und gemeinsam hätten sie eine viel bessere Chance, die Nazis aufzuhalten.«
»Aber begreifen Sie denn nicht, daß ein sozialistisches Land keinen Anlaß hat, sich an einem imperialistischen Kampf um Auslandsmärkte zu beteiligen?« erläuterte Bosey geduldig. »Der Sozialismus braucht keine Auslandsmärkte, da ja der Arbeiter alles erhält, was er produziert.«
»Bosey, bringst du uns das Gulasch?« fragte Madeline.

»Mach ich.«
Janice Lacouture sagte, lauter werdend, als er hinter dem Wandschirm verschwand: »Aber Sie wissen doch sicherlich, daß ein Arbeiter in Rußland schlechter bezahlt wird als in irgendeinem kapitalistischen Land.«
»Selbstverständlich. Dafür gibt es zwei Gründe. Der Sozialismus siegte zunächst in einem feudalistischen Land«, sagte Bosey, der mit dem Gulasch wieder auftauchte, »und mußte eine große industrielle Lücke schließen. Ferner mußte der Sozialismus wegen der kapitalistischen Bedrohung sehr viel von seiner Produktion auf Waffen ausrichten. Wenn einmal der Sozialismus überall gesiegt hat, sind Waffen überflüssig, und man wird sie alle ins Meer werfen.«
»Aber selbst wenn das geschehen sollte, was ich bezweifle«, sagte Janice, »scheint es mir, daß die Arbeiter, wenn einmal der Staat über die Produktionsmittel verfügt, weniger bekommen als bei einem Privatkapitalismus. Sie wissen ja, wie unzulänglich und tyrannisch staatliche Bürokratien sind.«
»Ja«, warf Madeline ein, »aber sobald der Sozialismus überall gesiegt hat, wird der Staat verkümmern, weil niemand mehr eine Zentralverwaltung braucht. Dann bekommen die Arbeiter alles. Reich den Wein herum, Bosey.«
»Mach ich.«
Warren fragte seine Schwester mit zusammengekniffenen Augen: »Glaubst du das etwa?«
»Nun, so wird jedenfalls argumentiert«, sagte Madeline kichernd. »Was würde Dad dazu sagen, daß ich mit Kommunisten befreundet bin! Schreib ihm das bloß nicht!«
»Ich werde mich hüten.« Warren wandte sich an Bosey. »Was ist mit Finnland?«
Die russische Invasion des winzigen Landes im Norden war erst eine Woche her und verlief schlecht.
»Was soll damit sein?«
»Sie wissen doch ganz genau, daß Rußland behauptet, Finnland habe Rußland angegriffen, genau wie Hitler behauptete, Polen habe Deutschland angegriffen.«
»Es ist lächerlich, anzunehmen, daß Polen Deutschland angegriffen hätte«, sagte Bosey gelassen, »aber es ist sehr wahrscheinlich, daß Finnland die Sowjetunion angegriffen hat. Es war vermutlich eine von anderen Mächten gesteuerte Provokation, um den Sozialismus in den imperialistischen Krieg zu verwickeln.«
»Die Sowjetunion ist fünfzigmal so groß wie Finnland«, sagte Janice Lacouture.
»Ich behaupte nicht, daß die Finnen besonders klug gehandelt hätten«,

sagte Bosey. »Jedenfalls war Finnland früher einmal ein Fürstentum des zaristischen Rußland. Es ist weniger eine Invasion als eine Rektifizierung.«
»Aber Bosey«, sagte Madeline, »Stalin schmiedet doch nur das Eisen, solange es heiß ist, und bricht dort ein, um seine strategische Lage gegen Deutschland zu verbessern.«
»Natürlich«, sagte Warren, »und in seiner Situation ist es ein verdammt kluger Schachzug, mag er auch noch so unmoralisch sein.«
Bosey lächelte gerissen, und seine Basedow-Augen schienen ihm fast aus dem Kopf zu springen. »Na, dumm ist er natürlich nicht. Die Imperialisten schlagen immer in heiligem Entsetzen die Hände über dem Kopf zusammen, wenn eine sozialistische Regierung etwas Realistisches tut. Sie glauben, das sei allein ihnen vorbehalten.«
»Aus welchem Grund scheitert, Ihrer Meinung nach, die Invasion?«
»Ach, Sie glauben also den kapitalistischen Zeitungen?« sagte Bosey mit einem vielsagenden Augenzwinkern.
»Sie meinen, die Russen siegen tatsächlich?«
»Ach, dieser ganze Blödsinn von den finnischen Skitruppen in weißen Uniformen ödet mich an«, sagte Bosey. »Glauben Sie, die Russen hätten etwa keine Skier und weiße Uniformen? Aber die *New York Times* wird das niemals zugeben.«
»Dieses Gulasch ist ausgezeichnet«, sagte Janice.
»Ich habe zu viel Nelken daran getan«, meinte Madeline. »Hoffentlich beißt ihr nicht auf eine.«
Warren und Janice brachen gleich nach dem Essen auf, um ins Theater zu gehen. Er hatte einen zweiundsiebzigstündigen Urlaubsschein von Pensacola, und Janice war von Washington gekommen, um ihn zu treffen; das Essen bei Madeline war in letzter Minute durch ein Ferngespräch arrangiert worden. Als sie gingen, war Madeline dabei, ihr Kleid zuzuschneiden, und Bosey spülte das Geschirr.
»Mein Gott, was tue ich jetzt?« sagte Warren auf der Straße. Das Theater war nur ein paar Häuserblocks entfernt, und obwohl es schneite, war es am einfachsten, zu Fuß dorthin zu gehen. »Mir eine Schrotflinte kaufen?«
»Wozu? Um Bosey von seine Qualen zu erlösen?«
»Um ihn zu zwingen, sie zu heiraten, dachte ich.«
Janice lachte und drückte seinen Arm. »Die beiden haben nichts miteinander.«
»Glaubst du wirklich nicht?«
»Ausgeschlossen. Sie gefällt mir, deine kleine Schwester.«
»Jawohl. Die Rote Flamme von Manhattan. Es ist wirklich allerhand. Und dabei habe ich meinen Eltern geschrieben, daß ich sie besuchen würde. Was sage ich nur?«

»Du schreibst einfach deinen Eltern, daß mit ihr alles in Ordnung ist. Weil das nämlich stimmt.«
»Dieser Krieg hat unsere Familie auseinandergerissen. Natürlich sind wir auch früher oft getrennt gewesen«, sagte Warren, »bei einer Offiziersfamilie ist das nun einmal so, und wir sind daran gewöhnt, aber jetzt ist es anders. Ich habe nicht mehr das Gefühl, daß es noch eine gemeinsame Basis gibt. Und wir alle verändern uns. Ich weiß nicht, ob wir uns je wiederfinden werden.«
»Früher oder später verändern sich alle Familien und gehen auseinander«, sagte Janice Lacouture, »und aus den einzelnen Gliedern erwachsen neue Familien. Das ist der Lauf der Dinge.« Sie legte sekundenlang ihr Gesicht an das seine, und Schneeflocken fielen auf die beiden warmen Wangen.
»Der imperialistische Machtkampf um Auslandsmärkte«, sagte Warren.
»Du meine Güte! Hoffentlich ist sie den Burschen los, bis Vater zurückkommt. Er würde die ganze Radiostation in Trümmer legen!«

19

»Byron!«
Dr. Jastrow stieß entgeistert den Namen aus. Der alte Mann saß wie üblich auf der Terrasse, die blaue Wolldecke über den Beinen, den grauen Schal um die Schultern, das Brett mit dem gelben Schreibblock auf den Knien. Bei dem kalten Wind, der von Siena durch das Tal blies, flatterten Jastrows Manuskriptseiten. In der durchsichtigen Luft glich die Stadt mit ihren roten Mauern und der schwarzweißgestreiften Kathedrale, umringt von den mit Weinbergen gemusterten Hügeln, in gespenstischer Weise dem mittelalterlichen Siena auf den alten Fresken.
»Hallo, A. J.«
»Du liebe Zeit, Byron? Ich brauche sicherlich eine Woche, um mich von dem Schreck zu erholen, den Sie mir eingejagt haben. Wir haben noch beim Frühstück von Ihnen gesprochen. Wir waren beide überzeugt davon, daß Sie inzwischen in den Vereinigten Staaten seien.«
»Ist sie hier?«
»Natürlich. Sie ist oben in der Bibliothek.«
»Sir, würden Sie mich bitte entschuldigen?«
»Ja, gehen Sie nur hinauf, ich muß mich erst mal fassen – und, oh, Byron, sagen Sie doch bitte Maria, daß ich sofort einen starken Tee haben möchte.«
Byron stürmte die Treppe von der Halle in den ersten Stock hinauf, wobei er jeweils zwei Stufen übersprang, und trat in die Bibliothek. Sie stand am Schreibtisch in einem grauen Pullover und schwarzen Rock, blaß und mit aufgerissenen Augen.
»Mein Gott, Sie sind es. Sie sind es wirklich. Kein Mensch rast wie Sie diese Treppe rauf.«
»Ja, ich bin es.«
»Warum, zum Teufel, sind Sie zurückgekommen?«
»Ich muß Geld verdienen.«
»Sie sind ein Idiot. Warum haben Sie uns nicht vorher von Ihrem Kommen benachrichtigt?«
»Nun, ich dachte, ich würde halt besser einfach kommen.«
Sie ging auf ihn zu, streckte unsicher eine Hand aus und legte sie an seine Wange. Die langen Finger fühlten sich kalt und trocken an. »Nun, immerhin sehen Sie ausgeruht aus. Sie haben auch ein bißchen zugenommen.« Sie trat linkisch und abrupt zurück. »Ich muß Sie noch um Verzeihung bitten – damals in Königsberg war mir scheußlich zumute, und

wenn ich schroff zu Ihnen war, tut es mir leid.« Sie entfernte sich von ihm und ließ sich in ihren Schreibtischsessel fallen. »Natürlich können wir Sie hier gut gebrauchen, aber Überraschungen wie diese sind nie sehr angenehm. Wissen Sie das noch nicht?« Dann, als sei er lediglich von einer Besorgung in der Stadt zurückgekehrt, fuhr sie fort, auf ihrer Maschine zu hämmern.

Und das war seine ganze Begrüßung. Jastrow setzte ihn wieder an die Arbeit, und in wenigen Tagen war die alte Ordnung hergestellt. Es war, als ob das polnische Erlebnis nie stattgefunden, als ob keiner von ihnen den Hügel jemals verlassen hätte. Die Spuren des Krieges waren in diesen stillen Hügeln gering. Das einzig Unangenehme war sporadische Benzinknappheit. Die Mailänder und Florentiner Zeitungen, die sie lasen, behandelten den Krieg als Nebensache. Selbst in den BBC-Sendungen gab es wenig Nachrichten von der Front. Der russische Angriff auf Finnland schien so entlegen wie ein Erdbeben in China.

Da die Busse nicht mehr regelmäßig fuhren, quartierte Dr. Jastrow Byron im dritten Stock der Villa ein, in einem schmalen Dienstbotenzimmer mit rissigem Verputz und fleckiger Decke, durch die es bei Unwetter hineinregnete. Natalie bewohnte direkt unter Byron ein Schlafzimmer im zweiten Stock, mit einem Blick auf Siena. Ihr merkwürdiges Benehmen zu ihm hielt an. Bei den Mahlzeiten war sie von distanzierter Freundlichkeit, in der Bibliothek jedoch nahezu unhöflich, sprach fast kein Wort und gab auf Fragen nur kühle, knappe Antworten. Byron hatte keine besonders hohe Meinung von sich und seinen Vorzügen und nahm an, daß er keine bessere Behandlung verdiene, obwohl er die Kameradschaftlichkeit ihrer Zeit in Polen vermißte und sich wunderte, daß sie nie davon sprach. Er dachte, er habe sie wahrscheinlich verärgert, weil er ihr hierher gefolgt war. Aber er war wieder mit ihr zusammen, und deswegen war er gekommen, und so war er trotz der schroffen Behandlung zufrieden wie ein Hund, der mit einem reizbaren Herrn wieder vereint ist.

Als Byron in Siena ankam, stand das Konstantin-Buch im Augenblick im Regal, da zugunsten eines erweiterten Zeitungsartikels *Das letzte Palio* vorgezogen wurde. In seiner Beschreibung des Rennens hatte Jastrow die düstere Vision eines Europa beschworen, das wieder auf einen Krieg zurast. Der Artikel, bestürzend in seiner Voraussage, war am 1. September, dem Tag des Einfalls in Polen, auf dem Redaktionstisch eingetroffen. Die Zeitschrift druckte ihn ab, und Jastrows Verleger kabelte ihm mit dem dringenden Ersuchen, ihn zu einem kurzen Buch zu erweitern, wenn möglich mit einem gewissen (wenn auch noch so geringen) Optimismus zum Kriegsausgang. Das war die vorliegende Aufgabe. Das Kabel erwähnte einen großen Tantiemenvorschuß.

In dem Buch schlug Jastrow einen olympischen, weitblickenden, nachsichtigen Ton an. Die Deutschen würden wahrscheinlich abermals vernichtend geschlagen werden, schrieb er, und selbst wenn sie die Weltherrschaft erobern sollten, würden sie am Ende von den ihnen unterworfenen Völkern gezähmt und gemäßigt werden – wie ihre Vorfahren, die Vandalen und Goten, gezähmt und Christen geworden waren. Fanatischer oder barbarischer Despotismus sei nie von Dauer. Er sei ein immer wiederkehrendes menschliches Fieber, das sich zwangsläufig abkühle und vergehe. Vernunft und Freiheit seien das Ziel, auf das sich die Menschheitsgeschichte von alters her zubewege.

Die Deutschen seien die bösen Kinder Europas, argumentierte Jastrow: egoistisch, eigensinnig, romantisch, immer sprungbereit, um schwankende Ordnungen zu zerstören. Arminius habe die Axt an die *Pax Romana* gelegt; Martin Luther habe das Rückgrat der universalen Kirche gebrochen; jetzt fordere Hitler das wankende liberal-kapitalistische System Europas heraus, das in einem überholten Sammelsurium einzelner Nationen wurzele. (Diese Stelle erinnerte Byron an Slotes Ideen.)

Das »Palio« Europas, die Konkurrenz überhitzter kleiner Nationalismen in der winzigen, überfüllten Kanzel eines Kontinents, ein vergrößertes Siena, das nach drei Seiten vom Meer und nach der vierten von Asien begrenzt war, habe sich überlebt. So wie Siena nur *ein* Wasserwerk und *ein* Elektrizitätswerk, nur *ein* Telefonnetz und *einen* Bürgermeister statt deren siebzehn in den siebzehn scheinbar souveränen Puppengemeinden *Gans, Raupe, Giraffe* und so weiter genannt, besaß, so sei auch Europa für den gleichen vernünftigen Zusammenschluß reif. Hitler, der geniale böse Bube, habe das erkannt. Seine Methoden, die alte Ordnung zu vernichten, seien grausam, falsch und von teutonischem Furor, aber in der Hauptsache habe er recht, das Spiel sei tatsächlich aus. Der Zweite Weltkrieg werde das letzte Palio sein. Europa würde daraus weniger farbig, aber als rationaleres Gebilde hervorgehen, wer auch immer das idiotische und blutige Rennen gewann. Vielleicht dehne sich dieser schmerzvolle, aber gesunde Prozeß auf die ganze Erde aus, und die gesamte Welt werde schließlich geeinigt. Hitler aber, der Schurke des Dramas, würde entweder zu Tode gehetzt oder – wie Macbeth – blutig ermordet werden, oder siegen und dann fallen oder sterben. Die Sterne würden bleiben, auch die Erde, und auch das menschliche Streben nach Freiheit, Verständigung und brüderlicher Liebe.

Byron fragte sich, während er Entwürfe dieser Ideen tippte, ob Jastrow ein so tolerantes und hoffnungsvolles Buch geschrieben hätte, wäre er im September in Warschau gewesen, statt in seiner Villa mit dem Ausblick auf Siena. Er fand es ein hochtrabendes, belangloses Geschwätz. Aber er sagte es nicht.

Briefe von Leslie Slote an Natalie trafen ein- bis zweimal die Woche ein. Sie schienen sie weniger zu erregen als im Frühling. Damals pflegte sie, wenn die Post kam, aus der Bibliothek zu verschwinden und strahlend, niedergeschlagen oder gelegentlich auch mit verweinten Augen zurückzukommen. Jetzt überflog sie nebenbei die eng beschriebenen Seiten an ihrem Schreibtisch und schob sie dann in eine Schublade. An einem Regentag las sie gerade einen solchen Brief, als Byron, der an dem Palio-Buch tippte, sie »o Himmel!« sagen hörte.
Er sah auf: »Ist irgendwas?«
»Nein, nein«, sagte sie, hochrot im Gesicht, winkte erregt ab und blätterte eine Seite um. »Es ist gar nichts.«
Byron machte sich wieder an die Arbeit und kämpfte mit einem von Jastrows schwer leserlichen Sätzen. Der Professor schrieb wirr, krakelig und flüchtig, oft Buchstaben und ganze Worte auslassend. Er schloß selten ein s oder o. Was in dieser blauen Krakelschrift manche Worte bedeuteten, konnte kaum ein Mensch erraten. Natalie konnte es entwirren, aber Byron mochte ihre betont mühevolle, herablassende Art dabei nicht.
»Nein, so etwas!« Natalie lehnte sich ruckartig auf ihrem Stuhl zurück und starrte auf den Brief. »Briny...«
»Ja?«
Sie zögerte und kaute an der Unterlippe. »Ach, verdammt, ich kann nicht anders. Ich muß es jemandem erzählen, und Sie sind gerade da. Raten Sie mal, was ich hier im meinem heißen Händchen halte?« Sie raschelte mit den Briefseiten.
»Das sehe ich ja.«
»Das glauben Sie bloß.« Sie lachte eigentümlich. »Ich werde es Ihnen sagen. Es ist ein Heiratsantrag von einem Mann namens Leslie Manson Slote, Rhodes-Stipendiat, aufsteigender Diplomat und eingeschworener Junggeselle. Was sagen Sie dazu, Byron Henry?«
»Ich gratuliere«, sagte Byron.
Auf Natalies Schreibtisch tönte der Summer des Hausapparats. »Ach, mein Gott. Briny, sehen Sie doch bitte nach, was Aaron will. Ich bin ganz durcheinander.« Sie warf den Brief auf den Schreibtisch und fuhr sich mit langen weißen Händen durch das Haar.
Dr. Jastrow saß in eine Decke gewickelt in der unteren Bibliothek auf der Chaiselongue neben dem Kamin, seinem üblichen Platz, wenn es regnete. Ihm gegenüber saß in einem Sessel ein dicker, blasser, italienischer Beamter in grüngelber Uniform und schwarzen Schaftstiefeln und trank Kaffee. Byron hatte weder den Mann noch die Uniform je zuvor gesehen.
»Ach, Byron, bitten Sie doch Natalie um meine Aufenthaltspapiere, ja? Sie weiß, wo sie liegen.« Er wandte sich an den Beamten. »Möchten Sie auch ihre Papiere sehen?«

»Heute nicht, Herr Professor. Nur Ihre.«
Natalie war dabei, den Brief noch einmal durchzulesen. Sie grinste Byron verlegen an. »Ach, da sind Sie ja. Was will er denn?«
Byron sagte es ihr. Mit nüchtern werdendem Gesicht zog sie einen Schlüssel aus ihrer Handtasche und öffnete einen kleinen stählernen Aktenschrank neben dem Schreibtisch. »Hier.« Sie gab ihm einen Aktendeckel, der mit roter Schnur zugebunden war.
»Sieht so aus, als gäbe es Schwierigkeiten. Soll ich hinunterkommen?«
»Warten Sie besser, bis man Sie ruft.«
Auf der Treppe tönte ihm aus dem Arbeitszimmer Gelächter und schnelles fröhliches Palaver entgegen. »Ach, vielen Dank, Byron«, sagte Jastrow, in Englisch umwechselnd, als Byron eintrat. »Legen Sie es hier auf den Tisch.« Er nahm auf italienisch seine Anekdote über einen Esel wieder auf, der vorige Woche in sein Grundstück eingedrungen war, ein Gemüsebeet verwüstet und mehrere Seiten seines Manuskripts zerkaut hätte. Des Beamten gegürteter Bauch schüttelte sich vor Lachen.
In der Bibliothek war Natalie wieder beim Tippen. Der Slote-Brief war nicht mehr zu sehen.
»Es scheint keine besonderen Schwierigkeiten zu geben«, sagte Byron.
»Das ist gut«, sagte sie gefällig.
Beim Abendessen war Dr. Jastrow einsilbig, aß weniger als sonst und trank dafür aber zwei Glas Wein mehr. In diesem Haushalt, wo alles Tag für Tag, Nacht für Nacht derart gleichförmig verlief, wirkte das erste Extraglas wie ein Ereignis und das zweite wie eine Bombe.
Schließlich sagte Natalie: »Aaron, was hatte es mit dem Besuch heute auf sich?«
Jastrow löste sich mit einem leisen Kopfschütteln aus seiner Erstarrung. »Seltsamerweise schon wieder Giuseppe.«
Giuseppe war der zweite Gärtner, den er vor kurzem entlassen hatte; ein hagerer, fauler, dummer, alter Trunkenbold mit schwarzen Borsten auf der dicken weinroten Knubbelnase. Giuseppe hatte das Tor aufgelassen, durch das der Esel hereingekommen war. Er machte andauernd solchen Unfug. Jastrow war wegen der zerkauten Manuskriptseiten und dem verwüsteten Beet wütend geworden, hatte zwei Tage lang nicht arbeiten können und schwere Verdauungsstörungen gehabt.
»Wieso kennt dieser Beamte den Giuseppe?« fragte Byron.
»Das ist ja das Merkwürdige, er ist Angestellter des Ausländeramts in Florenz, und dennoch erwähnte er die neun Kinder von Giuseppe, die Schwierigkeit, heute Arbeit zu finden und so weiter. Als ich sagte, ich würde ihn wieder einstellen, war alles in Ordnung. Er gab mir einfach meine Papiere mit einem siegreichen Grinsen zurück.« Jastrow seufzte. »Ich habe Giuseppe so viele Jahre ertragen, daß es mir eigentlich egal ist.«

Er legte die Serviette auf den Tisch. »Ich bin ziemlich müde. Sagt Maria, sie möchte mir Obst und Käse in die Bibliothek bringen.«
Nachdem der Professor gegangen war, sagte Natalie: »Trinken wir den Kaffee in meinem Zimmer.«
»Klar. Fein.«
Es war das erste Mal, daß sie ihn dahin einlud. Manchmal hörte er sie in ihrem Zimmer unter dem seinen rumoren; es war ein quälendes, fernes, wunderbares Geräusch. Er folgte ihr mit fliegenden Pulsen nach oben. »Ich wohne in einer großen Konfektschachtel«, sagte sie mit verlegenem Ausdruck und öffnete eine schwere Tür. »Aaron Jastrow hat das Haus ja möbliert gekauft und alles so belassen, wie es vorher war. Für mich eigentlich lächerlich, aber...«
Sie machte Licht. Es war ein riesiger, rosa gestrichener Raum mit rosa und gold bemalten Möbeln, rosa Putten unter einer blau-goldenen Decke, rosa Seidenvorhängen und einem riesigen, mit rosa Atlas bezogenem Doppelbett. Die dunkelhaarige Natalie in dem alten braunen Wollkleid, das sie an kühlen Abenden trug, nahm sich tatsächlich etwas seltsam in diesem Watteau-Rahmen aus, aber Byron fand den Gegensatz ebenso aufregend wie alles andere an ihr. Sie zündete ein Feuer in dem Marmorkamin an, der mit römischen Figuren behauen war, und sie saßen sich in Sesseln gegenüber und tranken Kaffee von dem niedrigen Tisch, der zwischen ihnen stand.
»Warum, glauben Sie, ist Aaron so verärgert?« fragte Natalie. »Giuseppe ist eine alte Geschichte. Es war übrigens falsch, ihn zu entlassen. Er kennt sich in der Wasserversorgung und dem Stromnetz sehr gut aus, viel besser als Tomaso. Und als Blumengärtner ist er außerordentlich tüchtig, auch wenn er ein alter Säufer ist.« Sie lehnte sich in dem großen Sessel bequem zurück und zog den langen Faltenrock tief über ihre schönen Beine herunter.
»A. J. wurde erpreßt, Natalie.« Sie biß sich auf die Lippen und nickte zustimmend. »Wir sind diesen Leuten ausgeliefert«, fügte Byron hinzu. »A. J. noch mehr als Sie und ich. Er hat Grundbesitz, er steckt hier fest.«
»Ach, vor den Italienern braucht man keine Angst zu haben. Es sind ja keine Deutschen.«
»Und Mussolini? Berel hat A. J. den richtigen Rat gegeben: Nichts wie raus hier.«
Natalie lächelte. »*Lekh lekha*. Mein Gott, wie weit das alles zurückzuliegen scheint. Wie es ihm wohl geht?« Ihr Lächeln verflüchtigte sich. »Ich will nicht mehr an Warschau denken.«
»Das kann ich verstehen.«
»Und Sie, Briny? Denken Sie jemals daran?«
»Und wie. Ich träume immer wieder davon.«

»Mein Gott, ich auch. Das Krankenhaus – ich durchwandere es Nacht für Nacht...«
»Als Warschau fiel«, sagte Byron, »hat es mich schwer mitgenommen.« Er erzählte Natalie von der Episode in Wannsee. Bei seiner Beschreibung von der plötzlichen Verwandlung des Kellners lachte sie. »Ihr Vater ist wundervoll.«
»Er ist in Ordnung.«
»Er muß glauben, daß ich ein Vampir bin, der Sie beinah in den Tod gelockt hat.«
»Über Sie haben wir nicht gesprochen.«
Natalies Gesicht verdüsterte sich plötzlich. Sie goß ihnen beiden Kaffee nach. »Heizen Sie das Feuer an, Briny. Mir ist kalt. Giuseppe hat wie üblich grünes Holz gebracht.«
Er brachte die Glut zum Aufflammen und warf ein dürres Holz von einem verdorrten Baum hinterher, das rasch brannte. »Ah, das ist schön!« Sie sprang auf, drehte den Kronleuchter ab und stellte sich, in die Flammen starrend, vor den Kamin. »Dieser Augenblick auf dem Bahnhof«, brach es erregt aus ihr hervor, »als sie die Juden wegschafften! Ich kann es noch immer nicht fassen. Das war einer der Gründe, weshalb ich in Königsberg so gräßlich war. Ich war verzweifelt. Ich dachte immerfort, daß ich vielleicht etwas hätte tun können. Wenn ich nun vorgetreten wäre und erklärt hätte, daß ich Jüdin sei, und es darauf hätte ankommen lassen? Wenn wir alle einen Skandal verursacht hätten? Vielleicht hätte es etwas geändert? Aber wir zogen gelassen zum Zug, und sie stapften in die entgegengesetzte Richtung.«
Byron sagte: »Wir hätten vielleicht Sie und Mark Hartley verloren. Es hing an einem Faden.«
»Ja, ich weiß. Leslie hat es verhütet. Er hielt wenigstens durch, obwohl er wie Espenlaub zitterte. Er tat wirklich seine Pflicht. Aber diese anderen Botschafter und Geschäftsträger – na also...«
Natalie schritt inzwischen auf und ab. »Und meine Familie in Medzice! Wenn ich mir diese lieben guten Leutchen in den Klauen der Deutschen vorstelle – aber was soll's? Es ist müßig, es macht einfach krank, darüber nachzudenken!« Sie warf mit verzweifelter Geste die Hände hoch und ließ sich in ihren Sessel fallen, wobei sie sich auf ihre gespreizten Beine setzte, die vom Rock verdeckt wurden. Im Schein des Kaminfeuers sah man von ihr nichts außer dem Gesicht und den angespannt umklammerten Händen. Sie starrte in das Feuer.
»Übrigens zu dem alten Slote«, sagte sie nach einer langen Pause, in völlig verändertem Ton, »was halten Sie von seinem Vorschlag, mich in den heiligen Stand der Ehe zu führen?«
»Er überrascht mich nicht«, sagte Byron dumpf.

»Er überrascht Sie nicht? Ich bin wie verdonnert. Ich habe nie geglaubt, daß ich den Tag jemals erleben würde.«
»Er hat mir schon in Berlin gesagt, daß er Sie vielleicht heiraten werde. Er wäre verrückt, es nicht zu tun, wenn er könnte.«
»Nun, die Option darauf hat er verdammt lange gehabt, mein Lieber.« Sie goß Kaffee ein und sah ihn finster über den Tassenrand an. »Ihr habt euch wohl in Berlin sehr ausführlich über mich unterhalten?«
»Durchaus nicht ausführlich. Er erwähnte nur, daß Sie an dem letzten Tag in Königsberg zu ihm genauso unfreundlich gewesen seien wie zu mir.«
»Mir war an jenem Tag miserabel zumute, Briny.«
»Na, ist ja schon gut. Ich dachte, ich hätte Sie irgendwie beleidigt, und deshalb fragte ich ihn.«
»Jetzt wird's interessant. Was hat Slote sonst über mich gesagt?«
Die leise vibrierende Stimme, das amüsierte Glitzern ihrer Augen in dem Feuerschein erregten Byron. »Daß Sie kein Mädchen für mich wären, mit dem ich mich einlassen sollte, und daß er keine ruhige Stunde gehabt, seit er zum erstenmal ein Auge auf Sie geworfen habe.«
Sie stieß ein leises, genüßliches Lachen aus. »Zwei sehr richtige Aussagen, mein Schatz. Was hat er sonst noch gesagt?«
»Sonst gar nichts. Bei dem gleichen Gespräch gab er mir die Bücherliste.«
»Jawohl, und *das* war echt Slote. Wollte Ihnen mit seiner Bildung imponieren. Sehr bezeichnend für ihn. Hat er Ihnen denn wirklich nicht alles von uns erzählt? Von ihm und mir?«
Byron schüttelte den Kopf.
Natalie sagte: »Sie würden uns wohl nicht einen Cognac holen, oder? Ich glaube, ich hätte jetzt Lust auf einen kleinen Cognac.«
Er rannte die Treppe hinunter und kam mit einer Flasche und zwei flimmernden Ballongläsern zurück. Indem sie den Cognac mit beiden Händen herumschwenkte, in das bauchige Glas schaute und nur selten zu Byron aufsah, sprudelte Natalie erstaunlich wortreich ihre Affäre mit Slote hervor. Sie redete lange und ausgiebig. Byron sagte wenig und unterbrach sie nur, um neue Holzscheite ins Feuer zu werfen. Es war die bekannte Geschichte von dem klugen älteren Mann, der sich mit einem jungen Mädchen Anfang Zwanzig amüsiert hatte und schließlich von wirklicher Leidenschaft erfaßt worden war. Mit ihrem Vorsatz, ihn zu heiraten, hatte sie ihm das Leben zur Hölle gemacht. Sie sagte, er wollte sie nur deshalb nicht heiraten, weil sie Jüdin war und seiner Karriere schaden würde. Das war alles, was seine weitschweifigen Reden jemals besagten. Und jetzt endlich, nach dreißig Monaten, hatte sie ihn dort, wo sie ihn haben wollte.
Byron haßte jedes Wort der Geschichte, dennoch war er fasziniert und dankbar. Endlich bezog dieses verschlossene Mädchen ihn in ihr Leben

ein. Diese Worte waren nicht rückgängig zu machen. Sie beendeten die seltsame Spannung, die seit Warschau zwischen ihnen bestand, ihren eigenen kleinen Sitzkrieg – das lange feindselige Schweigen in der Bibliothek, ihr Sichzurückziehen auf ihr Zimmer, ihr merkwürdiges, herablassendes, schnippisches Wesen. Während sie sprach, wurden sie so vertraut miteinander wie nie in dem Monat ihres Abenteuers in Polen.
Alles an dieser Frau interessierte ihn. Selbst wenn es der Bericht über ihr Verhältnis mit einem anderen war. Zumindest sprach Byron mit Natalie Jastrow über Natalie Jastrow, und das war es, wonach er sich so gesehnt hatte. Er lauschte dieser heiseren süßen Stimme mit ihren gelegentlichen New Yorker Anklängen, und er konnte in dem Feuerschein das Spiel ihrer frei gestikulierenden Hände beobachten, das Niederstoßen und plötzliche Anhalten in der Luft ihrer ausgestreckten Hand, das sie unverwechselbar kennzeichnete.
Natalie Jastrow war der einzige Mensch, den er jemals getroffen hatte, der ihm ebensoviel wie sein Vater bedeutete. In fast der gleichen Weise sehnte er sich danach, mit seinem Vater zu sprechen, ihm zuzuhören, bei ihm zu sein, obwohl er nicht umhin konnte, sich dagegen zu sträuben und seine Nähe zu meiden, ja, obwohl er wußte, daß er in fast jedem Gespräch Victor Henry entweder beleidigte oder enttäuschte. Seine Mutter nahm er hin, wie sie war, lieb, aufdringlich in ihrer Zärtlichkeit, ärgerlich in ihrer verspielten Verwandelbarkeit. Sein Vater dagegen war fabelhaft, und in gleicher Weise war auch Natalie fabelhaft, ganz abgesehen davon, daß sie ein hochgewachsenes, dunkelhaariges Mädchen war, das er von der ersten Stunde ihrer Begegnung an hoffnungslos zu umarmen begehrt hatte.
»Nun, jetzt wissen Sie es«, sagte Natalie. »Der Schlamassel ist endlos, aber das ist ungefähr die Quintessenz der Geschichte. Wie wäre es mit einem weiteren Schluck von Aarons Cognac? Möchten Sie nicht noch etwas? Es ist ein unheimlich guter Cognac. Komisch, sonst mache ich mir eigentlich nichts daraus.«
Byron schenkte ihnen beiden nach, obwohl sein Glas noch nicht leer war.
»Worüber ich mir den ganzen Tag den Kopf zerbreche«, sagte sie nach einem Schluck, »ist, warum Leslie sich jetzt ergibt. Der Witz ist, ich glaube, ich weiß es.«
»Er hat Sehnsucht nach Ihnen«, sagte Byron.
Natalie schüttelte den Kopf. »Leslie Slote hat sich auf der Pragaer Straße miserabel benommen. Ich verachtete ihn deswegen und habe es ihn wissen lassen. Das war der Wendepunkt. Seitdem ist *er mir* dauernd nachgejagt. In gewisser Weise bin ich davongelaufen. Ich habe nicht die Hälfte seiner Briefe beantwortet.«
Byron sagte: »Sie haben die Sache immer übertrieben. Er hat doch nur...«

»Hören Sie auf, Byron. Mir brauchen Sie nichts vorzumachen. Er bekam es einfach mit der Angst und benutzte mich als Ausrede. Er versteckte sich hinter meinem Rock. Der schwedische Botschafter hat ihm beinah ins Gesicht gelacht.« Sie trank ihr Cognacglas fast mit einem Schluck leer. »Sehen Sie, physischer Mut ist etwas, wofür man nichts kann. Er ist heute nicht einmal wichtig. Man kann Weltführer sein und dennoch ein ungeheurer Feigling. So ist wahrscheinlich Hitler. Immerhin, es ist passiert. Ich behaupte nicht etwa, daß ich Slote nicht heiraten werde, weil er Angst vor Granatfeuer hatte. Schließlich hat er sich an dem Bahnhof glänzend verhalten. Ich behaupte jedoch, daß das der Grund für seinen Heiratsantrag ist. Das ist seine Form von Entschuldigung und sogenannter Mannhaftigkeit. Es ist nicht ganz das, was ich mir erträumt hatte.«

»Es ist das, was Sie wollen.«

»Ich weiß nicht genau. Es bestehen Komplikationen. Da ist meine Familie. Meine Eltern tobten, als ich ihnen erzählte, daß ich einen Christen liebte. Mein Vater legte sich eine Woche lang ins Bett, wenngleich mich *dieses* Theater wenig rührte. Nun, so beginnt der ganze Kampf von neuem. Und Leslies Antrag ist etwas Merkwürdiges. Er spricht sich weder über Zeitpunkt noch Ort einer Heirat aus. Wenn ich ihm schriebe, daß ich dazu bereit sei, könnte er sehr wohl einen Rückzieher machen.«

»Wenn er wirklich so blöde wäre, was ich sehr bezweifle«, sagte Byron, »könnten Sie ihn ruhig sausenlassen.«

»Dann ist da auch noch Aaron.«

»Der ist nicht Ihre Sorge. Er sollte schleunigst Italien verlassen.«

»Das will er nur ungern.«

»Unsere Abwesenheit hat er schließlich auch ganz gut überstanden.«

»Oh, das glauben *Sie*. Sie hätten sein Arbeitszimmer und die Bibliothek nach meiner Rückkehr sehen sollen. Ein Chaos. Und geschrieben hatte er wochenlang nichts. Aaron hätte schon vor Jahren heiraten sollen. Er tat es nicht, dabei braucht er viel fürsorgliches Getue und Liebe. Er kann nicht einmal einen Bleistift ordentlich anspitzen.«

Byron fragte sich, ob Natalies gereizte Geschwätzigkeit auf den Cognac zurückzuführen war. Sie gestikulierte heftig, redete atemlos, und ihre Augen waren groß und glänzend. »Und außerdem gibt es noch eine weitere Komplikation. Die allergrößte.«

»Und die wäre?«

Sie starrte ihn offen an. »Wissen Sie das denn nicht, Briny? Haben Sie keine Ahnung? Nicht einmal die allerleiseste? Jetzt kommen Sie. Hören Sie auf.«

Er sagte, vielmehr stammelte, weil die plötzlich aufflammende Sinnlichkeit in Natalies Blick ihn trunken machte: »Ich glaube nicht, daß ich es weiß.«

»Schön, dann werde ich es Ihnen sagen. Sie haben es geschafft, Sie Teufel, und Sie wissen es genau. Sie haben das geschafft, was Sie vom ersten Tag unserer Begegnung wollten, ich liebe Sie.« Sie stierte ihn aus riesigen glänzenden Augen an. »Himmel, was für ein dümmliches verdattertes Gesicht. Glauben Sie mir etwa nicht?«
Mit heiserer Stimme erwiderte er: »Ich hoffe bloß, daß es wahr ist.«
Er erhob sich von seinem Sessel und ging zu ihr. Sie sprang auf, und sie umarmten sich. »O Gott«, sagte sie, sich an ihn klammernd, und küßte ihn immer wieder. »Du hast einen so wunderbaren Mund«, murmelte sie. Sie fuhr ihm durchs Haar, streichelte sein Gesicht. »So ein liebes Lächeln, so schöne Hände. Ich sehe so gern deine Hände an, ich liebe deine Bewegungen. Du bist so lieb.« Es war so, wie Byron es in hundert Tagträumen selbst erlebt hatte, nur viel intensiver, verwirrender und köstlicher. Sie rieb sich an ihm in sinnlicher Lust, fast wie eine Katze. Das braune Wollkleid kratzte ihn an den Händen. Der Duft ihres Haars überstieg jeden Traum, auch der feuchte, warme süße Atem ihres Mundes. Über allem schwebte das unbegreifliche Wunder, daß all dies geschah. Sie umarmten einander stehend vor den knisternden Flammen unter Küssen, geflüsterten Torheiten, Lachen und küßten sich immer wieder.
Natalie löste sich von ihm. Sie lief ein paar Schritte von ihm weg und blieb mit flammenden Augen vor ihm stehen. »Nun, das mußte ich tun, sonst wäre ich erstickt. Noch nie habe ich etwas Ähnliches empfunden, Byron, wie dieses Hingezogensein zu dir, das einen fast verrückt macht. Ich habe immer wieder dagegen angekämpft, gekämpft und gekämpft, weil es ja verdammt keinen Sinn hat. Du bist viel zu jung. Ich will es nicht. Keinen Christen. Nicht noch einmal. Und außerdem« – sie bedeckte das Gesicht mit beiden Händen –, »ach! ach! Sieh mich nicht so an, Briny! Verschwinde aus meinem Schlafzimmer!« Byron schickte sich an hinauszugehen, obwohl ihm die Beine fast versagten. Aber er wollte ihr gefallen. Im nächsten Atemzug sagte sie: »Gott, bist du ein Gentleman. Das ist eines der unglaublichen Dinge an dir. Sag, möchtest du lieber bleiben? Mein Liebling, mein Liebster, ich möchte dich nicht hinauswerfen, ich möchte noch weiter mit dir sprechen, aber ich möchte vernünftig sein, das ist alles. Und ich möchte nicht irgendwelche falschen Schritte tun. Ich tue alles, was du sagst. Ich bete dich einfach an.«
Er sah sie an, wie sie im Feuerschein stand, in dem langen braunen Wollkleid, mit gekreuzten Armen, ein Bein zur Seite gestreckt, eine Hüfte verschoben, in einer typischen Natalie-Pose. Er war von unvorstellbarer Seligkeit benommen und von Dankbarkeit durchdrungen, am Leben zu sein. »Würdest du es überhaupt erwägen, mich zu heiraten?« sagte Byron.
Natalie riß die Augen auf, und ihr fiel der Kiefer herunter. Byron konnte

nicht anders, er brach in schallendes Gelächter über diese komische Veränderung ihres Gesichts aus, und das brachte auch sie zum Lachen. Sie ging auf ihn zu, stürzte sich nahezu auf ihn, wobei sie noch immer so schallend lachte, daß sie es kaum bewerkstelligte, ihn zu küssen. »Du lieber Gott«, keuchte sie und umschlang ihn mit ihren Armen, »du bist unfaßlich. Das sind zwei Heiratsanträge am gleichen Tag für die Jastrow! Ein Unglück kommt selten allein, was?«

»Aber ich meine es ernst«, sagte er. »Ich weiß gar nicht, weswegen wir lachen. Ich habe dich schon immer heiraten wollen. Es scheint verrückt, aber wenn du mich tatsächlich liebst...«

»Natürlich ist es verrückt«, sagte Natalie, die Lippen an seiner Wange, »so verrückt, daß man keine Worte dafür findet, aber wenn es sich um dich handelt, scheine ich völlig schwachsinnig zu sein, und vielleicht – wer weiß? Jedenfalls kann niemand von dir behaupten, daß du ein Milchbart wärst. Ziemliches Sandpapier, nicht wahr?« Sie küßte ihn noch einmal fest und ließ ihn los. »Der erste Gedanke war richtig. Du gehst jetzt. Gute Nacht, Liebling. Ich weiß, daß du es ernst meinst, und ich bin schrecklich gerührt. Eines zumindest haben wir an diesem gottverlassenen Ort: Zeit. Alle Zeit der Welt.«

In der Dunkelheit, auf seinem schmalen Bett in der Bodenkammer, lag Byron hellwach da. Eine Weile hörte er sie unten rumoren, dann war Stille im Haus. Er schmeckte noch immer Natalies Lippen. Seine Hände rochen nach ihrem Parfüm. Draußen hallte das Tal von dem Geschrei der Esel wider, die quer über die Hänge ihren Dialog miteinander führten. Ein irregeleiteter Hahn krähte lange vor Morgengrauen, und Hunde bellten. Ein plötzlicher Wind zog auf, Regen hämmerte auf die Dachziegel, und nach einer Weile tropfte Wasser in den Eimer neben seinem Bett, der unter der schlimmsten undichten Stelle stand. Der Regen ließ nach, Mondlicht schien schwach und bläulich durch das kleine runde Fenster, das Tropfen in den Eimer hörte auf, und noch immer lag Byron mit offenen Augen da, versuchte es zu fassen, seine Wunschträume eines halben Jahres von der tatsächlichen Stunde zu trennen, in der Natalie ihn mit ihren Zärtlichkeiten überwältigt hatte. Jetzt überlegte er sich fieberhaft, was er in Zukunft tun müsse. Das Fenster verfärbte sich bereits blaßlila, als er in einem Gewirr von Ideen und Entschlüssen einschlief, die sich zwischen Medizinstudium, Verfassen von Kurzgeschichten und dem Bankfach in Washington bewegten. Denn irgendwelche entfernten Vetter seiner Mutter leiteten in der Tat eine Bank.

»Hallo, Natalie.«

»Ach, hallo. Gut geschlafen?«

Es war beinah elf Uhr, als er in die Bibliothek eilte. Byron war ein unver-

besserlicher Langschläfer, aber so spät war er noch nie heruntergekommen. Drei aufgeschlagene Bücher lagen auf Natalies Schreibtisch, und sie war emsig am Tippen. Sie warf ihm einen strahlenden Blick zu und schrieb weiter. Byron fand auf seinem Schreibtisch einen Haufen von Entwürfen, deren Seiten mit Jastrows schwer leserlichen Verbesserungen durchsetzt waren, zusammen mit einer rot angestrichenen Notiz: *Ich möchte bitte dieses Material bis zum Mittagessen abgeschrieben haben.*
»A. J. hat vor zehn Minuten hereingeschaut«, sagte Natalie, »und hat mächtig gebrummt.«
Byron zählte die Seiten. »Er wird zu Mittag noch sehr viel heftiger brummen. Es tut mir leid, aber ich bin erst im Morgengrauen eingeschlafen.«
»Ach, wirklich?« sagte sie mit einem heimlichen Lächeln. »Und ich habe wie ein Murmeltier geschlafen.«
Er legte eilig Bogen und Kohlepapier in die Maschine und begann sich mit Jastrows Gekritzel abzuplagen. Eine Hand fuhr ihm durchs Haar und blieb warm auf seinem Hals liegen. »Wollen mal sehen.« Sie stand über ihn gebeugt und sah mit zärtlicher, wehmütiger Belustigung auf ihn herab. Auf dem alten braunen Kleid steckte über ihrer linken Brust die goldene Brosche mit dem Amethysten aus Warschau. Es war das erste Mal, daß sie sie trug. Sie überflog die Manuskriptseiten und nahm ein paar davon an sich. »Armer Briny, warum konntest du denn nicht schlafen? Ist egal, schreib dir die Finger wund, und ich werde es auch tun.«
Sie wurden nicht bis zum Mittagessen mit der Arbeit fertig, aber wie es sich herausstellte, hatte Jastrow jetzt an anderes zu denken. Um zwölf Uhr war ein riesiger weißer Lancia prasselnd auf den Kies vor der Villa vorgefahren. Byron und Natalie vernahmen die klangvolle Stimme Tom Searles, Annas rauhes, herzliches Lachen und Aaron Jastrows gewählte Sprache. Die Searles waren prominente amerikanische Schauspieler, die eine Villa in der Nähe der Jastrowschen bewohnten, wo die Frau malte und sich im Garten beschäftigte und der Mann sich als Maurer betätigte und kochte. Sie lasen unausgesetzt alte Stücke, neue Stücke und Romane, die vielleicht dramatisiert werden würden. Sie gehörten zu der Prominenz, und andere Prominente kamen nur nach Siena, um sie zu besuchen. Durch sie hatte Jastrow Maugham, Berenson, Gertrud Lawrence und Picasso kennengelernt und bei sich zu Gast gehabt. Als emeritierter Hochschulprofessor wäre er nur ein kleiner Fisch unter diesen großen gewesen, aber der Erfolg von *Eines Juden Jesus* hatte ihn in diese Gesellschaft eingestuft; was ihm sehr gefiel, obgleich er sich gern über die damit verbundene Unterbrechung seiner Arbeit beschwerte. Er fuhr oft mit den Searles nach Florenz, um sich mit ihren Freunden zu treffen. Natalie und Byron glaubten zunächst, daß die Schauspieler vielleicht gekommen seien, um ihn abzuholen. Aber als sie zum Mittagessen herunterkamen, saß A. J.

allein in dem Salon, schniefend und mit roter Nase, und schwenkte ein leeres Sherryglas. Er beschwerte sich, daß sie zu spät kämen. In Wirklichkeit waren sie ein paar Minuten zu früh.
»Die Searles reisen ab«, sagte er, als das Mittagessen vorbei war, nachdem er während des ganzen Mahls geniest und sich die Nase geschnaubt hatte, ohne ein Wort zu äußern. »Einfach so mir nichts, dir nichts. Sie kamen, um sich zu verabschieden.«
»Ach? Bereiten sie ein neues Stück vor?« fragte Natalie.
»Sie hauen ab. Mit Sack und Pack. Sie gehen mit ihrer gesamten Habe nach Amerika zurück.«
»Aber läuft denn ihr Mietvertrag nicht noch – wie lange gleich? Fünf Jahre?«
»Sieben. Sie lassen den Vertrag schießen. Sie sagen, sie könnten es sich nicht leisten, hier festzusitzen, falls der Krieg sich ausdehnt.« Jastrow zupfte grämlich an seinem Bart. »Nun, das ist einer der Unterschiede zwischen mieten und kaufen. Man geht einfach weg und zerbricht sich nicht weiter den Kopf darüber, was mit dem Haus geschieht. Allerdings muß ich sagen, daß sie damals mich überreden wollten, das Haus zu mieten. Ich hätte auf sie hören sollen. Aber der Preis war so billig.«
»Sir«, sagte Byron, »wenn Sie glauben, daß irgendeine Gefahr im Anzug ist, müssen Sie zuerst an Ihre Haut denken.«
»Ich habe keine solchen Ängste. Auch die Searles nicht. Für sie ist es eine Frage des Geschäfts. Wir trinken unseren Kaffee im Zitronenhaus.« Mit einem ärgerlichen Kopfschütteln versank er wieder in Schweigen.
Das Zitronenhaus, ein langgestreckter, verglaster Bau mit ungepflastertem Fußboden, der voller Zitrusbäume stand, hatte eine herrliche Aussicht auf die Stadt und die braunen Hügel rundherum. Vor den kalten Winden geschützt, die durch die Schlucht heraufbliesen, gediehen die Bäume prachtvoll in der einfallenden Sonne und blühten und trugen den ganzen Winter über Früchte. Jastrow bildete sich entgegen jeder ärztlichen Meinung ein, daß der schwere, süße Duft der Apfelsinen- und Zitronenblüten gut für sein Asthma wäre, das ihn jedesmal, wenn er nervös oder wütend war, überkam. Vielleicht weil er daran glaubte, wirkte es auch.
Beim Kaffeetrinken hörte sein Niesen auf. Und die warme Sonne munterte ihn auf. Als sie das Zitronenhaus verließen, sagte er: »Ich bin überzeugt, daß sie binnen kurzem mit eingekniffenem Schwanz zurückkommen werden, drei Möbelwagen im Gefolge, die sich mühsam den Hügel hinaufschleppen. Sie erinnern mich an Leute, die bei der ersten Nachricht von einem Wirbelsturm von *Martha's Vineyard* die Flucht ergriffen. Ich selbst habe vier Wirbelstürme durchgestanden und das Schauspiel ausgiebig genossen.«

Als er gegangen war, sagte Natalie zu Byron: »Es hat ihn schwer getroffen.«
»Hoffentlich bringt es ihn von hier weg.«
»Aber, Lieber, wenn Aaron fortgeht, wird das Haus verkommen.«
»Na und?«
»Du hast nie etwas besessen, nicht wahr, Briny? Oder dir Geld gespart. Wenn du das mal getan hast, wirst du es vielleicht besser verstehen.«
»Hör mal, Natalie, A. J. hat spät im Leben einen Glückstreffer gehabt, und der ist ihm zu Kopf gestiegen, und er hat sich für einen Pappenstiel eine große italienische Villa in einer einsamen Bergstadt gekauft. Schön. Angenommen, er gibt sie jetzt auf. Wenn sie zum Verkauf angeboten wird, wird er irgend etwas dafür bekommen. Wenn nicht, kann er nach dem Krieg wieder herkommen und sie herrichten lassen. Oder er kann sie einfach verfallen lassen. Wie gewonnen, so zerronnen.«
»Du siehst die Dinge so einfach«, sagte sie.
Sie saßen nebeneinander auf einem weißen Rohrsofa. Er wollte den Arm um ihre Taille legen.
»Laß das«, sagte sie, nach Luft schnappend und seinen Arm von sich lösend. »Auch das ist zu einfach. Hör mir gut zu, Byron. Wie alt bist du? Schon fünfundzwanzig? Ich bin siebenundzwanzig.«
»Ich bin alt genug für dich, Natalie.«
»Alt genug wofür? Um mit mir zu schlafen? Sei nicht kindisch. Die Frage ist, was tust du eigentlich? Ich kann jederzeit an einer Universität unterrichten. Ich habe meinen *Master of Arts* fast fertig. Aber du? Was kannst du? Ein Lächeln, das mich verrückt macht, und wunderschönes Haar. Du bist tapfer, du bist edel, aber es hat dich nur zufällig hierher verschlagen. Du bist nur meinetwegen geblieben. Du schlägst lediglich deine Zeit tot, und du hast nichts gelernt.«
»Natalie, wie würde es dir gefallen, mit einem Bankier verheiratet zu sein?«
»Mit was? Einem *Bankier?*«
Er erzählte ihr von seinen Verwandten und ihrer Bank in Washington. Sie strahlte ihn mit gefalteten Händen an, das Gesicht leuchtete in der Sonne. »Nun, wie klingt das?« fragte er.
»Oh, fein«, sagte sie. »Du siehst dem Leben endlich ins Gesicht. Eine harte ernste Sache, was? Jetzt sag mir eins.«
»Was?«
»Wann hast du dich eigentlich entschlossen, mich zu mögen?«
»Wollen wir nicht von meiner Bankidee sprechen?«
»Natürlich, Liebling. Alles zu seiner Zeit. Wann war das?«
»Also schön, ich sag's dir. Als du deine Sonnenbrille abnahmst.«
»Meine Sonnenbrille? Wann war denn das?«

»Aber doch am ersten Tag, als wir mit Slote die Villa betraten. Weißt du das nicht mehr? Im Wagen hattest du diese große schwarze Brille auf, aber als du sie abnahmst, sah ich deine Augen.«
»Und?«
»Du hast mich gefragt, wann ich mich in dich verliebt hätte. Hiermit sage ich es dir.«
»Aber das ist doch so absurd. Wie alles, was du sagst und tust. Du kanntest mich doch gar nicht. Und meine Augen müssen jedenfalls völlig rot angelaufen gewesen sein. Ich war bis vier Uhr nachts auf gewesen und hatte einen fürchterlichen Krach mit Leslie gehabt. Du hast mir damals nicht den geringsten Eindruck gemacht, und deswegen war es mir ganz egal. Jetzt hör mal zu, Briny, du willst doch nicht im Ernst Bankier werden, nicht wahr?«
Er sah sie mit einem verlegenen Grinsen an.
»Nun, ich habe allerdings auch an etwas anderes gedacht. Aber lach mich, bitte, nicht aus.«
»Natürlich nicht.«
»Ich dachte an den auswärtigen Dienst. Er ist interessant, und man dient seinem Vaterland.«
»Du und Leslie in demselben Beruf?« sagte sie. »Das wäre so 'ne Sache.« Sie ergriff seine Hand auf eine mütterliche Art, die Byron deprimierte. »Das kann dir nicht viel Spaß machen, Briny, all diese seriösen Gespräche.«
»Das macht nichts«, sagte Byron. »Fahren wir fort.«
Einen Augenblick saß sie nachdenklich da, seine Hand in ihrem Schoß haltend wie seinerzeit im Wagen des schwedischen Botschafters. »Am besten sage ich dir lieber, was ich wirklich denke. Das Übel ist, daß du für etwas ausgebildet bist. Du bist Marineoffizier.«
»Das ist das einzige, was ich nicht bin und mir zur Aufgabe gemacht habe, nicht zu sein.«
»Du bist bereits Offizier.«
»Nur Reserveoffizier.«
»Aber du wirst aufgerufen werden, wenn der Krieg weitergeht. Du wirst jahrelang drinstecken. Und als solcher wirst du wahrscheinlich enden, aus schierer Trägheit, Familientradition und dem Lauf der Zeit.«
»Ich kann morgen meinen Reserveoffizier aufgeben. Soll ich?«
»Aber angenommen, wir werden in den Krieg mit reingezogen. Was dann? Würdest du nicht kämpfen?«
»Dann bliebe mir nichts anderes übrig.«
Sie strich ihm mit der Hand übers Haar und zog daran. »Ja, ich weiß, daß du so denkst. Nun, ich liebe dich dafür und noch anderer Dinge wegen, aber Byron, einen Marineoffizier heirate ich nicht. Ich kann mir keine lä-

cherlichere und schrecklichere Existenz für mich vorstellen. Ich würde auch niemals einen Testpiloten heiraten oder einen Schauspieler, verstehst du das nicht?«

»Es steht überhaupt nicht zur Diskussion, sage ich dir, ich werde niemals Marineoffizier werden – was ist denn los? Warum weinst du denn?«

Sie wischte sich lächelnd die plötzlichen Tränen mit dem Handrücken ab. »Ach, sei still. Dieses Gespräch ist sinnlos. Je mehr ich versuche, etwas zu erklären, um so lächerlicher wird es. Ich weiß nur, daß ich verrückt nach dir bin. Vielleicht eine Sackgasse, aber wenn schon! Sackgassen scheinen mir ja zu liegen. Nein, nicht jetzt, Liebling, wirklich, nein…«

Sie keuchte die letzten Worte hervor, als er sie fest in die Arme nahm. Niemand war zu sehen. Jenseits der Glaswand war nur das Panorama der Stadt und der Hügel, und in dem Zitronenhaus nur Stille und der schwere süße Duft der Blüten. Sie küßten sich unaufhörlich, umarmten, berührten und klammerten sich aneinander. Natalie blickte zufällig auf, und draußen stand Giuseppe, an einen Schubkarren voller abgeschnittener Triebe gelehnt, und beobachtete sie. Er schielte ihnen betrunken zu und fuhr sich, obszön zwinkernd, über die Knubbelnase.

»Um Gottes willen«, sagte sie und zerrte heftig an ihrem Rock. Der Gärtner entblößte grinsend ein paar faulige spärliche Zähne und zog mit seinem Schubkarren ab. Byron saß hochrot, benommen und zerrauft da und sah ihm nach.

»Nun, jetzt ist es mit unserem kleinen Geheimnis vorbei. Küssen und Kosen im *Glashaus*, du liebe Zeit! Was ist nur mit mir passiert? Die ganze Sache kommt nur von der animalischen Anziehungskraft zwischen zwei Menschen, die zu lange zusammen isoliert waren.«

Sie sprang auf und zog ihn an der Hand. »Aber wie herrlich und süß es ist! Ach, dieser verdammte Giuseppe! Komm, gehen wir wieder an die Arbeit. Es hilft ja nichts.«

Als sie ins Haus zurückkamen, rief Jastrow aus seinem Arbeitszimmer: »Natalie, wo ist dein Brief? Darf ich ihn lesen?«

»Was für ein Brief, A. J.? Ich habe keine Post bekommen.«

»Bist du sicher? Ich habe einen Brief von deiner Mutter erhalten. Sie sagt, sie habe dir auch einen viel längeren geschrieben. Komm und lies das einmal. Es ist wichtig.«

Er winkte mit einem dünnen Luftpostbogen, als Byron nach oben ging. Es waren nur wenige Zeilen in der adretten, nichtssagenden Schrift ihrer Mutter, einer typischen Manhattaner Internatsschrift:

Lieber Aaron,
wir wären Dir beide sehr dankbar, wenn Du Natalie bewegen würdest, nach Hause zu kommen. Louis hat die Geschichte ihrer Polenreise sehr

mitgenommen. Der Arzt meint sogar, sie könne die Ursache dieses neuerlichen Anfalls gewesen sein. Ich habe Natalie ausführlich darüber geschrieben. Lies bitte den Brief, da es sinnlos wäre, die ganze entsetzliche Geschichte zu wiederholen. Rückblickend haben wir viel Glück gehabt. Louis scheint in keiner unmittelbaren Gefahr zu schweben, aber mehr will der Arzt uns nicht sagen.
Wir fragen uns alle, wie lange Du selbst noch die Absicht hast, in Italien zu bleiben. Kommt es Dir nicht sehr gefährlich vor? Ich weiß, daß Du und Louis seit Jahren nicht mehr in Verbindung wart, aber er sorgt sich um Dich. Du bist sein einziger Bruder.
Herzlichst Sophie und Louis

Natalie sah noch einmal die Post in der Bibliothek durch, aber es war nichts für sie da, außer einem Brief von Slote.
Byron, der von seiner Arbeit aufsah, bemerkte den Ernst auf ihrem Gesicht: »Was hast du, Natalie?«
»Es ist mein Vater. Ich werde vielleicht fahren müssen.«

Der Brief von ihrer Mutter traf zwei Tage später ein. Inzwischen behandelte Natalie Byron wieder mit einer gewissen Distanziertheit und sah ihn, obwohl sie die Brosche noch trug, mit veränderten Augen an.
Natalie brachte den langen und ziemlich verzweifelten Brief über die Herzattacke ihres Vaters zu Jastrow, der, in einen Schal gewickelt, am Kaminfeuer im Arbeitszimmer seinen Tee trank. Er schüttelte über den Brief teilnehmend den Kopf und gab ihn ihr zurück. Während er schlückchenweise Tee trank und in das Feuer starrte, sagte er:
»Du solltest lieber fahren.«
»Ja, das fand ich auch. Ich habe fast fertig gepackt.«
»Was fehlte denn Louis das letzte Mal? War es dermaßen schlimm?«
Die Brüder waren einander tief entfremdet – warum, wußte Natalie nicht genau –, und daß er jetzt das lange Schweigen über ihren Vater brach, empfand sie als peinlich und unangenehm.
»Nein, eigentlich nicht. Die Ursache war meine Mitteilung, daß ich Leslie liebte. Papa sackte plötzlich zusammen, hatte Atembeschwerden und verlor vorübergehend das Bewußtsein. Aber ins Krankenhaus kam er damals nicht.«
Jastrow spielte nachdenklich mit seinem Bart. »Er ist erst einundsechzig. Weißt du, Natalie, im Alter wird die Frage, welchem Elternteil man nachschlägt, ziemlich bedeutungsvoll. Auf seiten unserer Mutter sind fast alle um die Sechzig herum gestorben. Die zwei Brüder unseres Vaters jedoch wurden beide über neunzig, und auch er wurde immerhin achtundachtzig. Meine Zähne sind die meines Vaters. Ich habe blendende Zähne.

Louis hat nie gute Zähne gehabt, genau wie Mama.« Jastrow bemerkte den finsteren, beobachtenden Blick des Mädchens. »Du denkst jetzt, was für ein egozentrisches altes Scheusal A. J. ist.«
»Das habe ich überhaupt nicht gedacht.«
Jastrow zog baumwollene Handschuhe an, um in der Glut zu stochern und ein neues Holzscheit aufzulegen. Er war sehr eitel wegen seiner kleinen, wohlgeformten Hände. »Du wirst nicht zurückkommen. Das weiß ich. Das Leben wird schwierig hier werden. Vielleicht könnte ich nach Mexiko oder Arizona. Aber das sind so langweilige dürre Gegenden, bar jeder Kultur. Allein der Gedanke ist gräßlich, dort schreiben zu sollen...« Er seufzte tief, es war fast ein Stöhnen. »Vielleicht ist meine Arbeit nicht dermaßen wichtig. Immerhin, die Arbeit erhält mich am Leben.«
»Deine Bücher sind aber wichtig, A. J.«
»So? Warum?«
Natalie stützte im Sitzen das Kinn auf die Faust und suchte nach einer ehrlichen und präzisen Antwort. »Natürlich sind sie sehr lesbar und häufig brillant, aber das ist nicht das Wesentliche an ihnen. Ihre Originalität liegt in dem Geist, der aus ihnen spricht. Die Bücher sind sehr jüdisch. Auf eine glaubwürdige, unsentimentale Weise, sowohl thematisch wie in der Einstellung. Mich jedenfalls haben sie erkennen lassen, wieviel das Christentum dem bizarren Völkchen verdankt, dem wir angehören. Es ist erstaunlich, wieviel davon du selbst in das Konstantin-Buch hereingebracht hast.«
Ihre Worte übten eine erstaunliche Wirkung auf Aaron Jastrow aus. Er lächelte unsicher, seine Augen wurden feucht, und plötzlich sah er ungemein jüdisch aus, der Mund, die Nase, die weiche weiße Hand in seinem Bart waren alles Züge eines barhäuptigen kleinen Rabbiners. Er sprach mit weicher, zitternder Stimme: »Natürlich sagst du das nur, um mir eine Freude zu machen.«
»Aber das denke ich, Aaron.«
»Nun, du bist sehr lieb. Ich habe mich zwar zu einem Heiden, einem Materialisten, einem Hedonisten entwickelt – und mich vor langer, langer Zeit in die Größe des Christentums und Jesu verliebt –, aber das alles hat mich nicht weniger jüdisch gemacht. Niemand sonst in der Familie wird das hinnehmen, am allerwenigsten dein Vater. Ich bin so dankbar, daß du es kannst. Ich glaube tatsächlich, daß die Bücher über Konstantin und Luther das Bild abrunden werden. Ich möchte sie schreiben. Auf meine Weise lege ich Zeugnis ab, wie es auf ihre Weise meine Rabbiner-Vorfahren taten. Obwohl sie zweifellos entsetzt über mich wären.« Er studierte ihr Gesicht. Er lächelte, und seine Augen funkelten verschmitzt. »Wie lange nach deiner Abfahrt würde Byron wohl noch hierbleiben? Seine bloße Anwesenheit gibt mir eine solche Sicherheit.«

»Erhöh ihm sein Gehalt. Das wird ihn mehr als alles andere dazu bewegen. Er hat bisher noch nie einen Pfennig verdient.«
Jastrow schürzte die Lippen, machte runde Augen und legte den Kopf auf die Seite. Aus seinen Gesten sprach sein jahrelanger Aufenthalt in Italien. »Ich muß jetzt vorsichtig mit Ausgaben sein. Wir werden sehen. Ich allerdings glaube, daß du, sobald du drüben bist, Leslie heiraten wirst. Das habe ich im Gefühl, und – ach, hör auf, zu erröten und so zimperlich zu tun. Habe ich recht?«
»Was auch immer, A. J.«
»Ich bin sicher, wenn Byron das wüßte, wäre er eher bereit, hierzubleiben.« Jastrow streichelte seinen Bart und lächelte sie an.
»Um Himmels willen, Aaron! Erwartest du etwa von mir, daß ich, nur um ihn zum Bleiben zu bewegen, Byron Henry erzähle, ich würde John Slote heiraten?«
»Aber Kind, von wem kam denn ein solcher Vorschlag? Ich meine nur...«
Jastrow streckte eine Hand aus und starrte ihr nach, völlig verblüfft über ihren plötzlichen Abgang.

20

»Ach du liebes bißchen!« rief Byron aus. »Das ist mein Vater oder sein Doppelgänger.«
»Wo?« sagte Natalie. Ihr Abflug hatte sich verspätet, und sie saßen an einem Tischchen vor einem kleinen Café am römischen Flughafen und tranken einen Kaffee.
»Dort bei den Carabinieri.«
Er deutete auf eine Gruppe von Männern, die in Begleitung von sechs ehrerbietigen Polizeibeamten das Flugbüro verließen. Einige von ihnen trugen die grüne Uniform des Außenministeriums, die übrigen Zivil. Die soldatische Haltung eines gedrungenen, breitschultrigen Mannes in einem Pfeffer-und-Salz-Anzug und weichem Hut war Byron aufgefallen. Er stand auf und sagte: »Ist er's denn wirklich? Aber warum, zum Teufel, hat er mir denn nicht geschrieben oder telegrafiert, daß er nach Italien kommt? Ich sehe mal nach.«
»Briny!«
Er war im Begriff loszulaufen und blieb stehen. »Ja?«
»Wenn es dein Vater ist – ich bin so unordentlich und verrußt von der gräßlichen Eisenbahnfahrt. Ich würde ihn lieber ein anderes Mal kennenlernen.«
»Ich will sehen, ob er es überhaupt ist.«
Victor Henry hörte die Stimme, als die Gruppe gerade die Ausgangstüren erreicht hatte. »Dad! Dad! Warte!«
Als Pug die Stimme erkannte, drehte er sich um, winkte und bat seine Eskorte des Ministeriums, auf ihn zu warten. »*D'accordo*.« Der Italiener verbeugte sich lächelnd und faßte den jungen Mann, der heraneilte, scharf ins Auge. »Ich kümmere mich um Ihr Gepäck, Commander, und warte draußen auf Sie. Es ist genügend Zeit.«
Vater und Sohn drückten einander die Hand. »Aber so etwas!« sagte Victor Henry und sah zu Byron mit einer Zärtlichkeit hinauf, die er, wäre er weniger überrascht gewesen, wie üblich verborgen hätte.
»Was ist denn los, Dad? Hättest du mich nicht vorher wissen lassen können, daß du herkommst?«
»Es kam ganz plötzlich. Ich hätte dich heute abend angerufen. Was machst du denn in Rom?«
»Natalie fährt nach Hause. Ihr Vater ist krank.«
»So? Ist sie schon fort?«
»Nein, da drüben sitzt sie.«

»Das ist also die berühmte Natalie Jastrow? Die in Grau?«
»Nein, weiter hinten, in Schwarz. Mit dem großen Hut.«
Victor Henry entdeckte in der Stimme seines Sohnes einen neuen besitzanzeigenden Ton. Das teilnahmslose und trübselige Wesen seiner Berliner Tage war einem selbstbewußten Blick und strafferen Schultern gewichen. »Du siehst ja mächtig munter und unternehmend aus«, sagte Pug.
»Mir geht es auch blendend.«
»Ich möchte das Mädchen kennenlernen.« Der Vater marschierte plötzlich auf sie zu, so schnell, daß Byron ein paar Laufschritte einlegen mußte, um mitzukommen. Es war unmöglich, ihn aufzuhalten. Sie kamen an den Tisch, wo Natalie sitzen blieb, die Hände in den Schoß gefaltet.
»Natalie, das ist Dad.«
Mit diesen lahmen Worten wurden diese beiden Menschen, die absoluten Gegenpole in Byrons Leben, einander gegenübergestellt. Natalie bot Byrons Vater die Hand, sah ihm in die Augen und wartete darauf, daß er als erster sprechen werde. Auf den ersten Blick gefiel Victor das müde aussehende, von der Reise mitgenommene Mädchen mit den dunklen Augen und dem hageren Gesicht. Sie war nicht die legendäre jüdische Abenteurerin, die er sich vorgestellt hatte; sie sah wie eine alltägliche Amerikanerin aus, aber bei allem war da eine gewisse exotische Aura, und sie hatte eine starke ruhige, weibliche Ausstrahlungskraft. Sie war bestimmt sehr befangen, dachte er, aber es war ihr nichts davon anzumerken. In dem leisen Lächeln, das sie zeigte, als er ihre Hand ergriff, strahlte sogar eine Spur ihrer Liebe zu Byron auf ihn über.
Er sagte: »Es tut mir leid, daß Sie schlechte Nachrichten von Ihrem Vater haben.«
Sie dankte mit einem Kopfnicken. »Ich weiß nicht, wie schlimm es eigentlich ist. Aber ich werde zu Hause gebraucht, und so fahre ich eben.« Ihre leise Stimme war lieblich, doch so fest wie ihr Blick.
»Kommen Sie zurück?«
»Das weiß ich nicht genau. Denn vielleicht kehrt auch Dr. Jastrow in die Staaten zurück.«
»Das sollte er lieber so schnell wie möglich tun.«
Pug starrte sie scharf an, und sie hielt seinem Blick stand.
Als keinem im Augenblick noch etwas zu sagen einfiel, entwickelte sich eine Art Anstarr-Wettkampf. Bald lächelte Natalie breit, ironisch und verschmitzt, wie wenn sie sagen wollte: *Na schön, Sie sind Byrons Vater, und ich kann es Ihnen nicht verdenken, daß Sie mich unter die Lupe nehmen. Wie gefällt Ihnen das Resultat?*
Das brachte Victor Henry in Verlegenheit. Er unterlag in solch einem Augenduell nur selten, aber diesmal schweifte sein Blick zu Byron ab, der die beiden mit lebhaftem Interesse beobachtete. Ihm war aufgefallen, wie

schnell Natalie ihr Gleichgewicht wiedergewonnen hatte. »Nun, Briny«, knurrte er fast, »ich sollte mich wohl jetzt auf den Weg machen, um den Kerl vom Ministerium nicht zu lange warten zu lassen.«
»Gut, Dad.«
Natalie sagte: »Byron erzählte mir, daß Sie sich in Berlin mit den Tudsburys angefreundet haben, Commander. Ich kenne Pamela.«
»Tatsächlich?« Pug brachte ein Lächeln zustande. Sie bemühte sich, durch Geplauder eine Entspannung herbeizuführen, und das gefiel ihm.
»Ja, in Paris gingen wir mit zwei Jünglingen aus, die eine Wohnung zusammen hatten. Sie ist reizend.«
»Da stimme ich Ihnen völlig zu, und sie ist ganz für ihren Vater da. Allerdings eine übergeschnappte Fahrerin.«
»Ach, haben Sie das auch gemerkt? Ich bin einmal mit ihr von Paris nach Chartres gefahren und wäre am liebsten zu Fuß nach Hause gegangen. Sie hat mich zu Tode erschreckt.«
»Ich glaube, daß schon mehr dazu gehört, um Sie zu erschrecken.« Pug streckte ihr die Hand entgegen. »Ich freue mich, Sie, wenn auch nur so zufällig, kennengelernt zu haben, Natalie.« Ungeschickt, fast stammelnd fügte er hinzu: »Es erklärt vieles. Gute Reise. Fliegen Sie die ganze Strecke?«
»Ich habe einen Platz auf dem Donnerstag-Klipper von Lissabon. Hoffentlich werden wir nicht abgeschossen.«
»Kaum. Jetzt ist alles ruhig. Aber es ist gut für Sie, daß Sie diesen Erdteil verlassen. Leben Sie wohl.«
»Leben Sie wohl, Commander Henry.«
Victor ging abrupt davon, und Byron eilte neben ihm her. »Was ist jetzt mit dir, Briny. Du bleibst weiter in Siena?«
»Vorläufig ja.«
»Weißt du, daß Warren sich verlobt hat?«
»Ach, steht das jetzt fest?«
»Ja. Sie wollen am siebenten Mai heiraten, wenn er seine Flugzeugträger-Ausbildung beendet hat. Ich hoffe, du bist bis dahin zurück. Du wirst keine zweite Bruderhochzeit erleben. Ich selbst bemühe mich um Urlaub.«
»Ich werde es bestimmt versuchen. Wie geht es Mutter?«
»Nicht besonders. Berlin fängt an, sie zu bedrücken.«
»Ich dachte, sie fände es so angenehm.«
»Es wird mit der Zeit weniger angenehm.« Sie waren am Eingang des Flugbüros angelangt. »Wie lange bleibst du in Rom?«
»Wenn ich dich sehen kann, bleibe ich, bis du frei bist.«
»Also gut. Melde dich auf der Botschaft bei Captain Kirkwood. Er ist der Marineattaché. Vielleicht können wir heute abend zusammen essen.«

»Okay.«
»Das ist ein ungewöhnliches Mädchen.«
Byron lächelte unsicher. »Könntest du wirklich schon was sagen?«
»Was du nie erwähnt hast, ist, daß sie so hübsch ist.«
»Was? Das finde ich, ehrlich gesagt, nicht. Nicht wirklich hübsch. Ich bin in sie verschossen, wie du wohl weißt, aber…«
»Sie hat Augen, in denen man ertrinken könnte. Sie ist sehr beeindrukkend. Jedoch, was ich vor langem dir über sie geschrieben habe, gilt noch immer. Jetzt, nachdem ich sie gesehen habe, noch mehr. Sie ist eine erwachsene Frau.« Er legte für einen Augenblick seine Hand auf Byrons Schulter. »Ich will dich nicht kränken.«
»Ich liebe sie.«
»Nun, diese Frage wollen wir nicht jetzt an Ort und Stelle klären. Geh zu ihr zurück. Sie sitzt da ganz allein. Und rufe Kirkwood wegen heute abend an.«
»Das werde ich tun.«
Natalies Gesicht war angespannt und fragend, als Byron zurückkam. Er sank auf den Stuhl neben ihr. »Mein Gott, was für ein Schock. Ich kann es noch immer nicht ganz fassen. Es ging alles so schnell. Er sieht müde aus.«
»Weißt du, weshalb er hier ist?«
Byron schüttelte langsam den Kopf.
Natalie sagte: »Ich habe ihn mir anders vorgestellt. Er sieht gar nicht streng aus. Aber wenn er spricht, bekommt man ein bißchen Angst vor ihm.«
»Er war begeistert von dir.«
»Byron, rede keinen Quatsch. Sieh mich nur an. Eine rußbedeckte Schlampe.«
»Er sagte etwas Markiges über deine Augen.«
»Das glaube ich nicht. Was hat er denn gesagt?«
»Das sage ich dir nicht. Es ist mir peinlich. Ich habe niemals so etwas von ihm gehört. Was für ein Glück! Er mag dich. Übrigens, mein Bruder heiratet.«
»So? Wann denn?«
»Im Mai. Sie ist die Tochter eines Kongreßabgeordneten. Ihr scheint es nicht so viel auszumachen, einen Marineoffizier zu heiraten! Machen wir doch eine Doppelhochzeit.«
»Warum nicht? Bis dahin bist du sicherlich Bankdirektor.«
Beide lächelten zwar, aber die Frage, die unbeantwortet in der Luft hing, verlieh ihrem Ton eine gewisse Schärfe. Es war in gewisser Weise eine Erleichterung, als der dröhnende Lautsprecher ihren Abflug bekanntgab. Byron trug ihr Handgepäck und ein paar zerbrechliche Geschenke für ihre

Familie in das Gewimmel der schwatzenden, weinenden, sich küssenden Italiener vor dem Ausgang. Natalie umklammerte ihr Billett und versuchte die Schreie der uniformierten Beamten zu verstehen. Er wollte sie küssen, aber viel kam dabei nicht heraus.
»Ich liebe dich, Natalie«, sagte er.
Sie legte in dem Gedränge einen Arm um ihn und sagte, den Lärm übertönend: »Ich glaube, es ist gut, daß ich jetzt nach Hause fahre. Und inzwischen habe ich deinen Vater getroffen! Das war schon etwas! Hat er mich wirklich gemocht? Wirklich?«
»Du hast ihn umgeworfen, sage ich dir. Und warum auch nicht?«
Die Menge begann sich durch das Tor zu schieben.
»Wie soll ich jemals dieses ganze Zeug tragen? Reich mir die Taschen und häng sie mir über, Lieber.«
»Versprich mir, daß du kabelst, falls du beschließt, nicht zurückzukommen«, sagte Byron, ihr Taschen in und unter die Arme stopfend. »Weil ich dann mit dem nächsten Flugzeug nach Hause fliege.«
»Ja, ich kabele dir.«
»Und versprich, daß du, bevor du mich nicht wiedersiehst, keine anderen Beschlüsse fassen, nichts Drastisches tun wirst.«
»Ach, Byron, wie jung du bist! Wozu soviel Worte? Weißt du denn nicht, wie ich dich liebe?«
»Versprich es!«
Ihre dunklen Augen waren feucht und riesengroß, ihre Arme und Hände bepackt, das grüngelbe Billett steckte zwischen ihren Fingern, und sie zuckte die Achseln, lachte und sagte: »Ach, meinetwegen. Ich verspreche es. Aber du weißt doch, was Lenin etwa gesagt hat: Versprechen sind dazu da, gebrochen zu werden. Leb wohl, mein Liebling, mein Herz. Leb wohl, Byron.« Ihre Stimme schwoll an, als die nachdrängenden Reisenden sie mit sich fortzogen.

Nachdem er im Hotel ein paar Stunden unruhig geschlafen hatte, legte Commander Henry eine frisch gebügelte Uniform an sowie Schuhe, die wie schwarze Spiegel glänzten, und ging zu Fuß in die Botschaft. Unter dem grauen, tief hängenden Himmel trotzten in den Tisch- und Stuhlreihen auf der Via Veneto nur wenige Gäste der Dezemberkälte. Die Benzinknappheit hatte fast den ganzen Autoverkehr von den breiten Straßen verdrängt. Wie in Berlin herrschte in dieser Metropole eines Diktaturstaats eine Atmosphäre von Elend und Trübseligkeit.
Captain Kirkwood war den Tag über weggefahren. Sein Sekretär überreichte Victor ein langes, dickes Kuvert. Zwei kleine Gegenstände klirrten auf den Schreibtisch, als er es aufriß: ansteckbare Silberadler, das Kragenabzeichen eines Captains.

Captain William Kirkwood gibt sich die Ehre, Captain Victor Henry um neun Uhr zum Essen in die Osteria del'Orso einzuladen, und hofft, daß er frei ist.
PS. Sie tragen keine Uniform. Bitte vier Streifen anlegen.

Angeheftet an die Nachricht war ein Stück Goldlitze und die Alnav-Liste der neu ernannten Kapitäne. Der Name *Victor Henry* war rot umrandet. Der Sekretär, von erfrischend sommersprossiger amerikanischer Physiognomie, sagte lächelnd: »Ich gratuliere Ihnen, Captain.«
»Vielen Dank. Hat mein Sohn angerufen?«
»Jawohl, Sir, er kommt zum Essen. Das ist schon alles arrangiert. Ich habe gerade Kaffee gemacht, vielleicht möchten Sie im Büro des Captains eine Tasse trinken?«
»Ja, gern.«
Auf dem Drehstuhl des Marineattachés sitzend, trank Victor zahllose Tassen des starken Marinegebräus, eine Köstlichkeit nach dem deutschen Ersatzzeug, das er monatelang hatte trinken müssen. Auf der Schreibtischplatte breitete er die Adler, den Alnav und die Goldlitze aus. Sein gefurchtes blasses Gesicht sah fast gelangweilt aus, als er seine neuen Rangabzeichen betrachtete; aber er war begeistert, vor allem erleichtert. Er hatte schon seit langem gefürchtet, daß der Personalausschuß ihn bei dieser ersten Runde übergehen würde. Die IO's von Schlachtschiffen, Kreuzern, Flottillenführer von Unterseebooten und Zerstörern, mit Beziehungen zum Schiffs- und Waffenamt, hatten durchaus die Möglichkeit, einen Attaché zu verdrängen. Die große Hürde in dem Rennen um den Admiralsrang war eine frühzeitige Beförderung zum Captain. Die wenigen Offiziere, die Admirale wurden, mußten es möglichst rasch zum Captain bringen. Diese frühe Beförderung, dieser nüchterne kleine Vermerk in seiner Personalakte war der Lohn dafür, daß er fünfundzwanzig Jahre immer das, was sein mußte, getan hatte. Es war seine erste Beförderung seit zehn Jahren, und es war die wichtigste.
Er wünschte, er könnte diese erfreuliche Nachricht sofort seiner ruhelosen Frau mitteilen. Vielleicht könnten sie, dachte er, wenn er wieder in Berlin war, eine Party für Botschaftsangehörige, Journalisten und befreundete ausländische Attachés geben, um die trübe Stimmung, die auf der jüdischen Grunewald-Villa lastete, etwas zu heben.
Natalie Jastrow kam ihm wieder in den Sinn und verdrängte sogar die Beförderung. Seit der zufälligen Begegnung mit ihr mußte er dauernd an sie denken. In jenen wenigen Minuten hatte er die machtvolle, vielleicht unzerreißbare Bindung zwischen seinem Sohn und dem Mädchen gespürt. Aber wie war das nur möglich? Frauen wie Natalie Jastrow und ihre Freundin Pamela neigten, wenn sie sich schon nicht an ein natürliches Al-

tersverhältnis hielten, eher dazu, einen Mann fast seines Alters zu heiraten, statt hinunterzulangen und sich einen unreifen Burschen wie Byron zu greifen. Natalie war reifer und fertiger als Janice, die Byrons älteren Bruder heiratete. Schon aus diesen Gründen war die Verbindung schief und ließ ihn über ihren Sinn und ihre Haltbarkeit nachdenken, aber das jüdische Problem überragte alles andere.

Victor Henry war nach bester eigener Überzeugung nicht bigott. Sein eng begrenztes Leben hatte ihm sehr wenig Umgang mit Juden vermittelt. Er war ein dürrer Realist, und die ganze Sache verhieß Schwierigkeiten. Wenn es ihm beschieden war, halbjüdische Enkel zu haben, dann würden sie wohl bei einer solchen Mutter schön und gescheit sein. Aber er fürchtete, daß sein Sohn nicht Manns genug war, die Komplikationen zu meistern, und es niemals sein würde. Die Gelassenheit und der Mut, die er in Warschau bewiesen hatte, waren für die Laufbahn eines Sportsmanns oder Militärs ausgezeichnete Eigenschaften, aber im täglichen Leben bedeuteten sie wenig im Vergleich zu Ehrgeiz, Fleiß und gesundem Menschenverstand.

»Mr. Gianelli ist hier, Sir.« Die Stimme des Sekretärs ertönte verzerrt aus dem Hausapparat.

»Führen Sie ihn herein.« Victor Henry raffte die Abzeichen zusammen und steckte sie in eine Hosentasche, nicht halb so glücklich, wie er dereinst geglaubt hatte, daß die Beförderung zum Captain ihn machen würde.

Der Bankier aus San Francisco trug einen eleganten, doppelreihigen, dunkelgrauen Anzug mit breiten weißen Nadelstreifen und übergroßen britischen Revers. Das Innere des grünen Rolls-Royce roch nach einem starken Toilettewasser. »Ich hoffe, Sie haben Ihren Mittagsschlaf ebenso genossen wie ich den meinen«, sagte er und steckte sich eine sehr lange Zigarre an. All seine Bewegungen und auch alle Einzelheiten seiner Person – Maniküre, Ringe, Hemd, Krawatte – strömten die Ruhe, die Glätte gesicherten Reichtums aus. Trotz alledem wirkte er animiert und leicht nervös. »Also ich habe bereits mit dem Außenminister gesprochen. Sie kennen Graf Ciano?« Pug schüttelte verneinend den Kopf. »Ich kenne ihn schon seit vielen Jahren. Er kommt definitiv auf den Empfang und nimmt mich dann in den Palazzo Venezia mit. Was ist nun mit Ihnen? Was sind Ihre Instruktionen?«

»Mich für die Dauer Ihres Aufenthalts in Italien und Deutschland als Ihr Sekretär zu betrachten, Sir, und mich Ihnen in jeder gewünschten Weise zur Verfügung zu stellen.«

»Verstehen Sie Italienisch?«

»Schlecht, um es milde auszudrücken. Zur Not kann ich mich durch eine Zeitung durchfinden.«

»Das ist schade.« Der Bankier rauchte genießerisch seine Zigarre, während seine schweren Augen Victor Henry prüfend ansahen. »Dennoch, der Präsident sagte, es wäre vielleicht gut, wenn Sie bei beiden Besprechungen zugegen wären, sofern diese Staatsoberhäupter das zulassen. Einfach ein anderes Paar Augen und Ohren dabei zu haben. In Karinhall kann ich natürlich darum bitten, daß Sie mir den Dolmetscher machen. Mein Deutsch ist nicht allzu gut. Ich glaube, wir müssen es von der Situation abhängig machen. Der ganze Auftrag ist sehr ungewöhnlich, und es besteht kein Protokoll dafür. Normalerweise würde mich unser Botschafter begleiten.«

»Wie wäre es, wenn ich einfach mitkäme, falls man mich durchläßt, als wäre es die natürlichste Sache der Welt?«

Der Bankier schloß mehrere Sekunden lang die Augen, dann nickte er und öffnete sie wieder. »Ah, da ist das Forum. Sie waren schon einmal in Rom? Wir fahren jetzt durch den Konstantin-Bogen. Ein geschichtsträchtiger Ort. Vermutlich sind in damaliger Zeit unsere Abgesandten mit genauso seltsamen Aufträgen hergekommen.«

Victor sagte: »Der Empfang jetzt – findet er in Ihrer Wohnung statt?«

»O nein. Ich habe nur ein kleines Apartment bei der Via Veneto. Meine Onkel und Vettern sind hiesige Bankiers. Der Empfang findet in ihrem Stadtpalais statt, und er gilt mir. Machen wir folgendes aus: wenn ich mir, während wir mit Ciano zusammen sind, an mein Revers fasse, dann entfernen Sie sich. Sonst kommen Sie mit, so wie Sie es vorgeschlagen haben.«

Diese Abmachung erwies sich als unnötig, weil Mussolini persönlich auf dem Empfang erschien. Ungefähr eine halbe Stunde nach der Ankunft der Amerikaner entstand am Eingang des riesigen mit Marmorsäulen ausgestatteten Raumes ein ungeheurer Aufruhr, und Il Duce spazierte schwungvoll herein. Nach der Aufregung und Verwirrung unter den Gästen zu urteilen, hatte man nicht mit ihm gerechnet. Sogar Ciano in der bunten, grün-weiß-goldenen Uniform des auswärtigen Dienstes schien betroffen.

Mussolini war von überraschend kleiner Statur, noch kleiner als Pug, und trug eine zerknitterte Tweedjacke, dunkle Hosen, einen Pullover und braun-weiße Schuhe. Victor dachte sofort, daß Mussolini, vielleicht aus Rücksicht auf die Deutschen, mit dieser lässigen Aufmachung seine Nichtachtung für Roosevelts inoffiziellen Boten betonen wollte. Mussolini ging ans Buffet, aß Obst, trank Tee und schwatzte jovial mit den Gästen, die ihn umlagerten. Er ging, eine Tasse in der Hand, durch den Raum und sprach mit diesem und jenem. Als er an Luigi Gianelli vorbeikam, sah er ihn einmal kurz an, nahm aber von den beiden Amerikanern sonst keine Notiz. In dieser Umgebung glich Mussolini keineswegs der wilden

Diktatorfigur mit dem dämonischen Blick. Seine vorstehenden Augen hatten eine italienische Weichheit, sein Lächeln war breit, ironisch, sehr weltgewandt, und Victor Henry schien es, als habe er einen geschickten kleinen Mann vor sich, der sich zwar in den Sattel geschwungen hatte und es innig genoß, aber dessen kriegerisches Gehabe nur eine Komödie war. Er war kein Vergleich zu dem wilden Hitler.

Mussolini verließ den Saal, während Pug eine holperige Konversation mit Gianellis Tante machte, einer schmuckbehängten, geschminkten alten Person von hoheitsvollem Gebaren, mit Pfefferminzatem und nahezu stocktaub. Auf einen Wink des Bankiers, der mit Ciano davonschritt, entschuldigte sich Pug und folgte ihm. Die drei Männer gingen durch hohe geschnitzte Holztüren in eine Bibliothek von fürstlichem Ausmaß, die mit kostbaren, goldgeprägten, braunen, roten und blauen Lederbänden ausgeschlagen war. Hohe Fenster überblickten die Stadt, die mit ihrer strahlenden Beleuchtung, in langen Zickzackreihen und verstreuten Bündeln funkelnd, so ganz anders als das verdüsterte Berlin aussah. Mussolini lud sie mit Herrschergebärde ein, Platz zu nehmen. Der Bankier setzte sich neben ihn auf das Sofa, während Ciano und Victor Henry ihnen in Lehnsesseln gegenübersaßen. Mussolini maß Henry mit kaltem Blick, den er dann auf Gianelli richtete.

Dieser Blick veränderte schlagartig Victors Eindruck von dem italienischen Führer und ließ ihn deutlich spüren, daß er hier nichts zu suchen hatte und Mißtrauen erregte. Er fühlte sich jung und unsicher, wie ein Fähnrich, der sich auf Admiralsgebiet vorgewagt hatte. Bei Ciano hatte er dies Gefühl nicht gehabt, auch jetzt nicht, als dieser prunkvoll und vorsichtig dasaß, der Schwiegersohn, der darauf wartete, daß der mächtige Alte sprechen werde. Aus dieser Nähe konnte Victor erkennen, wie weiß Mussolinis Haarfranse war, welche Furchen die Anstrengung, Entscheidungen zu treffen, in seinem Gesicht hinterlassen hatte, wie lebendig die großen Augen waren, die jetzt undurchsichtig glitzerten. Dieser Mann könnte ohne weiteres Hunderte von Morden anordnen, dachte Pug, wenn es sein müßte. Er war ein italienischer Herrscher.

Pug vermochte teilweise dem klaren gemessenen Italienisch des Bankiers zu folgen, als dieser eilig erläuterte, daß sein hochgeschätzter Freund Franklin Roosevelt den Marineattaché in Berlin für die Dauer seines kurzen Aufenthalts in Europa zu seinem Sekretär bestimmt habe; auch daß Henry als Dolmetscher bei Hitler fungieren werde. Er sagte, daß Henry, je nachdem es dem Duce beliebe, jetzt bleiben oder sich entfernen werde. Mussolini blickte Henry abermals an, ihn diesmal sichtlich als Roosevelts Beauftragten abwägend. Sein Ausdruck wurde etwas freundlicher.

»Sprechen Sie Italienisch?« fragte er in gutem Englisch und überrumpelte Henry damit, als spreche plötzlich eine Statue zu ihm.

»Ich kann wohl einigermaßen folgen, Exzellenz. Sprechen kann ich es nicht. Aber schließlich habe ich ja auch nichts zu sagen.«
Mussolini lächelte, wie Victor ihn in dem anderen Saal heute hatte lächeln gesehen. »Sollten wir auf Fragen der Marine zu sprechen kommen, werden wir vielleicht Englisch reden.«
Er sah erwartungsvoll auf den Bankier.
»*Bene, Luigi!*«
Der Bankier sprach etwa eine Viertelstunde lang. Da Pug schon das Wesentliche kannte, entging ihm nicht allzuviel. Nach einigen Komplimenten erklärte Gianelli, er sei kein Diplomat und habe weder die Befugnisse noch die Kunst, Staatsangelegenheiten zu erörtern. Er sei gekommen, um im Auftrag des Präsidenten inoffiziell eine Frage an Il Duce zu stellen. Mr. Roosevelt habe absichtlich eine Privatperson, die den Duce kenne, als Abgesandten gewählt, damit eine negative Antwort die offiziellen Beziehungen zwischen den Vereinigten Staaten und Italien nicht störe. Der Präsident sei alarmiert darüber, wie Europa auf eine Katastrophe zusteuere. Wenn im Frühjahr ein ausgewachsener Krieg ausbräche, könnten unvorstellbare Grauen die ganze Welt überziehen. Wäre es möglich, selbst zu dieser späten Stunde, etwas dagegen zu tun? Mr. Roosevelt denke an eine offizielle, dringende Mission durch einen hohen Diplomaten der Vereinigten Staaten, etwa vom Rang Sumner Welles' (Ciano, der die Fingerspitzen gegeneinander klopfte, sah bei der Erwähnung dieses Namens auf), der alle Oberhäupter der kriegführenden Staaten vielleicht Ende Januar aufsuchen und die möglichen Bedingungen einer allgemeinen europäischen Bereinigung erkunden könnte. Der Duce selbst habe am 31. August, in letzter Minute, zu einer ähnlichen Erkundung, leider vergeblich, aufgerufen. Wenn er jetzt im Verein mit dem Präsidenten eine solche Bereinigung herbeiführte, ginge er als Retter der Menschheit in die Geschichte ein.
Mussolini überlegte etwa eine Minute lang, mit dumpfem, abwesendem Ausdruck und gebeugten Schultern, während eine Hand an seinem Tweedrevers spielte. Dann sagte er – soweit Victor ihm zu folgen vermochte –, daß die Außenpolitik Italiens auf dem Stahlpakt, der unerschütterlichen Bindung an Deutschland, beruhe. Jeder Versuch, jedes Manöver, jeder Trick, um Italien von diesem Bündnis abzuspalten, würde scheitern. Ein Friedensschluß in Europa wäre jederzeit möglich. Keiner würde ihn mehr begrüßen als er. Wie Mr. Roosevelt bestätigte, habe er selber bis zuletzt versucht, den Frieden aufrechtzuerhalten. Aber Hitler habe im Oktober ein sehr vernünftiges Angebot gemacht, und die Alliierten hätten es verschmäht. Die amerikanische Regierung habe sich in den letzten Jahren Italien und Deutschland gegenüber betont feindselig verhalten. Diese Dinge gehörten zwar nicht in Luigis Bereich, sagte Musso-

lini, aber er müsse sie konstatieren, um seine sehr pessimistische Ansicht über eine Mission Sumner Welles' zu erklären.

»Sie haben mir eine Frage gestellt, Luigi«, schloß er. »Jetzt möchte ich Ihnen eine Frage stellen, Luigi.«

»Ja, Duce.«

»Fragt Präsident Roosevelt aus eigener Initiative an, oder weil die Alliierten ihn darum gebeten haben?«

»Duce, der Präsident hat mir gesagt, daß es seine eigene Initiative ist.«

Ciano räusperte sich, beugte sich mit gefalteten Händen vornüber und fragte: »Kennen die Engländer und Franzosen diesen Besuch, den Sie da machen, und billigen sie ihn?«

»Nein, Exzellenz. Der Präsident sagte mir, er werde gleichzeitig solche inoffiziellen Erkundigungen in London und Paris betreiben.«

Mussolini sagte: »Die Presse weiß demnach nichts davon?«

»Was ich Ihnen hier vorgetragen habe, weiß außer den Anwesenden nur der Präsident und sein Außenminister. Meine Reise ist eine private Geschäftsreise, die die Presse nicht interessiert, und dabei wird es bleiben.«

»Ich habe Ihnen meine großen Vorbehalte dargelegt«, sagte Mussolini sehr langsam und in außerordentlich formellem Ton. »Ich habe wenig Hoffnung, daß angesichts der rasenden Feindseligkeit, die in britischen und französischen Regierungskreisen gegen das neuerwachte Deutschland und seinen großen Führer herrscht, eine solche Mission irgendeinen Nutzen hätte. Aber ich teile Mr. Roosevelts Bestreben, nichts unversucht zu lassen.« Er machte eine lange Pause und sprach dann mit einem entschiedenen Nicken. »Wenn der Präsident Sumner Welles mit einer solchen Mission nach Europa schickt, werde ich ihn empfangen.«

Gianellis verkrampftes Grinsen verwandelte sich in ein echtes Lächeln voller Stolz und Entzücken. Er erging sich in Lobesäußerungen über Mussolinis weise und großartige Entscheidung und gab seiner Freude über die Aussicht, daß Italien und die Vereinigten Staaten, seine beiden Vaterländer, sich vereinten, um die Welt vor einer Katasprophe zu bewahren, überschwenglichen Ausdruck. Mussolini nickte duldsam und schien die Flut der Schmeicheleien zu genießen, obwohl er abwinkte, um den Bankier zu beruhigen.

Victor Henry ergriff die erste Pause in der Rede des Bankiers, um einzuwerfen: »Duce, darf ich fragen, ob es Signor Gianelli gestattet ist, dem Führer dies mitzuteilen? Daß Sie einer offiziellen Mission von Sumner Welles zustimmen?«

Mussolinis Augen blitzten, wie manchmal die Augen eines Admirals, wenn Victor Henry etwas Kluges sagte. Er blickte auf Ciano. Der Außenminister sagte in seinem fließenden Englisch: »Bevor Sie die Gelegenheit haben, es ihm mitzuteilen, wird der Führer das längst erfahren haben.«

»Okay«, sagte Henry.
Mussolini stand auf, faßte Gianelli am Ellenbogen und führte ihn durch die Fenstertüren auf den Balkon, einen Schwall kalter Luft in den Raum hereinlassend.
Ciano strich mit beiden weißen Händen über das dichte schwarze Haar. »Nun, Commander, was halten Sie von dem großen Sieg der deutschen Marine im Südatlantik?«
»Davon weiß ich gar nichts.«
»Ach, wirklich? Er wird um sieben Uhr im Radio Rom mitgeteilt werden. Das Panzerschiff *Graf Spee* hat in der Nähe von Montevideo eine Gruppe britischer Kreuzer und Zerstörer erwischt. Die Briten haben vier oder fünf Schiffe verloren; und alle übrigen sind beschädigt worden. Es ist eine britische Katastrophe, welche das ganze Gleichgewicht der Kräfte im Atlantik aufhebt.«
Victor Henry war entsetzt, aber skeptisch. »Und was geschah mit der *Graf Spee*?«
»Sie hat ein paar Einschläge abbekommen, die leicht zu reparieren sind. Die *Graf Spee* war viel stärker als irgendeiner ihrer Gegner.«
»Haben die Engländer das bestätigt?«
Graf Ciano lächelte. Er war ein gutaussehender Mann und wußte es offensichtlich; bloß ein bißchen zu dick und eingebildet auf das bedeutsame Leben, das er führte, dachte Victor. »Die Engländer brauchten einige Zeit, bis sie die Versenkung der *Royal Oak* bestätigten.«

Das Essen zur Feier von Victor Henrys Beförderung verlief infolge der Meldung über die *Graf Spee* anfänglich sehr gedämpft. Die beiden Attachés unterhielten sich bei einem Whisky-Soda und warteten auf Byrons Erscheinen.
Captain Kirkwood sagte, er glaube die Geschichte, in den zwanzig Jahren seit dem letzten Weltkrieg sei es mit England immer mehr bergab gegangen. Kirkwood sah selber wie ein Engländer aus, mit langem Unterkiefer, rötlichem Teint und großen Zähnen, aber für Großbritannien hatte er wenig übrig. Die britischen Politiker hätten vor Hitlers Aufstieg gekuscht, weil sie fühlten, daß ihr Volk nicht mehr den Willen zum Kämpfen hätte. Die englische Marine sei eine Attrappe. England und Frankreich würden bei Hitlers Frühjahrsangriff zusammenbrechen.
»Es ist zu schade«, sagte Kirkwood, »mit dem Gefühl ist man natürlich auf seiten der Alliierten. Aber die Welt geht weiter. Schließlich hat Hitler den Vormarsch des Kommunismus aufgehalten. Und ganz bestimmt wird er, wenn er einmal die Alliierten erledigt hat, Stalin fertigmachen. Die Russen führen eine schwachsinnige Sache in Finnland auf, nicht wahr? Die Wehrmacht wird da ein leichtes Spiel haben. Zum Schluß werden wir

mit Hitler verhandeln müssen, das wird immer klarer. Er hält diesseits des Ozeans alle Trümpfe in den Händen.«

»Hallo, Dad!« Byrons Sportjackett und Flanellhosen waren in diesem alten Luxusrestaurant entschieden fehl am Platz, wo die Hälfte der Leute Abendanzug trug.

Henry stellte ihn dem Attaché vor und knurrte: »Was hast du gemacht? Du bist spät.«

»Ich habe mir einen Film angesehen und bin hinterher in den CVJM gegangen, um mich ein bißchen auszuruhen.«

»Ist dir nichts Besseres in Rom eingefallen, als dir einen Film anzusehen. Ich wünschte, ich hätte in dieser Stadt ein bißchen freie Zeit.«

»Gott, ich war eben müde.« Er wirkte wieder sehr viel mehr wie der träge Byron von früher.

Der Kellner brachte jetzt Champagner, und Kirkwood brachte einen Toast auf *Captain* Victor Henry aus.

»Was, Dad? Vier Streifen! Tatsächlich!« Byron wachte auf und strahlte vor staunender Freude. Er drückte seinem Vater die Hand und hob sein schäumendes Glas. »Donnerwetter! Ich freu mich, daß ich nach Rom gekommen bin, allein deswegen. Sag mal, ich weiß schon, daß man über so was nicht spricht, aber egal – kommst du damit nicht in die vorderste Schußlinie, Dad?«

Captain Kirkwood sagte: »Er war schon immer in der vordersten Schußlinie. Das ist es, was dies alles bedeutet.«

»Man braucht jetzt nur einen falschen Schritt zu tun«, sagte Victor trokken und schüttelte den Kopf, »ein bißchen Pech zu haben wie etwa ein Aktenstück zu verlegen oder daß ein Steuermann auf Wache einschläft – man ist nie aus der vordersten Schußlinie heraus, bis man im Ruhestand ist.«

»Was tun denn übrigens Sie, Byron?« fragte Kirkwood.

Der junge Mann antwortete nicht gleich.

»Er ist technischer Reserveoffizier«, sagte Victor schnell. »Er interessiert sich für U-Boote. Übrigens, Byron, die New Londoner U-Boot-Schule verdoppelt im Mai ihre Anwärterzahl und nimmt jeden Reservisten auf, der die ärztliche Untersuchung besteht.«

Kirkwood lächelte und sah Byron mit leiser Neugier an. »Jetzt wäre der Moment, einzutreten. Wie sind Ihre Augen? Volle Sehkraft?«

»Meine Augen sind in Ordnung, aber ich hab diese Arbeit hier.«

»Was für eine Arbeit?«

»Geschichtsforschung.«

Kirkwood machte ein fragendes Gesicht.

Victor sagte: »Er arbeitet für einen berühmten Autor, Aaron Jastrow. Sie wissen schon, der Mann, der *Eines Juden Jesus* geschrieben hat.«

»Ach ja, Jastrow. Der oben in Siena lebt. Ich habe im Herbst bei dem Botschafter mit ihm zu Mittag gegessen. Brillanter Kerl. Er hat Schwierigkeiten, wieder nach Hause zu kommen, nicht wahr?«
Byron sagte: »Schwierigkeiten hat er keine, Sir. Er will nur einfach nicht weg.« Kirkwood rieb sich das Kinn. »Sind Sie sicher? Mir schien es, daß er deswegen nach Rom gekommen war. Seine Papiere sind nicht in Ordnung. Er ist in Rußland oder Litauen oder sonstwo geboren und – nun, was immer es ist, es wird sich schon eine Möglichkeit finden. Er hat in Yale unterrichtet, nicht wahr?«
»Jawohl, Sir.«
»Nun, er sollte, solange er noch die Möglichkeit hat, abreisen. Die Deutschen stehen gleich hinter den Alpen. Ganz abgesehen von den Judengesetzen des alten Benito.«
Victor Henry fuhr in derselben Nacht als Begleiter des Bankiers mit dem Zug nach Berlin. Er sagte weder Kirkwood noch seinem Sohn etwas von dem Auftrag, der ihn nach Rom geführt hatte, und sie fragten ihn auch nicht danach. Nach dem Essen begleitete Byron ihn in einem Taxi zum Bahnhof, und lange sprach keiner ein Wort. Natalie war unsichtbar und bedrückend gegenwärtig, und keiner von ihnen wollte das Thema anschneiden. Als das Taxi auf dem strahlend erleuchteten Platz vor dem Bahnhof hielt, sagte Victor: »Briny, wenn die Briten tatsächlich diese Schlappe bei Montevideo erlitten haben, werden wir uns nicht mehr lange heraushalten. Wir können den Deutschen nicht erlauben, den Atlantik abzuriegeln. Das ist eine Wiederholung von 1917. Warum willst du dich nicht bei der U-Boot-Schule anmelden? Sie beginnt erst im Mai. Bis dahin wird Jastrow, wenn er kein Narr ist, in die Staaten zurückgekehrt sein.«
»Bis Mai ist noch lange hin.«
»Nun, ich will nicht mit dir streiten. Schreib deiner Mutter etwas öfter. Sie ist gar nicht glücklich.«
»Okay, Dad.«
»Und versäume nicht Warrens Hochzeit.«
»Ich will es versuchen. Gott, das wäre ja fabelhaft, wenn unsere Familie endlich einmal wieder zusammenkäme!« »Deshalb möchte ich dich ja dabei haben. Es wird das letzte Mal in weiß Gott wie vielen Jahren sein. Auf Wiedersehen.«
»Auf Wiedersehen. Ich bin stolz darauf, daß du Captain geworden bist.«
Victor Henry lächelte seinem Sohn durch das Taxifenster trübselig zu und begab sich zu seinem Zug. Und noch immer war zwischen ihnen kein einziges Wort über das jüdische Mädchen gefallen.

21

Bei seiner Rückkehr begrüßte Rhoda Henry ihren Mann derart gereizt, daß er zu glauben begann, daß vielleicht irgend etwas bei ihr nicht stimme.
Als er abfuhr, war sie übernervös gewesen. Nichts paßte ihr: das Herbstwetter in Berlin war unerträglich, das Leben war unerträglich, sie langweilte sich.
Die berühmte deutsche Tüchtigkeit war eine Fiktion, niemand war imstande, eine Arbeit richtig auszuführen, Dienstboten und Ehrlichkeit existierten nicht mehr. Sie litt an »ihren Schmerzen«, ein undefinierbares Leiden, das bei früheren Überreiztheiten aufgetreten war, mal im Arm, mal im Rücken und jetzt hinter dem Ohr. Sie fürchtete Krebs, aber es spielte ja eigentlich alles keine Rolle, da die guten Zeiten sowieso vorbei waren. Rhoda hatte bisher diese Reizzustände stets überwunden und konnte dann reumütig sehr lieb sein. Victor hatte gehofft, als er plötzlich von Berlin nach Rom fuhr, daß er sie bei seiner Rückkehr in einem besseren Zustand wiederfinden würde. Statt dessen war es schlimmer.
Sie wollte unbedingt mit ihm nach Karinhall fahren. In seiner Abwesenheit war eine goldgedruckte Einladung für Commander Henry von einem Stabsoffizier der Luftwaffe überbracht worden. Victor war kaum zehn Minuten zu Hause, als sie sie hervorkramte und wissen wollte, warum sie nicht ebenfalls eingeladen war. Wenn er zu Görings Empfang nach Karinhall führe und sie nicht mitnehme, könne sie sich, wie sie behauptete, in Berlin nicht mehr sehen lassen.
Victor konnte ihr nicht verraten, daß er aus geheimen Staatsgründen hingehe, als Lakai eines internationalen Finanzmanns. Er konnte sie auch nicht in den schneebedeckten Garten führen, um sie mit entsprechenden Andeutungen zu besänftigen, es war fast Mitternacht, und sie trug ein fließendes blaues Negligé, worin sie übrigens reizend aussah.
»Bitte, Rhoda, glaube mir, daß es bestimmte Sicherheitsgründe dafür gibt.«
»Ha! Sicherheitsgründe. Das sagst du ja immer, wenn du mich nicht dabei haben willst.«
»Ich hätte dich viel lieber dabei. Das weißt du.«
»Beweise es mir. Ruf morgen den Protokollbeamten im Luftfahrtministerium an. Oder wenn du zu schüchtern bist, tue ich es.«
Victor führte diese Unterhaltung in der Bibliothek, während er die Post, die sich angehäuft hatte, durchsah. Er legte die Briefe hin. Nachdem er

seine Frau eine Minute lang kalt angestarrt hatte, sagte er: »Bist du krank?«
»Ich langweile mich zu Tode, sonst geht es mir glänzend, wieso?«
»Hast du die Eisenpillen genommen?«
»Ja, aber ich brauche keine Pillen. Was ich brauche, ist ein bißchen Abwechslung. Vielleicht sollte ich mir einen hinter die Binde gießen.«
»Du wirst das Luftfahrtministerium nicht anrufen! Verstanden?«
Rhoda stieß einen rebellischen Laut aus und saß schmollend da.
»Ach, sieh mal! Hier ist ein Brief von diesem Kirby. Was will denn der?«
»Lies ihn! Der Brief ist so langweilig wie er selbst. Schreibt, wie glücklich er ist, wieder zu Hause zu sein, wie schön das Skifahren in Denver ist und wie sehr er unsere Gastfreundschaft genossen hat. Drei Seiten Gewäsch.«
Victor warf den Brief ungelesen zu den übrigen.
»Wirklich, Victor, du bist phantastisch, weil man immer im voraus weiß, was du tun wirst. Seit fünfundzwanzig Jahren stürzt du dich nach jeder Rückkehr sofort auf die Post. Was erwartest du eigentlich, einen Brief von einer verlorenen Liebe?«
Er lachte und schob die Briefe beiseite. »Du hast recht. Trinken wir was. Du siehst bezaubernd aus.«
»Überhaupt nicht. Dieser verdammte Friseur hat schon wieder mein Haar zu zerfetztem Stroh verbrannt. Ich bin müde. Ich bin aufgeblieben, um mit dir zu reden. Du hast dich um zwei Stunden verspätet.«
»Es gab Schwierigkeiten im Paßbüro.«
»Ich weiß. Nun, ich gehe schlafen. Wir haben ja nichts zu bereden, da Karinhall nicht in Frage kommt. Ich hatte mir sogar ein phantastisches Kleid gekauft. Ich wollte es dir vorführen, aber wozu. Ich werde es zurückgeben.«
»Behalte es. Vielleicht hast du sehr bald Gelegenheit, es zu tragen.«
»So? Glaubst du, du wirst ein zweites Mal bei Görings eingeladen werden?« Sie verschwand, ohne eine Antwort abzuwarten.
Victor mixte zwei Whisky-Soda, um auf die Neuigkeit seiner Beförderung anzustoßen. Als er nach oben kam, war ihr Licht abgedreht; ein altes, unangenehmes Ehezeichen. Er hätte sehr gern die Nacht mit seiner Frau verbracht. Außerdem hatte er sich die Geschichte seiner Begegnung mit Natalie Jastrow für ihr Schlafzimmergespräch aufgehoben. Er trank beide Whiskys selbst und schlief auf dem Sofa in der Bibliothek.
Der folgende Tag verschönte sich für ihn durch die deutsche Meldung, daß die *Graf Spee* sich heldenhaft nach ihrem historischen Sieg selbst versenkt und ihr Kommandant sich edelmütig in einem Hotelzimmer erschossen habe. Durch die BBC erfuhr er, daß drei viel leichtere britische Fahrzeuge das deutsche Kriegsschiff in einem Rückzugsgefecht schwer angeschlagen und in den Hafen zurückgetrieben hatten, ehe es sich ver-

senkte. Das deutsche Volk erfuhr davon keine Silbe und begriff nicht, warum das siegreiche Miniatur-Schlachtschiff den Entschluß faßte, sich in die Luft zu sprengen. Die Nazi-Propagandisten nahmen sich nicht die Mühe, es zu erklären, und vertuschten statt dessen die Geschichte mit einem fulminanten, erfundenen Luftsieg, in welchem angeblich fünfundzwanzig britische Bomber über Helgoland abgeschossen worden waren. Victor wußte, daß er kaum wieder Gelegenheit haben würde, Graf Ciano zu treffen, aber er hätte viel darum gegeben, sich noch einmal mit ihm über die *Graf Spee* zu unterhalten.

Ferner, als Rhoda von Victors Beförderung erfuhr, war ihre Depression schlagartig überwunden. Sie sagte keinen Ton mehr wegen Karinhall. Sein Bericht über Natalie Jastrow faszinierte sie. »Mir scheint, unsere einzige Hoffnung besteht darin, daß sie zur Vernunft kommt und Briny fallenläßt.«

Karinhall machte den Eindruck eines Staatsgefängnisses, im Stil eines Jagdschlosses gebaut. Es steckte in einem Jagdrevier, etwa zwei Stunden mit dem Auto von Berlin entfernt, in einer Wildnis von kleinen kahlen und grünen, schneebedeckten Tannen. Nach Verlassen der Autobahn führte der Weg durch schwere elektrisch kontrollierte Tore, Zäune aus Stahl und Beton, mit Eiszapfen gezackt und einer Wache von Luftwaffensoldaten, die Maschinenpistolen trugen und deren Atem bei ihrem Anruf dampfte. Kurz bevor sie um eine Ecke bogen und einen Blick von dem grandiosen Fachwerkbau erhaschten, lief ein Reh mit großen erschrockenen Augen über den Weg. Der Bankier aus San Francisco zeigte nicht mehr sein mechanisches Lächeln. Sein Mund war zusammengekniffen, und die sanften braunen italienischen Augen waren weit aufgerissen und schossen hin und her, ähnlich denen des Rehs.

In dem gewölbten Bankettsaal, in einer das Auge blendenden Menge von uniformierten Nazis und ihren weißschultrigen Frauen – einige entzükkend, einige unästhetisch dick, alle prachtvoll gekleidet und mit Juwelen behängt –, spielte Adolf Hitler mit dem kleinen Göring-Mädchen. Ein Streichorchester, ganz verloren in einer Ecke des marmorgefliesten Raums, spielte kaum vernehmbar Mozart. Große Holzscheite flammten in einem Kamin, dessen dreieckiger Giebel bis zur Decke reichte, und auf einem schweren geschnitzten Tisch, der sich durch den ganzen Raum erstreckte, war ein noch unberührtes Festmahl aufgebaut. Die Luft war schwer von den verschiedensten Gerüchen: Rauch von brennendem Holz, Zigarrenrauch, gebratenem Fleisch und französischen Parfüms. Die fröhliche, erregte Schar prominenter Deutscher lachte, girrte, klatschte in die Hände, ihre Augen blickten leuchtend auf den Führer in seinem schlichten feldgrauen Rock und schwarzer Hose, der das schöne, weißgekleidete

Kind in den Armen hielt, mit ihm sprach und es mit einem Kuchen neckte. Unweit davon standen Göring und seine statuöse Frau, beide opernhaft prunkvoll gekleidet und schmuckbehängt, der Mann noch glitzernder als die Frau, und strahlten vor sanftem, zärtlichem Stolz. Plötzlich küßte das kleine Mädchen den Führer auf die große blasse Nase, und er lachte und gab ihr den Kuchen. Die Menge jubelte und applaudierte, und Frauen wischten sich die Augen.

»Der Führer ist so wunderbar«, sagte der Luftwaffenoffizier, der die beiden Amerikaner begleitete, ein großer Flieger mit dem diamantenbesetzten Kreuz der Legion Condor. »Ach, wenn er bloß heiraten könnte! Er liebt Kinder.«

Und auch für Victor Henry hatte Hitler etwas Rührendes, das schüchterne Lächeln, mit dem er den Applaus quittierte, das scherzhafte Widerstreben, mit dem er das Kind an die Mutter zurückgab, das wehmütige Achselzucken, mit dem er Göring auf den Rücken klopfte, wie jeder andere Junggeselle, der einem Mann, der mehr Glück hatte, gratulierte. In diesem Augenblick hatte Hitler einen naiven, fast rührseligen Charme. Die Görings führten Hitler an den Tisch, und das löste einen allgemeinen Sturm auf das Buffet aus. Eine Truppe blaugoldlivrierter Diener marschierte herein, stellte vergoldete Tische und Stühle auf, servierte den Gästen, schenkte Wein ein, unter immerwährenden Verbeugungen. Von dem Fliegeroffizier dirigiert, landeten Henry und Gianelli an einem Tisch mit einem Bankier namens Wolf Stöller, der den amerikanischen Finanzmann als alten Bekannten begrüßte: er war ein schmächtiger Teutone Mitte Fünfzig, mit sandfarbenem Haar, das glatt an dem Schädel klebte. Die Frau, eine aschblonde Schönheit, hatte Augen, die so blau funkelten wie die großen Brillanten an Hals, Armen, Fingern und Ohren.

Zufällig hatte Victor soeben einen Bericht über Stöller verfaßt und wußte eine Menge über ihn. Stöllers Bank war der Hauptkanal, durch den Göring seine Reichtümer anhäufte. Stöllers Spezialität war der Ankauf von »Objekten«, wie man in deutschem Geschäftsjargon die jüdischen Firmen nannte, die zum Verkauf gezwungen wurden.

In dem seltsamen Deutschland von 1939, das Victor gerade zu verstehen begann, wurde bei der Ausplünderung der Juden großer Wert auf Legalität gelegt. Offene Beschlagnahmung oder Gewalt waren selten. Neue Gesetze aus dem Jahr 1936 machten es ihnen schwer, ihr Geschäft fortzuführen; und allmonatlich kamen weitere Gesetze heraus, die es ihnen noch mehr erschwerten. Jüdische Firmen erhielten keine Genehmigung für Import oder Export und keine Rohstoffe. Die Benutzung der Eisenbahnen oder Schiffe für den Frachtverkehr wurde ihnen beschnitten. Die Verhältnisse wurden allmählich so schlimm, daß ihnen nichts weiter übrigblieb, als zu verkaufen.

Für solche *Objekte* blühte ein Markt, auf dem viele alerte Deutsche sich gegenseitig überboten. Wolf Stöllers Technik bestand darin, sämtliche an einem *Objekt* interessierten Käufer aufzuspüren und zusammenzubringen, um dann ein einziges, sehr niedriges Angebot zu machen. Die Inhaber hatten keine andere Wahl, als es anzunehmen oder Bankrott zu machen. Stöllers Gruppe teilte die Firma dann in Aktien auf. Durch Göring hatte Stöller Zugang zu den Gestapo-Akten und war gewöhnlich der erste, der auf die Spur einer großen jüdischen Firma kam, die am Ende war. Die Hauptobjekte kaufte Göring selbst auf – Metall, Banken, Textilien – oder beteiligte sich in großem Umfang daran. Stöllers Bank erhielt eine Maklerprovision sowie seine eigene Beteiligung an den *Objekten.*
Das alles hatte Victor von dem amerikanischen Radiokommentator in Berlin, Fred Fearing, erfahren, der einige Mühe hatte, es auszugraben. Fearing erzählte es voller Zorn und Abscheu, um so mehr, als er die Geschichte nicht senden durfte. Die Deutschen behaupteten, daß jeder Bericht über die ungerechte Behandlung der Juden bezahlte Propaganda der Alliierten sei. Sie behaupteten, die Judengesetze zielten lediglich darauf ab, diese Minderheit auf den sie gebührenden Anteil in der deutschen Wirtschaft zu beschränken.
Victor hatte das Judenproblem mehr oder weniger aus seinem Bewußtsein verdrängt, um einen klaren Blick für militärische Fragen, die seine Aufgabe waren, zu behalten. Juden waren in Berlin fast unsichtbar geworden, außer in ihren besonderen Einkaufsstunden, wenn sie bleich und verhärmt kurz die Läden füllten und dann schnell wieder verschwanden. Die Unterdrückung war keine überaus sichtbare Affäre; Victor hatte nie etwas von einem Konzentrationslager gesehen. Wohl hatte er die Aufschriften auf Bänken und Restaurants gesehen, die blassen, verzweifelten Gestalten, die aus Eisenbahnzügen und Flugzeugen herausgeholt wurden, hin und wieder ein eingeschlagenes Fenster oder eine alte verkohlte Synagoge, und einmal schrecklicherweise erlebt, wie im Zoo ein Mann von drei Hitlerjungen in Uniform blutig geprügelt wurde, während die Frau des Betreffenden weinte und schrie und zwei Polizisten lachend dabeistanden. Aber Fearings Bericht war sein erster technischer Einblick in den deutschen Antisemitismus gewesen. Dessen ganzes Ziel war im Grunde nach Fearings Ansicht nichts als Raub, ekelhaft, aber zumindest rational. Victor zuckte innerlich zurück, als Wolf Stöller ihm mit einer eleganten schönen Verbeugung die Hand entgegenstreckte, aber natürlich drückte er sie; und bald saßen sie und aßen zusammen und tranken einander mit Mosel, Rheinwein und französischem Champagner zu.
Stöller war ein liebenswürdiger geschickter Deutscher, der sich in keiner Weise von den Hunderten unterschied, die Victor Henry in der militärischen und industriellen Welt und bei gesellschaftlichen Anlässen getrof-

fen hatte. Er sprach ein ausgezeichnetes Englisch. Er hatte ein offenes freundliches Gesicht. Er war witzig und machte sich auch über Görings Korpulenz und theatralische Uniform lustig. Er äußerte große Verehrung für die Vereinigten Staaten (San Francisco liebte er besonders) und wehmütiges Bedauern darüber, daß ihre Beziehungen zu Deutschland nicht besser seien. Ja, ob er nicht selbst etwas zu einer Verbesserung beitragen könne, indem er Gianelli und die Henrys zu einem Wochenende auf sein Gut einlüde? Es sei zwar kein Karinhall, aber er könne ihnen eine amüsante Gesellschaft versprechen. Captain Henry hätte vielleicht das Glück, einen Hirsch zu schießen. Wild sei nicht rationiert, und Mrs. Henry wäre vielleicht ein Stück davon sehr willkommen! Die Frau des Bankiers berührte Victors Hand mit ihren kühlen, beringten weißen Fingern und blinzelte ihn mit ihren blauen Augen einladend an. Sie habe gehört, daß Mrs. Henry die eleganteste und attraktivste Frau der amerikanischen Botschaft sei, und sie würde sie sehr, sehr gern kennenlernen.
Gianelli lehnte ab; er müsse sich morgen auf den Rückflug begeben. Offiziell sprach alles dafür, daß Victor Henry die Einladung annahm. Ein Teil seiner Aufgabe bestand darin, mit einflußreichen Deutschen in engeren Kontakt zu treten. Stöller lag ihm nicht, aber er dachte, daß sich hier eine Gelegenheit biete, Rhoda die Abwechslung zu verschaffen, nach der sie verlangte. Gute Deutsche waren von bösen Deutschen einfach nicht zu unterscheiden. Es war durchaus möglich, daß Stöller unter Zwang für Göring arbeitete, obgleich als Resultat davon seine Frau von Brillanten triefte. Victor sagte zu. Der Blick, mit dem die Stöllers einander ansahen, überzeugte Victor, daß nichts an der ganzen Sache zufällig war. Sie wollten sich an ihn heranmachen.
Stöller unternahm mit den beiden Amerikanern einen Rundgang durch Karinhall. Abermals überkam Pug das Gefühl, das nazistische Pracht gewöhnlich in ihm erweckte: die Hollywood-Note, der Eindruck eines hohlen, prunkvollen Scheins, der stets vorherrschte, wie riesig und massiv auch die Architektur, wie hoch die Decken, wie kostspielig die Ausstattung, wie kostbar die Kunstgegenstände waren. Die Korridore und Zimmer von Karinhall schienen sich meilenweit auszudehnen. Dutzende von Vitrinen stellten juwelenbesetzte Gegenstände aus purem Gold zur Schau: Vasen, Kreuze, Heroldstäbe, Schwerter, Büsten, Spazierstöcke, Orden, Bücher, Globusse: Tribute für den Feldmarschall von Stahlkonzernen, Städten und ausländischen Regierungen zu seinem Geburtstag, seiner Hochzeit, der Geburt seines Kindes, der Rückkehr der Legion Condor aus Spanien. Italienische und holländische alte Meister hingen dichtgedrängt an den feuchten Wänden, durchsetzt von kitschigen Akten lebender Maler, die von den Nazis geschätzt wurden. Andere menschenleere Empfangsräume, fast so groß und so prunkvoll wie der

Bankettsaal, waren mit Tapisserien und Fahnen behängt, holzgetäfelt und voller Statuen und juwelenbesetzten Ritterrüstungen. Dennoch hätte alles ebensogut aus Pappe und Leinwand sein können. Sogar das Essen auf dem Bankettisch erinnerte an ein Festmahl von Cecil B. de Mille, und das rosa Fleisch des Schweinebratens hätte aus Wachs oder Gips bestanden haben können. Aber Victor Henry wußte sehr wohl, daß er einen immensen Schatz betrachtete, vorwiegend Beutegut, von Dr. Stöller gesammelt. Abgesehen von der moralischen Seite war Victor von dem geschmacklosen Bau enttäuscht, da Göring angeblich aus einer Adelsfamilie stammte. Selbst die bewundernden Kommentare Luigi Gianellis waren stark ironisch gefärbt.

Der Luftwaffenoffizier mit dem Diamantenkreuz holte sie ein und flüsterte Stöller etwas zu.

»Ach, wie schade, jetzt müssen Sie gehen«, sagte der deutsche Bankier, »und dabei haben Sie noch kaum etwas von den Wundern Karinhalls gesehen. Captain Henry, mein Büro wird das Nötige veranlassen, um Sie und Ihre liebe Frau am Freitag nach Abendruh hinauszufahren, obwohl ich befürchte, daß es nach dieser Pracht ziemlich armselig wirken wird. Wir werden Sie morgen anrufen.«

Stöller begleitete die beiden Amerikaner durch weitere Zimmer und Korridore, blieb vor einer Doppeltür aus dunklem Holz stehen, in die zahllose Jagdszenen geschnitzt waren, und öffnete sie; sie führte in einen Raum mit Fachwerkwänden, die mit Geweihen, ausgestopften Köpfen und Tierfellen behangen waren. Die Luft war schwer von dem staubigen Geruch der toten Geschöpfe. Zu beiden Seiten eines lodernden Kamins saßen Ribbentrop und Göring. Hitler war nicht im Zimmer. Ein langer, roh gezimmerter Holztisch und zwei niedrige Bänke nahmen den größten Teil des Fußbodens ein. Victor dachte sofort, dies müsse der Hauptraum des alten Jagdhauses sein, um das herum der Feldmarschall den kitschigen Palast gebaut hatte. Dies war das Herz von Karinhall. Abgesehen von dem Schein des Feuers, war das Zimmer feucht, dunkel und kalt.

Göring rekelte sich auf einem Sofa, ein dickes Bein in weißem Stiefel hochgezogen, und trank Kaffee aus einem goldenen Service, das auf einem niedrigen Marmortisch stand, und lächelte Gianelli vertraulich zu. Brillantringe wulsteten sich auf drei der fünf Finger, die die Tasse hielten. Ribbentrop starrte die Decke an, die Hände über dem Bauch verschränkt. Der deutsche Bankier stellte Victor Henry vor, verließ das Zimmer und schloß die Tür.

»Sie haben genau sieben Minuten Zeit, um dem Führer Ihr Anliegen vorzutragen«, sagte Ribbentrop auf deutsch.

Gianelli stammelte: »Exzellenz, gestatten Sie mir, auf englisch zu antworten. Ich bin hier in privater Eigenschaft, und ich betrachte diese Zeit-

spanne als eine außerordentliche Gefälligkeit meinem Land und meinem Präsidenten gegenüber.«
Ribbentrop lehnte sich mit ausdruckslosem Gesicht zurück, starrte wieder zur Decke, so daß Victor Henry es wagte zu übersetzen. Der Reichsaußenminister unterbrach ihn mit einem ungeduldigen Satz in perfektem Oxforder Akzent: »Ich verstehe Englisch.«
Göring sagte zu Gianelli: »Ich heiße Sie abermals in Karinhall willkommen, Luigi. Ich habe schon mehrfach versucht, Sie einzuladen. Aber diesmal haben Sie für ein kurzes Gespräch eine lange Reise unternommen.«
»Darf ich bemerken, Herr Feldmarschall«, erwiderte der Bankier in gebrochenem Deutsch, »daß ich erlebt habe, wie in einer Besprechung von wenigen Minuten Millionen verdient und verloren wurden, und daß der Weltfrieden jede Anstrengung wert ist, wie aussichtslos sie auch sein mag.«
»Darin stimme ich mit Ihnen völlig überein.«
Göring forderte sie mit einer Handbewegung auf, auf Stühlen neben ihm Platz zu nehmen.
Ribbentrop umklammerte die Armlehnen seines Sessels, schloß die Augen und ließ einen schneidenden Redestrom in deutscher Sprache los: »Dieser eigenartige Besuch ist eine neuerliche ausgeklügelte Beleidigung des deutschen Staatsoberhaupts seitens ihres Präsidenten. Seit wann wird eine Privatperson mit solchen Aufträgen betraut? Zwischen zivilisierten Ländern geschieht das auf diplomatischem Weg. Deutschland hat nicht freiwillig seinen Botschafter aus Washington abberufen. Die Vereinigten Staaten haben als erste diese feindselige Geste gemacht. Die Vereinigten Staaten haben innerhalb ihrer Grenzen einen Boykott deutscher Waren und eine Haßkampagne gegen das deutsche Volk zugelassen. Die Vereinigten Staaten haben ihre sogenannte Neutralitäts-Akte schamlos zugunsten der Aggressoren in diesem Konflikt revidiert. Nicht Deutschland hat England und Frankreich den Krieg erklärt. Sie haben Deutschland den Krieg erklärt.«
Der Außenminister hielt inne und saß mit geschlossenen Augen da, das hagere Gesicht mit dem energischen Kinn war bewegungslos, ein paar Strähnen des ergrauenden blonden Haars fielen ihm in die Stirn. Der kalifornische Bankier sah, sichtlich betroffen, zuerst Göring, dann Victor Henry an. Göring goß sich Kaffee nach.
Sich mit aller Macht konzentrierend, übersetzte Victor Henry die Tirade des Außenministers.
Ribbentrop unterbrach ihn nicht, noch korrigierte er ihn.
Gianelli begann zu sprechen, aber Ribbentrop brauste von neuem auf: »Welchem Zweck kann dieses ungeschickte Vorgehen dienen, außer einer weiteren vorsätzlichen Provokation, einem neuerlichen Ausdruck der

höchst gefährlichen Verachtung Ihres Präsidenten für den Führer einer mächtigen Nation von achtzig Millionen Menschen.«
Mit einer zitternden Handbewegung zu Henry, zum Zeichen, daß er verstand, sagte Gianelli: »Darf ich untertänigst darauf erwidern...«
Ribbentrops blaue Augen öffneten sich, schlossen sich wieder, und er fuhr mit noch lauterer Stimme fort: »Die Bereitwilligkeit des Führers, Sie unter diesen Umständen anzuhören, ist ein Beweis für seinen Wunsch nach Frieden, der in die Geschichte eingehen wird. Das ist der einzige Wert, den dieses eigentümliche Interview hat.«
Göring sagte zu dem Bankier in milderem, aber keineswegs freundlicherem Ton: »Was ist der Zweck Ihres Hierseins, Luigi?«
»Herr Feldmarschall, ich bin ein informeller Kurier meines Präsidenten an Ihren großen Führer, und ich habe ihm auf Anweisung meines Präsidenten nur eine einzige Frage vorzulegen, Sie zu stellen und zu beantworten dürfte nur sehr wenig Zeit erfordern. Mit Gottes Hilfe kann sie zu einem dauernden historischen Ergebnis führen.« Pug übersetzte das ins Deutsche.
»Wie heißt die Frage?« sagte Göring.
Das Gesicht des Bankiers lief gelb an. »Herr Feldmarschall, auf Weisung meines Präsidenten ist die Frage für den Führer bestimmt«, sagte er heiser auf deutsch.
»Die Antwort obliegt dem Führer«, sagte Göring, »aber offenbar werden wir sie ohnehin hören. Wie heißt die Frage?« Er erhob die Stimme und sah den Bankier durchdringend an.
Gianelli wandte den Blick von Görings Augen, die von träger Härte waren, ab, leckte sich die Lippen und sagte zu Henry: »Captain, ich bitte Sie, dem großen Feldmarschall meine Anweisungen zu bestätigen.«
Victor Henry überschlug im Geist die Lage, wobei er die Möglichkeit physischer Gefahr nicht ausschloß, die, seitdem sie die Außenzäune von Karinhall passiert hatten, sein Gemüt belastete. Göring war trotz seiner jovialen Fassade ein harter und brutaler Kerl. Wenn dieser monströs dicke Deutsche mit dem rosa geschminkten Gesicht, den scharlachroten dünnen Lippen und den kleinen beringten Händen ihnen etwas anhaben wollte, so wäre ihre Diplomatenimmunität nur ein sehr dürftiger Schutz. Aber Pug meinte, daß sein Gerede nur ein Katz-und-Maus-Spiel sei, um die Zeit totzuschlagen.
Er übersetzte die Antwort des Bankiers unter dem starren Blick Görings und fügte hinzu: »Auf Mr. Gianellis Ersuchen hin möchte ich bestätigen, daß seine Anweisungen lauten, die Frage direkt an den Führer zu richten, wie er es bereits bei seinem Freund, dem Duce, in Italien getan hat, wo in meiner Gegenwart der Duce ihm eine günstige Antwort gegeben hat.«
»Das wissen wir alles«, sagte Ribbentrop. »Wir kennen auch die Frage.«

Göring zwinkerte Henry zu, und die Spannung legte sich. Der Bankier strich sich mit den Fingern über die Stirn. Das Schweigen dauerte etwa eine Minute. Adolf Hitler betrat, während er sich eine Haarsträhne über die Stirn zog, durch eine mit einem Tigerfell verhangene Seitentür den Raum.
Im gleichen Tempo wie die Amerikaner schnellten Göring und Ribbentrop von ihren Sitzen empor und hatten plötzlich das Aussehen von Lakaien. Göring rückte von seinem bequemen Sofa auf einen Stuhl, und Hitler nahm, die anderen zum Sitzen auffordernd, Görings Platz ein. Er gab keinem die Hand. Aus dieser Nähe sah der Führer gesund und gelassen aus, wenn auch zu dick und die Augen geschwollen. Sein dunkles Haar war seitlich so kurz geschnitten wie bei einem gewöhnlichen Soldaten. Abgesehen von dem berühmten Schnurrbart, war sein Gesicht gewöhnlich, es war das Gesicht eines beliebigen Kleinbürgers um die Fünfzig, den man auf jeder deutschen Straße treffen konnte. Verglichen mit diesem Mann aus dem Volk wirkten die beiden anderen Nazis wie aufgetakelte Karikaturen. Sein grauer Rock, den nur das Eiserne Kreuz über der linken Brust schmückte, stand in merklichem Gegensatz zu Ribbentrops goldbetreßter dunkelblauer Uniform und der farbenprächtigen juwelen- und ordenbesetzten Aufmachung des Luftmarschalls.
Während er eine Hand über die andere auf dem Schoß faltete, umfaßte er die Amerikaner mit einem ernsten Blick.
»Luigi Gianelli, amerikanischer Bankier. Captain Victor Henry, Marineattaché der Vereinigten Staaten in Berlin«, sagte Ribbentrop in sarkastischem Ton, die Belanglosigkeit der Besucher unterstreichend. »Merkwürdig informelle Abgesandte, mein Führer, von dem Präsidenten der Vereinigten Staaten.«
Der Bankier räusperte sich, versuchte auf deutsch seine Dankbarkeit für das gewährte Interview auszudrücken, entschuldigte sich verwirrt und wechselte zu Englisch über. Während Henrys Übersetzung rutschte der Führer, den Blick auf den Bankier geheftet, fortwährend auf seinem Sitz hin und her, wobei er ständig die Füße kreuzte und wieder auseinandernahm. Mit dem gleichen Prolog über den Weltfrieden, den er Mussolini vorgetragen hatte, stellte Gianelli dem Führer die Frage betreffs Sumner Welles. Als sie auf englisch erklang, erschien ein verächtliches Lächeln auf Ribbentrops Gesicht. Nach Henrys Übersetzung sahen Hitler und Göring einander an, der Führer unbeweglich, während Göring die Achseln zuckte, mit juwelenbehängten Händen fuchtelte und den Kopf schüttelte, als wollte er sagen: »Das ist wirklich das Letzte! Einfach unglaublich!«
Hitler meditierte. Die tiefliegenden blaßblauen Augen blickten starr geradeaus, wie in weite Fernen. Ein bitteres kleines Lächeln bewegte seinen

Schnurrbart und seinen kleinen Mund. Er begann in abgewogenem, sehr klarem Deutsch und freundlichem Ton zu sprechen: »Ihr verehrter Präsident, Herr Gianelli, scheint ein erstaunliches Verantwortungsgefühl für den gesamten Verlauf der gegenwärtigen Geschichte zu empfinden. Es ist um so erstaunlicher, da unter den Großmächten allein die Vereinigten Staaten darauf verzichteten, dem Völkerbund beizutreten, und Ihr Kongreß und Ihr Volk wiederholt betont haben, daß sie nicht in ausländische Konflikte verwickelt zu werden wünschen.
In meiner Rede vom 29. April, die hauptsächlich an Ihren Präsidenten gerichtet war, bestätigte ich, daß Ihr Land doppelt soviel Einwohner hat wie unser kleines Land, fünfzehnmal soviel Lebensraum und unendlich viel mehr Bodenschätze. Vielleicht glaubt aus diesem Grund Ihr Präsident, daß er mir von Zeit zu Zeit väterliche Ermahnungen zukommen lassen muß. Aber natürlich setze ich mein Leben für die Wiedergeburt meines Volkes ein und kann nicht umhin, alles aus diesem engen Blickwinkel zu sehen.«
Victor tat sein Bestes – mit Herzklopfen und trockener Kehle –, um dies zu übersetzen.
Jetzt begann sich Hitler geschwätzig in Erinnerungen über das Rheinland, Österreich, die Tschechoslowakei und Polen zu vertiefen. Er sprach lange, mit langsamen Handbewegungen und in gleichmütigem Ton, und schien es sehr zu genießen. Seine Rechtfertigungen waren die üblichen. Nur einmal wurde er laut und scharf, als es um die britische Garantie Polens ging, die, wie er sagte, ein grausames, reaktionäres Regime dazu ermutigt habe, verbrecherische Maßnahmen gegen eine deutsche Minderheit zu treffen in dem Wahn, daß es das nunmehr ungestraft tun dürfe. So hatte der Krieg begonnen. Seitdem hatten England und Frankreich seine Friedens- und Abrüstungsangebote immer wieder abgelehnt. Was blieb ihm als verantwortlichem Staatsoberhaupt anderes übrig, als sein Land aufzurüsten, um sich gegen diese beiden militärischen Weltmächte zu verteidigen, die zusammen drei Fünftel der bewohnbaren Erdoberfläche und fast die Hälfte ihrer Bevölkerung beherrschten.
Die deutschen politischen Ziele waren einfach, offen, maßvoll und gleichbleibend, fuhr er fort. Fünf Jahrhunderte, bevor Kolumbus Amerika entdeckte, habe es im Herzen Europas ein deutsches Kaiserreich gegeben, mit Grenzen, die mehr oder weniger geographisch und durch die Zeugungskraft seines Volks bestimmt waren. Immer wieder war dieses europäische Kernland von Kriegen überzogen worden, mit denen viele Mächte versuchten, das deutsche Volk zu zerstückeln. Solche Versuche hatten vorübergehend zum Erfolg geführt. Aber die deutsche Nation mit ihrem starken Lebensdrang hatte sich immer wieder erholt und fremde Einkreisung und fremdes Joch abgeschüttelt. In diesem Teil seiner Rede bezog

sich Hitler auf Bismarck, Napoleon, Friedrich den Großen, den Spanischen Erbfolgekrieg und den Dreißigjährigen Krieg, was über Victors Horizont ging. Er übersetzte Wort für Wort, so gut er es vermochte.
Der Versailler Vertrag, sagte der Führer, sei lediglich der letzte dieser ausländischen Versuche gewesen, das deutsche Kernland zu verstümmeln. Weil er historisch ungesund und ungerecht gewesen war, war er jetzt tot. Das Rheinland war deutsch. Auch Österreich. Auch das Sudetenland. Auch Danzig und der Korridor. Das monströse Gebilde der Tschechoslowakei, das wie ein Speer in Deutschlands Eingeweide stieß, war jetzt wieder zum traditionellen böhmischen Protektorat des Reiches geworden. Diese Wiederherstellung des normalen Deutschland war jetzt abgeschlossen. Er hatte das fast ohne Blutvergießen vollbracht. Wenn nicht die absurde britische Garantie gewesen wäre, wäre alles in Frieden zu Ende gegangen; die Frage von Danzig und dem Korridor war im Juli so gut wie gelöst gewesen. Sogar jetzt stand einem dauernden Frieden nichts im Wege als die Anerkennung dieser wiederhergestellten Normalität in Mitteleuropa seitens der Alliierten und die Rückgabe der deutschen Kolonien. Denn das Reich hatte, wie andere moderne Großstaaten auch, ein natürliches Anrecht auf die Rohstoffe der unterentwickelten Kontinente.
Victor Henry war tief beeindruckt von Hitlers Selbstsicherheit, seiner anscheinend moralischen Überzeugung, seiner eigenen Identifizierung mit der deutschen Nation – »... und so führte ich das Rheinland heim ins Reich ... und so führte ich Österreich zu seinem geschichtlichen Ursprung zurück ... und so normalisierte ich die böhmische Hochebene ...« – und durch seinen großen geschichtlichen Überblick. Der keifende Demagoge der Parteiversammlungen war sichtlich nur ein Leitbild, das die Deutschen nach Hitlers Einschätzung verlangten. Er strahlte eine persönliche Kraft aus, wie sie Henry nur bei zwei oder drei Admiralen erlebt hatte. Und was die Vorstellung der Journalisten betraf – den teppichbeißenden, hysterischen Charlie-Chaplin-Politiker –, so empfand Pug diese jetzt als die Verzerrung kleinlicher Geister, die die Welt ins Verderben geführt hatten.
»Ich teile den Wunsch des Präsidenten nach Frieden«, sagte Hitler. Er begann jetzt wie bei seinen Reden zu gestikulieren, wenn auch weniger ausladend. Seine Augen waren auffallend glänzend geworden; Henry dachte, es müsse eine Täuschung sein, aber sie schienen unheimlich zu glühen. »Ich dürste und sehne mich nach Frieden. Ich war vier Jahre lang ein einfacher Frontsoldat, während er, als reiches Mitglied der Oberklasse, den Vorzug hatte, als stellvertretender Marinesekretär in einem Washingtoner Büro zu dienen. Ich kenne den Krieg. Ich bin gekommen, um aufzubauen, und nicht, um zu zerstören, und wer weiß, wie viele Lebensjahre

mir noch bleiben, um meine schöpferischen Aufgaben zu vollbringen. Die britischen und französischen Führer verlangen die Vernichtung des *Hitlerism*« – er stieß die ausländische Bezeichnung mit verachtungsvollem Sarkasmus aus – »als ihren Preis für den Frieden. Ich kann ihren Haß gegen mich beinah verstehen. Ich habe Deutschland wieder stark gemacht, und das hat ihnen nicht gepaßt. Aber dieser Haß wird, wenn er andauert, Europas Verderben sein, weil ich und das deutsche Volk nicht zu trennen sind. Wir sind eins. Das ist eine simple Wahrheit, obwohl ich fürchte, daß die Engländer als Beweis dafür eine Feuerprobe brauchen. Ich glaube, daß Deutschland die Kraft hat, als Sieger hervorzugehen. Wenn nicht, dann werden wir gemeinsam untergehen, und das geschichtliche Europa, so wie wir es kennen, wird aufhören zu existieren.«

Er hielt inne, sein Gesicht verkrampfte und veränderte sich, seine Stimme schwoll plötzlich an. »Wie können Sie sich den Realitäten so verschließen? 1937 habe ich die Luft-Parität erreicht. Seitdem habe ich unaufhörlich Flugzeuge, Flugzeuge, U-Boote, U-Boote, U-Boote gebaut.« Er schrie jetzt, ballte die Faust und fuchtelte mit steif ausgestreckten Armen in der Luft. »Ich habe Bomben, Bomben, Bomben, Panzer, Panzer, Panzer himmelhoch aufgestapelt! Es war eine verheerende Belastung für mein Volk, aber haben Großmächte je eine andere Sprache verstanden? Aus dem Bewußtsein der Stärke heraus habe ich Frieden angeboten. Ich bin abgewiesen und verschmäht worden, und als Preis für den Frieden verlangen sie meinen Kopf. Das deutsche Volk kann über solchen armseligen Unsinn nur lachen!«

Bei der gebrüllten Litanei von »Bomben... Bomben... U-Boote« hieb er mit beiden Fäusten immer wieder auf den Fußboden, sich so weit vornüberneigend, daß die berühmte schwarze Strähne ihm ins Gesicht fiel und ihm das gewohntere Wochenschau-Aussehen des Straßenagitators gab; und das rot angelaufene Gesicht und die kreischenden Töne hatten schließlich tatsächlich etwas von dem Teppichbeißer. Plötzlich und dramatisch wie auf dem Podium verfiel er in einen ruhigen, beherrschten Ton. »Soll die Feuerprobe nur kommen. Ich habe mein Äußerstes getan, und vor den Schranken der Geschichte ist mein Gewissen rein.«

Hitler schwieg, stand dann mit einer Miene auf, die zum Gehen aufforderte, die Augen glühten mit abwesendem Blick, der Mund war eine abwärts gebogene Linie.

»Mein Führer«, sagte Göring, sich schwerfällig erhebend, »nach dieser wunderbar klaren Darlegung der Realitäten werden Sie wohl gegen den Besuch des Herrn Sumner Welles nichts einzuwenden haben, falls der Präsident darauf besteht.«

Hitler zögerte, schien verwirrt und zuckte ungeduldig die Achseln. »Ich habe nicht den Wunsch, Unhöflichkeit mit Unhöflichkeit und kleinliche

Behandlung mit kleinlicher Behandlung zu erwidern. Ich täte alles für den Frieden. Aber bis der britische Wille, mich zu vernichten, nicht vernichtet ist, ist der Weg zum Frieden nur durch den Sieg der Deutschen möglich. Alles andere ist belanglos. Ich will weiterhin von ganzem Herzen, bis zum letzten, auf ein Zeichen der Einsicht seitens der Gegenseite hoffen, ehe das Inferno losbricht.«

Erregt und ohne jede Abschiedsgeste schritt er zu der geschnitzten Doppeltür hinaus. Victor Henry sah auf seine Armbanduhr. Der Führer hatte eine Stunde und zehn Minuten mit ihnen verbracht, aber soviel Henry wußte, war Präsident Roosevelts Frage unbeantwortet geblieben. Er las in Gianellis blassem bestürztem Gesicht denselben Eindruck.

Göring und Ribbentrop sahen einander an. Der Dicke sagte: »Präsident Roosevelt hat seine Antwort. Der Führer sieht keine Hoffnung in der Welles-Mission, aber in seiner unermüdlichen Suche nach einem gerechten Frieden wird er sie nicht ablehnen.«

»Das habe ich nicht so verstanden«, sagte Ribbentrop mit schneller, gespannter Stimme. »Er nannte die Mission belanglos.«

»Wenn Sie vom Führer eine Klärung erpressen wollen«, sagte Göring sarkastisch zu ihm und deutete auf die Doppeltür, »tun Sie es doch. Ich habe ihn sehr wohl verstanden, und ich glaube ihn zu kennen.« Er wandte sich wieder dem Bankier zu, und seine Stimme milderte sich: »Wenn Sie Ihren Präsidenten von dieser Sitzung unterrichten, so teilen Sie ihm mit, ich hätte gesagt, der Führer werde nicht ablehnen, Welles zu empfangen, er sieht jedoch keine Hoffnung darin – wie auch ich nicht –, wenn die Briten und Franzosen ihr Kriegsziel, den Führer zu stürzen, nicht aufgeben. Das ist ebenso unmöglich wie den Montblanc zu stürzen. Bestehen sie darauf, wird die Folge eine furchtbare Schlacht im Westen sein, die mit einem totalen deutschen Sieg und Millionen Toten enden wird.«

»Das wird in jedem Fall die Folge sein«, sagte Ribbentrop. »Und es wird dazu kommen, noch ehe Mr. Sumner Welles Zeit hat, seine Papiere zu ordnen und seine Sachen zu packen.«

Göring faßte jeden der beiden Amerikaner am Ellenbogen und sagte, in eine Freundlichkeit umschwenkend, deren Übergangslosigkeit Victor Henry an den Kellner in Wannsee erinnerte: »Nun, Sie werden doch hoffentlich noch nicht aufbrechen? Es wird später noch getanzt werden, danach gibt es ein kleines Souper, und dann treten einige Künstler aus Prag auf, ein paar großartige Tänzer.« Er rollte scherzhaft die Augen.

»Euer Exzellenz sind wunderbar gastfreundlich«, erwiderte Gianelli. »Aber in Berlin wartet ein Flugzeug auf mich, das mich nach Lissabon fliegt, damit ich den Anschluß an den Klipper erreiche.«

»Dann darf ich Sie nicht aufhalten, aber nur, wenn Sie versprechen, wieder einmal nach Karinhall zu kommen. Ich begleite Sie hinaus.«

Ribbentrop kehrte ihnen den Rücken zu und starrte ins Feuer. Als der Bankier sich zögernd mit ein paar Worten verabschiedete, grunzte er nur und zog eine Schulter hoch. Arm in Arm mit Göring schritten die Amerikaner durch die Gänge von Karinhall.
Der Luftfahrtminister roch nach einem sehr parfümierten Badeöl. Seine Hand tupfte Victor Henry auf den Vorderarm. »Nun, Captain Henry, Sie waren in Swinemünde und haben unseren U-Boot-Stützpunkt gesehen. Was halten Sie von unserem U-Boot-Programm?«
»Die Qualität Ihrer Industrie kann sich mit jeder anderen in der Welt messen, Eure Exzellenz. Und mit Offizieren wie Grobke und Prien sind Sie gut bedient. Die U-Boote machen im Atlantik schon jetzt von sich reden.«
»Das ist erst der Anfang«, sagte Göring. »U-Boote werden sozusagen am laufenden Band produziert. Ich bezweifle, daß sie überhaupt alle zum Einsatz kommen werden. Die Luftwaffe wird diesen Krieg rasch entscheiden. Ich hoffe, Ihr Luftattaché Powell hat Ihrem Präsidenten exakt über die Kapazität der Luftwaffe berichtet. Wir sind, auf meinen Befehl hin, mit Powell sehr offen gewesen.«
»Gewiß hat er das getan. Er ist sehr beeindruckt.«
Göring sah erfreut aus. »Wir haben viel von Amerika gelernt. Besonders Curtis hat fabelhafte Ingenieure. Eure Sturzbomber wurden von uns eingehend studiert, und die Folge davon ist der Stuka.«
Er wandte sich an den Bankier in langsamem einfachem Deutsch, stellte ihm Fragen über südamerikanische Grubengesellschaften. Sie gingen gerade durch einen leeren Ballsaal mit riesigen vergoldeten Kronleuchtern, und ihre klappernden Schritte hallten hohl auf dem Parkettboden wider. Der Bankier erwiderte in fließendem Deutsch, das er unter dem Druck nicht entfaltet hatte, und sie sprachen bis zum Portal unausgesetzt über Finanzen. Gäste, die in den Hallen herumwanderten, starrten erstaunt auf den Anblick von Göring zwischen zwei Amerikanern. Das weltmännische Lächeln des Bankiers kam wieder zum Vorschein, und die Farbe kehrte in sein Gesicht zurück.
Draußen schneite es, und Göring blieb in dem Türrahmen stehen, um ihnen zum Abschied die Hand zu drücken. Gianelli hatte sich so weit erholt, daß er jetzt etwas sagte, was Victor Henry von höchster Wichtigkeit schien. Henry überlegte sich gerade, wie er ihn darauf stoßen könne, als der Bankier, während er dem Luftfahrtminister in einem leichten Schneewirbel die Hand schüttelte, erklärte: »Exzellenz, ich werde dem Präsidenten berichten müssen, daß Ihr Außenminister mit der Welles-Mission nicht einverstanden ist und erklärt hat, daß der Führer sie ebenfalls ablehnt.«
Görings Gesicht wurde hart. »Wenn Welles eintrifft, wird der Führer ihn

empfangen. Das ist offiziell.« Göring blickte zum Himmel empor und begleitete die beiden Amerikaner, bis ein Luftwaffenoffizier ihren Wagen vorfuhr. »Vergessen Sie nicht: Deutschland ist wie jedes andere Land. Nicht alle hier wollen Frieden. Ich aber will ihn.«

Victor Henry brachte den größten Teil der Nacht damit zu, seinen Bericht zu verfassen, damit er durch den Bankier an den Präsidenten gelange. Er schrieb ihn mit der Hand, ohne auf Stil zu achten. Nach einer Aufzählung der Fakten, bis zu Görings Worten im Schnee, fuhr Victor Henry fort:

Die Schlüsselfrage ist natürlich die, ob jetzt eine Friedensmission durch Sumner Welles im Dritten Reich erwartet wird oder nicht. Es erscheint unbegreiflich, daß in meinem Gespräch mit Hitler, Göring und Ribbentrop Ihr Abgesandter keine klare Antwort erhalten hat. Abschließend glaube ich, daß Hitler Sumner Welles empfangen wird. Aber ich glaube nicht, daß die Mission etwas erreichen wird, es sei denn, die Alliierten ändern ihre Ansicht und akzeptieren etwas Ähnliches wie die Formel der »ausgestreckten Hand«.

Keiner der drei Männer schien das Interview besonders ernst zu nehmen. Sie haben Wichtigeres im Kopf. Wir zwei waren völlig uninteressant. Ich möchte annehmen, daß Göring dafür war, und Hitler, da er sich ohnehin in Karinhall befand, nichts dagegen hatte. Ich hatte den Eindruck, daß es ihn freute, vor zwei Amerikanern zu schwadronieren, die Ihnen sofort darüber berichten würden. Alle drei Männer benahmen sich so, als ob die Offensive im Westen bereits feststehe. Ich glaube, es ist ihnen völlig egal, ob Sumner Welles kommt oder nicht. Wenn die Engländer tatsächlich so fest auf ihren Bedingungen beharren, wie Hitler an den seinen festhält, kommt es im Frühjahr zu einem ausgewachsenen Krieg. Die Kluft zwischen den Parteien ist zu groß.

Göring treibt, wie mir scheint, mit seinem Friedensgerede ein doppeltes Spiel. Dieser Mann ist der größte Lump im Dritten Reich. Er sieht aus wie eine Schießbudenfigur – der Mensch ist wirklich widerlich fett und aufgetakelt –, aber er ist der einzige Realist dieser Clique und der unbestrittene Zweite Mann. Er hat mit dem Nazismus enorm viel für sich herausgeholt, viel mehr als andere. Mr. Gianelli wird Ihnen zweifellos Karinhall beschreiben. Es ist ordinär, aber überwältigend. Göring mag trotz seiner hohen Stellung schlau genug sein, sich auszurechnen, daß keine Glückssträhne von Dauer ist. Sollte die Offensive scheitern, wird der Mann, der immer den Frieden wollte, zur Stelle sein, über den gestürzten Führer Tränen vergießen und freudig an seine Stelle treten.

Ribbentrop kann – mit Verlaub zu sagen, Herr Präsident – nur als der klassische deutsche Widerling bezeichnet werden. Seine Arroganz,

schlechten Manieren, Verschwommenheit, sein Eigensinn und seine Selbstgerechtigkeit sind wie aus dem Bilderbuch. Ich glaube, das steckt in seiner Natur, aber ebenso glaube ich, daß er Hitlers Empfindungen wiedergibt. Es ist genau wie in der Marine, wo der Kommandant den imponierenden »Alten« spielt, während der Erste Offizier der miese Kerl ist, der ihm die schmutzige Arbeit macht. Zweifellos haßt Hitler Ihren Mut und findet, daß Sie sich viel zu oft eingemischt und ihm die Tour verdorben haben. Zugleich glaubt er, es ruhig riskieren zu können, den USA entgegenzutreten, weil er weiß, wie geteilt die öffentliche Meinung bei uns ist. All das hat Ribbentrop unmißverständlich ausgedrückt und damit dem Chef die Möglichkeit gelassen, den großherzigen deutschen Napoleon zu spielen, den Retter Europas.
Auf der Rückfahrt von Karinhall war es mir, als erwache ich aus einem Trancezustand. Ich begann mich an Dinge von Hitler zu erinnern, die ich, während ich ihm zuhörte und übersetzte, tatsächlich vergessen hatte: seine Phantastereien in Mein Kampf, *die Art, wie er immer wieder sein Wort gebrochen hat, seine tollen Lügen, die Tatsache, daß er diesen Krieg angefangen hat, seine rücksichtslose Bombardierung von Warschau und seine Judenverfolgung. Daß ich angesichts des Menschen, der das getan hatte, so etwas vorübergehend vergessen konnte, ist ein Beweis für sein Überredungsvermögen. Er bannt den Zuhörer. Für die großen Massen habe ich wohl wüstes Gekeife von ihm vernommen, aber in einem Privatraum mit zwei nervösen Ausländern kann er – wenn es ihm paßt – der vernünftige charmante Weltführer sein. Es heißt auch, daß er furchtbare Wutanfälle haben kann; wir haben nur eine Andeutung davon erlebt, und ich zweifle nicht daran. Aber ihn als lächerlichen Verrückten hinzustellen ist einfach falsch.*
Er hat nie so sicher gewirkt wie, als er sagte, er und die Deutschen seien eins. Er weiß einfach, daß das der Wahrheit entspricht. Man nehme ihm seinen Schnurrbart, und er sieht ungefähr aus wie die Personifizierung aller Deutschen. Er ist kein Aristokrat, kein Geschäftsmann, kein Intellektueller oder sonst etwas, sondern nur der deutsche Mann auf der Straße, der irgendwie erleuchtet ist.
Es ist unbedingt notwendig, diese Beziehung zwischen Hitler und dem deutschen Volk zu begreifen. Das gegenwärtige Ziel der Alliierten scheint darin zu bestehen, die beiden voneinander zu trennen. Ich habe die Überzeugung gewonnen, daß das unmöglich ist. So oder so haben die Alliierten noch immer die Wahl, sich Hitler zu fügen oder die Deutschen zu schlagen. Sie hatten die gleiche Wahl 1936, als die Deutschen ohne weiteres hätten geschlagen werden können. Seitdem hat sich nichts geändert, außer daß heute die Deutschen vielleicht unbesiegbar sind.
Der Blick in die Uneinigkeit an der Spitze mag eine Schwäche der Nazi-

Struktur aufgezeigt haben, aber wenn, so ist das alles rein innenpolitisch und hat nichts mit Hitlers Macht über die Deutschen zu tun. Das schließt auch Göring und Ribbentrop ein. Als er ins Zimmer trat, standen sie kriecherisch auf.
Wäre Hitler der halb irre, halb komische Gangster, wie er uns dargestellt wurde, wäre dieser Krieg eine Kleinigkeit, denn zum Kriegführen gehört Verstand, innere Sicherheit, strategischer Weitblick und Geschick. Zum Unglück für die Alliierten ist er ein äußerst tüchtiger Mann.

Rhoda umarmte und küßte Pug, als er ihr von dem Wochenende erzählte. Stöllers Rolle bei der »Beraubung der Juden«, wie Fred Fearing es nannte, erwähnte er nicht. Es war nicht genau das, es war eine Art legalisierte Enteignung und verdammt unerquicklich, aber so war das Leben im Nazi-Deutschland. Es wäre sinnlos gewesen, Rhoda an seinem Unbehagen teilnehmen zu lassen, da er ja Stöllers Gastfreundschaft vorwiegend deshalb angenommen hatte, um ihr eine Abwechslung zu bieten.
Der Chauffeur, den Stöller geschickt hatte, fuhr an dem Säulenportal von Abendruh vorbei und setzte sie an einer Hintertür ab, wo ein Stubenmädchen sie zwei schmale Dienstbotentreppen hinaufgeleitete. Victor fragte sich, ob das eine bewußte Beleidigung sei durch die Deutschen. Aber die geräumigen, elegant möblierten Schlaf- und Wohnzimmer, in die sie geführt wurden, hatten eine schöne Aussicht auf einen verschneiten Rasen, Tannenbäume, einen gewundenen Fluß und strohgedeckte Nebengebäude; zwei Dienstboten erschienen, um ihnen beim Umziehen zu helfen.
Das Geheimnis der Hintertreppe klärte sich auf, als sie zum Essen gingen. Die gewundene Haupttreppe von Abendruh, zwei Stockwerke hoch und mit roter Marmorbalustrade, war von oben bis unten mit einer Rutschbahn aus poliertem Holz bedeckt worden. Gäste im Abendanzug standen oben, die Männer lachend, die Frauen kichernd und kreischend. Unten standen weitere Gäste mit den Stöllers und beobachteten, wie ein elegantes Paar herunterrutschte, die Frau sich vor Lachen krümmend, als ihr grünes Seidenkleid sich bis über die Strumpfbänder an ihrem Schenkel hinaufschob.
»Du lieber Himmel, Victor, ich sterbe!« gluckste Rhoda. Das kann ich *unmöglich*! Ich habe praktisch *nichts* drunter an! Warum wird eine Dame nicht vorher *gewarnt*?« Aber natürlich rutschte auch sie, schrie vor verlegenem Entzücken und zeigte ihre Beine – die sehr wohlgeformt waren, bis zu ihrer Spitzenunterwäsche hinauf. Sie kam mit rotem Gesicht, sich vor Lachen biegend, unter Applaus und Beglückwünschungen an, um von den Gastgebern begrüßt und den anderen Eingeladenen vorgestellt zu werden. Das brach bestimmt das Eis, dachte Victor, wenn auch etwas grob. Darin waren die Deutschen groß.
Am folgenden Tag fand er beim Aufwachen einen grünledernen Jagdanzug bereitgelegt, dazu einen federgeschmückten Hut, Gürtel und Dolch. Die Männer waren ein buntes Gemisch: Wehrmacht- und Luftwaffengenerale, weitere Bankiers, der Direktor eines Elektrizitätswerks und ein

prominenter Schauspieler. Pug war der einzige Ausländer. Die lustige Gruppe schloß ihn herzlich in ihren Unsinn und ihre Witze ein und dann in das ernste Geschäft der Jagd. Pug ging zwar gern auf Entenjagd, aber für Rotwildjagd hatte er nie etwas übrig gehabt. General Armin von Roon war mit von der Partie, und Pug blieb mit dem hakennasigen General zurück, dem auffiel, daß es Pug beim Abschuß eines Hirsches übel wurde. Bei dieser Begegnung war Roon aufgeschlossener denn je. Der Wald war feucht und kalt, und wie die anderen hatte er Schnaps getrunken. Sie sprachen zunächst über die Vereinigten Staaten, wo, wie sich herausstellte, Roon die Kriegsakademie besucht hatte. Dann erörterte der General den polnischen Feldzug und den Ribbentrop-Molotow-Pakt, den er erstaunlicherweise als ein Desaster bezeichnete, weil Stalin seinen ganzen Gebietszuwachs, ohne einen Schuß abzufeuern, erobert hatte. Wie er die Feldoperationen erfaßte, war meisterhaft. Seine Einschätzung Hitlers war, wie Victor Henry dachte, kaltblütig und ehrlich. Roon verhehlte kaum seine Verachtung für die Herrenrassen-Theorie der Nazis oder auch für die Partei, aber er trat überzeugend für Hitler als Führer der Deutschen ein, als Schüsse ertönten und unweit von ihnen Geschrei sie zu der Jagdgesellschaft herbeizog, die einen kleinen toten Hirsch in blutbespritztem Schnee umringte. Das zeremonielle Halali wurde geblasen und dem Tier ein Tannenzweig in das tote Maul über die blutige heraushängende Zunge gesteckt. Henry wurde von dem General getrennt. Abends sah er sich nach ihm um und mußte zu seinem Bedauern erfahren, daß Roon nach Berlin zurückbeordert worden war.

Nach dem Essen spielte ein Streichorchester Beethoven in dem gold- und cremefarbenen französischen Musikzimmer, und eine vollbusige berühmte Sopranistin sang Schubert-Lieder. Die Gäste lauschten mit mehr Aufmerksamkeit, als Victor aufzubringen vermochte; während der Lieder hatten manche Tränen in den Augen. Rhoda fühlte sich in ihrem Element, denn in Washington ging sie viel in Konzerte. Sie strahlte und flüsterte zwischen den Nummern sachkundige Bemerkungen. Danach wurde getanzt, und die Männer rissen sich um sie. Von der Tanzfläche aus warf sie ihrem Gatten fortwährend funkelnde Blicke der Dankbarkeit zu, bis Stöller ihn in die Bibliothek entführte, wo der Schauspieler und Dr. Knopfman, Chef des Elektrizitätswerks, bei Cognac zusammensaßen. Bisher hatte Victor während des Wochenendes kein Wort über den Krieg vernommen. Die Unterhaltung hatte sich auf persönliches Geplauder, Geschäft oder Kunst beschränkt. »Ah, da ist ja Captain Henry«, sagte der Schauspieler mit klangvoller Stimme. »Er muß es ja am besten wissen. Fragen wir doch ihn.« Mit seinem grauen Schnurrbart und dichtem Haar spielte er Kaiser, Generale und ältere Männer, die junge Frauen liebten. Victor hatte seinen berühmten König Lear im Schauspielhaus gesehen.

Im Augenblick war sein Gesicht über dem steifen Kragen und der sich bäumenden gestärkten Hemdbrust violettrot.
»Es wäre ihm vielleicht peinlich«, sagte Dr. Knopfman.
»Vom Krieg wird nicht geredet. Kommt nicht in Frage«, sagte Stöller. »Wir sind zum Vergnügen hier.«
»Ich habe nichts dagegen«, sagte Victor, als er den Cognac entgegennahm und sich in einem großen Lehnsessel niederließ. »Was wollen Sie wissen?«
»Ich erzeuge Illusionen, um Geld zu verdienen«, grummelte der Schauspieler, »und ich finde, Illusionen sollten auf die Bühne beschränkt bleiben. Und ich behaupte, daß es eine Illusion ist, darauf zu hoffen, daß die Vereinigten Staaten England jemals im Stich lassen werden.«
»Ach, zum Teufel mit alledem«, sagte der Bankier.
Dr. Knopfman, ein Mann mit verschmitzten Augen und rundem Gesicht wie der Kapitän der *Bremen*, nur untersetzter und dicker, sagte: »Und ich behaupte, daß wir nicht mehr 1917 schreiben. Einmal haben die Amerikaner den Engländern die Kastanien aus dem Feuer geholt, und was haben sie davon gehabt? Nichts wie Undank und Ablehnung. Die Amerikaner werden das Fait accompli akzeptieren. Sie sind Realisten. Sobald Europa normalisiert ist, können wir hundert Jahre gesicherten atlantischen Frieden haben.«
»Was sagen Sie, Captain Henry?«
»Die Frage wird sich vielleicht niemals stellen«, sagte Victor. »Zuvor müssen sie immer noch England schlagen.«
Keiner der Männer sah besonders erfreut aus. Der Schauspieler sagte: »Oh, das dürfte wohl gelingen – vorausgesetzt, die Amerikaner schalten sich nicht ein. Das ist die ganze Streitfrage.«
Stöller sagte: »Ihr Präsident gibt sich doch keine Mühe, seine britischen Sympathien zu verbergen, Victor, oder? Durchaus natürlich, bei seiner englisch-holländischen Abstammung. Aber würden Sie nicht sagen, daß das Volk gegen ihn ist oder zumindest scharf gespalten?«
»Ja, aber Amerika ist ein merkwürdiges Land, Dr. Stöller. Die öffentliche Meinung kann sehr schnell umschlagen. Das sollte niemand vergessen, der mit uns zu tun hat.«
Die Augen der Deutschen flackerten einander an. Dr. Knopfman sagte: »Ein Umschwung der öffentlichen Meinung kommt nicht von ungefähr. Er wird künstlich geschaffen.«
»Das ist der wunde Punkt«, sagte Stöller. »Und das ist so schwierig selbst dem Luftmarschall klarzumachen, der im allgemeinen so nüchtern denkt. Deutsche, die nicht drüben waren, haben unglaublich provinzielle Vorstellungen von Amerika. Das gilt leider auch für den Führer. Ich glaube nicht, daß er bis jetzt die ungeheure Macht der amerikanischen Juden

wirklich erfaßt hat. Sie ist ein wesentlicher Faktor in dem gesamten Kriegsbild.«
»Übertreiben Sie diesen Faktor nicht«, sagte Henry. »Das tut ihr Leute gern, und es ist eine Art, euch selbst hinters Licht zu führen.«
»Mein lieber Victor, ich bin neunmal in Amerika gewesen und habe ein Jahr in San Francisco gelebt. Wer ist Ihr Finanzminister? Der Jude Morgenthau. Wer sitzt in Ihrem Obersten Gerichtshof und hat den meisten Einfluß? Der Jude Frankfurter.«
Er fuhr fort, eine Liste von Juden in offiziellen Stellungen in Washington herunterzurasseln, für Victor das abgestandene langweilige Zeug, das er aus endlosen Wiederholungen der Nazi-Propaganda kannte; und er erging sich in den üblichen Behauptungen, daß die Juden die amerikanische Finanz, das Pressewesen, die Justiz und sogar die Umgebung des Präsidenten beherrschten. Stöller trug das alles gelassen und freundlich vor. Er wiederholte *der Jude, der Jude* ohne jeden Hohn. Sein Blick war nicht bösartig, wie Victor es hin und wieder erlebt hatte, wenn Rhoda einen lautstarken Antisemiten zur Rede stellte. Der Bankier stellte seine Behauptungen auf, als handele es sich um den heutigen Börsenbericht.
»Zunächst einmal«, sagte Victor ein bißchen ermattet, »hat bei uns der Finanzminister nur geringe Macht. Der Posten gilt als eine untergeordnete politische Auszeichnung. In allen anderen Regierungsposten sitzen Christen. Die Finanzmacht liegt bei den Banken, den Versicherungsgesellschaften, den Öl-, Schiffahrt- und Autoindustrien und dergleichen. Sie sind alle in christlichen Händen. Sind es immer gewesen.«
»Lehmann ist Bankier«, sagte Dr. Knopfman.
»Ja, das ist er. Die berühmte Ausnahme.« Victor fuhr mit seinen stereotypen Antworten gegen den stereotypen Antisemitismus fort: die durch und durch christlichen Eigentümer von Radioanstalten, Zeitungen, Zeitschriften und Verlagen, die christliche Zusammensetzung des Kongresses, des Kabinetts und des exekutiven Zweigs, die acht christlichen Richter von neun an dem Obersten Gerichtshof, der höchste Einfluß eines Christen im Weißen Haus, Harry Hopkins. Auf den Gesichtern seiner Zuhörer erschien das allgemeine seltsame Lächeln, das sich bei Deutschen einstellte, wenn von Juden die Rede war: herablassend, spaßig und kalt, in dem überlegenen Bewußtsein, daß sie ein ganzer interner Scherz miteinander verbinde.
Stöller bemerkte in freundlichem Ton: »Das ist ja die bekannte Methode der Juden, zu betonen, wie unbedeutend sie sind.«
»Würden Sie empfehlen, daß wir Ihnen ihre Firmen wegnehmen? *Objekte* daraus machen?«
Stöller machte ein erstauntes Gesicht und lachte, ohne im geringsten beleidigt zu sein. »Sie sind besser informiert als mancher andere Amerika-

ner, Victor. Es wäre eine ausgezeichnete Idee für die Gesundheit Ihrer Wirtschaft, Sie werden früher oder später schon dazu kommen.«
»Sind Sie der Meinung«, sagte der Schauspieler ernst, »daß die Judenfrage tatsächlich keinen Einfluß auf Amerikas Eintritt in den Krieg hat?«
»Das habe ich nicht gesagt. Amerikaner reagieren scharf auf Ungerechtigkeit und menschliches Leiden.«
Abermals trat der ironische Ausdruck auf die drei Gesichter, und Knopfman sagte: »Und Ihre Neger in den Südstaaten?«
Victor hielt inne: »Ihre Lage ist schlimm, aber sie bessert sich, und wir stecken sie nicht hinter Stacheldraht.«
Der Schauspieler sagte mit gesenkter Stimme: »Das ist eine politische Strafe. Ein Jude, der sich anständig benimmt, kommt nicht in ein Lager.«
Sich eine Zigarre anzündend, den Blick auf das Streichholz gerichtet, sagte Stöller: »Victor drückt sich sehr diplomatisch aus. Aber seine Beziehungen sind in Ordnung. Einer, der wirklich im Bilde ist, ist der Kongreßabgeordnete Ike Lacouture aus Florida. Er hat schwer gegen eine Revision der Neutralitäts-Akte gekämpft.« Mit einem listigen Blick auf Victor ergänzte er: »Gehört praktisch zur Familie, nicht wahr?«
Darauf war Victor nicht gefaßt, aber er sagte gelassen: »Sie sind recht gut informiert. Das ist gerade nicht öffentliches Gemeingut.«
Stöller lachte: »Der Luftmarschall wußte es. Er hat es mir erzählt. Er bewundert Lacouture. Was ist eigentlich mit der Tanzmusik? Ach, es ist ja schon ganz spät! Wieso ist es bereits halb zwei? Es gibt noch ein kleines Souper, meine Herren, nichts Besonderes ...«
Er stand auf und paffte an seiner Zigarre. »Die amerikanischen Juden begehen den größten Fehler, den sie machen können, wenn sie die Vereinigten Staaten in den Krieg hineinziehen. Lacouture ist ihr Freund, wenn sie bloß auf ihn hören wollten. Sie wissen, was der Führer in seiner Januar-Rede gesagt hat – wenn sie einen Zweiten Weltkrieg anzetteln, wird es ihr Ende sein. Es war ihm tödlich ernst damit, das kann ich Ihnen versichern.«
Wohl wissend, daß er gegen eine Mauer anrenne, aber außerstande, zu diesen Dingen zu schweigen, sagte Pug: »Über Krieg und Frieden entscheiden nicht die Juden, und Sie haben Lacouture völlig mißverstanden.«
»Wirklich? Aber mein lieber Captain Henry, was nennen Sie die britische Garantie Polens? Politisch und strategisch war sie frivol, wenn nicht wahnsinnig. Alles, was damit erreicht wurde, war, wegen der unerheblichen Danziger Frage zwei Großmächte gegen Deutschland hineinzuziehen, genau was die Juden wollten. Churchill ist ein berüchtigter Zionist. Das alles war zwischen den Zeilen in Lacoutures letzter Rede deutlich zu lesen. Ich sage Ihnen, Männer wie er sind vielleicht noch immer imstande, den Frieden wiederherzustellen und nebenbei die Juden vor einem sehr

schlimmen Schicksal zu bewahren, das sie aber anscheinend mit aller Entschlossenheit auf sich laden wollen. Nun, wie wäre es mit einem Omelette und einem Glas Champagner?«

Am Heiligen Abend verließ Victor Henry früh das Büro, um zu Fuß nach Hause zu gehen. Das Wetter war bedrohlich, aber er brauchte Luft und Bewegung. Berlin erlebte ein trauriges Weihnachten. Die dürftigen Zeitungen brachten keine guten Kriegsnachrichten, und der russische Angriff auf Finnland war für die Deutschen unerfreulich. Die Schaufenster boten eine bunte Fülle von Gebrauchsgegenständen, Kleidung, Spielwaren, Weinen und Lebensmitteln, aber die Menschen eilten verdrossen im Schneeregen durch die Straßen und sahen sich die sie verhöhnenden Auslagen kaum an. Denn praktisch nichts davon war zum Verkauf. Während Victor dahinschritt, brach die Dämmerung herein, und auf die weitläufige Stadt senkte sich die Verdunklung. Beim Gesang der Weihnachtslieder, die gedämpft hinter verhängten Fenstern herausschallten, stellte er sich die Berliner vor, wie sie in matt beleuchteten Wohnungen in Mänteln um lamettageschmückte Tannenbäume saßen und bei wässerigem Bier, Kartoffeln und Salzheringen zu feiern versuchten. In Abendruh hatten die Henrys fast vergessen, daß Krieg war, wenn auch noch ein gezähmter, und daß es an vielem mangelte. Für Wolf Stöller existierte kein Mangel. Rhodas Drängen nachgebend, hatte er der Einladung zugesagt, im Januar wieder nach Abendruh zu fahren, obwohl es ihm dort nicht gefallen hatte. Mehr und mehr – besonders seit dem Eindruck, den er von den nationalsozialistischen Führern in Karinhall gewonnen hatte – dachte er an die Deutschen als ein Volk, gegen das er eines Tages werde kämpfen müssen. Er kam sich als Heuchler vor, Kameradschaftlichkeit bei ihnen vorzutäuschen. Aber Informationsmöglichkeiten gab es auf Stöllers Besitz. Pug hatte einen fünf Seiten langen Bericht über seine Unterhaltung mit General von Roon nach Hause gesandt. Indem er so tat, als stimme er im Grunde mit Ike Lacouture überein – was Stöller bereits glaubte, weil er es glauben wollte –, konnte er diese Möglichkeiten ausbauen. Es bedeutete, lügen zu müssen, Ansichten zu äußern, die er für schädlich hielt, und die Gastfreundschaft eines Menschen zu mißbrauchen; eine scheußliche Art, seinem Land zu dienen! Aber wenn Stöller den amerikanischen Marineattaché zu beeinflussen versuchte, mußte er das Risiko auf sich nehmen.
Victor Henry überdachte dies alles, während er, bis an die Augen eingepackt, durch den Schneeregen stapfte, als aus der Dunkelheit eine gebeugte Gestalt auf ihn zutrat und ihn am Arm berührte.
»Captain Henry?«
»Wer sind Sie?«

»Rosenthal. Sie wohnen in meinem Haus.«
Sie waren in der Nähe einer Kreuzung, und im Schein der bläulichen Straßenlaterne sah Victor, daß der Jude sehr abgenommen hatte; die Haut hing in Falten um sein Gesicht, und die Nase wirkte viel größer. Seine Haltung war gebeugt, und seine Zuversichtlichkeit war einem geschlagenen, kränklichen Ausdruck gewichen. Die Veränderung war erschrekkend. Pug streckte ihm die Hand entgegen. »O ja. Guten Abend.«
»Verzeihen Sie mir. Meine Frau und ich werden bald nach Polen abtransportiert werden. Zumindest haben wir ein solches Gerücht gehört, und wir möchten uns, falls es sich bewahrheiten sollte, darauf vorbereiten. Wir können unsere Möbel nicht mitnehmen, und wir haben uns gefragt, ob irgend etwas darunter ist, das Sie und Mrs. Henry vielleicht kaufen möchten. Sie können haben, was Sie wollen, und ich könnte Ihnen einen sehr billigen Preis machen.«
Auch Pug hatte Gerüchte über die »Umsiedlung« der Berliner Juden vernommen, ein kollektiver Abtransport in neu gebildete polnische Gettos, wo die Zustände je nach den Berichten, denen man glauben wollte, entweder ziemlich schlecht oder unvorstellbar grauenhaft waren. Es war erschütternd, mit einem Menschen zu sprechen, der von diesem dunklen, ungewissen Schicksal unmittelbar bedroht war.
»Sie haben doch hier eine Fabrik«, sagte er. »Können Ihre Leute nicht ein Auge darauf haben, bis sich hier die Verhältnisse bessern?«
»Die Firma habe ich inzwischen verkauft, also ist niemand mehr da.« Rosenthal stellte die ausgefransten Revers seines Mantels hoch, um sich vor dem schneidenden Schneeregen und dem Wind zu schützen.
»Haben Sie an die Stöller-Bank verkauft?«
Auf das Gesicht des Juden trat Erstaunen und furchtsames Mißtrauen. »Sie wissen von diesen Dingen? Ja, die Stöller-Bank. Ich habe einen sehr anständigen Preis bekommen. Sehr anständig.« Der Jude gestattete sich einen einzigartigen ironischen Blick in Henrys Augen. »Aber der Ertrag wurde beschlagnahmt, um andere Dinge zu regeln. Meine Frau und ich werden mit ein bißchen Bargeld in Polen besser dran sein. Das hilft immer. Deshalb dachte ich – vielleicht die Teppiche – das Silber oder Porzellan?«
»Kommen Sie mit und besprechen Sie es mit meiner Frau. Sie ist für diese Dinge zuständig. Vielleicht könnten Sie mit uns essen?«
Rosenthal lächelte traurig. »Das wird kaum gehen, aber Sie sind sehr freundlich.«
Pug nickte, sich an sein von der Gestapo eingesetztes Personal erinnernd. »Herr Rosenthal, ich muß nochmals wiederholen, was ich Ihnen beim Mieten Ihres Hauses gesagt habe. Ich möchte nicht von Ihrem Unglück profitieren.«

»Captain Henry, Sie könnten mir und meiner Frau keinen größeren Gefallen tun. Ich hoffe, Sie kaufen etwas.« Rosenthal steckte ihm eine Karte in die Hand und verschwand in der Verdunkelung. Als Pug heimkam, war Rhoda dabei, sich für das Essen bei dem Geschäftsträger anzuziehen, so daß keine Gelegenheit war, über das Angebot zu sprechen.

Das Weihnachtsessen der Botschaft war keineswegs so üppig wie die Bankette in Abendruh, aber es war dennoch recht gut. Fast alle in Berlin verbliebenen Amerikaner hatten sich dabei eingefunden, wo sie zuerst bei Eiercognac plauderten und sich dann an drei langen Tischen zu einem Mahl versammelten, das aus Gänsebraten, einem Kürbisgemisch, Obst, Käse und Kuchen bestand – alles aus Dänemark. Import-Privilegien für Diplomaten hatten das möglich gemacht, und bei der ungewohnten Fülle kamen die Gäste in Stimmung.

Victor Henry war glücklich, wieder unter Amerikanern zu sein, genoß ihre selbstverständliche offene Art, ihr Lachen, das im Zwerchfell entstand und nicht nur in den Gesichtsmuskeln; ohne eine Verbeugung oder ein Zusammenschlagen der Hacken, ohne das europäische Lächeln einer Frau, das wie eine Leuchtreklame an- und abgeschaltet wurde.

Aber mit Rhoda brachen Schwierigkeiten aus. Er hörte, wie sie gegen Fred Fearing die Stimme erhob, der weit unten am Tisch an seiner Maiskolben-Pfeife sog und sie wütend anstarrte. Victor rief: »He, worum geht's denn, Fred?«

»Um die Stöllers, Victor, die bezauberndsten Leute, die Ihre Frau je getroffen hat.«

»Ich sagte, die nettesten Deutschen«, schrillte Rhoda, »und das ist wahr. Sie sind blind voreingenommen, Fred.«

»Es ist Zeit, daß Sie nach Hause fahren, Rhoda«, erwiderte Fearing.

»Und was wollen Sie damit sagen?« gab Rhoda bissig zurück, noch immer viel zu laut. In Abendruh hatte Rhoda sich angewöhnt, mehr zu trinken, und heute abend schien sie auch dieses Quantum überschritten zu haben. Sie fuchtelte mit den Händen, ihre Augen waren halb geschlossen, und ihre Stimme wurde immer schriller.

»Nun, Kind, wenn Sie Wolf Stöller und seine Frau für nett halten, dann werden Sie demnächst glauben, daß Hitler nichts anderes im Sinn hat als eine Wiedervereinigung aller Volksdeutschen auf friedlichem Wege. Wenn es soweit mit Ihnen kommt, wird es höchste Zeit, daß Sie eine Zeitlang zu amerikanischer Kost nach Hause fahren.«

»Ich weiß lediglich, daß Deutsche nicht Teufelsgeschöpfe mit Hörnern und Schwänzen sind«, sagte Rhoda, »sondern normale Leute, mögen sie noch so irregeführt sein. Oder hat eins eurer deutschen »Fräuleins« etwa Pferdefüße gehabt, mein Lieber?«

Auf diesen rüden Spott hin trat Stille ein. Fearing war ein häßlicher Mensch, groß, mit langem Gesicht, gelocktem Haar und einer schmalen Fuchsnase; aufrecht, idealistisch, voll fester liberaler Ideen, der Ungerechtigkeit und politische Heuchelei streng verurteilte. Aber er hatte auch seine Schwächen. Er hatte die Frau seines Mitarbeiters bei einem Bestseller über den Spanischen Krieg verführt. Diese Dame hatte er vor kurzem mit einer kleinen Tochter in England abgestellt und machte sich jetzt – wie es hieß – an jede verfügbare Deutsche und sogar an einige verheiratete Amerikanerinnen heran. Rhoda hatte Victor einmal halb im Spaß erzählt, daß Freddie sie beim Tanzen belästigt habe. Nichtsdestoweniger war Fred Fearing ein berühmter tüchtiger Reporter. Gerade weil er die Nazis haßte, gab er sich alle Mühe, ihnen gegenüber fair zu sein, und das Propagandaministerium begriff das. Die meisten Amerikaner bezogen ihr Bild des kriegführenden Nazi-Deutschland aus Fearings Sendungen.
Um das Schweigen zu brechen, sagte Victor Henry so liebenswürdig wie möglich: »Das Navigieren in diesem Land wäre vielleicht einfacher, Rhoda, wenn die Bösen Hörner trügen und behaarte Handflächen hätten oder so etwas.«
»Was Wolf Stöller in seinen Handflächen hat, ist Blut, eine Menge davon«, sagte Fearing, aufgeputscht vom Whisky. »Er tut, als wüßte er das nicht. Sie und Rhoda fördern diese gewisse Blindheit, indem Sie ebenso tun.«
»Es ist Pugs Aufgabe, mit Leuten wie Stöller zu verkehren«, sagte der Geschäftsträger milde von der Spitze der Tafel. »Ich schlage vor, daß wir heute abend das Thema Deutsche nicht weiter erörtern.«
Colonel Forrest rieb sich die gebrochene Nase, ein Zeichen, daß er weiter streiten wollte, obwohl sein Mondgesicht freundlich blieb. Er warf näselnd ein: »Hör mal, Freddy, ich bin zufällig der Meinung, daß Hitler lediglich auf friedlichem Wege Zentraleuropa reorganisieren will, sofern er die Möglichkeit dazu hat, und daß er den Krieg abblasen wird, wenn die Alliierten mitmachen. Finden Sie, daß ich ebenfalls nach Hause fahren sollte?«
Fearing stieß eine Wolke blauen Rauches und roter Funken aus seiner Pfeife aus. »Und was ist mit *Mein Kampf*, Bill?«
»Die Streitschrift eines dreißigjährigen Hitzkopfs«, sagte der Militärattaché ärgerlich, »vor achtzehn Jahren im Gefängnis geschrieben. Heute ist er Staatsoberhaupt. Er hat seine Kräfte nie überschritten. *Mein Kampf* handelt ausschließlich davon, Südrußland zu annektieren und daraus eine Kornkammer für Deutschland zu machen. Das ist ein alter Wiener Kaffeehaustraum. Mit dem Bündnis ist er ein für allemal aus dem Schaufenster verschwunden. Die Judensache ist schlimm, aber der Mann vollbringt eine enorme Aufgabe mit sehr groben Mitteln. Dazu gehört leider auch

der Antisemitismus. Den hat er nicht erfunden. Der war in Deutschland schon heftig dran, bevor Hitler überhaupt geboren war.«
»Ja, auch für Sie ist es Zeit, nach Hause zu fahren«, sagte Fearing. Er goß sich ein Glas Moselwein ein und leerte es auf einen Zug.
»Nun, was ist denn Ihre Version?« Sichtlich verärgert, imitierte der Militärattaché die Stimme des Radioreporters. »Daß Adolf Hitler, der Anstreicher, darauf aus ist, die Welt zu erobern?«
»Ach, zum Teufel, Bill, Hitlers Revolution weiß nicht, wohin sie führt, ebensowenig wie es die Französische oder russische Revolution wußte«, rief Fearing aus und schwenkte verzweifelt seine Pfeife. »Sie wütet einfach wie die anderen vor sich hin und wird sich so lange ausbreiten, bis man ihr Halt gebietet. Gewiß agiert er friedlich, wenn er kann. Warum nicht? Wo immer er eingedrungen ist, wurde er von Gruppen führender Bürger begrüßt. Man kann sie auch Verräter nennen. In Polen wimmelte es von ihnen. Ja, in diesem Augenblick stehen in Frankreich und England ganze Parteien bereit, um mit ihm zu kollaborieren. Er braucht im Westen nur hart genug zuzuschlagen, um die Machthabenden aufs Kreuz zu legen und die Andersdenkenden zu gewinnen. Er hat bereits Stalin dazu gebracht, ihm für die paar Knochen, die er ihm im Baltikum hinwarf, jede gewünschte Menge russischen Öls und russischen Weizen, die er braucht, zu liefern.«
Mit theatralischem Schwenken seiner qualmenden Pfeife fuhr Fearing fort: »Übrigens, wenn es so weitergeht, können Sie 1942 vielleicht eine Welt erleben, in der Deutschland die Industrien Europas und der Sowjetunion beherrscht sowie die Marine Englands und Frankreichs. Die französische Marine würde morgen zu Hitler überlaufen, wenn der richtige Admiral den Finger höbe. Es wird sich wirtschaftlich mit Japan verbünden, um Asien und Ostindien auszubeuten, und den Pazifik und den Indischen Ozean beherrschen. Was dann? Ganz abgesehen von dem Netz der Diktaturen in Südamerika, die die Nazis bereits in der Tasche haben! Es ist Ihnen natürlich bekannt, Bill, daß die Armee der Vereinigten Staaten heute zweihunderttausend Mann stark ist und daß der Kongreß die Absicht hat, sie zu verkleinern.«
»Nun, dagegen bin ich selbstverständlich«, sagte Colonel Forrest.
»Das kann ich mir denken! Ein neues blutiges Mittelalter droht die ganze Welt zu unterdrücken, ein industrielles Byzanz kann drei Jahrhunderte dauern, und der Kongreß will die Armee verkleinern!«
»Eine interessante Aussicht«, lächelte der Geschäftsträger. »Ein bißchen melodramatisch.«
Rhoda Henry hob ihr Weinglas und kicherte geräuschvoll. »Du meine Güte. Ich habe noch nie einen so verrückten Quatsch gehört. Freddy, Sie sind derjenige, der nach Hause fahren sollte. Fröhliche Weihnachten!«

Fred Fearing wurde rot vor Zorn. Er sah die Gäste der Reihe nach an. »Pug Henry, ich mag Sie. Ich glaube, ich gehe mal spazieren.«
Als der Radioreporter den Tisch verließ, eilte der Geschäftsträger ihm nach, brachte ihn jedoch nicht zurück. Die Henrys gingen früh nach Hause. Victor mußte beim Weggehen Rhoda stützen, weil sie halb eingeschlafen und unsicher auf den Beinen war.

Der nächste Marinekurier brachte unter anderem eine Alnav-Liste von den Versetzungen der meisten neugebackenen Kapitäne. Sie wurden zu Ersten Offizieren von Schlachtschiffen ernannt; zu Kommandanten von Kreuzern; zu Stabschefs bei Admiralen. Für Victor Henry gab es keine Veränderung. Er starrte zum Fenster hinaus auf Hitlers Reichskanzlei, auf die schwarzen SS-Männer, die sich unbeweglich wie Statuen den Schnee auf Helm und Schultern herunterrieseln ließen.
Plötzlich hatte er es satt. Er gebot seinem Sekretär, ihn nicht zu stören, und schrieb drei Briefe. In dem ersten bedauerten er und seine Frau, aus unvorhergesehenen beruflichen Gründen nicht wieder zu den Stöllers nach Abendruh kommen zu können. In dem zweiten – zwei steife Absätze an das Personalbüro – ersuchte er um eine Versetzung zum Seedienst. In dem dritten, einem langen handgeschriebenen Brief an den Chef der Seekriegsleitung, drückte Victor seinen ganzen Abscheu über seinen jetzigen Posten aus und den Wunsch, wieder zur See zu gehen. Er schloß:

Ich bin fünfundzwanzig Jahr lang für den Seekrieg ausgebildet worden. Ich bin unglücklich, Herr Admiral, vielleicht ist aus diesem Grund auch meine Frau unglücklich. Hier in Berlin geht sie zugrunde. Die Stadt ist ein Alptraum. Das geht zwar die Navy nichts an, aber mich. Wenn ich in meiner gesamten Laufbahn der Navy irgendwie nützlich gewesen bin, so ist der einzige Lohn, um den ich jetzt flehentlich bitte, die Versetzung zum Seedienst.

Einige Tage später traf ein neues Kuvert aus dem Weißen Haus ein, mit einem langen Gekritzel in schwarzer dicker schräger Bleistiftschrift. Der Poststempel zeigte, daß die Briefe sich gekreuzt hatten.

Ihr Bericht ist wirklich großartig und setzt mich sehr gut ins Bild. Hitler ist ein seltsamer Kauz, nicht wahr? Alle reagieren verschieden auf ihn. Ich freue mich, daß Sie sind, wo Sie sind, und habe das dem CNO auch gesagt. Er teilte mir mit, daß Sie im Mai zu einer Hochzeit zurückkommen möchten, das geht in Ordnung. Aber bitte kommen Sie vorbei, wenn Sie dazu Zeit finden.

FDR

Victor Henry kaufte zwei von Rosenthals Orientteppichen und ein englisches Porzellanservice, das Rhoda besonders liebte, zu dem Preis, um den der Mann bat. Er tat es hauptsächlich, um Rhoda aufzuheitern, und hatte damit vollen Erfolg; sie freute sich wochenlang an den Gelegenheitskäufen und wurde nicht müde, immer wieder zu sagen, daß die Dankbarkeit des armen Juden ihnen gegenüber überwältigend war. Pug schrieb auch den Stöllers, daß, falls die Einladung noch gelte, er und Rhoda schließlich doch nach Abendruh kommen würden. Wenn schon seine Aufgabe in Spionage bestand, dachte er, sollte er sie lieber ausführen; außerdem schien die moralische Kluft zwischen ihm und Stöller schmaler geworden zu sein. Denn trotz Rosenthals rührender Dankbarkeit für den Kauf waren seine Besitzgegenstände *Objekte*.

23

Silvester, Mitternacht

Lieber Briny,
ich kann mir nichts Besseres denken, um das Jahr 1940 zu beginnen, als Dir zu schreiben. Ich bin daheim und tippe in meinem alten Schlafzimmer, das mir nur ein Zehntel so groß vorkommt, wie ich es in Erinnerung hatte. Das ganze Haus wirkt so eng und vollgestopft, und, mein Gott, wie der Geruch von Insektenmitteln die vergangenen Jahre auslöscht.
Ach, mein Herz, was für ein wundervoller Ort die Vereinigten Staaten doch sind! Ich hatte es vergessen, total vergessen.
Als ich in New York ankam, war mein Vater schon nicht mehr im Krankenhaus – ich erfuhr dies durch einen Telefonanruf zu Hause –, also opferte ich zweihundert meiner schwer verdienten Dollar für ein Dodge-Coupé, Modell 1934, und fuhr damit nach Florida. Denk Dir nur! Über Washington. Ich wollte die Kuppel des Kapitols und das Denkmal sehen. Ich wollte auch Slote sehen. Darüber später mehr, aber Du kannst versichert sein, an dem Zusammentreffen hatte er wenig Freude. Aber um alles in der Welt, Briny, vor allem wollte ich das Land wieder spüren. Nun, mitten im Winter, bei lausigem Wetter und trotz der tragischen Barakkenstädte der Neger, die die Straßen unten im Süden säumen, sind die atlantischen Staaten schön, weiträumig, unerschlossen, noch voller Wildnis und bersten vor Kraft und Leben. Ich liebte jedes Plakat, jede Tankstelle. Es ist tatsächlich die Neue Welt. *Die Alte Welt ist wunderhübsch auf ihre Rokoko-Art, aber sie ist durch und durch verfault und an der Grenze des Irrsinns. Gott sei Dank, daß ich draußen bin.*
Nimm Miami Beach. Diesen Ort habe ich, wie Du weißt, stets gehaßt. Es ist bezeichnend für meine jetzige Stimmung, daß ich sogar Miami mit freundlichen Augen betrachte. Ich ging als rasende Antisemitin von hier fort. Selbst heute stört mich der Anblick dieser gepflegten Juden, die überhaupt keine Sorgen haben, wie sie sonnengebräunt in exotischen Strandanzügen herumlaufen und – stell Dir vor – häufig Pelze oder Perlen und Brillanten zu rosa oder orangefarbenen Shorts und Hemden tragen. Die Leute von Miami Beach halten nichts davon, ihren Reichtum zu verbergen. Ich denke an Warschau und werde wütend, aber das geht vorbei. In ihrer Gleichgültigkeit gegenüber dem Krieg sind sie auch nicht anders als die übrigen Amerikaner.
Die Ärzte sagen, mein Vater erhole sich ausgezeichnet nach einem Herzanfall, an dem er fast gestorben wäre. Mir gefällt sein gebrechliches Aus-

sehen nicht, und er sitzt eigentlich nur noch in der Sonne oder hört Radio. Er macht sich furchtbare Sorgen um Onkel Aaron. Er hat früher nie viel von ihm gesprochen (tatsächlich hat er das Thema vermieden), aber jetzt spricht er ununterbrochen von Onkel Aaron. Mein Vater hat entsetzliche Angst vor Hitler. Er hält ihn für eine Art Teufel, der die Welt erobern und sämtliche Juden ermorden wird.
Aber wahrscheinlich möchtest Du endlich etwas von meiner kleinen Unterhaltung mit Leslie Slote erfahren, nicht wahr, Liebling?
Nun – er hat meine Antwort auf seinen Heiratsantrag sichtlich nicht *erwartet. Als ich ihm sagte, daß ich mich über beide Ohren in Dich verliebt habe – war er im wahrsten Sinne des Wortes erschüttert. Ich meine, er schwankte zu einem Sessel und ließ sich bleich wie ein Gespenst hineinfallen. Armer alter Slote!*
Es folgte eine Unterhaltung, die sich über Stunden erstreckte, in einer Bar, in einem Restaurant, in meinem Wagen, auf einem halbdutzend Rundgängen um das Lincoln Memorial *bei schneidendem Wind und schließlich in seiner Wohnung. Gott, wie er sich aufgeführt hat. Aber schließlich mußte ich ihn ja zu Wort kommen lassen.*

Slote: *Es kommt einfach daher, daß du so lange mit ihm allein warst.*
Ich: *Das habe ich Briny selber gesagt. Ich sagte, das ist der Triumph der engen Nähe. Jedoch ändert das nichts an der Tatsache, daß ich ihn jetzt liebe.*
Slote: *Du kannst nicht die Absicht haben, ihn zu heiraten. Es wäre der größte Fehler, den du machen könntest. Ich sage das als Freund und jemand, der dich besser kennt als irgendein anderer.*
Ich: *Das habe ich Byron ebenfalls gesagt. Ich sagte, es wäre lächerlich für mich, ihn zu heiraten, und gab ihm die betreffenden Gründe an.*
Slote: *Aber was, um Himmels willen, hast du denn vor?*
Ich: *Ich teile dir lediglich eine Tatsache mit. Ich habe gar nichts vor.*
Slote: *Du solltest ihn dir lieber aus dem Kopf schlagen. Du bist eine Intellektuelle und eine erwachsene Frau. Byron Henry ist ein sympathischer gedankenloser Bummler, der es fertigbrachte, sich sogar auf einer Universität wie Columbia vor einer abgeschlossenen Ausbildung zu drücken. Es kann euch nichts Wesentliches verbinden.*
Ich: *Ich möchte dir nicht weh tun, Lieber, aber* – (eine Weile lang ging ich wie auf Eiern, aber schließlich sagte ich es ihm rundheraus) –, *aber der Reiz, den Byron für mich hat, ist verdammt wesentlich. Ja, damit verglichen, erscheint mir gerade jetzt alles andere unwesentlich.* (Slote versank in gräßlichen Trübsinn)
Slote: (Er hat das nur einmal gefragt) *Hast du mit ihm geschlafen?*
Ich: *Das geht dich nichts an.* (Eine Jastrow gibt Slote nicht einfach eine

Karte zum Spielen in die Hand. Slote versinkt noch tiefer in Trübsinn)
Slote: *Nun,* »le cœur a ses raisons«, *und so weiter, aber ich verstehe es beim besten Willen nicht. Er ist ja kaum erwachsen. Er sieht sehr gut, vielmehr reizend aus, und er ist bestimmt sehr mutig. Vielleicht hat das eine übertriebene Bedeutung für dich gewonnen.*
Ich: (das peinliche Thema fallenlassend; wozu noch Ärger?) *Er hat noch andere nette Eigenschaften. Er ist ein Gentleman. Ich habe nie gewußt, daß es außer in Romanen so etwas überhaupt noch gibt.*
Slote: *Ich bin also kein Gentleman?*
Ich: *Ich sage nicht, daß du ein Flegel oder ein Schuft bist. Ich meine Gentleman in dem alten Sinn, nicht jemand, der schlechte Manieren meidet.*
Slote: *Du redest wie ein Ladenmädchen. Du willst anscheinend eine vorübergehende physische Attraktion rationalisieren. Aber die Worte, die du dafür wählst, sind billig und peinlich.*
Ich: *Das mag alles sein. Inzwischen aber kann ich dich nicht heiraten.* (Gähnen) *Und ich muß jetzt ins Bett. Ich will morgen vierhundert Meilen fahren.* (Exit Jastrow – endlich!)
Alles in allem hat er es recht gut hingenommen. Er erklärt ruhig, wir werden heiraten, sobald ich über diese Verrücktheit hinweg bin. Er ist erstaunlich selbstsicher, so daß viel von dem alten Slote geblieben ist. Physisch ist er mir jetzt wie ein Fremder. Ich habe ihn kein einziges Mal geküßt, und obwohl wir eine Stunde in seiner Wohnung verbrachten, spät in der Nacht, hat er mich keinmal berührt. Ich frage mich, ob das Gespräch über Gentlemen etwas damit zu tun hatte? So ist er nie gewesen, das kannst Du mir glauben. (Wahrscheinlich habe ich mich ebenfalls verändert!)
Vielleicht hat er recht mit Dir und mit mir. Ich will nicht über den Augenblick hinausdenken oder, genauer gesagt, über den Augenblick hinaus, als wir vor dem Kamin in meinem Schlafzimmer standen und Du mich in die Arme nahmst. Ich bin noch immer überwältigt, ich liebe Dich noch immer, ich sehne mich noch immer nach Dir. Obwohl wir getrennt sind, bin ich noch nie in meinem Leben so glücklich gewesen. Wenn Du in diesem Augenblick nur hier wärst! Ich sagte, Du sähest die Dinge zu einfach, aber in einem Punkt hast Du ganz recht gehabt. Aaron sollte sein blödes Haus aufgeben, es verkommen und verrotten lassen und in dieses wunderbare Land zurückkehren, um hier seine Tage zu beschließen. Daß er dorthin zog, war eine Torheit, daß er dort bleibt, ist Schwachsinn. Wenn Du ihn davon überzeugen könntest – und ich werde ihm ebenfalls schreiben –, wäre mir bei dem Gedanken an Deine Rückkehr hierher viel wohler. Aber laß ihn nicht einfach im Stich, Liebling. Jetzt noch nicht. Warte, bis sich meine Pläne etwas gefestigt haben.
Ein glückliches neues Jahr, und ich hoffe zu Gott, daß 1940 das Ende von

Hitler und diesem ganzen grauenhaften Alptraum bringt und uns wieder zusammenführt.

Ich bete Dich an
Natalie

Drei Briefe Byrons trafen in den nächsten Wochen nach und nach ein. Die ersten beiden waren ein oberflächliches, linkisches Gekritzel:

Ich bin ein miserabler Briefschreiber... Du fehlst mir, mehr als ich sagen kann... ohne Dich ist es hier ziemlich eintönig... wünschte, ich hätte mit Dir in Lissabon sein können... nun, muß jetzt wieder an die Arbeit.

Wieder und wieder las sie Byrons peinliche Banalitäten. Dort auf dem Papier war nur der junge ungewichtige Faulenzer, der, als sie ihn zum erstenmal sah, in der Mittagssonne an einer roten Mauer in Siena stand. Sogar seine Handschrift paßte ins Bild: schräg, nichtssagend, die Buchstaben klein und abgeflacht. Das schwungvolle B seiner Unterschrift ragte rührend aus seiner mittelmäßigen Schrift heraus. Dieses ausladende B drückte Byrons gesamte unbefriedigte Sehnsucht aus, etwas darzustellen, den Hoffnungen seines Vaters zu entsprechen.
Seine ganze Inkonsequenz war in dem zerlaufenden, zerdrückten »...yron« enthalten. Armer Briny!
Dennoch beschäftigte sich Natalie mit dem kunstlosen leeren Geschreibsel, als seien es Briefe von G. B. Shaw. Sie bewahrte sie unter ihrem Kopfkissen auf, sie standen in krassem Gegensatz zu ihren anderen Beschäftigungen, denn, um sich die Zeit zu vertreiben, hatte sie ihre Examensarbeit für den *Master* hervorgeholt, die bereits zu drei Viertel auf französisch geschrieben war: Gegensätze in der soziologischen Kritik am Krieg: Durkheims Schriften über Deutschland, 1915–1918, und Tolstois Epilog zu *Krieg und Frieden*. Sie dachte daran, sie zu übersetzen und im Herbst auf die Columbia-Universität oder die New-York-Universität zu gehen, um sie fertigzustellen und ihr Examen zu machen. Es war eine gute Arbeit. Sogar Slote hatte lobend Teile davon gelesen, wenn auch hin und wieder mit einem dünnen Oxforder Lächeln. Sie wollte sie nicht nur beenden, sondern auch umschreiben. Sie hatte mit dem antifranzösischen, prodeutschen Vorurteil amerikanischer Universitätsmeinung über den Ersten Weltkrieg begonnen. Ihre Erlebnisse in Polen hatten sie dazu geführt, in weit stärkerem Maße Durkheims Ansicht über Deutschland zuzustimmen. Diese Dinge gingen so weit über den Horizont des Verfassers der Briefe unter ihrem Kopfkissen hinaus wie die allgemeine Relativitätstheorie. Briny würde allein über den Titel stolpern. Aber es war ihr egal. Sie war verliebt.

Populäre Schlager quälten sie süß: Lieder von Frauen, die in wertlose Männer verliebt waren, Cowboy-Gejammer über ferne Liebsten: es war, als hätte sie eine Sucht nach billigen Bonbons entwickelt. Sie schämte sich, dieser Liebhaberei nachzugeben, aber sie konnte von solchen Liedern nicht genug bekommen. Sie kaufte sich Platten und spielte sie immer wieder. Wenn Byron Henry dumme Briefe schrieb, war es nicht zu ändern. Ihre ganze Urteilskraft verließ sie, wenn sie sich an seine Augen, seinen Mund, seine Arme erinnerte, wenn sie voll Entzücken über ein paar schlecht geschriebene Sätze in blauer Tinte war, nur weil sie von seiner Hand stammten.

Dann traf ein viel besserer Brief ein: die Antwort auf ihren ersten langen Brief aus Miami Beach, mehrere Seiten in Byrons üblicher fehlerloser Maschinenschrift. Irgendwie schlug er bei seinem eiligen Geklapper nie eine falsche Taste an, und seine Blätter sahen aus wie das Werk einer Stenotypistin.

Liebste Natalie,

na, endlich. Ein richtiger Brief. Wie lange ich darauf gewartet habe! Ich überschlug zunächst den ganzen Kram über die USA und Miami, um zu der Sache mit Slote zu kommen, aber dann habe ich alles nachgelesen. Man braucht mir nicht zu sagen, wie schön die Vereinigten Staaten im Vergleich zu Europa sind. Ich habe bereits ein solches Heimweh, wie ich es gar nicht sagen kann. Das ist ganz unabhängig von meiner Sehnsucht nach Dir, die noch genauso stark ist, als wärest Du in dem Zimmer unter mir. Ich begreife allmählich, wie es Eisenspänen in der Nähe eines Magneten ergeht. Manchmal, wenn ich in meinem Zimmer sitze und an Dich denke, wird die Anziehungskraft so stark, daß ich mir einbilde, wenn ich die Stuhllehnen losließe, ich zum Fenster hinaus, über Frankreich und den Atlantik direkt zu Deinem Haus, 1316 Normandie Drive, schweben müßte. (Natalie war bezaubert von dieser phantasievollen Stelle und las sie wieder und wieder.)

Slote bildet sich bloß ein, daß er Dich heiraten wird. Er hat seine Chance verpaßt. Übrigens habe ich über ein Drittel von Slotes Bücherliste über die Deutschen geschafft. Viele sind hier nicht englisch erhältlich, aber ich büffele mit dem, was ich kriegen kann. Viel anderes kann man hier ohnehin nicht tun. Die einzige Belohnung für meine Isoliertheit in dieser gottverlassenen Stadt ist das Ein-Mann-Seminar, das A. J. mit mir betreibt. Er hat mehr oder weniger die gleichen Ansichten wie Slote, und allmählich wird mir die Sache klar. Seit Napoleon sind die Deutschen das kommende Volk in Europa gewesen auf Grund ihrer geographischen Lage, ihrer Zahl und ihrer Energie, aber sie sind ein seltsames, undurchsichtiges Volk. Alle Schriftsteller, die auf Slotes Liste stehen, offenbaren

schließlich mit pedantischer Destruktivität die erschreckende Überzeugung, daß sie im Recht sind, daß die Deutschen seit Jahrhunderten benachteiligt wurden, daß sich die Welt nach ihren Bedingungen zu verändern hat. Für mich läuft bisher alles darauf hinaus, daß Hitler doch die Seele des heutigen Deutschland ist – was für den, der dort lebt, gar keine Frage ist; daß man den Deutschen nicht erlauben darf, Europa zu regieren, weil sie bei aller Brillanz an einer Art genereller geistiger Verderbtheit kranken und sich nicht einmal selbst regieren können; und man sie, falls sie den Versuch dazu machen, windelweich schlagen muß, weil sonst die Barbarei triumphieren würde. A. J. hat dazu seine eigene Theorie über das »gute Deutschland« der fortschrittlichen Liberalen und das »schlechte Deutschland« von Slotes Romantikern und Nationalisten, die mit der geographischen Lage und dem Katholizismus zusammenhängt, was etwas über mein Fassungsvermögen hinausgeht. Möchte wissen, ob das durch die Zensur geht. Ich wette, ja. Die Italiener fürchten und hassen die Deutschen. (Über Mussolini kursiert hier folgendes Wort: Man sagt, er sei ein Affe, der den Tigerkäfig geöffnet habe. Ganz schön.)
A. J. hier herauszubringen scheint schließlich ein ganz gewaltiges Unterfangen zu sein.
Da gab es irgendeinen nicht ganz astreinen technischen Fehler bei seiner Naturalisierung damals. Ich kenne die Einzelheiten nicht, aber er hat sich nie darum gekümmert, die Sache in Ordnung zu bringen. Der neue Generalkonsul in Rom ist irgend so ein pingeliger Bürokrat, und der macht Schwierigkeiten. Das wird sich natürlich alles klären – soviel haben sie in Rom gesagt –, aber es braucht seine Zeit.
Ich werde ihn also jetzt nicht im Stich lassen. Aber wenn Deine Pläne bis Mitte April noch nicht feststehen, muß ich Anfang Mai zurückkommen, egal, ob A. J. mitfährt oder nicht. Abgesehen von der Hochzeit meines Bruders will mein Vater unbedingt, daß ich einen Unterseeboot-Schulungskurs mitmache, weil der nächste Offizierslehrgang am 27. Mai beginnt.
Der Lehrgang dauert sechs Monate, und dann folgt ein praktisches Jahr auf U-Booten, die in der Nähe von Connecticut operieren. Also können wir selbst in dem unwahrscheinlichen Fall, daß ich mich einschreiben lasse – ich tue es nur, wenn wirklich der Weltkrieg losbricht –, sehr viel zusammen sein.
Siena ist wirklich reizlos geworden. Die Hügel sind braun, die Rebstöcke sind zu schwarzen Stümpfen beschnitten worden. Die Menschen schleichen in den Straßen herum und sehen bedrückt aus. Für 1940 ist das Palio abgesagt worden. Es ist kalt. Es regnet viel. Aber im Zitronenhaus blühen jedenfalls die Bäume noch immer, und A. J. und ich trinken dort noch immer unseren Kaffee. Ich rieche die Blüten und denke an Dich. Ich gehe

oft hinein, nur um ein bißchen Atem zu schöpfen, und ich schließe die Augen, und für eine Sekunde bist Du dann da. Natalie, es muß einen Gott geben, sonst hätte ich Dich nie gefunden, und es muß für uns beide der gleiche Gott sein. Es gibt nur einen Gott.

Ich liebe Dich...
Briny

»Aber so was«, sagte Natalie laut, als ihr die Tränen aus den Augen stürzten und auf das dünne Luftpostpapier tropften. »Du elender, rothaariger Teufel.« Sie küßte die Seiten und verschmierte sie mit dem Orangerot ihres Lippenstifts. Dann sah sie noch einmal das Datum an: der zehnte Februar, und heute war der neunte April; fast zwei Monate für einen Luftpostbrief! Bei diesem Tempo hatte es keinen Sinn, darauf einzugehen. Er mochte bereits auf dem Rückweg sein. Dennoch griff sie zu einem Block und fing an zu schreiben. Sie konnte nicht anders.

Natalies Vater hörte im Garten Radio. Sie hatten gerade zu Mittag gegessen, und die Mutter war zu einer Komitee-Sitzung gegangen. Während Natalie sich in Liebesworten erging, schwebte eine Nachrichtensendung auf der warmen Luft durch das offene Fenster herein. Der Ansager gab mit dramatischem Pathos in der Stimme eine Meldung durch, die sie beim Schreiben aufhorchen ließ:

Der »Sitzkrieg« ist beendet. Ein heftiger Luft-, See- und Landkrieg ist um Norwegen entbrannt. Das NBC bringt Sondermeldungen aus den Hauptstädten der kriegführenden Staaten.

London: *In einem Blitzangriff ohne jede Vorwarnung oder Provokation ist das Nazi-Deutschland in das neutrale Norwegen zur See und zur Luft eingedrungen, und deutsche Landstreitkräfte sind in Dänemark einmarschiert. Nach Berichten der norwegischen Regierung wird bei Oslo, Narvik und anderen Schlüsselpositionen an der Küste heftiger Widerstand geleistet, aber deutsche Verstärkungen strömen unaufhörlich nach. Die* Royal Navy *unternimmt sofortige Anstrengungen, um die Invasion zum Stehen zu bringen. Winston Churchill, Erster Lord der Admiralität, erklärte heute morgen: »Alle deutschen Schiffe, die in den Skagerrak einfahren, werden versenkt.«*

Schreibblock und Federhalter beiseite legend, ging Natalie ans Fenster. Ihr Vater saß mit dem Rücken zu ihr in der glühenden Sonne, er hielt den kahlen Schädel mit der grauen Haarfranse zur Seite geneigt und lauschte mit regungsloser Intensität auf diese erschütternde Entwicklung.

Paris: *In einem offiziellen Kommuniqué verkündete die französische Regierung, daß die Alliierten sich gemeinsam für die Sache des demokratischen Norwegens einsetzen und dem deutschen Sturmangriff mit kaltem Stahl begegnen würden. Pessimistische Kommentatoren betonten, daß die Einnahme von Norwegen und Dänemark mehr als tausend weitere Meilen europäischer Küsten in die Hände der Deutschen bringen und dies das Ende der britischen Blockade bedeuten würde.*

Berlin: *Einem britischen Plan zuvorkommend, nach dem Skandinavien besetzt und Deutschland der Zugang zum schwedischen Eisenerz und anderen Rohstoffen gesperrt werden sollte, haben die deutschen Streitkräfte auf friedlichem Weg heute Dänemark unter ihren Schutz gestellt und sind zu Land und zur See in Norwegen eingetroffen, wo die Bevölkerung sie begeistert empfangen hat. Oslo befindet sich bereits in deutscher Hand, und das Leben in der Hauptstadt beginnt sich zu normalisieren. Vereinzelter Widerstand durch von den Briten bestochene Einheiten wurde gebrochen. Der Führer hat das folgende Glückwunschtelegramm an...*

Natalie ging in den Garten, um mit ihrem Vater über diese furchtbaren Nachrichten zu sprechen, und stellte mit Erstaunen fest, daß er, den Kopf auf die Brust gesenkt, darüber eingeschlafen war. Das Radio plärrte, und gewöhnlich interessierte er sich für die Nachrichten. Der Schatten seiner weißen Leinenmütze verdunkelte zwar sein Gesicht, jedoch bemerkte sie einen sonderbaren Zug um seinen Mund. Seine Oberzähne ragten grotesk über seine Lippen hinaus. Natalie trat zu ihm und berührte seine Schulter. »Papa?« Er reagierte nicht. Er rührte sich nicht. Jetzt bemerkte sie, daß seine obere Zahnprothese sich gelockert hatte. »Pa!« Als sie ihn schüttelte, fiel sein Kopf zur Seite, und die Mütze fiel herunter. Sie steckte die Hand unter sein loses, geblümtes Sporthemd; unter der warmen feuchten Haut war kein Herzschlag zu spüren. In dem Augenblick, ehe sie aufschrie und ins Haus lief, um den Arzt anzurufen, entdeckte sie in den Zügen des toten Vaters eine starke Ähnlichkeit mit Aaron Jastrow, die sie zu seinen Lebzeiten nie bemerkt hatte.

Sie durchlebte die folgenden Wochen in einem Nebel fassungsloser Trauer. Seit ihrem zwölften Lebensjahr hatte Natalie ihren Vater nicht mehr ernst genommen; für sie war er ein bloßer Geschäftsmann, ein Strickwarenfabrikant und Vorstand des Tempels, und sie war schon damals ein rücksichtsloser geistiger Snob. Seitdem war ihr immer stärker bewußt geworden, wie sehr sein Minderwertigkeitskomplex Aaron Jastrow und der eigenen Tochter gegenüber sein Leben durchdrungen hatte. Dennoch war sie wie erschlagen, als er starb. Sie konnte nichts essen. Selbst mit Mitteln konnte sie nicht schlafen. Ihre Mutter, eine konventionelle Frau, die gewöhnlich mit ihren Hadassah-Zusammenkünften und ihren Wohltätigkeitsbemühungen vollauf beschäftigt und der die Tochter seit Jahren ein Rätsel war, riß sich aus dem eigenen Kummer und versuchte vergeblich, sie zu trösten. Natalie lag anfangs unaufhörlich jammernd und heulend in ihrem Zimmer auf dem Bett; und wochenlang später kamen die Anfälle noch jeden Tag. Sie litt an qualvollen Schuldgefühlen, weil sie ihren Vater vernachlässigt und verachtet hatte. Er hatte sie geliebt und verwöhnt. Als sie ihm sagte, sie wolle zwei Jahre an der Sorbonne studieren, war er einverstanden gewesen. Sie hatte nicht einmal gefragt, ob er es sich finanziell überhaupt leisten konnte. Sie hatte ihn mit ihren seltsamen Abenteuern zu Grunde gerichtet und keinerlei Reue empfunden, während er noch lebte. Jetzt war er nicht mehr da, und sie war auf sich selbst gestellt, und es war zu spät. Er war unerreichbar für Liebe oder Reue.

Die Radiomeldungen – eine Katastrophe nach der anderen in Norwegen, wo deutsche Vorstöße Erfolg hatten, Landungen der Alliierten scheiterten, die Reste der norwegischen Armee sich in die Berge zurückzogen, wo die Deutschen sie aufspürten – drangen wie ferne verschwommene Gerüchte an ihr Ohr. Die Wirklichkeit war nur ihr tränennasses Kissen und der Strom ältlicher sonnengebräunter Juden, die zum Kondolieren kamen, und das endlose Gerede über Geldprobleme.

Zwei aufeinanderfolgende Ereignisse brachten sie schockartig zur Vernunft: Byrons Rückkehr aus Europa und die Invasion Frankreichs.

24 Fall Gelb

(Aus: *Die Weltherrschaft verspielt*)

Der große Angriff

Der moderne Krieg wird durch rasche Veränderungen weltweiten Maßstabs gekennzeichnet. Im Frühjahr 1940 brauchten wir sieben Tage, um die Weltordnung zu verändern. Am zehnten Mai waren die Engländer und Franzosen noch immer die Sieger von Versailles, noch immer Herren der Meere und Kontinente. Am siebzehnten Mai war Frankreich eine geschlagene, beinah hilflose Nation, und England zitterte um sein Leben.
Auf dem Papier standen unsere Chancen für einen Erfolg bei *Fall Gelb*, unserem Plan für einen Angriff auf Frankreich, außerordentlich schlecht. Die Zahl der feindlichen Streitkräfte hatte entschieden den Gegner beruhigt und uns erschreckt. Aber als es drauf ankam, wurde der (revidierte) *Fall Gelb* zu einem entscheidenden Sieg. Unsere Soldaten erwiesen sich Mann für Mann den Besten, die die Demokratien aufzubieten hatten, überlegen. Unser Oberkommando wandte die Lehren vom massierten Panzereinsatz und von der Beweglichkeit motorisierter Einheiten gut an, die es aus der Niederlage durch britische Panzerbataillone im Ersten Weltkrieg gezogen hatte. Die anglofranzösische Welthegemonie entpuppte sich als eine reine Legende. Sie beherrschte zwar noch immer die Meere und den Zugang zu Rohstoffen, ihre Ressourcen für einen langen Krieg waren den unseren überlegen; aber ohne den Willen, sie einzusetzen, waren diese Vorteile bedeutungslos. Persien verfügte über größere Ressourcen als Alexander der Große.
Bei der Beurteilung Hitlers müssen die Historiker einsehen, daß er die Schwäche der Gegenseite spürte, während wir vom Generalstab irrten. Wir hatten angenommen, daß unsere Berufskollegen in England und Frankreich sich mit der nötigen Dringlichkeit auf einen Krieg vorbereiteten. In Wirklichkeit jedoch wollten ihre Landsleute die Realitäten nicht anerkennen und ihre Politiker dem Volk nicht die Wahrheit sagen. Adolf Hitler setzte die Zukunft Deutschlands, mithin Europas, mithin die bestehende Weltordnung auf die Karte eines einzigen schwerbewaffneten Vorstoßes. Er hatte über alle Erwartung, auch über seine eigene, Erfolg.
Abgesehen davon, daß Hitler trotz der pessimistischen Einwände unseres Generalstabs den Angriff befahl, wandte er auch in fast letzter Minute den kühnen Manstein-Plan an, durch das ungünstige Terrain der Ardennen vorzustoßen, um die linke Flanke der Maginot-Linie zu umgehen. Diese

Abweichung von dem klassischen Schlieffen-Plan bewirkte eine taktische Überraschung und führte zu Rundstedts rasantem Vormarsch durch Nordfrankreich bis an das Meer. Dies zersplitterte die Alliierten, jagte die Briten über den Kanal zurück, in einer improvisierten Flottille von Vergnügungsjachten, Kohlendampfern und Fischerbooten unter Zurücklassung sämtlicher Waffen, und machte der schwankenden Kampfbereitschaft Frankreichs ein Ende. Danach marschierten wir nach Süden auf Paris, gegen einen rasch erlahmenden Widerstand; und so erreichte Deutschland in wenigen Wochen unter einem ehemaligen Gefreiten, was ihm unter Seiner Majestät Kaiser Wilhelm II. in vierjährigem verzweifelten Kampf nicht gelungen war.
Der technische Schlüssel zu unserem Sieg in Frankreich bestand einfach darin, daß wir unsere Panzer zu geschlossenen Sturmdivisionen zusammenzogen, wie eiserne Kavallerie, und so Geschwindigkeit und Beweglichkeit auf den Schlachtfeldern des Industriezeitalters wiederherstellten, die, wie bisher angenommen, durch die Stärke und Reichweite moderner Feuerkraft auf immer im Graben erstarrt waren. Wir lernten diese Neuerungen von dem englischen Taktiker Fuller und dem französischen Taktiker de Gaulle, indem wir die Lehren aus dem Ersten Weltkrieg analysierten.
Die französische Armee mit weitaus mehr Panzern als wir ignorierte die Gedanken jener Alliierten und zerstreute Tausende von Panzern unter die Infanteriedivisionen. Die Frage, wie die neuen vollmotorisierten Waffen zu verwenden seien, wurde zwischen den Kriegen viel diskutiert. Wir schlugen den richtigen Weg von Fuller, von de Gaulle und von Guderian ein. Unsere Gegner aber schlugen den falschen Weg ein. Das Zusammenwirken von Sturzbombern mit dieser Bodentaktik war ebenfalls richtig und beschleunigte den Sieg.

Die Maginot-Linie

Die Welt war niedergeschmettert. Seit Monaten hatten westliche Zeitungen und Zeitschriften Karten von Europa abgedruckt, in die fiktive Kampflinien für den kommenden Feldzug eingezeichnet waren. Der französische Oberbefehlshaber, Generalissimus Maurice Gamelin, »der hervorragendste Militär der Welt«, wie die westlichen Journalisten ihn nannten, hatte angeblich einen Meisterplan, mit dem er uns schlagen wollte. Laut diesem »Gamelin-Plan«, von dem gemunkelt wurde, bot im modernen Krieg die technische Feuerkraft der Defensive einen Vorteil von fünfzehn zu eins über die Offensive. Im Ersten Weltkrieg hatte Frankreich das Leben von anderthalb Millionen Soldaten geopfert und bewiesen, daß

gegen Gewehre, Maschinengewehre und Haubitzen die massierten Infanterieangriffe Napoleons nicht mehr ankamen. Es würde kein Verdun mehr geben. Das neue Konzept bestand darin, in Friedenszeiten einen riesigen Wall von miteinander verbundenen Festungen mit modernster Artillerie zu errichten. Gleichviel, wie viele Millionen Soldaten ein künftiger Feind gegen diese Mauer werfen mochte, sie würden alle in ihrem eigenen Blut ertrinken.
Nach dieser Theorie hatte Frankreich eine Kette von Festungen errichtet, die durch unterirdische Gänge miteinander verbunden waren: Die Maginot-Linie. Wenn wir Deutschen nicht angriffen, würde zwischen der Landmauer der Maginot-Linie und der langsamen, aber sicheren britischen Seeblockade das Wirtschaftsleben in Deutschland erstickt werden. Zum Schluß würden die alliierten Armeen von der Maginot-Linie aus losbrechen, um Deutschland den Gnadenstoß zu versetzen, falls Hitler nicht schon vorher durch Revolution gestürzt würde, so daß unsere Generale wie 1918 um Friedensbedingungen betteln müßten. So schrieben, während des *Sitzkriegs*, die Zeitungen des Westens.
Informierte Militärs hatten allerdings gewisse Zweifel an dem Gamelin-Plan. Die Maginot-Linie sei in der Tat ein Wunderwerk, aber war sie nicht zu kurz? Bei den Schweizer Alpen beginnend, verlief sie etwa sechzehnhundert Kilometer längs der französisch-deutschen Grenze bis zu einem Ort namens Longuyon. Dort hörte sie auf. Zwischen Longuyon und dem Ärmelkanal blieb noch immer ein Loch ebenen Landes, die Grenze zwischen Frankreich und Belgien, und mindestens so lang wie die Maginot-Linie selbst. 1914 hatten wir bestialischen Deutschen genau deshalb über Belgien angegriffen, weil dieses Loch eine so schöne flache Straße nach Paris biete. Könnten wir die berühmte Maginot-Linie nicht möglicherweise umgehen und abermals auf diesem Weg einfallen?
Die Verfechter des Gamelin-Plans begegneten solchen Fragen mit ironischem Lächeln. Sie wiesen darauf hin, daß es sicher ein ausgezeichneter Gedanke gewesen wäre, die Linie durch Belgien hindurch bis ans Meer zu führen. Aber das sei Sache der Belgier, die unbedingt ihre Neutralität wahren wollten. Zwar wäre es möglich gewesen, die Linie auf französischem Gebiet zweihundert Kilometer westwärts bis an die Straße von Dover fortzuführen. Aber die Linie hätte wichtige Industriegebiete durchschneiden müssen. Ferner fühlte sich die Regierung, als dazu noch Zeit gewesen wäre, zum Sparen bemüßigt. Das Volk verlangte kürzere Arbeitszeit und höhere Löhne. Die Kosten wären astronomisch gewesen. Auch hätte Grundwasser in diesen Gebieten das Tunnel-System erschwert. Außerdem sei inzwischen Hitler an der Macht, und die Verlängerung der Linie hätte den kriegslustigen Führer vielleicht zu einer übereilten Tat provoziert.

Kurz und gut, die klügsten militärischen Köpfe Frankreichs beschlossen, die Maginot-Linie nicht zu vollenden. Statt dessen gab es den Gamelin-Plan. Sollte es zum Krieg kommen, würden die französischen und englischen Armeen sich längs der unbefestigten belgischen Grenze aufstellen. Sollten die Deutschen abermals versuchen, dort durchzubrechen, würden die Alliierten unter Gamelin nach vorn preschen und sich mit der zweihunderttausend Mann starken, tüchtigen belgischen Armee an einer starken Flußstellung vereinigen. Bei dem enormen Vorteil der Defensive in moderner Kriegführung würde ein deutscher Angriff auf einer so schmalen Front blutig scheitern.

Das Ergebnis des Plans

Wir haben dann angegriffen, wenn auch nicht gerade an der Stelle, die im Gamelin-Plan vorgesehen war: Fünf Tage später wurde Generalissimus Gamelin gefeuert. Wir umgingen den nördlichen Flügel der Maginot-Linie durch die angeblich »unpassierbaren« Ardennen, marschierten quer durch Frankreich nach Westen, schnitten so die französischen und britischen Armeen ab, die gemäß dem Gamelin-Plan brav nach Belgien hineingestürmt waren, und außerdem griff unsere Achtzehnte Armee unter Küchler sie im Norden von Holland aus an. Sie saßen in einer Falle. Am Morgen des 15. Mai telefonierte der französische Premierminister mit seinem Verteidigungsminister, um ihn zu fragen, welche Gegenmaßnahmen Gamelin vorzuschlagen habe. Wie die Geschichte berichtet, erwiderte der Minister: »Er hat keine.«
Bei einer dringenden Konferenz am nächsten Tag in Paris am Quai d'Orsay fragte Winston Churchill, der verzweifelt aus London herübergeflogen war, den Generalissimus Gamelin: »General, wo ist die Reserve – die *masse de manœuvre* –, um den deutschen Durchbruch zu hemmen?« Der größte Berufssoldat der Welt antwortete, laut Churchills Memoiren: »Aucune.« (Keine.)
General Weygand löste ihn ab. Wir nahmen die Maginot-Linie ohne Schwierigkeit von hinten, da die Geschütze in die entgegengesetzte Richtung zielten; nahmen die französischen Armeen, die in den Forts und Tunnels saßen, gefangen; transportierten sämtliche Geschütze an den Ärmelkanal, um sie gegen die Briten einzusetzen; nahmen Lebensmittelvorräte und Einrichtungsgegenstände aus dem Labyrinth mit und ließen ein paar schwache elektrische Birnen hängen, um die leeren Betongänge zu beleuchten. So steht die Maginot-Linie bis auf den heutigen Tag.
Die Franzosen verschwanden von der Bühne geschichtlicher Größe. Deutschlands jahrhundertelanger, erbitterter Feind lag endlich am Bo-

den. Strategisch betrachtet, hatten sie die Einsetzung der Industriemacht für den Krieg falsch beurteilt und ihre nationale Energie und ihr Volksvermögen auf einen immensen, tragischen Witz aus Stahl und Beton, einen halben Wall, verschwendet. Taktisch war, als General Gamelin *aucune* sagte, die militärische Geschichte Frankreichs zu Ende.

Schatten über dem Sieg

Für das Oberkommando der Wehrmacht hatte der Sieg über Frankreich bei aller Erfreulichkeit auch besorgniserregende Seiten. Einige von uns, die bei der Unterzeichnung des Waffenstillstands zugegen waren, sahen schweren Herzens dem Freudentanz zu, den der Führer im Sonnenschein von Compiègne aufführte. Wir waren zerrissen zwischen Stolz auf die Leistung deutscher Waffen, auf diese sieghafte Umkehrung der Niederlage von 1918, und unserer internen Kenntnis davon, daß der hüpfende Diktator tragische Fehler begangen hatte oder hatte begehen wollen. Diese blieben im rosigen Glanz des Erfolgs der Außenwelt völlig verborgen. In jener Stunde glich Deutschland einer Jungfrau auf einem Offiziersball, freudig über die bewundernden Blicke schöner Tänzer errötend und nichts von dem tödlichen Krebsleiden ahnend, das bereits in ihr keimte.

Der Krebs, der damals schon Deutschland befallen hatte und den nur der innerste Kreis des Oberkommandos kannte, hieß Dilettantismus in der militärischen Führung. Schon bei den Operationen in Norwegen hatten wir die Symptome erkannt. Wir hatten gehofft, daß unser unerfahrener Kriegsherr, nach den blutigen Verlusten, die uns jener Sieg beschert hatte, für den Großangriff im Westen mehr Fassung bewahren würde.

Aber sechs Tage nach dem Durchbruch, als Rundstedt mit Guderians Panzern als Vorhut auf das Meer zurollte und alle feindlichen Streitkräfte auf der Flucht waren, hatte Hitler eine Nervenkrise, weil er einen französischen Gegenangriff aus dem Süden befürchtete – der ebenso unwahrscheinlich war wie ein Gegenangriff von Hottentotten –, und hielt Rundstedts Heeresgruppe zwei kostbare Tage lang auf. Zum Glück verschaffte sich Guderian die Erlaubnis zu einer »bewaffneten Aufklärung« nach Westen. Danach ignorierte er einfach den Führer und preschte im Blitztempo bis an die Küste vor.

Dann folgte ein unglaublicher taktischer Fehler. Während das britische Expeditionskorps hilflos im Rückzug auf das Meer begriffen war, aber im Rennen weit hinten lag und von Guderians massierten Panzern abgeschnitten zu werden drohte, stoppte der Führer Guderian am Aa-Fluß, *fünfzehn Kilometer von Dünkirchen entfernt, und verbot drei Tage lang den Vormarsch der Panzerdivisionen.* Bis zu dem heutigen Tag hat niemand genau herausfinden können, warum er das tat. Es gibt darüber fast ebenso viele Theorien wie Militärhistoriker, aber sie tragen wenig zu den Tatsachen bei. In diesen drei Tagen retteten die Engländer ihre Armeen von den Küsten Dünkirchens. Das ist das ganze »Wunder von Dünkirchen«.

Hätte Hitler Guderian nicht Halt geboten, würden die Panzer den Feind nach Dünkirchen zurückgeworfen und ihn abgeschnitten haben. Die Briten hätten in dem Kessel von Flandern über 300000 Offiziere und Mannschaften verloren, das Gros ihrer ausgebildeten Landstreitkräfte. In meinem Abschnitt *Fantastisches Haltgebot am Fluß Aa* gehe ich im einzelnen auf den Irrsinn der Ausrede ein, daß das Gelände um Dünkirchen für Panzeroperationen zu sumpfig und zu sehr von Hecken und Kanälen durchquert sei. Tatsache ist, daß Guderian nach zweiundsiebzig entscheidenden Stunden, in denen uns die goldene Chance für einen raschen Sieg im Zweiten Weltkrieg entglitt, dennoch vormarschierte. Angeblich sollte Hermann Görings Luftwaffe die Aufgabe der gestoppten Panzerdivisionen übernehmen und die Briten erledigen. Vielleicht genoß Hitler die Vorstellung, den Fangschuß einem Nazi-Luftmarschall zu überlassen statt dem Generalstab der Wehrmacht, dem er seit jeher mißtraute. Was Göring vollbracht hat, berichtet die Geschichte.

Aber wenn uns auch der Endsieg versagt blieb, so hatten wir immerhin Frankreich besiegt; das schien unbestreitbar. Jedoch wurde am 6. Juni sogar auch das vorübergehend in Frage gestellt, als Hitler wieder einmal verrückt spielte. Auf einmal behauptete er, Paris sei nicht das Ziel; als nächstes sollten unsere Armeen geschlossen nach Südosten vorstoßen und das Lothringer Becken erobern, um Frankreich seine Kohle- und Rüstungsindustrien zu nehmen. Zum Glück waren die Operationen so weit gediehen, daß nicht einmal der Führer die Macht hatte, sich einzumischen. Wir nahmen Paris, noch während eine Anzahl von Divisionen unnötig nach Lothringen abdrehte.

Sein schlimmster Fehler

Aber schlimmer als all diese Fehler – so schlimm, daß die Geschichte auf ewig darüber staunen wird – war, daß die Wehrmacht ohne jeden Plan für weitere Operationen am Ärmelkanal eintraf! Da standen wir am Meer, millionenstark, bis an die Zähne bewaffnet, siegestrunken, vor einem geschlagenen, waffenlosen, machtlosen Feind, jenseits eines 65 Kilometer breiten Wassergrabens; aber unser unfehlbarer Führer, der alle Generalstabsaktionen so fest in der Hand hatte, daß sich niemand ohne seine Zu-

stimmung bewegen konnte, hatte irgendwie die Kleinigkeit übersehen, wie man eigentlich nach England gelangte.
Dennoch war hier die Gelegenheit, Größe zu beweisen, wie sie nur alle tausend Jahre einmal vorkommt. Alexander, Cäsar und Napoleon hatten zu ihrer Zeit ebenso große Fehler wie Hitler gemacht. Was sie aber besaßen, um diese auszugleichen und zu überspielen, war ihre *Eignung zum Heerführer*: die Fähigkeit, einen günstigen Augenblick kühn und unverzüglich zu erfassen und zu nutzen. Natürlich hatten wir keinen Plan für eine Invasion Englands, aber hatten denn die Briten einen Plan gehabt, um mit einer Flotte von Nußschalen von Dünkirchen den Kanal zu überqueren? Unter dem Druck der Notwendigkeit, trotz der totalen Desorganisation durch die Niederlage, trotz heftiger Luftwaffenangriffe hatten sie dreihunderttausend Mann hinübergeschafft. Warum konnten dann nicht wir, die stärkste Streitkraft auf Erden und auf den Wogen des Siegs, ein »umgekehrtes Dünkirchen« veranstalten und einige unserer Panzerdivisionen über den Kanal an eine unbefestigte, hilflose Küste werfen? Die Engländer hatten keine Landstreitkräfte, um unseren Marsch auf London aufzuhalten. Das gerettete Expeditionskorps war ein entwaffneter Haufen; seine gesamte Ausrüstung war in Flandern zurückgeblieben. Die *Home Guard* (Heimwehr) war ein mitleiderregender Haufen von Greisen und Kindern.
Einen Widerstand gegen unsere Invasion hätten die *Royal Air Force* und die britische Flotte geleistet, zwei nicht zu verachtende Streitkräfte. Aber hätte Hitler im Juni sofort die Gelegenheit ergriffen und mit jedem in Nord- und Westeuropa verfügbaren Fahrzeug – es gab Tausende – ein Invasionskorps über den Kanal geworfen, würde man die Flotte überrumpelt haben, genau wie bei Norwegen. Wir wären drüben gewesen, noch ehe sie sich zu einem Gegenangriff hätte versammeln können. Die Luftschlacht um England hätte sich in den Himmeln über dem Kanal abgespielt, unter wesentlich günstigeren Bedingungen für die Luftwaffe.
Gewiß hätten wir schwere Verluste einstecken müssen. Die Phase des Angriffs und das Nachschubproblem wären uns teuer zu stehen gekommen. Wir hätten abermals alles auf eine Karte gesetzt. Aber rückblickend betrachtet: was hätten wir anderes tun können? Ich habe mehrfach schriftlich amerikanische und deutsche Archivare um eine Abschrift des Memorandums ersucht, das ich 1940 verfaßt und in dem ich den Plan für eine genau solche Kanalüberquerung skizziert und dem Hauptquartier vorgelegt hatte. Meine Bitten blieben unbeantwortet. Das Memorandum ist lediglich eine Kuriosität, und ich habe keine Möglichkeit zu erfahren, ob es heute noch tatsächlich existiert. Seit Jodl es mir wortlos zurückgab, habe ich nie mehr etwas davon gehört.

»Seelöwe«, der in den folgenden Wochen hastig entworfene Invasionsplan, erwies sich als sinnlos und müßig. Zu der Bezwingung des Kanals bedurfte es, nachdem die Briten Luft geholt und ihre Küste befestigt hatten, einer vielschichtigen Vorausarbeit. Hitler hat sie niemals vorangetrieben. England gegenüber hatte ihm die Größe gefehlt, alles zu wagen; und allmählich erkannten wir, daß ihm der Mut fehlte, überhaupt viel zu wagen. Er erlaubte lediglich Göring, seine Luftwaffe über den britischen Flugplätzen tief innen im Land zu vergeuden, während die Armee und die Marine Wochen und Monate, die sich bis in den Sommer erstreckten, damit verschwendeten, sich über den Operationsplan einig zu werden und sich die Verantwortung gegenseitig zuzuschieben. Zum Schluß wurde »Seelöwe« aufgegeben. Wohl besaß Deutschland das Industriepotential und die militärische Stärke, also die richtige Ausrüstung für eine Invasion, nicht aber die Führung. Als eine Spur mehr Kühnheit vielleicht eine Welt hätte erobern können, da hatte Hitler geschwankt; und die Generale, gelernte Militärs, waren alle unfähige Untertanen dieses Dilettanten.
Das war der wahre »Sieg« des *Führerprinzips* im Sommer 1940. Rückblickend betrachtet, führte der falsche Führer den Freudentanz auf.

Anmerkung des Übersetzers: Zu Roons schneidender Kritik an der Maginot-Linie und der französischen Führung bleibt wenig zu sagen.
Meine Freunde in der *Royal Navy* würden strikt bestreiten, daß selbst im Juni die Deutschen eine Überquerung des Kanals geschafft hätten. Sie hätten natürlich jedes verfügbare Schiff aufgebracht, um die Invasion aufzuhalten. Die Frage läßt sich nicht beantworten, aber meiner Ansicht nach hat Roon recht. Die U-Boote, die er nicht erwähnt, würden in dem schmalen Kanal ein furchtbares Gemetzel unter der zur Verteidigung bereitstehenden Flotte angerichtet haben. Anderseits hat Roon weniger recht, wenn er Hitler die Schuld an mangelnden Generalstabsplänen für eine Invasion zuschiebt. Wenn sie einen brauchbaren gehabt hätten, würde er sie vielleicht wie bei dem Manstein-Plan angewandt haben. Der deutsche Generalstab des Zweiten Weltkriegs hatte die merkwürdige Neigung, nicht über seine Nasenspitze hinauszublicken, wollte es vielleicht gar nicht. – V. H.

25 Großer deutscher Durchbruch in Belgien! Noch immer nicht unser Krieg, erklärt Lacouture.

Als sie an einem Zeitungsstand Ecke Fifth Avenue und Fifty-seventh Street vorbeikamen, wo ein neuer Stoß Nachmittagsausgaben unter einem Pflasterstein flatterte, sagte Janice Lacouture zu Madeline: »Ach, du lieber Himmel, da redet Daddy schon wieder große Töne. Da werdet ihr ja schön beeindruckt sein!« Madeline half ihr beim Einkauf ihrer Aussteuer. Rhoda, Pug und Byron sollten um drei Uhr in dem Brooklyner Marinestützpunkt an Bord des Kreuzers *Helena* eintreffen. Janice' erste Begegnung mit Warrens Mutter bedrückte sie weit mehr als die schlechten Nachrichten über den Krieg.

Ein rauher Maiwind fegte durch die Fifth Avenue und verfing sich in Rökken und Hüten der Mädchen. Madeline hielt mit der einen Hand ihr Paket fest, mit der anderen den Hut und betrachtete das zwei Spalten große Photo des Kongreßabgeordneten Isaac Lacouture auf den Stufen des Kapitols, wo ihm drei Mikrophone entgegengehalten wurden. »Er sieht ja sehr gut aus«, sagte sie.

»Hoffentlich gefällt er dir. Er ist wirklich ein besonders gescheiter Mann«, sagte Janice und mußte den Wind und den Verkehrslärm überschreien. »Die Reporter haben ihn weitergetrieben, als er jemals die Absicht hatte. Jetzt hat er sich schwer exponiert.«

Madeline hatte die kleine Wohnung neu eingerichtet. Die Wände waren blaßgrün, mit cremegrün geblümten Gardinen. Neue dänische Teakholzmöbel, streng und schmal, ließen das Zimmer geräumiger erscheinen. Narzissen und Iris in einer Vase auf dem Eßtisch gaben der Wohnung eine Note von Jugend und Frühling, was ebenso die beiden Mädchen bewirkten, als sie eintraten. Es war keine Wohnung, in der man einen kommunistischen Freund vermutete. Ja, Madeline hatte den armen, braun in braun angezogenen, basedowäugigen Posaunenspieler längst abgehängt – worüber Janice recht erleichtert gewesen war.

Ihr gegenwärtiger Freund war Rechtsanwalt der CBS, ein eiserner Roosevelt-Anhänger und hochintelligent, der aber schon mit sechsundzwanzig eine Glatze bekam.

Madeline rief ihren telefonischen Beantwortungsdienst an, machte sich Notizen und knallte den Hörer auf. »Verdammt. Ich kann nun doch nicht mitkommen, um mit dir meine Eltern abzuholen. Ist das nicht eine Gemeinheit? Zwei unserer Amateure haben sich verdrückt. Ich muß mich heute nachmittag nach Ersatz umsehen. Dauernd ist etwas los.« Sie freute sich sichtlich darüber, so viel zu tun zu haben. »Also. Kennst du zufällig

jemand namens Palmer Kirby? Er ist im ›Waldorf‹ und behauptet, ein Freund der Familie zu sein.« Janice schüttelte den Kopf.
Madeline rief ihn an, und seine Stimme gefiel ihr sofort. Sie hatte einen warmen, humorvollen Klang. »Sie sind Rhoda Henrys Tochter, nicht wahr? Ich sah Ihren Namen im Telefonbuch und rief auf gut Glück an.«
»Ja, das bin ich.«
»Ihre Eltern waren in Berlin sehr gastfreundlich zu mir. Ihre Mutter schrieb mir, daß sie heute ankommen. Ich dachte, vielleicht sind sie müde und haben an ihrem ersten Abend in New York nichts vor. Ich würde Sie gern alle zum Essen einladen.«
»Das ist furchtbar nett von Ihnen, aber ich kenne ihre Pläne nicht. Sie werden kaum vor ein Uhr eintreffen.«
»Ach so. Wie wäre es, wenn ich trotzdem einen Tisch bestelle? Wenn Ihre Familie kommen kann, erwarte ich Sie alle um ungefähr sechs Uhr in meinem Apartment. Wenn nicht, rufen Sie oder Ihre Mutter mich an.«
»Sicher, klar. Danke. Warrens Verlobte ist gerade bei mir, Mr. Kirby.«
»Ike Lacoutures Tochter? Ausgezeichnet. Bringen Sie sie unter allen Umständen mit.«
Überschäumend vor Lebensfreude sauste Madeline fort, während Janice sich wärmere Sachen für die Marine-Basis anzog. Madeline war jetzt »Programm-Koordinator« in der »Walter-Field-Amateur-Stunde«. Walter Field, ein alter Chargenspieler, hatte es mit dem abgedroschenen Varietérezept von Amateurunterhaltung zu großer Popularität gebracht. Auf Grund seines plötzlichen Reichtums war er in Grundstücksgeschäfte groß eingestiegen und ebenso plötzlich tot umgefallen. Hugh Cleveland war soeben als Zeremonienmeister eingesprungen. Madeline holte für Cleveland noch immer die Hühnersandwiches und den Kaffee, aber jetzt interviewte sie auch die Amateurgäste. Sie blieb Clevelands Assistentin für seine Morgenschau und verdiente jetzt mehr als je zuvor. Für Madeline Henry war der Mai 1940 der vergnüglichste Monat ihres Lebens.

In dem Marinestützpunkt von Brooklyn blies der Wind noch heftiger und eisiger. Der Kreuzer hatte bereits an der Mole festgemacht und ließ von seinem Mast einen Regenbogen von Signalflaggen bis zu Bug und Heck hinunterwehen. Über die Laufplanke strömten Kriegsflüchtlinge zu einem Schwarm schreiender, winkender Verwandten auf der Mole. Janice bahnte sich den Weg zu dem Zollschuppen, wo Rhoda neben einem Haufen von Gepäck stand und sich die Nase putzte. Die große junge Blondine in einem grünen Wollkostüm und Turban zog ihren Blick auf sich.
»Ach, ist das nicht Janice? Ich bin Rhoda Henry«, sagte sie und trat vor. »Die Schnappschüsse werden Ihnen nicht ganz gerecht.«
»O ja, Mrs. Henry! Hallo!« Rhodas gertenschlanke Figur, modischer

Strohhut, fuchsienfarbene Handschuhe und Schuhe überraschten Janice. Warrens Vater war ihr während ihrer kurzen Begegnung in Pensacola als ein rauhbeiniger verwitterter Mann erschienen. Hingegen wirkte Mrs. Henry jugendlich, elegant, sogar aufregend.
Und trotz ihrer roten Nase und dauernden Nieserei.
»Wie klug von Ihnen, so ein Kostüm zu tragen. Ich habe mich frühlingshaft angezogen, und hier herrscht ja eine arktische Kälte«, sagte Rhoda. »Wo ist denn Madeline?« fragte Rhoda. »Sie ist doch nicht krank?«
Rasch erklärte Janice, weshalb die Tochter nicht erschienen war.
»Aber so was! Mad ist ja ein richtiges Karrieremädchen geworden!« sagte Rhoda. »Meine Liebe, ich möchte Sie küssen, aber ich wage es nicht. Kommen Sie mir nicht in die Nähe! Ich bin ansteckend! Man sollte mich in Quarantäne tun. Ich werde die ganze Nation anstecken. Nun! Wie schön Sie sind. Sie sind hinreißend. Was Warren für ein Glück hat! Wie geht es ihm übrigens?«
»Ich hoffe, gut. Er schwitzt über seinen Landeübungen auf Flugzeugträgern irgendwo in der Nähe von Puerto Rico.«
Victor Henry, eindrucksvoller aussehend, als Janice ihn in Erinnerung hatte, kam in blauer Uniform mit goldenen Knöpfen und goldbetreßter Mütze mit einem mürrisch aussehenden Zollbeamten durch die Menge. Nachdem er Janice flüchtig begrüßt und sich nach Madeline erkundigt hatte, wollte er wissen, wo Byron abgeblieben sei.
»Briny ist verschwunden. Er mußte jemanden anrufen«, sagte die Mutter.
Während ein weiterer Zollbeamter das Gepäck besichtigte, erzählte Janice den Henrys von Palmer Kirbys Einladung; zwischen mehrfachem Niesen sagte Rhoda: »Aber so was! Seine Fabrik ist in Denver. Was macht er denn hier? Ich glaube kaum, daß wir hingehen können, nicht wahr, Pug? Natürlich wäre es wunderbar, unser Leben in den USA mit einem Essen im ›Waldorf‹ zu beginnen. Es würde uns den Geschmack von Berlin von der Zunge vertreiben! Janice, du kannst dir einfach nicht vorstellen, wie es jetzt in Deutschland aussieht. Es ist grausig. Ich bin kuriert. Als ich die Freiheitsstatue sah, habe ich zugleich gelacht und geweint. Für mich kommen nur noch die USA in Frage, jetzt und immerdar.«
»Ehrlich gesagt, ich würde Fred Kirby gern sprechen«, sagte Pug.
»Aber Pug, das ist unmöglich, ich habe diesen gräßlichen Schnupfen, und mein Haar!« sagte Rhoda. »Was sollte ich denn für das ›Waldorf‹ überhaupt anziehen? Alles ist völlig verknautscht außer dem, was ich anhabe. Wenn ich nur mein rosa Kostüm gebügelt bekommen und für ein paar Stunden zu einem Friseur gehen könnte...«
Byron kam durch die lärmende Menge herangeschlendert. »Hallo, Janice! Ich bin Warrens Bruder. Ich dachte mir schon, daß Sie uns abholen wür-

den.« Byron zog eine kleine Schachtel mit einem Londoner Etikett aus der Tasche und überreichte sie ihr.
Janice öffnete sie, und darin lag eine viktorianische Nadel, ein kleiner goldener Elefant mit roten Steinen an Stelle der Augen. »Du meine Güte! Warum denn das?«
»Jeder, der einen Henry heiratet, braucht die Geduld eines Elefanten«, sagte Byron.
»Da hast du aber recht«, sagte Rhoda lachend.
Janice bedachte Byron mit einem langsamen, weiblichen Blinzeln. Er sah sogar noch besser aus als Warren, fand sie. Seine Augen funkelten kühn und erregt. Sie küßte ihn.

»*...ich habe nichts anzubieten*«, sagte die kernige, starke, singende Stimme aus dem Radio, die die Konsonanten fast wie ein Betrunkener schlurrte, »*als Blut, Arbeit, Tränen und Schweiß.*«
»Aber er ist ja ein Genie«, rief Rhoda, die auf der Kante eines vergoldeten, gobelinbezogenen Stuhls in Kirbys Salon saß, mit einem Champagnerglas in der Hand und Tränen in den Augen. »Was hat er denn bisher gemacht?«
Byron, der sich aus einer blauen russischen Dose Kaviar auf ein Stück Toast schmierte und sorgfältig gehackte Zwiebeln darauf streute, sagte: »Er war Chef der britischen Marine, als Prien in Scapa Flow eindrang und die *Royal Oak* versenkte. Und als die Deutschen über den Skagerrak nach Norwegen kamen.«
»Seid still und hört zu«, sagte Victor Henry.
Janice blickte vom Sohn auf den Vater, kreuzte die langen Beine und schlürfte Champagner. Palmer Kirbys Blick glitt wohlgefällig über ihre Beine, was sie genoß. Er war ein interessant aussehender alter Knabe.
... Ihr fragt, was unsere Politik ist? Ich sage, sie heißt Krieg führen, zur See, zu Land und in der Luft, mit aller Macht und aller Kraft, die Gott uns zu geben vermag; Krieg zu führen gegen eine ungeheuerliche Tyrannei, die in dem düsteren, beklagenswerten Katalog menschlichen Verbrechens unübertroffen bleibt. Das ist unsere Politik. Ihr fragt, was unser Ziel ist? Ich kann das mit einem Wort beantworten: Sieg – Sieg um jeden Preis, Sieg trotz aller Schrecken... Ich begreife meine Aufgabe mit Schwung und mit Zuversicht. Ich habe das sichere Gefühl, daß unsere Sache nicht zum Scheitern verurteilt sein wird unter den Menschen...
Die Rede war zu Ende. Eine amerikanische Stimme sagte, hüstelnd und bebend: »Sie haben soeben den neu ernannten Premierminister Großbritanniens, Winston Churchill, gehört.«
Nach einem Augenblick sagte Rhoda: »Dieser Mann wird die Zivilisation retten. Wir werden jetzt eintreten. Die Deutschen sind zu weit gegangen.

Wir werden ihnen nie erlauben, England zu erobern. Es steckt etwas seltsam Stumpfes in den Deutschen. Man muß sie lange aus der Nähe beobachten, um das zu erfassen. Etwas seltsam Stumpfes.«
Victor Henry sagte, auf seine Uhr sehend, zu Dr. Kirby: »Ziemlich gute Rede. Können wir uns jetzt ein paar Minuten unterhalten?«
Kirby erhob sich, und Rhoda lächelte ihm zu. »Champagner, Kaviar und Geschäfte, wie üblich. Das ist Pug.«
»Wir warten nur auf Madeline«, sagte Pug.
»Kommen Sie«, sagte Kirby und ging in sein Schlafzimmer.
»Hör mal, Dad, ich muß jetzt weg«, sagte Byron. »Ich muß ein Flugzeug nach Miami erwischen. Es fliegt in etwa einer Stunde von La Guardia ab.«
»Was sagst du da? Dr. Kirby glaubt, daß du mit ihm dinierst.«
»Ich hatte aber schon gebucht, bevor ich etwas von diesem Essen wußte.«
»Du wartest nicht einmal auf Madeline? Du hast sie doch seit zwei Jahren nicht gesehen. Sie nimmt uns mit zu ihrer Vorstellung nach dem Essen.«
»Ich sollte besser gehen, Dad.«
Pug verließ abrupt das Zimmer.
»Wirklich, Briny, du bist unmöglich«, sagte die Mutter. »Hättest du denn nicht bis morgen warten können?«
»Mutter, weißt du noch, wie es ist, wenn man verliebt ist?«
Zu seiner und Janices Überraschung wurde Rhoda blutrot. »Ich? Aber Byron, wie kannst du so etwas sagen! Natürlich nicht, ich bin ein paar Millionen Jahre alt.«
»Vielen Dank für die wunderschöne Nadel.« Janice berührte den Elefanten an ihrer Schulter. »Das Mädchen in Miami muß ja etwas ganz Besonderes sein.«
Byrons schmaläugiger unpersönlicher Ausdruck löste sich in ein reizendes Lächeln und in einen bewundernden Blick für Janice auf. »Sie ist in Ordnung.«
»Bring sie mit auf die Hochzeit. Vergiß es nicht.«
Als Byron zur Tür ging, sagte Rhoda: »Du hast ein wahres Talent dazu, deinen Vater zu enttäuschen.«
»Er wäre enttäuscht, wenn ich ihn nicht enttäuschte. Adieu, Mam.«
Im Schlafzimmer saß Dr. Kirby an einem Schreibtisch und zeichnete einen Haufen von Zeitschriften und hektographierten Berichten ab, die Victor Henry ihm aus Deutschland mitgebracht hatte. Als er in ein gelbes Notizbuch Eintragungen machte, schwankte der Tisch, und zwei Berichte glitten zu Boden. »Dies Apartment ist anscheinend für Zwerge gedacht«, bemerkte er weiterschreibend.
Victor Henry sagte: »Fred, arbeiten sie an einer Uranbombe?«
Kirbys Hand stockte. Er drehte sich um, hängte einen seiner langen schlaksigen Arme über den Rücken des Stuhls und sah Henry in die Au-

gen. Das Schweigen und das einander Anstarren dauerten eine lange Zeit zwischen den beiden Männern.

»Natürlich können Sie mir sagen, daß mich das einen Dreck angeht, aber...«, Pug saß auf dem Bett, »all das Zeug, um das Sie mich baten, dreht sich um die Bombe. Und gewisse Dinge, die ich nicht beschaffen konnte, wie etwa die Grafitzahlen, ja, da haben die Deutschen mir glattweg erklärt, daß man sie wegen der Geheimbomben klassifiziere. Die Deutschen reden gern sehr offen über diese furchtbare Superbombe, die sie entwickeln. Das veranlaßte mich zu glauben, daß nicht viel daran sei. Aber die Liste der Fragen, die Sie mir schickten, hat mich stutzig gemacht.«

Kirby schlug seine Pfeife aus, stopfte sie frisch und steckte sie an. Der Vorgang nahm einige Minuten in Anspruch, während denen er schwieg und Captain Henry nur ansah.

Dann sagte er langsam und sehr nachdenklich: »Ich bin kein Chemiker, und diese Uraniumsache ist mehr oder weniger ein chemisches Industrieproblem. Elektrizität kommt für die Herstellungstechniken hinzu. Vor einigen Monaten ersuchte man mich um meine Mitarbeit als Industrieberater.«

»Auf welchem Stand befindet sich die Sache?«

»Vorläufig ist alles noch Theorie. Bis zur praktischen Verwirklichung kann es Jahre dauern.«

»Würden Sie mir wohl etwas darüber sagen?«

»Warum nicht? Es steht ja in allen Physiklehrbüchern. Mein Gott, es stand auch im *Time Magazin*. Da ist dieser Vorgang des Neutronenbeschusses. Man setzt verschiedene chemische Substanzen nacheinander einer Radiumbestrahlung aus und sieht zu, was passiert. Das macht man sowohl in Europa wie hier schon seit Jahren. Nun, voriges Jahr haben es zwei Deutsche mit Uraniumoxyd probiert und gewannen Barium. Das ist eine Transmutation der Elemente durch Atomspaltung. Atome hat man schon früher gespalten, aber das Neue an diesem Versuch war, daß beim nachherigen Abwiegen festgestellt wurde, daß ein wesentlicher Teil der Masse verschwunden war. Ich nehme an, Sie wissen, daß diese Masse einer phantastischen Ladung von Energie entspricht, die in dem Atom enthalten war. Sie haben sicherlich davon gehört, daß man mit einem einzigen Stück Kohle einen Dampfer über den Ozean fahren könnte, wenn es möglich wäre, die darin enthaltene Atomkraft zu mobilisieren.« Victor Henry nickte. »Nun, Pug, das war ein Hinweis, daß es mit Uranium tatsächlich zu schaffen wäre. Es war ein Atomspaltungsvorgang, der weit mehr Energie abgab, als für ihn verwendet worden war. Diese Deutschen entdeckten das, indem sie die betreffenden Massen wogen. Es gab einen bemerkenswerten Verlust an Masse. Sie veröffentlichten ihre Entdek-

kung, und seitdem ist die gesamte wissenschaftliche Welt darüber in Aufruhr.
Schön, der nächste Schritt führt zu diesem sehr seltenen und heißen Uranium-Isotop, U-235. Bei dieser besonderen Substanz kann sich eine fantastische Explosivkraft herausstellen, durch eine Art von atomarer Kettenreaktion mit einer enormen Freisetzung von Energie aus der Masse. Man sagt, daß eine Handvoll davon vielleicht eine ganze Stadt in die Luft sprengen kann. Sie wissen ja, was Jules Vernes über das Atom fantasiert hat. Kernphysiker sagen, daß sich dies heute vielleicht verwirklichen läßt, sofern die Industrie U-235 in genügender Menge und genügender Reinheit zur Verfügung stellt.«
Pug lauschte dem allen mit zusammengepreßten Lippen und gespannt vorgebeugtem Oberkörper. »Hm, hm«, sagte er fortwährend, wenn Kirby an seiner Pfeife paffte. Er deutete mit ausgestrecktem Zeigefinger auf den Ingenieur. »Nun, das verstehe ich alles. Das ist eine hochwichtige militärische Geheiminformation.«
Kirby schüttelte den Kopf. »Es ist längst bekannt. Es kann ebensogut ein völlig falscher Alarm sein. Diese Werkphysiker garantieren gar nichts. Und was sie verlangen, setzt eine enorme Leistung der Industrie voraus. Vielleicht explodiert das Zeug wirklich, vielleicht auch nicht. Vielleicht fliegt es, sobald man eine genügende Menge davon hat, auseinander. Eine Aufstellungsarbeit von fünf Minuten zeigt, daß es sich um einen Aufwand von vielen, vielen Millionen Dollar handelt. Er könnte auf eine Milliarde steigen, und das Resultat wäre womöglich gleich Null. Der Kongreß ist auf Sparen versessen. Er hat Roosevelt sogar das Geld für ein paar hundert neue Flugzeuge verweigert.«
»Ich möchte Ihnen noch einige Fragen stellen. Falls sie zu weit gehen, so sagen Sie es mir bitte.«
»Schießen Sie los!«
»Was haben Sie persönlich damit zu tun?«
Kirby rieb sich mit der Pfeife am Kinn. »Wie gewinnt man aus einem sehr seltenen Metall Isotopen in Industriequantität? Das ist nicht ganz einfach. Wir denken daran, es in Gasform durch ein Magnetfeld zu schießen. Die leichteren Ionen weichen ein klein wenig von der Bahn ab, so daß man sie ablenken und auffangen kann. Man nennt das Ionenisolierung; sie beruht auf einer fast völligen Stabilität des magnetischen Felds, weil jedes Schwanken den Ionenstrom durcheinanderbringt. Die präzise Kontrolle der elektrischen Spannungen ist meine Aufgabe.«
»Hm, hm. Also. Ein letzter Punkt. Sollte ich, falls sich die Gelegenheit bietet, dem Präsidenten meine geschätzte Meinung unterbreiten, daß er etwas gegen Uran unternehmen müßte?«
Kirby lachte kurz und tief auf. »Die wahre Frage hierbei sind die Deut-

schen. Wie weit sind sie schon? Ihre Kenntnisse über die Bedeutung reinen Grafits macht mich besorgt. Grafit taucht erst in einem späten Stadium auf. Lieber Pug, wenn Hitler Uranbomben als erster bekommt und sie funktionieren sollten, so könnte das ziemlich unangenehm werden.«
Eine Türklingel schellte.
»Das ist vermutlich Ihre Tochter«, sagte Kirby. »Gehen wir essen.«

Madeline erschien in einem taillierten schwarzen Kostüm mit einer sich unten bauschenden Jacke und einem schmalen, engen Rock. Ihr dunkles Haar war hochfrisiert. Es war kaum zu glauben, daß sie erst zwanzig war. Vielleicht übertrieb sie die Rolle der erfolgreichen Rundfunkmitarbeiterin, aber immerhin verließ sie zweimal die Tafel im Empire-Saal, als der Oberkellner zu ihr kam und mit einer Verbeugung sagte, das CBS sei am Apparat. Victor Henry gefiel ihre sichere, aber bescheidene Art und ihre Schweigsamkeit. Während ihre wachen Augen von einem Gesicht zum anderen blitzten, hörte sie dem Gespräch über Deutschland und die Hochzeitspläne zu und sagte fast gar nichts.
Im Studiogebäude wurden sie am Empfangsschalter von einem steifen uniformierten Jüngling erwartet. »Miss Henrys Gesellschaft? Bitte, hier entlang.« Er führte sie in einen kahlen grünen Raum mit niedriger Decke, wo Hugh Cleveland und seine Mitarbeiter um einen Tisch saßen. Mit knappen herzlichen Worten lud Cleveland sie ein, im Zimmer zu bleiben, bis die Sendung begann. Er sah sich Karten an, prägte sich spontane Witze ein, die er später machen wollte, und erörterte sie mit seinem Regieassistenten. Nach einer Weile streifte er ein Gummi um die Karten und steckte sie in die Tasche. »Nun, noch fünf Minuten, bis es anfängt«, sagte er zu seinen Gästen gewandt. »Wie ich höre, hat dieser Churchill eine recht gute Rede gehalten. Haben Sie sie mitbekommen?«
»Jedes Wort«, sagte Rhoda, »sie war umwerfend. Diese Rede wird in die Geschichte eingehen.«
»Das war eine Rede«, sagte Pug.
Madeline sagte: »Verflixt, und ich hatte so viel zu tun, daß ich sie verpaßt habe.«
Der Produzent der Sendung, der wie fünfundvierzig aussah und sich wie ein Student anzog, legte eine manikürte Hand an den Hinterkopf. »Sie war nicht schlecht. Man müßte sie zusammenschneiden und aufmöbeln. Zuviel Tutti-Frutti. Da war eine ganz gute Stelle über Blut und Schweiß.«
»Tatsächlich? Wie geht das mit einem Metzger zusammen, der die Zither spielt?« fragte Cleveland den Humoristen neben ihm, einen melancholischen jungen Juden, der es nötig gehabt hätte, sich die Haare schneiden zu lassen. »Können wir etwas von Blut und Schweiß mit einflechten?«
Der Humorist schüttelte traurig den Kopf. »Geschmacklos.«

»Ach Unsinn, Herbie, lassen Sie sich was einfallen. Captain Henry, was macht der Krieg? Wird der Gamelin-Plan die Krauts zum Stehen bringen?«
»Ich weiß nicht, was der Gamelin-Plan ist.«
Madeline wies ihren Gästen Vorzugsplätze auf der Bühne des Studios an, in der Nähe des Tisches, wo Cleveland die Amateure vor einer riesigen Papptafel, auf der für ein gute Laune erzeugendes Abführmittel geworben wurde, interviewte, und postierte sich selbst in der verglasten Kontrollzelle. Ein zahlreiches Publikum, das für Victor Henry ausschließlich aus Idioten zu bestehen schien, applaudierte den stotternden Amateuren und brüllte über Clevelands Witze.
Cleveland leitete das Programm mit sanftem listigen Charme. Pug begriff nun, daß Madeline sich an einen kommenden Mann gehängt hatte. Aber die Show widerte ihn an.
Einer von ihnen entpuppte sich als Ausbesserer von Kabeln und sonstigen Linien. Cleveland bemerkte: »Ha, ha, in Frankreich wären Sie wohl jetzt gut zu gebrauchen?«
»In Frankreich, Mr. Cleveland?«
»Aber gewiß. An der Maginot-Linie.«
Er winkte den Zuschauern zu; sie lachten lautlos und klatschten.
»Amüsiert Sie das?« sagte Pug über Rhoda hinweg leise zu Palmer Kirby.
»Ich höre nie Radio«, erwiderte der Ingenieur. »Es ist ganz interessant. Wie der Besuch in einem Irrenhaus.«
»Dieser Cleveland jedoch hat was los«, sagte Rhoda.
Nach der Sendung gesellte Madeline sich zu ihnen, während das Publikum auf die Bühne strömte und Hugh Cleveland wegen eines Autogramms umlagerte. »Verdammt, zwei unserer besten Nummern sind uns durch Ansage von Nachrichten gestrichen worden. Diese Nachrichtenleute nehmen sich so ungeheuer wichtig!«
»Was ist los?« fragte Victor Henry.
»Ach, der Krieg natürlich. Immer wieder dasselbe. Die Deutschen haben die Maginot-Linie umgangen oder so was, sind weit nach Frankreich eingedrungen, und die Franzosen brechen zusammen, und so weiter. Nichts besonders Unerwartetes. Hugh wird toben, wenn er erfährt, daß der zitherspielende Metzger gestrichen worden ist.«
»Miss Henry?« Ein uniformierter Page trat auf sie zu.
»Ein dringendes Ferngespräch, Miss, in Mr. Clevelands Büro! Für Miss Lacouture. Aus Puerto Rico.«

Auf der Brücke des kleinen Fischdampfers *Blue Bird*, der sich sanft mit Vierknotentempo auf dem Golfstrom vorwärts bewegte, lagen sich in der Sonne Byron und Natalie in den Armen. Unten gähnte der sonnenge-

bräunte, hamsterbackige Bootsmann über dem Steuerrad bei einer Dose Bier, und die Telefonverbindung zwischen Boot und Küste knackte und quatschte leise, aber ununterbrochen. Von langen Stangen, die neben den leeren Kampfstühlen in Rohransätzen steckten, hingen Leinen im Wasser. Sonnengebräunt, in ihren Badeanzügen so gut wie nackt, hatten die Liebenden die Fische, die Angeln und den Bootsmann vergessen. Sie hatten den Tod vergessen und den Krieg. Sie lagen im Zentrum eines Kreises von dunkelblauem, stillem Wasser und hellblauem, wolkenlosem Himmel. Es war, als schiene die Sonne auf sie allein.
Das Deck erdröhnte von einem lauten Klopfen von unten, vier schnelle Anschläge, wie ein Morse-Kode. »He, Mr. Henry! Sind Sie wach?«
»Natürlich, was ist denn?« rief Byron heiser und richtete sich auf einem Ellenbogen auf.
»Man ruft vom Strand aus. Ihr Vater möchte, daß Sie an Land kommen.«
»Mein Vater? Falsches Boot. Er sitzt in Washington.«
»Warten Sie einen Augenblick – Hallo, hallo, *Blue Bird* ruft Bill Thomas...« Sie vernahmen abermals das Gequietsche der Schiff-Land-Verbindung. »He, Mr. Henry, Ihr Vater – ist er ein Marineoffizier, Captain?«
»Jawohl.«
»Nun, die Mutter Ihres Mädchens ruft über unser Büro an. Ihr Vater ist bei ihr und läßt Ihnen bestellen, Sie sollen sofort hinkommen.«
Natalie setzte sich auf, ihre Augen waren groß und erschrocken.
Byron rief: »Okay, wir fahren zurück.«
»Was, um alles in der Welt?« rief Natalie aus.
»Ich habe nicht die geringste Ahnung.«
Das Boot, das einen grünweißen Kreis auf dem dunklen Meer zeichnete, beschleunigte sein Tempo und begann zu stampfen. Der Wind verwehte Natalies langes, offenes schwarzes Haar. Sie zog einen Spiegel aus einer Strohtasche hervor. »Mein Gott, wie sehe ich aus. Mein Mund. Total zerbissen. Als ob mich die Ratten benagt hätten.« Sie legte den Handrücken an die Lippen. »Nun. Es hat keinen Zweck, dieses Medusenhaupt in Ordnung zu bringen, ehe wir landen. Was kann dein Vater denn wollen, Briny?«
»Warum bist du denn so beunruhigt? Wahrscheinlich ist er mit meiner Mutter hier, die sich dich ansehen will. Ich kann es ihr nicht verdenken, so wie ich hierher gestürzt bin. Wenn dem so ist, sage ich es ihnen, Natalie.«
Sie machte ein besorgtes Gesicht und ergriff seine Hand. »Mein Herz, es gibt irgendein jüdisches Gesetz, daß man sich nicht zu rasch nach dem Tod eines Elternteils heiraten darf. Vielleicht ein Jahr lang nicht – lieber Gott! Mach kein so verzweifeltes Gesicht. *Darum* werde ich mich nicht kümmern. Aber im Augenblick kann ich meine Mutter in der Hinsicht

nicht traurig machen. Ich brauche etwas Zeit, um das alles klarzukriegen.«
»Du sollst nicht gegen deine Religion handeln, Natalie, aber das ist wirklich ein herber Schlag.«
»Liebling, bis vor einer Stunde hatte ich überhaupt nicht die Absicht, dich zu heiraten.« Sie schüttelte den Kopf und lachte kläglich. »Mir ist ganz merkwürdig. Fast, als wäre ich körperlos. Zuviel Sonne. Oder vielleicht bin ich nur trunken von Küssen. Und jetzt taucht plötzlich dein Vater auf! Ist es nicht alles wie ein Fiebertraum?«
Er legte den Arm um ihre Schultern und drückte sie fest an sich, als das Boot immer stärker schaukelte. »Für mich nicht. Es ist verdammt wirklich, und das wirklichste daran ist, daß wir heiraten werden. Die Wirklichkeit scheint gerade zu beginnen.«
»Ja, gewiß. Ich bin bestimmt nicht beglückt bei dem Gedanken, Leslie zu schreiben – Himmel, schon wieder diese Schnute! Du setzt sie auf und ab wie eine Rauhnachtmaske, es ist entnervend – Briny, du weißt doch, daß er gleich nach Papas Tod mich besuchen kam. Er war so hilfsbereit und lieb. Ein neuer Slote, nur ein bißchen zu spät. Er hat an seine Universitätsfreunde geschrieben, um mir eine Dozentenstelle zu verschaffen. Ich *wünschte*, ich wüßte, was dein Vater will! Sag ihm nichts von uns, Briny. Nicht, ehe ich mit meiner Mutter gesprochen habe.«
»Dann sprichst du lieber gleich mit ihr. Mein Vater findet immer sehr schnell heraus, was los ist.«
»Oh, oh!« Sie drückte beide Hände an ihr Haar. »Ich bin so glücklich und so verwirrt und so verstört! Mir ist schwindlig. Ich komme mir wie sechzehn vor. Was ich, weiß Gott, nicht bin. Und für dich sehr viel besser wäre.«
Als die *Blue Bird* sich dem Ufer näherte, ergriff Byron das Fernglas und sah auf die gezackte Reihe der Wolkenkratzer-Hotels am Strand. »Das habe ich mir gedacht. Da ist er, auf der Mole.«
Natalie, die ausgestreckt in einem der Stühle lag, setzte sich bolzengerade auf. »Um Gottes willen. Bist du sicher?«
»Jawohl, da geht er auf und ab. Ich kenne diesen Gang.«
Sie ergriff ihren Korb, stürzte in die Kabine und sagte dem Steuermann: »Fahren Sie langsamer.«
»Jawohl, Miss.« Der schnurrbärtige Mann drosselte grinsend das Tempo. Sie schloß die kleine Tür zu der vorderen Kabine. Bald darauf erschien sie in einem Baumwollrock und Bluse, das schwarze Haar hing ihr glatt gebürstet und offen bis auf die Schultern. »Ich bin seekrank«, sagte sie lachend zu Byron, »versuch du mal, dir auf einem schaukelnden Boot in einer stickigen kleinen Kabine Mund und Augenbrauen zu malen. Huh! Seh ich grün aus? Mir ist ganz grünlich.«

»Du siehst wunderbar aus.«
Das Schiff wogte in einer Entfernung von etwa dreiviertel Kilometern auf das Ufer zu. Natalie konnte den auf und ab schreitenden Mann in Blau erkennen. »Volldampf voraus«, sagte sie mit unsicherer Stimme. »Ohne Rücksicht auf Verluste.«
Victor Henry beugte sich von der nach Teer riechenden Mole herab und streckte ihr die Hand entgegen. »Hallo, Natalie. Verzeihen Sie diesen Überfall. Achtung, treten Sie nicht auf den Nagel dort.«
Byron sprang an Land. »Was ist los, Dad? Ist irgend etwas passiert?«
»Habt ihr beiden schon zu Mittag gegessen?« sagte Pug.
Sie sahen einander an, und Natalie lachte nervös. »Ich hatte zwar Sandwiches eingepackt. Sie sind hier in dem Korb. Aber irgendwie haben wir nicht daran gedacht.«
Ein amüsierter Ausdruck kam vorübergehend in Victor Henrys Augen, obwohl er keine Miene verzog. »Ah – hm? Nun, den Düften aus der Pinte dort« – er wies mit dem Daumen auf eine baufällige Fischerbude an der Mole – »habe ich kaum widerstehen können, aber ich wollte doch lieber auf euch warten. Ich habe heute noch nichts gegessen.«
»Kommen Sie doch bitte zu uns. Ich würde Ihnen liebend gern etwas kochen.«
»Ihre Mutter hat mir freundlicherweise Kaffee und Orangensaft angeboten. Ist es Ihnen recht, wenn wir hier hineingehen? Diese Strandlokale können unter Umständen sehr gut sein.«
Sie setzten sich in eine winzige, grellrot gestrichene Sperrholznische. Byron und sein Vater bestellten Fischsuppe. »Ich hab mich nie an dieses Zeug gewöhnen können«, sagte Natalie zum Kellner. »Könnte ich ein Sandwich mit Schinken und Tomaten haben?«
»Gewiß, Miss.«
Victor Henry sah sie eigentümlich an. »Was ist?« fragte sie.
»Sie nehmen es mit dem Essen nicht allzu genau.«
Sie verstand zuerst nicht. »Ach so. Sie meinen den Schinken? Nein, nicht im geringsten, befürchte ich. Das geht vielen Juden so.«
»Und Ihre Mutter?«
»Nun, sie hat gewisse vage und inkonsequente Skrupel. Ich komme da nie ganz mit.«
»Wir haben uns sehr gut unterhalten. Sie ist eine kluge Frau und bemerkenswert tapfer nach dem schweren Verlust. Nun«, Pug legte Zigaretten und Feuerzeug auf den Tisch, »es sieht tatsächlich so aus, als ob Frankreich am Ende ist, nicht wahr? Habt ihr heute früh die Nachrichten gehört? In Paris verbrennt man die Akten des Außenministeriums. Das BEF*

* Britisches Expeditionskorps

flüchtet auf den Kanal zu, aber womöglich ist es schon zu spät. Die Deutschen können möglicherweise das gesamte britische Berufsheer einsakken.«

»Um Gottes willen«, sagte Byron. »Wenn sie das tun, ist der Krieg zu Ende! Wie konnte das innerhalb von drei Tagen passieren?«

»Nun, es ist eben passiert. Während ich auf euch wartete, habe ich in meinem Autoradio eine Notstandsansprache des Präsidenten an die versammelten Kongreßabgeordneten gehört. Er verlangte von ihnen fünfzigtausend Flugzeuge pro Jahr.«

»Fünfzigtausend Flugzeuge pro Jahr?« rief Natalie. »*Fünfzigtausend?* Aber das ist doch bloß wildes Gerede.«

»Er sagte, wir müßten die Fabriken bauen, um sie herzustellen, und dann mit der Herstellung beginnen. Nach der Stimmung zu urteilen, die ich gestern in Washington erlebt habe, wird er das Geld bewilligt bekommen. Da oben sind sie jetzt endlich in Panik geraten.«

Byron sagte: »Das kann England oder Frankreich alles nichts mehr nützen.«

»Nein. Nicht in dieser Schlacht. Was dem Kongreß endlich aufgeht, ist die Aussicht, daß wir ganz auf uns allein gestellt sind gegen Hitler und die Japaner. Also«, Pug steckte sich eine Zigarette an und begann an Hand seiner ausgespreizten Finger bestimmte Punkte abzuhaken: »Warrens dreißigtägiger Urlaub ist aufgehoben worden. Die Hochzeit ist vorverschoben. Warren und Janice heiraten morgen. Sie haben einen Tag nach der Hochzeit für sich, dann kommt er direkt zur Pazifischen Flotte. Also. Erstens: Du mußt morgen früh um zehn Uhr in Pensacola sein.«

Mit einem zögernden Blick auf Natalie, die sprachlos zu sein schien, sagte Byron: »Schön. Ich komme.«

»Okay. Zweitens: Wenn du in den Lehrgang vom 27. Mai bei der U-Boot-Ausbildung hineinkommen willst, mußt du dich in New London melden und bis Samstag die militärärztliche Untersuchung machen lassen.«

»Geht das nicht auch in Pensacola?«

Der Vater spitzte den Mund. »Daran hatte ich nicht gedacht. Vielleicht können wir Red Tully dazu bewegen, eine Ausnahme zu machen. Das tut er bereits, indem er diese Stelle für dich offenhält. Die Bewerbungen zu diesem Lehrgang häufen sich.«

»Der 27. Mai?« sagte Natalie zu Byron. »Das sind noch elf Tage. Gehst du in elf Tagen auf die Unterseeboot-Schule?«

»Ich weiß es nicht. Es ist eine Möglichkeit.«

»Wie lange dauert diese Ausbildung?«

»Drei Monate.«

»Was wird hinterher aus ihm?«

»Ich denke mir, daß er wie Warren ebenfalls sofort zur Flotte stoßen wird; die neuen U-Boote werden gerade ausgerüstet.«
»Drei Monate! Und dann bist du fort!« rief Natalie.
»Nun, darüber reden wir noch«, sagte Byron. »Kommst du mit mir morgen auf die Hochzeit?«
»Ich? Ich weiß nicht. Ich bin nicht eingeladen.«
»Janice bat mich, dich mitzubringen.«
»Hat sie das? Wann denn? Das hast du mir gar nicht gesagt.«
Byron wandte sich an seinen Vater: »Hör mal, wann beginnt denn der Unterseeboot-Lehrgang *nach* diesem?«
»Ich weiß es nicht. Aber je eher du anfängst, um so besser. Du brauchst dreizehn Monate auf See, um deine Delphine zu bekommen. Es gibt nichts Härteres, als sich auf Unterseebooten zu qualifizieren, Briny. Ein Flieger hat es viel leichter.«
Byron nahm eine von seines Vaters Zigaretten, zündete sie an, inhalierte und sagte, als er eine graue Rauchwolke ausstieß: »Natalie und ich wollen heiraten.«
Mit einem prüfenden Blick auf Natalie, die sich auf die Unterlippe biß, sagte Victor Henry: »Ach so. Nun, das könnte sich möglicherweise ungünstig auf deine Aufnahme in die Schule auswirken. Danach hatte ich mich nicht erkundigt, da ich von dieser Entwicklung nichts wußte. Im allgemeinen werden unverheiratete Anwärter in solchen Fällen bevorzugt. Immerhin, vielleicht müßte man…«
Natalie fiel ein: »Captain Henry, ich sehe, daß es ungeheure Schwierigkeiten bereitet. Wir haben es erst heute morgen beschlossen. Wann und wie weiß ich selbst nicht mehr. Es ist schrecklich verwirrend.«
Pug sah sie beim Essen von unten herauf an und nickte.
»Es gibt keine Schwierigkeiten, die nicht zu überwinden wären«, sagte Byron.
»Hör mal, Liebling, ich möchte dich unter keinen Umständen davon abhalten, auf die Unterseeboot-Schule zu gehen. Mein Gott, ich war in Warschau!«
Byron rauchte und sah seinen Vater schmaläugig und ausdruckslos an. Victor Henry blickte auf seine Armbanduhr und packte Zigaretten und Feuerzeug zusammen. »Da kann man nichts machen. Großartige Fischsuppe. Genau das richtige. Hör mal, es gibt eine Maschine nach Pensacola, die ich heute nachmittag noch erreichen kann. Die nächste fliegt morgen früh um sieben. Das Wetter sieht für morgen noch gut aus, aber vielleicht sollte ich lieber diese nehmen.«
»Warum hast du mir das nicht alles telefonisch gesagt?« fragte Byron. »Es wäre ganz einfach gewesen. Warum bist du hergekommen?«
Victor Henry winkte dem Kellner mit einer Zehndollarnote zu. »Du bist

wie eine Rakete abgebraust, Byron. Ich kannte weder deine Pläne noch deine Stimmung. Ich war nicht einmal sicher, daß du bereit sein würdest, zu der Hochzeit zu kommen.«

»Aber ich hätte ihm doch nie erlaubt, wegzubleiben«, sagte Natalie.

»Nun, das wußte ich ebenfalls nicht. Ich dachte, ich müßte zur Stelle sein, um mit euch beiden zu reden und vielleicht Fragen zu beantworten und notfalls etwas Überredungskunst anzuwenden.« Zu Natalie gewandt fügte er hinzu: »Janice und Warren erwarten Sie tatsächlich. Das kann ich Ihnen versichern.«

Sie legte die Hand an die Stirn.

»Ich weiß bloß nicht, ob ich kommen kann.«

»Wir werden kommen«, sagte Byron entschieden, »zumindest komme ich. Genügt das?«

Pug zögerte. »Was ist mit der Unterseeboot-Schule? Ich habe Red gesagt, daß ich ihn heute anrufen würde.«

»Wenn Captain Tully es heute wissen muß, dann bin ich eben nicht da. In Ordnung?«

Natalie schlug mit der Faust auf den Tisch. »Verdammt, Byron, so kannst du keine Entschlüsse fassen.«

»Ich weiß keine andere Art.«

»Du kannst es mit mir besprechen. Schließlich geht es auch mich etwas an.«

Victor Henry räusperte sich. »Nun, ich habe gesagt, was zu sagen war, und ziehe jetzt ab. Wir können morgen auf das Thema zurückkommen.«

»So?« Byrons Ton war schneidend. »Dann brauchst du also Captain Tully heute gar nicht anzurufen?«

Victor Henrys Gesicht verdunkelte sich. Er lehnte sich auf der harten Bank zurück. »Hör mal, Byron. Hitler und die Deutschen haben dich in diese Lage gebracht. Nicht ich. Darauf möchte ich gefälligst aufmerksam machen.«

»Nun, all die schlechten Nachrichten aus Europa sind vielleicht schwer übertrieben. Jedenfalls wird meine Abwesenheit kein Unterseeboot an der Ausfahrt hindern.«

»Oh, halt den Mund, Briny«, sagte Natalie mit erstickter Stimme. »Laß deinen Vater sein Flugzeug kriegen.«

»Du sollst nur nicht vergessen, daß nicht ich diesen Krieg angefangen habe, Byron«, sagte Victor Henry in fast dem gleichen Ton, den er bei dem Kellner in Wannsee verwandt hatte, wobei er seine weiße Mütze vom Haken nahm und den Sohn dabei fest ansah. »Ich glaube, du würdest einen guten U-Boot-Mann abgeben. Sie sind allesamt ein Haufen verrückter Individualisten. Andrerseits kann ich es dir nicht verdenken, daß du diese schöne und kluge junge Dame heiraten willst. Und jetzt mach ich,

daß ich von hier fortkomme.« Victor Henry erhob sich. »Auf Wiedersehen in der Kirche. Sei zeitig da, du bist Brautführer. Trag deinen dunklen Anzug. – Adieu, Natalie. Es tut mir leid, daß ich eure Bootspartie verpatzt habe. Versuchen Sie doch, nach Pensacola zu kommen.«
»Ja, Sir.« Ein trübes kleines Lächeln erhellte ihr besorgtes Gesicht. »Vielen Dank.«
Als er hinausging, wandte sie sich an Byron. »Ich habe den Fischgeruch schon immer gehaßt. Machen wir, daß wir wegkommen. Mir wurde schon übel, als wir hereinkamen. Ein Wunder, daß ich mich nicht übergeben habe.«
Sie ließen ihr Essen unangerührt stehen. Natalie schritt seewärts den Kai entlang, sog die Luft in vollen Zügen ein, während ihr Rock über den schwingenden Hüften wehte, der Wind die dünne Bluse an ihre Brust drückte und ihr schwarzes Haar flattern ließ. Byron eilte ihr nach. Sie blieb am Ende des Kais stehen, wo zwei zerlumpte Negerknaben angelten, und drehte sich mit verschränkten Armen zu ihm um.
»Warum, zum Teufel, hast du deinen Vater so behandelt?«
»Wie behandelt? Ich weiß einfach, weshalb er hergekommen ist«, sagte Byron mit der gleichen Schärfe. »Er kam, um uns zu trennen.« Seine Stimme klang ähnlich schneidend wie die seines Vaters.
»Ach, bring mich nach Hause. Direkt nach Hause. Er hatte völlig recht, weißt du. Du gibst *ihm* die Schuld an dem Verlauf des Kriegs. Das ist der Gipfel der Unreife. Ich habe mich für dich geschämt, und dieses Gefühl war mir zuwider.«
Schweigend gingen sie über die Mole zurück zu dem Wagen, der neuen blauen Buick-Limousine ihres Vaters, der in der Sonne briet und funkelte und eine wahre Ofenhitze ausstrahlte. »Mach bitte alle Türen auf. Mach ein bißchen Durchzug. Sonst sterben wir da drin.«
Byron sagte, als er von einer Wagentür zur anderen ging: »Ich habe bisher nie etwas gewollt, weder vom Leben noch von ihm, noch von irgendwem. Jetzt will ich etwas.«
»Selbst wenn das stimmt, mußt du dich noch immer der Wirklichkeit anpassen, anstatt Wutanfälle zu kriegen.«
»Sein Verhalten dir gegenüber war schon was«, sagte Byron. »Im allgemeinen erreicht er alles, was er sich vornimmt.«
Sie stiegen in den Wagen.
»Hast du eine Ahnung«, sagte sie schroff und knallte ihre Türe zu, als er den Motor anließ. »Ich komme mit dir nach Pensacola. Zufrieden? Ich liebe dich. Jetzt halt den Mund und fahr mich nach Hause.«

26

Mit einem Stöhnen erwachte Lieutenant Henry Warren an seinem Hochzeitstag um sieben Uhr früh vom Gerassel einer alten Weckuhr. Bis um vier hatte er in einem Zimmer des »Calder Arms Hotel«, etwa dreißig Kilometer von Pensacola entfernt, in den süßen Armen seiner zukünftigen Frau gelegen. Er stolperte zur Dusche, drehte den Kaltwasserhahn weit auf, und als der prickelnde Wasserstrahl ihn zur Besinnung brachte, überlegte er müde, ob es nicht ein bißchen unfein war, eine solche Nacht vor seinem Hochzeitsmorgen zu verbringen. Die arme Janice hatte gesagt, sobald sie nach Hause käme, würde sie sich anziehen und packen müssen. Ja, unfein gewiß, aber du lieber Himmel! Warren lachte laut, hielt sein Gesicht in das kalte Wasser und fing an zu singen. Schließlich war es wirklich viel verlangt; eine überstürzte Hochzeit, dann nur eine Nacht zusammen, und danach eine Trennung von Tausenden von Meilen! Es war ohnehin nicht das erste Mal.

Dennoch – Warren trocknete sich gerade mit einem großen Handtuch ab und wurde zusehends munterer – gibt es so etwas wie Anstand. Am Vorabend einer Hochzeit tat man so etwas nicht. Aber es war auch ausgesprochenes Pech, daß sie sich so schnell trennen mußten. Es lag an den Umständen, und die wirkliche Ursache war Hitlers Invasion in Frankreich.

Ehrlich gesagt, nahm Warren die bevorstehende Trennung von Janice nicht weiter tragisch. Sie würde in Bälde nach Pearl Harbor kommen. Die plötzliche Abberufung zum Stillen Ozean hatte ihn in glühende Erregung versetzt. Eine vorzeitige Liebesnacht mit Janice einzuschieben, war eine Folge der strotzenden Lebenslust gewesen, die er empfand. Er mußte eilends ein Kampfflugzeug von der *USS Enterprise* fliegen, weil Krieg drohte. Sein Schicksal stand in den Sternen, es war ein gefährlicher Ritt auf den Mond. Trotz allen Bedauerns, Janice verlassen zu müssen, und seiner Reue, sie ein bißchen zu früh und ein bißchen zu oft genossen zu haben, steigerten sich Warrens Lebensgeister. Er läutete nach dem Kantinensteward, bestellte eine doppelte Portion Eier mit Schinken und eine Kanne Kaffee und begann sich fröhlich für seine Trauung anzuziehen.

Byron, der auf dem Vorplatz vor dem Zimmer seines Bruders stand, lächelte über eine derbe Karikatur, die an die Tür geheftet war: Vater Neptun, mit einer großen Beule auf der Glatze, der sich empört aus dem Meer vor einem Flugzeugträger erhob, drohend seinen Dreizack gegen ein Flugzeug mit tropfnassen Rädern schwang, aus dem der Pilot herauslehnte und hinunterrief: »Verzeihung!«

»Herein!« rief Warren auf sein Klopfen.
»Henry von den nassen Rädern, vermute ich«, sagte Byron, auf die Unterschrift der Karikatur anspielend.
»Briny! He! Es ist ja eine Ewigkeit her! Du siehst prächtig aus! Gott, freue ich mich, daß du kommen konntest.«
Warren bestellte ein weiteres Frühstück für seinen Bruder. »Hör mal, du mußt mir alles über deine tolle Reise erzählen. Angeblich bin ich der Krieger, aber du bist ja derjenige, der die Abenteuer erlebt hat. Du bist ja sogar von den Nazis bombardiert und verwundet worden! Meine Kumpels werden bestimmt mit dir sprechen wollen.«
»Es ist nichts Heldenhaftes dabei, einem Krieg in die Quere zu kommen, Warren.«
»Erzähl mal. Setz dich, wir haben eine Menge nachzuholen.«
Sie redeten beim Essen, beim Kaffee, bei Zigarren, und während Warren packte, redeten sie weiter, zuerst etwas gehemmt, aber dann immer gelöster. Jeder nahm den anderen in Augenschein. Warren war älter, breiter im Gesicht, selbstsicherer, dem Leben gewachsener und seinem Bruder voraus: so dachte Byron. Die neuen goldenen Schwingen auf Warrens weißer Paradeuniform beeindruckten Byron tief. Über das Fliegen sprach Warren gelöst, humorvoll und abgebrüht. Er beherrschte die Maschinen und den Jargon, und aus den Witzen über seine Pannen war der Berufssoldat herauszuhören. Er sprach die Worte *Marine-Flieger* mit Stolz und einer gewissen Ehrfurcht aus. In Byrons Augen waren seine eigenen riskanten Erlebnisse unter Feuerbeschuß nur zufällige Episoden gewesen, kein Vergleich mit Warrens diszipliniertem Aufstieg zum Kampfflieger. Als Warren Byron vor dessen Europareise zuletzt gesehen hatte, war dieser ein schlaksiger, träger Junge gewesen, mit schlechten Zeugnissen, einer Menge Pickel im Gesicht, dem bereits die Lust zu einer Kunsthistoriker-Laufbahn vergangen war.
Jetzt spannte sich Byrons Haut braun und rein über einen eckiger gewordenen Kiefer; seine Augen wirkten tiefer; er saß aufrechter da. Warren war an den kurzen Haarschnitt und die natürliche Schulterlinie der Marine gewöhnt. Byrons dunkler italienischer Anzug mit den ausgestopften Schultern und seine rötliche Mähne gaben ihm eine elegante, romantische Note, die gut zu der Legende paßte, wie er mit einer schönen Jüdin unter deutschen Bomben in Polen herumgezogen war. Warren hatte seinen Bruder bisher noch nie um etwas beneidet. Jetzt beneidete er ihn um die rote Narbe an der Schläfe, und er war nicht sicher, ob er ihn nicht auch unbesehen ein bißchen um die Jüdin beneidete.
»Was ist mit Natalie, Byron? Hast du sie mitgebracht?«
»Ja, sicher. Ich habe sie bei Janice abgestellt. Das war nett von Janice, sie gestern abend noch anzurufen. War das Dads Idee?«

»Er sagte bloß, das Mädchen wüßte nicht genau, ob sie erwartet werde. Hör mal, die Sache scheint ziemlich ernst zu sein, nicht wahr?« Warren hielt inne, in der einen Hand einen Kleiderbügel, in der anderen eine Uniformjacke, und sah seinen Bruder eindringlich an.

»Wir heiraten.«

»Tatsächlich? Gut für dich.«

»Meinst du das wirklich?«

»Natürlich? Sieht aus, als wäre sie etwas ganz Besonderes.«

»Das ist sie auch. Ich weiß, daß das religiöse Problem besteht...«

Warren grinste und schob den Kopf zur Seite. »Ach, Byron, heutzutage – besteht es denn wirklich? Wenn du Geistlicher oder Politiker werden wolltest, müßtest du es dir vielleicht überlegen. Mein Gott, wo dieser Krieg im Gange ist und die Welt aus den Fugen bricht, sage ich: nimm sie dir, so schnell wie du kannst. Ich freue mich darauf, sie kennenzulernen. Hat sie nicht einen Ph. D.* oder so was?«

»Sie wollte an der Sorbonne ihren *Master of Arts* machen.«

»Bruder, vor ihr hätte ich mehr Angst als vor einer Flugzeugträgerlandung nachts in einer Bö.«

»Ich war etwa sechs Monate in ihrer Nähe und habe fast nie den Mund aufgemacht. Dann erklärte sie mir plötzlich, daß sie mich liebe. Ich kann es noch immer nicht glauben.«

»Wieso denn nicht? Du siehst inzwischen blendend aus, mein Junge. Nicht mehr so spiddelig. Heiratest du jetzt schon oder erst nach der U-Boot-Schule?«

»Wer sagt denn überhaupt, zum Teufel, daß ich auf die U-Boot-Schule gehe? Fang bloß nicht davon an. Dad setzt mir damit schon genug zu.« Warren packte geschickt Kleidungsstücke aus einer Kommode in einen Kabinenkoffer. »Aber er hat recht, Byron. Du solltest nicht warten, bis du eingezogen wirst. Dann wirst du herumgeschubst, in Windeseile ausgebildet und womöglich nicht einmal dort eingesetzt, wo du möchtest. Jetzt kannst du es dir noch aussuchen und eine anständige Ausbildung kriegen. Sag mal, hast du je an Marine-Fliegerei gedacht? Warum um alles in der Welt willst du unbedingt etwa hundert Meter unter Wasser in einem Tempo von vier Knoten dahinkriechen, wenn du fliegen kannst. Ich kriege Platzangst, wenn ich daran denke. Du könntest einen großartigen Flieger abgeben. Schon weil du so gelöst bist.«

»Ich hab angefangen, mich für U-Boote zu interessieren.« Byron beschrieb den Prien-Vortrag in Berlin über die Versenkung der *Royal Oak* vor Scapa Flow.

»Das war ein tolles Unternehmen«, sagte Warren, »eine bravouröse Lei-

* Amerikanischer und englischer Doktortitel (Doctor Philosophiae)

stung. Sogar Churchill gab das zu. Sehr romantisch. Das ist es wahrscheinlich, was dich reizt. Aber dieser Krieg ist ein Luftkrieg, Briny. Zu Lande haben die Deutschen nicht viel zu bestellen. Die Zeitungen schreiben immerfort von Panzern, Panzern, aber die Franzosen haben mehr und bessere Panzer als die Deutschen; sie setzen sie bloß nicht ein. Sie sind vor den Stukas in Panik geraten, die nur unsere eigene Sturzbomber-Taktik anwenden.«

»So einer hat mich erwischt, ein Stuka«, sagte Byron. »Sah nicht weiter gefährlich aus. Feststehende Räder, einmotorig, mittelgroß, irgendwie langsam und unbeholfen.«

Warren warf Byron ein großes graugebundenes Buch zu und sagte grinsend: »Sieh dir mal *Flight Jacket* an. Ich stehe drin, im Geschwader Fünf, wie ich gerade meine Solo-Flug-Fahnen festmache. Ich muß jetzt noch einige Rechnungen bezahlen, dann fahren wir in die Kirche.«

Byron blätterte noch immer in dem Jahrbuch, als sein Bruder zurückkam. »Donnerwetter, Warren, Primus in theoretischem Unterricht! Wie hast du das geschafft und dabei noch Janice umworben?«

»Es war ziemlich anstrengend.« Warren machte ein erschöpftes Gesicht, und beide lachten.

»Theoretisches Studium ist nie allzu schlimm, wenn man es organisiert.« Byron hielt das Jahrbuch empor und deutete auf eine schwarzgeränderte Seite. »Sind alle diese Burschen draufgegangen?«

Warrens Gesicht wurde ernst. »Jawoll. Frank Monahan war mein Lehrer und ein großartiger Flieger.« Er seufzte und sah sich, die Hände in die Hüften gestemmt, im Zimmer um. »Nun, es tut mir nicht leid, dieses Zimmer zu verlassen. Elf Monate habe ich hier drin geschwitzt.«

Pensacola mochte klein und verschlafen aussehen, sagte Warren, als sie in die Stadt fuhren, aber es habe ein wunderbares Klima, prächtigen Wassersport, glänzende Fischereimöglichkeiten, gute Golf- und Reitklubs und eine aufsteigende Industrie. Dies sei das wahre Florida, nicht jene Brooklyner Palmensiedlung, Miami genannt. Diese ländlichen westlichen Landschaften waren der geeignete Ort für den Beginn einer politischen Karriere. Der Kongreßabgeordnete Isaac Lacouture hatte keine Konkurrenz gehabt. Er hatte sich kürzlich dazu entschieden, sich im Herbst für den Senat aufstellen zu lassen, und seine Chancen sahen glänzend aus. Warren sagte, es sei sehr gut möglich, daß er und Janice eines Tages hierher zurückkehren würden.

»Wenn du in den Ruhestand trittst?« sagte Byron. »Das ist aber sehr weit vorausgedacht.«

»Vielleicht auch schon eher.« Warren bemerkte mit einem Seitenblick Byrons Erstaunen. »Hör zu, Briny, am Tag meines ersten Einzelfluges hat Präsident Roosevelt den Oberbefehlshaber der amerikanischen Flotte entlassen. Wegen einer Unstimmigkeit über die Politik der Pazifischen Flotte. Hat ihn zum Botschafter in Turkestan oder so ähnlich ernannt, in Wirklichkeit ihn aber rausgeworfen. Den höchsten Navy-Mann! In der Navy bleibst du, mein Junge, während des ganzen Riesenaufstiegs von den Büros über Land-Basen bis zum Einsatz auf See immer ein Angestellter. Selbst wenn man ganz oben ist. Erzähl bloß Dad nicht, daß ich das gesagt habe. Janice hat keine Geschwister, und die Lacouture-Firma setzt zwanzig Millionen im Jahr um. Freilich, solange ich fliegen kann, will ich nur das.«

In der Kirche aus rosa Gestein, die ein viereckiger Glockenturm krönte, hatten zwei Männer in Kitteln soeben die Kirche mit Blumen fertiggeschmückt, und ein unsichtbarer Organist perlte ein Bach-Präludium.

»Keiner kann sagen, daß ich sie in der Kirche hätte warten lassen«, sagte Warren. »Es dauert noch fast eine Stunde. Nun, wir können ja reden. Hier ist es schön kühl.«

Sie setzten sich in eine mittlere Reihe der leeren mit violettem Plüsch gepolsterten Bänke. Die Musik, der Duft der Blumen, der unverwechselbare Kindheitsgeruch einer amerikanischen Kirche machten Byron das Herz schwer. Er empfand wieder, was es hieß, ein andächtiger Junge zu sein, der neben seinem Vater saß oder stand, Choräle mitsang oder sich bemühte, den Worten des Geistlichen über den nebelhaften und wunderbaren Herrn Jesus Christus zu folgen. Bei einer Heirat mit Natalie würde es keine solche Hochzeit geben. Was für eine würden sie denn haben? Eine kirchliche Trauung kam nicht in Frage. Wie würde es sein, von einem Rabbi getraut zu werden? Darüber hatten sie noch gar nicht gesprochen.

Die beiden Brüder saßen lange stumm nebeneinander. Warren bedauerte in gewisser Weise die Ausschweifung der vergangenen Nacht und faßte halbherzige gute Vorsätze. Allmählich überkamen ihn die Gefühle eines Bräutigams.

»Briny, sag doch etwas. Ich fang an, nervös zu werden. Wer weiß, wann wir wieder die Gelegenheit haben, miteinander zu reden.«

Byron lächelte trüb, und wieder dachte Warren, wie gut sein Bruder jetzt aussah. »Ist lange her, seitdem wir zwei zusammen in die Kirche gegangen sind.«

»Ja. Janice geht gern in die Kirche. Ich denke mir, wenn diese Mauern jetzt nicht über mir zusammenstürzen, besteht noch immer Hoffnung für mich. Weißt du, Briny, vielleicht klappt diese Sache sehr gut. Falls du wirklich bei der U-Boot-Waffe eintrittst, kannst du dich zum Dienst für Pearl melden. Womöglich enden wir alle vier für ein paar Jahre in Pearl. Wär das nicht schön?«

Natalie hatte zwar oft die Heime reicher College-Freunde besucht, aber auf das Haus der Lacoutures war sie nicht gefaßt, ein weitläufiges Steingebäude an der Bucht, mit einem Privatgrundstück, das von einer bemoosten Stuckmauer, einem Eisentor und einem von einem Eisengitter umgebenen Pförtner bewacht wurde. Vornehmheit, Abgeschlossenheit und Exklusivität umgaben sie. Die Flucht der antik möblierten Zimmer mit Perserteppichen, Standuhren, großen Porträts, schweren Vorhängen, Schmiedeeisen, großen goldgerahmten Spiegeln – der ganze Ort bereitete ihr Unbehagen. Janice lief ihr in einem flatternden rosaroten Morgenmantel entgegen, das blonde Haar fiel ihr bis auf die Schultern.

»Hallo! Zu lieb von Ihnen, auf eine so kurzfristige Einladung herzukommen. Sehen Sie mich bloß an. Ich habe die ganze Nacht nicht geschlafen. Ich bin so müde, daß ich kaum aus den Augen sehen kann. Ich werde nie rechtzeitig fertig werden. Ich lasse Ihnen ein Frühstück kommen.«

»Bitte, stecken Sie mich einfach in eine Ecke, bis es Zeit ist, aufzubrechen. Ich brauche wirklich nichts.«

Janice betrachtete sie aus müden, aber aufmerksamen goldbraunen Augen und brachte Natalie um so mehr ihre eigenen dunklen Augen, ihr dunkles Haar, dunkles zerdrücktes Leinenkostüm und das traurige unelegante Äußere zum Bewußtsein.

»Kein Wunder, daß Byron in Sie vernarrt ist. Donnerwetter, sind Sie hübsch. Kommen Sie mit.«

Janice führte sie in einen Frühstückserker mit Blick auf das Meer, und eine Negerin in gestärkter Schürze brachte ihr Tee und Eier auf einem silbernen Tablett mit antikem blauweißen Porzellan. Nach dem Frühstück fühlte sie sich wohler, wenn auch keineswegs mehr zu Hause. Draußen kreuzten hier und da Segelboote in der Sonne. Uhren schlugen im Haus neun Uhr, eine nach der anderen, mit hellem und dunklem Klang. Von oben her hörte sie aufgeregte Stimmen.

Sie zog den Brief aus der Handtasche, wo sie ihn den ganzen Weg von Miami wie ein Bleigewicht empfunden hatte: zwölf eng beschriebene Seiten, mit so blasser Schrift, daß sie ihren Augen weh tat. Offenbar würde A. J. bis zu seinem Tod nicht lernen, ein Farbband auszuwechseln.

Der Brief war eine einzige Leidensgeschichte. Aaron hatte sich den Knöchel gebrochen. Er hatte eine Woche nach Byrons Abreise mit einem alten Freund, einem Kunstkritiker, Kathedralen besichtigt; als er in Orvieto auf eine Leiter stieg, um ein sonst nicht erreichbares Fresko anzusehen, war er ausgerutscht und auf den Steinboden gefallen. Hinzu kam noch das ungeklärte Problem seiner Staatsbürgerschaft, das er zum erstenmal ernst nahm.

Er besaß eine »abgeleitete Staatsbürgerschaft« durch die Naturalisierung seines Vaters im Jahre 1900; aber wegen seines langen Aufenthalts im

Ausland waren Schwierigkeiten aufgekommen. Die Angaben seines Alters zur Zeit der Naturalisierung seines Vaters differierten. Der Mann in Rom, der im Gespräch durchaus anständig, aber ein besessener Bürokrat war, hatte auf weitere Untersuchungen gedrängt und immer mehr Unterlagen verlangt. Aaron war tief bestürzt aus Rom abgereist.
Er schrieb:

Vielleicht habe ich zu jenem Zeitpunkt einen Fehler gemacht, aber ich habe beschlossen, die ganze Sache fallenzulassen. Das war im vorigen Dezember. Ich kam mir wie eine Fliege im Spinnennetz vor; je mehr ich mich wehrte, desto schlimmer würde ich verstrickt werden. Ich hatte damals nicht wirklich die Absicht, nach Hause zu fahren. Ich nahm an, wenn ich die Sache auf sich beruhen ließe und später um eine Erneuerung meines Passes ersuchte – besonders wenn inzwischen ein anderer Generalkonsul gekommen wäre –, würde ich sie bekommen. Es handelt sich lediglich um einen violetten Stempel und eine Zwei-Dollar-Gebühr. Es schien und scheint mir heute noch undenkbar, daß man mir tatsächlich die Erlaubnis zur Rückkehr in meine Heimat verweigern könnte, wo ich sogar in WHO's WHO *aufgeführt bin.*

Während der Norwegenkrise hatte er einmal das Konsulat in Florenz aufgesucht. Dort habe ihm ein »dummer, aber scheinbar konzilianter Bürstenschnitt-Typ« zugegeben, daß das alles dumme technische Fragen seien, daß Dr. Jastrow gewiß eine bedeutende und willkommene Persönlichkeit sei und das Konsulat irgendwie eine Lösung finden werde. Jastrow war auf seine Kathedralen-Tour gefahren, hatte sich den Knöchel gebrochen und es auf diese Weise versäumt, zwei Wochen später das Konsulat wieder aufzusuchen. In dem Brief hieß es weiter:

Was jetzt kommt, kann ich noch immer nicht fassen. Es war entweder unglaubliche Dummheit oder unglaubliche Bosheit. Bürstenschnitt schrieb mir einen Brief. Sein Ton war durchaus höflich. Der Kern war, daß ich in Kriegszeiten als Staatenloser ernste Schwierigkeiten zu gewärtigen hätte, er jedoch glaube, einen Ausweg gefunden zu haben. Der Kongreß habe kürzlich ein Gesetz verabschiedet, das einer bestimmten Klasse von Flüchtlingen die Einreise erlaube. Wenn ich, mich auf dieses Gesetz berufend, um die Einreise ersuchte, würde ich wahrscheinlich keine Schwierigkeiten mehr haben, da ich ein prominenter Jude sei.
Begreifst Du das Ausmaß von Dummheiten und Unheil dieses Briefs? Ich erhielt ihn erst vor fünf Tagen. Ich koche noch immer. Zunächst einmal verlangt er, daß ich auf jeden Anspruch, Amerikaner zu sein, verzichte – was ich bin, *egal, ob meine Papiere in Ordnung sind oder nicht – und*

mich in die Herde jammernder jüdischer Flüchtlinge aus Europa einreihe, die sich als Härtefälle um eine Einreise bewerben!
Aber das ist noch nicht das schlimmste. Er hat mir das alles schriftlich mitgeteilt und der Post überantwortet.
Ich kann mir nicht vorstellen, daß selbst ein solcher Strohkopf wie er nicht wissen sollte, daß ein Brief vom Konsulat an mich von den Italienern geöffnet und gelesen werden würde. Ich ahne nicht, weshalb Bürstenschnitt das getan hat, aber ich kann nicht umhin, darin einen gewissen Antisemitismus zu sehen. Dieser Bazillus liegt in der europäischen Luft, und in gewissen Persönlichkeiten blüht und gedeiht er. Die Behörden kennen jetzt meine Schwierigkeiten. Das verstärkt noch die Gefährdung, der ich hier ausgesetzt bin.
Ich habe Tag für Tag in der wunderbaren Sonne allein in einem Rollstuhl – abgesehen von den Dienstboten – auf der Terrasse gesessen und mache mir immer mehr Sorgen. Schließlich faßte ich den Entschluß, Dir zu schreiben und meinem französischen Freund den Brief zum Einstecken zu geben.
Natalie, gewiß habe ich mich in einer sehr wichtigen Angelegenheit leichtsinnig benommen. Hab Verständnis für mich und hilf mir. Du wurdest auf amerikanischem Boden geboren. Ich aber am Ufer der Weichsel. Jetzt erst lerne ich, welchen enormen Unterschied das bedeutet, auch was die Frage persönlicher Identität betrifft. Ich muß unbedingt meine Lage in Ordnung bringen.
Zum Glück eilt es damit nicht. Ich bin zur Zeit ein ziemlich trauriges und hilfloses altes Wesen, aber die Sonne ist warm, Siena ist ruhig, und es gibt genug zu essen, mein Knöchel heilt, und der Krieg ist wie fernes Wetterleuchten. Ich komme mit meiner Arbeit voran, aber ich muß mein Recht, nach Hause zu fahren, klären. Man kann nie wissen, was dem Bösen Mann mit dem Schnurrbart demnächst noch einfallen wird.
Würdest Du bitte das alles Leslie Slote berichten? Da sitzt er in Washington, am Hebel der Dinge. Der tödliche Amtsschimmel kann mit einem einzigen Wort an der zuständigen Stelle in die richtige Bahn geleitet werden. Es ist mir sehr peinlich, Dich und Leslie zu belästigen, aber wenn er noch einen Funken Freundschaft für mich empfindet, bitte ich ihn, der Sache nachzugehen. Ich könnte ihm direkt schreiben, aber ich weiß, wir werden schneller weiterkommen, wenn Du zu ihm gehst. Ich bitte Dich, dies zu tun.«

Jastrow schrieb einen rührenden Abschnitt über Natalies Vater. Er gab sich die Schuld an ihrer gegenseitigen Entfremdung. Das Wesen eines Gelehrten sei sehr egozentrisch. Er hoffe, sie als Tochter betrachten zu dürfen, obwohl ein Vater nie zu ersetzen sei.

Dann folgte ein Absatz über Byron, der Natalie gehindert hatte, ihm den Brief zu zeigen:

Hast Du Byron schon gesehen? Er fehlt mir. Er hat einen eigentümlichen Charme – triste, *humorvoll, zurückhaltend, männlich. Ich habe nie einen so reizenden Jungen erlebt, und ich habe Hunderte gekannt. Ein junger Mensch in den Zwanzigern sollte nicht wie ein Junge wirken, aber er wirkt so. Er hat etwas von einem Romantiker. Byron wäre vielleicht in Ordnung, wenn er irgendein Talent oder eine Spur von Zielstrebigkeit hätte.*
Manchmal beweist er Hartnäckigkeit, und gelegentlich hat er Geistesblitze. Er sagte, Hegels Weltgeist sei einfach Gott minus Christentum. Das ist zwar ziemlich banal, aber er fügte hinzu, es sei viel leichter zu glauben, daß Gott sich für die Menschheit geopfert habe, als an Sein Tasten danach, Sich durch die Entfaltung menschlicher Torheiten zu begreifen. Das hat mir recht gut gefallen. Leider war es der einzige kluge Ausspruch unter vielen Banalitäten wie etwa: »Dieser Nietzsche war einfach ein Irrer« und »Niemand würde sich die Mühe machen, Fichte zu lesen, wenn ihn einer verstehen könnte«. Wenn ich Byron in unserem Seminar über die Slotesche Leseliste benotet hätte, hätte er nicht allzugut abgeschnitten.
Oft ertappte ich ihn dabei, wie er im Zitronenhaus immer wieder Deine Briefe las. Der arme Junge ist schrecklich verliebt in Dich. Bist Du Dir dessen bewußt? Hoffentlich wirst Du ihm nicht versehentlich weh tun; ich wundere mich eigentlich, daß Du ihm so häufig schreibst.
Trotz meiner Schwierigkeiten war ich verhältnismäßig brav und bin jetzt auf Manuskriptseite 847 von Konstantin.

Eine Uhr, die die halbe Stunde schlug, brachte Natalie ruckartig von der Terrasse in Siena – wo sie im Geiste zusah, wie A. J., in seinen blauen Schal gehüllt, diese Zeilen schrieb – zurück in das Haus der Lacoutures an der Bucht von Pensacola.
»O Gott«, murmelte sie, »o mein Gott.«
Füße trampelten auf der Treppe; viele Stimmen riefen, lachten und schwatzten. Die Braut kam durch das langgestreckte Eßzimmer geschwebt, das weizengelbe Haar wunderschön frisiert und mit Perlen durchwoben, die Wangen rosenfarben vor Freude. »Nun, ich hab's geschafft. Jetzt geht's los.«
Natalie sprang auf, A. J.'s Brief in die Handtasche stopfend. »Ach, Sie sehen bezaubernd aus! Einfach wunderbar!«
Janice drehte sich auf den Zehenspitzen um sich selbst. »Ich danke Ihnen.« Der weiße Atlas, der sich hauteng an Schenkel und Brüste schmiegte,

stieg züchtig bis zum Hals hinauf. Sie bewegte sich in einer Wolke von weißer Spitze. Diese Mischung von weißer Keuschheit und eindeutig sinnlicher Allüre war hinreißend; sie erfüllte Natalie mit Neid. Die Augen der Braut funkelten ironisch. Nach ihrer tollen vorehelichen Nacht fühlte Janice Lacouture sich ungefähr so jungfräulich wie Katharina von Rußland. Es störte sie nicht. Im Gegenteil, es entsprach ihrem Sinn für Humor.

»Kommen Sie«, sagte sie. »Sie fahren mit mir.« Sie faßte das jüdische Mädchen am Arm. »Wissen Sie, wenn ich nicht Warren Henry heiratete, würde ich mit Ihnen um den kleinen Briny konkurrieren. Er ist ein Adonis und so süß. Ach, diese Henrys!«

Rhoda traf aufgeregt im Hotel ein, badete und zog sich im Hetztempo um, kramte aus dem einen Koffer Kosmetika, aus dem zweiten Unterwäsche und aus dem dritten ihr neues Bergdorf-Goodman-Kleid. Dr. Kirby hatte ein kleines Flugzeug gechartert und war mit ihr und Madeline heruntergeflogen. »Er hat uns gerettet!« trillerte Rhoda, die in einem reinseidenen Unterkleid hin und her schoß. »Die letzte Maschine, die wir von New York hätten nehmen können, hätte uns keine Minute gelassen, um unsere Einkäufe zu beenden. Deine Tochter und ich wären zu der Hochzeit in alten Lumpen erschienen. Auf diese Weise hatten wir noch einen ganzen Nachmittag, und Pug, du hast noch nie ein so *rasches* Einkaufen erlebt. Ist das nicht toll?« Sie hielt das grüne Kleid an ihren Busen. »Entdeckte es in der letzten Sekunde. Weißt du, eine kleine Maschine ist lustig. Ich habe zwar die meiste Zeit darin geschlafen, aber als ich aufwachte, war es toll. Da weiß man wirklich, daß man fliegt.«

»Wirklich sehr nett von ihm«, sagte Pug. »Ist Fred denn so reich?«

»Natürlich wollte ich zuerst nichts davon wissen, aber dann sagte er, es gehe alles auf Geschäftskosten. Er fliegt heute mit der Maschine nach Birmingham. Jedenfalls wollte ich nicht zu sehr protestieren. Es war eine Erlösung. Mach mir hinten das Kleid zu, Pug. Hat Briny tatsächlich das jüdische Mädchen hergebracht? Aber so was. Ich habe sie ja überhaupt noch nicht gesehen. Sie wird bei uns am Tisch sitzen müssen, und jeder wird glauben, sie gehört zur Familie.«

»Sieht so aus, als wird sie das auch, Rhoda.«

»Ich kann es nicht glauben. Ich kann's einfach nicht. Wieviel älter ist sie eigentlich als er? Vier Jahre? Dieser Briny! Macht ihm Spaß, uns einen Herzinfarkt zu verpassen. Hat er ja schon immer getan, dieses Mistvieh. Pug, wieso bist du noch nicht fertig? Es ist hier entsetzlich heiß.«

»Sie ist zwei Jahre älter als er und ungemein attraktiv.«

»Jetzt machst du mich aber neugierig, das muß ich zugeben. Ich habe sie mir als eine dieser Brooklyner Gören vorgestellt, die sich in den New Yorker Warenhäusern an einem vorbeidrängen. Oh, hör auf, da rumzufummeln. Die obersten Knöpfe mach ich selber zu. Es ist heiß wie im Backofen, ich schwitze in Strömen. Dies Kleid wird durchgeschwitzt sein, bis wir in die Kirche kommen.«

Natalie wußte innerhalb von dreißig Sekunden, daß die gutaussehende Frau im grünen Chiffonkleid und mit Rosen dekoriertem weißen Strohhut sie ablehnte. Der höfliche Händedruck, das kalte Lächeln besagten alles. Captain Henry stellte Natalie seiner Tochter als »Byrons Seitensprung auf seiner polnischen Exkursion« vor, in dem sichtlichen Bemühen, mit dieser unbeholfenen Scherzhaftigkeit die ablehnende Haltung seiner Frau auszugleichen.

»Ach ja, Donnerwetter! Ein tolles Abenteuer!« Madeline Henry lächelte und sah sich Natalie genau an. Madelines perlgraues Schantungkostüm war weit und breit die eleganteste Aufmachung. »Ich muß das alles einmal genau erfahren. Ich habe ja Briny noch immer nicht gesehen, und es ist über zwei Jahre her.«

»Er hätte nicht so ohne weiteres nach Miami stürzen dürfen«, sagte Natalie und fühlte, wie sie errötete.

»Warum nicht?« sagte Madeline mit einem langsamen, Byron ähnlichen Grinsen. Es war seltsam zu sehen, wie gewisse Züge von ihm sich innerhalb seiner Familie wiederholten. Mrs. Henry trug wie Byron den Kopf, aufrecht, auf einem langen Hals. Dadurch wirkte er ferner als bisher. Er war jetzt nicht mehr nur er selbst, ihr junger Gefährte aus Jastrows Bibliothek und Polen oder nicht einmal der Sohn eines gestrengen Vaters, sondern Teil einer völlig fremden Clique.

Die Kirche war voll. Von dem Augenblick an, da sie in der Kirche eingetroffen war, fühlte Natalie sich unbehaglich. Es lag nicht an der Kirche. Für sie waren Kirchen lediglich Baudenkmäler, die man besichtigte, und der Katholizismus, wenngleich sie einen guten Aufsatz darüber schreiben konnte, war so etwas wie der Islam, ein vielschichtiges, exotisches, in sich abgeschlossenes System. Eine protestantische Kirche war der Ort einer anderen Religion, der sie angehört hätte, wäre sie nicht Jüdin gewesen. Betrat sie eine solche Kirche, begab sie sich auf feindliches Gebiet. Rhoda machte ihr auf der Kirchenbank nicht genug Platz, so daß Natalie sie, eine Entschuldigung murmelnd, ein bißchen schubsen mußte, um sich hineinzuzwängen.

Um sie herum trugen alle Frauen leuchtende oder pastellfarbene Kleider. Offiziere und Fliegerkadetten in weiß-goldenen Uniformen überwogen. Und da stand Natalie auf einer Mai-Hochzeit in schwarzem Leinen, das sie hastig in dem unbestimmten Gefühl gewählt hatte, noch immer in Trauer zu sein und gar nicht hierher zu gehören. Die Menschen starrten sie an und flüsterten. Das war keine Einbildung; sie taten es wirklich. Wie

reizend und schön war die Kirche, mit ihrer dunklen, geschnitzten Holzdecke, die sich über rosa Steinmauern emporwölbte; und welche Massen von Blumen! Wie angenehm, bequem und normal war es, presbyterianisch oder methodistisch geboren zu sein, und wie schön, so getraut zu werden! Vielleicht hatte A. J. recht, und es war Wahnsinn gewesen, Byron zu ermutigen. Leslie Slote war ein trockener Gelehrtentyp und Heide wie sie. Sie hatten sogar von einer Ziviltrauung gesprochen.
Der feierlich gekleidete Pfarrer erschien mit einem Buch in der Hand, und die Zeremonie begann.
Als die Braut am Arm des Kongreßabgeordneten mit den Bewegungen einer schönen Wildkatze den Gang hinaufschritt, begann Rhoda zu weinen. Erinnerungen an Warren als kleiner Junge, Erinnerungen an ihre eigene Hochzeit, an andere Hochzeiten, an junge Männer, die sie hatten heiraten wollen, an sich selbst, mit zwanzig Jahren Mutter des Kindes, das sich zu diesem gutaussehenden Bräutigam entwickelt hatte, bewegten sie; sie senkte den Kopf mit dem koketten Hut und zog ein Taschentuch heraus. Im Augenblick hatte sie die melancholische Erscheinung der schwarzgekleideten Jüdin neben sich vergessen und sogar Palmer Kirby, der drei Reihen hinter ihr die Leute um Kopfeslänge überragte. Als Victor Henry sanft ihre Hand ergriff, drückte sie die seine und preßte sie an ihren Schenkel. Welche schönen Söhne sie doch beide hatten, die dort nebeneinander standen!
Und Pug stand mit leicht hochgezogenen Schultern, fast stramm, mit ernstem starren Gesicht und wunderte sich darüber, wie rasch sein Leben dahinging, und ihm wurde wieder bewußt, wie wenig Zeit er sich genommen hatte, über Warren nachzudenken, gerade weil er so große Hoffnungen auf ihn gesetzt hatte.
Neben seinem Bruder stehend, fühlte Byron viele Augen auf sich ruhen und sie miteinander vergleichen. Warrens Uniform und die anderen Uniformen in der Kirche versetzten ihn in Unbehagen. Sein italienischer Anzug von übertrieben modischem Schnitt erschien ihm neben Warrens körpergerechter weißer Uniform weichlich und frivol wie das Kleid einer Frau.
Als Janice zum Kuß den Schleier hob, wechselten sie und Warren einen tiefen, wissenden, vertraut belustigten Blick miteinander.
»Wie geht es dir?« hauchte er.
»Ach, ich halte mich noch immer auf den Beinen. Weiß Gott, wieso, du Hund!«
Und sie umarmten sich, küßten sich und lachten dort in der Kirche über den aus dem Krieg geborenen Witz, der ihr ganzes Leben währen und den keiner sonst jemals erfahren würde.

Ein Wagen nach dem anderen fuhr vor dem Strandklub vor, nur ein paar hundert Meter vom Haus der Lacoutures entfernt, und eine fröhliche Menschenmenge strömte unter dem Baldachin über dem Eingang zu dem Hochzeitsessen hinein.
»Ich bin bestimmt die einzige Jüdin in Pensacola«, sagte Natalie, die an Byrons Arm ein bißchen zurückblieb. »Wenn ich durch diese Tür schreite, setze ich bestimmt einen Gong in Bewegung.«
Er lachte schallend. »Ganz so schlimm ist es nicht.«
Sie sah erfreut aus, weil sie ihn zum Lachen gebracht hatte. »Vielleicht nicht. Allerdings glaube ich, daß deine Mutter ein bißchen glücklicher wäre, wenn mich in Warschau eine einstürzende Mauer erschlagen hätte.«
In diesem Augenblick, zehn Schritte hinter ihnen, erwiderte Rhoda auf die Bemerkung eines Vetters aus Washington, daß Byrons Mädchen sehr apart aussähe: »Ja, nicht wahr? So interessant. Sie könnte beinah eine Armenierin oder Araberin sein. Byron hat sie in Italien kennengelernt.«
Mit einem Champagnerglas in der Hand führte Byron Natalie von Zimmer zu Zimmer und stellte sie jedem einzelnen der Hochzeitsgesellschaft vor. »Sag nicht, daß wir verlobt sind«, befahl ihm Natalie gleich zu Anfang. »Sollen sie denken, was sie wollen, aber laß dich darauf nicht ein.«
Sie lernte Captain Henrys Vater kennen, einen ehemaligen Ingenieur, der sich vom Holzhandel zurückgezogen hatte, einen kleinen vergreisten Mann mit dichtem weißen Haar, der sich sehr geradehielt und aussah, als habe er sein Leben lang schwer gearbeitet; und seinen überraschend dikken Bruder, der in Seattle ein Geschäft für alkoholfreie Getränke betrieb; und weitere Henrys; und eine Schar von Rhodas Verwandten, die Grovers aus Washington. Die Kleidung, das Gebaren, die Redeweise der Washingtoner Verwandten hoben diese nicht nur von der kalifornischen Familie der Henrys ab, sondern sogar von Lacoutures reichen Freunden, die mit ihnen verglichen recht spießig wirkten.
Janice und Warren erschienen und blieben, scherzten, aßen, tranken und tanzten. Angesichts der ihnen so kurz bemessenen Zeit hätte es ihnen keiner verübelt, wenn sie nur zur Begrüßung gekommen wären, aber sie legten keine Ungeduld für die Freuden ihres neuen Stands an den Tag. Warren forderte Natalie zum Tanzen auf, und sobald sie sich auf der Tanzfläche befanden, sagte Warren: »Ich habe heute früh zu Byron gesagt, daß ich für Sie bin. Und zwar unbesehen.«
»Gehen Sie immer solche blinden Risiken ein? Ein Flieger sollte vorsichtiger sein.«
»Ich weiß, was Sie in Warschau gemacht haben. Das genügt.«
»Sie trösten mich. Ich fühle mich hier entsetzlich fehl am Platz.«
»Das sollten Sie nicht. Janice ist ebenso sehr für Sie wie ich. Byron wirkt

jetzt schon verändert«, sagte Warren. »Es ist viel an ihm dran, aber bisher hat niemand bei ihm auf den richtigen Knopf gedrückt. Ich habe schon immer gehofft, daß eines Tages ein Mädchen das tun würde, und ich glaube, dieses Mädchen sind Sie.«

Rhoda Henry tauchte mit einem Champagnerglas in der Hand auf und holte sie an einen großen Familientisch am Fenster. Wahrscheinlich benahm sie sich infolge des Weins etwas herzlicher gegenüber Natalie. Lacouture erklärte gerade mit der üblichen Freude an seinen eigenen Klischees, daß die Forderung des Präsidenten nach fünzigtausend Flugzeugen im Jahr »außenpolitisch hysterisch, finanzpolitisch unverantwortlich und wirtschaftspolitisch undenkbar« sei. Nicht einmal die gesamte deutsche Luftwaffe besitze mehr als zehntausend Maschinen; und sie habe keinen einzigen Bomber, der ohne Zwischenlandung nach Schottland, geschweige denn über den Atlantik fliegen könnte. Eine Milliarde Dollar! Die Presse der Interventionisten sei natürlich Feuer und Flamme dafür, aber wenn die Debatte im Kongreß noch eine Woche andauere, würde der Antrag durchfallen. »Zwischen uns und Europa liegen etwa 3000 Meilen schönen grünen Wassers«, sagte er, »und das ist ein besserer Schutz als eine halbe Million Flugzeuge. Roosevelt will bloß so schnell wie möglich neue Flugzeuge haben, um sie an England und Frankreich weiterzugeben. Aber das wird er nie *öffentlich* zugeben. Unserem unerschrockenen Führer mangelt es leider etwas an Aufrichtigkeit.«

»Sie sind also bereit, den Untergang der Briten und Franzosen mitanzusehen?« fragte Pug Henry.

»So wird die Frage gewöhnlich gestellt«, sagte Lacouture. »Fragen Sie mich lieber, ob ich bereit bin, drei Millionen amerikanischer Jungen nach Übersee gegen die Deutschen zu schicken, um den alten Status quo in Europa aufrechtzuerhalten! Denn nur darum geht es, und das müssen Sie bedenken.«

Palmer Kirby warf ein: »Die britische Flotte stützt kostenlos unseren eigenen Status quo, Herr Kongreßabgeordneter. Wenn die Nazis sich dessen bemächtigen, dann reicht Hitlers Griff bis zu der Bucht von Pensacola.«

Lacouture erwiderte fröhlich: »Ja, ich sehe sie schon vor mir, die *Rodney* und die *Nelson* mit wehender Hakenkreuzflagge, unseren armen alten Strandklub beschießen.«

Das erregte Gelächter unter den verschiedenen Verschwägerten am Tisch, und Rhoda sagte: »Ein reizender Gedanke!«

Victor Henry sagte: »Hierher werden sie nicht kommen.«

»Sie werden überhaupt nicht kommen«, sagte Lacouture. »Das ist alles *New-York-Times*-Quatsch. Wenn die Engländer Schwierigkeiten kriegen, werden sie Winston Churchill abservieren und sich mit Deutschland

einigen. Aber natürlich werden sie ausharren, solange sie an eine Chance glauben, daß die Roosevelt-Regierung, die Sympathisierer mit den Briten und die New Yorker Juden uns da hinüberkriegen.«
»Ich bin aus Denver«, sagte Kirby, »und ich bin Ire.« Er und Victor Henry hatten auf Natalie geblickt, als Lacouture die Juden erwähnte.
»Nun, Irren ist ansteckend«, sagte der Kongreßabgeordnete mit demonstrativer Gutmütigkeit, »und kennt keine Grenzen.«
Dieses unbeschwerte, lustige Geschwätz über den Krieg bei Puterbraten, Roastbeef und Champagner und vor einem breiten Fenster, von dem man auf Strandschirme, weißen Sand und schaukelnde Segelboote blickte, hatte Natalie außerordentlich irritiert. Lacoutures letzter Satz stachelte sie an, mit lauter Stimme zu sagen: »Ich war während der Belagerung in Warschau.«
Lacouture erwiderte ruhig: »Ja, richtig, das waren Sie, Sie und Byron. Es war wohl ziemlich schlimm?«
»Die Deutschen haben drei Wochen lang eine wehrlose Stadt bombardiert. Sie haben sämtliche Krankenhäuser, bis auf eins, in dem ich arbeitete, vernichtet. Die Verwundeten waren wie Holzscheite in dem Vorplatz aufgeschichtet. In einem der Krankenhäuser verbrannten eine Menge schwangerer Frauen.«
An dem Tisch wurde es still wie in einer Gruft. Der Kongreßabgeordnete drehte ein leeres Champagnerglas zwischen seinen Fingern hin und her. »So etwas geschieht in Europa seit Jahrhunderten, meine Liebe. Genau das möchte ich dem amerikanischen Volk ersparen.«
»Ach, gestern habe ich einen sehr guten Witz gehört«, sagte lachend ein lustig aussehender Mann mit Stahlbrille. »Abey und seine Familie fahren nach Miami, und etwa bei Tampa haben sie kein Benzin mehr. Nun, sie fahren zu einer Tankstelle, und...« Der Betreffende gab ein primitives Wortspiel zum besten, das sich um Juden und Benzin drehte.
Der Lustige lachte erneut wie auch die anderen. Natalie erkannte, daß er nichts Böses beabsichtigte, sondern lediglich die ernste Wendung, die das Gespräch genommen hatte, überspielen wollte. Immerhin war sie froh, daß Byron zu ihr kam und sie zum Tanzen aufforderte.
»Wie lange dauert das noch?« fragte sie. »Können wir nach draußen gehen? Ich möchte nicht tanzen.«
»Schön. Ich wollte ohnehin mit dir reden.«
Sie setzten sich in der gleißenden Sonne auf die niedrige Terrassenmauer neben Stufen, die zum Strand hinunterführten, unweit des Aussichtsfensters, hinter dem Lacouture, armeschwenkend und den weißhaarigen Kopf hin und her drehend, dozierte.
Byron stemmte die Ellenbogen auf die Knie und beugte sich mit gefalteten Händen nach vorn. »Liebling, ich glaube, ich finde den Absprung jetzt.

Ich kann heute oder morgen für die ärztliche Untersuchung nach New London fliegen, so daß – was hast du denn?«
Ein Zucken war durch ihr Gesicht gegangen. »Nichts. Sprich weiter. Du fliegst also nach New London?«
»Nur, wenn es dir recht ist. Ich tue ab heute und für immer nur noch das, was wir beide wollen.«
»Gut.«
»Also, ich lasse mich ärztlich untersuchen. Ferner will ich nachprüfen, ob man als Verheirateter überhaupt eine Chance hat, aufgenommen zu werden, und wenn ja, ob einem die Möglichkeit geboten wird, eine gewisse Zeit mit seiner Frau zu verbringen. Damit wäre für unsere ersten Monate, vielleicht unser erstes Jahr gesorgt. Dann komme ich, wenn ich es schaffe, zu der einen oder anderen U-Boot-Station, und du kommst mit, genauso wie Janice es macht. Womöglich landen wir alle zusammen in Pearl Harbor. In Hawaii gibt es eine Universität. Du könntest dort sogar unterrichten.«
»Donnerwetter, du hast ja alles sehr genau überlegt.«
Victor Henry kam auf die Terrasse hinaus. Byron sah auf und sagte kühl und unpersönlich: »Hallo, suchst du etwa mich?«
»Hallo. Wie ich höre, fährst du Madeline zum Flugplatz. Fahrt nicht ohne mich fort. Ich habe soeben mit Washington gesprochen und muß schleunigst zurück. Deine Mutter bleibt noch.«
»Wann fliegt die Maschine?« sagte Natalie.
»Um dreizehn Uhr vierzig.«
»Kannst du mir etwas Geld leihen?« fragte sie Byron. »Ich möchte mit derselben Maschine nach Washington fliegen.«
Pug sagte: »So? Ich freue mich über Ihre Gesellschaft«, und ging in den Klub zurück.
»Du fährst nach Washington?« sagte Byron. »Warum denn das, in aller Welt?« Sie legte zärtlich die Hand an Byrons Wange.
»Es ist wegen Onkel Aarons Staatsbürgerschaft. Während du in New London bist, kann ich mich darum kümmern. Mein Gott, was ist denn los? Du siehst ja völlig erschlagen aus!«
»Du irrst dich. Ich geb dir das Reisegeld.«
»Byron, hör zu, ich muß dahin, und es wäre sinnlos, zuerst nach Miami zu fliegen und von dort aus wieder nach Washington. Siehst du das nicht ein? Es ist ja höchstens für ein bis zwei Tage.«
»Ich habe ja gesagt, daß ich dir das Reisegeld gebe.«
Natalie seufzte tief: »Liebling, hör zu, ich zeige dir Aarons Brief. Er bat mich, wegen seiner Paßschwierigkeiten mit Leslie Slote zu sprechen. Die fängt an, ihn zu beunruhigen.« Sie öffnete ihre Handtasche.
»Wozu?« Byron erhob sich steif. »Ich glaube dir.«

Warren bestand darauf, zum Flugplatz mitzukommen, obwohl Pug einwandte, daß der Bräutigam wohl Besseres mit seiner sparsam bemessenen Zeit zu tun habe. »Ich weiß doch gar nicht, wann ich dich wiedersehe«, wiederholte Warren immer wieder. Rhoda und Janice mischten sich in die Diskussion ein, und zum Schluß klemmten sich sämtliche Henrys mit der Braut und Natalie in Lacoutures Cadillac.

Beim Hinausgehen riß Rhoda eine Flasche Champagner und einige Gläser an sich. »Diese Familie ist durch diesen elenden, dummen Krieg beschwindelt worden«, erklärte sie, als sie die Gläser herumreichte, während Byron den Wagen anließ. »Da sind wir seit Gott weiß wieviel Jahren zum erstenmal wieder zusammen und dürfen nicht einmal zwölf Stunden lang zusammenbleiben! Nun, wenn es schon eine so kurze Wiedervereinigung ist, dann soll es zumindest eine fröhliche sein. Jemand soll etwas singen.«

Also sangen sie »Bell Bottom Trousers« und »I've got Sixpence« und »Auld Lang Syne«, während der Cadillac auf den Flughafen zurollte. Natalie, zwischen Rhoda und Madeline geklemmt, versuchte mitzusingen, aber das einzige Lied, das sie kannte, war »Auld Lang Syne«. Rhoda drängte ihr ein Glas auf und füllte es, bis der Wein über die Finger des Mädchens schäumte. »Hups, bitte um Verzeihung. Nun, ein Glück, daß Ihr Kostüm schwarz ist«, sagte sie und betupfte Natalies Schoß mit ihrem Taschentuch. Als der Wagen in den Flughafen einfuhr, sangen sie ein Lied, das Natalie nicht einmal vom Hören kannte, ein Lieblingslied der Familie, das Pug aus Kalifornien mitgebracht hatte:

Bis wir uns wiedersehen, bis wir uns wiedersehen,
Bis wir uns zu Jesu Füßen wiedersehen,
Bis wir uns wiedersehen, bis wir uns wiedersehen,
Gott sei mit Euch, bis wir uns wiedersehen.

Und Rhoda Henry weinte in ihr champagnernasses Taschentuch und erklärte, daß es Freudentränen über Warrens herrliche Heirat seien.

Konsalik

IM GOLDMANN-TASCHENBUCH

Folgende Titel von Heinz G. Konsalik sind im Goldmann Verlag erschienen:

Eine angesehene Familie (6538)

Der Heiratsspezialist (6458)

Sie waren Zehn (6423)

Wilder Wein/Sommerliebe (6370)

Das Haus der verlorenen Herzen (6315)

Das Geheimnis der sieben Palmen (3981)

Eine glückliche Ehe (3935)

Verliebte Abenteuer (3925)

Auch das Paradies wirft Schatten/Die Masken der Liebe (3873)

Der Fluch der grünen Steine (3721)

Schicksal aus zweiter Hand (3714)

Stalingrad (3698)

Die tödliche Heirat (3665)

Manöver im Herbst (3653)

Ich gestehe (3536)

Morgen ist ein neuer Tag (3517)

Das Schloß der blauen Vögel (3511)

Die schöne Ärztin (3503)

Das Lied der schwarzen Berge (2889)

Ein Mensch wie du (2688)

Die schweigenden Kanäle (2579)

Verlangen Sie das Gesamtprogramm beim
Goldmann Verlag Neumarkter Str. 18 8000 München 80